O Livro de Dave

O Livro de Dave
Uma revelação do passado
recente e do futuro distante

Will Self

Tradução
Cássio de Arantes Leite

ALFAGUARA

© 2006, Will Self
Todos os direitos reservados

Todos os direitos desta edição reservados à
Editora Objetiva Ltda. Rua Cosme Velho, 103
Rio de Janeiro — RJ — Cep: 22241-090
Tel.: (21) 2199-7824 — Fax: (21) 2199-7825
www.objetiva.com.br

Título original
The Book of Dave

Capa
Retina_78

Imagem de capa
Christiano Menezes

Consultoria do cockney/mokni
Juliet e Mark Ament

Mapas
Copyright © Martin Rowson
Reproduzidos com permissão do autor, a/c Rogers, Coleridge & White Ltd., 20 Powis Mews, London W1 1JN

Revisão
Diogo Henriques
Tathyana Viana
Sônia Peçanha

Editoração eletrônica
Abreu's System Ltda.

CIP-BRASIL. CATALOGAÇÃO-NA-FONTE
SINDICATO NACIONAL DOS EDITORES DE LIVROS, RJ.

S466L   Self, Will
         O Livro de Dave : uma revelação do passado recente e do futuro distante / Will Self ; tradução de Cássio de Arantes Leite. - Rio de Janeiro : Objetiva, 2009.

         Tradução de: *The Book of Dave*
         451p.   ISBN 978-85-60281-74-9

         1. Romance inglês. I. Título.

08-5587.   CDD: 823
                                       CDU: 821.111-3

Para Luther

e com meus agradecimentos a
Harry Harris e Nick Papadimitriou

Gosto de pensar na facilidade com que a Natureza vai engolir Londres, assim como engoliu o mastodonte, enviando suas aranhas para tecer-lhe a mortalha e seus vermes para encher-lhe as covas e seu mato para cobri-la, aparecendo depois com as flores — assim como alguma mão anônima apareceu com elas na cova de Nero.

Edward Thomas, The South Country

A Ilha de Ham
No Ano de Nosso Dave 523

CHIL BÄ

AS CURRY

Bish

Winnies

Turnas Wúd

Sandi Wúd

Pedaço de Ham

Norfend

Território Doméstico

O Layn

MUTT BÄ

Perg (Buggaz Leep)

Wess Wúd

Torre dos Gigantes

HEL BÄ

Wallö Top

MOLHES

Zona Proibida

Semi da Exilada

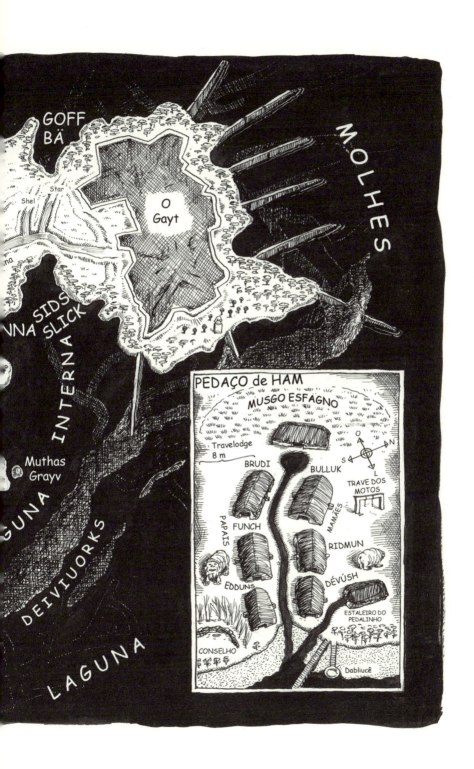

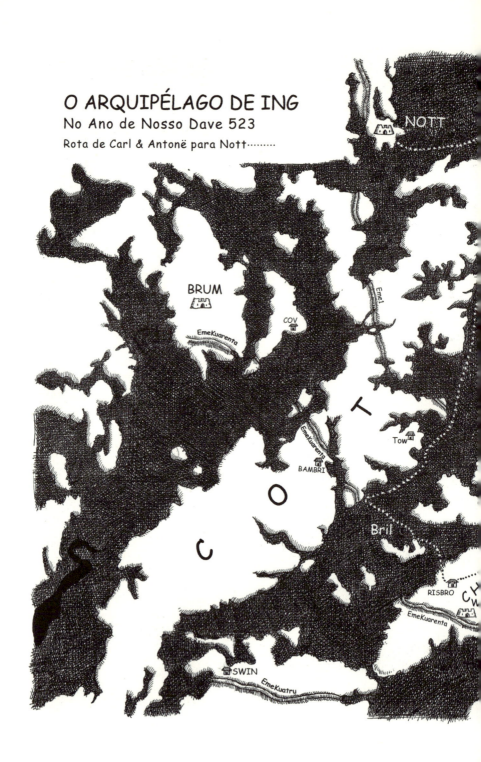

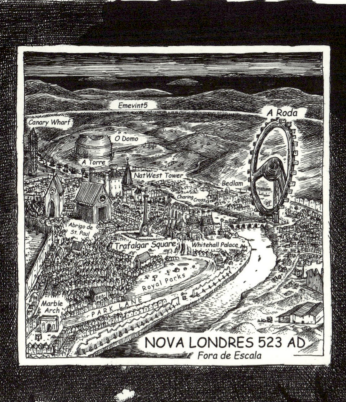

Sumário

1 O grupo do chofer: JUN 523 AD	15
2 Arapuca para um voador: dezembro de 2001	39
3 O Fulano: SET 509-510 AD	67
4 A Família do Homem: junho de 1987	93
5 A Exilada: OUT 523 AD	121
6 O Skip Tracer: abril de 2002	145
7 Quebrado na Roda: 510-513 AD	169
8 O *shmeiss ponce:* setembro de 1992	195
9 O advogado de Chil: arenki de 523-524 AD	225
10 O Enigma: agosto de 2002	251
11 A Zona Proibida: arenki de 522 AD	281
12 O Livro de Dave: outubro de 2000	303
13 Nova Londres: MAR 524 AD	335
14 Saindo de trás do volante: fevereiro de 2003	363
15 O abate do moto: JUN 524 AD	393
16 Made in China: outubro de 2003	419
GLOSSÁRIO	443

I
O grupo do chofer

JUN 523 AD*

Carl Dévúsh, pernas longas, loiro lavado, queimado de facho, doze anos, chutava amareladas lufadas de areia com os pés descalços conforme caminhava pela trilha do pedaço. Embora ainda fosse cedo na primeira tarifa, o farol já perfurara a nuvem e evaporara o orvalho da ilha. Quando subiu e olhou por sobre o ombro, Carl avistou primeiro a garganta estreita e familiar de Manna Bä, depois as encostas sufocadas de arbustos do Gayt projetando-se mais além. A bruma marinha retrocedera da praia, pairando sobre a água, uma barreira turva e esbranquiçada fundindo-se ao vidro anil da abóbada. Isseu tchivessi lencima, pensou Carl, lencima comu u Flain Ai? Projetou-se nessa perspectiva elevada e viu Ham, flutuando como um besouro aquático, esparramando as pernas angulosas de rocha cinzenta pelas águas plácidas de sua laguna ultramarina. As águas intensificavam a miríade de verdes da ilha-besouro; o dourado cereal, as inflorescências de borboleteiras roxas, azuis e malva, as encostas amareladas de aguilhoal e os esguios pés plumosos de erva-fogo. Toda a carapaça lustrosa estava tomada pela paliçada de pustulárias, cuja renda de umbelas ornava o inteiro contorno do litoral.

A ilha real era tão cheia de vida quanto qualquer visão dibinkedu, a ondulação de terra na direção sudeste zunindo audivelmente. Abelhas, drogadas de calor, pousavam nas flores, formigas caminhavam em leitos de humo, ratos voadores emitiam arrulhos gorgolejantes — para então silenciar de repente. Ao sul, um pequeno bando de gaivotas planava a grande altura sobre o denso verdor da Zona Proibida.

---

* A datação se baseia na presumida descoberta do Livro de Dave.

Os pequenos que saíram do pedaço junto com Carl haviam corrido na frente, subindo o aclive na direção do Layn, a alameda de árvores que constituía a espinha dorsal de Ham. As crepitáceas atarracadas e troncudas bordejavam a terra cultivada como uma espuma escura e tremeluzente. Carl vislumbrou pernas bronzeadas, camisetas pardas e punhados de cabelos cacheados correndo entre os troncos enquanto os jovens hamsters espalhavam-se pelo pedaço arborizado. Gritinhos agudos de alegria atingiram os ouvidos de Carl e ele pensou como seria bom poder entrar com eles em Norfend, tropicando na vegetação baixa, vadeando as várzeas para desentocar os motos, depois arrebanhá-los até seu chafurdeiro.

Do pedaço, em fila atrás de Carl, vinham os meninos mais velhos — entre dez e catorze anos de idade —, cujo trampo era inspecionar os motos chafurdando, antes de designar às bestas a labuta do dia. A despeito de tudo, Carl permanecia o tarimbado bós do grupo e, quando dobrou a trilha que acompanhava um dos terraços separando as rachas, os demais oito o seguiram, de modo que o grupo todo caminhava lado a lado, acompanhando os feixes de cereal conforme subiam pelo aclive.

Carl lembrou-se de como aquele terreno estivera na germinagem, cada racha coberta com uma mistura de fezes de moto, alga marinha, excremento de aves e palha de telhado. Os motos haviam habilmente depositado suas próprias fezes frescas, mas os demais ingredientes tiveram de ser recolhidos nos estábulos, raspados nas rochas e juntados na praia pelas meninas mais velhas e opares. Ali perto, as mamães arrastavam laboriosamente padiola após padiola da mistura desde o pedaço, antes de espalhá-la e cavoucá-la na terra com seus enxadões. Não havia rodas em Ham — a não ser por símbolos delas —, logo, nem carros nem vans, de modo que as hamsters lavravam as longas rachas elas mesmas — uma equipe de seis jungida ao único arado da ilha, com sua pesada relha de ferrim. Agora, o cereal maduro batia na altura dos joelhos e ao que tudo indicava a colheita seria boa, esse ano — não que Carl necessariamente estaria lá para ver as mamães moendo-o ao farol outonal, os peitos desnudos apoiados na pedra quente de suas alavancas de moenda conforme curvavam-se suando no trampo.

— Praondi, ch'fia, disse Billi Brudi, trocando um olhar com Carl quando atingiram o terraço margeando a racha seguinte e juntos passaram sobre ela.

— Pra Novalondris, respondeu Carl.

— Praondi, ch'fia, falou também Sam Brudi — e seu irmão Billi repetiu:

— Pra Novalondris.

Depois foi a vez de Gari Edduns proferir a saudação e Peet Bulluk enunciou a réplica — e assim seguiram ao longo da fila. Entre si, os nove rapazes representavam todas as seis famílias de Ham, os Brudi, os Funch, os Edduns, os Bulluk, os Ridmun e os Dévúsh. Nomes bons, sólidos, ingueses — todos tirados do Livro, todos estabelecidos em Ham desde que o mundo era mundo, tão enraizados quanto cascaslisas e crepitáceas.

No alto da encosta, a terra formava uma crista acentuada, que descia em plataformas estreitas até as águas de Hel Bä. Num outeiro, no lado mais distante da água, ficava uma das cinco antigas torres redondas que os hamsters chamavam de apês dos gigantes, o facho refletindo em sua parede descascada. Os companheiros de Carl, tendo atingido o limite do território doméstico, seguiram pela barreira de turfa até o Layn, depois a acompanharam na direção sul por trezentos passos, onde um bosque de pinheiros resguardava o chafurdeiro dos motos. Carl separou-se do grupo e tomou uma das plataformas que circundavam a baía até o pé da torre. Ali, no creto gredoso, algumas macieiras mirradas haviam lançado raiz. Ele encontrou uma laje nivelada e sentou.

Pequenos ramos o espetaram através da camiseta grosseira. Borboletas de cor marrom e branca bateram as asas sobre um matagal de erva-fogo. Abelhas desceram voando em arabescos a ribanceira de aguilhoal que se projetava, barrando o caminho para a Zona Proibida. Carl acompanhou as escalas dos traseiros melados conforme ziguezagueavam em direção à beira d'água, onde primorosas, draivys e amontoados de outras flores brotavam entre as hastes fortes e lanudas das pustulárias. À distância de uma pedrada na baía, o recife submarino de algas e deiviuorks enroscava-se em tranças na protuberância imóvel. Carl pôde ver as carapaças vermelhas e brilhantes dos caranguejos que fervilhavam no recife e, nos baixios lamacentos da laguna, os pequenos bandos de manjubas cor de ferrugem em disparada.

Carl recostou a cabeça contra uma barra velha de ferrim e fitou a delicada ornamentação de líquen cobrindo o creto a seus pés — vivos sobre os mortos, mortos sobre os mais mortos. Um zumbido baixo e estrepitoso o sobressaltou e, espiando uma das macieiras, viu que o tronco estava povoado por uma densa nuvem de moscas douradas, que se espalhavam e agitavam as asas para absorver melhor os raios ultra-watts do farol, agora brilhando no máximo. Deixar tudo isso — como seria possível; essa vida materna que tanto o acalentara?

Carl estivera nesse lugar umas duas ou três vezes com Salli Brudi — e isso era proibido. Iam levar uns tapas dos pais e uma surra ainda maior do motorista se fossem descobertos. Da última vez, ela arrancara o troçopano e o enrolara em sua linda cabeça castanha como um turbante. Quando se curvou, a gola de sua camiseta pendeu frouxa, revelando os peitinhos minúsculos; contudo, Carl entendeu que não havia qualquer vaidade chellish nisso — Sally era nova demais. Ela segurava um deiviuork na mão: era do tamanho de um dedo de bebê, um fiapo achatado e negro com uma marca tênue de corte.

— Ki C axa, Carl, ela perguntou, divedadi o dibinkedu?

Carl tomou o deiviuork de sua mão; passou o polegar pela borda outrora serrilhada, mas agora lisa, após mil anos vagando pela laguna, desde o MadeinChina. Examinou detidamente o sulco, procurando as formas das fonics.

— Tah venu aki, Sal, ele disse, fazendo-lhe um gesto para que se aproximasse, eh uma kabeça, oliaorelia, ieças linhas devi se... Selah... kustura o kualkeh koizassim... pohdicê.

— 'taun ehdibinkedu? Ela ficou desapontada.

— Dibinkedu, certeza. Atirou o objeto para longe, com determinação, e ele zuniu como uma semente de sicomo por alguns instantes antes de tombar sobre a grama.

Carl estremeceu — de que adiantavam aquelas fantasias tolas? Deslizapau iisfregabunda, xamegunatank lambuzada. Sal Brudi, C vai imprenah logulogu pertudum dakeles vélius dabliucês nogentus. Não, melhor esquecer aquilo, esquecer ela — e já de pé, para o chafurdeiro. Fosse lá o que acontecesse nos próximos dias, aquela tarifa ele tinha trampo para fazer, trampo importante.

~

Quando Carl chegou, os demais rapazes corriam pelos sete chafurdeiros cônicos, disparando entre os motos para beijá-los e afagá-los. Peet guiava Boysi pelos jonkiris, subindo os íngremes degraus do chafurdeiro mais alto.

— C vai amah kuandu tiveh alidentru, Boysi, dizia, C sab, C sab, içu, sab ki vai.

Boysi voltou o grande focinho rosado e seus miúdos olhos azuis, ocultos nas dobras da carne, piscaram em reconhecimento. Caul! Caul! mugiu o moto, Caul, xafudakueu, xafudakueu!

Carl deixou escapar uma gargalhada — era impossível continuar cabisbaixo por muito tempo quando os motos estavam sendo chafurdados. A fêmea de Boysi, Gorj, já se encontrava semi-submersa no chafurdeiro seguinte, resfolegando e afunilando os lábios para esguichar a água hera-esverdeada nos companheiros de chafurdice. Mãos de humanos e mãos de motos golpeavam o parapeito de terra, lançando arcos de gotículas lavarrápidas conforme se debatiam na lama.

— Nunpoçu, Boysi, gritou Carl, tenu kincontrah u Runti, eh a veiz deli, ugrandidia.

— Uabatch, uabatch! xofeh vinu, xofeh vinu! entoou a besta quando conseguiu escalar os últimos dois degraus até o alto de seu chafurdeiro, para então mergulhar outra vez, arrastando Peet consigo. Outros motos repetiram seu brado:

— Uabatch, uabatch, xofeh vinu, xofeh vinu!

Embora Carl duvidasse que algum deles entendesse de fato o que era o abate, os motos sabiam que tinha relação com os visitantes aguardados.

Até mesmo os menores mobiletes, como Chukki e Bunni, estavam de olho no que a presença dos visitantes significava. Depois que o grupo do chofer aparecia, pelo menos metade dos rapazes que guiavam os motos ficariam doentes de pedalite, então as bestas estariam livres para perambular por onde quisessem, vasculhando a mata baixa atrás de curryeiras e até indo às zonas, onde roubariam ovos de gaivota e se encheriam de gumelos. Motos eram uns bichos lacrimosos, e contudo, por mais que sofressem por seus jovens guiadores, ficar livre deles era uma farra. No dia-a-dia, dava para confiar que fariam o que lhes era ordenado: Discavakela colona di ratu, mastigakeli matu, 'rancakela sanguinaia dali. Mas, se deixados por conta própria, logo caíam bestamente na trepação simulada, o que podia muito bem acabar levando à motoragem. Aí era o caos, tentavam escalar as paredes de seus chafurdeiros, ou mesmo arremetiam contra os apês dos hamsters. Todo ano, um ou dois machos mais agitados tinham de ser castrados.

Carl observava enquanto um moto, primeiro, depois o seguinte, era amansado e convencido com palavras carinhosas a entrar no chafurdeiro, até todos os sete estarem ocupados. Os demais motos aguardavam sua vez, farejando em torno e lambendo os traseiros e flancos recíprocos. Cada tanque alto de água lamacenta tinha largura suficiente para abrigar apenas uma criatura. Uma vez ali dentro, usavam mãos e pés palmados para formar um círculo estreito, dando caldos em seus pequenos guiadores.

A essa altura, a barreira de bruma marinha afastara-se ainda mais da ilha, longe o bastante para Carl divisar a elevação rochosa que servia de poleiro de gaivotas em Nimar, a cinco cliques de distância, bem na ponta da longa península que se estendia desde a ilha setentrional de Barn. Seria perto desse promontório que o pedalinho do chofer viria, com sua carga de passageiros doentes com destino a Ham, a ilha dos guiados-por-Dave.

Carl pensava no Homerruim, o exilado sem língua que vivia em Nimar. Em dias de verão como esse, ele podia ser visto no ponto mais elevado de Ham, pulando entre as rochas — ou melhor, as gaivotas que perturbava podiam ser vistas, batendo asas ao subir e fugir de suas garras desajeitadas e famintas. No último verão, Carl fora levado pela primeira vez numa excursão de caça para Nimar e, enquanto os demais hamsters prendiam colorbicos e capturavam petróis de seus ninhos, ele guardava o pedalinho em seu atracadouro. Era típico que o frangote dos passarinheiros fosse deixado daquele jeito, para sofrer os repetidos ataques dos crokes, que, determinados a proteger os ninhos, mergulhavam sobre Carl vez após outra, tentando fincar os bicos afiados em sua cabeça.

Nenhum dos pais se dera o trabalho de informar Carl contra quem ele guardava o pedalinho, assim, quando o Homerruim aproximou-se furtivo e Carl se viu confrontado pela macilenta figura, embrulhada em um longo troçopano imundo, a barba e os cabelos embaraçados de sujeira, as mãos ressecadas e rachadas, ficou completamente apavorado. Olharam um para o outro por longo tempo, poucos passos separando-os. Petróis que haviam escapado das garras dos companheiros de Carl gritavam no alto. O Homerruim abriu a boca e tentou também dizer algo e Carl viu na caverna escura a raiz vermelha onde outrora residira sua língua, contorcendo-se inutilmente na convulsão gorgolejante de sua loucura. Carl disse, Praondi, ch'fia, mas o Homerruim apenas estremeceu, como que golpeado pela saudação, depois saiu tropeçando por entre as rochas e fugiu aos trambolhões.

Quando os pais voltaram para o pedalinho, os corpos de inúmeros pássaros presos pelo pescoço em seus apertados cintos de couro, as barbas úmidas de suor, Carl contou-lhes o que — ou quem — ele vira.

— 'taun C viuu omirrui, foi, Carl, disse seu padrasto, Fred. Axubom, eh... purkê içueh ki vai acontecê ku você si você continuah meteno aporra dunariznazona juto kuu Tonë!

Fukka Funch, que nunca perdia uma ocasião para a piada rasteira, meteu a napa suína na cara de Carl e fez uma micagem de Homerruim, gorgolejando e cuspindo até Fred estourar:

— Xega!

Seu meio-irmão Bert interrompeu os devaneios de Carl, perguntando:

— Keh keu vah pegah u Runti ku você?

— Nah, nah, gaguejou ele, içeh kumigu i kuele i ku Deiv. C iuzotrus, eh melioh decê nuxafurderu i juntah uzotrus praforadilah. Runti eh meu véliu. 6 ahi, jah disseru tchau pu Runti? gritou para os motos que chafurdavam.

— Çiau, Wunti, çiau! cecearam em resposta.

— Alkançu voceis lah nupedassu, gritou Carl para os demais, então começou a descer a crista da colina e se dirigiu à mata.

Os primeiros passos de Carl se deram em meio às espaçadas e cuidadosamente podadas macieiras, a relva entre elas aparada pelos motos. O ar quente recendia a frutas, borboletas farfalhavam. Conforme avançava mais e mais pelo Wess Wúd, o pomar dava lugar a cascas-lisas, algumas das quais haviam sido deixadas para crescer livres e desimpedidas, enquanto outras estavam cortadas junto às verdes raízes musgosas, de modo que irrompiam em um tumulto de pequenos ramos delgados. Avançou à direita, chocando-se contra as mambaias e mantendo as jóias cintilantes de Mutt Bä a uma distância constante atrás de si.

Carl fazia uma idéia bem precisa de onde Runti estaria a sua espera. O moto adorava pastar na espessa touceira de rodis e talos-de-chicote que sufocavam o Perg, a longa barreira de tijolo e creto que separava o Wess Wúd de Norfend. Havia esquisitos buracos e terraços feitos por mãos humanas, ali, cheios de flores e arbustos estranhos para os quais os hamsters não tinham nomes, uma vez que eram raros e peculiares demais para ser de alguma serventia. Contudo, o Perg era um nome antigo, e Effi, avó de Carl, havia lhe contado que também o lugar era tido como uma zona proibida entre os hamsters, no passado. Embalando o rapazinho em seus braços ossudos, ela dissera, Naun pu Deiv, bein, nah, eli num ia tah nein ahi pressas coisas, maiz proibidu peluzotrus deusis, neh. Seu nariz carnudo afundou no cabelo dele. Pu Jizuz i Ali.

Carl encontrou Runti um pouco mais enfurnado no Perg. O grande moto tinha as patas dianteiras erguidas sobre um monte de creto e mastigava uma planta de folhas reluzentes e serrilhadas. A forragem ficou presa em seu focinho como se tivesse uma barba espetada e Carl não pôde conter a risada ao vê-lo. Runti parou de mastigar e sua boca pendeu aberta, revelando a língua molenga e rosada e os dentes de cavilha entremeados de fibras vegetais.

— Caul? ceceou. Eh focê?

— Eh, soeu, Runti. Soeu.

O garoto abriu caminho entre os ramos farpados de uma árvore atarracada e foi direto até o moto, de modo a poder abraçar sua cabeça — uma cabeçorra tal que, mesmo pressionando a tanque contra suas mandíbulas, Carl só conseguia juntar as mãos nas cerdas grossas da nuca do moto. Ficaram assim por algum tempo, os gordos olhos cheios de dobras do moto esmagados contra o peito do rapaz, o hálito vegetal arfando em sua camisa.

— Tah naora, Runti, arrulhou Carl, naora du seu abatch, ein? U grupuduchofeh vai tah ki neçatarifa onaotra, ieu pricizu ti levah divolta pru pedassu.

— Abatch, repetiu o moto, admirado, abatch.

— Eh içuahi, Runti, abatch. Agentch vai uzah sua cane pralimentah uxofeh i uspais deli, vai uzah seu oliu prus maxucaduzdelis, i C vai tah cum Deiv finament, ein?

— In Novalondris.

— Içu, içu memu, disse Carl, beijando Runti, encantado, in Novalondris. Não importavam as dúvidas que o rapaz tinha, pois, nesse quesito, pelo menos, a fé simples da criatura e seu próprio ceticismo estavam de acordo.

Levou a manhã toda para voltarem para o pedaço. Carl conduziu Runti em torno da extremidade norte do Perg, depois para cima e para baixo pelos calombos e buracos de Sandi Wúd. Ele havia brincado ali com Runti a vida toda. Quando era pequeno, o moto cuidara dele — e quando ficou mais velho, foi sua vez de cuidar do moto. Revisitaram todos os refúgios favoritos: a grande crepitácea oca que havia na margem das curryeiras, cuja casca enrugada era perfeita para coçar couro de moto; o brejo lodacento em Turnas Wúd, onde Runti podia chafurdar; o bosque de cascas-de-prata no coração da mata, onde pararam para que Carl pudesse rasgar tiras de aquatro e dá-las de comer a Runti na palma da mão.

Perambularam à toa, Carl passando o braço em torno do pescoço de Runti ou, quando a vegetação baixa ficava muito espessa, colando em sua traseira, de modo a agarrar o pau e as bolas do moto. Sentindo seu toque, Runti contraía suavemente os poderosos quadris, ceceando:

— Açin.

— Eh, respondia Carl, assin.

E ele recordou o último acasalamento da grande besta: seus pés esmagando o manto de folhas congeladas, seu hálito quente enevoando o ar cortante do arenki, enquanto as mãos de Runti lutavam para se atracar ao volumoso lombo da velha Gorj. Como eram minúsculos os genitais dos motos — teriam sido incapazes de se acasalar sem a ajuda humana. Sem dúvida, só isso já demonstrava que humanos e motos estavam fadados a viver juntos. Juntos em Ham — e juntos pela eternidade na Nova Londres. Como poderia o motorista jamais duvidar disso?

No início da segunda tarifa, menino e moto marcharam longamente de volta ao Layn, transpuseram-no e atravessaram a última cortina esfarrapada de folhas. Logo abaixo podiam ver os apês do pedaço, sua baía e o cabo oriental da ilha. Mais além — projetando-se nesse exato momento — vinha a proa do pedalinho do chofer, uma cunha escura e pontuda contra o mar cintilante. Carl conseguiu divisar cinco pedaleiros de cada lado da embarcação e, afundadas sob o côncavo do casco, as cabeças de pelo menos mais quinze passageiros. Sim senhor, era um grupo bastante grande, esse ano. I vein prabuscah sahud i dexah duensa, murmurou Carl. Virou o moto e beijou seu nariz achatado. Vamu, bein, tah naora dincontrah Deiv. Então, desceram vagarosamente a colina.

Os seis apês do pequeno pedaço dos hamsters distribuíam-se em duas fileiras de três, cada uma de um lado de um regato de evian rica em ferrim. No extremo oeste, um sétimo — para servir de travelodge — fora erguido acima da própria nascente. As formas lembrando vagens, os apês distribuíam-se pelo terreno, as rústicas laterais avermelhadas acariciadas pelo relvado, os espessos telhados colmados atados com cordas grosseiras. Por centenas de anos — talvez até mesmo antes da aurora do próprio Conhecimento, pois sabia-se que os apês eram muito antigos — haviam sido batizados segundo os nomes dos seis clãs de Ham. Ao sul do regato, no sentido leste-oeste, ficavam os apês Edduns, Funch e Brudi; ao passo que no lado norte ficavam os Dévúsh, Ridmun e Bulluk. O Rompimento não mudara isso, embora os pais agora ocupassem os apês ao sul do regato e as mamães os do norte. Que os hamsters se aferrassem com unhas e dentes a essa nomenclatura redundante era apenas um dos motivos pelos quais seu motorista agora insistia que o pedaço insalubre — com suas habitações partilhadas por gente de mesmo sangue — fosse demolido para a construção de um novo.

Em um desgastado trecho de terra, a poucos passos do apê Ridmun, Fred Ridmun, o chefiador de Ham, junto com três outros pais, havia construído uma trave grande o bastante para pendurar o moto assim que sua garganta fosse cortada. No fim do outono, após vários motos terem sido sacrificados, uma trave daquelas seria bem maior e todos os hamsters teriam gasto um chico ou mais em sua construção. Contudo, para a ocasião, a festividade do meio do verão para o grupo do chofer, apenas um moto seria sacrificado.

Esse era Runti, agora deitado de lado, a carne flácida esparramada sob o corpo, a tanque transbordante, a bunda flatulenta. Suas pernas haviam sido amarradas com um pouco da corda de qualidade, trazida de fora, parte dela pendurada também na viga superior da estrutura. Junto à cabeça do moto ajoelhava-se Carl, assim como seu padrasto, Fred. Carl segurava uma faca pequena que sumia nas densas dobras da garganta da besta. Fred era alto como todos os demais do clã Ridmun, o cabelo escorrido, a barba castanha cacheada e lustrosa, os olhos cinza-pétreos, os lábios de foice, em fio e feitio. Era um pai dävino, de modo que lhe cabia recitar a corrida do abate:

— Pegah adireita iinsmiffild, iskeda napoltriavenil, iskeda naxarteause, direita naarrindonlein...

Seu enteado afagava a fronte hirsuta de Runti enquanto a corrida e seus pontos eram recitados.

— Tah naora, Runti, ele disse.

— Eunun faiçintidô? ceceou o moto.

— Naun, niuma dô, C nein vai cintih.

Isso era verdade, pois nesse preciso instante Carl pressionou a faca profundamente no pescoço da besta e uma correnteza bordô pulsou na terra nua. Puuchaaa! gritou Fred para Fukka Funch, Sid Brudi e Ozzi Bulluk. Os três pais começaram a puxar a ponta da corda; ela se retesou e o corpo sangrando do moto foi arrastado espasmodicamente para a estrutura de madeira, deixando uma mancha de ferrim envelhecido em seu rastro. Dah uamaun aki! gritou Fukka para o bando de chilmen a pouca distância deles, que pareciam ao mesmo tempo fascinados e horrorizados.

Relutantes, os pedaleiros do chofer se separaram do grupo, caminharam até lá e agarraram a corda. Todos os oito pais seguraram a corda como puderam, e puxaram. Os músculos nodosos se retesaram, costas estalaram, a trave rangeu. Primeiro, o traseiro de Runti, depois, sua tanque pendente foram erguidos do solo. Carl permaneceu junto a sua cabeça, sussurrando palavras carinhosas:

— Sein poblema, bein, nun iskenta, eh rapidu, agora, vaitahmelioh kuandu C tiveh lencima diçu.

— Tah duenu, Caul. Tah duenu mutu, protestou o moto, e uma de suas enormes mãos buscou a mão menor do guiador.

— Sohunpoko agora, Runti, sohunpoko, logulogu vai akabah, i C vai podê durmi.

— Umeu piskossu tah duenu, Caul, tah duenu.

O corpo inteiro do moto — que tinha o comprimento de um homem e meio e era consideravelmente mais maciço — agora se apoiava parcialmente no pescoço torcido. Então, com um grande tranco e um clamor dos içadores, o moto deixou o solo e pendeu livre, um pêndulo gordo e carnoso borrifando névoa cor-de-rosa.

Enquanto isso tudo se passava, o motorista atravessava a baía vindo de seu geminado, as costas rígidas, os luminosos tênis laranja brilhando conforme a barra de seu manto negro subia e descia, o retrovisor refletindo a luz do farol, o símbolo do volante bordado em seu peito exigindo deferência. Agora se dirigia para o grupo do chofer e dava-lhes as costas. O chofer, Mister Greaves, fitava concentrado o rosto moribundo de Runti.

— Praondi, ch'fia, disse ao motorista, sem prestar muita atenção.

— Pra Nova Londres, foi a resposta em bibici, consideravelmente mais solene.

— Eh sempri 1 negociu vê uabatch dumotu, disse Mister Greaves, agarrando o tecido frouxo de sua longa camiseta com as mãos e esticando-a sobre a tanque proeminente.

— Pode ser, disparou o motorista. Em todo caso, é uma prática da qual os hamsters relutariam em abrir mão.

Carl ergueu o rosto para o espelho do motorista e viu os olhos frios e negros sob as sobrancelhas elevadas, brancas, asas-de-gaivota. O rapaz voltou a se curvar para afagar o focinho de Runti, murmurando:

— Calmacalma, calmacalma, Runti, tah akabanu...

— Por que deveriam abrir mão, Retrovsor? disse Mister Greaves, contraindo os maxilares e projetando a barba comprida, rala, cor de ferrugem. Seu nariz era bulboso, a testa, protuberante, as maçãs perfuradas por antigas cicatrizes de bexiga — e, contudo, tinha um bom aspecto. Mesmo assim, o motorista punha-o nervoso — tanto que tivera de mudar para o bibici, mordendo os lábios machucados de curry.

— Porque o moto é divedadi, não dibinkedu... O motorista falava em voz baixa, mas com pronúncia perfeita e nítida. Mesmo na conversa informal, soava como um fanático... e apenas as bestas dibinkedu devem servir de alimento.

— Oraeça, vamu, pai. Mister Greaves estava com disposição para um pouco de aborrecimento, e os pais, que a essa altura haviam terminado de prender Runti à trave, aproximaram-se para escutar. O moto é uma criatura sagrada, como tal ordenada pelo Livro!

— Em uma interpretação, talvez. O motorista enganchou as mãos nas aberturas laterais de seu manto, imitando a postura de Mister Greaves. Contudo, na correta — como autoridades mais elevadas lhe diriam, se ouvisse com clareza —, é uma abominação.

Os chilmen — tanto os pedaleiros do chofer como os passageiros doentes — decerto mostravam-se dispostos a concordar com o motorista. Carl reconheceu dois dos pedaleiros mais velhos — haviam integrado o grupo em verões precedentes —, ao passo que o restante deles, cerca de vinte pais, no total, jamais havia visitado Ham antes. Aos olhos do rapaz, passageiros e pedaleiros compunham um só bando variegado, os ossos desajeitados servindo de enfermiço talhe para seus couros esquálidos. Seus bonés azuis, camisetas amarelas e jeans vermelhos eram espalhafatosos — infantis, até — e naturalmente a maioria exibia cicatrizes recentes de bexiga ou bócios deprimentes. Os chilmen ficavam o mais perto do chofer que sua posição lhes permitia e fitavam o moto com genuína aversão.

— Pareci umabominaçaum, pramin, disse um homem mirrado, cuja cabeça calva ostentava a rachadura de uma trepanação recente. Ten uzohius diumano, uzdentis, az bolaziupau tamen. Uspéiz paressi maums, cuessas almufadas di cane moli numeo, maizufussinhu eh di burguekin iu korpu eh diun beicon orrívu... Dah nochu.

— Dah! Dah mezmu! gemeram os outros chilmen.

Carl continuava a embalar a cabeça de Runti virada para baixo em seus braços, negligenciando o sangue que escorria por seu pescoço e manchava sua camiseta. Com uma mão, tapava uma orelha, com a outra afagava o jonkiris inchado do moto. Seguia sussurrando no ouvido livre da besta, Calmacalma, Runti, calmacalma, meukiridu... mas era duvidoso que o moto pudesse ouvi-lo, pois seus olhos azuis de bebê estavam revirados nas cavidades, enquanto sua respiração ia se transformando em um guincho laborioso e seu sangue continuava a pulsar. Então, Runti teve um estremecimento convulsivo final, arqueando o extenso dorso, fazendo estalar as cordas. Antes, a criatura moribunda ceceara a meia-voz; agora, uma única articulação nítida deixou seus lábios azulados: To durminu agora! Foficah ku Deiv! E então se largou completamente. Carl afastou-se da trave, deixando cair a cabeça de Runti, e saiu arrastando os pés, desviando o rosto de modo que os pais não pudessem ver suas lágrimas. Desejava de todo coração que fosse dia da Troca.

— Mianossa! disse o chilman de cabeça rachada, maravilhado, eh vedadi — elisfalan!

— Hmm, é, respondeu o motorista, mas apenas com a voz de uma criança recém-desmamada; não são dotados de mais raciocínio do que qualquer besta dibinkedu.

— Seja como for, disse Mister Greaves, esticando ainda mais a camisa sobre sua tanque, tenho sido o chofer aqui em Ham há vinte e cinco anos e aprendi a gostar bastante do moto. Aconselho vocês, pais de meu grupo, a apreciar essa besta admirável, também. Sua carne vai preservá-los, sua gordura ser-lhes-á de grande valia e, uma vez extraído seu óleo, ele — como muito bem o sabem — se mostrará o mais eficaz dos remédios para seja lá que mal os afligir. Não é esse o motivo pelo qual lhes foi permitido vir para cá, para esta que é a mais distante e no entanto mais dävina ilha de nosso Iod? Nah — mudou furiosamente para o mokni — kaiam foradaki... vaun durmi nuceu apê. Seus anfitrioins tein trabaliu pra fazer... mostrim respetu.

Os chilmen dispersaram, obedientes, encaminhando-se regato acima até o travelodge e desaparecendo um após outro no negro limiar, os rostos ainda brancos de perplexidade.

O motorista se dirigiu ao chofer:

— Mister Greaves, que tal uma xícara de chá em meu apê; há alguns assuntos que devemos discutir antes da festividade da noite.

— E do Conselho de amanhã. Greaves olhou para Carl, conforme falava.

— Isso, e do Conselho de amanhã. Vamos?

Afastaram-se, o motorista recuando uns poucos passos antes de girar nos calcanhares; nenhum deles, ainda — no retrovisor ou diretamente —, sequer se voltara para lançar um relance ao moto imolado.

Assim que todos os não-insulanos partiram, os hamsters começaram a trabalhar rapidamente. Abrindo um embrulho de oleado, Fred Ridmun puxou uma faca curva do tamanho de seu antebraço. Fukka Funch arrastou um grande retalho de oleado sob a cabeça pendente de Runti. Carl jogou todo o peso sobre os braços do moto morto. Ozzi Bulluk puxou a corda que mantinha uma de suas patas traseiras atada à trave e retesou-a o mais que pôde, abrindo as pernas do moto. Os genitais, tanque e costelas ficaram todos expostos, proeminentes. Respirando fundo e dizendo, Fikikueli, Deiv! Fred enfiou a faca na concavidade sob a caixa torácica e, serrando vigorosamente, forçou-a. O couro e a carne se abriram com um sonoro estalo e as vísceras de Runti caíram com um baque surdo num emaranhado sobre o oleado. Fukka imediatamente se aproximou com uma faca mais curta e, apalpando a cavidade abdominal do moto, cortou os intestinos fora. Atrás dele veio Carl, com um balde de água do mar, que entornou dentro do buraco ensangüentado, para lavar o excremento ou alguma forragem maldigerida. Carl ria ao empurrar Fukka da sua frente e, em vez de aplicar-lhe um cascudo, o pai também riu. Tanto fazia a idade avançada ou o grau de dävino — retalhar um moto era sempre uma ocasião festiva, no que respeitava aos hamsters.

As mamães e opares agora saíam de onde haviam permanecido aguardando, espremidas atrás do apê Brudi. Arrepanhando os troçopanos, cruzaram o regato e se aproximaram do local do abate. Por toda a manhã, o imenso tacho de ferrim dos hamsters fervera lentamente sobre o fogo, a poucos passos da trave. Agora as mulheres iam até lá, formavam uma corrente, enchiam baldes de água fervendo e os passavam de mão em mão para Carl, que os amarrava a uma corda e os içava à manivela, de modo que pudessem ser entornados sobre a carcaça. Assim que esta ficou bem escaldada, os pais arrastaram tábuas e cavaletes para armar uma mesa de pelar. Imediatamente, montaram-na sob a trave e baixaram o cadáver do moto sobre ela.

Em seguida, os papais se perfilaram a um lado da mesa, enquanto as mamães, de outro. Facas curtas, de lâminas largas, foram desembrulhadas de outro fardo precioso e distribuídas entre eles. Então o grupo pôs mãos à obra, raspando as cerdas grossas do couro. Carl era novo demais para tomar parte nessa tarefa; entretanto, permaneceu ali perto e até arriscou um sorriso para sua mãe, Caff. Ela devolveu o sorriso, e os demais preferiram fingir que não haviam notado a troca de carinho.

Por doze longos anos, o motorista procurara apagar toda comunicação entre os sexos; contudo, havia alguns rituais dos hamsters que ele não podia proibir nem modificar. Quando o grupo do chofer aparecia e o moto era sacrificado, os pais e mães conversavam entre si com calorosa vivacidade, trocando notícias, opiniões e, acima de tudo, fofocas sobre os estrangeiros, suas observações voando de um lado a outro da mesa tão rapidamente quanto suas facas raspavam o couro. O chofer aceitara o arrendamento? Que doenças ou deformidades tinham os chilmen? Alguma notícia de Chil, ou mesmo do mundo lá fora? Que assuntos o chofer tinha a tratar com o motorista deles? E, o mais importante: o que fora trazido para ser comercializado? Eram sementes frescas? Artigos de lã? Estorapeitus? Ou mesmo meh?

O farol chegava até eles do vidro azul que ganhava matizes no horizonte meridional, o oceano tamborimarulhava contra o cascalho, gaivotas crocitavam acima do Gayt, ratos voadores arrulhavam de algum lugar mais elevado nas proximidades, o suor escorria pelas frontes dos pais e as mamães — após a partida do motorista — arriscaram afrouxar um pouco seus troçopanos. Fluindo sem peias, o diz-que-diz-que dos hamsters tinha a intimidade do pensamento, assim, quando a raspagem do velho moto começou, era como uma mamãe murmurando para seu pirralho.

— Reh-lou, mou-to, vein servi dikumida, vein servi dirremédju, pediram as mamães.

E os papais responderam:

— Bai-bai, meu véio, dah 1 carinu antis di morrê.

Juntando forças como que num sonho, Fred esfregou o suor da fronte afogueada e mirou o grupo com seu olhar duro. As mães e os pais haviam cessado a cantoria e pousado as ferramentas, e fitavam na direção do apê do motorista, mas, vendo a tripa de fumaça serpenteando pela chaminé, voltaram a cantar — um pouco mais alto, se é que alguma coisa mudara. Fred deu de ombros e uniu-se a eles.

Depois que o couro do moto terminou de ser raspado, sua carcaça foi esfolada e a gordura, cortada e separada em uma série de recipientes para derreter, o local da carnagem ficou infestado de moscas e o sangue encrostou sobre a relva. Fred e Ozzi haviam habilmente desmembrado o moto e cortado pernis, canelas, pés e mãos. A cabeça de Runti fora tirada e levada pelas mamães para o preparo do queijo-de-porco do bolo do chofer. Sua tanque fora separada das entranhas e pendurada para secar; serviria depois para guardar seu próprio óleo. Fukka

Funch montara uma segunda mesa de cavalete e destramente esquarte-java as enormes peças da carcaça em cortes menores, ajeitando de lado a carne para defumar. Ele então reservou as costelas e a carne da tanque — pois aquilo seria curryado e acondicionado em barris. Arrancou o coração, o fígado e os rins de seu invólucro viscoso e passou-os adiante, deslizando-os sobre as pranchas ensangüentadas para as mamães que esperavam. O odor de fumaça e carne pairou como uma nuvem sobre o pedaço quando a fervura começou a arder.

As outras crianças haviam regressado da mata e, como era veizdupapi, as opares deram-lhes de comer sobras sortidas de carne, fritas rapidamente com punhados de ervas. Então, foram despachadas após um gole de grude de moto, como prevenção contra a pedalite. Fred pegou a bexiga murcha do moto sobre a mesa de Fukka, lavou-a em um balde, procurou a abertura, encheu-a com algumas sopradas e amarrou-a com um pedaço de tendão. Atirou a esfera esbranquiçada na direção dos pequenos e Ad Brudi — que, apesar de ter apenas sete, era uma cabeça mais alto que os demais — agarrou-a e correu para a praia. O bando todo o seguiu, uivando e gritando enquanto atiravam o balão aos tapas de um para o outro. Correram em torno da baía e, quando passaram pelo geminado do motorista, sua silhueta assomava na porta, uma figura alta e assustadora. As outras crianças deram um jeito de se enfurnar entre as pustulárias, mas ele conseguiu agarrar Ad e tomou a bexiga de suas mãos. Sacudindo-a, ergueu-a contra o vidro, depois a devolveu para Ad e mandou que voltasse para junto dos pais.

No local do abate, Ad estendeu a bexiga para Fred.

— Umotorista dissi ki nun tah certu as crianças ficah brinka-nu purahi.

— Entauntah, disse o chefiador, sombrio, e amarrou a bexiga no montante da trave, onde ficou balançando sob a brisa.

Carl não fazia idéia de como Antonë Böm chegara ao pedaço sem ser notado, mas ergueu o rosto conforme curryava as carnes e deu com o mestre parado à direita de seu ombro.

— Praondi, ch'fia, disse Böm.

— Pra Novalondris, respondeu Carl.

Um sorriso irônico brincava nos lábios gordos e úmidos de An-tonë. Ele os comprimiu e fez um som que dava a entender seu distancia-mento da labuta mundana dos hamsters. Seus óculos rebateram o farol nos olhos de Carl, sua barba prematuramente branca rareava no queixo bulboso. As maçãs de seu rosto eram pesadamente perfuradas pela bexiga, as pernas de seus jeans eram infladas — mas a tanque era ainda mais inflada. As mãos macias e rechonchudas, com unhas minúsculas, afundadas, repousavam nas ancas opulentas. Carl obliterou sua visão e se concentrou na tarefa de esfregar o áspero curry marinho na carne do moto.

— 'taun, perguntou Böm após algum tempo, jah xekaruu Runti?

— Aspeli kissobraru taun ali. Carl balançou um polegar na direção da pele jogada aos pés de Fukka, enxameada de moscas. Böm caminhou vagarosamente até lá e começou a arrumar as dobras gordurentas. Na mesma hora, Fred ficou a seu lado.

— Praondi, ch'fia, interrompeu.

— Pra Novalondris, murmurou Böm. Soh tô procuranu amarca.

— 'xapralah, Tonë, disse Fred, recusando-se a se deixar abrandar. Sab taun beinkuantueu ki Runti era bastanti divedadi; C jah viu amarka 1 miliaum di vezis.

— Mezmu assin, agentch pricisa xekah, eh u kustumi, naum eh? Böm prosseguiu no exame da pele do moto.

— Nueh seu trampu, Tonë, i C sabi!

Fred agarrou a pele, e os dois homens a mantiveram desse modo retesada entre si. O facho filtrou através da membrana, iluminando perfeitamente as fonics C-A-L-B-I-O-T-E-C-H. Olhando do rosto furioso do chefiador para o rosto zombeteiro do mentor, Carl sentiu sua mente dividida cindir-se ainda mais.

— Tah venu! Fred cuspiu no chão. Divedadi suficentch pra você, Tonë, divedadi suficentch?

Mais tarde, na terceira tarifa, quando a lanterna estava prestes a afundar sob o horizonte, Antonë Böm escrevia em seu diário. Seu geminado minúsculo, de um cômodo só, ficava a duzentos passos do do motorista, na costa da enseada conhecida como Sid's Slick. O lugar não tinha mobília, as paredes de tijolo, nenhuma pintura. Uma mesa minúscula sumia sob sua forma roliça e sua forma roliça era observada pela sombra que a letric projetava nas paredes, sombra que dançava de modo inquietante com uma corrente de ar. Fora uma longa tarifa — o motorista recitara com grande zelo. Ele conduzira os hamsters e os chilmen em pelo menos vinte corridas e seus pontos. Os hamsters — segundo era seu costume — haviam mergulhado em temor reverente, tão ávidos de sustento espiritual quanto o eram pelo festim iminente. O grupo do chofer, como em anos anteriores, ficara intimidado por tal manifestação de dävinanidade naquele lugar peculiar, bem no extremo dos domínios do advogado. Contudo, o motorista era inteligente o bastante para ser político — sua batalha pelos passageiros dos hamsters era algo prolongado; e depois que a tarifa havia transcorrido, a lanterna fora ligada e o painel cintilava acima da plácida laguna, ele sumiu dentro de seu próprio apê, para que a carne de Runti pudesse ser comida e os pais enfermos de Chil, ungidos com o óleo de moto.

Mais tarde ainda, antigos raps foram cantados no mokni da ilha, Effi Dévúsh iniciando a melopéia e a população inteira — mamães, papais, mocréias, opares e crianças — entoando a resposta. Então a dança começou. Na orla da luz do fogo, onde as sombras bruxuleavam e a escuridão ganhava substância, Böm avistou a forma descarnada de beinzinu Joolee, a Exilada, que se aproximara furtivamente para observar a festividade. A essa altura, já deve saber, pensou ele, o que aguarda Carl e eu na primeira tarifa. Tentou captar seu olhar, mas sem sucesso, pois a velha e trágica mocréia o ignorou.

A última coisa que Böm notou antes de sair foram os olhos arregalados dos chilmen, cintilando de glutonaria moto-oleosa, conforme observavam os rodopios cada vez mais abandonados dos hamsters, embriagados com o meh que haviam trazido, estorapeitus pendendo de seus lábios gordurosos. Podia adivinhar o que os chilmen estavam pensando: que grande contraste entre a devoção e a licenciosidade! Os chilmen lançavam olhares furtivos às opares — que um tanto quanto obscenamente haviam aberto seus troçopanos. Sem dúvida, tanto os pedaleiros como os passageiros enfermos estavam imaginando se não poderiam bancar a pensão.

Böm não conseguia descansar — o sofá-cama cheio de calombos não lhe parecia nada atraente. Pela manhã, o chefiador e o chofer iriam deliberar sobre aquilo tudo diante do Conselho. Quem poderia dizer o que mais viria à tona com respeito a ele e Carl? Os hamsters não podiam deixar de falar quando alguém lhes dirigia a palavra e quem adivinharia o que Caff poderia dizer se inquirida? Böm não nutria qualquer ilusão sobre o que o aguardava se fosse mandado de volta a Londres. Fora sua maldita mente especulativa que o levara a Ham, para começo de conversa, e a memória dos fiscais tinha vida longa, ao passo que os examinadores do PCO detinham os mais severos dos poderes. Ele suspirou, mergulhou a bic no tinteiro e garatujou noite adentro.

33

Carl Dévúsh também não conseguia dormir. Quando enfim foi para a cama, no apê Funch, e se atirou no rude enxergão em meio ao amontoado de braços e pernas de seus colegas, os gemidos dos sonhos e os peidos noturnos o perturbaram. Sua mente se agitou e girou. Recordou o bizarro traje dos chilmen, seus jeans vermelhos e ornados tênis de couro. Cada palavra dita pelos não-insulanos traía uma desconfortável incompreensão sobre tudo que era certeza para Carl: o firme chão da própria Ham. Sair pelo mundo daqueles passageiros, como seria isso? Além do mais, a depreender do que Antonë lhe contara, os estranhos costumes dos chilmen não eram nada, comparados aos dos londrinos. Não era a ameaça do PCO e seus fiscais que incomodava Carl — tais coisas eram muito remotas —, mas a perda de seu lar, sua linda ilha.

Perto da primeira tarifa, Carl arrastou-se para fora da cama-caixote, engatinhou pelas lajes de yok, destravou a porta e saiu sob a escuridão lúgubre. Seguiu o mesmo trajeto do dia anterior, de novo pelo território doméstico, sobre a crista e contornando Hel Bä até que chegou à antiga torre. Dave desligara a lanterna, mas Carl não precisava dela para encontrar seu caminho. Seria capaz de caminhar por toda a ilha — tirando as zonas — dormindo. Uma vez na torre, passou sob o pesado lintel, ignorando as borboleteiras enroscadas na cantaria que brandiam os espinhos junto a seu rosto. Não era estritamente proibido entrar nas cinco torres de Ham, embora não fosse inteiramente permitido. Entretanto, as crianças haviam estado todas ali, antes, atemorizando umas às outras com histórias de como os gigantes iriam pegá-las. Sentando-se nas ruínas de uma lareira, Carl olhou através de uma abertura no telhado da torre para o vidro. O painel ainda cintilava ali em cima, a disposição das luzes igual à que ele aprendera a reconhecer com Caff quando era um pequeno passageiro, sentado em seu colo no chão diante do apê Ridmun, a cabeça aninhada na concavidade de seu pescoço.

— Akela eh alanterna, ela dizia, kuandu tah plena agentch V as luzis lafora, eh, a iluminaçaum di Novalondris. I kuandu tah kebrada, agentch V u panel, intendeu, meubein?

— Iu Deiv, mãi. Ondi tah eli?

— Eli tah sentadu nafrentch dagentch, bein, maizagentch nun V puke eli eh invisívu.

— Maizeli podi V agentch, nun podi, mãiê?

— Ah podi, meubein, eli V agentch, V agentch inseu ispelio. Eli tah olianu utemputodu — olianu nuispeliu pranóis, i prucuranu

pelu vidru u Mininu Pedidu. I lah incimadeli, meubein, maizincima-
deli tah u Flain Ai, i eli V umundu todu.

Contudo, agora, sete anos depois, aconchegado na lareira da
torre do gigante, Carl duvidava que Dave visse o que quer que fosse em
seu retrovisor — muito menos ele.

~

Na metade da primeira tarifa do dia seguinte, quando o farol já se
erguia bem alto sobre o Gayt, os pais de Ham reuniram-se para o Conselho. Embora este fosse conduzido bem perto do pedaço, pés de sal-
gueiro e pustulária ocultavam suas deliberações dos olhos curiosos das
mamães, opares e crianças. Os pais olhavam em vez disso para a baía,
onde, através da única abertura na vegetação, podia-se avistar o pedalinho do chofer, deixado sobre a praia. Embora só restassem doze pais e
avôs, agora, Fred dissera a Carl que quando ele era novo vinte pais haviam deliberado, enquanto uma geração antes houvera mais de trinta
— todos juntos opinando e debatendo os assuntos da comunidade.

Naqueles dias, o Conselho fora uma babel, mas desde que o
motorista se estabelecera entre eles, a ordem passou a imperar sobre a
pequena mas ruidosa assembléia. Em nenhuma outra época isso ficava
mais evidente do que no meio do verão, quando, por um mês inteiro, o
grupo do chofer estava presente. Então o Conselho era conduzido com
grande solenidade, fazendo-se o melhor que se podia para impressionar
os visitantes. No primeiro dia após a chegada do chofer, mandava o
costume que este julgasse os malfeitores que, no ano em que ele estivera distante, houvessem cometido crimes considerados graves demais
para ficar ao encargo do chefiador. Porém, dificilmente algo do tipo
ocorria — roubo e violência eram completamente desconhecidos dos
pais, enquanto fofocar, borbulhar e outros exemplos de impropriedade
na fé eram coisas sobre as quais cabia a Fred deliberar. Um simples ju-
ramento sobre o Livro sempre era suficiente para descobrir a verdade,
enquanto uma pequena multa servia para a maioria dos agravos.

O motorista não interviera diretamente nas deliberações do
Conselho — era esperto demais para isso. Porém, o tempo que os pais
tinham de passar no Abrigo — uma tarifa inteira a cada dia, duas todo
sétimo dia — emprestara um rigor dävino a tudo em que se empenhavam. Havia aquele ar carregado de umidade entre a pequena assembléia
e os primeiros sintomas da pedalite sempre estavam presentes: narizes

entupidos, gargantas inflamadas, olhos lacrimejantes. Certos pais eram acometidos de uma febre tão severa que os estorapeitus recém-obtidos no escambo tremiam entre seus dedos e caíam no chão de terra batida. Que o Conselho tivesse de julgar o crime mais sério da ilha em trinta anos era algo que pesava fortemente sobre eles, quanto mais não fosse pelo fato de que até trinta anos antes a idéia — para não falar da realidade concreta — de voar permanecera desconhecida de Ham.

O chofer se acomodava na parte mais elevada da parede circular. Seu casaco de bubbery franzia-se nas costas recurvadas em dobras estreitas. Seus bigodes espessos — uma anomalia entre os hamsters, que deixavam crescer apenas a barba do queixo — emprestavam-lhe um ar de autoridade. Fred Ridmun estava de pé diante dele, boné de beisebol oficial em uma mão, porrete na outra, enquanto Carl e Antonë sentavam-se no chão junto a seus pés.

— Umeu filio, disse Fred, foinduzidu aisso pur Tonë Böm, ch'fia, eli nunca teria feituma coisa dessas 100 Böm.

— Tein certeza dissu? O chofer deu uma tragada meditativa em seu estorapeitu. U pai ligítmu fez umaskoisasassim, num foi?

— Só ki pior, respondeu Fred. Mutu pior.

— Uki podi se pior ki i cavah nazona, ein? Sei uke alguns di voceis acreditam nu fundudukoraçaum. Sei ki aindaxam ki o Livu foi incontraduaki im Am. Uzavôs tein idadi suficienti pra lembrah du Fulanu? Houve um murmúrio inaudível entre os membros. Antis du rei Deiv kualkeh lugazino seiimportancia kiria sê u bersu danossafeh, naum? Mais sussurros. Maizuavô du rei, eli mudô tudu içu. Eli tevi uma revelaçaum ki u Livu foi incontradu in Londris, naum eh vedadi?

— Eh vedadi, murmuraram os hamsters, aflitos.

— Naum eh soh suazona ki eh proibida. Todazas zonas di Chil saum acim. Kuandu voceis pricizam di tijolu, creto, yok u brita, vaum buscah ali pertu. Mais voceis naum tein habilidadi di trabaliah kum ferrim, i niun fiscal pra supervisionah suazescavaçoens. 'gora essi sujetu — brandiu o dedo na direção de Böm — ki veio aki comu 1 refugiadu, ousa sinfiah nazona. Ke maizeli feiz, ein?

— Nah, nah, Mistah Greaves, disse Fred, nadadiçu, agentch nun tevi kualkeh problema cum u Tonë, eli eh komu kualkeh 1 di nóis.

Os pais emitiram grunhidos aprovadores e Fukka Funch pediu a palavra, dizendo:

— Eli salvô avida da mia Bella.

— Eh içu mesmu? O chofer se dirigia apenas a Fred.

— Eh, Tonë eh un ótimu sujeitu, i pur se bicha, asmulieris dexam eli assisti alguns nassimentus.

Mister Greaves passou a se expressar nas cadências mais sonoras do bibici e Antonë Böm se deu conta de que isso significava que não haveria mais inquirição:

— Entretanto, voar conta contra este homem mais do que dar a vida conta a seu favor. A voação destrói a fé e sem fé não temos nada, nem corridas, nem pontos, nem interfone, nem Nova Londres.

— Sein Novalondris, entoaram os pais.

Greaves virou-se para Böm:

— Existe alguma coisa que possa apresentar perante este Conselho, concernente a seu comportamento, capaz de eventualmente justificá-lo diante do retrovisor de Dave? Quer nos dizer por que levou o jovem Carl Dévúsh à zona e por que foi empreender escavações e investigações ali?

Antonë Böm ergueu o rosto para Greaves. Ele fazia alguma idéia do status do chofer no Castelo Pulapula de Chil. Ele sabia que, embora Greaves devesse ter pago uma nota preta pelo privilégio de se tornar o subempreiteiro do Iod, todavia sempre fora um sincero protetor dos hamsters. Não faria bem algum à causa do chofer que fosse visto indo contra o motorista — e, mais além dele, o PCO.

— Não, disse Böm, finalmente, não tenho nada a dizer em minha defesa. No que diz respeito a Carl, não passa de um rapaz, acompanhou-me de forma inadvertida, e tentei dissuadi-lo. Ele não fazia idéia de meus propósitos.

O chofer deu uma profunda tragada em seu estorapeitu e soprou uma coluna de fumaça.

— Isso tudo não vem ao caso, disse, o crime do rapaz é o mesmo que o seu, voar, e não cabe a mim emitir um veredicto sobre quem quer que seja. Devem seguir para Londres, para o PCO. Os examinadores exigem julgar eles mesmos todos os voadores e não vou ficar em seu caminho. Que Dave tenha piedade de seus passageiros!

— Deiv tenha piedadi, fizeram coro os pais.

— A-agentch vai T ki i hoj dimanham ku seu grupu? Carl não conseguiu segurar a pergunta; então se encolheu, antecipando a bofetada.

Greaves, contudo, permaneceu calmo, e em sua voz vibrava uma nota de simpatia:

— Não, rapaz, ainda é muito novo, este ano. No ano que vem, quando eu regressar, já será pai o bastante. Até lá, você e Böm devem permanecer aqui, mas guarde minhas palavras, se qualquer um dos dois se enfiar na zona nesse meio-tempo, ou se incomodarem o motorista de algum modo, serão tratados com severidade ainda maior quando chegarem a Londres. Lembre-se de seu próprio pai, Carl Dévúsh, lembre-se do que aconteceu a ele.

2
Arapuca para um voador

Dezembro de 2001

Curvado sobre o volante, faróis perfurando o miasma, Dave Rudman acelerou o táxi pela chicana na parte baixa da Park Lane. As furiosas ruminações do taxista disparavam através do vidro do pára-brisa e ricocheteavam no mundo insensível. Aquiles estava em seu pedestal *com seu minúsculo pau de bronze*, o escudo negro rechaçando o modelador de cabelo do Hilton, *onde começou toda minha agonia*. Nuvens sólidas pairavam no alto, *exalando sangue fresco*. Os portões de Hyde Park, erigidos para a Rainha-Mãe, pareciam *clipes de papel retorcidos*, na penumbra, o leão e o unicórnio empinando em seu brasão de Warner Brothers como dois personagens de desenho animado. A desgraça esteja com aquele que pensa nisso, dizia o Unicórnio, e o Leão respondia, *Ei, u keki ah, velhinho?*

Bipando junto deles, o Acenossonar de Rudman detectou um embrulho de Burberry preso no calcanhar de grama que fora arrancado do canteiro central pelo tensionado tendão asfaltado da Achilles Way. *Cabaço vacilão*. Os limpadores do táxi faziam *iic-iic*. O embrulho tentava passar por cima do guard-rail em Y — a única coisa que o impedia de ser moído sob as quatro pistas do tráfego, tráfego que passava fustigando pelo memorial de guerra, onde cadáveres de bronze jaziam sob obuses de concreto. *Ônibus imundos lotados de caipiras prontos pro estupro de carteiras natalino*, vans Transit de pintura pálida e esfoladuras de ferrugem com bandeiras da Inglaterra nos vidros traseiros, *os mano em BMWs Seven Series, especialistas da curandice alternativa em Smarts do tamanho de um skate, motoboys encarnados em Conan, o Bárbaro*, caminhões de ferro-velho arriados, ônibus Routemasters caolhos caindo aos pedaços — toda a imunda caravana londrina, do atacado ao varejo, cinco dias antes de torrar o crédito do Natal, fazia planos de esmagar sua fatia de *gringo candidato a animal atropelado...* Então Dave desviou o Fairway para uma pista lateral e esperou para ver se o homem conseguiria.

Conseguiu. Ele se aproximou resfolegante da janela do motorista. "Moço, moço, desculpe, moço..." *Moço, moço?! Esse merda é louco?* "Obrigado por parar." *Vai me perguntar se eu sei em que teatro tá passando O Rei e eu. Babaca arrombado.* "Pode me levar pra..." O gringo puxou um pedaço de papel de seu impermeável e consultou. "Mill Hill..." Disse as duas palavras devagar e bem pronunciadas, como se pudessem ser difíceis para Dave entender. "Se... se isso não for meio que fora do seu território?" *Meu território, o que ele acha que eu sou, uma porra de javali?* Dave imaginou táxis londrinos animalescos rolando no leito da pista, sacudindo os ombros metalizados para se livrar de grades arremessadas por esnobes ávidos de aventura.

"Entre, por favor." Dave passou o braço pela janela e abriu a porta, depois ajeitou-se no banco e acionou o taxímetro. O embrulho rolou para dentro, uma massa amorfa e agradecida de gabardina molhada que bafejou um odor suave de alguma fragrância masculina *anunciada por veadinhos de cueca com o peitoral lustroso.* Dave Rudman engatou a marcha e com um leve tremor evitou a faixa próxima, desviando destramente para evitar um ônibus sorrateiro saindo de sua baia. Então esfregou as narinas assadas com um punhado de lenço mais disforme que ranho. *Uma porra de enfermeira vinte e quatro horas... é disso que eu precisava neste trabalho. Abro a porta e lá vem outro vírus de olho puxado a duzentos por hora.*

O passageiro sentou no meio do banco de trás, joelhos separados, barrigão exposto pelo impermeável aberto, ambas as mãos pousadas nos apoios das portas traseiras do táxi *como se estivesse em um riquixá de merda a vinte e cinco paus.* "Quando digo território, taxista", disse o passageiro, inclinando-se para a frente a fim de enfiar a cara gorda através da portinhola da cabine, "quero dizer que ouvi falar de seu famoso Conhecimento, mas imagino que talvez Mill Hill fique um pouco além disso... além da área que você tem que cobrir." *É do tipo que fala, esse aí, quer falar, vai na zona e quando a puta tenta chupar diz que prefere falar, que a única coisa que quer na boca dela são palavras de conforto. Vai vir com a porra do Afeganistão pra cima de mim em dois palitos. Lá vem aquela conversa de Tora Bora e...*

"Isso mesmo, é um pouco depois do raio de dez quilômetros a partir de Charing Cross, teoricamente o limite das ruas londrinas que a gente precisa saber."

"Teoricamente?" *Ele não esperava ouvir essa palavra de meus lábios classe baixa, lábios que vê se mexendo no retrovisor. Vai compor um retrato falado meu a partir dos lábios, queixo e parte de trás da cabeça. Não caiu na do boné de beisebol — e gostou de ver que estou ficando careca, o balofo acha que leva a melhor, assim.* "É" — *deixa o cara mais à vontade, desse ganso arrombado ainda pode sair algum ovo pra mim* — "teoricamente, porque, na prática, a gente precisa ainda conhecer um bom pedaço dos subúrbios, o que cobriria Mill Hill também."

"Ã-hã." O passageiro ficou satisfeito, havia marcado seu tento, mostrara a Dave que não era apenas mais um turista imbecil que imagina Londres como *uma camiseta de suvenir de dois mil e tantos quilômetros quadrados, decorada com policiais de capacete de mamilo, cabinas telefônicas vermelhas, moicanos, esnobes empavonados e black-cabs de merda.* O passageiro olhou à esquerda para a avenida de plátanos que se estendia em direção à Speakers' Corner. Olhou à direita, para a pequena máquina de limpar ruas sacolejando na sarjeta, suas escovas elétricas circulares polindo os molares da pedra de York. Ficou momentaneamente perdido, num devaneio provocado por um casal de mochila, tarados da umidade, recostados na beirada de um chafariz, as coxas dela presas nas dele. Estava pensando em sua família — e no Afeganistão.

"Meio estranho estar aqui na Europa."

"Imagino que ia preferir estar na sua casa, com todo esse negócio..."

"No Afeganistão, pode apostar que sim. Com certeza, é maluco pensar que você não está mais ameaçado, aqui, ou que sua família não está mais ameaçada se você não está lá, mas mesmo assim..."

"Ia preferir estar com eles." *E eu idem, num hotelzinho de família limpo em Gloucester Place, setenta paus a noite, com passeio a pé por Bloomsbury incluso. Dois fedelhos grandes estufados de hambúrguer, as bocas cheias de ferros, a patroa metida em um conjuntinho bege. Queria uma família dessas pra poder enfiá-la no vazio deixado pela minha.*

"Eu tinha marcado o vôo antes do 11 de Setembro, imaginei que seria como ajudar o inimigo, se não viesse."

"Podecrer."

Iic-iic, seguiam os limpadores; o táxi freou, depois foi em frente e se juntou às outras carcaças ferruginosas deslizando perto do Marble Arch, um recife de Nash assomando na garoa suja. "Vou falar um negócio, taxista." *Desembucha, seu filho-da-puta retardado, põe tudo pra fora.* "Não votei no Bush, mas, na minha opinião, ele tá lidando direito com isso, e não foram as Torres Gêmeas que me puseram contra aqueles camaradas do Talibã — Deus sabe que coisa horrível foi aquilo —, mas eu já sabia que era uma gente horrível quando explodiram as duas estátuas antigas do Buda, sabe quais?"

"Sei." *Camaradas? Deus sabe!?*

"Qualquer sujeito capaz de destruir uma coisa linda e antiga com tanta brutalidade... bom, nada que fizessem iria me surpreender, depois daquilo... e o jeito como tratam as mulheres, também."

No que me diz respeito, o jeito como tratam as mulheres é a melhor coisa daqueles arrombados... mantenham essas esfihas na linha, é o que digo... veja minha ex, simplesmente se mandou e bateu com a porra da ordem de restrição na minha cara, mas isso nunca teria acontecido em Cabul, eu teria enfaixado ela num daqueles troços pretos de freira antes que tivesse tempo de dizer pensão alimentícia... "Não poderia estar mais de acordo. Foi um negócio muito triste." *Porque podiam ter ido um pouco mais longe, os desgraçados — tirem as crianças delas — nada de crianças, nenhuma porra de direito da mãe pra cima da gente...*

Passando o Odeon, com seu telhado de caixa de ovos, o táxi parou cantando em alguns semáforos e o taxímetro — que vinha tiquetaqueando generosamente — diminuiu para o ritmo de conta-gotas dos pence. Após quinze anos como taxista, Dave Rudman estava tão afinado com o aparelho que conseguia calibrá-lo minuto a minuto com suas próprias corridas. No início de cada dia, uma planilha se formava sob suas pesadas pálpebras e, conforme dirigia, apanhando e desembarcando, parando no ponto e saindo outra vez, os números eram instantaneamente calculados para informá-lo se estava adiantado ou atrasado, se pagava o diesel, o seguro, o veículo, a comida, o estora-peitus, o meh, as receitas, a pensão e o advogado do divórcio. Às oito da noite, quando a segunda tarifa entra em vigor, os números se alteram de acordo; às dez, quando começa a terceira, mudam outra vez. *Mas essa porra toda devia ser uma só: 6 às 2, 2 às 10, 10 às 6. Desse jeito, você sabe o que tá ganhando — clientes e tudo mais. No futuro, as tarifas vão ser iguais, ah, com certeza.* Tempo, distância e grana — as três dimensões do universo de Dave Rudman. Nas alturas, do Flying Eye, Russ Kane *tentava fazer piada com a merda de caminhão que perdera a carga na Robin Hood Roundabout...*

Dave Rudman dificilmente usava algum dentre as dúzias de abrigos para taxistas espalhados pelo centro de Londres. Porém, naqueles dias, andava tão quebrado que precisava do combustível barato e oleoso que as encarregadas velhas e tagarelas forneciam. Os abrigos eram estruturas pequenas e esquisitas, como pavilhões de críquete de madeira antediluvianos, pintados de verde, erguidos aqui e ali pela cidade. Lá dentro, os taxistas ficavam papeando e ocupando os dentes em uma mesa coberta com uma toalha plástica. Tantos taxistas, os rostos dilapidados pela vida — como camponeses prematuramente envelhecidos, exauridos por seu credo preconceituoso. Dave não queria conversar a respeito do menino perdido, mas, na semana anterior, no abrigo de Grosvenor Gardens, quando um *mala* de um taxista, ao ver a cara cavalar deprimida de Dave, perguntou estupidamente por que estava tão angustiado, Dave abriu o bico. Aí o outro taxista fez piada: "Mulher é que nem furacão: quando vêm estão úmidas e selvagens, quando vão levam seu carro e sua casa."

Michelle não levara só a casa de Dave; arranjara uma maior, mais luxuosa. Arranjara até um pai novo para o menino de Dave — *e essa merda é ou não é de vomitar?* Como aquela vaca gorda da Cohen que estava ordenhando o sangue de Dave, *ela deve ter uma porra de taxímetro na gaveta da escrivaninha e toda vez que eu bato um fio põe a merda pra funcionar, e o negócio sobe que nem foguete, cinqüenta paus de uma vez, cem paus por uma carta. E aí tem o rábula que ela arruma pra comparecer no tribunal e dar a patinha por uma puta fortuna — mas aposto que leva o dela. A vaca. Advogados — puta bando de vagabundos.*

Quando o táxi rodou pela Edgware Road, o passageiro pareceu achar graça nas calçadas úmidas reluzentes entupidas de árabes. Árabes sentados atrás das vitrines de vidro temperado do Maroush bebericando suco de fruta e fumando narguilés, árabes parados nas bancas para comprar seus jornais cheios de rabiscos floreados. Suas mulheres esvoaçavam atrás deles, *etiquetadas e embrulhadas, mas debaixo de seus xadores estão empetecadas como putas com calcinhas de seda, é o que estão. Deixa elas excitadas pra caralho... E minha ex, com seu trabalhinho em Hampstead, embrulhando lingerie na merda do papel de seda... Ela é igualzinha... Todas são...* "Em que lugar exatamente de Mill Hill, chefia?"

"Ah... claro... certo..." O passageiro desdobrou um papel. "Fica bem perto de um lugar chamado Wills Grove, mas não tem um nome, é como um beco."

"Sei onde é."

"Sabe?"

"Sei... perto da escola."

"Isso mesmo. Estou indo ver um sujeito do National Research Institute — a trabalho — estou aqui por isso. Trabalho na CalBio

Tech... talvez tenha ouvido falar da gente. Uma das empresas desenvolvendo patentes de genoma humano..." Quando Dave não respondeu, o passageiro tomou outro rumo: "Devo dizer, estou muito impressionado em ver como conhece Londres tão bem. Muito impressionado. Denver, onde moro, lá você não consegue achar nem um motorista que conheça o centro... quanto mais os '*burbs*', como vocês chamam."

Dave Rudman estivera em Nova York, certa vez, arrastado a contragosto pela ex-esposa, um pára-quedas na cauda do foguete. O formigueiro humano já era ruim o bastante — mas pior ainda era a desorientação. Mesmo com o sistema de grade, *eu não sabia as corridas, não sabia os pontos... era ignorante pra caralho... Fiquei feliz de deixar a América pra lá, velho, porque meu Conhecimento tá todo aqui. Já tem desavisado demais por essas bandas... não preciso ir pro outro lado do oceano pra conhecer os de vocês. Não que eu dê a mínima pra esses daqui, isso já foi, gastei saliva, e vou dizer uma coisa, o conhecimento de verdade é de graça! As mulheres e suas manhas filhas-da-puta, crianças e como ficar sem elas pode deixar um filho-da-puta maluco, dinheiro e como conseguir ganhar quebra a porra das suas pernas!* O PC Apricot obsoleto estava na garagem da casa dos pais dele, em Heath View. Ficava ali, acocorado num velho baú de madeira, ladeado por dois caça-níqueis defuntos de seu pai, entranhas expostas, as outrora brilhantes ruas e avenidas de circuitos e fiações banhadas pela luz crepuscular. Em um raro momento de clareza — um vislumbre oblíquo pelo quebra-vento de sua mente —, Dave Rudman lembrou-se das longas jornadas em seu apartamento de Gospel Oak. O *tec-tec* e as transcrições, o registro da Sua Lei. Então, seus olhos tomaram o caminho de volta até o vidro embaçado do párabrisa, e a figura curvada sobre o teclado não havia sido ele, não senhor — só mais um dopado.

"Bem, nosso objetivo é agradar, senhor. A maioria dos taxistas aqui em Londres se imagina como embaixadores da cidade, parte motoristas, parte guias turísticos." Dave diminuiu a marcha antes do cruzamento com Sussex Gardens, permitindo a uma hispânica peituda de jaqueta jeans com bordas de pêlo atravessar a rua com suas prateleiras gigantes. Sentiu a aprovação do passageiro como uma lâmpada ultravioleta incidindo sobre seu ponto calvo. "Agora, aqui à direita, senhor, quase toda a propriedade que vai daqui até a Baker Street pertence à família Portman; pouca gente se dá conta de como grande parte de Londres está nas mãos de pouquíssima gente, muito rica."

"Muido inderezante, izo."

"Fico feliz por pensar assim, senhor, e essa rua pela qual estamos passando, talvez tenha notado que é muito reta pra ser uma rua londrina, e isso porque é a velha Watling Street romana."

"Não me diga." *Digo, caralho. Digo porque sei. Sei dessa merda toda — tá tudo aqui. Se tudo isso virasse um pântano, se fosse levado por uma porra de dilúvio, quem ia conseguir dizer como era antes? Não o merda do prefeito, nem a porra do primeiro-ministro — pode ter certeza. Mas eu, o humilde taxista.*

"Certo, se a gente estivesse por aqui, há setecentos anos, ia ver uma legião marchando pra Chester, a caminho do norte, pra arrasar com um bando de selvagens pintados de azul."

O táxi, limpadores iic-iicando, afastou-se das luzes e trepidou nas cracas de concreto do Hilton grudadas sob o elevado de Marylebone. Era o fim da hora do almoço em um dia úmido de dezembro, de modo que as vitrines do comércio começavam a se iluminar. Dave tentou imaginar quem — que ele conhecesse — seria do tipo a pegar um quarto ali, por nenhum outro motivo além de *fumar crack com bóis da Bayswater Road e pilhar o minibar.* De alguma obscura catalogação em sua memória, uma lembrança saltou: *Superb Sid, Sid Gold... peguei ele o ano passado na frente da Old Curiosity Shop... Parecia todo corado, o puto, supercheio de si. Terno sob medida, o sobretudo de cashmere, na maior estica. Ele não teria me feito nenhum favor se eu tivesse lembrado ele do permanente que costumava usar na escola. O cara virou advogado, o corno, um porta de cadeia — do lado errado da porta. Me deu seu cartão. Veadinho. Mesmo assim, é de alguém como ele que vou precisar, porque a vaca gorda da Cohen não resolve a parada. Se eu quiser ver o menino outra vez, vou precisar achar uma sujeira naquele puto do Devenish. Alguma coisa tem que ter... Sempre tem... cavando acha.*

"Meu filho mais velho ia ficar fascinado com esse negócio", disse o passageiro, que estava relaxado, agora que passavam devagar por Little Venice e subiam Maida Vale. "É louco por história... puxou isso do pai, acho." O passageiro olhou em torno para os cinco andares do bloco de apartamentos Tudorbethan e, como que achando conforto naquela solidez, descolou as mãos dos apoios nas portas, e finalmente ficou à vontade no banco traseiro.

Dave bateu no botão do interfone — um trocitcho de plástico com uma cabeça hieroglífica entalhada: "É, sempre penso na Watling Street como uma espécie de túnel do tempo, ligando o passado ao presente." *De que adianta saber que existe um túnel do tempo ali se não tem ninguém pra atravessá-lo com você? Hoje eu acho que decorei a cidade pra guardar na cabeça por um tempo — depois perder pro meu filho. Sem ele, ela tá começando a desaparecer — como uma porra de miragem.*

"Deve estar trabalhando muito, por esta época... antes do Natal?" O passageiro se sentia não muito à vontade com a imagem extravagante de Dave, *mas, sem neura, o cara tá pagando pra se sentir superior, não é só pra ser transportado. Superior em conhecimento, superior em riqueza, não precisa de um chofer de praça pra dizer pra ele que não é uma coisa nem outra.*

"É, trabalhando bastante, por aí, nessa caixinha de esmola, o tempo todo."

"Caixinha de esmola...? Ah, entendi."

"Mas vem no ano-novo, a cidade vai tá mais parada que um cemitério. A gente chama de estação do arenque defumado."

"Como?"

"Porque é morto — num acontece nada 'té a primavera." *Quando a porra da exposição da Ideal Home chega na cidade, mais bichinha do que dá pra olhar. Depois é a vez das putas do anoraque sem mangas e do lencinho na cabeça aparecerem pro Flower Show, e a Chelsea Bridge fica entupida de ônibus vindo do aeroporto e de off-roads que nunca derraparam o pneu nem na porra da entrada de cascalho da própria casa. Benny costumava dar o fora pra Tenerife no banana boat durante a estação do arenque. Dizia que conseguia ficar lá o inverno todo com cinco xelins por dia, e voltava quando o movimento esquentava outra vez.*

Passaram pelo Fratelli's, um bistrô envidraçado sob o deque do novo Marriott, depois o táxi acelerou rumo à Kilburn High Road. A *galeria comercial de merda* na Kilburn Square fervilhava de *pivetes irlandeses-londrinos de orelha de morcego esmolando dinheiro em troca de bichos de pêlo sintético com olhos pregados a cola. Maloqueiros de merda... as calças de agasalho folgadas... agitando os braços magrelos.* Mesmo assim, Dave se sentia em casa, aqui — chegara ao círculo correto da cidade, ao que ele mais ou menos pertencia. Construídos ao longo dos séculos em anéis concêntricos, como o tronco de uma árvore gargantuesca, os distritos de Londres extraíam sua personalidade de seu anel: Kilburn, Shepherd's Bush, Balham, Catford — cada um deles erguido com os mesmos tijolos grosseiros e alvenaria compacta.

A chuva amainara, passando a uma garoa que era como pregas de celulite nas poças cor de bosta, e um brilho oleoso a tudo banhava. Os limpadores cessaram, *iic.* Dave tentou discernir as luzes em Willesden

Lane e não conseguiu. Parou de repente na rede de linhas amarelas do cruzamento e puxou o freio de mão, com seu rangido de escada de madeira. O Kilburn State Ballroom debruçava-se sobre eles, cartazes descascando de seus *ladrilhos de diarréia. Norte-irlandeses de merda, católicos sardentos de bosta, com suas bandinhas de hurdy-gurdy e seu desamor emputecido e violento que vaza pelos olhos, adorando uma vaca assexuada com o peito aberto num talho.* O passageiro olhava através dos vidros salpicados para os velhos trabalhadores, calças de flanela xadrez amarradas nas barrigas de Guinness, que saíam cambaleando de Paddy Power's rasgando seus bilhetes de apostas e jogando-os no ar para criar nevascas localizadas, natais pardos de perda.

"Chamamos isso aqui de County Kilburn", disse Dave, e, quando o passageiro pareceu não compreender, explicou melhor, "porque um monte de irlandês mora aqui."

"Ah... certo... tá."

"Um pessoal adorável." *Eu jamais estaria aqui se não fosse por você, meu filho. Nada de passageiros apanhados e os — aleluia! — desembarcados, também. Quem vai querer um filho da ralé cuspindo Bushmills no estofamento enquanto ele tagarela sobre sua pobre e velha mami? Não eu. Mesmo assim, tenho que visitar minha pobre e velha mami, ela se preocupa com Carl. Fica no caminho de volta para a cidade, eu podia até dar um pulo no Five Bells pra uns tragos... Não, faz minha cabeça girar, com as pílulas... Putaquemepariu! E se o PCO me pegar pra um check-up?*[*]

Seja como for, Dave não queria visitar sua pobre e velha mãezinha. Não queria vê-la sentada na poltrona gasta junto à janela, corrigindo escrupulosamente os trabalhos de seus alunos, ainda que houvesse duas semanas de férias pela frente, ou, pior ainda, preparando-se para um Natal centrado-na-criança ao qual a criança-neta-central não estaria presente. Dobrando guardanapos de papel decorados com renas saltitantes, checando a quantidade de bombinhas natalinas, escalando a minúscula escada de alumínio para descer com a caixa de enfeites do sótão igualmente minúsculo. *A mamãe nunca gostou de Michelle — estava mais pra ódio, na verdade. Engraçado, quando percebi o ódio da minha mãe parei de odiar a 'chelle.* Sentavam lá, entre canecas de café instantâneo na cozinha, ouvindo o velho roncar na sala ao lado diante da corrida: "E estão perto do disco final, agora, os últimos 200... e é

---

[*] O Public Carriage Office é um órgão público que licencia e fiscaliza os táxis e minicabs londrinos. (N. do E.)

Tenderfoot, Tenderfoot... desde Little Darling...". O não-dito pairava sobre a toalha de mesa, entre mãe e filho, entre Tupperware azul, entre *Hendon Advertiser* e uma pilha de livros didáticos cheios de orelhas.

Se Dave desse a brecha para sua mãe, ela o brindaria com alguns de seus males — os acessos de calor, os suores, as cãibras e dores... *Tá com sessenta e tralalá, caralho, mas é como se ainda tivesse de chico!* Deliberadamente, concebia os pensamentos mais repulsivos — odiar mamães era no que se saía melhor, e isso — compreendia com não muita clareza — porque *sou uma merda de filhinho da mamãe...*

O táxi rodou sob a ponte ferroviária em Brondesbury e começou a subir penosamente a Shoot Up Hill. *Monte de merda, carroça do caralho. Esse é o problema com os táxis — são todos umas imitações de merda, todos querem ser táxis, mas nenhum deles é o táxi de verdade. O velho* FX*4 de Benny era tão fraco que mal conseguia subir a rampa do Euston. Ele me contou uma vez que precisou pedir pruns gordinhos descer e andar, até conseguir chegar no plano. Este Fairway até que dá pro gasto, então por que eu iria investir trinta paus num* TX*? Um pára-brisa maior pra ver melhor esse bando de filhos-da-puta através do vidro? Ter uma rampa de cadeira de rodas pra poder apanhar aleijado? Já tô enforcado com a financeira e tenho que ralar pra caralho pra manter aqueles gordos de merda naquelas vilas alugadas de merda na merda da Marbella...*

"Vou dizer uma coisa, taxista", disse o passageiro, "a reputação desses veículos não lhes faz justiça, são excepcionalmente confortáveis." *Confortáveis pra quem? Tenta enfiar esse seu pernil de banha debaixo deste painel, é como enfiar as pernas num caixão, velho, um caixão vibrador de merda. É como enfiar um pinto tesudo numa camisinha texturizada. Juro, desço dessa merda no fim de um dia de trabalho e saio pulando de alegria.* "Fico contente que esteja apreciando a viagem, senhor, gostamos de dizer que esse é o melhor táxi de fabricação especial do mundo. Seu raio de manobra único de vinte e cinco pés o torna ideal para as apinhadas ruas londrinas e ajuda a assegurar que o transporte legal siga operando bem." *Eu largava tudo amanhã mesmo e ia dirigir uma merda de Renault Espace para a Addison Lee, não fosse o fantasma do velho Benny nas minhas costas e meu próprio orgulho idiota.*

O táxi rosnou na ladeira de Shoot Up Hill e por toda a Cricklewood Broadway. Esse era outro anel da cidade. Diante da mercearia havia cachos de bananas e caixas de batata-doce protegidas sob o plástico esvoaçante — vegetais estranhos e exóticos invadindo o subúrbio insípido. Diante das lojas de uma libra, africanos ocidentais agitavam rosários de âmbar e examinavam prateleiras de escovas. Um grande pub assomou à vista, o Crown, vidro trabalhado, portas duplas de vaivém, placa na frente. O aspecto era imponente, *mas feito assim só pra parecer como era no passado. Lá dentro, quinze tipos de cerveja diferente em torneiras eletrônicas, uma videojukebox e um bando de vadias dando as boas-vindas a vendedores peidorrentos entupidos de porções de frios.*

"E qual o nome desse condado, então?", perguntou o passageiro.

"Condado puta-sorte-de-não-morar-aqui, senhor", disse Dave, então riu para mostrar que não falava sério. *Não que eu seja racista ou algo assim, é só que sou perfeitamente honesto, no fim deste dia horroroso e particularmente de merda, não suporto a merda dos pretos... Não suporto cachos apertados e felpudos, pele chocolate, lábios azulados... o jeito pavoroso de dirigir...* Shvartzers. Difícil pensar no Big End, que Dave conhecia desde garoto, como *shvartzer. Mas é melhor dizer* shvartzer *do que negão ou tição, não é? Afro-caribenho é ridículo, porque isso é que não são. Se Benny ainda fosse vivo, ia ficar espantado de ver taxistas negros retintos, ia ficar de queixo caído. Taxistas negros retintos, e também sapatas, pisando fundo. Não que sequer chegue perto de ter tanto preto como tinha judeu — graças a Deus. Benny falava que nos anos 60 a maior parte dos taxistas era judeu. Que caralho aconteceu com os caras? Se mandaram pra Emerson Park, Rebridge e Stanmore, pra viver o resto dos dias atrás de vidro reforçado, vigiados pelas filhas advogadas e os filhos médicos. Penduraram as jaquetas de esqui e botas de pêlo, largaram o pedaço, deixando zó zuas ezdúbidas balavras bra trás.*

O táxi passou rapidamente por lojas de camas e colchões e um novo Matalan, antes de finalmente se mandar para o desfile infinito de comércio e entrar no autêntico subúrbio, a floresta arbustiva de três-dormitórios, casas geminadas do entre-guerras que definiam Londres mais que qualquer mero black-cab ou Big Ben um dia poderiam. A rua descia na direção da North Circular, cindindo-se em três línguas, uma enfiando-se entre o arco de um viaduto ainda mais elevado, enquanto as outras duas pendendo moles pelo solo. As fachadas de monitores do PC World e da Computer Warehouse encaravam uma à outra através de seis pistas. O táxi passou entre os prédios, depois foi suspenso, esbofeteado pelo vento, bombardeado pelo pedregulho, estapeado por papéis jogados. A leste, gaivotas elevavam-se acima do verdor marinho de Hampstead. *Como numa bola de vidro natalina, o táxi miniatura sacudindo.* Dave lembrou *da criancinha chorando, as marcas rosadas de dedos imensos no bumbum exposto.* E como havia sido o choro: *Num tah doenu, pai... num tah doenu...,* como que confundindo a dor com a ação que a causara.

Dave dirigia fazia tantos anos que dificilmente pensava no trampo propriamente dito de girador de volante — a não ser quando o fazia, e aí era um tormento. *Quando Carl era pequeno e eu me sentia desse jeito, tinha que achar uma cabine telefônica e encostar. Estava trabalhando à noite. "Quer falar com o papai? Papai tá no telefone?"* O som da criança de dois anos respirando, rascante no bocal, depois sua voz, sibilante, e contudo, estranhamente nítida:

"Paiê?"

"Eaê, Runty, tudo bem, velho?"

"Mami, mã, é um fantasma."

O fantasma seguiu dirigindo pela Broadway, passou pelo monumento à feiúra do Connaught Business Centre e atravessou Colindale, dobrando à direita na Colindale Avenue junto à Newspaper Library, onde caquéticos genealogistas amadores peneiravam os empoeirados feitos antigos de seus ancestrais entre os dedos artríticos. O telhado de cobre do National Institute for Medical Research em Mill Hill brilhou com um único débil raio de sol ao crepúsculo. "Aquele é o NIMR, não é?", disse o passageiro, mas Dave não escutou, concentrado em chegar, tomando aquele curso, depois outro: sob a M1 em Bunns Lane, depois subindo a Flower Lane até Mill Hill Circus. Não estava usando nenhum conhecimento para atingir seu destino — simplesmente um instinto-guia. *Agora é Carl que é o fantasma...* Primeiro deixaram de se ver em carne e osso, depois os telefonemas foram ficando cada vez mais curtos, umas poucas frases abafadas: "É, pai, issu, é", umas poucas frases abafadas que acabaram deteriorando em mensagens de texto: "C sumiu... Tisperei... 100 vc... Tb T amo... 1 bj." Um estacato caligráfico de letras e dígitos transmitido de um mundo alternativo. Então, interromperam a comunicação inteiramente e começaram a fazer contato em sonhos ou pesadelos.

Não foi senão quando dobrou a Wells Lane e trepidou pela pista rude entre a Mill Hill School e seus campos esportivos que Dave percebeu que não havia respondido ao passageiro. Pensou em remediar sua falha, mas era tarde demais, exceto para um caloroso "Bom, aqui estamos, senhor, nas alturas. Se pelo menos fosse um pouquinho mais cedo eu sugeria uma volta depois da reunião. Dá pra ver Londres, a maior parte do noroeste, daqui, e também o centro da cidade".

O passageiro apenas resmungou, examinou o papel amassado, então cantarolou, "É aqui!", conforme se aproximaram do próspero bloco de prédios. O embrulho de Burberry desencalhou a pasta e saiu com esforço pela porta. Parando perto da janela do motorista, mexeu na carteira de couro de porco que havia tirado de um bolso interno, do jeito irritante e lento de um estrangeiro, examinando cada nota, como que sem ter a menor certeza se valia ou não alguma coisa — muito menos de qual era qual. Dave assistia sua gorjeta minguar até sumir. Americanos acostumados com Londres davam boas gorjetas; recém-chegados dificilmente se incomodavam com isso — sem dúvida, não compreendiam que vinte por cento era considerado perfeitamente aceitável para um black-cab. *Ainda assim, vinte e cinco pratas no taxímetro e vai saber se...* "Não gostaria que eu esperasse, senhor? Posso desligar o taxímetro se o senhor não for demorar mais que uma hora." O passageiro consultou o relógio antes de responder. "Não, obrigado, vai demorar bem mais que isso." Estendeu o dinheiro, um dezão e uma de vinte, daí hesitou enquanto Dave selecionava as moedas em sua bolsa de trocados, ondas de dedos tamborimarulhando no cascalho de metal, então, "O troco é seu, taxista".

"Muito obrigado, senhor, muito agradecido!" *Considere-se em casa! Considere-se da fa-mí-li-a! A gente gostou muito do senhor! Podecrer! Gostamos! Vamos! Nos! Dar! Bem!* Com o olhar bilioso de seu próprio autodesdém, Dave viu a si mesmo pulando do táxi para dançar uma jiga sobre as poças enlameadas, pulando e espirrando água, as mangas arregaçadas até os cotovelos, segurando com força a aba do boné, já que não tinha topete.

Assim que o ex-passageiro se virou e saiu caminhando sob o brilho triste de um poste solitário, Dave ligou o táxi e sacolejou ao longo da Ridgeway. Dobrou à direita e estacionou na frente do instituto. Eram sete andares de janelas grandes, com esquadrias de metal — incluindo as águas-furtadas —, tudo brilhantemente iluminado. Das bandeiras abertas, vinha o zumbido surdo de maquinário trabalhando. Quando Dave era pequeno, escondido ali na propriedade em Bittacy Hill, engasgando com um estoura-peito, e à espera de que o restante de sua classe regressasse da corrida até o topo da colina, de modo que pudesse se juntar aos corredores em uma posição crivelmente favorável, corria o boato de que a cura do câncer estava prestes a ser descoberta sob o telhado verde de cobre do instituto. Daquela vez, ele divisara assistentes de laboratório em aventais brancos fazendo coisas com suportes de tubos de ensaio, mas agora as janelas do andar de baixo estavam equipadas com vidro espelhado, e Dave descobrira que, se andasse na direção da cerca, seria apanhado pelas câmeras de segurança, cada uma equipada com seu próprio micro, *iic*, limpador. Lá dentro, os nerds da pesquisa biomédica haviam deixado de lado a cura do câncer — assim como haviam deixado de fumar. Em vez disso, os colegas do americano estavam emendando genes, humanizando anticorpos e cultivando pequenas florestas pteridófitas de células-tronco. Aqui e ali um olho de bicho era dissecado, o animal vivo imobilizado em correias brutais. Garotas brancas de dreadlocks, enlouquecidas pelas deficiências de sua dieta vegan, iam até lá para tentar dar cabo dos nerds. *Cadelas salvando cachorrinhos num mundo cão...*

Dave Rudman desligou o motor e desceu do carro. Era um homem grande com ombros largos curvados pela corcunda ocupacional. Tinha a pança padrão ostentada pelos quarentões sedentários e os jeans mal ajustados caídos no traseiro. Seus traços eram razoavelmente belos e olhando de relance dava a impressão de força e sensualidade: uma boca ampla e lábios grossos; o nariz proeminente e bem delineado; o firme queixo de covinhas. Infelizmente, de perto a imagem começava a tremer, para então se desmanchar. Os olhos escuros eram bulbosos demais e próximos demais. A pele era um couro curtido por velhas cicatrizes de acne. As orelhas finas e cheias de vasos eram de abano. Quando tirava o boné, revelava que o cabelo — que aliás nunca havia sido dos mais notáveis — se fora, deixando para trás um crânio lunar, cheio de depressões esquisitas e calombos estranhos. Onde outrora costumava ser a risca, havia diversas fileiras de pequenas crateras, como se uma minúscula colheita houvesse sido arrancada. Os dois dentes da frente apoquentavam um ao outro, um joelho ossudo tentava cruzar o caminho do outro. Com satisfação em algum grau, era um rosto que talvez apresentasse um pouco de harmonia; agora, parado em meio ao lusco-fusco úmido de um dia hibernal nos alcantis de Londres, o rosto de Dave Rudman estava desorganizado pela dor, seus traços apartados uns dos outros por um antagonismo tão poderoso que jogava orelha contra olho, bochecha contra nariz, queixo contra o mundo. A barba por fazer de cinco dias emprestava-lhe uma fuça de desenho animado.

Dave Desesperado manquitolou até a cerca e pulou por cima para cair no parquinho acariciado pela brisa de um bloco de escolinha infantil. Trançando o caminho entre escorregadores e balanços que batiam na altura de seu ombro, chegou a uma segunda cerca e içou-se também acima desta. Parecia mal ter consciência de seu avanço, erguendo cada pesada perna no denim sobre o alambrado como se fosse uma prótese, até parar, cambaleante, observando ao longe no vale escuro os delicados colares de luzes da iluminação pública. Rudman caiu de joelhos — um súbito mergulho. Suas mãos — grandes, macias, cabeludas — desceram à superfície barrenta; afundou as garras no solo, erguendo punhados de lama, que espremeu entre os dedos. "Sua vaca desgraçada!", disse, aos prantos. "Sua vaca maldita, você me tirou... você me tirou... tudo!"

∾

"Somos pais, em primeiro lugar", disse o líder do grupo. "Somos pais amorosos", responderam os nove homens sentados em um círculo malfeito de cadeiras de plástico.

"Issessó uma formalidade", sussurrou Gary Finch para Dave, "nun leva a sério".

"Ótimo", disse Keith Greaves, o líder do grupo, "fico feliz de ver que todo mundo entendeu direito". Seu olhar passeou pelo círculo, indo de Dan Brooke em seu Armani de publicitário a Finch e Rudman, em seus jeans e jaquetas de agasalho. "Não importa quem somos ou de onde viemos — a única coisa importante aqui na Fathers First[*] é que somos pais querendo tomar conta de nossos filhos." Houve um murmúrio gutural de aprovação. Dave desviou o olhar dos rostos masculinos para as pequenas silhuetas douradas das estatuetas nos troféus de natação, no armário de vidro que tomava toda uma parede da sala da instituição. "Vamos lá!" Com uma palmada motivacional na própria coxa, Greaves curvou-se para a frente. Sua camisa branca estava sadicamente passada, seus jeans exibiam um vinco afiado, tudo nele era um clamor desafiador do macho solitário negligenciado. "Há algum assunto em particular que um pai queira pôr em discussão com o grupo nessa noite?"

Um homem magrelo de jaqueta de couro com uma barba rala ergueu o dedo hesitante. "Visita", gemeu roucamente.

"Boa, Steve", disse Greaves, os lábios finos torcidos, "todo mundo aqui pode se identificar com isso; agora, qual o problema?" Steve principiou sua queixa em um tom lento e uniforme: encontrara-

---

[*] Em português, "Pais em primeiro lugar". (N. do E.)

se com o relator de assistência social do tribunal, comparecera meticulosamente às reuniões com a Children and Family Court Advisory and Support Service, declarara com toda honestidade seus rendimentos à Child Support Agency,* mas, "Babs, ela só me fode". Sua voz começou a subir: "Eu chego na quarta à tarde pra pegar as meninas na escola e ela já levou" — um murmúrio grave de solidariedade dos pais — "ela manda elas pra casa da mãe dela nos meus fins de semana" — outro murmúrio — "elas vão pra casa dela com a roupa nova que eu comprei e as roupas nunca voltam pra minha casa" — mais murmúrios e, estimulado por isso, Steve começa a litania, "ela ficou com a porra da casa, ficou com a porra do carro, tem até um outro cara! Agora quer impedir que minhas filhas tenham qualquer relação comigo, não dá pra agüentar, eu...". Dave Rudman fitou os rostos pálidos de ressentimento, os olhos brilhantes de raiva. *Esse negócio aqui vai ajudar em quê?* Acrescentar seu próprio caneco de dor a esse tanque transbordante de perdas?

∾

Sempre reto, Regent's Park Road. Sempre reto, Finchley Road. Esquerda, Temple Fortune Lane. Manter a esquerda, Meadway Crescent. Manter a esquerda, Meadway. Direita, Hampstead Way... Andando pela Heath Extension, fitando a paisagem de prados fajutos, Dave recordou as incursões de meninice ali com seu irmão, Noel: saltando com as bikes pelos morrinhos e bosques em North End Woods, desmontando para combater outros garotos, tendo por armas gravetos e bolotas de carvalho, atacando sob a vegetação baixa — chapinhando nas poças enlameadas. Finalmente, desciam na banguela até sua casa pela Wildwood Road, passando os casarões com suas exuberantes sebes de alfena, Jaguares e Rolls Royces resfriando o motor diante das entradas. *Direita, Wildwood Road. Esquerda, North End Way. Seguir pelo Jack Straws Castle... Seguir... seguir sua ordem de restrição de merda, seu imbecil de merda! Se fizer isso outra vez e for pego, vai parar numa merda de sauna!* Os faróis de Dave banharam um bando de garotos de sete anos que deixavam ruidosamente uma antiga estalagem reformada. Jogavam um balão branco uns para os outros. Uma figura alta assomou atrás deles sob o batente da porta e ergueu a mão para admoestá-los, enquanto com a outra indicava

---

* CSA, órgão do governo que fiscaliza o pagamento de pensões alimentícias. (N. do E.)

o agitado tráfego, a poucos metros de distância. Dave seguiu em frente. *Direita West Heath Road. Esquerda Branch Hill. Direita e seguir por Frognal...* O Fairway rebolou nos quebra-molas. Nesses dias, quando o estresse era alto, pegava-se fazendo isso, dizendo em voz alta seu trajeto conforme o percorria, assim como fazia na época de Menino do Conhecimento, vagando pela cidade, *put-put-put,* em sua mobilete... *Esquerda, Arkwright Road. Direita, Fitzjohn's Avenue...* Isso ajudava a manter as rodas no chão, impedir o táxi de alçar vôo como *uma porra de Chitty Chitty Bang Bang de merda. Esquerda, Lyndhurst Road. Direita, Haverstock Hill...* que desceu rugindo, o Acenossonar desligado. Não podia se dar ao luxo de apanhar um passageiro ali em cima, no limiar da zona proibida. Podia ser qualquer um — e eles podiam contar a alguém. *Sempre reto, Chalk Farm Road. Pontos no começo: Mill Hill School, St. Joseph's College, The Rising Sun. Pontos no fim: nenhum, não tem finalidade nenhuma...* Dave suspirou, baixou os vidros, acendeu um B&H, ligou o sinal de livre e zarpou rumo ao West End. Se tivesse sorte, pegaria o povão largando o trabalho, depois ainda estaria de volta à cidade para comer alguma coisa antes da saída do teatro.

Na Shaftesbury Avenue, três mulheres ligavam-se ao meio-fio por uma corrente de braços cruzados. *Qu'acham qu'tão fazendo — atravessando um rio?* Dave as apanhou. Estavam voltando para Chelmsford e Shirley tinha um pouco de espumante na garrafa térmica — até aí ele havia entendido. Adoraram *Mamma Mia!,* embora esperassem mais. Ensaiaram um coro de "Waterloo" e dois de "Fernando", batucando nos bancos com os punhos até que ele pediu que parassem. Educadamente. O táxi alçou vôo saindo da Primrose Street e guinchou ladeira abaixo nas profundezas da Liverpool Street Station. As donas de casa de Essex também guincharam, seus olhos inexpressivos percorrendo os flancos elegantes da nova quadra. Lá embaixo, as paredes de azulejo davam lugar ao prosaico cimento e com *uf-ufs* ajudaram umas às outras a descer, pagaram o que mostrava o taxímetro e o mimaram com sua mamada adoração a título de gorjeta, "30544, a gente liga pro senho-*oor*!". Confundindo o número do veículo com o número dele, confundindo o táxi com o taxista. Mas todo mundo fazia isso — até Dave.

Dave girou o volante, fez meia-volta e subiu a ladeira. Antes que tivesse tempo de regressar ao ponto, arrumou um passageiro. *Curvas demais, mas agitação de menos, ali no West End, escassez de ianques, escassez de consumo...* As luzes em Regent Street brilhavam em grande parte para si mesmas.

O passageiro seguinte também estava mamado... *um yuppie da City*... um Lobb na sarjeta, o outro sobre a pasta grande e reluzente, o tipo de maleta usada para uma viagem de uma noite só. O sobretudo de pêlo de camelo aberto, o paletó amarrotado, a camisa azul e branca desabotoada no colarinho, a gravata *cor de ovo vomitado* desapertada. Atirou-se na traseira sem pedir, porque estava *puto e tagarelando no celular*. Dave continuou parado, deliberadamente sem ligar o taxímetro. "Pra onde, chefia?"

"Tô pouco me fodendo onde tá essa *tranche*, Beaky, põe na outra conta, embaralha, muda de lugar — 'eathrow...", gesticulou enfaticamente pelo painel de vidro e então recomeçou: "Não tem nada a ver com esconder, cara, é fazer a coisa funcionar. Eu faço a coisa funcionar — você faz a coisa funcionar, essa coisa toda anda... anda pra frente." Dave pôde ouvir Beaky bicando uma interrupção lá do éter, então acionou o câmbio e o táxi começou a rodar, passando pela barreira policial deserta e dobrando a esquina na London Wall.

O passageiro não conseguia parar de falar conforme Dave trançava com o táxi pela malha escura da City até o Embankment. Ele sacou seu laptop e tentou conectá-lo ao celular com um cabo de rabo de porco, até que isso se mostrou além de sua capacidade, então apenas leu algum texto dali para Beaky. Não que Dave estivesse prestando grande atenção, mas aquele yuppie — jovem, *cara de fuinha, um tufo de cabelo de rato grudado na testa suando vodca, anel-sinete fajuto* — não dava a mínima se ele ouvia ou não. Para ele, o motorista era apenas mais um equipamento do veículo, como a luz de leitura ou a ventoinha do aquecedor. Dave ficou agradecido — tinha os próprios pensamentos para lhe fazer companhia.

Quinze em West, mais cinco das tiazinhas, corrida até o aeroporto vai render mais trintinha ou quarenta. Parada no aeroporto e comer um negocinho no Doug Sherry, uma corrida de volta até a cidade — se der sorte — e por hoje chega. Velhos postes com globos de luz e peixes gordos torcendo-se em volta se enfileiravam ao longo do Embankment, enquanto acima do salivante Tâmisa leões de ferro fundido chupavam suas chupetas. A Millennium Wheel girava lentamente no South Bank, suas vagens de gente ameaçando toda vez mergulhar na lodosa turbulência. Dave beirou o rio, a cabeça desligada conforme o táxi rodava langoroso por Olympia, até chegarem à Cromwell Road, onde manequins em tamanho real de viajantes de primeira classe anunciavam assentos leito intercontinentais. *Num é di verdade, é dibrinquedu...*

Brinquedo não, filho, disse o pai de Dave, *as máquinas são pra diversão*. Estavam em uma mesa do bar Green Man, em Enfield Lock; a nicotina impregnava os cabelos e os dedos de Paul Rudman como um pólen tóxico. A coleta da semana dos caça-níqueis estava ordenada na mesa em pequenas colunas de peltre. Vince Bittern, o ex-gambé que cuidava do boteco, não parecia muito preocupado com a soma exata. Pôs o flácido antebraço no meio da mesa e fez um gancho para puxar mais ou menos metade das pilhas. *Ólrai, Paul?* quis saber. *Certo, velho, tudo certo*, concordou o pai de Dave, levando a taça de vinho cheia de Bells aos lábios úmidos, raspando a borda na ponte. Dave sentava em um canto, o rosto *cereja de vergonha — papai estava tão fraco, tão desesperado...*

Brinquedo não, disse Dave para Carl, ali sentado, na ponta do banco traseiro, bem atrás dele, olhando para trás pela janela do carro, fazendo perguntas intermináveis — um tirânico inquisidor de sete anos de idade. *É de verdade, filho*. O garoto uivou de raiva, *Naaum, mintira! Pára! Num é di verdade, é dibinquedu.*

Dibinkedu. Dave adotara o vocabulário do filho. Em dias bons, só as coisas obviamente falsas eram dibinkedu, como a coluna vertebral monstruosa pregada no consultório do quiroprático na Old Street, ou o pino de tomada gigante preso na parede de um edifício em Foubert's Place. Mas, nos dias ruins, quase qualquer coisa podia ser dibinkedu: o painel eletrônico da Bloomberg na esquina da North End Road era um Game Boy gigante, a tocha brilhante diante do novo Marriott Hotel, em Gloucester Road, um fósforo aceso. Os próprios prédios eram intermináveis prateleiras de CDs e modeladores de cabelo, enquanto as pessoas caminhavam nas ruas com os trejeitos espasmódicos das marionetes, fios conspícuos erguendo xícaras de isopor para seus lábios pintados.

O passageiro continuava naquilo quando o táxi chegou na altura do elevado Hammersmith: "Tô pouco me fodendo." Beaky seguia na outra ponta. "Sei como valorizar uma empresa, velho, e tô falando que tudo conta, tudo, caralho. A gente olha tudo — a gente derruba o preço, dá pra cavar o mais fundo que quiser... É, é, sei que venderam um maldito milhão de episódios pra Taiwan, e sei que parece limpo, mas ouvi falar de umas coisas sobre aquele Devenish..." *Devenish?! Putaquepariu, não pode ser, pensa só, episódios... preço de venda — tem tudo a ver.* "O cara é rico pra caralho, mora num puta dum casão em Hampstead, torra a grana por aí que nem água... Não vai me dizer,

Beaky, que isso é tudo tirado do *Bluey* — ou sei lá qual o nome daquele programa infantil idiota. Alguém tá comprando um pedaço do Channel Devenish e quero ter certeza de que não é o mesmo arrombado que tá vendendo... Sei, sei, velho, faz o que precisar, usa quem você quiser, põe na minha conta de pesquisa."

Quando rodavam pela Great West Road e Dave pôs o carro em sobremarcha pela primeira vez em uma semana, ele passara por uma mudança de atitude — da subserviência carrancuda para a servidão afável. O passageiro era um amontoado no banco traseiro, telefone jogado de um lado, laptop do outro. A transpiração de arrogância e bebida coagulara em um suor espesso assustador nas têmporas fundas e na testa tensa. "Quer saber de uma coisa, velho?" foi dizendo através da portinhola.

"O quê?"

"Não suporto voar, não suporto a porra do avião."

"Nem eu, nem eu." *Ah, tadinho do bebê, tá com medo?*

"É, acaba com a porra do meu dia."

"Pra onde vai viajar, chefia?" *Continua falando, quero seu cartão.*

"Nova York."

O táxi rodava suavemente ao longo do elevado de Chiswick, deixando para trás prédios de escritórios de quinze andares. *O que tem além da janela em arco, esta noite? Outra bancada de telas piscantes, outra máquina de cafezinho, outro vaso de iúca, outro faxineiro polaco? Tem mais polonês em Ealing do que na merda da Cracóvia — pelo menos, é o que dizem.* "O olho do furacão, então... faz um favor pra nós, óquei, e veja se consegue convencer alguns deles a voltar pra cá."

"Os negócios vão mal, então?"

"Mal, vou dizer uma coisa, perversu." *Perversu, ele vai gostar dessa, acha que é um ator principal e que o resto tá aqui pra ser coadjuvante.*

"Eh, sei, a parada naum tah lah essa maravilha tambein pro meu lado." E assim foi, os dois homens gracejando conforme o táxi tomava a rampa descendente para deixar o elevado e entrava aos soquinhos na motorway. *Heston Services. Moto 1 e 32. Desde quando isso aqui virou Moto Services? Costumava ser Granada — acho. Moto? Moto? Puta nome idiota pruma rede de conveniência. Puta logo idiota, também...* Um homem, deitado de costas, braços atrás da cabeça, usando uma espécie de coroa, umas linhas cruzadas atômicas na barriga para cima *como se o filho-da-puta tivesse sendo estripado.*

Por todo o caminho até a segunda saída para Heathrow, Dave procurou um modo de conseguir extrair o cartão do homem, mas após anos de prática em cuidar da própria vida, a bisbilhotice não vinha fácil. A chuva voltou a cair quando chegaram à saída da motorway. "Era só isso que me faltava", disse o passageiro; "deve tornar umas dez vezes pior praqueles cuzões na cabine."

"Eh issaaí", disse Dave, arrastado, "principalmente se os limpadores não tiverem funcionando." O passageiro riu agradecido — o papo cockney possibilitou a ele relaxar os nervos, entrar de volta no personagem.

O Heathrow dibinkedu, uma confusão de *Rotadexes de cabeça pra baixo e terminais de máquina de fax*. O táxi estacionou para o desembarque no Terminal 3. O passageiro desceu e ficou ali na úmida noite sódica de jatos estridentes e táxis murmurantes, ajustou o terno e o sobretudo, tirou a carteira. Deu um dezão de gorjeta; Dave agradeceu, então disse, "Vai recibo?". E quando o passageiro pegou e agradeceu de volta, Dave foi em frente, "Arrum'um cartão aí pra gente, velho".

"Como é?"

"Me arruma um cartão seu: esse meu circuito de rádio tá fazendo um negócio, meio que uma rifa, pros nossos clientes. Se o seu cartão for sorteado cê ganha duzentos paus em viagem de táxi pro ano que vem." O passageiro sacou o cartão e passou adiante. Dave agradeceu, desejou feliz Natal e acionou o câmbio. *Claro que não estou em circuito de rádio porra nenhuma, faz um puta tempo que não entro, preferia ganhar a vida como trambiqueiro do que perder tempo com essa babaquice.* Olhou o cartão: as palavras não significavam nada para ele — CB & EFN ESTRATÉGIAS DE INVESTIMENTO, STEPHEN BRICE, CEO EUROPA —, mas estava um pouco mais próximo de desmascarar Devenish, agora, *arrancá-lo de cima de Michelle com o pau molhado brilhando no escuro, virar o veado pra cima e esfregar a bota na sua cara espertalhona de merda.*

Dave tomou o caminho de volta pelo túnel longo e enfumaçado sob a pista, contornou a alça de acesso e subiu para a estrada secundária, onde havia hotéis tão grandes que outros hotéis podiam se hospedar neles. Pegou a rua sem saída que passava atrás da delegacia de polícia em direção ao pátio dos táxis. Entrou no primeiro que viu e estacionou; um quarto da lotação — nada demais para uma noite em fins de dezembro. Doug Sherry, o café dos motoristas, parecia bastante animado, *se você acha que uma espelunca cheia desses panacas pode ser animada.* Das janelas e beirais pendiam enfeites brilhantes e quando ele trancou o carro e entrou no saguão, havia uma árvore de Natal apoiada nas caixas cheias dos jornalecos gratuitos dos taxistas: *Taxi, Call Sign, London Taxi Times* e *HALT.* Pregado na parede de tijolos estava um cartaz plastificado exibindo a cara sorridente *de fresco de um taxista metido a besta.* "233 ASSÉDIOS SEXUAIS E 45 ESTUPROS", dizia a legenda. "Então do que é que ele tá rindo?"

Dave tomou seu lugar na fila para se servir no bandejão e deu uma olhada nos colegas. *Uns veados gordos, toscos, racistas, repelentes e podres. Com suas merdas de jaquetas de zíper idiotas, carregando suas pequenas bolsas estúpidas com mudas de roupas, indo pra cima e pra baixo sem dizer a que porra vieram.* Dave não gostava nem um pouco da maioria dos taxistas, mas reservava particular menosprezo à estimada metade dos taxistas licenciados londrinos, que não faziam outra coisa além de trabalhar no aeroporto. *Com aquela porra estúpida de nomes de gangue...* Quality Street Gang, Lavender Hill Mob... *e seus apelidos mais estúpidos ainda...* Farmer, Gentleman Jim, Last Chancer, Musher Freddy... *Sentados em fila lá fora pelo resto das suas vidas de merda, a lenta corrida para o West End com o passageiro, depois acender os faróis e tomar o rumo de volta lentamente. A porra do cagaço grande demais pra rodar por aí atrás de passageiros, como um taxista de verdade, uns babões de merda com sua pescaria e seu golfe, suas cartas e seus cavalinhos. Acham que fazem parte de alguma elite estúpida, seguindo o "código dos taxistas", quando metade deles são uns carudos trapaceiros, embrulhando seus discos de computador com papel-alumínio antes de ir para o pátio dos táxis no aeroporto pra passar a perna por uma merreca, ou baixar nos terminais pra roubar passageiros, fingindo que estão apanhando alguém pelo rádio se forem pegos no flagra. Me dá nojo.*

E sempre deu, e era por isso que Dave evitava o aeroporto o máximo que podia. Nessa noite, quem *passou a perna nele foi uma merda de bisteca de porco* que parecia suculenta sob as luzes brilhantes do balcão, mas que, assim que foi levada para uma das mesas azuis de melamina, se revelou seca e dura. Carne para cometer um assassinato. Não teria sido nenhum problema para ele enfiá-la como uma picareta de alpinismo no pescoço vermelho do taxista ali ao lado, com os cotovelos fincados no tampo, apontando o traseiro gordo no ar e batendo dominós sobre a mesa, cheio de energia caribenha. Poderia tê-lo feito, se as costas não girassem para revelar um rosto conhecido: "O qui C tá fazendo por essas bandas, Tufty?", perguntou o outro, e Dave resmungou, "Nada, aconteceu deu pegah um voadô". *É, um voador, um herege de merda... Um lixo que perdeu a fé em Londres.*

O olhar de Dave desviou indeciso para os painéis de madeira da parede, onde estavam penduradas fotos de taxistas falecidos: "Sid Greenglass, sempre chegou na hora, agora sua hora chegou, 1935-1986", "Chancer Ross, com o que não fugiu, 1944-1998" (este com a participação especial de uma vara, um molinete e duas caras de peixe morto), "O Flagelo de Maida Vale, Terry Groves, 1941-1997". A vida deles parecia mais abreviada do que a média, nos cinqüenta ou sessenta, a maioria. Talvez fossem a seleção feita quando o novo café foi construído e as fotos transferidas do General Roy — mas Dave duvidava. Ser motorista de praça sempre foi essa ocupação insalubre, sentado no banco trepidante, todos aqueles humores pavorosos juntando-se na barriga e nas pernas enquanto o estresse fluía através dos ouvidos, dos olhos e das mãos para o volante. *Hemorróidas — é isso que você ganha por todo o tempo sentado... hemorróidas... é por isso que são uns cuzões desgraçados. Taxistas não são grande coisa, mesmo — eles se acham uns profissionais do caralho, mas não são porra nenhuma. A maioria aqui é ex-alguma-outra-coisa: ex-tira, ex-soldado, ex-bandido, ex-boxeador — e acabam todos aqui, na parede do aeroporto, ex-tudo.*

Uma tela ficava colocada em um canto do refeitório, mostrando a movimentação na pista do segundo pátio. Este era maior do que o que havia diante do café, com trinta pistas de largura, cada uma com seus trinta e tantos carros enfileirados. Quando um motorista percorrera palmo a palmo aqueles dois cercados de gado, uma tela lhe dizia a que terminal se dirigir. Em um dia bom, podia levar algumas horas, quando a coisa estava devagar, muito mais. E depois, não havia a menor garantia de conseguir um passageiro no meio de Londres; podia acontecer de você achar apenas o perdido ocasional, naufragado na noite, querendo ir para o Holiday Inn, no fim da saída da motorway. Ou, pior ainda — porque ao menos com uma corrida inferior a oito quilômetros você não tinha de voltar para a fila —, um carregamento completo de Southall agitados, os sáris voando, todos com suas *trouxas de farrapos imundos da Paquilândia*, todos precisando de sua hábil assistência, para *ralar o pobre e velho Fairway pra cima e pra baixo nos quebra-molas* até o número 47 da Acacia Avenue, e então pagar o que marcaria o taxímetro, e nem *um maldito centavo a mais*. Duas horas esperando, vinte minutos dirigindo, vinte minutos descarregando tralha para os passageiros, *e tudo isso por uma merda de oito paus — melhor ficar embrulhando Big Mac.*

Dave deixou de lado a bisteca de porco muito antes de precisar manobrar até o segundo pátio. Melhor ficar esperando na escuridão do carro — poluído pelo odorizador de ar, pelo cheiro penetrante do diesel, fedendo a fumaça velha de cigarro — do que aturar a odiosa companhia de sua própria espécie. O táxi — ele havia passado metade de sua vida adulta dentro de um. *Não é apenas um automóvel — é quase uma merda de ser humano...* Pensou deliberada e fervorosamente nas pílulas para dormir junto a sua cama e na garrafa de uísque ao lado delas. Esfregou a barba por fazer com o polegar roído. Quando chegou sua vez, foi um alívio: cruzou a pista, picotou o tíquete e juntou-se à jibóia de metal seguinte que serpenteava atrás de sua presa pecuniária. Finalmente chegou à ponta e a tela se iluminou com um "n.º 47304, Terminal 2".

No Terminal 2, uma fila de passageiros era expelida pelas portas deslizantes, sugada do quente nenhures para o frio e úmido aqui do inverno londrino. Microônibus grunhiam como enormes porcos; a polícia armada desfilava, colares de submetralhadoras em seus decotes de Kevlar. Diante de Dave, viajantes socavam as malas abarrotadas dentro de um táxi, ignorados pelo taxista. *Quando eu era um menino educadinho, eu andava por aí balançando o traseiro como um totó... Quer ajuda? Deixe eu enfiar essa aqui, vou tomar cuidado, a gente pode pôr essa aqui na frente... Agora, não mais, ah, não.*

Enfim, chegou a vez de Dave. Ele olhou o relógio: fazia uma hora e quarenta e cinco minutos que estava no Heathrow. *O yuppie da City ia encher o cu de dinheiro, naquela época, minha advogada de merda ia morder a metade, e eu não ia ganhar porra nenhuma com isso... Que se dane, pelo menos é a terceira tarifa.* Sua passageira deixou a fila úmida e caminhou na direção do carro; Dave estendeu seus documentos para o encarregado, que disse, "North London, velho, Belsize Park, tá bom pra você?". Dave resmungou, "Nu'é mau". E o táxi balançou um pouco quando a mulher entrou; tinha uma única mala de viagem, de rodinhas, cuja alça destramente já embutira. "Pra onde, bem?", perguntou Dave, e ela respondeu, "England's Lane, por favor, uma travessa da Haverstock Hill?". Como tantos passageiros, estava pondo sua competência à prova, esperando a confirmação de Dave de que sabia exatamente onde ficava aquilo, mas ele não se deu o trabalho de dizer, só engatou o táxi e saiu roncando do terminal.

Zunindo de volta pelo túnel do aeroporto, Dave olhou no retrovisor. A passageira era uma morena magra com seus quarenta e tantos, o cabelo escuro e grosso repuxado para trás sobre a carne anêmica, *ossuda como uma merda de caveira.* Quando se virou para olhar o modelo em escala do Concorde, Dave observou os tendões em seu pescoço fino, expostos pelo colarinho aberto de sua blusa. Não usava maquiagem e uma série de vincos distintos descia a partir do comprido lábio superior. O xale de *pashmina* bordada, os dedos sem luva acariciando o tecido, os bifocais na correntinha, os olhos míopes piscando na escuridão: tudo dizia a Dave, *encalhada ou sapatona, uma coisa ou outra*, e, fosse como fosse, não um objeto de desejo — não que tivesse algum disponível; tampouco objeto de pena — não que sentisse alguma, tampouco. Puxou do sortimento oculto de Kleenex Mansize e esfregou o ranho seco no nariz bexiguento.

O táxi parou no semáforo sob o elevado M4, depois acelerou na rua escorregadia. A dra. Jane Bernal deslizou o esqueleto cansado para o lado do banco e recostou na janela salpicada de chuva. Após a paranóia do vôo e o pouso turbulento no Heathrow, até mesmo aquela vibração gelada era um conforto. Será que é só o choque cultural *ou Londres está mais suja, mais feia, mais triste e mais pirada do que quando saí? Ficar na casa de Carla foi de um tédio mortal e o Festival de Ópera de Brunswick foi mais do que uma chatice. Mas agora que voltei, de repente o Canadá me parece lindo, o lago congelado, os paletós tartans chamativos do público na ópera, as caras animadas, os cabelos claros... No minuto em que passei o controle de imigração e vi os motoristas perfilados junto à grade, como agentes funerários, quis estar de volta. De volta, se preciso, até com Carla, tentando me libertar de seu aperto de jibóia. Ela prometeu... prometeu que seria ótimo, de um jeito ou de outro, mesmo se eu quisesse ficar só na coisa platônica. Mas não me deixou sozinha um segundo. Nem uma merda de segundo.*

Ao menos o cenário das importunações de Carla fora uma casa enorme e impecável cercada por ondas de neve imaculada. Houvera taças de bom vinho no tapete branco e macio diante da lareira circular de bronze. *Tudo limpo e impecável. Só de andar do terminal até o ponto de táxi, pisei num chiclete e vi cusparada em tudo que é lado. As pessoas estão de cara tão fechada... tão raivosas. E esse motorista, tudo que dá pra ver no espelho é um par de olhos injetados. O cara tá exausto, as mãos estão tremendo, mesmo com ele agarrando o volante... Será que bebeu? Síndrome de abstinência de bebida ou droga — ou coisa pior? Está resmungando pra si mesmo, que voz mais esquisita... ofegante — quase guinchando. Aspirando uns palavrões de um jeito maçante, arrombado isso e merda aquilo, misturado com quê? É coisa de crente — falando de livro, um profeta? Vai virar daqui a pouco pra mim e dizer que possui telepatia especial ou linha direta divina — mas como é que um esquizofrênico pode estar dirigindo um táxi em Londres? É velho demais pra ser só um colapso psicótico de quem quer chamar a atenção, eu acho.*

No elevado Chiswick, Jane Bernal, por via das dúvidas, pôs o cinto de segurança. Fez isso do jeito mais descomplicado possível, puxando a correia suavemente, morrendo de medo de que travasse, ou de que o taxista louco girasse a cabeça, tirando os olhos da pista, e ralhasse com ela por sua falta de fé. *Loucura, mesmo, é ter atravessado o Atlântico, no avião inteiro ainda uma agitação silenciosa de ansiedade depois das Torres Gêmeas, cada um fechado em seu próprio medo de ser o próximo mártir sagrado dos Escolhidos, e agora me sentir mais assustada em terra.* Mas à medida que o táxi sacolejava pela cidade úmida, a dra. Bernal deixava que o distanciamento profissional tomasse a dianteira. *O homem está doente*, pensou, quando saiu da Chiswick Lane e atravessou Shepherd's Bush para pegar a A40. *Está doente e nem faz idéia.*

Ela já vira outros daquele jeito — quase sempre eram homens — em seu consultório no Heath Hospital: executivos supermeticulosos que não conseguiam entender por que tinham de verificar o fogão quinhentas vezes seguidas; valentões arrogantes que caíam no chão em posição fetal; empresários impetuosos sufocados por uma indecisão acachapante. Homens desse tipo enlouquecem do mesmo modo que têm câncer ou arteriosclerose: cegamente, ignorantemente, pais ausentes de suas próprias doenças — "Só estou um pouquinho sem ar", "São só umas vozes bem baixinhas" — até a pele de sua negação ficar tão distendida que acaba rasgando.

Ela tentou entabular uma conversa com o taxista quando entraram em Lisson Grove. "Está planejando alguma coisa especial para o feriado?"

"Ficar no meu canto, meu bem, bem quietinho, eu e meu pessoal, talvez minha irmã e a família dela", começou, bastante aceitavelmente, para então encerrar com um "Vou quebrar essa merda de taxímetro... Não dá pra arcar com isso... Dar tudo praquela filhadaputa arrombada da advogada", sob a respiração laboriosa.

Jane tentou novamente enquanto circundavam o zoológico. "Vai trabalhar muito?"

"Quem sabe", suspirou. "Talvez eu saia, se não estiver muito cansado", enveredando para "Se a pessoa entra na zona proibida e começa a cavar por aí... bom... o que se pode esperar?"

Conforme o táxi pipocava por Primrose Hill, as lanternas e os faróis de milha esculpindo um túnel através da escuridão, Jane decidiu que tinha de fazer mais. O sujeito estava conduzindo um trem desgovernado — e em rota de colisão. *O meu Natal, bom, não é tão ruim. Nesse dia vou pra Hertfordshire ver minha mãe. Impressionante, a resistência dela, seu bom humor. Meu Deus! Seria insultante, se não fosse um alívio, só ela pra se dar bem com os funcionários daquela casa de repouso pavorosa, cantá-los pra que cuidem dela, dando coisinhas de comer, mimando. Para os demais, silêncio ou boa música, não muita comida, um bocado de solidão. Caminhadas ao ar livre, tempo pra pensar, enquanto os outros... bom, geralmente desabam. Nada mal, nada mal, não mesmo. Ser gay e auto-suficiente é o melhor presente, nessa época.*

O táxi roncou fazendo a curva do pub Washington e entrou na England's Lane. "Onde é, meu bem?", ele disse.

"Aqui, à esquerda, por favor, motorista, perto daquela loja, Dolce Vita." Jane se ajeitou, agarrou a alça da bolsa, afastou-se da porta, empurrando-a atrás de si. Na calçada, procurou dentro da carteira e puxou três notas de vinte recém-saídas da máquina, junto com seu cartão. *Melhor ser direta, a única abordagem que funciona sempre.* "Aqui tem uma caixinha", disse, enfiando o pequeno maço na palma da mão oferecida, "e também meu cartão — não vai ficar assustado com o que está escrito, quem sabe eu possa ajudar."

"Tá, meu bem." Nem sequer olhou. "Recibo?"

"Não, obrigada" — ele se aprumou para ir embora — "feliz Natal, motorista." Mas o táxi já se afastara dez metros, oculto pela gaze de garoa, movendo-se com a pesada inércia de um sonho ruim.

Dave Rudman examinou o cartão meia hora mais tarde. Depois de ter estacionado o carro na Agincourt Road, em Gospel Oak. Depois de ter posto a trava no volante e desligado o rádio. Depois de ter destrancado a porta e juntado a pilha de anúncios de empréstimo e ofertas de cartão de crédito no tapetinho deplorável. Depois de ter arrastado os pés pela escada vazia e entrado no quarto mais vazio ainda. Depois de ter descarregado o porta-moedas e o saquinho de notas na mesa junto à janela e tirado as calças imundas. Depois de ter dado um enorme trago na garrafa, engolido as pílulas e desabado na cama por fazer. Ele o examinou ao clarão da rua e leu DRA. JANE BERNAL, PSIQUIATRIA CLÍNICA, DEPARTAMENTO DE PSIQUIATRIA, HEATH HOSPITAL. Contemplou o retângulo de papel-cartão por longos segundos, então o rasgou meticulosamente com os dedos miseráveis, uns farrapos de sabugos e cutículas. Então atirou o bolo na direção do aquecedor e escutou-o se desmanchar com os ouvidos doloridos, cada pedacinho tombando sobre o tapete empoeirado. Então girou e caiu na cama e, erguendo uma das mãos acima da cabeça, lenta e metodicamente começou a esmurrá-la contra os travesseiros, como se ela fosse um prego e seu punho, um martelo insensível.

3
O Fulano

SET 509-510 AD

Quando Symun Dévúsh era pequeno, sua mamãe, Effi, costumava ir até ele e separá-lo de seu moto. Levava-o para longe, para que ficassem só os dois, aconchegados e juntinhos. As outras mamães achavam isso estranho — e o diziam —, mas Effi era a ajoelhadeira delas e uma rapper, como sua mãe, Sharún, antes dela. Motoristas vinham e iam e a ajoelhadeira continuava, um poder ao qual se curvar, na ilha de Ham. Effi contava ao pequeno Symun as antigas lendas de Ham, de antes do Rompimento e do Livro que o ordenara, lendas que, assim dizia, remontavam ao MadeinChina, quando o mundo fora criado de um redemoinho.

Am tein aforma di unfetu, entoava, puki eh un, di fatu. Segundo Effi, Ham era a criança abortada da Mutha, uma antiga rainha guerreira dos gigantes, que pulava de ilha em ilha através do arquipélago de Ing, perseguida pelos traiçoeiros inimigos. Receando estar prestes a ser capturada, a Mutha sugou água do mar com sua vagina como abortifaciente, então agachou na Grande Laguna e expeliu Ham. Quando os perseguidores viram o feto, ficaram aterrorizados, pois era uma abominação — parte moto, parte humano —, e então fugiram. A Mutha ficou ali e reviveu o cadáver de sua cria, e foi tão bem-sucedida nisso que esta cresceu e cresceu até se tornar uma ilha. E dessa ilha se originou uma segunda raça de gigantes menores, que, com o passar dos anos, então das décadas e, enfim, dos séculos, gradualmente se dividiu nas duas espécies, homens e motos. Içu foi taum divagah, disse Effi, ki tein sempi 1 pokinu di motu num amstah i 1 pokinu di amstah niu motu. Juntos cultivaram Ham, criando os campos de cereal e os pomares de frutas, as matas para a forragem dos motos e a salga do perrexil. Esses gigantes eram escaladores prodigiosos — pois nessa época havia muito mais *stacks* na Grande Laguna, e bem mais elevados. Os insulanos de Ham tinham portanto abundância de aves marinhas e óleo de moto, e seu lar era um autêntico jardim do Éden. Os gigantes usavam tijolos, creto e yok das zonas para construir seus castelos, as cinco torres, que protegiam a ilha de invasores cobiçosos. Também construíram os molhes para proteger a costa de Ham da erosão marinha. Plantaram a pustulária que cresceu ao longo do litoral. I tudu içu ku az mauns nuaz, disse Effi, cerrando o punho ossudo e sacudindo-o diante dos olhinhos espantados do menino. Elizera fortiirriju comuudiabu.

Tristemente, com o passar das sucessivas gerações, os gigantes perderam estatura, sua engenhosidade declinou e suas ambições encolheram. Se antes houvera rappers inflamadas, tecendo, com palavras, imagens de grande solidez e permanência sob a bruma da ilha, agora toda poesia os abandonara. Se antes eram capazes de erguer imensas rochas e desenraizar árvores poderosas, agora mal conseguiam reunir forças para cultivar os campos áridos. Tornaram-se súditos da ilha — mais que seus lods e beinzinus. Com o tempo, o chofer do advogado de Chil apareceu entre eles, tomando o lugar dos guiadores nativos e substituindo-os pelos motoristas do PCO, trazidos de Londres, no norte distante.

Os guiadores costumavam ser hamsters comuns — pais com crianças deles próprios. Os motoristas eram bichas — homens inteiramente desinclinados a gerar filhos. Tal propensão assim esquisita, que, se é que conhecida em Ham, estava suprimida, tornava esses dävinos ainda mais estranhos e intimidadores para os rústicos campônios.

Se o pequeno Sy estava disposto a dar algum crédito às histórias de sua mãe, então era apenas meio crédito. Pois todo quarto dia era chegada a Troca e ele era mandado junto com os primos para os apês dos papais, do outro lado do regato. Ali, a dävinanidade estrita imperava: as corridas e os pontos eram incessantemente recitados sempre que os pais não estavam trabalhando ou se divertindo com as opares. Para o pequeno Symun — tanto quanto para as demais crianças, bem menos expostas às antigas lendas —, a influência de suas mamães era inteiramente eclipsada. Era como se, quando estavam com os papais, os pequenos fossem pessoas completamente diferentes, com outra natureza, outros gostos, até outros passageiros. Contudo, com ninguém mais isso podia ser tão verdadeiro como com Symun, pois, enquanto os demais corriam para seus papais na Troca, ele não tinha um pai seu.

Peet Dévúsh caíra do Sentrul Stac para os braços da morte antes que o filho nascesse, de modo que Symun era o rapazinho de todos os pais, fazendo dele ainda mais querido dos papais quando se via sob seus cuidados e controle.

Embora o último motorista a ter desembarcado em Ham houvesse sido apanhado cinco anos antes do nascimento de Symun, a influência dele permanecia forte entre os pais. Os mais dävinos dentre eles não dirigiam a palavra ou sequer olhavam para o gênero feminino, assegurando que tampouco reconheciam as mamães de seus próprios rebentos. Houvessem prevalecido, esses fanáticos teriam embrulhado todas as mamães em seus troçopanos da cabeça aos pés. A crer nos pais — sobretudo os dois ou três deles que sabiam ler —, o Livro era toda compreensão que qualquer hamster precisava ter a respeito do que quer que fosse. O Livro pairava acima das estações e dos anos. O que Dave descrevera ele também previra, e o que vira em sua própria era voltaria a acontecer — pois jamais se passara de fato. A Nova Londres de Dave cercava-os de todos os lados, aprisionados entre as zonas e o recife, um mundo oculto, embora ainda tangível. Assim como as raízes da ficária lembravam hemorróidas e desse modo eram eficazes no tratamento do mal, igualmente os deiviuorks eram retratos minúsculos e lendas fragmentadas da cidade transcendente de Dave — Dave, o Pai, e Carl, o Menino Perdido —, ali estabelecida por Dave no MadeinChina. O problema para os hamsters não era erguer uma Nova Londres, mas apenas se mostrarem dignos de alcançá-la mediante seu Conhecimento.

Na época do último motorista, todos os deiviuorks haviam sido rejeitados como dibinkedu e a prática de adornar seus apês, santuários de beira de estrada, o pedalinho da ilha — e de fato o próprio corpo — com os amuletos plásticos fora banida. As mamães — que eram, é claro, proibidas de participar dos rituais no Abrigo — continuavam a acreditar no antigo folclore. Seu Conhecimento era o da Mutha, não Chelle, e da Ham perdida, mais do que do Menino Perdido. Sendo-lhes negadas suas crianças pela metade de cada chico, elas se apegavam aos motos, e iam atrás da ajoelhadeira e sua unção em busca de absolvição.

À medida que passavam os anos, os menos dävinos dos pais permitiram que sua fé, uma vez mais, fosse suavizada pelo caráter ameno e isolado de seu lar. Até o chefiador, Dave Brudi, começou a especular sobre tais coisas. Ele mesmo, quando era novo, viajara para Chil, e contou a Symun que as ruínas dos gigantes eram mais maciças ali em

Ham do que em qualquer outra parte de Ing; e que, por mais que tentasse, não conseguia deixar de dar crédito à lenda de que isso se devia ao fato de que o Livro fora achado, como dizia, bein aki, in Am.

Symun Dévúsh estava virando pai. Era um jovem carismático, atraente para ambos os sexos — mais alto que os colegas, de ossatura mais bem-feita, de fisionomia mais aberta. Seus dedos eram ágeis e destros, os olhos, azuis e inquietos. A barba rala, dourada e cacheada, ao passo que a juba da maioria dos hamsters era de um castanho liso e pardacento. Se existisse alguma superfície reflexiva em Ham que não a água parada e o ferrim opaco, Symun talvez houvesse sido vaidoso; tal como se dava, tinha consciência da atração exercida sobre os outros, sem saber precisamente no que consistia. Embora fosse popular entre sua turma e um guardião confiável do Livro, jamais se cogitaria a possibilidade de Symun um dia atingir o primeiro táxi do Abrigo. Era um órfão e sua mamãe, a ajoelhadeira. Isso significava que, ao contrário de seu melhor amigo, Fred Ridmun, ele estava destinado a ser sempre um acenador, jamais o passageiro.

No outono em que ele e Fred fizeram catorze anos, os dois rapazes se mudaram pela última vez e tomaram seus lugares permanentes nos apês dos pais. Então, algo peculiar aconteceu com Sy. Enquanto crescia, jamais lhe ocorrera questionar qualquer um dos pequenos sobre como se sentiam com a Troca — veizdamami era para mamães, veizdupapi para papais. Ele sabia que, como ele, os demais deixavam suas maternalidades na margem leste do regato e que até mesmo suas lembranças mais recentes de aconchego e carinho não passavam de sonhos semiesquecidos.

Porém, quando se mudou pela última vez, Symun Dévúsh levou sua maternalidade consigo — não inteiramente, mas o suficiente para que ficasse marcado entre os outros hamsters do sexo masculino. Diferente de Fred, Sy não conseguia deixar de observar as mamães e crianças quando estavam juntos — lançava olhares até para as velhas mocréias. Fred notou isso e o provocava, dizendo, Si ke oliah az franguinhas, tein um monti diopahriz dessi ladudu regatu. Embora Sy se tornasse mais circunspecto, Effi também notou como encarava e, quando lhe devolveu o olhar, Sy por sua vez percebeu que ela sabia o que acontecera, que compreendia o que havia feito alimentando sua imaginação fértil com lendas tão poderosas. Sorria para ele muitas vezes de um modo estranho. Contudo, ele não conseguia identificar muito amor nesses sorrisos, só medo.

— Pricisu ih maizun pokinhu! Symun chamou o resto do bando, Ólia si tein kualkeh koiza milior ali!

E Fred gritou de volta:

— Tein, ólrai, maiz naum mutu longi.

— Tô ouvinu, gritou Symun de volta, embora para si mesmo dissesse, Ki istupidu.

Jogou o enxadão sobre o ombro e abriu caminho entre duas barreiras de aguilhoal que o arranharam através da camisa. Era um dia nublado de SET e fazia um ano desde a Troca de Symun. Fiapos de névoa prendiam-se à folhagem encharcada e o lavarrapidu estava ligado. Ótimo tempo para colher material de construção, com o solo fofo e maleável. Se encontrassem uma pilha de tijolaria, engolida pela vegetação baixa, com movimentos hábeis e profundos de seus enxadões faziam a argamassa desmoronar e os tijolos soltos rolavam pela terra — a dádiva de Dave para os jovens pais de Ham.

No Conselho, naquela primeira tarifa, os cinco jovens pais haviam perguntado se poderiam ir ao limiar da Zona Proibida para extrair um pouco de tijolo a fim de consertar o apê do pedalinho. Levou quase que todo o restante da tarifa para que algum consenso viesse à tona, pois cada um dos nove pais mais velhos tinha uma opinião e todos eram tremendamente afeiçoados ao som da própria voz. Havia as traves a serem construídas, equipamento de caça para consertar, o pedalinho precisava de calafetagem — mas no final a permissão foi dada. Fazia diferença que a idéia tivesse partido de Fred Ridmun. A comunidade toda compreendia que, a despeito da pouca idade, Fred seria o novo chefiador assim que Dave Brudi morresse, e, a julgar pelo modo como o velho pai tossia e cuspia sangue, isso não parecia muito longe. Era um importante exercício de autonomia para os cinco ficar sozinhos em uma turma de trabalho. No ano seguinte, os deveres recairiam sobre eles ainda mais pesadamente. Caff Funch, a filha do velho Benni, já fora embarrigada por Fred — a maioria deles viraria pais em breve. Enquanto isso, a geração mais velha mergulhava no ocaso. Ham, como de costume a cada trinta anos, mais ou menos, encontrava-se no limiar.

O bando dera duro e em pouco tempo juntara tijolo suficiente, de modo que o desejo de Sy de incitá-los a avançar ainda mais zona adentro não era governado por nenhuma necessidade. O impulso o atordoava — sentia a aura do lugar com tanta força quanto qualquer um dos companheiros, talvez até mais. Estivera entre os mais entusiasmados dos hamsters quando os limites da zona haviam sido percorridos, naquela germinagem. Investira contra as serrifolhas e a erva-fogo com tal frenesi que os avôs tinham murmurado entre si: Paressi ki eli tah ouvinu Deiv nu intefoni. Agora, o impulso de ir ainda mais além, mais além do que jamais fora algum dia, era provocado tanto pela necessidade de ficar a sós com sua maternalidade secreta quanto pelo pensamento do que poderia encontrar por lá.

Além da clareira na qual Symun se achava, a verdadeira zona começava. As flores amarelas do aguilhoal assinalavam a fronteira; no interior, a planta cedia terreno para a folhagem lustrosa de rodis que trepava pela tijolaria hipogéia, rachando-a com suas raízes lenhosas. Esses densos arbustos tinham enormes flores brancas, exalando um aroma pesado que mantinha os insetos longe da zona. As aves locais, por sua vez, não tinham o que comer — não que houvesse abundância delas em Ham, de todo modo, decerto não comparado a Chil ou ao restante de Ing. Apenas um punhado de ticos e chios nidificava na ilha, junto com os ubíquos ratos voadores.

Um ou outro periquito verde ocasional fazia o ar vibrar sobre a cabeça de Symun e ele escutava, mais alto, nas nuvens, o lamento incessante das gaivotas. No nível do chão, a zona era de uma quietude sobrenatural — até mesmo as vozes de seus camaradas, a poucos passos de distância, soavam abafadas e distantes. Os motos além disso achavam as rodis intragáveis, enquanto bem no coração da zona havia techos, venenosos para eles. Os avôs também alegavam que os ratos — cuja população os motos mantiveram reduzida em outras partes de Ham — tinham colônias nas profundezas da zona, vastos e labirínticos ninhos de onde emergiam para abocanhar o osso de qualquer hamster tolo o suficiente para infringir o tabu. Symun duvidava disso — do que poderiam viver tais colônias de ratos? Não havia cereal nas redondezas e, embora as gaivotas nidificassem nos despenhadeiros rochosos do litoral leste, nem mesmo ratos em massa eram páreo para os agressivos petróis e asas-negras. Além do mais, bandos de hamsters muitas vezes percorriam esses despenhadeiros, caçando colorbicos durante a temporada; se houvesse ratos ali, ele os teria visto por si mesmo. Não, as tais colônias de ratos destinavam-se a espantar qualquer um corajoso ou imprudente o bastante de se embrenhar muito fundo na zona; isso era parte da mística envolvendo o lugar.

Como se a zona precisasse de mais mística — para Symun, o lugar era intensamente permeado pelas profecias de Dave sobre o mundo que fora e o mundo que seria outra vez. Ele abriu caminho em meio à touceira, sentindo a frieza e umidade das céreas folhas de rodis em seus braços expostos. Os gritos dos companheiros voltaram a se fazer ouvir quando Symun penetrou mais fundo na zona, mas ele os ignorou. Outro periquito alçou vôo zunindo acima de sua cabeça em um borrão esverdeado — e ele tomou isso como um bom augúrio, uma desculpa para penetrar ainda mais fundo.

Após mais cem passos, Symun sentou-se em uma elevação de terreno e mergulhou a cabeça entre os joelhos. Respirou pesadamente, inalando a atmosfera do lugar, seu silêncio meditativo cheirando a um antigo abandono. Resmungando consigo mesmo, lutou contra a lama: Alguma koiza tein ki tê, sempri tein, kavanu axa. E de fato, logo expôs uma quina de tijolaria coberta por uma grossa crosta de argamassa. Segurando o enxadão próximo à lâmina, Symun desferiu um golpe lento e resoluto na terra, até que o início de uma fiada substancial foi revelado. Tijolos londrinos: a própria matéria de Dave, criada por Ele, o material com o qual a antiga Londres fora construída e do qual uma Nova Londres estava sendo erguida uma vez mais — ou pelo menos era o que Mister Greaves lhes assegurava. Quando os hamsters desencavavam fiadas desses artefatos secretos sob a vegetação baixa, a maioria estava trincada e castigada demais para ser de algum uso. Contudo, se rompessem a camada mais externa, sempre havia um ou dois no miolo que retinham seu vermelho vivo, suas pontas definidas e a inscrição: LONDON BRICK.

Ali, sozinho, nas profundezas da Zona Proibida pela primeira vez em sua vida, Symun Dévúsh se permitiu juntar o que, até aquele momento, não haviam sido mais que intuições erráticas e pensamentos informes. Como podia acontecer, perguntava-se, de o relato de sua mamãe sobre Ham e o relato dävino dos pais serem ambos verdadeiros? Enquanto os demais hamsters permaneciam crédulos, ele sentia uma disparidade profunda e ridícula entre a antiga religião natural da ilha e a doutrina do Livro. Qual era a verdade? A resposta — se é que havia uma — devia estar ali.

Então Symun escutou um farfalhar nos arbustos atrás dele e ficou de pé num salto, olhando furiosamente ao redor, entre os rodis. Com frenéticos passinhos dentro de sua mente febril, aproximaram-se todos os medos de presas afiadas que infestavam a zona, protegendo seus segredos. A curiosidade de Symun evaporou, engolida pelo terror — fora louco de se aventurar tão fundo, tinha de sair dali. Sua garganta se fechou, a respiração inflou seus pulmões, sentiu que perdia os sentidos. Então, um focinho rosado e achatado abriu as folhas lustrosas e ele se viu fitando diretamente os olhos azuis de bebê de Champ.

— Çai-mam, cantarolou o moto, Çai-mam, keh xafudah kueu?

Symun soltou uma gargalhada deliciada e pulou adiante para abraçar a enorme cabeça cerdosa da besta. Foi assim, ainda abraçados, que os dois emergiram da espessa vegetação da zona, umas poucas unidades mais tarde. Homem e moto, juntos sob os olhares desconfiados dos outros jovens hamsters, que descansavam apoiados em seus enxadões, a pilha de tijolos recém-escavados junto aos pés descalços.

— C sumiu 1 bukadinhu, Sy, disse Fred Ridmun, os estreitos olhos cinzentos perfurando sua franja desfiada.

— I num tein mutu ki mostrah prisplicah pur ke, intrometeu-se Ozzi Bulluk, de pé com os musculosos braços vermelhos pendendo frouxamente ao lado do corpo. Como sempre, Ozzi parecia pronto para brigar. Se algum hamster permanecia por tempo demais sozinho, isso causava inquietação — e procurar solidão dentro da zona era mais subversivo que excêntrico.

∼

Na primeira tarifa do dia seguinte, o Conselho de Ham se reuniu. Era um dia de brisa outonal, as nuvens moviam-se rápido no vidro, o farol lançava um padrão sempre mutante sobre a terra fulva. Embrulhados em seus troçopanos, os quatro avôs escoravam-se nas pilhas mais altas de tijolos. Esses homens de barba grisalha eram todos encurvados e sofridos, torturados pelos ossos quebrados e músculos contundidos que haviam ganho em toda uma vida de diligências arriscadas. Os quatro pais anciãos assumiram suas posições sentando-se nas pilhas mais baixas, enquanto seus sete rapazes em idade de se juntar às deliberações estavam aos pés deles, esparramados sobre o relvado, junto às brasas do fogo. Fazia apenas três meses desde que o grupo do chofer deixara a ilha e havia ainda alguns estorapeitus e um bocado de chiclé com que se ocupar, então os avôs davam baforadas e apertavam os olhos em meio à fumaça flutuante com expressões absortas e benignas.

— Eh, kuandu agentch tava lah, davam tudu ki agentch kiria, dizia Ozmun Bulluk, que respondia por Dave Brudi e desse modo conduzia a conversa. Maiz vo dizê 1 koiza, soh ficavam mutu kabrerus si agentch davumassapiada nazopahriz delis. Ozmun voltou a sentar em sua pilha, coçando a espessa barba ocre com a mão igualmente cabeluda. Era um pai de constituição robusta, de ira fácil, como todos os Bulluk. Quando gritava — o que fazia com freqüência — a saliva salpicava sua barba. Mas esfriava com a mesma rapidez com que esquentava — e, para um avô, era invulgarmente tolerante.

— Tipukê? quis saber Ozzi, seu filho.

— Tipu, meh, estorapeitus, kualkeh koiza. Maizeu nun axava muta graça nakelas franguinhas, naum, malandras, si C keh sabê, tudu tiranu uzpanus.

— Uk-k-kieh panu, gaguejou Sid Brudi, o dedo magrelo enrolando o cabelo cor de gengibre, o rosto sardento cheio de uma adoração estúpida.

— Eh, bein, ahn, essis panus londrinus saum mutu elegantis, possu garanti, disse Ozmun, arrebatado pela própria narrativa. Paressi ki vein di 1 arbustu, sabi, eh unfrutu o alguassim, tipu 1 bola branka ifofa, kielis trazim di balsa lahdussul. Maizelis pegaun essi negóciu i meiuki distrincham, tipu, kardanu lanjru, 'tendeu?

— Ai, Deiv! exclamou Symun, de repente. 6 vaum fikah niçu udiatodu! Cuspiu o chiclé e ficou de pé. Kuantas vezis jah num ovi todeça bobagi sobri Chil... 1 miliaum di vezis. Jah ovi falah duztenis i dazjubas, i duz geminaduzabetanus i dazmerdadiopahriz. U kieu kiria sabê eh purkê 6 naum pergutarum sobri pescah o lavrah aterra o kualkehkoiza... Kualkehkoiza útchul aki em Am!

Os outros pais tossiram e fixaram os olhos no chão. Aguardavam que Ozmun infligisse uma punição — o que fez na mesma hora, curvando-se em sua pilha e desferindo uma forte pancada em Symun com seu cajado. Symun tremia mais com o esforço de reprimir sua raiva do que com a dor. Engatinhou atrás de seu chiclé cuspido, enfiou-o no fundo da bochecha e depois sentou de pernas cruzadas, olhando através da pustulária para a laguna, com seu matiz glauco de algas submersas.

— D'sculpi, pai, disse ele para Ozmun, Falci scin pensah.

— Nun iskenta, respondeu Ozmun, akontessi.

Então ele retomou o relato da viagem que os hamsters haviam feito para Wyc, para o Castelo Pulapula do advogado de Chil — viagem que tivera lugar mais de trinta anos antes, quando o próprio

Ozmun era um jovem pai de vinte e três anos. Essa fora a última vez que os hamsters haviam visitado Chil em grupo. Indivíduos isolados tinham sido levados pelo chofer, fosse por algum delito, fosse por se tratar de opares que se afeiçoaram a alguém de seu grupo. Contudo, esses viajantes nunca mandaram de volta qualquer notícia do mundo exterior; para isso os hamsters dependiam dos chilmen, e estes em geral estavam demasiado doentes e intimidados demais pela estranheza da ilha para constituir uma fonte de informações eficaz.

Ao longo dos anos em que fora chofer, o próprio Mister Greaves mostrara relutância em remediar a deficiência dos insulanos. Sua opinião era conflitante. Para começar, considerava que a atividade da ilha, assegurando sua contínua produtividade de óleo de moto e plumas de aves marinhas, seria prejudicada se os hamsters compreendessem o valor comercial de seus produtos. Contudo, nos últimos tempos, como o valor desses produtos declinava no resto de Ing, e Mister Greaves viu-se tendo de subsidiar os próprios arrendatários por alguns anos, inclinava-se pela opinião de que a ignorância dos hamsters era em larga medida o que os tornava felizes, saudáveis, parecendo o povo naturalmente dävino que eram.

Além do mais, a fome de informações dos hamsters era difícil de saciar, tão absolutamente ignorantes eram do mundo além de suas praias. O último rei de Ing de quem Ozmun e seus contemporâneos tinham ouvido falar era David I, que ocupava o trono em Londres no tempo de seus avôs. Por mais que tentasse, Mister Greaves era incapaz de convencê-los de que o monarca morrera havia muito tempo, pois o taxímetro não era muito bem calibrado entre eles. Quanto ao último motorista, embora houvesse passado dezessete anos entre os hamsters, fora sua vocação acordá-los para o mundo do porvir, não iluminá-los quanto ao próprio lugar naquele ali.

Assim, aquela visita décadas antes a Chil, que havia durado exíguos chicos, permanecia o retrato mais abrangente que os hamsters possuíam das terras distantes. Nos anos entre uma visita e outra, Conselho após Conselho, sua tapeçaria havia sido desfiada vezes sem conta, até em algumas partes tornar-se gasta e puída, enquanto em outras, fantasiosamente bordada. Ainda que nem tanto, pois os hamsters haviam se deparado com um fato peculiar sobre si mesmos quando amarraram seu pedalinho na plataforma de desembarque em Wyc e, tirando os bonés, foram, arrastando os pés, postar-se diante da presença majestosa de seu lod. E tal fato foi que, naquele espaço de tempo em que deixavam

77

a própria ilha, eles conversavam em sua usual algaravia argumentativa, e no momento em que se dirigiram ao advogado de Chil deram-se conta de que falavam em completo uníssono: doze pais com uma única voz polifônica. Essa curiosa unanimidade — nascida, talvez, do caráter intensamente harmonioso de suas vidas segregadas — estendeu-se a suas vívidas impressões desse mundo exterior, de modo que também o lembravam como um, em uma única e unânime recordação.

Cada detalhe de relance e observação insignificante apreendidos durante a estada dos hamsters em Chil já haviam secado dentro de Symun — e ele achava tortura voltar a escutá-los mais uma vez, conforme Ozmun entoava o folclore em sua voz monótona: os pontos delicados das camisetas de algodão e o corte dos cabelos, o movimento curioso dos veículos sobre rodas e o peculiar modo de pôr a carga sobre os párius e os burguekins. Mesmo décadas mais tarde, a estupefação que impedira os hamsters de captar a essência daquilo tudo ainda ficava evidente. Pois a deles nada mais era que uma imagem verbal superficial dessas coisas notáveis: os sujeitos com berrantes e balaústres no bastião do Castelo Pulapula, as balsas no porto, os geminados betanos que se aglomeravam em torno delas. Symun acalentava o desejo de ler, então considerava uma tolice dos avôs não ter tentado registrar por escrito seu relato, de modo que pudesse ser lido do mesmo modo que o Livro. Ele suspirou e, ajeitando as pernas sob o corpo, ficou de pé. Tô sainu, gentch, disse, a ninguém em particular.

Symun afastou-se do terreno do Conselho, esgueirou-se entre o dabliucê e o apê Edduns, depois caminhou lentamente à beira do regato no centro do pedaço. Mais além do muro do Conselho, os pais ouviam as mamães cantando: Somuzasmininas duz amsters, uzamus caxus nuscabelus... Quando Symun apareceu, ficaram em silêncio. Era a veizdupapi, com dois dias ainda para a Troca. As opares cuidavam dos bebês e crianças pequenas nos apês dos pais; as crianças mais velhas estavam fora, com os motos. A terra nua que cercava as paredes dos apês estava pisada e revolvida pelos pés das mamães conforme trabalhavam. Symun parou e, como não havia pais para pegá-lo fazendo isso, observou-as atentamente.

Shell Brudi e Bella Funch sentavam se no chão amassando farinha no moedor entre elas. Pernas esticadas, curvavam-se alternadamente e agarravam o cabo de madeira para empurrar o pesado tampo de pedra e executar cada uma metade do movimento rotatório. O ar estava esbranquiçado com o pólen do cereal e o suor escorria por suas frontes. A irmã de Shell, Liz, amamentava seu recém-nascido sentada no gramado diante do apê Brudi. O bebê, uma menina, tinha apenas um dia de idade e fora ungido com óleo de moto por Effi naquela tarifa. Se sobrevivesse aos dois chicos seguintes sem morrer de trismo, receberia um nome, bem como a roda de Dave.

A própria Effi estava em uma mesa de cavalete trançando os cabelos de alguns bulbos-de-choro, para que pudessem ser pendurados nos caibros para o arenki. Sobre a mesa, havia pilhas de ervas: erva-alheira, confortadeira, cão-azedo e dente-de-leão. Duas outras mamães cardavam lã, mais duas fiavam. Outro bando trocava o colmo do apê Bulluk. Três mamães carregavam feixes de aguilhoal seco às costas e subiam e desciam as paredes inclinadas, depositando-os nos beirais, enquanto outras permaneciam trepadas no alto, assentando a palha. Mais perto de Symun, em outra mesa de cavalete montada entre os apês Ridmun e Dévúsh, ficava Caff Ridmun, tingindo tecido em uma tina. Caff, com sua perna atrofiada, que se inclinava pesadamente para favorecer a perna saudável. Caff, aquela que ele amava — tanto quanto outrora amara sua mamãe e ainda amava Champ, seu moto. Caff, que quando era uma opare fora cortejada e depois se casara com Fred Ridmun. Porém, agora que Caff estava de barriga, Fred não tinha mais olhos para ela do que qualquer pai teria para qualquer mamãe. Ele pagara sua pensão, de modo que se deitaria com ela outra vez no apê das mamães assim que o bebê fosse desmamado — mas raramente falaria com ela, se é que o faria. Quando ela estava de chico, Caff usava um pedaço de pano vermelho em seu troçopano — e nesse período seu parceiro nem se aproximava.

Symun ardia de desejo por Caff — ou seria aquela estranha maternalidade que restava dentro dele após a derradeira Troca que o levava a anelar não apenas deitar-se com ela como também estar em sua presença, fitá-la e conversar? Não sabia dizer; tudo que sentia era uma desesperada motoragem quando olhava seus ombros esguios e a grossa trança castanha que descia de sua touca. Se percebia seus olhos sobre si, Caff nada demonstrava. Seguia torcendo o tecido, raspando suavemente a tanque grande e arredondada contra o tampo. Finalmente, Symun virou e afastou-se pela praia, na direção do Abrigo.

≈

Fred Ridmun retinha umas poucas palavras do Livro; Bill Edduns e Sid Brudi também. Symun Dévúsh retinha algumas, também. Os avôs não acumulavam nenhum grande tesouro de conhecimento com leitura. Fukka Funch, que não retinha palavra alguma, sabia mais do Conhecimento do que qualquer outro jovem e em geral era ele quem conduzia a recitação no Abrigo. Talvez não se visse um motorista em Ham fazia cinco anos, embora Mister Greaves houvesse lhes prometido outro, contudo, era universalmente — ainda que tacitamente — admitido que qualquer hamster que retivesse palavras demais estaria usurpando esse papel. Entretanto, o chefiador precisava apenas de palavras suficientes para destacar as seções do Livro: onde uma corrida começava e onde terminava, a ordem dos pontos, os cabeçalhos para as doutrinas e convênios, as instruções determinadas na Carta a Carl. Isso era suficiente, pois a memória coletiva dos pais fornecia o resto.

Quando o velho Dave Brudi percebeu que estava morrendo, mandou chamar Fred Ridmun em sua presença no apê Brudi e estendeu-lhe o boné de chefiador e o cajado do Conselho. O vidro se tingia cada vez mais cedo na segunda tarifa, enquanto a escuridão final aproximava-se rapidamente, tal como se dava para o velho chefiador. Cruzando o limiar da porta nas manhãs de frio, quando o chão estava duro como ferrim e seu hálito uma névoa, Symun via seu camarada muito recurvado junto ao sofá-cama do velho avô e ouvia Dave murmurando:

— Eh noh, noh, eh no-*t*, no-*t*. U Livu eh todu in bibici, intendi. Eças palavras cum *ough* nelas... Elazinganaum. Asvezis tein sondi *off*, comu *coff*, otrazvezis teinsondi *ow*, comu *plow*. Agora vamovi suas palavras chavi, meu filio.

Era uma prova da resistência e determinação do chefiador que tivesse força suficiente no fim para instruir Fred naqueles fonics, pois, assim que a estação do arenki viesse, Dave estaria morto e sepultado no pequeno cemitério atrás do Abrigo, onde as rodas no topo das lápides giravam loucamente sob os ventos pesarosos.

Symun fazia questão de sempre ser o último a deixar o Abrigo após os pais terem recitado as corridas e os pontos. Ele ajudava Fred a lavar as latas, recolhia a mesa e alisava a toalha, depois guardava a única cópia do Livro de que os hamsters dispunham no micro. Fred em geral estava preocupado — o cargo de chefiador acarretava pesadas responsabilidades e uma remuneração apenas modesta. Era-lhe destinado um barril extra de óleo de moto a cada besta sacrificada, uma racha extra de terra no território doméstico e uma cota extra tanto de plumas como de aves marinhas sempre que o pedalinho fosse para o Sentrul Stac ou Nimar. Por sua vez, ele tinha de ser o primeiro a fazer o salto para as rochas quando os pais estivessem caçando e ser o primeiro a escalar o *stack* — uma subida vertiginosa e perigosa. Cabia-lhe também dirimir todas as disputas na ilha, desse modo atraindo para si a maior parte dos ressentimentos. Quando o chofer aparecia, era Fred quem tinha de negociar com ele, promovendo o escambo da produção dos hamsters pelo arrendamento, e também isso era uma tarefa ingrata.

Fred achava um pouco estranho o modo como Symun abria o Livro sempre que se viam só os dois e, apontando essa ou aquela palavra, pedia-lhe que a lesse em voz alta; embora não muito, pois Symun nunca fora como os demais hamsters. Enquanto eles se adaptavam aos ritmos de sua ilha, a suas estações e marés, ele escarnecia deles. Enquanto encontravam certezas no Livro e em seu Conhecimento, ele sempre questionava, seus olhos inquietos penetrando até o âmago das coisas.

À medida que o outono progredia, os copiosos verdes da ilha mudaram em uma sucessão de ornatos cúpricos, que depois se desbotaram em marrons fulvos, prateados baços e negros musgosos. O vento equinocial começou a soprar mais forte certa noite e quando surgiu o farol alto as árvores estavam sem uma folha, galhos recortados em finas fendas contra o límpido vidro do arenki. As mães recolheram-se aos apês das mamães, onde teceram rudes bubberys com o lanijru que o chofer trouxera naquele verão. Os pais também se retiraram para seus apês, onde transformaram o material bruto em troçopanos, jeans, camisetas e jaquetas; pois, assim como tecer era trampo das mamães, aos pais cabia costurar. Os motos foram conduzidos aos estábulos, que ocupavam metade de cada apê, e as crianças achegavam-se de cócoras junto a eles para se aquecer. Assim, os hamsters se aninharam uns sobre os outros em seu pequeno pedaço. Todos os hamsters exceto um, pois Sy Dévúsh começava a passar cada vez mais tempo naquele estado peculiar, tão pouco familiar para os companheiros, de ficar sozinho.

Por todo o arenki Symun perambulou pela praia. Os caniços ocos e frágeis da pustulária esmagavam-se inofensivamente sob seus pés. A maré nunca ficava muito cheia nem baixava demasiadamente, em Ham — estivesse a lanterna plena ou quebrada, subia apenas alguns passos. Esse caráter moderado ao que parece estava em harmonia com o clima ameno da ilha. Quando a maré vazava nas curryeiras da costa norte de Ham, Symun podia avançar pelos baixios, para então vadear sem ser observado, fosse rumo leste, sob o Gayt, fosse oeste, aos pés dos aclives da Zona Proibida. Ali, no mais isolado promontório de Ham, apontando direto para o sul, ficava o depauperado geminado da Exilada. Muitas vezes Symun viu beinzinu Joolee perambulando para cima e para baixo por um dos molhes, o rosto descarnado rígido, os olhos fixos em horizontes distantes e inatingíveis.

Na germinagem e no verão, Symun teria ficado com outros hamsters, saindo com suas redes à caça dos colorbicos, ou em outra parte, apanhando os mexilhões que se agarravam às laterais enroscadas de algas dos molhes. As mamães também iam para a praia, se houvesse alguma planta em particular de que precisassem ou se o corpo de alguma foca houvesse encalhado. E todos os hamsters apareciam por lá de tempos em tempos para juntar deiviuorks recém-encontrados, embora essa tarefa fosse na maior parte deixada para as crianças, que, assim se acreditava, extraíam algum benefício disso. Todo hamster tinha seu deiviuork, atado a um pedaço de fio. Agora que o motorista havia muito se fora, os pais falariam sobre os seus ao sentar no Abrigo e recitar as corridas e os pontos. As mães usavam os delas como colares. Os deiviuorks também eram pregados nos dintéis dos apês dos hamsters e engrinaldavam seus motos. As faixas de campos cultivados eram assinaladas por postes de onde pendiam deiviuorks, servindo tanto para espantar os pássaros como para consagrar a colheita. Certos bosques na floresta, por serem palco de uma antiga calamidade, haviam se tornado santuários, adornados com buquês, mensagens ilegíveis e deiviuorks. Ali os hamsters iam falar com Dave pelo interfone.

Deiviuorks diverdadi eram os mais cobiçados, pois portavam fonics e, portanto, constituíam fragmentos do Livro. Deiviuorks dibinkedu, se particularmente bonitos e realistas, também eram guardados por alguns, na crença de que mais cedo ou mais tarde Dave surgiria em pessoa para resgatá-los por aquilo que representavam. Deiviuorks vinham em muitos formatos: havia retos e curvos, em forma de T e de H, circulares e quadrados, esféricos e triangulares. Cada um recebia uma designação de acordo: retus, tortus, intês, in-agahs, cirklares, kuadradus, bolas e trianglus. A maioria era retorcida demais para merecer um nome; nem mesmo o termo "plástico" — pois inúmeros deiviuorks traziam esses fonics, pelo menos alguns — servia para diferenciá-los, pois, assim como fora escrito no Livro, plástico era apenas a argila vital com a qual o mundo fora moldado.

Mas de uma coisa os hamsters tinham certeza: o suprimento de deiviuorks era inexaurível, uma prova permanente da imanência de

Dave. Eles eram mais comuns na costa sul, onde havia recifes inteiros perto da praia. Após uma tempestade, deiviuorks novos se soltavam e vinham flutuando se alojar em meio à areia e ao cascalho. Os hamsters podiam simplesmente ir andando até o recife para apanhar quantos quisessem, se os milhares de caranguejos não os detivessem. Não por causa de suas pinças — capazes no máximo de um beliscão —, mas devido ao fato de que a simples presença deles ali sugeria que o recife devia ser dibinkedu. Uzdäviuorks vein naora ki Deiv keh, dizia Effi Dévúsh, naum kiagentch keh.

A expedição de Symun em busca dos deiviuorks era completamente diferente. Ele buscava apenas deiviuorks diverdadi e os procurava com grande determinação. Estava à procura dos que contivessem palavras discerníveis e, quando achava algum repetido de sua coleção, ele o descartava. Porque havia abundância deles com os fonics M-A-D-E ou H-O-N-G ou .-C-O-M; e uns outros tantos tinham E-N-G-L-A-N-D e C-H-I-N-A. "England", ele sabia ser o termo original de Dave para Ingerland, mas sobre .COM não havia menção no Livro — pelo menos não nas corridas que ele conhecia. Symun guardava seus deiviuorks no tronco oco de uma casca-rugosa no limiar da Zona Proibida.

Com o alfabeto que fora extraindo de Fred, Symun era capaz de decifrar seus deiviuorks. Comparando as palavras que achara sozinho com as palavras que conseguia ver nas raras ocasiões em que manuseava o Livro, passou a ser capaz de ler. Symun era dono de uma inteligência formidável e embora as primeiras poucas frases houvessem lhe custado tarifas inteiras de frustração, uma vez decifrado o código enfiadas inteiras de texto saltaram das páginas do Livro diante de seus olhos.

Naturalmente, Symun estava familiarizado com o Livro; todo hamster estava. Suas corridas e pontos eram recitados por eles em uníssono, no Abrigo. Suas doutrinas e convênios ocupavam constantemente seus lábios quando disciplinavam suas mamães, opares e mocréias. Os Praondi, ch'fias era o que usavam para saudar uns aos outros e o adeus para o Menino Perdido era como se despediam. Porém, grande parte do que repetiam não passava de lengalenga, aos seus olhos — privados como estavam dos bons préstimos de um motorista. Agora que Symun conseguia ler, podia fazer sua própria interpretação: ele conseguia ver como o Livro explicava Ham, sua forma, seu isolamento, seu caráter peculiar. Essa era a verdadeira revelação: a ilha, por toda a vida um dado imutável, agora se tornava fluentemente legível. Então soube o que tinha de fazer. Compreendeu o que sua mamãe havia sugerido, sem ousar afirmar abertamente: que deveria usar o Livro para penetrar nos mistérios da Zona Proibida.

～

Os hamsters semeavam o cereal de arenki. Primeiro as mamães iam engatinhando para arrancar o mato; os papais vinham atrás, jogando as sementes ao longo das rachas. Era veizdamami, de modo que os bebês enrolados em cueiros ficavam escorados nos regos; eles choramingavam, mas ninguém dava a menor atenção. Os hamsters trabalhavam como uma coisa só, os pais trocando algumas palavras entre si, enquanto as mães guardando silêncio. Uma tristeza pairava sobre a comunidade toda. O bebê de Caff Ridmun nascera um mês antes, no devido tempo fora ungido por Effi e então, oito dias mais tarde, após um sofrimento excruciante, o pequenino morrera. Sem ter sido batizado e abençoado por Dave, seu corpinho fora enterrado sem roda tumular no lixão atrás do cemitério.

O dia estava fresco, uma brisa soprava. Montanhas de nuvens passavam acima de Ham, as bases achatadas cinzentas e escuras, os picos arredondados brancos e brilhantes. Ao sul, o Sentrul Stac despontava acima do mar encrespado, os flancos chanfrados tingidos de marrom e branco pelo excremento das gaivotas; ao passo que mais além dele as ilhas distantes de Surrë eram uma faixa verde brilhante acompanhando o horizonte. Raios de facho iluminavam a terra e a capa esbranquiçada das ondas, embora o ar estivesse carregado pelo cheiro penetrante de umidade — haveria lavarrapidu antes do cair da noite. Lavarrã, era como os hamsters o chamavam, pois acreditavam que nessa época do ano as águas vinham viscosas de girinos. As crepitáceas e cascas-lisas acima do território doméstico estavam carregadas de botões e seus ramos agitavam-se sob a brisa. Os pássaros da região haviam começado a regressar com a lanterna nova e, conforme trabalhavam, os hamsters os saudavam, Ólrai, Tico! Ólrai, Pipi! Ólrai, Chio! enquanto as crianças corriam atrás deles agitando os braços, espantando-os para longe das sementes recém-plantadas.

Gari Funch terminara sua bolsa de sementes e entrara no meio das árvores para se aliviar quando viu Symun Dévúsh percorrendo o Layn, vindo dos chafurdeiros dos motos. Mais tarde, Gari disse que havia uma aura pairando sobre Symun que o deixara atônito assim que avistara o outro jovem pai. Seus camaradas caçoaram dele por isso, dizendo, C eh comu todos os Funch, Fukka, taum baxinu ki tudu paressi nuar prah você. Contudo, ele se prendeu a sua lembrança de Symun flutuando acima do chão, com fiapos de névoa enrolados em torno dele como um troçopano, enquanto seus jeans e camiseta estavam em farrapos.

— Praondi, ch'fia? Gari o saudara, e então, conforme Symun aproximou-se pairando no ar, ele disse, Ólrai, meuvéliu?

Symun limitou-se a olhar diretamente através dele, os olhos azuis vítreos. Gari deu um passo adiante e fez menção de tocar seu ombro, mas Symun desviou o corpo com uma torção e bradou:

— Pratraiz! Naum so maizu Symun, so u Fulano, agora, istivi cu Deiv, ieli mi dissi avedadi.

— C-comuassim? gaguejou Gari.

— Foi u kieu dissi, istivi na Zona, istivi nulugar ondi eli interrô u Livu, ieli veio pramim i mi deu otro Livu — eh, 1 novu —, iagentch ressitôjuntu, eh, ieli mipidiu pra contah pruzotrus sobri içu.

— Ku mil demonus.

— Mildemonus eh maizomenuzutamanhudiçu, meuvéliu, puke mudô tudu, agora. Deiv dissi ki metemuz uspéis pelazmaums... eli num keh agentch vivenu dessi jetu, sein falah ku as maems, tratanuelas feitulixu. Eha mesma koiza kuessi negóciu di Novalondris, elidissi ki eh tudu bobagin, ki num tah nein ahi pra construi Novalondris, o adroga du Pesseoh. Eli dissi kieh pragentch vivê u melioh ki pudeh i num si preocupah, si agentch kiseh fazê az koizas diferentchs, pureli tudubein...

Houve muito mais nesse teor, tudo dito num arroubo por Symun, a voz estranhamente arquejante e aguda. Se aquilo era blasfêmia para Gari, também era hipnótico. Toda sua vida, Dave estivera presente para ele, embora invisível, intocável e inalcançável; agora, ali estava Sy — que Gari conhecia tão bem quanto a si próprio — alegando ter conversado com Dave e dizendo que havia recebido um segundo Livro, que deitava por terra todas as enfadonhas restrições inibindo as inclinações naturais dos hamsters. Gari não era o mais crédulo dos hamsters, mas, mesmo que se dispusesse a desafiar Symun, fora admoestado pelo Fulano, que começou a verter trechos inteiros do Novo Livro. Eles eram lindos aos ouvidos de Gari: sonoros, retumbantes — as palavras de Dave, sem sombra de dúvida. Gari sentiu as pernas tortas vergando sob o corpo e então desabou no chão. Rastejando no caminho enlameado, esticou os braços e tocou os pés de Symun — agora, de modo mais tranqüilizador, preso à terra — com mãos tremendo. Ólrai, intaum, Fulanu, disse, debilmente.

Fulanos vinham tomando parte na vida religiosa de Ham até onde a cadeia de elos das memórias individuais alcançava. Tratava-se de pais carismáticos — e, ocasionalmente, mães — tocados pela Palavra de Dave, que pulavam sobre o palco da ilha para ali se exibir por alguns meses ou até anos. Certas cabanas feitas de tijolos às margens do Gayt eram conhecidas como os "apês dos Fulanos" e entre os hamsters acreditava-se que os Fulanos haviam estado presentes no tempo dos gigantes — ou até antes. Naturalmente, sempre que havia um motorista entre eles, toda conversa a respeito de Fulanos era suprimida, porém a receptividade dos hamsters a tais coisas permanecia alta, de modo que quando Symun surgiu no território doméstico com seu arroubo de revelações, os papais e mamães largaram as ferramentas e o seguiram até o Abrigo. O próprio vidro respondeu ao novo chamado de Symun; o limpador de Dave ligou e varreu as nuvens em massas cada vez mais elevadas, que se moveram incertas por algum tempo e então se dispersaram com rapidez sobrenatural, deixando o farol ardendo sobre a ilha verde.

— 'ntaum, começou Symun, comu 6 sabem, istivi na Zona Proibida. Maizukinumsabem eh ki Deiv michamô, i sô seu passagero. Eli mideu u segundu Livu. I ficô sentadu cumigu inkuantu eu lia tudu — puke sei lê usfonics, agora — i mi feiz imbarkah cum tudu, pra ki eu pudeci recitah, ólrai?

— 'ntaum recita, sabixaum! gritou o tio de Symun, Fil Edduns, atrás do pequeno aglomerado. Sua irmã, Effi, talvez fosse o repositório das antigas lendas, mas Fil era o mais estritamente dävista dos papais. A despeito dos longos anos que Ham permanecera além do alcance dos éditos do PCO, ele continuava se reportando a Londres em tudo que dizia respeito ao mundo espiritual.

Se a esperança de Fil fora expor Symun e acabar com o novo Fulano, sua derrota foi completa. O avô permaneceu ali, massageando a marca de nascença parecida com uma amora que marcava sua face esquerda, enquanto o Conhecimento fluía de seu sobrinho: uma torrente de eloqüência que matava a sede de poesia de seu público. Enquanto Symun falava, pulando de um verso para outro do novo livro — pra ki eu poça dizê naum purvoceis —, uma coisa notável aconteceu.

Os rapazes maiores que haviam permanecido no outro lado da ilha cuidando dos motos vieram esbaforidos da mata, arrastando suas cargas atrás de si, e uniram-se à congregação. Anos mais tarde, se contaria, quando as mocréias se reunissem em segredo, longe dos ouvidos do novo motorista, recordando essa época de heterodoxia delirante, que até os pássaros desceram adejando das árvores para escutar a pregação de Sy Dévúsh. Empoleirando-se aqui e ali nos ombros dos hamsters, ou nos largos ombros dos motos ociosos, chilrearam sua aprovação às palavras dele. Os únicos hamsters ausentes eram os bebês, ainda entocados em suas valas no alto do território doméstico; dava para escutar seus gemidos plangentes trespassando a recitação de Symun com sua própria mensagem de eterna carência.

Não era nenhum mistério o porquê de os hamsters darem ouvidos ao Fulano: a mensagem que trazia de Dave exercia enorme apelo entre eles. Doravante deveriam encarar Ham e todos os seus frutos como seus e de mais ninguém.

— Deiv mi mandô dizê naum pru chofeh, naum pru adevogadu di Chil, naum pra tudu. Elis naum prestam. Rapam amitadi du ke agentch fais, i agentch soh ficakuasmigalias. Naum ateh pra Novalondris. Num eh pra construih nada alein di Am. Am eh pra voceis e voceis saum pra Am. Ieli diz ki az maems podem fazê u ki elas kiserem. Si kerem ficah kuupai, tudubein, sein problema. Vaum infrenti. Elirritira todu essi negóciu di veizdamami i veizdupapi, u Rompimentu i a Troca. Ascriansas tein ki fikah kum uzpaiz i azmaems u tempu todu. Naum saum us avôs ki teinki decidi essas koizas, eh agentch, nus nossus corassoens.

Muitos hamsters falavam com Dave no interfone — tal era o efeito da recitação deles. Era uma voz colérica, uma voz dura — uma voz que abafava suas lembranças da veizdamami. Agora, por sua vez, as palavras vociferadas por Symun sufocavam aquela voz. Além do mais, se os avôs inclinavam-se por entrar em uma disputa com o Fulano, eram silenciados pelo próprio reconhecimento incômodo de que ele estava apenas reafirmando o genuíno status quo da comunidade, havia muito interrrompido pela dävinanidade e agora triunfantemente ratificado.

O Livro original era rejeitado pelo Fulano em sua plenitude:

— Deiv dissi kiiscreveu akilu kuandu tava batenu uzpinu, i ki eh puriço ki eh xeiu dakelemontidimerda — az corridas i uzpontus i tudumaiz. 6 naum pricizam fazê içu pra amah Deiv — tudu ki voceis pricizam fazê eh amah unzauzoutrus. Eli dissi ki noes todus somus Caurl. Noes todus somus seus filios i amah unzauzoutrus eh umesmu ki amah eli.

Quanto ao paradeiro do miraculoso segundo Livro, o Fulano foi igualmente enfático:

— Deiv pegou divolta, disse aos que perguntaram. Eli mimprestô i tirô dimim. Naum eh pragentch lê, agentch tein kilê otras koizas, fazê noçus próprius livrus, ateh.

Os hamsters dispostos a seguir o novo ensinamento acolheram isso com ardor e, instruídos por Symun, começaram a aprender seus fonics. Contudo, não acreditavam no que disse sobre o segundo Livro, pois o Fulano nunca ia a lugar algum sem sua portatudo.

~

Os dois jovens hamsters estavam a um passo de distância um do outro. Mais além de seus calosos pés descalços, as curryeiras se esparramavam em águas rumorejantes. Aqui e ali, as gavinhas verdes de perrexil retorciam-se com a brisa e pequenos montes de cascalho mostravam onde as mamães haviam empilhado seixos para cobrir e alvejar a couve. Um pequeno bando de ostraceiros se alimentava entre as algas marinhas na linha da maré, as plumagens alvinegras aplicando golpes certeiros no chão irregular. De onde o casal se encontrava, no lado leste da península, nada se avistava na direção do mar, exceto a ilhota de Hìtop, muito distante, que, por não ter nenhuma colônia de aves, nunca era visitada pelos hamsters. Symun Dévúsh e Caff Ridmun jamais haviam conhecido o confinamento da paisagem; apenas no coração escuro de seus apês ou embrenhados nas profundezas da mata tinham se separado da fluidez lânguida do oceano.

As lendas falavam de gigantes em tempos passados, contudo, cada geração daquelas criaturas isoladas era uma gigante para a outra, assomando grande e pálida contra o pano de fundo arbóreo da ilha. Quando o amor carnal atingia um hamster, ele ou ela se atirava em seu feroz abraço. Assim, Symun gemia em sua motoragem, Keru seu secsu, e se lançava sobre Caff vez após outra, enquanto ela o repelia vez após outra. Pára ku içu! gritava, Fred eh seu melioramigu, diaxu. Symun já fizera seus discursos sedutores e falava como, sob a nova dispensação, todos eram livres para fazer o que bem entendessem: Num importa ki você iu Fred craum cazadus, purkê num era pravalê. Chegara ao ponto de insinuar que, se tivesse sido seu e dela o bebê ungido por Effi, a criança teria sobrevivido.

A cabeça de Caff girava. Era verdade, não nutria grandes sentimentos por Fred — mal chegara a conhecê-lo e, embora alguns dos papais passassem a conhecer suas esposas desde que o Fulano surgira entre eles, Fred não fazia parte desse grupo. Caff não podia negar que achava Symun atraente e as mamães e mocréias mais velhas lhe disseram que seria uma grande honra deitar com o Fulano, contudo, ela continuava a rechaçar suas investidas. Ele não desistia — perseguia a mãe pelos campos, no meio do mato, ao longo da praia guardada por suas sentinelas umbelíferas, até que finalmente ali, sob o azul do meio-dia, ele se lançou sobre ela e ela não o rechaçou. A mão dele puxou a barra de seu troçopano para pousar, brônzea, em sua coxa branca; ali permaneceu, depois avançou, seus dedos deslizando por nevos castanho-rosados, as pontas acariciando a lanugem dourada. Em pouco tempo estavam unidos — Caff reclinava-se contra a margem de cascalho, suas coxas presas nas dele.

Effi Dévúsh aproveitava toda nova oportunidade que a soberania do Fulano oferecia para discursar para os pais. Ela parecia determinada a religá-los de forma vital com a antiga sabedoria. Contudo, em relação a sua pessoa e seus ensinamentos, permanecia distante e até abertamente crítica. À medida que a germinagem se expandia para desembocar no verão, os hamsters trabalhavam com peculiar fervor. A idéia de que só a eles cabiam todos os frutos de Ham os possuiu — e alguns dos pais mais jovens até chegaram a falar colericamente em afundar o pedalinho do chofer com tijolos quando chegasse para a visita do meio do verão. Ao mesmo tempo, a promiscuidade dos papais e mamães tornou-se desesperada e frenética. À noite, o pequeno pedaço era uma pura agitação de silhuetas furtivas; depois, quando o farol estava aceso, voltavam trôpegos para seus próprios apês. Effi caminhava altiva em meio a todos, proferindo profecias de perdição.

    Certa manhã, antes que o farol estivesse ligado, Effi conseguiu abordar o filho quando este regressava de oficiar no Abrigo. Effi agarrou seu braço detestavelmente.

    — Milarga, mãi! Ele a afastou com um repelão, dizendo, Kual eh seu problema?

    — Você eh uproblema! Sua respiração era pesada, os tendões tensos do pescoço expostos por uma aba de seu troçopano. Axa kieu num sei prakê tuduiçu?

    — Comuassim? O Fulano estava muito aflito. Soh fiz uki C midissi prafazê.

— Eudissi? Eudissi? Naum falu kum você faizanuz! Agora ki C tah enrabixadu atrais di Caff Ridmun vai sofrê asconsekuências. C axa ki vai sissafah dessa purkê eh ispertuprakaraliu, maiz num vai, uchofeh vai tah aki comu todu veraum, i todu mundu ki fikô dibicufexadu vai ti fudê.

Em vez de protestar ainda mais — pois ela sabia que ele desejava aquelas relações até com ela —, Effi saiu intempestivamente para os apês das mamães. Symun se retirou para a Zona Proibida, a fim de refletir. O lugar selvagem e dominado pela mata não o aterrorizava nem um pouco, agora que sua revelação fora completada. Symun podia ler o Livro, assim, podia ler a zona; toda a ilha de Ham era-lhe legível. Ele compreendia sua origem — e tinha certeza de saber seu futuro, também.

~

Desde o dia em que o Fulano pregara diante do Abrigo, Fred Ridmun viera se preparando para aquela eventualidade. Não fizera qualquer oposição pública aos ensinamentos do amigo, tampouco fomentou o descontentamento, mas também não se incluía entre os discípulos de Symun. Por chicos, Fred mantivera-se empenhado em um trabalho de carpintaria simples porém de suma importância: primeiro cortando, depois talhando e enfim desbastando um galho de cascalisa que pusera para secar, de modo a conceber as robustas linhas de um pedalinho em miniatura. Sua tarefa foi levada a termo no coração emaranhado do Perg, longe dos olhares curiosos dos outros hamsters e dos motos que pastavam.

Na primeira tarifa do dia posterior à primeira vez que seu melhor amigo se deitara com sua esposa, Fred apanhou a garrafa de argila que marcara com um sinal no armário feito de tijolo do apê de Funch. Também pegou um barril pequeno de óleo de moto e um pouco de corda. De um recesso escondido no próprio Abrigo, ele tirou uma carta que laboriosamente redigira. Esgueirou-se através do território doméstico sob a aurora espectral, passou pelo cume da colina entre os chafurdeiros dos motos e desceu no Wess Wúd. No Perg, apanhou sua estranha obra e içou-a no ombro. Caminhou pelos declives e depressões de Sandi Wúd, mal consciente do próprio avanço, erguendo as pernas para vencer os troncos das árvores caídas como se pertencessem a outra pessoa.

Na mesma ponta da península onde fora traído, Fred Ridmun juntou artefato de barro e madeira. A garrafa encaixou perfeitamente na cavidade que entalhara no convés. Ele enrolou a folha meio rasgada de aquatro — uma página em branco, do fim, arrancada do próprio Livro — e inseriu-a pelo gargalo. Tampou a garrafa e enrolou a corda embebida em óleo em torno do gargalo, apertando bem a cada volta. Depois, prendeu a garrafa ao pedalinho com tiras de couro de moto. Ergueu o pequeno mastro entalhado a faca a partir de uma árvore nova em uma chanfradura na frente da carga, então esticou a diminuta vela feita de precioso pano londrino.

Empurrando a quilha do pedalinho através do cascalho, o som de raspagem fundindo-se ao marulhar das ondas, Fred tinha consciência de que fazia algo que já fora feito antes em tempos difíceis. Quando, na época de seus trisavós, a bexiga carregara metade da população da ilha, um barco exatamente como esse fora despachado para Chil. As chances eram grandes de que as correntes predominantes não fossem suficientes ou de que o pequeno artefato se enchesse de água e naufragasse. Contudo, se algum chilman o visse, resgatasse e abrisse a garrafa, e se a mensagem fosse compreendida, depois levada para o destinatário pretendido, os rudes fônics rabiscados por Fred não deixariam margem a qualquer interpretação equivocada: VUADÔ IN AM. PAI DIZ KEH DEIV. VEINLOGU, PURFAVÔ, MISTAH GREEVS. Fred Ridmun empurrou o pedalinho no mar e ficou de cócoras. Um tênue sorriso insinuou-se em seus traços astutos conforme o vento inflou o retalho de vela e o barco começou a arremeter contra as ondas, rumo nordeste. Um curso providencial — para ele.

⁓

Duas noites mais tarde, a lanterna equinocial pairava sobre a grande laguna, a cor de um vermelho-sangue terroso. Muito ao longe, os clarões dos relâmpagos açoitavam os montes de Surrë. Inquietos, os hamsters reuniram-se fora dos apês. Em pouco tempo ficaram aterrorizados, porque, como se esse augúrio já não fosse ruim o bastante, quando estava pouco acima do horizonte a lanterna começou a ser eclipsada por um crescente negro que se movia lenta mais inexoravelmente através da superfície mosqueada. Effi Dévúsh gritou no grupo que se aglomerava no leito do regato, dizendo:

— Eh 1 sinal, acreditein, meus karus, eh 1 sinal! Eh alanterna diDeiv, sein dúvida. Eliligô iagora elidisliga. I kerem sabê pur ke?

Um coro de porquês foi grunhido pelos demais hamsters.

— Vô dizê pur ke — elidisligô prapassah purcima dumalditu vuador!

Ela girou para confrontar seu filho, que, sem ser notado pelos outros, se misturara entre a multidão, e agora ali se via entre eles, o rosto coberto com o suor espesso do pavor e eclipsado de terrível incompreensão.

4
A Família do Homem

Junho de 1987

"Ólrai, põe'm alto", gritou Dave Rudman para Kemal, o mecânico. As lanternas brilharam na escuridão do arco sob a ferrovia. "Ólrai, ólrai" — Dave ficou cego por vários segundos, até que a tijolaria vitoriana terrosa ressurgiu das auréolas vermelho-sangue e dos parélios artificiais cor de malva — "agora tenta pôr baixo". As luzes brilharam outra vez, mas com menor intensidade. "Alto de novo... e BAIXO." Kemal desligou os faróis e saiu do táxi balançando a cabeça descabelada; Dave foi em sua direção, o rosto taciturno de incompreensão. "Não faço idéia", ele disse, "se não é lâmpada".

"Pode ser alternador", disse Kemal, apalpando os bolsos do macacão sujo de óleo em busca dos cigarros.

"Isso, isso", riu Dave, "é sempre o alternador, não é? Sei lá por que tô me preocupando, nem saio à noite".

Dave andava alugando de Ali Babá, meio período, a oitenta paus por semana, e o sujeito da noite com quem dividia o táxi era *um animal de merda*. Dave o apelidara de Mister Hyde. Estritamente falando, Dave não tinha de devolver o táxi à garagem em Bethnal Green senão até as oito, embora em geral estivesse de volta uma hora mais cedo. Mais cedo, limpo e com tanque cheio — mesmo que só o último item fosse sua responsabilidade. Nessa tarde em particular, o Doutor Jekyll convencera Kemal a examinar as lanternas, que, conforme percebera, não estavam funcionando quando atravessou o Blackwall Tunnel.

Mister Hyde não mostrava tanta consideração. Depois do turno da noite, o táxi estava sempre imundo: cinzeiros cheios, o compartimento do motorista chocalhando com as latas de refrigerante jogadas. Certa manhã, quando apanhou o carro, Dave encontrou uma camisinha usada colada, à base de porra e pentelhos, no banco de trás. Hyde afanava diesel, também, um ou dois paus a cada tanque cheio. Era um delito patético, pois desde *a merda do Big Bang* do ano anterior os City Boys estavam determinados como o diabo a turbinar a Bolsa outra vez. Se você apanhava um yuppie, eles dobravam o valor do taxímetro, às vezes até triplicavam. Dave tinha dias inteiros de passageiros filé-mignon gastando os tubos pela cidade. Ele fazia a colheita de turistas como se fossem trigo e dirigia uma *porra de colheitadeira*. Enquanto Mister Hyde não dava conta nem do aluguel do carro, o que era *uma estupidez de merda... Você nunca fica devendo prum turco. Jamé.*

Ali saiu de um escritório envidraçado — um cara pesadão com cabelo de limalha de ferro que andava pisando nos joanetes. O lábio superior era inchado como se tivesse um bigode crescendo do lado de dentro. "Seu amigo", ele disse, exibindo dentes pontudos para Dave, "acabou de ligar, ele não vem".

"Ah, é?"

"É, quer o carro?" Lançou um tripé de dedos na direção do velho Fairway. Era um gesto de jogador: abre, vira, mais uma.

"Hum... bom... é... acho que sim. Valeu."

"Disbonha." Ali voltou a entrar. Kemal assobiou fumaça e uma nota aguda. Dave percebeu as risadinhas do mecânico — mas rindo de quê?

∾

Por volta de sete e meia, depois de largar o táxi, Dave Rudman costumava parar no Old Globe, em Stepney, para tomar umas e outras com os colegas. Durante o dia, Dave controlava a vontade, mas depois de algumas cervejas e *uma meia dúzia de uísques* estava pronto para o que desse e viesse. O pub tranqüilo desembocava no tumulto ruidoso de uma boate. Iam para o lado oeste, o Wag ou o Camden Palace, ou se afastavam da cidade, pro mato, onde portas inofensivas se revelavam aberturas que conduziam a reservatórios subterrâneos de suor. Ao final de um expediente, Dave saía do táxi *se sentindo como um aleijado de merda*, então ele gostava de sacudir o esqueleto, mas na maior parte das vezes era sozinho em casa, ou, mesmo se acompanhado por uma garota suada e bêbada, sozinho outra vez de manhã, uma depressão fria no travesseiro ao lado.

∾

A garota de Dave na adolescência, em Finchley, saíra para uma universidade. Alguns caras com quem ele freqüentara a escola também, e a maioria dos outros arrumara algum estágio em administração e terminara metida em uniformes de classe média. Cair na vida já era — a onda agora era subir na vida. Subir nos negócios, na City, na propriedade, no laifestaile. Todo mundo queria mobilidade — num gráfico. Dave Rudman devia ter seguido atrás deles, mas empacou. Não quis sair para trabalhar, ou estudar, nem mesmo para conseguir haxixe barato no exterior. Todos os colegas de Dave queriam sair de Londres — pelo menos por algum tempo —, enquanto Dave queria penetrar cada vez mais fundo. Londres, London, Lõn-dãn — duas sílabas plúmbeas, como podiam ser tão mágicas? Ele anelava Londres como uma identidade. Queria ser um londrino — não um subgerente ganhando vinte paus por ano, casado com Karen, que curte a *merda do Spandau Ballet*.

Apenas quatro anos distanciavam as três crianças dos Rudman, Samantha, David e Noel. Eram inseparáveis. Nas manhãs de verão, desciam a rampa íngreme de Ossulton Way, levando Tupperwares com sanduíches na velha mochila de exército de seu pai. Sam tinha cinco xelins para o Tizer* com salgadinhos. Na casinha minúscula que deixavam para trás ficava o massacre sem sentido de uma briga desigual, o pai um patinho alvo fácil no lago turvo de sua ressaca, a mãe grasnando com ele. Diante das crianças estendia-se o vale de Mutton Brook e mais além as colinas de Hampstead e Highgate se projetavam, um maciço de arbustos maculado aqui e ali pelas telhas vermelhas das abastadas casas de campo.

Levava horas para chegar a Heath, rodando lentamente pelas avenidas do Hampstead Garden Suburb, cheirando docemente a piche quente, grama recém-cortada e sebes de alfena podadas. Dave e Noel guerreavam com a munição laranja dos frutos de sorveira-brava e arrancavam gratificantes faixas de cortiça das bétulas prateadas. A sisuda Samantha — filha da mãe dela — procurava aberturas nas cortinas de gaze e examinava os interiores dos cômodos, observando os ternos de três peças, o papel de parede Sanderson's, as salas de tevê — todos os bens duráveis a que se podia aspirar.

---

* Refrigerante inglês de cor avermelhada, muito doce e com leve gosto de fruta. (N. do E.)

Quando chegassem a North End Woods, Dave e Noel iriam correr e pular, enquanto Sam adquiria sua primeira casa de alto padrão, com um carvalho oco por cozinha e uma faia tombada por sala de estar. Noel queria sempre brincar de caubói e índio; o faz-de-conta de Dave era um pouco mais incomum. Via o táxi de seu avô esgueirando-se entre as samambaias. Com os faróis esbugalhados, capô de focinheira e pára-choque dentuço, era como uma fera de desenho animado. Com um aceno fazia-o se aproximar e, juntos, táxi e menino percorriam montes e pequenos vales, apanhando e desembarcando passageiros imaginários.

Eram próximas, as crianças dos Rudman, muito próximas. Agarravam-se uma à outra nas frias margens do casamento de seus pais e, quando a oportunidade se apresentou, tanto a mais velha como o mais novo foram embora. Sam para uma carreira, depois o casamento com Howard, a quem conhecera, dançando o "Chirpy-Chirpy Cheep-Cheep", no Maccabi Youth Club, em West Hampstead. Tinha dezenove anos e de forma descarada, anacrônica, casara com ele por seu dinheiro.

Noel fugiu para Aberystwyth. A família outrora passara uma ou duas férias deprimentes instalada numa pensão local, e Dave supôs que o irmão mais novo imaginava que ficar ali para sempre pudesse significar férias permanentes. Não foi bem assim. Dave sabia que todos lamentavam sua deterioração, porém não havia nada que pudesse fazer. Os Rudman não eram do tipo que se esforçavam, que perseveravam. Não eram — na linguagem da época — pessoas gente.

Depois que Dave largou a faculdade, trabalhou dezoito meses como motorista de caminhão para um empreiteiro em Stoke Newington. Ele adorava o estrépito e as pancadas do veículo de carga de três toneladas quando caía nas crateras londrinas; adorava o gemido peculiar do basculante gracioso quando habilmente o manejava sobre um par de vigas, para descarregar tijolos londrinos e terra argilosa dentro da caçamba de entulho. Adorava tudo que dizia respeito a dirigir — dirigir fazia-o sentir-se livre. Era fácil, era simples, estava aberto a tudo. No instante em que entrava em um veículo e girava a ignição, o mundo ficava turbinado de possibilidades. O que ele preferia, uma carteira de motorista ou um diploma? *Nem comparação...* Assim, matriculou-se no Public Carriage Office em Penton Street e começou a percorrer a cidade cavernosa em sua mobilete, imprimindo suas ravinas de concreto e leitos de pedra de York na memória.

Annette Rudman não nutria nada além de desprezo pelo pai. Nas tardes de domingo, quando o black-cab descia pipocando por Heath View, agia como se fosse um agiota chegando para coletar ela em lugar do dinheiro. *Achou que tinha fugido, não foi? Achou que tinha escapado do East End, filhinha? Achou que tinha virado professora e se mudado pra merda do mato? Sem chance, meu bem... sem a menor chance...* Mesmo que Benny se mantivesse amigável o tempo todo, a filha o punha em seu devido lugar com seu inglês de BBC e seu vocabulário culto. Ela o fazia tomar infindáveis xícaras de chá — e quando ele perguntava pelo "tualetch" indicava o lavabo.

Mas o pequeno Dave adorava Benny — adorava o modo como falava e seus panos esmerados: calças cinza bem passadas, boinas de *tweed* com laterais elásticas, paletós de camurça com zíper e sapatos encerados como espelhos. Adorava o modo como o avô transpirava seu Conhecimento, um conhecimento abrangente não só das ruas londrinas, mas também do que havia nelas. Após trinta e tantos anos atrás do volante, Benny Cohen dava a nítida impressão de estar rodando atrás de passageiros por uns dois mil anos. Levando o neto pela cidade, regalava-o com um fluxo incessante de fatos e anedotas, uma verborragia que vertia pelo canto de sua boca e transpunha seu ombro adornado de fumaça de cigarro.

Dirigindo de Vallance Road para o Old Globe, Dave refletia sobre como seu avô persistira. Um remanescente do gueto judeu no East End, vivendo seus dias em um pequeno apartamento do LCC construído no entre-guerras, em uma travessa da Bethnal Green Road. Agora, via-se cercado pela maré crescente de bengalis. "Não que me incomodem; são bem-comportados, na maioria. Só que a comida deles tem um cheiro de merda." A comida de Benny não tinha cheiro de nada, o macarrão instantâneo e a sopa de frango aguada que ele tomava no Bloom's, em Whitechapel, sob o mural fotográfico gigante do velho Brick Lane Market sem um único rosto escuro à vista.

Benny continuava vivo — mas por pouco. Ficava em casa atrás da gaze amarelada de nicotina e respirando ruidosamente a máscara de oxigênio, erguendo-a de vez em quando para enfiar um Woodbine sob o bigode de morsa. A perna esquerda de Benny fora amputada abaixo do joelho e falavam que a direita em breve a seguiria. Quando Dave o visitava, seu avô meneava o cotoco na sua direção como uma mão gesticulando, girando para fora para expressar espanto, dando um caratê para mostrar determinação. Amputado de seu táxi — que, embora fedendo a fumaça de cigarro, estava sempre imaculadamente limpo —, o velho ficou parecendo uma ostra defumada da barraca de Tubby Isaac, depois, um bucino marinado, até que finalmente — nada kosher, não mesmo — uma encolhida litorina em conserva.

No Old Globe, a sra. Hedges, a dona, dava uma dura em dois colegas de Dave, Fucker Finch e Norbert Davis. "Não é pra achar graça", dizia a mulherzinha murcha com cara de chow-chow, "mas o problema com seu pessoal é que todos já tiveram sua chance com ela e nenhum de vocês tá preparado pra assumir as conseqüências". Reboco espesso cobria suas bochechas caídas, brincos de campainha de vento fendiam profundamente seus lóbulos. Dave acomodou-se em um canto do balcão. No dosador giratório havia garrafas de Martell, Archers e Jack Daniel's. Sobre bolachas de cerveja havia um copo de vinho gigante cheio de isqueiros promocionais e um balde de gelo cúbico anunciando o Gordon's Gin. "De sempre, bem?", perguntou a sra. Hedges. Dave grunhiu afirmativamente e ela jogou o peso sobre a bomba com tanta força que a papada dos braços balançou. Fucker disse, "Ólrai, 'ntão, velho", e ele e Norbert giraram os olhos na direção dele. Norbert — que era conhecido como Big End, por conta de seu ridículo nome de batismo e por uma questão de estereótipo racial — disse, "Essa eu pago, Tufty", a voz grave ressoando pela parede de seu peito.

A sra. Hedges recomeçou, "Podem acreditar em mim, teve'sses quatro sujeitos qu'apareceram aqui no pub e ela deitou com todo mundo diuma vez. Falei pro pai dela, 'ela num tava ela mesma', mas ele não quis nem saber, ficou uma piça, levou ela pra tirar — o que é meio irônico, já qui ela faiz isso é cum ela mesma!" A sra. Hedges ficou em silêncio, então serviu a caneca de Dave, uma tocha marrom com sua chama cremosa. "Saúde", disse Dave, e os outros dois grunhiram afirmativamente. Atrás do balcão, havia uma montanha de saquinhos de Quavers, notação crocante estalando no silêncio. A jaqueta fluorescente de Big End — o cara batia cartão ali — estava em um banquinho ao lado como um bêbado amarrotado. "Eu tava só o pó ontem à noite", disse Big End, "tava mamado pra caralho".

"Sério?", respondeu Dave, boca e humor amargos.

"Qualé o problema com você, Tufty?", Fucker interveio. "Cê tá um pouco caído."

Tufty era o apelido de taxista de Dave. Referia-se tanto ao in-dócil tufinho de cabelo na traseira do pescoço largo como a um esquilo de cartoon que encabeçara a campanha por segurança nas estradas na década de 60. Gary Finch — mais conhecido como Fucker — também era taxista; ele e Dave haviam feito o exame de Conhecimento na mesma época, depois foram *butter boys* juntos, choferes novatos se virando à noite com carros emprestados de Gorgeous George na Nationwide Taxi Garages. "Mister Hyde furou", explicou Dave. "Não apareceu esta noite, então Ali disse que eu podia usar o carro."

"Bom prucê, nénão?" Fucker limpou a mancha de *lager* dos lábios grossos; com seu punhado de cachos, a pança gorda e pernas atarracadas, era como uma bola de boliche parada na pista do balcão.

"É, seilá, acho que sim, mas tava a fim de tomar umas com vocês e depois..."

"Pro Browns, daí um clube, depois um irlandês, e aí quando eu me tocar já são cinco da matina e a mocréia vem pra cima de mim." Fucker fez uma marionete de avestruz com a mão e bicou o próprio pescoço e a cabeça.

"Teje preso." Dave lamentou por ele, mas pensou também na esposa de Gary, redonda como o marido, e com um balão extra inchando sua bata, programado para descer em algumas semanas. Dave conhecia Debbie — e conhecia a mãe e o pai de Gary, também. Haviam sido uma espécie de família substituta para ele. Dave pensou em como as coisas tinham saído — o jovem casal caíra em desgraça com as famílias de ambos os lados. Em vez da impudente consangüinidade cockney, a futura mamãe ficou isolada em seu apartamento em Edmonton, enquanto Gary, bom... *Fucker já no nome...*

"Toda mão qui ela engravida", retomou a sra. Hedges, coincidentemente, "ele fica louco e manda ela pro açougueiro de novo — ela tinha que procurá um médico e pidi algum troçu pra tomá." *Tsch, tsch,* fez Big End, solidário. *O que é que estou fazendo aqui?* disse Dave para si mesmo, com pronúncia de BBC, vendo os Hs aspirados da sra. Hedges caírem no chão a seus pés e os Ts dos colegas morrendo em suas gargantas. *Este não sou eu, é só teatro...* porque Dave não perdia seus Hs — ele os jogava longe, estrelas ninjas que se cravavam vibrando na madeira vitoriana de bacon defumado. *Não tem mais volta, agora, nenhum retorno à vista. Todo aquele Conhecimento, a cidade esmagada em minha cabeça...* Ele conseguia visualizar isso, as ruas superpostas nos arabescos de seu cerebelo *e eu me agarrando nisso.* Virou o resto de sua caneca e bateu com o fundo sobre o balcão. Passou a mão nas chaves, girou para sair e o distintivo — que usava em um cordão de couro em torno do pescoço — acertou Fucker. "Oi!" O homenzinho atarracado uivou, levou a mão ao punhado de cachos e caiu batendo no balcão. Dave, chocado, fez menção de segurá-lo antes que desabasse, enquanto Finch se aprumava, rindo, "Peguei você, véliu! Peguei você!" Quando percebeu como Dave estava chocado, parou e perguntou, "Caralho, já vai?"

"Cês também deviam", disse Dave, a ninguém em particular. "Não vou conseguir passageiro aqui, vou?, mas se começar logo posso pegar a saída do teatro — dá pra tirar cem antes da meia-noite."

"Bom", interveio Big End, "me encontra no clube se cansar do trampo". Quando empurrava a porta, com o punho fechado, Dave escutou a conversa recomeçando atrás de si.

"Ela tava muito barriguda?"

"Pra caralho."

"É do John?"

"Claro que é..."

Lá fora, na Mile End Road, Dave destravou o táxi e ficou um momento olhando o oeste, para o amontoado de prédios da City. Havia novos sendo construídos em Aldgate e também mais para baixo, na direção da Torre de Londres; um bambuzal de guindastes se projetava sobre a velha Broad Street Station e dominando tudo assomava ao fundo a silhueta negra e envidraçada da NatWest Tower. Outra camada de Londres era depositada sobre a anterior, milhões de toneladas de aço, concreto, tijolos e pedra, lançando seu peso sobre o presente, empurrando-o para o passado.

Ao passo que ali, no East End, o magenta das buddléias pontudas como lanças e dos felpudos epilóbios retorcidos como molas despontava em meio às chapas de ferro corrugado que serviam de tapume no terreno bombardeado atrás do pub. Benny certa vez contara a Dave que durante a guerra haviam tirado areia da superfície de Hampstead Heath e enfiado em sacos, que foram então empilhados na frente dos hospitais e ministérios. Quando o fogo antiaéreo cessou e os balões de barragem foram baixados, os quarteirões operários pulverizados do East End foram recolhidos em caminhões e despejados nos buracos e depressões de onde haviam tirado a areia. Como ia, voltava, a autofagia londrina. Dava uma certa náusea em Dave ver-se suspenso acima de um tempo tão remoto, no cabo esticado de um entardecer de verão. Descendo às funduras de seu táxi e dando partida no motor, ele se sentiu melhor imediatamente e ainda melhor quando, um segundo depois, seu Acenossonar começou a bipar e ele localizou um baldeador com destino à Fenchurch Street. *"Go west, young man..."*

~

Era o ritmo da época — os próprios anos estavam com pressa, até mesmo as décadas, lutando para chegar à era seguinte. A crisálida preto-carbono dos anos 80 rompia o casulo e, com rapidez de *stop motion*, lá vinha a enorme mariposa, desenrolando as asas pegajosas de vidro colorido.

No bolo recheado de Olympia — o pegajoso piso frio, o esponjoso espaço de exposição —, Michelle Brodie lutava para se manter à altura da idéia de quem ela deveria ser. Quase todo mundo que trabalhava para deixar o Olympia pronto para a abertura da Business Computing '87 conhecia Michelle de vista — era difícil não notá-la, com sua plumagem fogosa de cabelos vermelhos e sua figura esbelta no traje escarlate. Apressada aqui, correndo ali, os saltos clicando e uma cauda de cometa de olhares gasosos fluindo atrás.

A equipe de montagem não estava dando duro o bastante no estande. Isso não estava ao encargo de Michelle — assim como não puseram a conta toda a seu encargo —, *se for um sucesso, Manning fica com o crédito, se for um desastre, a culpa é minha.* Manning, o diretor de Exposições, *aquele veado gordo com suas meias brancas e mocassins vagabundos, o cabelinho repuxado de gel e terno C&A... o merda se sente,* passou a inevitável cantada em Michelle poucos dias após sua promoção. *Desde que o puseram acima de mim, acha que tem o direito de trepar em cima de mim.* Embora, a julgar pelo nível das cantadas que andavam passando em Michelle — e eram muitas, nessa época —, a de Clive Manning pegasse leve. Sua mão branquela deslizou para as coxas bronzeadas enquanto balbuciava alguma coisa sobre "planejamento estratégico", e então, quando ela se encolheu, a mão boba caiu fora sem jeito, enquanto ele continuou a tagarelar qualquer bobagem sobre "feedback".

E se eu deixasse? O hálito de torta de carne sobre meu ombro, o cabelo sebento no meu olho, o pinto pequeno tentando entrar ali embaixo... A visão deprimente instigou Michelle ao passar pelos montadores aparafusando esqueletos de metal e martelando divisórias de madeira, erigindo velozmente uma cidade modelo dentro do cavernoso salão de exposições; uma nova Londres, reluzente, em duas dimensões, cada fachada comercialmente engenhosa. Os trabalhadores, sentindo seu perfume, viravam-se para olhar, línguas úmidas passando nos dentes amarelados, enquanto as mulheres a fuzilavam, procurando falhas em sua armadura de beleza — algum vestígio de depressões ou mácula na pele.

Na área dos clientes Michelle conversou com o chefe da equipe, um irlandês confiável, mais velho, a aliança conspícua na mão cheia de veias. *Eu o lembro sua filha ou sobrinha... não consegue demonstrar respeito porque não sou do tipo virgem... mas nem sonha em trepar comigo.* Ela lhe mostrou o desenho revisado: o estande devia ser na forma de um computador gigante, com atendentes respondendo perguntas através da tela. Os interessados seriam convidados a entrar e conhecer o interior brilhante. Foi idéia sua.

〜

A colega de Michelle, Sandra, atendeu o telefone em sua mesa no Shell Centre, enquanto fincava o garfo em um punhado de cenoura ralada num recipiente de plástico e olhava com olhos míopes através da janela salpicada de chuva. "Não saiu pra almoçar, San?", disse Michelle.

"É você, 'chelle? Não, tá chovendo, o bós me trouxe uma salada. Que foi?"

"Eu ia ligar pra *ele,* mas tô num café com aquela Rachel do trabalho e tenho certeza que ela sabe." Michelle arriscou um olhar por sobre o ombro: Rachel media um trabalhador sentado na mesa ao lado, cuja máscara contra pó, cor de carne, parecia um bócio desfigurando sua garganta.

"É", riu Sandra, "ela sabe que ela é um vaca gorda intrigueira, é isso que ela sabe".

"Sei lá, San, tô nervosa pra caralho, hoje, parece que... parece que vai acontecer alguma coisa, sei lá o que — alguma coisa." O olhar de Michelle foi atraído para a Hammersmith Road, lá fora, onde um black-cab tiritava de febre mecânica.

"Cê tá pensando em ir ver ele?"

"É, mais tarde, mas sei lá onde, ele vai deixar um recado em casa... escuta, preciso ir."

"O que foi?"

Mas Michelle tinha desligado. Ela voltou para seu lugar diante de Rachel. Os trabalhadores da outra mesa se levantaram, quatro volumes corpulentos movendo-se entre nuvens de poeira. Em meio ao tumulto, um braço carnudo atirou o *Sun* entre as duas jovens. "Jornal procê, beinzinhu", disse, com um sorriso banguela para Michelle. Ela o apanhou: estava aberto na página de horóscopo e ela leu: "PEIXES. A estrada emocional tem sido longa, difícil e solitária. Porém, com o Sol em Câncer e também uma Lua nova, esta será uma semana de incríveis realizações, em que você perceberá que seus dias negros enfim terminaram." *Tic-tic... Ele vai deixá-la... Tic-tic, ele vai cortá-la fora de sua vida... Tic-tic.*

∾

Michelle destrancou a porta da frente e subiu correndo a escada. Lutando com a chave no andar de cima, sentiu o nariz coçando por causa da poeira — então a Yale fez clique. Sem se dar o trabalho de fechar a porta, voou na direção da secretária. A máquina bipou, silvou, crepitou: "Oi, 'chelle, é a mamãe." *Como se eu não conhecesse sua voz.* "Queria saber se você vem na sexta..." *pra você poder me deixar de baixo astral com suas piadinhas maldosas...* "...porque tô indo no mercado e se você vier vou comprar um frango inteiro em vez de apenas pedaços." *Uma ou duas coxas pra ela, uma sobrecoxa pro Ronnie, nojento.* "Então, benzinho, liga pra gente, seja boazinha, com amor, mamãe." *Ela acha que tá escrevendo uma porra de carta.* Piii! "Tudo bem, 'chelle? A gente tá indo numa turma pro Gossips hoje à noite." *Isso é desespero.* "A gente vai dar uma passada no *wine bar* antes..." *ficando travada o suficiente pra cair matando em qualquer coisa que use calças — e ainda é só quinta-feira* "...então te vejo lá, se você não estiver trepando com o sei-lá-quem, baibai." *Por que não calo a boca. Por que não calo a boca.* Piii! "Hilton, na Park Lane..." *A voz dele!* "...oito horas no saguão, não atrase." Piii!

Michelle se livrou chutando dos saltos pretos, contorceu-se para fora da jaqueta vermelha, liberou-se da pele apertada de sua camiseta vermelha, arrancou a blusa branca de algodão. De sutiã, meia-calça e calcinha, voou para o banheiro, a cabeça rodopiando com horários de transporte. *Não quero correr, o metrô vai tá um forno, não quero suar. Suor não, suor ele não quer — o que quer é uma fantasia de garota... O esquisito é que... Eu me faço disso pra ele.* Agachando no banho, Michelle usou o Y de borracha da duchinha para lavar qualquer vestígio de Olympia e de Manning. Esfregou o polegar nos pêlos pubianos, depois abriu a vagina com o sabonete de lavanda... *Safadinha. Safada. Menininha safada.* No tapetinho, contorceu-se diante do espelho de corpo inteiro, verificando se as axilas e a virilha estavam perfeitamente depiladas. *Queria saber se a Thatcher já fez isso alguma vez? Ou a Chris*

Evert? Devem fazer. Michelle jogou o cabelo para a frente e esfregou-o vigorosamente com a escova. Um *shh* de spray para domar o frisado e Michelle atirou-o de volta para trás. Desodorante espirrado sob as axilas ainda úmidas da ducha. Perfume aspergido em orelhas, pescoço e virilha. No quarto, puxou punhados multicores de fragmentos de seda e algodão da gaveta e espalhou-os como flores sobre a colcha da cama. *Por que me dar o trabalho? Ele não quer isso — eu não quero isso. Ele só quer trepar — eu quero trepar, o mais rápido possível.*

Michelle Brodie sempre fora uma *fashion victor*, triunfando sobre o exército de estilos, cores e tecidos a cada estação, com seu próprio Look inimitável. Com a idade de dezesseis anos, flanando por Crystal Palace a caminho do emprego de sábado, fora notada por Ben Bendicks, um fotógrafo tão famoso que até Michelle ouvira falar dele. Surgindo a sua frente saído da quarta dimensão reluzente das páginas da *Vogue* e *Harpers*. Estavam nas profundezas austrais de "Sarf London", nas profundezas e nas alturas — ao sul, ficava North Downs, uma faixa verde brilhante no horizonte. Toda a tranqüilidade *nonchalant* foi completamente varrida pelo carrão importado subindo na guia, o homem em camisa de seda iridescente e óculos escuros enormes gritando, "*Ei, gata, voceaí! Cê tem um puta Look!*". Ela estava usando uma saia curta preta e uma blusa branca. *Grande Look...* Mesmo assim, Bendicks materializou seu próprio exibicionismo no dela. O ano passou numa pernada — não que ele alguma vez tivesse tentado abrir suas pernas — conforme Michelle posava diante de cenários de papel, metamorfoseando-se para o *clac-clac-clac* da obturadora. As sardas de seu rosto e suas mãos eram apagadas no airbrush e ela aprendeu a não pensar em nada para atingir o encanto do jardim zen. Bendicks exibiu-a nos cartazes publicitários como a Face da Fermata — grife das grifes daquele ano.

No começo, Michelle manteve a carreira de modelo em segredo, convencida de que sua mãe ficaria puta. Quando — inevitável — Cath descobriu, encorajou-a — o dinheiro era muito bom para elas, após toda uma vida economizando pela parca subsistência. Michelle gostava de pensar que tinha sido ela quem desistira. Muito depois, diria, "Era uma bosta, tipo sair com uma cabeça de látex enfiada por cima da minha". Ela repudiava esse tratamento caricato. A verdade era menos heróica: Bendicks a usara. Afinal, não era assim tão fotogênica — tivera seu grande ano, 1979, e sua imagem ficara fossilizada nele, comprimida sob um estrato sedimentar da moda. Assim, pôs as sardas de volta e foi para a faculdade. Enfiou-se em roupas normais e obteve o diploma em administração. Arrumou namorados músicos; seus cabelos cheios de gel mancharam a barriga do velho ursinho de pelúcia, trazido de casa para dar um ar aconchegante ao apartamento dividido na Wandsworth Road. O coeficiente de reconhecimento decresceu até não ser mais que um mero sinal subliminar fazendo uma em cada dez pessoas que passavam por ela na rua — e uma em cada três no contato olho no olho — ter certeza de que a conheciam de algum lugar. Era uma espécie de solicitude interiorana, plenamente tolerável. Michelle dependia da aprovação de sua boa aparência mais do que jamais admitiria — que não fosse boa o bastante era algo que a deixava remordida.

Michelle enfiou-se no vestido de camurça marrom, altura da panturrilha, forrado de seda, cavado nas costas, alto no busto. Amarrou os laços da jaqueta de linho creme e calçou as sandálias de salto. Enfiou um minúsculo brinco de diamante no lóbulo de cada orelha e, depois de dobrar os punhos das mangas, um pesado bracelete étnico em cada pulso... *a vendedora disse que eram do Malauí, quer dizer, Malásia.* No rádio, a voz masculina de meia-idade transmitia no horário nobre com sua fala macia. O Flying Eye foi chamado, cambando alto, acima da North Circular: "Um caminhão perdeu a carga na Welsh Harp" — estática atmosférica — "tudo engarrafado até Staples Corner..." Michelle passou a mão na bolsa e fechou a porta. Olhando o relógio, viu que eram *sete e quinze! Ainda dá tempo.*

෴

"É só um brinquedinho de merda daquele príncipe Albert", expunha o passageiro de Dave; "não é um time de futebol de verdade." Dave o apanhara sob o pórtico de vidro do novo edifício do Lloyd's e o yuppie não fechara a matraca nem um segundo sequer desde então. "Tô falando, aquele Hoddle é um mercenário desgraçado de merda. Disse que aceitava ganhar até menos pra treinar um clube grande da Europa... agora vai receber um milhão e se picar pro Monaco." O passageiro se inclinava para a frente, no banco, jogando o peso sobre uma nádega gorda, depois a outra, conforme o táxi fazia as curvas, mas mantendo a fuça sempre na portinhola da cabine.

"Bom, ch'fia, sei como é, 'oddle é um renascido em Cristo, então tá só seguindo o que lhe diz a voz interior."

"É, sei!", bufou o passageiro. "Igualzinho o Ian Rush. Deus disse, 'Pede três paus pra ir pra Juventus', e Rushy respondeu, 'Aleluia!'."

O passageiro sacudiu a palma das mãos com os dedos estendidos, como um menestrel negro.

Dave estava na febre, pulando sela de passageiro em passageiro, usando suas costas risca-de-giz para tomar impulso através da cidade. A alegria de dirigir quando o único objetivo era grana — e a grana estava em toda parte — continuava com ele um ano após começar naquele trampo. Além do mais, já fazia muito tempo que aprendera que, assim como devia engolir seus Hs, igualmente tinha de se unir ao coro do esporte das multidões. Dave não dava mais a mínima pro futebol, mas seus camaradas exigiam conversa futebolística, os passageiros exigiam, o mundo — uma bexiga de mijo no espaço — exigia. Dave achou o passageiro um *arrombado racista*, mas as vezes em que se viu diante do PCO o ensinaram a *não se revoltar com nada. Não se revolte. O examinador vai te dizer pra sair no minuto que você sentar a bunda na cadeira — faz o que ele mandar. Se ele te disser que você não tá pronto pra ser examinado porque você tá com gripe, diga, "Certo, senhor", e sai. Nunca discuta. Sempre fale sobre futebol.* Ele apreciara essas ocasiões — e se saíra bem. O Conhecimento era vasto — mas tinha limite. Os examinadores iam ao âmago da coisa: interrogavam você sobre uma corrida e os pontos. Se você acertasse, o número de dias antes de comparecer outra vez caía pela metade — caso contrário, eles o chutavam de volta. Dave tirou dois cinqüenta e seis, seis vinte e oito, quatro catorze. Depois fez o teste de direção, e obteve seu precioso distintivo.

~

Michelle o viu parado bem no fundo do saguão junto aos mostruários envidraçados cheios de echarpes e relógios Rolex. Olhava de um jeito adoravelmente distraído, *o rosto vazio, como quando goza.* Ela foi em sua direção, o sussurro do ar-condicionado secando o suor de seu corpo a cada passo. *Não que ele ligue. Adoro-tudo-em-você!*, ele gritara em seu pescoço no clímax de seu último encontro. Agora, readquiria vida em seu abraço. "Por que aqui?", Michelle falou em seu ouvido, enquanto prendia a mão dele nas suas e a puxava entre seus ventres. Sua unha prendeu-se na aliança dele — ele estremeceu e se separaram. "Não vai acreditar", disse, agitado, "mas um cliente do meu pai saiu na pressa daqui hoje de manhã. Ele me pediu pra vir dar uma checada no quarto, depois pagar a conta. Daí... bom... eu pensei".

Michelle sentiu uma gota de desejo escorrer por sua virilha enquanto o elevador os impelia para o alto. A campainha tocou no décimo primeiro andar e ele a puxou atrás de si. Seus pés rasparam no carpete, enquanto os dois andando agarrados, dificultosamente, acariciando-se, passaram por uma empregada tirando produtos para cabelo de um carrinho de metal. O chaveiro chocalhou contra a porta conforme girava a chave, então os dois mergulharam no interior recendendo a cigarro. Um corredor conduziu-os a um espaço de luz cegante. As cortinas haviam sido puxadas e o sol difundindo-se acima do dossel verdejante do Hyde Park iluminava diretamente a cena de depravação animal. *Teve uma briga de cachorros e patos aqui* foi o primeiro pensamento de Michelle, pois havia marcas sangrentas de garras nos lençóis brancos e um travesseiro fora rasgado... *briga por causa de chocolate...* pois havia centenas de pedaços de papel-alumínio espalhados pelo tapete... *até a morte*, pois uma atmosfera malévola pairava dentro do quarto — não apenas cigarros haviam sido apagados, ali, mas também a própria chama da esperança.

"Guy usa droga", ele disse. "Mas eu não achava que fosse tá tão mal assim, desculpe." Ele se curvou diante de um pequeno armário comum, sobre o qual garrafinhas vazias jogavam xadrez.

"Tudo bem, não se preocupe, não ligo." Para mostrar que não ligava nem um pouco, puxou a mão dele e usou para erguer o vestido de camurça às suas costas. Ele perscrutou a bruma vermelha de seus cabelos vendo-a por trás, em um espelho de corpo inteiro da parede. "Vai." A língua de Michelle lambia os batimentos em seu pescoço. "Vai..." A mão dela, apalpando seu quadril, tateou o volume de alguma coisa, e ele recuou, a mão indo ao bolso para tentar ajeitar uma fralda enrolada. "Puxa", exclamou suavemente, "ai, puxa... eu... eu...". Retraiu-se. "Não posso, Michelle."

"Como assim?" *Você sabe muito bem como assim, sua vaca estúpida.*

"Não dá." Suas mãos trêmulas haviam perdido a magia, embora a fralda dando estocadas em seu bolso fosse a orelha de um coelho materializado pela consciência. Por três segundos, Michelle oscilou entre a autocensura e a autopiedade, antes de tombar para a direita, para as profundezas salgadas.

≈

Vai, Spuuurs! Vai, Yids! Dave mergulhara em lembranças de White Hart Lane, onde o pequeno Dave e o grande Benny berravam junto com a torcida, empurrando os jogadores do Tottenham, que giravam, arremetiam e deslizavam no palco viridente... *Judeus gritando vai "Yids", vai judeuzada — sacando o lance antes dos góis, transformando o xingamento em apelido.* "Onde der, aqui — não, ali!" O passageiro interrompeu o devaneio de Dave. Roncavam subindo a Hill Street, no Mayfair, tipos escuros em camisas lilases afluindo de casas com plaquinhas de latão na fachada. *Ciganos vagabundos que moram em casebres tão atulhados de mobília com tampo de vidro que mais parecem uma merda de loja de departamentos.* "Aqui?" Dave encaixou o Fairway entre dois Daimlers.

"Aqui tá bom." O passageiro ficou todo executivo-formal outra vez... *Obviamente, não fui simpático o bastante.*

"Sete e oitenta, ch'fia." O passageiro estendeu uma de dez, e Dave ofereceu sua cara de cão sem dono por uma fração de momento, a máscara esculpida diante da qual era costume depositar oferendas quantificáveis. Então, enfim: "Fica com o troco, taxista."

Michelle nem sequer notara os porteiros ao entrar, arrastada como fora pelas quentes correntes do desejo. Agora que estava molhada e com uma desagradável fraqueza nos joelhos, seus reflexos assomavam nos enormes vidros, arrancando sua roupa-de-entrar-no-Hilton, expondo a garota nua de Streatham. Um deles fazia menção de *estalar os dedos, dizer, "Ei, você não era aquela da propaganda?"* ou coisa pior, *"Tá fazendo o que aqui, garota, aqui não entra vagabunda, vou ligar pra delegacia. Steve, segura ela!".* Em vez disso, o porteiro simplesmente abriu a porta com a mão enluvada de branco e disse, "Quer um táxi, senhora?".

Dave estivera esquadrinhando o *Standard* no ponto diante do Hilton por uns cinco minutos antes que o acenador profissional metido na sobrecasaca engalanada de dourado fizesse sua parte. *O que vai ser, algum gringo tonto querendo dar uma trotada a diesel pela Rotten Row?* Mas era uma jovem, talvez um ou dois anos mais nova do que ele, bem bonita *se você aprecia o tipo de irlandesa sardenta, que não é o meu caso.* Ela usava um vestido de camurça marrom, apertado no busto, largo da coxa para baixo. Tinha uma jaqueta de linho pendurada em um braço e uma bolsa combinando com o vestido. O cabelo flamejante descia desenhando veios por seus ombros desnudos. *Não está usando sutiã.* O acenador engalanado segurou a porta do táxi aberta e ela se lançou ali dentro. Dave examinou o rosto pálido, os olhos vazios, o lábio mordido. *A mina tá assustada.* Quando perguntou, "Pra onde?", ela ficou vários segundos sem responder, e ele precisou dizer outra vez, mais alto. "Pra onde, bem?"

"Soho", ela respondeu, soando desesperada. Dave cutucou o taxímetro e dirigiu — o que sabia fazer melhor.

Michelle recostou-se, rígida, no forro suado e mesmo assim empoeirado. O interior de um black-cab tinha uma atmosfera peculiar de extremo aperto. Este — era o que pareciam dizer — é o verdadeiro interior de Londres; seus insalubres prédios de escritórios, suas casas abafadas — até mesmo seus túneis de metrô abertos à força de broca — não passam de meras meias-águas, desprotegidas dos elementos. É apenas quando você se encontra dentro de um de nós que se vê inteiramente acomodado. O formidável pilão motorizado do táxi fez Michelle se recolher profundamente dentro de si mesma, onde sua mãe, Cath, traída pela vigésima vez pelo imprestável sardento Dermot Brodie, soluçava e examinava mementos de sua infância, cartões amarelecidos de primeira comunhão e cartões-postais de Lurdes. Cath Brodie choramingava e repuxava o cardigã de British Home Stores, como que tentando expor o próprio coração ferido, de modo a deixá-lo cair, pulsando, sobre o pufe de napa onde a derradeira performance de sua inocência era exibida.

Apesar de ter conseguido de alguma forma ter superado isso e, quando Dermot enfim foi embora, construído uma vida completa para si mesma, com um namorado como Ron, Cath ainda abraçava sua traição, apreciando-a mais do que qualquer coisa ou qualquer um. Ser a única filha de Cath era ser sua aliada mais íntima, *sua merda de irmã siamesa.* Estavam amarradas ao mesmo poste, sendo consumidas pelo mesmo fogo de luxúria masculina. Para Michelle, o único modo de escapar dessa pavorosa cumplicidade era tramar... *em segredo... foi como chamei... Eram só mentirinhas... mentiras inocentes. Vou sair com a Janey — quando era Avril; vou ficar na casa da Paula — quando era Sharon. Qualquer criança mente pros pais nessa idade — mas eu mentia mais. Mas se não tivesse mentido, não teria tido nenhuma vida própria! Ela teria me arrastado junto com ela. Eu tinha que mentir... tinha. Mas se soubesse que ando saindo com um homem casado, não ia saber o que fazer primeiro — me matar ou se matar.* Os montadores de Michelle arregaçaram as mangas dentro do táxi e rapidamente começaram a erguer um modelo cênico plausível do apartamento na Streatham High Road, seus cômodos de quinas agudas e paredes texturizadas, sua destemperada administração matriarcal entronada na suíte diante da tevê, da mesinha de centro, do pequeno armário cheio de bonecas em costumes típicos — tudo cheirando a amônia. *Filhinhas de brinquedo que não poderiam fazer nada errado nem que tentassem... calcinhas que não saem porque estão costuradas.*

Dave sentia o silêncio esmagador em sua nuca, mas seguiu dirigindo, nutrindo o volante com as mãos enormes conforme orbitavam a Berkeley Square. Relanceou o retrovisor uma ou duas vezes, mas a passageira não chorava de fato. Se estivesse chorando, ele teria puxado um lenço da caixa guardada sob o painel e lhe oferecido, dizendo despreocupado, *faz parte do trabalho.* Porém, ela não chorava, apenas ficava ali, o rosto lívido, desesperada.

O tráfego fluía melhor quando subiam as cortinas do Lyric, na Shaftesbury Avenue, do Comedy Theatre, na Panton Street, e do Garrick, na Charing Cross Road, onde as platéias tacanhas alegremente começavam a refletir sobre... *"Quando foi a última vez que você viu suas calças?"* Dave desembarcou a passageira diante do Gossips, na Dean Street, dizendo, "Meio cedo pra dançar, não, meu bem?". Meu bem andava pau a pau com chefia, ambos fontes de gorjeta, ambos evocando uma era mais feliz de camaradagem honesta e deferência sólida; mas, ao menos uma vez, ele foi sincero, a passageira parecia tão desamparada.

"Vou encontrar umas amigas no *wine bar*", murmurou, como que fornecendo um álibi junto com a nota de cinco. "O troco é seu."

"Certeza?"

"É." Ela oscilou no salto da sandália, se recompôs e sumiu atrás da caixa de vinho com frente de vidro, que a acolheu com uma onda de vozes. Dave não ligou o sinal de livre. *Melhor comer, agora, depois trabalhar na saída do teatro.* Dirigiu até o pequeno pátio atrás da Gerrard Street — uma fenda pavimentada que apenas os detentores do Conhecimento sabiam estar lá —, estacionou e caminhou até o Celestial Empire, a bolsa de trocados batendo em sua coxa, fazendo *cash-cash.*

Três taças do branco da casa alegraram Michelle o suficiente para contar às amigas o que acontecera; a quarta taça a embebedou o suficiente para se arrepender de tê-lo feito. Cada uma a julgava de um jeito diferente, cada uma sorvia avidamente sua vergonha e seu sofrimento como uma panacéia a curar os delas próprios. Não que alguém dissesse algo maldoso — confortavam, afagavam, acariciavam o cabelo da vítima com sua implicância solidária, enquanto, de alto-falantes ocultos, George Michael educadamente implorava, "*I want your sex...*".

Sandra, que roera as unhas a um ponto além do tédio e sensatamente usava saia marrom para camuflar o quadril largo contra a terra nula de Londres. A efervescente Betty loira, cuja regata azul brilhante ocultava ferimentos vermelhos auto-infligidos. A pálida e interessante Jane, que vivia em Shepherd's Bush, encorajando uma fantasia doméstica: a farsa de que o marido Rick saía para trabalhar, quando na verdade roubava sua bolsa e ia apostar. Sandra julgava Michelle com a prerrogativa de uma suboficial, para quem as decisões de seu capitão eram sempre imprudentes. Betty achava que suas loucuras eram permissíveis devido a sua vulnerabilidade, ao passo que Michelle — forte e autoconfiante — não caía naquela. Jane entregava-se abertamente à depreciação: seu marido podia ser um abusado mentiroso, fiel só por ser impotente, mas era um marido e, mais importante, era dela.

Elas se preocupam mesmo, pensou Michelle, olhando das ondulações spaniel de Sandra para os cachinhos poodle de Betty. Contudo, em sua barriga borbulhava o oposto: havia justiça naquela *schadenfreude* pobremente concebida, pois, enquanto toda mulher bonita e vaidosa necessita de pelo menos uma que o seja menos para servir de contrapeso a seu próprio fascínio, ela gananciosamente insistia em três.

No Celestial Empire, Dave Rudman comia porco grelhado com risoto de carne de porco, empurrando tudo com um bule de chá verde. Prendendo o *Standard* sob a borda do prato, lia a respeito do Public Carriage Office, que vinha implacavelmente reprovando black-cabs em seu teste anual, pegando-se em infrações ínfimas como pneus murchos e lataria "opaca". *Não contribuir com a propina deles, os veados*.

Depois de pagar, Dave voltou caminhando lentamente para o carro. Não planejara nada mais elaborado do que atender a multidão do teatro por uma ou duas horas. Ia ser *mamão com açúcar* ganhar um troco com táxi numa noite como aquela. Presentes estavam as condições chuvosas on-off adequadas para deixar os guarda-chuvas das *bichinhas agitadas* na vertical e seus braços na horizontal. Lá ia ele palpitante de volta descendo a Shaftesbury Avenue quando a viu outra vez — a garota do Hilton. Não estava exatamente acenando para o carro, mas na verdade tinha o braço esticado para manter o equilíbrio, enquanto se curvava para recuperar uma sandália perdida. Dave guinou com o táxi próximo ao meio-fio e chamou pela janela do passageiro: "Táxi, bem?"

Michelle decidira voltar para casa depois de cheirar a carreira de cocaína no banheiro com Jane, carreira destinada a fazê-la seguir em frente para o Gossips. Ela havia cheirado antes uma única vez — e, assim que o pó subiu trincando pelo seu rosto, ela se arrependeu; porque a droga partiu seu eu em duas Michelles, bêbada idiota e imbecil calculista, amarradas juntas numa *bolsa de pele sardenta*. Ela se sentiu horrível, querendo *vingança daquele veado, vou ligar praquela mulherzinha bicho-grilo posuda dele e contar o que ele anda aprontando enquanto ela fica em casa sentada com o bebê no colo...* A intensidade disso foi um choque, assim, não deu qualquer desculpa, simplesmente saiu. A caminhada pela Dean Street não clareou suas idéias; antes deixou sua cabeça ainda mais embotada com a visão de calcinhas com zíper em manequins nas vitrines, observados por yuppies da City com cara de caxias. *Eu devia entrar por essa porta aberta e subir a escada... O cafetão podia pôr uma placa nova debaixo da campainha: "Ruiva peituda, nova no pedaço, adora apanhar..."*

Quando o táxi freou perto dela, entrou rastejante na traseira, grata pela trégua, ainda que *dois táxis na mesma noite, não posso me permitir uma loucura dessas... não dá.* A cocaína fazia minúsculos microcálculos para ela, contas brancas em um faiscante ábaco sináptico, então, quando Dave disse, "Pra onde, bein?", Michelle respondeu, "Olympia, depois Danebury Road, uma travessa da Fulham Palace Road".

Dave dirigiu em silêncio e arriscou relances ocasionais pelo retrovisor para a passageira afundada no canto do banco traseiro. Rodaram por Haymarket e ao longo de Pall Mall, passaram o templo fajuto do Athenaeum, com sua estátua dourada de Atena, equilibrada no frontão, dispensando sabedoria a um friso de Clubland. Dobraram na Mall e seguiram sob os olhos brancos e vazios de Vitória — que sopesava sua orbe, como que prestes a ficar de pé e arremessá-la por sobre o ombro atarracado. Roncaram ao subir a Constitution Hill, contornando Hyde Park Corner e tomando a Knightsbridge. Do nada, Michelle falou: "Tudo bem ir por ali?" Acenou com a mão na direção de Edinburgh Gate. "Queria... queria ver a estátua."

"Aquela debaixo da Bowater House? A Epstein — Pã perseguindo a Família do Homem?" Foi um lapso de Dave no pedantismo pedagógico de sua mãe. *Putamerda,* caçoou Michelle para si mesma, *é o Fred Housego,** daí disse: "Ãh, é, aquela, mas eu achava que era o diabo."

"Adoro aquela estátua", comentou Dave, pois estavam junto dela, passando com um estremecimento pelo arco, pelas pernas de bode cor de óleo de Pã. Michelle ergueu os olhos para a folha de figueira em seu escroto. Ele seguia no encalço do casal primordial, com suas crianças e animais de estimação. Os rostos duros achatados contra o futuro, todo o bando de bronze galopando a plena força do brejo de Belgravia em direção à folhagem mortiça do parque.

Percorrendo a South Carriage Drive... *excelente carruagem, milady...* Dave imaginou haver agora uma certa cumplicidade entre os dois — embora não fizesse idéia no quê. A divisória de vidro fora aberta, queria falar sobre a estátua, mas Michelle afundara de volta no canto do banco, os olhos vagos e as unhas rosa-coral mexendo na gola do vestido.

Quando chegaram no Olympia e Dave parou no ponto vazio, ao lado da estação do metrô, Michelle desceu insegura do carro. "Pode esperar?", pediu. "Vou deixar a bolsa." Quando Dave viu o segurança discutindo, resolveu intervir. *O que será que tá pensando de mim com esta camiseta suada, este nariz todo furado e fodido, o cabelo sumindo?* Michelle viu uma figura alta, imponente. "A moça precisa pegar um negócio no estande onde ela tá trabalhando", disse Dave, e para provar, Michelle sacou seu crachá plastificado de expositora. "Pra ser bem franco, ninguém tem autorização pra entrar, velho", disse o guarda, já destrancando a porta.

"É rapidinho", respondeu Dave, fazendo Michelle entrar com um gesto. Ele correu de volta para fechar o táxi e depois foi atrás.

Caminhando em meio às gargantas ensombrecidas de estandes parcialmente erguidos, pisoteando os degraus emborrachados das escadas, a cumplicidade deles aumentou — eram crianças invadindo uma escola à noite e os sorridentes vendedores de computador nos displays, caricaturas de professores vítimas da troça. No piso 5, no estande de seus clientes, Michelle encontrou os fichários com plantas e especificações no armário de ferro onde os deixara, e Dave segurou-os para ela.

De volta ao táxi, rumou inabalável pela Danebury Road, usando a North End Road como uma rota aérea para chegar ao coração

---

* Taxista inglês que se tornou uma celebridade depois de vencer, nos anos 1980, um *quiz show* na BBC. (N. do E.)

de Fulham. ...IVERS MARMA..., ...OCKINGS, ...ETERKIN'S CUSTARD: os mortos-vivos dos anúncios vitorianos permaneciam, assombrando as fachadas decrépitas de tijolos vermelhos. Sentindo a cidade girar em volta do táxi — uma vasta rotação de milhas e anos —, Dave pensou, *Nunca mais vou me sentir assim tão ligado ao que quer que seja outra vez... estou desmoronando.*

❧

Muito cedo, na manhã seguinte, ocorreu a Michelle que era capaz de identificar precisamente o ponto em que a bebida, a coca e a raiva haviam se combinado dentro dela na dose certa para estimular o tesão. Na maior parte, raiva. O pensamento inflamado da vingança devastadora que seria em cima *dele* saber que poucas horas após sair do Hilton ela estava *metendo com outro* deixou-a excitada o bastante, então, quando o táxi finalmente entrou na Danebury Road e parou com um tranco diante do número 43, ela deslizou para fora do banco ensebado e disse, "Será que cê pode me dar uma mãozinha aqui com isso?".

Confissões de um taxista sortudo pra caralho... Dave subiu com esforço a escada, um enorme fichário em cada braço. Conhecia um motorista chamado Stan que gostava de *be stood upon*, ficar-debaixo-de, no caso, mulher. *Foi assim que ganhou seu apelido: Stood-upon-Stan.* Se pegasse uma passageira gorda e ela lhe parecesse proponível, começava a bater papo e acabava fazendo a proposta peculiar: "Se ficar em cima de mim por uns minutos, bem — é só ficar em cima do meu peito sem tirar a meia — nada de perversão — a viagem sai na faixa." *Nada de perversão! Puta perversão...* Mesmo assim, segundo Stan, uma porrada topava. À parte essa esquisitice, embora Dave tivesse ouvido algumas histórias sobre o fascínio que os taxistas exerciam em mulheres de uma certa idade, na maioria das vezes nem levava em consideração. Ele pensava tanto em fazer uma tentativa dessas com uma passageira quanto considerava a possibilidade de apanhar um negro com destino ao sul da cidade. *Não leve a mal, velho,* dizia a um preto afável arquetípico, conforme passava sem se deter, *é muito nariz sangrando por aí.* "Tudo bem", respondeu Nelson Mandela, e arqueando o corpo voltou a esmigalhar a pedra de York do meio-fio com sua marreta de prisioneiro.

No interior fortemente perfumado do apartamento de Michelle — com seus pôsteres de cinema enquadrados, lenços de seda pendurados e gerânios nos vasos —, os eventos seguiram um curso esquisito. Ela serviu vodca com tônica sem gás em copos de fundo chato, que beberam no minúsculo terraço. Sentados com desconforto em cadeiras de metal, olhavam para o cinturão verde dos jardins três andares mais abaixo. Então o álcool voltou a incitar sua fúria e Michelle disse, "Chamei você aqui em cima pra me comer". *Nunca falei desse jeito, nunca...* "Tá a fim?" "Äh... bom..." *Äh? Bom...?!* "Sei lá." Ela ficou de pé e o puxou de volta para dentro. Virou-se e, erguendo os cabelos no alto da cabeça, ordenou: *shh*. Dave abriu o zíper do vestido de camurça e ela, deixando-o deslizar, deu um passo adiante. Como ele havia suspeitado, estava nua por baixo — mas era uma declaração desapaixonada, aquela nudez, não uma forma de sedução; e assim como sua ordem impusera um toque conjugal àquele encontro de estranhos, também seu corpo subitamente nu guardava uma nota de familiaridade. Ela esfregou os lábios dele com o dorso da mão sardenta. Se Dave via alguma sensualidade naquela mulher, era porque não existia qualquer intimidade entre os dois. Ele queria — embora fosse incapaz de conceber tal coisa — toda uma sociedade em que as mulheres fossem mantidas daquele jeito: estranhas, telas distantes de pele esticada, sobre as quais as fantasias mais absurdas pudessem ser projetadas.

O sexo foi conduzido ali mesmo no chão da sala de estar, com a assistência de almofadas puxadas de poltronas e do sofá. Em meio à névoa, Michelle ficou grata por Dave não ser repelente, embora, uma vez que não se tratava de foder com ele, e sim foder com o outro, isso dificilmente importasse. Com *ele* não havia necessidade de se preocupar com nenhum feto indesejado — *o dele passou na faca, tic-tic* — e assim, por alguns instantes cruciais, ofegando no ombro do taxista, Michelle esqueceu quem era aquele que se abatia sobre ela. Quanto a Dave, murmurou, "Cê toma pílula, bem?", interpretou seu silêncio como aquiescência, e então se acercou de Michelle como se recitasse uma corrida: *saída, peitinho esquerdo, seguir em frente, garganta, seguir em frente, boca, esquerda, ombro, direita, quadril, sempre reto, boceta...* Os cruzamentos de seu corpo eram bem sinalizados e seu Conhecimento suficiente para possuí-la.

Porém, no atrito de suas derradeiras estocadas, houve o pressentimento de algo mais que a consecução. Seus corpos convulsos prefiguraram a sujeição sadomasoquista de parceiros algemados. Ambos o intuíram e lutaram por evitá-lo — retrocedendo de volta ao presente. Dave gozou em desespero... ao passo que a mera cessação do escoicear foi o fim para Michelle.

116

Erguendo-se grogue do tapete, esquivando-se de suas mãos solícitas, Michelle cambaleou pelos três degraus do banheiro e ali se trancou com um clique desesperado. Agachando-se na banheira, a queimação do tapete nas nádegas dando lugar ao frescor do esmalte, balançava a cabeça cor de ferrugem de nojo enquanto esguichava Rudman para fora de si. "Tudo bem aí dentro... Michelle?" *Pelo menos ele sabe meu nome...* Ensaiou um sorriso deplorável no espelho acima da pia, mas tudo que obteve foi um reflexo constrangido. Amargamente constrangido — e preocupado. *Sem camisinha... sem merda de proteção nenhuma.* Quando Dave foi embora, deixou um recibo de táxi com seu número de telefone rabiscado atrás. Nessa noite, na cama, ficou maravilhado de ver como o almíscar dela perdurava forte em seu ventre e suas bolas. Jamais esperou que ligasse... *Ela se acha totalmente acima do meu nível...* e por sete meses não ligou.

∾

Dave Rudman estava dividindo uma casinha geminada com dois companheiros, naquele ano. Ficava perto do prédio da Metal Box Company, em Palmers Green. Eram todos taxistas que se conheceram prestando o Conhecimento. Isso forjava um vínculo — a universidade aberta do betume. Davam aulas particulares em quitinetes decrépitas ou, pelo contrário, nas salas de estar aflitivamente arrumadas de seus pais — recitando os pontos e as corridas, noite após noite. O medo de ser fichado na polícia mantinha a maioria de cara limpa. Dave Quinn, Phil Eddings, Tufty Rudman, Gary "Fucker" Finch. Os mosqueteiros em mobiletes — era assim que gostavam de se imaginar. E quando não estavam fora praticando o Conhecimento, trabalhavam juntos em uma pouco confiável equipe de faxina gerida pelo tio de Quinn, Gerry, que operava esporadicamente em Barking.

Eles limpavam hospitais, casas de repouso e escritórios — ou melhor, não limpavam. Dave Quinn mostrou a armação na primeira noite: "Vê só." Havia trepado na escada e estava apontando uma área manchada na parede branco-acinzentada perto do teto. "Aquilali é uma amostra, sabi comu é, cês deixam um pedacinho da parede sem limpar pra mostrar qu'o andar inteiro tá limpo, ólrai? Só tem um negócio" — desceu a escada de alumínio, fechou, pendurou no ombro, apanhou um balde cheio de água suja e, com os outros vindo atrás, subiu a escadaria até o andar seguinte — "a gente aqui não faz desse jeito". Abriu a escada num tranco e, com o balde ainda na mão, escalou. "Cês pegam esse pedacinho de cartolina, como um estêncil, ólrai?" Segurou aquilo junto à parede. "Daí cês dão uma lambuzada com água suja, e aí tá a sua amostra!" Cacarejou sua risada maníaca, uma versão de bolso da do tio irlandês, os lábios grossos retorcidos de cupidez.

Dave não gostava disso — sujar um pequeno pedaço em vez de limpar uma área grande —, mas se acostumou, era um abuso, *mas nada assim tão perverso*. Afinal, eram uns zé-ninguéns, certo? Dave e seus companheiros — e um zé-ninguém precisa se virar como pode. Tio Gerry dançava conforme a música, os supervisores de despejo industrial para quem ele pagava propina dançavam conforme a música. Todo mundo dançava conforme a música... *exceto os certinhos malasem-alça*. Além do mais, Dave gostava das rodadas de pôquer noite afora que jogavam nos escritórios vazios. Centenas de mesas, personalizadas com seus porta-retratos em cubo ou placas engraçadinhas — "O CHEFE ESTÁ... NA SUA FRENTE" —, agora inteiramente despersonalizadas, cadeiras giratórias fora do lugar, papelada abandonada, calculadoras deixadas de lado, os habitantes diurnos enfiados na cama, em suas casas *no mato*.

Caminhar pelos corredores reverberantes, esgueirar-se pelas escadas de emergência para checar os seguranças, depois finalmente ganhar as ruas conforme a aurora tingia de prata os picos envidraçados da cidade; este, Dave havia imaginado, era o mundo do avesso que habitaria quando obtivesse seu distintivo. *Vou fazer meu próprio horário, cuidar da minha própria vida... Ficar livre de girar na rodinha de hamster desses pilotos de escrivaninha, livre de ter de abaixar a cabeça pralgum chefete veado que vive enfiando o dedo no cu dos outros e superfaturando notas de despesa, que sai da garagem na frente da sua casa no mato se achando uma merda de Robert Maxwell só porque dirige a porra do Ford Sierra da empresa.* E se estivesse meio caído quando montasse na sua Honda um pouco depois, de manhã, sempre podia tomar um speed e deixar o motor de dois tempos de seu jovem coração levá-lo adiante.

A casa de Palmers Green era uma paródia de domesticidade: camisetas na pia, cinzeiros na geladeira, vasos malcuidados de maconha. Os rapazes faziam turnos diferentes e raramente trombavam em horários sociais — e se isso acontecia era o caos. Um trazia as garotas, o outro, as drogas, um terceiro, a bebida. A festança era frenética e estridente, vizinhos surtavam — a visão do jardim ofendia seus olhos. Apareciam para se queixar e davam com Phil Eddings, cuja cabeça de camurça e rosto de caveira eram o suficiente para espantar qualquer um. Certa ocasião, muito recontada, posteriormente, o vizinho viu uma aparição: Big End deixara umas garotas risonhas, chapadas de cogumelo, untá-lo com creme facial. Ele atendeu a porta da frente parecendo Baron Samedi,* a cara alegre coberta por uma máscara de tons de carne caucasiana, o enorme torso nu negro e suado.

Perto do Natal desse ano, a farra acabou. Os rapazes se espremiam no máximo de turnos que conseguiam; Dave Quinn e Tufty Rudman haviam passado a alugar um veículo por vinte e quatro horas, assim podiam sair à cata de passageiros sempre que queriam. Desde o Domingo Negro, em outubro, ficara um bocado mais difícil fisgar yuppies. Aquartelado na Square Mile — acima de Lothbury, abaixo de Houndsditch —, Dave Rudman se perguntava *onde tinham ido parar todos aqueles especuladores em seus blazers listrados?* Mesmo assim, o dia do Natal e a véspera de ano-novo deveriam render o dobro. O plano era acumular quantos dobrões pudessem para o esforço de guerra, de modo a cair fora em janeiro. *Como Benny e sua turma costumavam fazer... Las Palmas... comendo as mulheres dos caras que saíam pra jogar golfe.*

O coitado do Fucker dava duro igualmente — mas cada pêni que ganhava era injetado em decoração de cortinas e almofadas e eletrodomésticos brancos, roupinhas de bebê listradas e presentes. "Pra merda da mi'a patroa. Olha'í, cambada", ele falou puxando um beck na frente do noticiário, garotinhos palestinos ágeis arremessando pedras em israelenses portando Uzis, guerra assimétrica entre semitas, "naum s'enfiem nessa merda, fiquem c'o chapéu na cabeça, só se ela tiver de chico. D'pois disso eu só me fodi". Deu uma risada amarga. *Mulher, ah... é que nem flor... elas te atraem e aí, depois que você depositou seu pólen, quando vê já viraram umas mocréias gordas e velhas com uma merda de bigode. Mas criança é bonitinho...* Dave entrou na ponta dos pés em um berçário e começou a brincar com sua maternalidade secreta. *Meu chapinha eu podia chamar de Champ...*

Fucker fizera um empréstimo na Mann & Overton da Holloway Road e comprara seu próprio táxi. Para pagar a dívida, era forçado a sofrer a indignidade de trabalhar uniformizado em tempo integral para o *Evening Standard.* "Me dá um negócio esquisito no olho ver isso", choramingou, e os outros caras, parados no meio-fio, olhando

---

* Figura do vodu, retratada normalmente com o rosto branco, de uma caveira. (N. do E.)

cabreiros para a superfície toda coberta de jornal do veículo novo, racharam o bico. "Sua caranga parece um lanche pra viagem de uma *fish & chip*", caçoou Phil Eddings. "É, e você é a porra do uóli!", acrescentou Dave Rudman.

Certa tarde em dezembro, Dave parou na fila da King's Cross e foi tomar um chá na bilheteria imunda da estação. O lugar ainda cheirava mal com os vapores fétidos do incêndio no mês anterior, quando trinta usuários morreram incinerados nas escadas rolantes do metrô. Na noite em que aconteceu, Dave estava na Victoria quando o rádio começou a divulgar a notícia em pequenos bocados crepitantes de horror. Os taxistas desceram de seus veículos e se aglomeraram, apoiando-se ora numa perna, ora noutra, como que sentindo o Hades sob os pés. Agora, sob o teto em arco desse outro terminal, olhando para a *ralé podre e os desavisados inúteis recém-desembarcados do InterCity*, Dave sentiu uma depressão repentina e pouco usual: uma tristeza premonitória que o arrastou de volta ao táxi, de volta a Palmers Green e à cama em pleno dia.

Quando a campainha o acordou de sua *couvade*, horas mais tarde, Dave tentou ignorá-la. Estava com um biscoito de catarro alojado na garganta... *preciso largar o estoura-peito*. Sentiu-se como se estivesse cabulando aula... *Pode ser algum fiscal do PCO ou Ali vindo da garagem pra ver por que não tô na merda da rua...* Assim, enfiou os jeans e a camiseta e desceu a escada estreita. Quando abriu a porta, lá estava ela, sua linda boca fortemente retorcida para um lado, como que fazendo pouco da própria beleza. Michelle estava grávida de sete meses e nem passou pela cabeça dele não deixá-la entrar.

≈

Casaram-se quatro semanas mais tarde, em um cartório na Burnt Oak Broadway. O táxi foi paramentado para o casamento com um monte de penduricalhos. Gary Finch seguia ao volante, com Dave e Michelle sentados no banco de trás. Os dois iam dar um passeio.

5
A Exilada

OUT 523 AD

Beinzinu Joolee Blunt morava em um geminado de dois cômodos construído com as melhores camadas de tijolo londrino que pudera adquirir. Seu mânei não tinha qualquer utilidade em Ham e foi graças a um arranjo feito pelo advogado de Chil com o predecessor de Mister Greaves que os hamsters aptos a ajudá-la receberam uma concessão para negociar. Inúmeras latas e lâminas de ferrim deviam sua presença na ilha a suas chorosas exigências. Incapaz de se virar sozinha, sob qualquer aspecto, uma velha mocréia desligada e — ao modo de ver dos hamsters — meio louca, passava os dias lendo um breviário do Livro, bordando retalhos de roupa e fitando o mar. Solicitara que sua casa fosse erguida o mais longe possível do pedaço, e no litoral sul, de modo a não ser lembrada do cruel expediente que levara a seu longo encarceramento em Ham.

Para as opares que vinham preparar sua comida, esvaziar suas latrinas e lavar seus trajes peculiares — outrora vistosamente coloridos, agora havia muito esmaecidos —, beinzinu Joolee não era meramente peculiar, mas também incompreensível. Seu bibici cheio de elisões, seus gestos abruptos, sua conversa constante sobre uma cidade que permanecia continuamente viva para ela, embora completamente desconhecida deles, parecia-lhes sintoma de loucura. Permitira que os pés de pustulária crescessem a ponto de cobrir o pequeno jardim de sua moradia, tal era o medo que tinha dos motos; e não saía do interior daquela touceira peçonhenta, ficando mais velha e mais desligada a cada ano que passava.

Os hamsters tinham dificuldade em dizer exatamente há quanto tempo residia na ilha — pois a noção de tempo não era forte entre eles. A avó de Carl, Effi, lhe contara que ainda era uma jovem mãe quando beinzinu Joolee desembarcou em Ham e que deviam ter mais ou menos a mesma idade. Todo mundo sabia por que beinzinu Joolee fora exilada. Ela e o marido, o advogado de Blunt, haviam caído em desgraça com o PCO ao viver juntos, com os filhos, sob o mesmo teto. A conduta abjeta foi divulgada na cidade por meio de folders e standards, até que um grupo de seus próprios amigos resolveu fazer justiça com as próprias mãos. Levaram-na para as docas e a puseram a bordo de uma balsa rumo ao sul. Por algum tempo, ela foi mantida no Castelo Pulapula, em Chil, depois, quando seu paradeiro foi descoberto pelo marido, despacharam-na para ainda mais longe, para Ham.

Effi Dévúsh também contou a Carl que durante os primeiros anos de exílio, beinzinu Joolee costumava aparecer com freqüência na aldeia, discursando exaltada sobre as injustiças contra ela cometidas e tentando insuflar os hamsters numa rebelião contra o advogado de Chil. Finalmente, o antigo chofer, Mister Hurst, deixou claro para ela que, a continuar daquele jeito, não lhe restaria outra alternativa senão levá-la de volta a Londres para um julgamento formal. Compreendendo que isso queria dizer tortura e muito provavelmente a morte na Roda, a partir de então beinzinu Joolee retirou-se para seu isolamento perturbado. Quando Antonë Böm chegou a Ham, sob uma nuvem de tons semelhantes, procurou ganhar sua confiança. Ele conhecia membros de seu círculo na capital de ouvir falar, e podia conversar com ela do modo como estava acostumada. Porém, a beinzinu bem-nascida depositava pouca confiança em um simples professor e, desse modo, repeliu-o.

Carl Dévúsh e Antonë Böm haviam sido convocados ao caramanchão tóxico de beinzinu Joolee por um bilhete confiado a uma opare. Aproximaram-se sorrateiros sob os penhascos da Zona Proibida, avançando com dificuldade através dos molhes, cobertos por uma camada espessa de algas e cracas. Os caranguejos afastavam-se correndo, enquanto no alto as gaivotas gritavam sem cessar. Espremeram-se com cuidado entre as hastes de pustulária, que, mesmo agora, escurecidas e ocas, continuavam capazes de ferir. Böm bateu timidamente na porta de madeira rústica e uma voz rouca ecoou lá dentro, Eintra. No austero interior caiado do pequeno geminado, pelas janelas sem venezianas, cobertas pelo couro esticado de moto, filtrava uma luz rósea. O odor pungente de fezes humanas — inexistente nos apês dos hamsters — ofendia os visitantes.

— Sentaih, rapaiz! disse com aspereza a velha mocréia, e Carl estava de tal modo desorientado que levou vários segundos para perceber que se dirigia a ele. Ubanku! esbravejou outra vez, e, olhando em torno, ele viu a que se referia e ali se deixou desabar. Beinzinu Joolee — sua túnica curta e puída expondo os braços e pernas brancos cobertos de veias roxas — recostou contra uma parede, enquanto o mestre permaneceu de pé no meio da sala. Vendo-a de perto pela primeira vez, Carl ficou espantado de notar como a beinzinu era parecida com o motorista: ambos tinham o rosto comprido e encovado, com fronte e queixo finos como a borda de um prato. O rosto da mocréia era como uma máscara. Não tinha sobrancelhas e a penugem de cabelos brancos fora cortada na espessura de um dedo, em seu couro cheio de calombos. Uma camada espessa de maquiagem cobria suas maçás descarnadas. Usava brincos pesados e toscos esculpidos de uma madeira escura que Carl foi incapaz de identificar — e eles haviam aberto profundas fendas em seus lóbulos. Tão alta quanto o motorista, fitava tanto Carl como Böm de cima, olhos bruxuleando no fundo das órbitas. Para Carl, tinha aquele ar estrangeiro dos oriundos de fora da ilha.

Fitando o chão de terra do ambiente, a fim de evitar o olhar de fanatismo da Exilada, Carl teve a atenção atraída para um dispositivo de ferrim peculiar, dotado de inúmeras engrenagens giratórias e um vagaroso eixo cilíndrico serrilhado. Tudo obscuramente ligado a um disco branco, em cuja borda havia números inscritos: 1, 2, 3, assim por diante.

— Kual uproblema, rapaiz? disparou a voz rouca de beinzinu Joolee. Nunkaviu 1 tacsimetru antis navida? Seu mokni era fluente, seus modos, lúcidos. A despeito da aparência excêntrica, não mostrava sinais de loucura.

— N-naum, mãi, gaguejou Carl.

— Mãi! ela cuspiu a palavra. Mãi! Vo dizê 1 koiza, rapaiz, eça eh adiferença entri voceis igentch diverdadi. Tempu, mânei, distanz. Apontou o mostrador: Utempu eh diDeiv — naum noçu. Umânei eh diDeiv — naum di voceis. Adistanz eh diDeiv — a rota deli pra Novalondris! Então, caiu sobre Böm: 'ntaum C acridita in Deiv, ein, Böm? disparou.

— Bastanti, respondeu o mestre.

— C acridita navoltadiDeiv, 'cridita nus seus milagris, 'cridita in Novalondris?

— Eh, bastanti. Carl nunca vira Böm com a língua tão travada.

— 'taum purkê u motorista dissi kivoceis saum 2 vuadoris? C acridita, rapaiz? ela disse, voltando a investir contra Carl.

— 'criditu, b-beinzinu, gaguejou ele.

— Beinzinu! cuspiu. Xapralah, u kiimporta eh ki voceizacri-
ditaum, naum suportu vuadoris. Naum suportu kem naum tein Deiv
nukorassaum. Vo dizê prus 2, akeli motorista eh 1 sujeitu repelenti.
Naum eh 1 crenti di verdadi. Naum tein Deiv nukorassaum. Deiv ki
eh amorozu, Deiv ki nuzama comu si agentch fossi u Mininu Pedidu.
O rosto da velha mocréia assumiu uma expressão ao mesmo tempo me-
lancólica e profunda. Transfigurada por sua dävinanidade, tornava-se,
Carl achou, quase bela.

— Eu 'criditu niçu, afirmou Böm a meia-voz.

— Bein, umotorista naum, ieli vai fudê kuus 2 antis ki 6 saiam
di Am, intaum vo tek' ajudah uz 2. C anda puraki jah faiz cuatruanus,
Böm, maizeu num contei nada, nué?

— Naum muitu, concedeu Böm, aquiescendo com a cabeça,
contrito.

A velha mocréia curvou-se em sua altura imensa e arrastou
os pés até o canto da sala, onde havia uma pilha de retalhos de tecido. Enquanto mexia no monte, beinzinu Joolee continuou: U kieu
nunca contei pra você eh ki Mistah Greaves trôssi maizki sohplastiku
prakomerciah, eli trôssi içu. Ela segurou um maço firmemente amarrado com barbante. Línias, anunciou, línias di Londris, eh diconfiansa,
Mistah Greaves, naum 1 aliadu, maiz 1 amigu. Desamarrou o maço
e Carl olhou maravilhado para o feixe de folhas finas como casca de
bulbo-de-choro que se separavam, cada uma coberta com fonics longilíneas. Sentahi, beinzinu Joolee ordenou a Böm, sentahinuxaum. Volê
uki meuzamigus in Londris andam dizenu sobri u Pesseoh iukê 6 pri-
cisam sabê.

〜

Era entre os motos que Carl podia ser ele mesmo e aceitar sua maternalidade secreta. Os motos agrupavam-se enfileirados em uma clareira
na mata sob o lavarrapidu, os dorsos brilhando de umidade. Quando
o aguaceiro cessou, suas cerdas captaram o ultrawatt como jóias. Os
motos sempre estavam preparados para admiti-lo na hora de seus aconchegos e afagos. Ao contrário dos hamsters, motos detinham o preciso conhecimento de quem era mãe e pai de quem, retrocedendo por
muitas gerações. O velho Champ, que fora o protetor do pai de Carl,
Symun, quando este era um menino, acocorava-se diante do rapaz e,
arrulhando melodiosamente, recitava a linhagem dos motos: 'taum

Darlin i Xugar tiveru Rãni, i Rãni i Gorj tiveru Boizi, i Boizi i Pohpit tiveru Unti, i Unti e Çuit tiverueu. Que houvesse apenas um punhado de nomes para todos os motos que existiam, haviam existido e um dia viriam a existir em Ham não confundia a besta. Quando narrava quem era, os olhos azuis de bebê do velho Champ ganhavam uma estranha luminosidade que normalmente nunca exibiam.

Os pais dävinos mais influenciados pelo motorista tendiam a desprezar tal evidência de entendimento dos motos, asseverando que as sutilezas de suas relações íntimas eram um mero dispositivo mecânico. Contudo, Carl vira por si mesmo que, quando um moto era colocado para acasalar com outro que ele ou ela julgava incompatível, uma assustadora motoragem tinha lugar; e sua avó Effi lhe contou que eram os motos que misteriosamente instruíam seus senhores humanos sobre o próprio manejo. Num izistchiria Am sein uzmotus, ela dizia com freqüência, niuma Am, soh terra istehriu.

Ao longo dos chicos seguintes desde a partida do pedalinho do chofer, em JUL, enquanto os hamsters voltavam sua atenção aos preparativos para o arenki, Carl freqüentava cada vez mais o grupo dos motos. Ele procurava a frota que percorria os campos ceifados depositando esterco e, com o consentimento do velho Champ, escalava um mobilete — em geral Sweetë ou Tyga — para acompanhá-lo em suas incursões. A despeito das objeções dos pais, o meio-irmão de Carl, Bert Ridmun, também o acompanhava nas viagens ao longo do recortado litoral do Gayt, onde os tocos apodrecidos das crepitáceas afundavam dentro da laguna. Nesse isolamento inabitual, Carl encorajava Bert a juntar-se a ele e cavalgar o moto, como costumavam fazer quando pequenos. Enquanto as bestas mais velhas teriam refugado ante tal tratamento, o mobilete docilmente o admitia, permitindo a Carl até mesmo instigá-lo alguns passos dentro do mar. Ali, meio a nado, meio a vau, o rapaz era transportado pelo mobilete através das plácidas águas da laguna.

Certo dia, perto do fim da segunda tarifa, estavam os dois sendo levados em um passeio por Tyga. Após terem contornado o promontório cerca de uma centena de passos, os dois rapazes viram que toda a população havia se reunido diante do Abrigo. Os papais, mamães e opares escutavam, enlevados, a uma das efusões espontâneas do motorista, enquanto, a despeito dos tapas dos pais, as crianças pequenas brincavam de pega-pega. Um ou dois motos alimentavam-se na relva, seus focinhos gosmentos pegajosos com a pastagem.

Carl e Bert desceram do dorso de Tyga e, chegando mais perto, escutaram a voz colérica do motorista elevando-se acima das cabeças arqueadas dos hamsters. Estava de frente para a pequena cabana de madeira, de costas para o público, os olhos em seu espelho. A voz profunda reverberava pelas paredes de seu peito:

— Não é o bastante! Seu Conhecimento não é o bastante! Nunca vilipendiei os motos, meus passageiros, e contudo, nas passagens do Livro em que descreve o moto, está claro que Dave não se referia a essas... criaturas, mas aos meios de transporte do tipo que vi nas ruas de Nova Londres. Sei de sua ligação com essas bestas e quanto delas dependem; entretanto, têm de entender que não há mais qualquer demanda de seu óleo em parte alguma de Ing; há diversos outros combustíveis, como cera de abelha, banha e outras coisas, para criar letric. Ao aceitar o óleo, em lugar de aluguel em mânei, o chofer de meu lod os está amparando como se fossem os mais desprezíveis dos enjeitados!

O motorista fez uma pausa e lançou um olhar belicoso sobre a congregação; não houve um murmúrio sequer de discordância, de modo que retomou:

— Desde que me estabeleci em seu meio e aboli a vil prática da unção, muito mais crianças suas sobreviveram!

Esse era manifestamente o caso, pois a evidência se via bem às suas costas, um ruidoso bando de pequenos de diversas idades que excediam em número todos os demais hamsters.

— Todos vocês sabem, prosseguiu o motorista, a voz descendo a um tom ainda mais profundo, que terão de mudar para que a ilha comporte um número ainda maior. Mister Greaves está preparado para pagar por mais bubbery e tijolos londrinos se vocês aumentarem a produção. Também está pronto a pagar pelas plumas das aves marinhas; contudo, não mais iremos lhes oferecer um bom preço pelo óleo dessas... dessas... bestas dibinkedu!

Ao ouvir isso, os hamsters deixaram escapar um enorme grunhido, mas o motorista, embalado no ritmo de sua própria retórica, não se deixou deter:

— É, isso mesmo, bestas dibinkedu, com seu balbuciar infantil e seus corpos obesos. 6 pricisaum si livrah dapivetidaum, disse, começando a passar, por questão de ênfase, ao mokni. Todus voceis sabindiçu, pricizam tomah u novukaminu o Novalondris nunca serah construihda. Pricizam siguih u Livu o dexah Am — 6 sabindiçu. De repente parou, ao ver Carl e Bert discretamente tentando se misturar ao fundo do grupo.

O motorista tinha o talento de incorporar fenômenos casuais — o grito de um pássaro, o formato de uma nuvem, até mesmo o estouro de uma grande onda contra o recife — em sua recitação, fato que impressionava sobremaneira os hamsters. Tal se dava agora; esticava a mão e apontava sua garra para Carl:

— 6 taum venu essi ahi! Todos se viraram para olhar. Içu, içu, akeli ki ozô intrah na Zona Proibida icavah purlah! 6 sabindiçu! Akeli ki vai sê jugadu vuadô pelu Pesseoh i kebradu na Roda! 6 sabindiçu! Num eh vedadi ki eli uzacaricia? Num eh ki eli eh afrutinha delis? Maiz num eh soh eli! Perdendo toda a compostura, o motorista fez meia-volta para arrostá-los diretamente: Todus voceis fazim içu! 6 todus uzam usmotus pra fikah uskuzotrus, mamaenzipapaiz, uz 2! Eh revoltantch! Lembrissi du Rompimentu! Obedessum a Troca! Ricitem u Livu — purkê sein içu, 6 saum todus vuadoris!

Carl não pôde mais suportar a odiosa arenga do motorista. Embora os hamsters não fizessem menção de agarrá-lo, fugiu correndo, caso tentassem. Deu uma guinada na direção dos motos perplexos, desviou e disparou atrás do Abrigo. Então, galopou com todas as forças pelo território doméstico na direção do Layn e continuou descendo às carreiras pela região agreste de Norfend, esmagando folhas mortas, partindo galhos, pisoteando poças, até que finalmente parou em um lodaçal e desabou numa confusão de membros tremendo. Estava sozinho agora com sua maternalidade secreta — ele não chorava, ainda que em sua tanque se alojasse um aperto de sofrimento.

Carl ficara não mais que umas poucas unidades desse jeito quando sentiu a mão delicada e familiar na cabeça e reconheceu os tranqüilos tons que quase sempre a acompanhavam.

— C sabia kiiçu ia xegah, Carl, disse Antonë Böm, curvando-se a seu lado, era soh kestaum dicuandu. Carl ergueu o rosto e os óculos de seu mentor refletiram seu próprio rosto delgado de volta para ele.

— M-maiz eh taum injustu kuus motus.

— Sci diçu. Böm ajudou Carl a sair do buraco alagadiço e foram se sentar em um terreno mais seco. Limpando a garganta, ele mudou para o bibici, e ganhou, assim achava, em clareza expressiva o que perdia em intimidade: Injusto também com os hamsters, cuja dävinidade simples é tão mal empregada. A recitação do motorista destina-se a fazê-los afirmar uma verdade, ao mesmo tempo que retira deles qualquer responsabilidade que ela possa acarretar. Isso faz deles, hmm, hmm... — procurou a analogia correta — nada além de lanijrus e o motorista, seu bós. Böm começou a tatear os bolsos internos de seu casaco, puxando enfim uma embalagem.

— Naum podemus ficah aki, disse Carl, ficando de pé com esforço, elis vaum nuzinkontrah.

— Acho que não. Agora que começou, o motorista vai continuar por uma tarifa inteira ou mais. Pense nisso, Carl. Desde que o grupo do chofer foi embora, o motorista tem recitado cada vez mais. Não passa nem mais um dia sem que incite os três táxis. Os pais não conseguem finalizar trabalho algum — se ele continuar assim, Ham vai ser incapaz de se sustentar durante o arenki.

— Iuabatch duz motus? insistiu Carl.

— Os motos, ah, claro... Böm arrancou um naco de chiclé e o enfiou na boca. Hmm... bom, os hamsters não poderiam mais sacrificar seus motos, tanto quanto não poderiam caminhar sobre o mar até Chil, casquinou umas risadinhas, ou construir Nova Londres aqui e agora. Nunca vai acontecer.

Carl ficou impassível diante da leviandade. Elis sabim, disse.

— Como assim? disse Böm, recompondo-se.

— Uz pais, umotorista — elis sabim ki agentch andô simetenu kum aEzilada.

— Hmm, de fato, bem, vi o jovem Sid Brudi correndo pra longe quando voltamos juntos para Hel Bä, outro dia. Presumi que não era a primeira vez que seguia a gente. Mesmo assim, como podiam saber do que a gente estava falando?

— Num sei. Eliz kerem silenciah agentch. Bert ouviu Fred iuzotrus pais conversanu.

— Bom, então, disse Böm, ruminando a respeito, parece que nosso marmitex está pronto, meu rapaz. Quando acrescentamos isso ao que beinzinu Joolee nos disse acerca de seu velho e dos aliados dele em Londres, somos levados a uma única conclusão: precisamos achar um jeito de deixar Ham imediatamente. Vamos viajar para o último lugar que passaria pela cabeça de nossos perseguidores: Londres, e lá fazer da nossa uma causa comum com a dos inconformistas de Blunt. Uma simples rábula vai nos possibilitar descobrir o destino de seu pai. Quiçá esses dois esforços, tão curiosamente enredados, sirvam para pôr uma trava na Roda.

Batendo com força, depois empurrando a pesada porta do apê Funch, Carl sobressaltou-se com um guincho abominável. Seu tio Gari, conhecido de modo mais familiar como Fukka, sentava-se diante do fogo crepitante, nu em pêlo, exceto por uma saqueira de bubbery; em seus mamilos rosados viam-se pêlos ruivos, sua pele brilhava de suor, e havia um bebê aos gritos apoiado em cada uma de suas pernas cambadas, enquanto as mãos ásperas os seguravam pelos ombros gorduchos. Os tufos cacheados das crianças balançavam conforme Fukka as sacudia impiedosamente. Perfiladas ao longo das paredes desaprumadas do apê estavam as opares, e sentados no chão de yok, espremidos entre as camas-caixotes, e até mesmo sobre a cômoda, havia um bando de pequenos hamsters. Toda a população juvenil de Ham se achava ali: era a última tarifa antes da Troca e Fukka gostava de lhes proporcionar uma boa despedida. Muitas crianças exibiam nitidamente os traços de Fukka — lábios grossos, nariz amplo, olhos saltados. Os outros hamsters diziam que os Funch pareciam motos, algo para o qual Fukka não dava a mínima. Ao contrário de seu pai, Burny, Fukka era quase que impermeável aos rigores da dävinanidade. Sua natureza era simples e direta — tão próxima da terra quanto sua compleição avantajada; e, embora o momento fosse perigoso para falar de tais coisas, o tempo do Fulano o afetara profundamente.

Cada criança segurava algum tipo de recipiente, uma vasilha de barro ou um jarro de cerâmica os mais velhos, uma tigela de madeira ou uma lata os mais novos. Todas participavam do batuque com colheres e pedaços de pau, ao ritmo do louco balanço de Fukka, e, numa dissonância de vozes — ao mesmo tempo grave e ressonante, estrepitosa e aflautada —, desfiavam uma cantoria sem sentido: Makk-doo-nal, makk-doo-nal, kenntãkkifraietchikkin iumapitsarãtch! Makk-doo-nal, makk-doo-nal, kenntãkkifraietchikkin iumapitsarãtch! Quando o rosto pálido de Carl surgiu à luz do fogo, longe de moderar a algazarra, o bando ruidoso redobrou o barulho: Makk-doo-nal, makk-doo-nal, kenntãkkifraietchikkin iumapitsarãtch! Makk-doo-nal, makk-doo-nal, kenntãkkifraietchikkin iumapitsarãtch! Encerrando com um ra-ta-ta-tá de batidas e uma explosão de risadas.

— Há, há! Fukka deixou os bebês deslizarem de suas pernas para as lajes do chão e abriu os braços para acolher o sobrinho. Ujovezi-nu tolu pirdidu! gritou. Veim aki! Abraçaram-se, e Carl respirou o odor oleoso de seu tio. Se os Funch eram a progênie de motos e humanos e — como Effi Dévúsh sustentava — os próprios motos eram crias monstruosas da união de ainda outras bestas com os pioneiros gigantes de Ham, então isso talvez explicasse por que o clã de seu tio era tão amistoso com Carl. Pois os Funch eram notoriamente afeiçoados aos hamsters, beijando e acariciando suas crianças de um modo que os outros não faziam.

— Ukehkiah, 'ntaum? perguntou Fukka, quando Carl sentou em um banquinho a seu lado, uma lata de meh na mão.

— Eh umotorista, respondeu Carl, iuzavôs. Agora ki umotorista komessô kuakilu axuki vai mandah ispankah eu iuTonë. C num podi dizê kualkehkoiza, tchiu?

Fukka meneou a mão roliça e vermelha perto dele, para a tumultuosa cena na casa. Das vigas do telhado pendiam maços de ervas secas. A curry borbulhava sobre o fogo, mexida por uma das opares, enquanto uma dupla de rapazes emendava uma corda usada para caçar aves, desenrolada sobre a mesa. Óliakih, Carl, disse Fukka. Tantufaizukieuaxo, purkê uzavôs taum pokusifudenu prus Funch, itamen prus Bulluk. Noizmezmus somus unzeziladus, igualzinu abeinzinu Joolee o, Deiv nuz poupi — traçou uma roda no peito e Carl fez o mesmo — u Homirrui. Eutenhu miafamilha pralimentah, i sieu falah pur você, agentch sistrepa. Naum, Carl, C vai tê ki sivirah. Fukka balançou o grande tufo de cabelos cor de ferrugem com uma expressão aflita no rosto, como se todo o singular peso de Ham o segurasse em uma chave de braço.

Então, reunindo forças, Fukka esticou o braço na direção da opare junto ao tacho e, agarrando-a pelo troçopano, puxou-a para seu colo. Começou a balançá-la como fizera antes com os bebês, tentando manter a batida do rap: Makk-doo-nal, makk-doo-nal! Embora vários dos pequenos se juntassem ao coro, o restante permaneceu em silêncio, desviando o olhar; e, ainda que um quadro desses — a intumescida saqueira martelando o traseiro magro da opare vez após outra — fosse familiar ao ponto da banalidade, mesmo assim Carl se sentiu pouco à vontade e desviou os olhos, depois pediu licença e saiu.

Quando, na manhã seguinte, Carl voltava do dabliucê e deu com o Conselho reunido em seu muro, soube o que estava por vir. Os avôs aguardavam embrulhados em seus casacos de bubbery como alcas melancólicas. O motorista estava entre eles, o manto negro pendendo frouxo em meio ao ar enevoado. O fedor de algas do mar tranqüilo envolvia os pais e, enquanto Ozzi Bulluk e Gari Funch mascavam seu chiclé com obstinação, cuspindo a intervalos regulares na grama a seus pés, os outros permaneciam em silêncio. Veim aki! gritou Fred Ridmun para Carl. Agentch keh falah kum você. O motorista gesticulou para Bill Edduns e, sempre o fone bem-disposto, ele disparou pela praia na direção do geminado de Böm, sem dúvida para buscá-lo também para o julgamento sumário.

Quando regressaram, e Carl e Böm estavam sentados aos pés dos pais, o motorista deu as costas para o chefiador e fez sua rábula:

— Esses dois voadores foram vistos mancomunando com a Exilada e sem dúvida têm seguidamente entrado na Zona Proibida. Proponho diante do Conselho que ambos sejam daqui por diante confinados ao pedaço.

— Eh, eh — Carl não sabia de onde tirava tamanha ousadia — issieu disseh kiia fazê uprimeru saltu nu stac, ein, iaih?

Houve um burburinho de inquietação entre os homens.

— Uki C tah dizenu? disse Fred Ridmun, curvando-se para a frente a fim de examinar o enteado.

— Tô dizenu kikuandu eu iu Bert fomuz pru lesti ontein, inda tinhaavis pousanu i sainu du stac, eh. Naum muitu, maiz indateim. C dissi — Carl ergueu-se para confrontar o motorista — ki agentch pricisa consigui maizplumaziotraskoizas, bein, 'taum sabi komu agentch faiz içu, num sabi?

Pela primeira vez em muitas tarifas o motorista se viu sem palavras. Ficou ali parado, tremendo, o rosto lívido, sem tentar fingir que observava seus passageiros no espelho, pois de fato conhecia os costumes dos hamsters. Qualquer pai podia se apresentar para dar o primeiro salto no Sentrul Stac no lugar do chefiador. Isso acarretava privilégios: o direito de usar um boné de beisebol e de portar um isqueiro. Uma determinada cota de óleo de moto, meh e estorapeitus também era disponibilizada. Importunar um pai que havia feito o salto, fixado as cordas do berço e sobrevivido era impensável.

Finalmente, Fred Ridmun falou:

— Eh vedadi uki ele tah dizenu, si fizeh u saltu, num podi sê ispankadu, ólrai?

— Eh içu? O desconcertado motorista, por deslize, passou ao mokni.

— Içu! responderam em coro os hamsters, e o motorista, vencido, voltou a passos largos para o Abrigo.

Embora Carl tivesse levado a melhor sobre o motorista, a questão de quando um grupo seria despachado para o Sentrul Stac continuava no ar. Era o fim da estação e os hamsters, além de não serem pedaleiros confiantes, tampouco sabiam nadar. Em outros tempos, talvez pudessem se vangloriar de suas ousadas escaladas, não só do Sentrul Stac, como também dos demais *stack*s menores que se projetavam nas águas preguiçosas da grande laguna. Quase todo ano, o Sentrul Stac ostentava a maior colônia de asas-negras, embora petróis também partilhassem o pináculo, alojando-se nas galerias menos elevadas. O grupo de caça montava acampamento no pico e por sucessivas noites capturava as aves ali e nos demais *stack*s. Em outros tempos, quando os *stack*s eram mais numerosos e os hamsters, mais intrépidos, permaneciam neles durante toda a estação de procriação, a embarcação trazendo várias cargas de volta à costa. Contudo, no decorrer das últimas gerações, a caça das aves se tornara, cada vez mais, uma atividade simbólica — um modo de iniciar os jovens nos mistérios da idade paterna, mais que uma contribuição séria à economia da ilha. Nos tempos do motorista, essa tendência à emasculação aumentara, quase como se a construção iminente da Nova Londres por ele recitada houvesse solapado a vontade dos hamsters de conservar seu próprio e mais laborioso paraíso.

Assim, levou um chico inteiro de prolongados debates e preparativos antes do raiar do dia até que o grupo ficasse pronto para a partida. Primeiro, o pedalinho foi arrastado para fora de seu barracão e cada junção novamente calafetada, cada pai trabalhando na seção da embarcação que lhe era reservada. Em seguida, as cordas de caça foram untadas e enroladas, o berço foi reparado e amarrado às amuradas do pedalinho; por fim os suprimentos — na maior parte marmitex, barris de grude de moto e evian — foram guardados.

Enquanto tudo isso prosseguia, Carl e Antonë tiveram pouca oportunidade de conversar a sós, pois eram constantemente observados pelos outros habitantes da ilha. Böm presumia que Carl se apresentara como voluntário porque esperava usar o pedalinho para efetuar a fuga e procurava aprender como manejá-lo. Quando efetivamente conseguiram trocar algumas palavras em particular, ele já abandonara a idéia: Nah, disse Carl, olia utamanhu diçu. Num tein komu agentch manejah. Nah, vo distraih elis i kuandueu tiveh idu você juntaskoizas pra viagim. Em resposta à pergunta muito razoável sobre como iriam cruzar os cinco cliques de mar aberto que separavam Ham de Barn, Carl disse uma única palavra: Motus. Antonë, vamu nadah kus motus.

O Sentrul Stac projetava-se nas águas da grande laguna cerca de cinco cliques na direção sudoeste de Manna Bä. Seu pico denteado consistia desse modo o pólo oposto, no diminuto mundo dos hamsters, à elevação rochosa de Nimar, no noroeste. As lendas de Effi Dévúsh contavam de como aquele *stack* — e os três mais a leste, assim como os quatro menores agrupados em torno — eram os degraus de pedra que a Mutha e seu companheiro gigante haviam lançado nas águas para realizar a travessia entre Ham e a miríade de ilhas desabitadas, ao sul.

Os hamsters sob maior influência do motorista inclinavam-se a ver os *stack*s como elementos da paisagem natural, deixados para trás durante o MadeinChina, quando o mar invadira a laguna e submergira a terra. Assim que circundou o Gayt pela primeira vez e avistou a grande laguna, Antonë Böm passou a considerar uma diferente hipótese concernente àqueles curiosos elementos, e sonhava em visitá-los. A cada ano passado na ilha, pedia permissão para seguir com a expedição de caça. Os hamsters nunca o levavam: a captura de aves era por demasiado dävina e uma atividade assaz perigosa para que não-insulanos tivessem permissão de participar. Escalar os *stack*s era o mais paterno de todos os rituais em um mundo de pais. Se uma mãe ou uma opare apenas vissem os berços ou cordas quando a expedição era organizada, ela teria de ser cancelada.

Seria a primeira vez de Carl nos *stack*s, embora houvesse sentado aos pés do Conselho por temporadas de caça suficientes para saber o que esperar. Sentado aos pés dos pais e escutado em minuciosos detalhes enquanto ponderavam sobre a natureza de seu adversário. Pois, para os hamsters, o próprio Sentrul Stac era uma entidade procriadora. O lugar era como uma pinha rochosa — uma série de câmaras abertas, todas dispostas em camadas, uma sobre a outra, elevando-se íngremes desde as ondas até a altura de quarenta homens. No topo do *stack* havia uma plataforma com quarenta passos de um lado a outro; ali o matagal de arbustos era espesso, assim como nas cavidades abaixo. Todos os *stack*s tinham essa cobertura de vegetação; no ponto onde as águas da laguna subiam, junto às bases, novelos de algas prendiam-se ao creto, enquanto acima do nível da água aglomerados de borboleteiras forravam seus contornos. No verão, elas tingiam o ar com suas flores, de tal modo que um nimbo azulado se formava nos picos dos *stack*s. Agora haviam sumido e o Sentrul Stac era uma ruína sinistra, riscada de branco e preto pelo excremento das aves.

Os hamsters alegavam que seus antepassados haviam deliberadamente semeado o excremento das aves com borboleteira para prover apoios para a mão; contudo, os arbustos eram apenas superficialmente enraizados e seria um caçador imprudente aquele que neles confiasse para ali se segurar. O primeiro hamster a descer do pedalinho e a pisar no *stack* era encarregado de escalar até o pico, onde amarraria uma extremidade da corda que carregava em uma estaca de ferrim fincada no creto; a outra extremidade seria atirada para os companheiros, de modo que pudessem amarrá-la no berço. Era também tarefa do primeiro sujeito descer pela corda e dar cabo do asa-negra sentinela. Os hamsters chegavam no *stack* designado à noite, quando os asas-negras estavam todos dormindo, a não ser por um único pássaro encarregado da guarda dos demais. Se esse pássaro pudesse ser impedido de emitir um grito de alarme, então o restante permaneceria sem se dar conta dos intrusos, conforme estes, balançando o berço, passassem de um ninho para o seguinte, torcendo pescoços no mesmo ritmo tranqüilo que empregavam em terra ao semear ou ao ceifar a colheita de cereal. Se o escalador do *stack* falhasse em sua missão, a colônia inteira alçava vôo e se abatia sobre os caçadores. Com envergaduras tão amplas quanto um homem de braços abertos e bicos afiados e aduncos, os asas-negras eram agressores temíveis. Inúmeros hamsters foram ao encontro da morte caindo dos *stack*s, o sangue de seus olhos perfurados esparramando-se pegajoso na elevação protuberante. O próprio avô de Carl, Peet Dévúsh, caíra do Sentrul Stac e morrera. Era a maldição que pairava sobre a linhagem dos Dévúsh — pois os hamsters acreditavam que, se um sujeito fosse suficientemente dävino, o cóptero o acudiria. Isso consistia num grande bando de aves marinhas, voando em formação tão compacta que o homem em queda poderia ser amparado em seus dorsos, depois erguido e levado em segurança de volta ao *stack*.

— Impurrim, meuz kiridus! gritou Fred Ridmun, e sob um vidro ultrawatt a proa do pedalinho de Ham esmagou uma touceira de pustulária, raspou no cascalho e então atingiu a água, lançando para o alto uma coluna de borrifo esmeralda. Os pais empurravam a popa da nau, os pés descalços e untados de óleo de moto escorregando no tapete de vegetação, enquanto os rapazes afundavam na marola, na altura das coxas, puxando pela proa. Sobre o esforço do tranco final pairou uma expectativa de pânico — mas então se seguiu o momento misterioso, quando o peso enorme do pedalinho em seco transformou-se no movimento vivo de flutuação. Ouviu-se o clamor de gritos e mais instruções berradas do chefiador, conforme os pais e rapazes armavam os longos pedais e tomavam seus lugares. As mamães saíram de seus apês e começaram a estranha ululação. Os motos haviam sido trazidos de seus chafurdeiros especialmente para participar da despedida — e soltavam mugidos pavorosos.

Então, um grito veio da proa, Rissif avista! Ouviu-se o silvo de algas e o tamborilar de deiviuorks contra o casco. Arvorah pedais! berrou o chefiador, e todos aguardaram, imóveis em seu frágil casco, conforme o vidro girava em torno e o recife raspava sob eles. Então transpuseram-no, pedais afogados, e o pedalinho zarpou velozmente pela costa.

Sentado à proa com os outros rapazes, Carl virou para trás e viu o paredão esverdeado da ilha afilar para se tornar uma faixa, depois uma fita, e finalmente encolher até virar apenas um boné verde enterrado na fronte profundamente enrugada do oceano. Os hamsters em terra reduziram-se a uma agitação de braços acenando, enquanto que um pouco apartado deles, diante de seu geminado, Carl pôde divisar o motorista, uma marca negra no livro-razão da terra. Mesmo daquela distância Carl conseguia perceber que o olhar feroz do motorista era dirigido a ele, sem dúvida desejando que errasse o tempo do salto no *stack* e caísse, soltando as derradeiras exalações de seu vôo na forma de bolhas sob a salmoura.

Carl agarrou o cinto de Fred Funch e curvou-se sobre a roda-de-proa curtida e nodosa. Fred deixou-se pender de cabeça para baixo, de modo que a onda de proa misturava-se a seu cabelo. Usando as duas mãos, apanhava deiviuorks que haviam se alojado nas fissuras do madeirame da embarcação quando transpuseram o recife. Puxando-o de volta, Carl sentou, tenso e ansioso, conforme Fred separava os fragmentos plásticos nas categorias apropriadas: divedadi, dibinkedu, divedadi, dibinkedu, divedadi, dibinkedu... Os demais amplificavam essas palavras em um canto com o qual pontuavam o ritmo de suas pedaladas. O pedalinho, deslizando na corrente, sacudiu como um leviatã lutando por ar e ganhou velocidade. Carl pegou um dos deiviuorks, graúdo, branco-osso, do tamanho de seu dedo médio. O modo como seus dois lados lisos encontravam-se em um ângulo reto e afiado lembraram-no os cantos da sala caiada de beinzinu Joolee. Era o local mais tranqüilo em que Carl já estivera: mais tranqüilo que o Abrigo, cujas portas estavam sempre abertas para a brisa; mais tranqüilo que o interior escuro dos apês dos hamsters, o ar sempre espesso de redemoinhos de fumaça, pululando de gente e de motos; mais tranqüilo até que a mata mais profunda de Norfend, onde um pedaço de folha caía em espirais ou um besouro caminhava.

Carl passou o dedo pelo topo serrilhado do deiviuork quebrado e se virou para ver a ilha, agora inteiramente envolta pela borda irregular do mar. Quão pequena era ela e quão vastas as águas; se decidissem fazê-lo — como se fossem capazes de desejar tal coisa —, poderiam simplesmente estender-se um pouco mais e submergi-la para sempre. O deiviuork era diverdadi: tinha um enigmático número 7 solitário gravado. Carl recordou a única coisa a se mover no aposento de beinzinu Joolee além dos lábios vincados de seus ocupantes. Conforme ela arengava sobre o PCO, os inconformistas de seu marido, a politicagem das Guildas — assuntos sobre os quais Carl não conseguia esboçar sequer um princípio de compreensão —, ele ficara observando o mostrador do taxímetro. Um pauzinho preto era preso no centro e quando a Exilada começou o pauzinho estava apontado para o 6; quando ela terminou, para o 7.

O Sentrul Stac projetava-se entre as ondas à medida que o pedalinho dos hamsters se aproximava mais e mais. Embora visto da ilha ele reluzisse sob o facho, de perto sua aparência era negra e impenetrável. A folhagem cerrada e bombardeada de excremento misturava-se a lustrosas algas marinhas no ponto onde as ondas lambiam seus flancos. As emanações mefíticas do excremento das aves os engolfava. Havia também estranhos novelos e até espirais de uma substância nacarada que Carl não conseguiu identificar formando crostas pela base.

— Ki eh akilu? ele perguntou a seu padrasto, que havia recolhido o pedal e viera para a proa.

— 'kilu? riu Fred. 'kilu saum ostras, filio, ostras. Bom di comê, eh, agentch comi nazispedissoems di caça, maiz nunca levapracaza.

— Purkê naum?

— Purkê saum kriaturas pikenas i você pricisa xupah elasvivas, 'tendeu?

— Saum boas dimais pras mamãis, 'leindiçu, interveio Fukka Funch, parecim unpoku kuma busseta, melioh num dah idea!

Houve uma explosão de risadas dos outros pais. O afastamento de Ham exercia um efeito paradoxal sobre eles: eram todos uns poltrões ante o mar poderoso e o açoite do vento, contudo, dävinos e pagãos igualmente desfrutavam a ausência da mão-de-ferro do motorista sobre si e isso levava a uma postura desbocada e desafiadora. O amálgama psíquico que ocorrera uma geração antes na viagem para Chil acontecia em parte outra vez e os hamsters experimentavam uma perfeita harmonia entre si, com risadinhas e zombarias, tapas e provocações sobre os rapazes.

Fred Ridmun restabeleceu a ordem e eles pedalaram a embarcação sob o Blakk Stac, que ficava a cerca de meio clique do Sentrul Stac. Ali, em um trecho de águas tranqüilas, podiam passar as horas até a chegada da escuridão, quando seria o momento de Carl empreender o salto.

— 'keli motorista, disse Sid Brudi, mastigando meditativo um pedaço de moto curryado enquanto o pedalinho jogava suavemente na vaga, faiz agentch parah ditrabaliah utemputodu, dahi diz kieh pragentch sê maisprodutivu.

— Eh, fez coro seu irmão Dave, maisprodutivu, soh ki keh kiagentch silivri dusmotus. Içu numtah ceto.

Carl olhou de um Brudi magro e de olhos verdes para o outro. Pensou em Salli, e foi invadido pela lembrança inesperada de ambos ajudando no acasalamento dos motos. Salli lambuzando as concavidades de Gorj com óleo de moto, enquanto ele, agachado sob a enorme tanque abaulada de Runti, guiava o minúsculo pinto para dentro.

— Sejlah uki voceis axaum dumotorista, disse Fred Ridmun, interrompendo o devaneio de Carl, eli tein uassenussonah, sabi az corridas i uz pontus. 6 todus num sabim kuazinada. Nada. Melioh recitah unpoku pra Deiv trazê sorti, ein?

Esse apelo aos instintos religiosos dos hamsters teve o resultado desejado: deixaram de lado seu marmitex e, agrupando-se em dois táxis — um à popa, outro à proa —, começaram a recitar. A Carl se juntaram Fred e quatro outros pais. 'teinssaum! exclamou Bill Edduns, e Fukka Funch — que tinha o conhecimento daquela — começou: Sai aiskeda inmerylebon, iskeda alsop playce, iskeda baykestri, semprirretu pormanskware... As palavras arcanas flutuaram acima das ondas e alguns petróis curiosos desceram espiralando de seus ninhos no Blakk Stac. As aves planaram ao redor do pedalinho e recitaram seu próprio Conhecimento rouco.

Somente com o farol desligado o chefiador interrompeu a recitação. Os hamsters guardaram suas coisas e pegaram nos pedais. Lentamente, o pedalinho saiu de trás do Blakk Stac e deslizou sobre a vaga escura como meh, prateada na crista da marola pela lanterna quebrada. Acocorado na proa, embrulhado em seu troçopano, Carl sentia pouco medo. Desde que o pedalinho zarpara, aquela versão mais compacta de Ham, aquela ilhota flutuante, ele sentiu mais uma vez a proteção firme e amorosa de sua infância mais tenra. Morresse ou não com o salto, ao menos fora aceito.

Onde os longos emaranhados de ostras agarravam-se perto do mar viam-se faixas fosforescentes. Uma deliqüescência leitosa de excremento boiava na água, na base do Sentrul Stac. Muito acima do pedalinho, na escuridão arroxeada, os hamsters pressentiam os asas-negras adormecidos — não tantos quanto havia um pouco antes, na estação, mas, a depreender do ir-e-vir que presenciaram durante a longa segunda tarifa, sabiam que deviam ser milhares. Um arrulhar desumano foi capturado pela brisa e adejou até onde estavam.

— Tahki acorda. Fred pendurou o pesado rolo untado de óleo de moto em torno do pescoço e do ombro de Carl. C pula, C agarra, C sobi. Kuandu tiveh nualtu du stac, fika bein faciu di subi, kuntantu ki você num iskorregui. Lah incima vai sê bein faciu tamen dincontrah a estaca.

— Sei, pai, sei, interrompeu Carl. C jah midissi içu umazdeizmilvezis.

O pedalinho aproximou-se furtivo, cada vez mais, até que Carl conseguiu distinguir a primeira saliência no rochedo, da altura de um homem, acima do topo da vaga mais elevada. Quando a proa ficou a apenas três passos de distância, ele se ergueu. Fukka agarrou a parte de trás de seus jeans e Carl afivelou seu cinto sobre o rolo de corda. Seus braços estavam firmemente seguros pelo chefiador, de modo que Carl pudesse firmar o pé direito sobre a roda-de-proa. Carl relaxou as pernas quando o pedalinho embicou ainda mais perto. Vai kum Deiv! invocaram os pais num sussurro, e então, quando o pedalinho subiu na crista de uma onda, sentindo seu centro de gravidade mudar para um ponto sem volta, Carl mergulhou nas trevas.

∾

Dois dias depois, quando, sob um vidro tingido, o pedalinho surgiu lentamente circundando o cabo oriental de Ham e tomou o rumo de Manna Bä, a ansiedade entre as mamães que esperavam atingira um nível perigoso. Elas sabiam que ninguém se ferira na viagem, pois as crianças haviam sido enviadas todas as manhãs para o apê do gigante, na periferia do Gayt, de onde o topo do Sentrul Stac podia ser visto claramente. Se alguém do grupo de caça houvesse se ferido, os pais teriam raspado parte da capa de excremento do pico. Contudo, isso não eliminava a possibilidade de uma tragédia, pois não havia o menor sentido em dar qualquer aviso no caso de uma ocorrência fatal. Se um pai tivesse morrido na expedição, o luto seria extremo e prolongado. À medida que o pedalinho se aproximava, as mamães punham-se a postos para rasgar os troçopanos e bater no rosto. Uma viúva desmaiaria e simularia a própria morte durante o primeiro chico. Não aceitaria nenhuma comida e só tomaria água gotejada de uma esponja de esfagno. Sujaria o corpo e cairia prostrada. As exigências de zelar por ela — junto com a recitação funerária para o pai morto — paralisariam a lida diária da comunidade; assim, em parte, a aflição dos hamsters não era simplesmente pela perda de um ente querido, mas também uma angustiada expectativa dessas privações.

Bert Ridmun vadeou a água gelada para saudar o grupo: Ólrai?! E quando a voz de seu pai estrondou de volta, Ólrai!, um uivo de alegria veio dos hamsters na praia. Mais algumas unidades e viram que a amurada da nau encontrava-se a um palmo da linha-d'água, de tão carregada de asas-negras. Carl estava de pé na proa, um sorriso triunfante em seu rosto. Quando a quilha encalhou no cascalho arenoso, ele pulou nos braços ansiosos das hamsters, que o afagaram e acariciaram com inúmeros queixumes de ternura. Salli Brudi estava entre elas e mostrou especial intensidade ao esfregar seus lábios rachados com o dorso da mão sardenta. Erguendo o rosto do carinho inabitual, Carl foi confrontado pelo espelho: nele viu emoldurados o bico adunco e os olhos amarelos raivosos do motorista. O corvo velho fuzilava o rapaz, de ódio. Entretanto, compreendia muito bem a situação: na cabeça dos hamsters, um tal butim sobrepunha-se a qualquer pensamento de Rompimento, por ora. O motorista girou nos calcanhares e afastou-se em silêncio na direção do Abrigo.

Para ser substituído, na orla da multidão que descarregava o pedalinho, pelo rosto rubicundo de Antonë Böm, que se apresentou de repente para ajudar. Foi saudado calorosamente pelos caçadores. Ólrai, Ant, disseram, batendo em seu ombro, olia soh essi aki, e atiraram em seus braços a carcaça flácida de um asa-negra. Contudo, havia pouco tempo para conversa, uma vez que as aves tinham de ser desembarcadas e estocadas no frigobar para a noite. Na primeira tarifa, a atividade séria de dividir a caça, depenar, estripar e curryar começaria.

Na noite seguinte, haveria uma curry de Dave — a última do ano. Fred Ridmun ofertaria metade de seu próprio quinhão, junto com a metade do saltador do *stack*, para ser consumida pelos demais. Ainda uma quarta parte do chefiador seria levada para o Gayt e depositada perante a monumental cabeça de bronze que havia perto da praia meridional. A despeito da recitação do motorista, a maioria dos hamsters estava convencida de que o semblante enigmático e barbado pertencia ao próprio Dave. A oferenda quantificável era significativa, pois, tão justos quanto eram em todos os aspectos de suas posses — conferindo a propriedade até o último celamim de cereal e gota de óleo —, igualmente sua coesão era preservada pela dádiva. O poder residia não entre os que retinham seu butim, mas entre aqueles que dele abriam mão.

Confortado pela cupasoup mais quente que as opares podiam servir, os membros doloridos massageados com óleo, os pés rachados de curry banhados, Carl sentou-se diante do fogo no apê Brudi e sorveu o ar abafado. Ele havia contado seu salto e a escalada difícil do *stack*. Assustara os pequenos com a encenação vívida de sua queda iminente quando se curvou para agarrar o asa-negra sentinela e a corda escorregou de suas mãos. Contou como ficara dependurado em uma raiz de borboleteira por várias unidades e o fantasma da memória o visitara, de modo que viu o Sentrul Stac revestido com uma camada vítrea dourada e através dessa pele translúcida apareceram lindos anjos, trajados em jeans e jaquetas de finíssimo corte. Eles tocavam curiosos instrumentos de plástico e suas auras silentes eram caleidoscópios de imagens em espelhos faiscantes.

O chefiador observava aprovadoramente, pois também aquilo fazia parte: a narrativa do saltador do *stack* era um complemento vital da história que a comunidade contava a seu próprio respeito, de humanos cuspindo no rosto indiferente da Natureza. Depois de Carl contá-la naquele apê, iria sair dali e recontá-la nos demais, até que por toda a área se espalhasse o rumor de seu feito.

Fazendo uma pausa, ruborizado com a aprovação, e preparando-se para mergulhar sob o lintel de pedra do apê Funch, Carl viu um clarão pálido no fim do pedaço. Por um momento, quis ignorar o sinal, mas e depois? Afundando, caminhou pela margem úmida do regato. Um lavarrapidu caía suavemente na noite e seus pés estavam entorpecidos. Antonë Böm o aguardava no lado voltado para o mar do apê Dévúsh, as costas largas apoiadas no tijolo musgoso. Estava tão escuro que Carl podia divisar apenas a barba de seu mentor, esvoaçando como uma mariposa.

— Andei okupadu, disse, sem maiores preâmbulos, dexei uzapetrexus iscondidus atrais dus xafurderus. Marmitex, óliu ievian — tudu ki deu pra furtah sein sê pegu. Agentch pricisa i agora, Carl, agora mesmu.

— Mais eu akabei di xegah, num foi? Akabei dicontah minhistoria i tudu... Conforme sua voz morria, a mão de Böm apertou-lhe o braço, seu rosto chegou mais perto, as lentes de seus óculos como dois discos de coruja.

— Carl, disse, simplesmente, agentch pricisa ih, agora onunca. Agora onunca.

A noite caía sobre eles, um noitibó chilreou, as ondas marulhavam na praia. Carl sentiu que toda sua vida lhe fugia — não seria melhor talvez ter caído do Stac? Teve uma súbita visão de seu corpo estirado nas águas leitosas, as gaivotas bicando seu rosto ensangüentado.

∼

Quando Fred Ridmun, levantando cedo, abriu a pesada porta do apê para deixar o facho invadir o interior escuro, a primeira coisa que notou foi que o limpador de Dave estava ligado, trazendo um brilhante dia outonal. Então, acompanhando com o olhar o ultrawatt que penetrava pela porta, viu em seu exato quadrilongo o exemplar do Livro mantido pelo chefiador. Estava aberto sobre a mesa, um monte de deiviuorks espalhados por suas aquatros grossas e amareladas. Ele deixou escapar um grito que acordou o restante dos pais. Pois Fred Ridmun soube imediatamente o que aquilo significava: era um costume dos hamsters que o viajante prestes a fazer uma jornada para fora da ilha deixasse o Livro dessa forma, logo, seu enteado devia ter partido.

Tyga e Sweetë, os mobiletes do velho Runti, haviam sido fáceis de guiar. Eles sempre se alimentavam na mata logo além dos chafurdeiros. Hunnë e Champ, os mobiletes de Pippin, exigiam maior artimanha. Carl confiou a Antonë metade da frota e as portatudos, enquanto se aventurava por Sandi Wúd. O facho filtrava por entre as árvores, enquanto bem acima deles empilhavam-se nuvens brancas e brilhantes, cujos ventres refletiam um fulgor malva e laranja. Folhas recém-caídas farfalhavam sob os pés de Carl e, a despeito da pressa em encontrar os motos, ele não cansava de se admirar da beleza de sua terra natal.

Enfim, Carl encontrou os dois motos na praia, sob a espessa vegetação baixa de Turnas Wúd. Estavam muito afundados em um lamaçal coberto de mambaias e folhas mortas. Ergueu-os acariciando suavemente seus jonkiris, depois os trouxe plenamente de volta à consciência sussurrando seu plano nas orelhas flácidas. Ele sabia que assim se precavia contra qualquer resistência da parte deles, pois motos aceitavam toda idéia nova — por mais inusual que fosse — como um simples aspecto do novo mundo no qual acordavam. Agentch vai entrah num grandixafurderu, disse, carinhosamente, eu ivoceis 2, i Ant i Tyga i Sweetë. Umaioh xafurderu ki 6 jah virum — 6 vaum vê.

Hunnë moveu as pernas debaixo da grande massa, rolou de lado sobre a tanque enlameada e então suspendeu primeiro a frente, depois a traseira. Champ a acompanhou, com um fragor de gorgolejos e roncos, até que também ele se pôs de quatro. Achenctch fai xafudah, Caul? perguntou. Içu mesmu, disse Carl, agarrando um punhado de pregas de cada besta, para com hábeis puxões conduzi-los ao longo do litoral na direção de Mutt Bä. Embora as enormes criaturas estivessem apenas parcialmente acordadas, marchavam com a firmeza de sempre, os longos dedos dos quatro membros agarrando com destreza as raízes arbóreas que serpenteavam sob seus pés. Os hálitos arquejantes enfumaçavam o ar e suas cernelhas úmidas e quentes liberavam um leve vapor. Carl enterrou as mãos ainda mais fundo nas dobras pegajosas sob seus pescoços. Nada no mundo lhe dava uma sensação maior de contentamento e segurança e, mesmo que devesse partir de Ham, então ao menos levava consigo seus nativos únicos. Decerto, com quatro motos para acompanhá-los, a jornada a Londres se provaria menos árdua, talvez?

Deixando Tyga e Sweetë em Mutt Bä, regressou aos chafurdeiros, onde deu com Böm marchando nervosamente de um lado para outro e lançando olhares apreensivos na direção do pedaço. Ufogu tah keimanu, ele disse, elis devim tê acordadu, melioh irandandu, Carl. O que se seguiu foi uma descida alucinada através da mata e de volta à praia, Tyga e Sweetë com seu galope sacolejante, os barris e portatudos batendo contra os pescoços grossos. Os dois humanos lutavam para acompanhá-los e o pensamento de que as duas metades da frota, ao se encontrar e se esfregar, pudessem deslocar e derrubar as cargas deixava Carl aterrorizado.

O fato é que Carl e Antonë deslizaram entre as últimas árvores para dar não só com os motos trombando lombos e traseiros, mas também com uma visão muito mais perturbadora: o motorista. Sua barba e seu cabelo estavam selvagemente desarrumados, seu manto, erguido acima das pernas, e nem mesmo portava o espelho. Brandia um bastão. Oi, 6 ahi! gritou assim que deitou os olhos sobre os dois. 6 ahi... 6 ahi! Estava completamente fora de si, sacudindo o pesado cajado para a frente e para trás no ar, virando-se para confrontar primeiro os motos, depois os fugitivos. Uki axaum ki taum fazenu? conseguiu dizer, enfim. Böm recuou, interpondo uma touça de pustulária entre ele e o histérico homem de Dave, mas Carl foi tomado de súbita raiva. Correu e agarrou a orelha de Tyga, separando o moto da frota. Tudubein, Tyga, disse, agentch soh tah inu prakele grandixafurderu kieu falei. E avançaram juntos contra o motorista.

Carl sabia que, a despeito de sua longa estadia em Ham, o motorista jamais perdera a repulsa inicial que sentia pelos motos; agora, naquele momento de investida, a mandíbula escancarada e os dentes de cavilha encheram-no de pavor. Largando seu bastão, o motorista deu um passo para trás, tropeçou e caiu de frente para o chão, onde permaneceu imóvel. Kual uproblema kum eli, Caul, eli tah maçukadu? Tyga arregalava os olhos para a mancha negra do manto do motorista sobre o tapete de folhas. Antonë se ajoelhou e ergueu a cabeça do motorista. Eli bateu num tijolu, disse, dismaiô. 'gora agentch pricisa mesmu iandanu. Rapidamente, os dois homens tiraram as roupas e se besuntaram de óleo de moto.

Carl já atravessara áreas alagadiças com os motos, porém não fazia idéia se as bestas consentiriam em carregar ele e Antonë em mar aberto. O grupo permaneceu ordenado, embora agitado, conforme os conduziu para a praia. Apenas Sweetë gemeu:

— Keru forrachi, dexaeu kumê forrachi.

— Tein muita forraji pralah, disse-lhe Carl, indicando um ponto na distância, onde as rochas de Nimar projetavam-se acima das ondas. Vamu inu.

Com agrados, fez Tyga penetrar alguns passos mar adentro, depois, agarrando um punhado de pregas do pescoço, montou sobre o amplo dorso da besta. Atrás dele, Antonë o seguiu com Champ. Vamulah! Carl incitava Tyga a ir em frente, e, sentindo a água cada vez mais alta que fazia seu corpo boiar, o moto começou a bater os membros vigorosamente. Tô nadanu! Tô nadanu çim! ceceou. Olhando para trás, Carl viu os dois outros motos entrarem na água atrás de Antonë e Champ. Quando venceram a baía, depois transpuseram o recife, as ondas começaram a estourar no dorso de Tyga, e Carl ficou encharcado na mesma hora. Sua raiva se esvaiu com o avanço do mar, para ser substituída pelo puro terror. Contudo, virando para olhar a praia, viu que o motorista continuava de bruços, uma confirmação final — se ainda precisavam de uma — de que não haveria volta.

6
O Skip Tracer

Abril de 2002

Quando Michelle deixou os escritórios de advocacia afundados no istmo de cantaria oitocentista que separa Savile Row da Vigo Street, o curso de ação lógico teria sido tomar um táxi. Havia se tornado o tipo de ave feminina que acena para táxis — tinha o dinheiro, tinha o braço definido de academia para bater no ar, estava até mesmo emplumada de acordo em um impermeável elegante, como uma reluzente barraca vermelha. Tingira o cabelo recentemente da cor natural — só um tiquinho mais. Contudo, não podia acenar para um táxi; se um sinal laranja escrito TÁXI houvesse apontado em meio ao aguaceiro londrino, ela teria se sobressaltado e batido asas. A probabilidade de que ao volante estivesse o ex-marido, Dave, era infinitesimal, mas, ainda assim, a Lei de Murphy determinava que seria ele, ecolocalizando-a com um ultra-som raivoso refletido nos prédios e captado por suas orelhas de morcego. O cara era louco a esse ponto.

"Francamente, eu acho que ele é louco", disse Michelle ao advogado, chamado Blair. "Já tem a ordem de restrição que o proíbe de chegar perto da casa." Ela se sentia à vontade com o "francamente"; soava adequado para os painéis de madeira escura e o tapete turquesa grosso.

"Mas ele não respeitou, correto?" Blair tomava notas no bloco amarelo com uma caneta de ouro. Estava reclinado muito atrás na cadeira giratória de couro e tinha de esticar o braço para alcançar o bloco de notas. Isso enfatizava sua compleição diminuta.

"Bem… é… quer dizer, de um jeito muito sério, pelo que eu entendo. Meu… companheiro e eu o vimos no jardim, uma noite, mas ele saiu correndo."

"E isso foi em dezembro?"

"Isso aí." *Isso aí? Parece uma favelada falando.*

"A senhora não comunicou à polícia?" Blair ergueu a sobrancelha pinçada na testa anêmica.

"Foi isso que Fischbein — o outro advogado — perguntou pra gente. A gente ficou em choque, nunca tinha acontecido antes." Michelle deu um gole no café: estava morno e ela pousou a xícara de porcelana junto ao prato de biscoitos finos de polvilho. "Quando ele desrespeitou a ordem outra vez, aí a gente chamou a polícia, mas não pudemos acusá-lo de nada, porque... porque... meu filho... ele não..." Michelle engoliu as lágrimas quentes com mais café morno. *Vou começar a chorar...* o pensamento de Blair lhe oferecendo um lenço a deixou nauseada. Não que Blair houvesse feito qualquer gesto para puxar algum lenço; continuou reclinado e batucou nos dentes inaturalmente pequenos com a ponta da caneta. Michelle se controlou e prosseguiu: "Meu filho não quer falar nada contra o pai — foi isso que ele me disse. Mas também não quer que o pai fique aparecendo desse jeito, na sua nova escola. Deixa ele muito agitado... o pai age como... sei lá, como um doido, mas Carl é muito leal... Está morrendo de raiva de nós dois."

Então o jorro começou, a história toda, típica e deprimente. Mas mesmo enquanto Michelle contava das bofetadas que Dave Rudman lhe dera e da louça atirada por ele, do modo como o volume das brigas fora aumentando para cair no vácuo silencioso, seguido das cartas dos advogados e da mediação infrutífera, ela teve consciência de que isso era precisamente o que Mitchell Blair esperava. Ele podia ter passado horas extraindo essa evidência dela; em vez disso, recebeu-a encaixotada, etiquetada e ruidosamente descarregada sobre o tampo de couro marroquino da escrivaninha. A caneta de ouro corria pelas pautas estreitas para acompanhar seu ritmo.

Quando Michelle terminou — ou, em todo caso, cessou, pois não havia fim possível para uma ladainha daquelas —, Blair limpou a garganta: "A-hã." "Senhora Brodie", ele disse, "permita-me resumir?". Sorriu. "Seu ex-marido foi acusado de abusos físicos e emocionais durante o casamento. O divórcio foi concedido nessa base e seu único filho, Carl, inicialmente ficou com a senhora, na residência do casal. Seu marido se mudou para um apartamento alugado nas proximidades. No começo, o contato entre os dois foi normal, fins de semana alternados e visitas às quartas, feriados escolares divididos, quando o... ãh, trabalho do senhor Rudman permitia. Durante esse tempo ele, ãh, se portou bastante bem. Então, quando, no ano passado, a senhora começou um relacionamento com o senhor Devenish, e a senhora e seu filho se mudaram com ele para uma nova casa em Hampstead, seu ex-marido voltou a exibir um comportamento abusivo. Cada vez mais. Aparecia na residência e batia na porta; também fazia ameaças que levaram o... senhor Fischbein a obter uma ordem de não-molestamento com o Tribunal do Condado, embora seu filho continuasse a manter contato com o pai."

"Carl tem idade suficiente para ver o pai sozinho. Não quero impedir que vejam um ao outro."

"Sem dúvida. Mas agora a situação mudou outra vez, o comportamento de seu ex-marido é um tanto quanto imprevisível, e a senhora está achando que..."

"Não sei o que eu estou achando, mas estou preocupada com o que Dave possa fazer. Fischbein disse que seria difícil um outro mandado judicial a menos que Dave fosse preso — não quero esperar até que isso aconteça, nãoachocertoque..." As palavras saíram aos trambolhões, Blair amparou-as nas mãos gorduchas, acomodou-as na solenidade opulenta do escritório. No ar pairava a calma de precedentes encadernados em couro — podiam ter estado em qualquer outro lugar, ou mesmo em qualquer outra época, mais tranqüila.

"O que o senhor Fischbein afirma sobre a Vara de Família do Tribunal do Condado pode muito bem ser verdade, mas, com a abordagem certa" — Blair fez uma pausa para enfatizar que tal abordagem era uma especialidade de Blair — "é perfeitamente possível obter uma ordem de exclusão total com o Tabelionato Principal da Família, na Suprema Corte. Infringindo esta, um mandado de prisão é automaticamente emitido, acarretando detenção pelo período de seis meses. Quanto ao direito dele de ver o filho, se a senhora insiste na continuidade disso, pode ser com visita supervisionada".

"Eu?" Michelle ficou perplexa. "Se *eu* insisto?"

"Isso mesmo, mas a senhora deve considerar como dentro de seus melhores interesses que qualquer contato entre seu filho e seu ex-marido cesse imediatamente."

Michelle passara por anos de deliberações com advogados, mediadores, assistentes sociais e assessores de justiça da Child Support Agency: "seus melhores interesses" era uma frase que jamais ouvira em todo esse tempo; "os melhores interesses da criança" sem dúvida; houvera também muita conversa sobre "os melhores interesses da relação", como se isso fosse uma entidade pelo próprio direito; mas ninguém nunca aludira a seus próprios irrestritos e egoístas interesses. "Desculpe... Senhor Blair."

"Mitchell." Ele exibiu outra vez o sorriso microprotético.

"Não estou acostumada a ouvir o que quero sendo dito assim tão... ãh..."

"Direto, senhora Brodie? Se me contratar, agirei em *seus* interesses. Tem muita bobagem sendo dita no ramo do direito de família, mas não tenho por hábito contribuir para isso. Se precisa de um mandado contra seu ex-marido e se armar até os" — batucou neles com a caneta — "dentes, é algo que posso arranjar. O direito — como qualquer outra — é uma arte do possível".

◇

Olhando por sobre o ombro conforme se juntava ao desfile de roupas de chuva que seguia na direção oeste pela Oxford Street, Michelle viu cardumes resfolegantes de black-cabs, manadas de ônibus leviatãs vermelhos e, mais além disso tudo, o vertiginoso *stack* do Centrepoint projetando-se em meio à vaga de alvenaria. Um solitário raio de sol penetrando como um dedo através das nuvens tocava seu cume de concreto. Ela estremeceu. Onde estava agora o calor interior daquele segredo longamente mantido? O segredo que havia suturado o talho sangrento do nascimento de Carl, que neutralizara cada pavoroso minuto de seu casamento com Dave Rudman, o segredo que justificava fosse qual fosse a quantidade de contas do senhor Blair descendo em rodopios como flocos nevados de A4 sobre a mesa de trabalho de Cal Devenish?

Michelle arrastava os pés ao passar pela arquitetura Frankenstein da Oxford Street — andares superiores de castelos do Loire cimentados a lojas de carros provincianas. Em Selfridges, ela se perdeu na praça de alimentação entre outras de sua espécie: *parvenues* bem-tratadas de meia-idade, anatomizando o lanche ideal sob luzes com potência de sala de cirurgia. Isso, sem dúvida, devia ser o que lhe estivera reservado desde sempre? A casa em estilo Queen Anne em Hampstead, os cafezinhos com designers de interiores e a volta para casa desde o West End, onde estivera visitando seu advogado caro, chegando sem o desejo de prejudicar ninguém, mas, em vez disso, com uma sacola de papel lustroso, dentro dela um pote de L'Occitane Lavender Body Cream.

O poço de mina da Northern Line deu lugar, assim que Michelle se viu içada através da pesada montanha, à entrada de mina de Hampstead. Ela caminhou pela Heath Street, que brilhava sob o sol de abril com o banho de mangueira do carro-pipa. As vitrines das lojas estavam coalhadas de riqueza — as calçadas, entupidas com os economicamente improdutivos. Na metade da colina, Michelle passou a Liberation, a loja de *lingerie* de sua propriedade, em sociedade com o novo amigo, Peter Prince. A vitrine estava apinhada de calcinhas: fragmentos de rosa cor de pele, organdi e eau-de-Nil, valendo, pesadas na balança, mais do que a moeda corrente e *dificilmente vendendo como água.*

Dois lances de escada subiam em curva de ambos os lados da lustrosa porta de entrada castanha de Beech House. Doze janelas de doze painéis cada davam para a estreita alameda abaixo — uma grosa de riqueza. Michelle continuava a pensar em roupas íntimas. *Dave não tirava quando ia pra cama... cuecas de lã coloridas nojentas com um Y na frente e costuras brancas... eu não tinha coragem de encostar, se ele puxava minha mão pra pôr lá eu puxava de volta. Depois de pelo menos três copos de vinho eu conseguia, mas seu pau sempre parecia pequeno dentro de mim, era como uma gota de urina que eu não conseguia mijar... Depois, mais tarde, quando as brigas ficaram feias, perdi toda a sensibilidade nos mamilos... Aquele médico disse que eu devia fazer sempre o auto-exame pra ver se tinha caroço... Que se dane a merda dos caroços — com Dave me apalpando meus peitos ficavam dormentes... dormentes de nojo.*

O modo como Beech House acabara de ser decorada podia ser adivinhado na mesma hora pela caixa chinesa de laca cheia de bengalas decorativas ao lado da porta de entrada. Michelle olhou através do ambiente para o ponto onde uma porta aberta revelava a cozinha montada com tampos de ardósia, piso de pedra natural e armários de carvalho. *Pra falar a verdade, ele sempre ficou no vazio que Cal deixou na minha cama... Quando Cal voltou e a gente fez amor pela primeira vez depois de tantos anos, achei que ia sentir vergonha — por ele ver o que uma criança tinha feito comigo... a barriga branca flácida, as estrias. Não foi nada disso...* Livrando-se da capa reluzente, Michelle acariciou os próprios ombros macios de baby-caxemira. *Ficar sem roupa no claro com ele... me senti como uma criança... Parecia um pai, além de namorado, quando tirou meu vestido...* O suor pontilhava sua testa quando embainhava o guarda-chuva no porta-guarda-chuva. *Meu pai e pai de Carl. Depois a gente dormiu tão gostoso, sonhos tão bons...*

Na vibração silenciosa da casa em plena tarde, cheirando a cera de polimento, Michelle Brodie lançou um olhar ávido para a tevê da cozinha: um pacote de deleites entorpecedores. Lá fora, na rua, ouviu um "tcha-au!" metálico e pôde imaginar a colegial de escola elitista em Highgate, em seu uniforme fulvo manchado, madeixas lustrosas e sapatos chocolate. Mas antes que pudesse se aproximar da chaleira e da televisão, Michelle sentiu uma presença na casa, vaga — mas assustadora. Correu para a sala de visitas, onde deu com Cal adormecido na Eames, o padrão rosa e preto do *Financial Times* esparramado sobre o lento vaivém de seu peito.

Michelle o acordou com uma xícara de Earl Grey. Contou a respeito de Blair e da carta que ia mandar para o ex — ele fazia os ruídos adequados, mas sua cabeça estava em outro lugar. "Não vou agüentar outro dia igual hoje", suspirou, quando chegou sua vez. "Consultores e contadores espalhados por todas as salas como moscas num cadáver de merda... e... e contei pra Saskia que eu ia encontrar Daisy..." Michelle trocou a careta por um sorrisinho afetado de simpatia. Se Cal notou alguma coisa, preferiu não dar sinal; era compreensível. Daisy era um pé no saco.

Cal Devenish — ex-redator, ex-badboy, a agora emoliente, mas eficiente, cara do Channel Devenish — estava exausto. A produtora que ele assumira seis anos antes estava sendo vendida para um conglomerado da comunicação americano. O negócio era uma coisinha murcha quando Cal entrou; agora, um balão inchado de grana gasosa. Devenish desenvolvera uma série de programas de sucesso: *Troca de Tumores, Rali 171, Videoputa* — e principalmente *Blackie*, um programa infantil apresentando um *spaniel* deprimido, que fora vendido para o mundo inteiro. Além de ser um astuto provedor de lixo ocular para os míopes, Cal também participava de programas de resenhas culturais e debates de atualidades, ora o piadista, ora o perspicaz. Combinava habilmente sua criatividade minguante com base facial laranja, esparramando a mistura pelo rosto todo, de modo a não refletir as luzes do estúdio. Transpunha a passo largo o abismo cada vez mais estreito entre a alta cultura e o baixo entretenimento como um diminuto e plausível colosso. Mesmo que conseguisse passar adiante o Channel Devenish — e isso não estava de jeito nenhum no papo —, ainda assim teria de atravessar uma provação administrativa, três anos jungido ao varal dos carroceiros corporativos, ao mesmo tempo que mantinha o perfil público — pois eles queriam isso, também.

A mudança na carreira de Devenish viera com sua recuperação do vício de cocaína, álcool e sexo comercial. Não que ainda buscasse ativamente essa recuperação. Tinha havido o previsível centro de tratamento, uma Jenga de coruchéus no Greenbelt, onde assistentes sociais doidos de pedra enlouqueciam os outros lunáticos com sua própria piração. Depois disso, ele fez terapia por algum tempo — individual e em grupo —, de modo a poder irrigar sua imaturidade constipada. Daí, passou a freqüentar uma academia, que atenuou seus membros magrelos, e cultivou um cavanhaque como uma esmerada porta levadiça capilar, que, por estranho que pareça, emprestou-lhe *gravitas*. Agora Cal trabalhava todas as horas que podia e quando não estava trabalhando ocupava-se de sua filha problemática ou se lamuriava pela casa, sem nunca dizer — embora claramente pensando... *em que merda fui me meter com essa mulher e a porra do ex-marido maluco. O filho amuado... onde tudo isto vai terminar?*

Mas não brigavam. Nunca erguiam a voz. Tinham um ótimo acordo de sigilo consentido — que serviu como intimidade, por algum tempo. Conforme se moviam agilmente através desse campo minado da mutualidade, a porta da frente foi aberta, para explodir em seguida, sua bandeira em semicírculo vibrando com a batida, a escada reverberou e a porta do quarto de Carl forneceu a informação explosiva final de que um adolescente estava na casa. A consciência aguda de sua presença tomou conta de Michelle... *meu querido, meu amor...* sentando na beirada de sua cama, desdenhando a mesa de trabalho pintada em tons pastéis, sobre a qual repousava um computador, ignorando os pôsteres de capas de Tintim pendurados nas paredes listradas e em lugar disso buscando a caixa de brinquedos infantis que trouxera consigo de Gospel Oak. A *memorabilia* dilapidada de uma época anterior à mudança de seu mundo: um Hulk incrivelmente danificado; alguns Beyblades quebrados; um táxi londrino dirigido por um taxista de plástico sem rosto. Enfiado pela janelinha do táxi havia um pedaço de plástico do tamanho do dedo médio de Carl. Por que isso era como um talismã, havia muito que esquecera — não era capaz de se lembrar do pai destruindo o telefone com o próprio fone, nem de si mesmo zelosamente recolhendo os fragmentos e guardando-os em sua caixa de brinquedos — um pequeno arqueólogo do passado imediato.

No jantar — celebrado em família, com velas, guardanapos de linho e vidrinhos de condimentos —, Carl sentou-se emburrado. O pequeno buço colhia os raios das luzes, o cabelo com gel brilhava como alga marinha, uma espinha, dura e amarela como um piercing de nariz, surgira na exata posição de um, de fato. O odor de vaga hormonal e pós-barba preventiva pairava acima de seus ombros angulosos. As investidas dialógicas de sua mãe eram rechaçadas com laconismos silábicos, Cal simplesmente as deixava cair. A melancolia de Carl talvez estivesse dentro do espectro aceitável de insatisfação adolescente — ou completamente fora de qualquer parâmetro. Era impossível avaliar sem um experimento controlado: um outro mundo com diferentes rituais, tabus e grupos familiares, mas o mesmo garoto loiro.

Quando Cal, erguendo-se após o tiramisu, bateu no ombro daquela espécie de enteado, curvou-se para beijar o cocuruto de Michelle e virou-se para sair, um estremecimento de alívio vibrou por toda a enorme sala. Os torvelinhos de Op-Art nas paredes dilataram-se — e lá foi ele para seu BMW conversível. Michelle, abandonando o filho à televisão e os pratos à polaca da manhã, subiu a escada para dissolver seu rosto em álcool engarrafado e esfregar os lábios secos com Clarins Moisturizing Lip Balm.

~

Não havia premeditação da parte de Dave. Ele simplesmente acabava sempre indo parar ali, em Mill Hill, no alto da Ridgeway, trepando na cerca diante do National Institute for Medical Research, cruzando o parquinho da escolinha, escalando uma segunda cerca, para depois parar e olhar o maciço de Hampstead, que assomava como uma ilha em meio ao fluxo do tráfego crepuscular da North Circular. Não fora sua intenção — os passageiros levaram-no ali. Seu Acenossonar não estava funcionando. Em vez de detectar *desavisados com bolsos polpudos*, apanhou *mãos-de-vaca perguntando sobre pubs*.

Às duas horas, nessa tarde, Dave seguira rilhando em seu táxi ao longo da Stamford Street na direção da Waterloo... *mais uma porra de pinto de aço ralando até cair.* No congestionamento metálico, logos de fabricantes lavados pela chuva rebrilhavam: PLAXTON, JONCKHEERE, FORD. Limpadores de pára-brisa pendulavam, motoristas desprezavam pedestres, ciclistas davam guinadas para evitar tudo. O passageiro era *um desses babacas* que pensavam conhecer a cidade, que achava saber a verdade por trás das notícias, que achava que conhecia *a porra da mente de Deus, porque se acha a merda do Flying Eye...* e estava louco para compartilhar isso com seu ouvinte pago. Ele deliberava sobre rotas possíveis.

"Quer dizer, Westminster Bridge é o caminho mais óbvio" — ponderando sobre os fluxos de tráfego — "mas talvez seja o caso de cortar pelo Covent Garden e evitar o trânsito" — e obras viárias — "tem uma pista interditada debaixo do Admiralty Arch, então o Mall vai estar entupido". Dave queria matar o sujeito: *O que o senhor não entende é que eu tô pouco me fodendo. Simplesmente tomo o caminho mais fácil pra levar a gente até lá com o mínimo de encheção. Não ganho nenhum dinheiro extra pra ficar aqui sentado no trânsito e, além do mais, quero* ME LIVRAR DA SUA PESSOA. "Fique inteiramente à vontade, senhor, se conhece um caminho mais rápido, vou tomá-lo com o maior prazer."

"Não, não, motorista, faça do seu jeito, o senhor é o profissional." O passageiro recostou no assento com um sorriso presunçoso que encheu o espelho retrovisor. *Tá feliz agora, não tá, porque é um maníaco controlador de merda que acha que engoliu um Trafficmaster.*

Dave deixou o passageiro e contornou o elevado até a frente da estação, onde gigantas de pedra pranteavam a morte de seus construtores em Flanders Field. Ele parou num ponto e caminhou, passando Delice de France, Upper Crust, Van Heusen, M&S Simply Food, The Reef, Burger King e Tie Rack, para depois descer ao templo da latrina e da urina, onde podia torcer o pescoço de seu pinto suicida. *Como é mesmo que o Big End dizia? "Gosto tanto de mim mesmo que quando seguro o pau pra mijar fico com tesão."*

De volta à fila do ponto, o Fairway de Dave agüentava a mão. Uns dois ou três trens deviam ter chegado ao mesmo tempo, porque os cinqüenta e tantos táxis foram divididos entre os cento e tantos clientes em cinco minutos. "Norte!", rosnou a passageira recém-instalada sem olhar para Dave, como se gritasse "Em marcha!" para um *husky*. E quando Dave arriscou, "Algum lugar mais específico, senhora?", a passageira rosnou: "Belsize Park!" Depois, sentada ali, seu rosto exploratório voltou-se para a janela enquanto Dave arrastou o trenó de metal pelo West End, Euston e Camden Town.

Bruxa seca, dá só uma olhada... quem ia encarar um bicho desses... Dave lançava olhares intermitentes pelo espelho para o rosto odioso e, como que reagindo a isso, a mulher sacou o estojinho e começou a empoar de bege uma mancha. *Trouxe o próprio espelho, hein... vai olhar o quê, aí, só a mesma cara de merda, todo santo dia. Saca só essas mocréias acabadas — têm seu próprio Conhecimento, pode crer.*

A passageira queria o Heath Hospital, mas era presunçosa demais, ou ficou sem graça demais, para dizê-lo, até o momento em que desceram roncando a Pond Street, quando ordenou: "Aqui!" Dave encostou diante do Roebuck. A passageira deu uma gorjeta generosa, abriu um guarda-chuva diáfano e se evadiu, *uma foda madrinha de merda*, saguão adentro. Dave se viu sozinho, às quatro e meia da tarde, pelas bandas de Hampstead. Os outros pontos no fim dessa corrida vieram sem ser convidados: *Anthony Nolan Trust, Armoury Sports Hall, Hampstead Hill Gardens, Hampstead Magistrates Court, Holiday Inn, Keats Museum...*

Uma japonesa agitada tomou o táxi no ponto de Southend Green. *Nem pergunta por que o desvio, se a gente tá indo pra Hendon Central... podia muito bem estar na merda de Osaka... Osaka... turistas... voadores...* Uma lembrança aflorou e o cutucou pelo lado de baixo da consciência... *Pouco antes do Natal... O yuppie nervoso da City a caminho do 'eathrow. "Não vai me dizer, Beaky, que isso é tudo tirado do* Bluey — *ou sei lá qual o nome daquele programa infantil idiota..."* O cartão do cara continuava enfiado no prendedor do painel — assim como o de Sid Gold. A passageira soltou um pequeno ganido conforme Dave tirava um braço-de-ferro com o volante, ao mesmo tempo que lia o cartão: CB & EFN ESTRATÉGIAS DE INVESTIMENTO, STEPHEN BRICE, CEO EUROPA. *É isso aí... Tem aquelas coisas sobre o Devenish... Se eles vão vir pra cima de mim — eu vou pra cima deles primeiro... Gold vai saber dar um jeito... Um investigador... um detetive particular...*

Dave deixou *a japoronga* num hotel que nunca notara antes, quatro prédios geminados socados numa única fachada deprimente. Palmeiras em meios barris sobre a entrada asfaltada. Um luminoso piscava RALEIGH COURT sob o lusco-fusco. Ela apanhou a bagagem de mão, enfiou no ombro a mochila de Hello Kitty e pagou o que marcava o taxímetro. Dave seguiu adiante até Mill Hill, ouvindo o canto do National Institute for Medical Research, sua cobertura de cobre rebrilhando acima do vale de telhas.

Uma vez lá, Dave assumiu sua posição no alto de Drivers Hill e, dando com o cartão telefônico e o celular misteriosamente em sua mão, fez a ligação, sem esperar que ninguém estivesse lá àquela hora avançada... *muito menos um filho-da-puta devasso como o Gold, que deve tá escorado no balcão do China White, uma mão num Bellini, a outra na saia de uma vagabunda...* O vento uivava no ouvido de Dave, mas a voz 100%-segura-de-si de Gold estava ainda mais próxima. Ele se lembrou de Dave, dizendo em resposta a seu pedido murmurante, "Sem problema, Dave, conheço um cara, tem caneta e papel aí?".

Cal Devenish ia para o sul. O trânsito estava bastante livre — borrifos de aço nas escarpas de Kingsway. No lado sul da Waterloo Bridge, as luzes do National Theatre estavam acesas, *um gigantesco cubo de açúcar embebido em vacina cultural*. Lá dentro, seus pares burgueses comiam bombons assistindo a Imogen e Ralph fazendo reis e rainhas. Enquanto não muito longe, em Brixton, a ex-esposa de Cal, Saskia, deitava-se sobre o sofá-cama surrado, a absurda neta dos dois deitada em seus braços. O bebê dormia, soprando bolhas leitosas sobre as marteladas do coração da avó.

"Ela saiu outra vez, Cal", choramingara Saskia naquela tarde, um choramingo que Cal ouviu pelo telefone quando voltava para casa, em Hampstead. Ele ficara paralisado por um instante — esmagado entre os icebergs do trabalho e da família — antes de responder. "Achei que estivesse internada num quarto?"

"Achou! Achou...!", bufou Saskia. "Que novidade!" Estava, presumiu ele, na cozinha. Pedaços de torrada, maçãs roídas, panos úmidos, latas de manjerona velha e uma luva de forno ensebada sobre a pia. No peitoril da janela, um platô em miniatura de cactos abrigava uma colônia de pulgões. "Não puseram ela separada — ela foi embora!"

"Eu... eu encontro ela... depois..." O bê-eme-vê entrou na Hampstead Road. A Laurence Corner, a loja de excedentes do exército, continuava aberta. *Eu devia comprar um enxadão e uma garrafinha de squeeze, posso precisar... mais tarde.*

"É bom mesmo", disparou Saskia.

A bem da verdade, pensava agora Cal, tomando a York Road, fossem lá quais fossem as manias de Saskia — o socialismo batido, a "criatividade" bancada, o cano duplo (bipolar, obsessivo-compulsivo, maníaco-depressivo, distúrbio de personalidade) com que atirava na patologia da filha —, os fatos eram simples: fora mãe dedicada por treze anos e agora era uma avó dedicada. *Algum filho-da-puta se enfiou entre as pétalas de minha Daisy e depois caiu fora.* E sua filha, tanto chapada de Largactil como discursando pra ninguém num pátio de estacionamento, não tinha a menor condição de cuidar de um bebê. *Puta merda... tiveram de amarrá-la e pôr pra dormir na hora do parto.* Mesmo que não fosse doente, *tinha só dezesseis anos...*

Ele conversou com o chefe da psiquiatria no St. Thomas, uma figura distante e prepotente. "Certo, senhor Devenish... sua filha, Daisy. Entendo a preocupação." *Mas não tem nenhuma, claro.* "O médico dela não entrou em contato e o encarregado aqui não tomou qualquer medida. Não tínhamos nenhum motivo para segurá-la contra a própria vontade." *Tirando a porra do fato que é louca.* "Estava totalmente lúcida quando saiu... disse que ia voltar" — consultou uma transcrição qualquer — "para Driscoll House?"

Pouco disposto a deixar a segurança da enfermaria, Cal parou por um minuto junto às portas duplas, olhando na direção da Westminster Bridge. No chão do saguão, diante da cafeteria fechada, um sanduíche de presunto e tomate fora reduzido por passos apressados a uma mancha vermelha, marrom e rosa.

Indo para o sul pela Old Kent Road, Cal sentiu as mãos de calandra da ansiedade apertarem seu pescoço. Lembrou-se da garota achada morta no chafariz de Marlborough Gate. Três dias empesteando uma atração turística — quando a puxaram dali, em seus jeans stonewashed encharcados, estava inidentificável.

Naquela manhã, ele fora despertado pelo canto de baleia dos peidos conjugais, leviatãs semiconscientes lançando seu chamado um ao outro através do oceano glutinoso de plumas de ganso. Às cinco da manhã, inteiramente acordado... Cal fitou o perfil de Michelle gravado no travesseiro a seu lado, sob a luz ácida do amanhecer londrino. *Ela está escondendo alguma coisa de mim, sei disso. Tem alguma coisa que não quer me contar — alguma coisa não está certa. Seu segredo é macio — ela o molda para evitar a detecção. Está escondido dentro do corpo dela — ela é uma mula.*

Descendo fundo no escabroso baixo-ventre de South London, o BMW corria de uma galeria para a seguinte. De OK Chicken para Perfect Chicken, de Bootiful Chicken para Luvverly Chicken, de Royal Chicken para Chicken Imperium, de Chicken Universe para uma espelunca esquecida na bifurcação imunda de Burgess Park chamada simplesmente "Chicken". Ali nas profundezas, onde os homens usavam redinha de náilon na cabeça, os estabelecimentos industriais iluminados abundavam e tudo que fosse público e horizontal era coberto de espinhos de metal, Cal sentiu a turva ameaça da cidade, que podia decidir — de modo um tanto quanto impessoal — entrar no carro diante do semáforo e sugerir, arma apontada, que ele descesse.

Driscoll House, erguida em 1913, era o Castelo dos Mortos-Vivos. Vasta e quadrangular, sob suas ameias perfilavam-se inúmeras canhoneiras, um nicho para alugar atrás de cada uma. As tarifas semanais eram fixadas segundo o auxílio-moradia do governo. A porta de emergência era mantida aberta com um palete. Cal fez algumas perguntas no guichê de fibra de vidro semidestruído. Então, foi conduzido por um longo corredor. Portas se abriam de ambos os lados e rostos emergiam, bexiguentos, cheios de veias, arroxeados. Seus ocupantes tomavam vinho turbinado e rebatiam com Antabuse e o estresse do pára-recomeça de seus corações esclerosados deixava-os com o pé na cova.

O senescal com camiseta de furinhos parou diante do número 137 e destrancou a porta com uma chave do enorme molho. Lá dentro havia calcinhas jogadas e jeans pendurados em uma cadeira; uma vela ordinária derretera sobre a fórmica da mesa e pendia da beirada como um pinto flácido. "Ela tava aqui", disse o senescal, "ouvi ela se pegando c'u 'owie".

"Howie?", perguntou Cal, embora reconhecesse o nome de uma outra caçada a Daisy.

"Um bombado, argola na orelha, vende a *Issue*. Junta garrafa. Bebe com uns caras da escola no Bullring, mas tem um lugarzinho em Mottingham."

Mottingham ficava tão afastada, nos limites da cidade, que as avenidas por onde o BMW passava zunindo estavam úmidas com o delicado orvalho do campo, mais à frente. Nos arredores bucólicos, buquês de flores embrulhadas em celofane assinalavam os locais das colisões fatais. Nos santuários improvisados viam-se grinaldas de bugigangas plásticas e cartões rabiscados; de modo que o prosaico, o acidental, era fatorado como um Plano Divino para Londres.

No endereço que o senescal lhe dera Cal encontrou dois adolescentes negros fumando maconha e assistindo a um vídeo de um pesadelo em outra rua. Uma nota de dez extraiu outro endereço, onde "...'owie e 'a mina dele'" tinham ido comprar droga. Nesse lugar — um cortiço de tapume superlotado em uma venerável vila vitoriana — a taxa do informante subiu para vinte paus. Finalmente, às 3h30, Cal topou com sua filha no chão, se contorcendo de ânsia sob um rododendro no jardim de um pub decrépito. As *huaraches* que ele lhe trouxera do México estavam jogadas ao lado. No silêncio entre um e outro espasmo, Cal pôde ouvir um gorjeio de noitibó, embora achasse que fosse uma scooter acelerando pela A20. Quando a enfiou no carro, Daisy começou a balbuciar sobre o meio ambiente. Nenhum sinal de Howie.

"Qual a coisa mais ruim do mundo, pai?"

"Como é que é, Tigrão?"

"Pai, qual a coisa mais ruim do mundo?" Carl estava diante de Dave, com seu pijaminha de elefante. Os dentes da frente eram enormes cavilhas brancas em seu rosto rechonchudo de seis anos. "Pai, qual a coisa mais ruim do mundo?" Ele se repetia, e então, como era um menino muito inteligente, jamais confuso como o pai pela pura amorfosidade de todas as coisas, ofereceu a própria resposta: "É se matar?"

Dave Rudman, de joelhos no campo de críquete em North London, fitava o sul, onde seu filho *foi feito prisioneiro...* Ele chorava e agarrava tufos de grama. Batia a cabeça no chão, em salamaleque. *Vai tomar no cu, mundo de merda...* e a pancada quebrou o teto de uma câmara cheia de torpezas. *Eu estava no jardim... naquele jardim de merda... Eu enterrei no jardim deles... aquele palavrório louco de merda... Pra que fiz aquilo? Pra quê? Um rombo de onze paus no meu bolso, por isso tô quebrado — por isso não posso pagar a Cohen, por isso rodo a merda do dia inteiro...*

"*Qual a coisa mais ruim do mundo, pai?*" Dave imaginou Carl com seis anos de idade sentado de pernas cruzadas diante da terra remexida por seu pai, apanhando um palito de sorvete e enfiando no barro.

"A pior", gemeu Dave em voz alta, "a pior coisa do mundo é se matar, Tigrão, mas não se você faz isso pra impedir você mesmo de matar outra pessoa."

∿

Na Sala de Troféus do Swiss Cottage Sports Centre — aluguel para grupos, £25 por hora, pegar e deixar a chave na recepção principal —, o grupo Fathers First dava braçadas na raiva líquida, indo e vindo pelas raias, o cloro do ódio injetando seus olhos. "Vou matar aquela filha-da-puta!", urrava Billy O'Neil. Os pés metidos em Timberlands impecáveis, os punhos de unhas bem-feitas cerrados, o suor pontilhando a testa com o cabelo desgrenhado. "Calma, Billy", dizia Keith Greaves, "vamos, calma". Billy não podia escutar — assim como os outros pais de primeira-divisão também não. Observavam, assustados e contudo encantados, o enorme homem sendo manipulado pelo punho hábil da cólera. Cólera que manuseava os cordões entrançados nas vidas deles todos, de modo que enfiavam os próprios pequenos punhos na cara de outros, chutavam seus rins e batiam portas de carros com tanta força que o vidro se desintegrava em *diamantes fajutos*. Dave mergulhava o rosto nas mãos; seus dedos buscavam tatear as cicatrizes degradantes do transplante de cabelo malogrado. "Calma, Billy", ia dizendo Keith mais uma vez — quando Dave começou a chorar.

~

Carl supunha que isso fizesse parte de todo o caro pacote. Junto com Cal Devenish veio Beech House, o Range Rover Vogue, as férias na Toscana e, é claro, *a escola mauricinho de merda*. Regalia era um pé no saco — tinha saudades de seu pai. Saudades de Dave, que o levava de táxi para passear e mostrava partes da cidade — Wormwood Scrubs, Lea Bridge, o Honor Oak Reservoir — que aqueles *veadinhos de 'ampstead* nunca iriam conhecer. Nos três últimos anos, à medida que via Dave cada vez menos, a idéia que Carl fazia de seu pai se descolou, afastando-se tanto de qualquer alicerce no passado quanto da realidade cada vez mais perturbada do homem.

Na visão de Carl, Dave era um paladino das ruas. Conhecia a cidade e conhecia seus habitantes. Dave se sentia tão em casa num restaurante fino no lado oeste quanto no Muratori's, o café dos taxistas em King's Cross. Todos o conheciam — policiais, barmen, outros taxistas, acenadores engalanados —, conheciam-no e respeitavam-no. "Ê aê, Tufty!", entoavam, quando o Fairway parava com uma cantada de pneu e desciam o peixe e o peixinho. Assim, no dia fatídico, em outubro último, quando Carl saiu pelos elaborados portões de ferro de sua nova escola e lá estava seu pai, curvado ao volante do táxi, barba por fazer, uma gosma branca nos cantos dos lábios ressecados, marcas oleosas sob os olhos extenuados, foi um choque pavoroso. "Vem cá, filho", resmungou, "vem cá".

O primeiro instinto de Carl foi correr. Meninos de sua classe já tinham visto a estranha aparição: um motorista de táxi londrino estacionado em Frognal às quatro da tarde. Sem desembarcar ninguém nem apanhar, pairando a cinco pés do meio-fio, mas afundado na sarjeta. Pior ainda, o Fairway — que, nos dias orgulhosos de seu pai, jamais carregara qualquer tipo de propaganda — agora ostentava imensos adesivos de anúncio. O do lado do motorista era uma loira de sutiã e calcinha arrancando uma tira da própria virilha; sob a imagem, o duplo sentido: TIRE SEM DOR, PONHA COM PRAZER. Os olhos pueris sugavam aquilo.

Por que ele veio aqui? Por que...? Carl ficava dilacerado entre a preocupação com o pai, que sabia estar proibido de se aproximar até oitocentos metros de Beech House, e a raiva por envergonhá-lo diante dos outros meninos. Ele correu, abriu a porta traseira do táxi, atirou a mochila lá dentro, pulou em seguida e disse para o pai, "Anda, motorista!".

Dave entrou na onda dele, dizendo, "Pra onde, chefia?". Nervoso, Carl respondeu, "Savernake Road". Que ficava perto do apartamento de Dave. Carl pensou que os dois iriam tomar uma xícara de chá ou bater bola pelas bandas de Parliament Fields por uma meia hora, mas seu pai estava louco demais. Ele dirigia — *sair à esquerda em Frognal. Esquerda, Arkwright Road. Direita, Fitzjohn's Avenue* — e discursava: merda isso, merda aquilo, macacada de merda e judeuzada de merda, putinhas de merda e mocréias de merda. Era como se, ao personificar um passageiro, Carl houvesse se exposto ao mais profundo, escuro e atávico fluxo de consciência de um taxista. Chocado demais para dizer o que quer que fosse, Carl ficou ali sentado enquanto a voz de seu pai estalava pelo interfone. No cruzamento com a Roderick Road o táxi encostou. Dave abriu a porta de trás e disse, "Pula fora, filho". Carl se aproximou da dianteira do carro, mas antes que pudesse dizer qualquer coisa, Dave exclamou, "Essa é de graça!". E saiu roncando o motor.

Carl permaneceu por um longo tempo na rampa de grama úmida que levava à Parliament Hill. Não se importou com seu uniforme mauricinho listrado — nem com mais nada. Não conseguia chorar, mas havia um nó de sofrimento em seu estômago. Quando enfim levantou e começou a caminhada de volta sob o crepúsculo, a própria Heath foi sua confidente. Sua consciência aflorara naquela ilha peculiar, dois ou três quilômetros quadrados de árvores e campos cravados na laguna da cidade. Seguiu incerto de um bosque cerrado a uma mamoa, de um velho olmo abatido a uma trilha estalante de samambaias, seguindo seu caminho até as arenosas encruzilhadas, onde um solitário poste vitoriano clássico despontava, seu brilho sem graça iluminando a sebe escura de azevinho que marcava a entrada de Kenwood. Ao tocar aquele tronco áspero e fincar a mão na casca musgosa, o rapaz se conectava com o seu passado. Empinar pipa em dias de vento, a aeronave de náilon camicase mergulhando no chão; piqueniques em família entre os emaranhados altos como casas das árvores tombadas na Grande Tempestade de 87; e, no auge do inverno, arremessando pedaços de gelo através da superfície congelada do Highgate Pond, as patas lanudas queimando de fogo gelado.

Na disparidade nauseante entre a proteção afetuosa de sua infância mais tenra e o espinheiro sem amor do presente, Carl viu a pessoa que seria dali por diante: um jovem expulso da Arcádia, um exilado, excluído e forçado a viver à margem da sociedade, sua única bíblia uma coleção de segredos procedentes do passado distante, um tempo de parceiros leais e realeza extravagante. Jogando a mochila escolar sobre o ombro, Carl deslizou colina abaixo, passando pelo pequeno reservatório, e retomou a trilha que conduzia a Well Walk. Era a vez da mami mais uma vez. Suas roupas estavam imundas, Michelle estaria histérica de preocupação, ele estava atrasado para o jantar em Beech House.

~

Dave Rudman dispôs sua patética série de artigos de toalete em torno da pia e decidiu ficar apresentável. Lavou os cabelos remanescentes, barbeou o rosto transtornado, passou as calças e vestiu uma camiseta, gravata e o paletó de *tweed* que comprara para não destoar tanto das amigas de Michelle, uma década antes. Ela dera risada — elas também riram dele. Sandra bunda-grande, Betty louca e Jane capacho. Dave continuava a escutar suas risadas no carro, a caminho de Paddington. Escutava-as ao entrar na fila de Cleveland Terrace, escutava ao entrar no prédio onde o sujeito de Gold tinha um escritório. Dave as escutou junto com a advertência amigável de Gold: "Esse cara é bom, o cara é muito bom mesmo — mas vai dizer só uma coisa pra você: 'Eu não mexo com divórcio.'"

"Eu não mexo com divórcio", disse o Skip Tracer, cortando as unhas com um canivete muito afiado. Nem sequer se dera o trabalho de olhar Dave enquanto o potencial cliente expunha seu assunto.

"Não é divórcio", protestou Dave para uma traseira de cabeça aparada à escovinha; "a gente já tá divorciado, é por causa da criança".

"Dá na mesma." O Skip Tracer executava arpejos distraídos no teclado do computador. "Criança, divórcio, dá na mesma, e eu nem me amarro em farinha, também."

"Como é?"

"Funga-funga, *tchec-tchec*." O Skip Tracer bateu carreiras imaginárias de cocaína sobre a mesa. "Cêssabedoquetôfalando, pó, bater uma carreira, farinha. Não chego perto, nunca quis, não vou querer nunca. Abomino — abomino quem cheira."

"Não falei nada de... farinha." Dave se acomodou na cadeira de plástico e olhou com desconforto para a janela de rótulas, com suas madeiras verticais segmentando o terraço desinteressante do outro lado da rua.

"Não falou — pensou." O Skip Tracer ficou de pé, virou e deu um ligeiro pulo de modo a sentar na mesa, uma peça utilitária de metal prensada contra um mapa das Antilhas Holandesas. Sacudiu o canivete na direção de Dave. "Eu sou rápido na... na... rápido em sacar as coisas, entende. Sou rápido — é meu jeito." Passou a outra mão pelo cabelo espesso grisalho alourado, muito certinho, comprido na frente e disposto em camadas arquitetônicas atrás. "Sou tão acelerado que as pessoas vão logo concluindo que eu cheiro uma farinha. Como você — não foi?"

"Não, nada a ver, mas você parece mesmo um pouco lig..."

"Ligado, certo, ligado. Ligado pra caralho, é isso aí. Cê tava pensando que era farinha, certo?" *Um doente mental, tá mais pra isso, qualé a desse cara. Botando banca de figurão, com seu terninho Gieves and Hawkes, suspensórios, co'essa porra de Oxfords pretos nos pés. Sem queixo, anel-sinete de ouro, abotoaduras de ouro, parece cagar ouro, também, mas fala como um despirocado.* "Não tô nem aí, sei lidar bem com isso. Não ligo pro que você acha." *Gold disse que a maior parte do que ele fazia tinha a ver com grana, ir atrás de dinheiro, isso é bom pra mim. Gold disse que é tudo meio nebuloso, nesse tipo de trabalho, e que esse cara faz invasão de domicílio ou põe escuta, se precisar — não ele mesmo, em pessoa, mas tem gente que faz pra ele.* "É só que tenho o metabolismo meio alto. Tá vendo esta camiseta? Uma nova na hora do almoço... a de hoje de manhã" — o Skip Tracer se pôs de pé, foi até um cilindro perfurado de metal no canto e puxou um pano flácido — "foi pra merda do lixo. Minhas abotoaduras enferrujam se usar dois dias seguidos, porque eu suo pra caralho, pra caralho... Sou acelerado, saca, mas não gosto de pó. Então, o que tem pra mim?"

"Achei que não mexesse com criança?" Dave ficou de pé, pronto pra ir.

"Criança *e pai* é diferente, homem é diferente. Saca, esse negócio de divórcio, noventa por cento das vezes é mulher, noventa por cento. Sabe por quê? Porque mulher é que nem gato, né, gato... a curiosidade sempre leva a melhor. O maridinho tem meia dúzia de coisas na fatura do Mastercard que não consegue explicar, elas têm que saber a cor do pêlo da boceta que ele anda comendo por aí. Têm que saber — tenque.

Não tem nada a ver com amor, não tem nada a ver com dinheiro, não tem nada a ver com criança — só a porra da curiosidade. Homem é diferente — é por causa da criança. Pode me chamar de coração de manteiga, pode chamar, coração de manteiga" — o Skip Tracer foi até um arquivo cinza sobre o qual havia cinco garrafas cheias de uísque puro malte e puxou de trás uma foto em moldura prateada de uma adolescente com sorriso metálico — "mas adoro minha menina, não ia querer ficar separado dela. De jeito nenhum, de jeito nenhum... Bom, Gold disse que também tem uma grana, qualé a história?" Deitou o retrato de volta e chegou perto de Dave, ainda brandindo o canivete.

"Isso aqui." Dave estendeu o cartão. "Esse tal de Brice pegou o meu táxi; o cara trabalha pro banco que está cuidando da compra da empresa do novo marido da minha ex. Ele chama Cal Devenish..."

"Ah, ele!" O Skip Tracer adorou. "Já ouvi falar, bom, qualé a zica?"

"Ouvi esse cara dizendo no celular que não achava Devenish limpeza, que pra ele o cara tava gastando mais dinheiro do que tinha..."

"Gostei, gostei — tô gostando, tô gostando. Cê quer saber quanto o cara tem? Eu vejo pra você!"

O Skip Tracer pulou da mesa, agarrou um dos quatro telefones que havia em cima e apertou uns números sem nem mesmo olhar o aparelho: "Channel Devenish, isso mesmo, querida, D-E-V-E-N-I-S-H. Sei lá, deve ser Charlotte Street, isso, isso... Alô, Channel Devenish? Isso... quem fala aqui é Barry Forbes, do caderno de Cidade do *Standard*, a gente vai fazer uma matéria sobre a compra do canal, posso falar com o diretor financeiro... é o...? Bob Gubby... claro, 'brigado... Senhor Gubby? Aqui é o Barry Forbes, do *Standard*, isso, isso, só uma notinha sobre a compra, e, bom, *o senhor*, na verdade... tem gente impressionada... todo mundo sabe que o diretor financeiro é quem bate o martelo, só queria checar uns fatos, não dá tempo de ver a clipagem... um grupo de banqueiros corporativos... entendi, sei... na Haymarket, e são os executivos seniores? Muito bom. Mais uma coisa, o senhor teria uma foto? De preferência p&b, manda o motoboy, se der, ponha aos meus cuidados que eu passo pro pessoal do estúdio. Barry Forbes, isso mesmo, F-O-R-B-E-S. Maravilha, maravilha..." Desligou e voltou a discar, enquanto assobiava para Dave, "Cenoura, saca, o trouxa acha que vai aparecer no jornal da tarde, cê tem que agitar uma cenoura no focinho deles, é como farinha pra esses ratos de escritório — alô?", disse, voltando ao telefone, "quem fala aqui é Bob Gubby, do Channel

Devenish, quero falar com o gerente corporativo, por favor. O senhor Hurst, isso mesmo... saiu pra almoçar? Bom, a secretária dele serve... Alô, aqui é Bob Gubby, do Channel Devenish, é, sei que ele tá almoçando, só queria checar uma coisa rapidinho... seu sotaque é de Barbados? Sério, eu adoro Barbados, viajei de férias pra lá no ano passado, não, perto de Speighstown..."

O papo do Skip Tracer era como hipnotizar alguém com um pêndulo: o truque residia na obviedade. Da secretária ele extraiu detalhes bancários pessoais de Carl Devenish: "A gente tá preocupado que um pagamento não caiu e tá todo mundo almoçando por aqui. Isso... um pagamento grande... Achei que podia estar com o número da conta errado... parece um cinco, mas podia ser um oito..." Dígito após dígito, obteve o número da conta, sem que a jovem na outra ponta da linha percebesse que ele não lhe fornecera absolutamente nenhuma credencial, além de umas lembranças de férias e um nome falso. "Cenoura, saca, grande como um pau duro barbadiano!", falou para Dave quando desligou. Então ligou para o banco de Devenish e fingiu ser um gerente de outra agência: "Ele pediu um empréstimo aqui... nada muito grande, mas achei que era melhor dar uma checada..." A cada ligação feita, o Skip Tracer mudava de forma, espantosamente: de editor de Cidade a diretor financeiro, de diretor financeiro a gerente de banco. Sua voz mudava, seu sotaque mudava, seu corpo fibroso se contorcia e retesava do outro lado da mesa. "Certo, sério?" Rabiscou um número em um bloquinho e estendeu para Dave enquanto falava. "Bom, isso é esquisito, mas gente rica pode se dar ao luxo, não é mesmo? E pra gente é só trabalho, não é?"

Dave olhava para o número, com seis dígitos. O Skip Tracer desligou. "Cenoura, saca, empréstimo, entendeu, farinha, farinha de banqueiro, quer dizer — empréstimo."

"Tem mais de setecentos paus na porra da conta dele!", protestou Dave.

"£743.485, pra ser mais exato", disse o Skip Tracer. "O filho-da-puta tá bombado. Mas caridade não é comigo, meu jovem, sem chance, não espero o acidente pra ir atrás do cliente. Cê vai ter que abrir o bolso, dinheiro na mão, calcinha no chão. E nada de empréstimo pra me pagar." Sacudiu o indicador. "Conheço esses tubarões, sei como são os juros."

"Não tem medo que rastreiem tudo isso?", interveio Dave. "Todas essas ligações falsas?"

"Vem cá." O Skip Tracer fez Dave ficar de pé e passou o braço em torno do pescoço do grandalhão. Dave sentiu cheiro de suor e loção pós-barba — as duas coisas pra caralho. "Fui com a sua cara, meu jovem. Vou gostar de fazer essa coisa pra você, pode crer. Pode crer. Vem cá... tá vendo o fio, o fio do telefone, vamos seguir..." O Skip Tracer conduziu Dave através de sua porta e pela porta do escritório anexo. O lugar estava vazio, a não ser por uma pilha de listas telefônicas, e cheirava a carpete recém-instalado. O cabo telefônico serpenteava através do padrão xadrez e desaparecia atrás de uma parede. "Lá vai ele, pro seu buraquinho. A empresa que aluga este apê" — tocou a ponta arrebitada do nariz com o dedo em gancho — "nunca vi os caras. Deve ser uma daquelas fachadas de farinha com o nome deles na placa do escritório de um contador na Ilha de Man. O gozado é que pode ser o mesmo contador que serve de fachada pro seu Devenish. Saca?"

～

Dave alugava um Chitty Chitty Bang Bang, período integral. O Bentley de seis válvulas, conversível, era *foda de manobrar* e as asas eram em grande parte inúteis no centro de Londres. O carro voador grunhia e guinchava no ponto de táxi sob as pesadas traves de aço de St. Pancras. Um passageiro saiu batendo as asas do aviário esverdeado da estação, um varapau de homem, a barba branca e o manto negro emprestando-lhe uma aparência vulturina. "Pra onde, ch'fia?", perguntou Dave, e o passageiro respondeu, fleumático, *"Parl-men-till"*.

O passageiro era um *puto chato como a morte*, que não se agüentava e insistia em ensinar Dave sobre a arquitetura de Londres. Dave odiava avestruzes — sobretudo se fossem humanos e velhos; odiava aquele olhar alienado, os ossos ocos, a plumagem cinzenta, os lábios duros e pontudos. A tese do passageiro era simples: a cidade deixara de evoluir desde o Grande Incêndio. Os últimos trezentos e cinqüenta anos nada mais eram que uma série de recapitulações, a construção de edifícios neovelhos, paramentados em estilos de civilizações perdidas. Ele apontou a fachada neogótica da estação, as tríades de janelas pontudas completadas por quadrilóbulos, os botaréus pendentes e em ângulo, os pináculos de ferro e os nichos triangulares. Contra a própria vontade, Dave esticou o pescoço para olhar e entrou com o Chitty Chitty Bang Bang dentro do abismo que estava sendo escavado para o terminal do Channel Tunnel. Felizmente, as asas do veículo se desfraldaram espontaneamente, o imenso carro contorceu-se de volta à pista. O passageiro permaneceu imperturbável. Continuava a discursar sobre o teto de madeira arqueado de King's Cross, depois dirigiu sua atenção para o neoclassicismo das casas perfiladas ao longo da Royal College Street — suas fachadas atarracadas aludindo à possibilidade de pórticos majestosos, suas pilastras anoréxicas fazendo referência a templos havia muito arruinados. "Nada dinovu dibaixu dussol, filiu." O passageiro falava um cockney fortemente dialetal, vogais morrendo esmagadas com o estrondo de caminhões na Mile End Road. "Naum mipergunt' purkê uz veliuz dias eraum miliores, purkê você naum tein culiaum praiçu. Vô dizê 1 negóciu, ninguein sakaporraniuma sobri sua própria época, ólrai? Eli eh tipu 1 pardal dimerda."

"Os pardais praticamente sumiram de Londres", interveio Dave.

"Ezatamêtch!" No retrovisor, Dave viu o dedo ossudo do velho sendo sacudido. "Ezatamêtch, tipu 1 pardal dimerda o 1 pedassu dibacaliau adorê."

"Elissumirum tamen."

"Dinovu tah certu, sumirum, katadus numa porra dirredi dumal, véio, uma porra dirredi dumal ki veiu daporra ducel."

Subindo a Highgate Road, Dave aproveitou a íngreme ladeira depois da ponte do trem para alçar vôo, e o Chitty Chitty Bang Bang desfraldou as asas mais uma vez, planando sobre os tijolos vermelhos das quadras dos anos 30 em Lissenden Gardens. Ele inclinou o carro voador e aproximou-se planando do pico de Parliament Hill, tocando o solo quase sem nenhum baque. Deslizaram até parar e o passageiro desembarcou. Dave procurou um taxímetro no painel mas não encontrou nenhum. E dificilmente havia algum sentido em fazê-lo, pois quando ergueu o rosto outra vez viu que o velho lhe dera um chapéu, galopando colina abaixo na direção de Highgate Ponds, o longo manto negro tremulando às costas. "Pelo visto, vou ter que dormir com essa", murmurou Dave consigo mesmo.

A aurora cobria de prata os prédios espelhados da City — mais a leste, a ponte em Dartford flutuava acima da névoa fluvial. A iluminação pública continuava acesa, trilhas fosforescentes na vaga oleaginosa das ruas e prédios. Dave sentiu uma náusea aquosa quando avistou a longa linha das North Downs bem ao sul — eram ilhas distantes, inabitadas e inabitáveis. Às suas costas, ele sentiu a crista de Barnet e depois a elevação das Chilterns, as costas florestadas contra as quais Londres rebentava.

Carl e sua mãe sentavam-se em um dos bancos que davam vista para a cidade. Quando Dave se aproximou, viu que ambos continuavam com roupa de dormir. Ele sentou, pondo o braço em torno do filho. "Você vai fazer a coisa mais ruim do mundo, pai?", perguntou Carl, e Dave respondeu, "Vou, filho, vou, acho que vou".

"Como você vai fazer, então?"

Dave lançou um olhar de soslaio para Michelle, mas seu rosto exaurido não reagiu. Como ele faria a coisa mais ruim? Havia tantos modos. O mergulho da Ponte do Suicídio, afogamento no Serpentine, uma espingarda no West London Shooting Centre. E havia ainda as coisas sob as quais Dave podia se atirar: as rodas do táxi de um odiado colega, uma radiopatrulha, *merda...* cronometrando o tempo direito, provavelmente podia cortar sua cabeça miserável com a roda afiada de uma bicicleta de entregas veloz.

A bicicleta em disparada passou estrepitosamente sobre as pedras do pavimento, espirrando sangue — tinha uma traquéia em vez de corrente. O *clakka-clakka-clakka* dissolveu no *ra-ta-ta-tá* da aldrava. Dave agarrou um roupão negro atoalhado de cerdas gastas e caiu pela escada até a porta de entrada. Era uma manhã de sol e o carteiro — uma africana atarracada com bochechas de esquilo — enfiou um envelope e uma prancheta em seu peito. "Tein kassinah aki, datah i carimbah!", exclamou, e quando ele protestou, "Com'é?", ela reiterou com tanta veemência, "'sinaki, PÕE DATA E CARIMBA SEU NOME!", que ele obedeceu na mesma hora. Só quando Dave fechou a porta e começou a subir de novo a escada, abrindo o envelope, lhe ocorreu. Fora notificado.

Embora o cabeçalho gravado em relevo no papel bonde, UNDERCROFT, MENDEL E ASSOCIADOS, 22 VIGO STREET, LONDRES W1, fosse irreconhecível para Dave, o texto era claramente dirigido a ele:

Prezado Sr. Rudman
Na questão de <u>Carl Rudman</u>, agimos em nome de nossa cliente,
sra. Michelle Brodie. De acordo com representação apresentada por
nossa cliente, tomamos ciência de que a ordem de não-molestamento
impedindo-o de se aproximar oitocentos metros do domicílio de nossa
cliente foi desrespeitada em duas ocasiões. Obtivemos por ora um
mandado judicial temporário para uma ordem de plena exclusão
no Tabelionato Principal da Vara de Família da Suprema Corte e,

desse modo, notificamos que, até a devida apreciação do processo, quaisquer violações da presente ordem resultarão em sentença de prisão automática.

Notificamos também que, no aguardo de qualquer recurso de sua parte, todos os acordos preexistentes de visitas a seu filho, Carl, ficam revogados. Tentativas de manter contato com seu filho serão tidas como agravo e informadas à polícia.

Se tiver qualquer dúvida pertinente a esta carta, sinta-se por favor livre para me telefonar em meu número direto, indicado abaixo.

Atenciosamente,

Mitchell Blair

Era uma carta pequena, mas dotada de dentes inaturalmente grandes. Dave começou a chorar.

7
Quebrado na Roda

510-513 AD

A safra de cereal da estação do arenki acabara de ser colhida e o Conselho ainda planejava a primeira expedição de caça do ano quando o grupo do chofer chegou prematuramente em Ham. A visão dos chilmen infundiu medo nos hamsters. Havia pelo menos trinta deles, todos sujeitos graúdos e sarados, armados de berrantes e balaústres, prestando lealdade exclusiva ao advogado e a mais ninguém. Era inimaginável opor qualquer resistência e quando Fred Ridmun, usando seu boné de chefiador, foi ao encontro de Mister Greaves na praia, a população toda compreendeu que a chegada deles não se dera por acaso. O Fulano não fez qualquer tentativa de se esconder do chofer. Foi imediatamente detido e levado ao travelodge, onde ficou confinado.

Por quatro dias Mister Greaves entrou em sessão e ouviu as evidências contra Symun Dévúsh. Um após outro, os hamsters vinham diante dele repudiar e fornecer provas do comportamento voador do Fulano. O tempo permaneceu excepcionalmente bom ao longo de todo o processo, um farol ultrawatt banhando a ilha. Os chilmen, a despeito da disciplinada formação, mostraram tanto temor reverente quanto quaisquer outros recém-chegados a Ham, e logo passaram a relaxar, deixando de lado seus casacos. Assim, foi uma surpresa considerável para os hamsters quando, na primeira tarifa do quinto dia, acordaram para dar com o pedalinho do chofer empurrado de volta à água e aprestado para partir.

— Tragum vuadoraki, Mister Greaves ordenou a Fred. Purkeeu imetadi dus meus rapazis vamu partih pra Wyc neçatarifa. Uzotrus ficaum aki pra ki naum tenha mais problemas. Voltu daki atreis mesis ku us passagerus duentis. Keru u motu prontu pruabatch ius tijolus iububbery iasplumas pramulta. Voceis inchotarum essi Incubertu, mais si algun dessis sujeitus ki eu tô deixanu aki pegah voceis mexenu ku içu otra veiz, haverah mais eziladus!

Intimidados, os hamsters aguardaram em silêncio enquanto Fred, junto com um destacamento de pais dävinos, escoltava Symun Dévúsh do travelodge até o embarcadouro.

Longe de dobrá-lo, o confinamento de Symun pareceu infundir-lhe vigor renovado. As crianças haviam lhe fornecido água e comida extra às escondidas e o velho Ozmun Bulluk lhe conseguira até mesmo alguns estorapeitus trazidos pelos chilmen. Foi dando baforadas num desses que o Fulano disse adeus a seus passageiros. Antes de mergulhar as pernas na água para ir até o pedalinho, virou-se para olhar os hamsters, agrupados na praia. Sua velha mamãe descarnada, Effi, Caff manca, que ele amava, Fred Ridmun, seu amigo e traidor, os irmãos Edduns, Dave e Dick, Fukka Funch, com seu focinho achatado e pernas arqueadas, a velha Bettë Brudi, cujo rosto enrugado contraía-se de dor e tristeza. Estavam todos lá, da mocréia mais velha ao pirralho mais novo. Posteriormente se contou que até os motos, liderados por Runti, vieram em fila da floresta e foram amavelmente cecear seu adeus, lágrimas rolando por suas queixadas oscilantes.

Fred Ridmun, receoso de ver solapada sua autoridade reconquistada, postou-se de modo a apressar Symun para que subisse a bordo do pedalinho sem maiores comoções; contudo, Mister Greaves, com um gesto, instou-o a dar a palavra ao Fulano. Symun apoiou o pé em uma pilha de tijolos, tirou o cabelo do rosto e, fixando os olhos impacientes na Zona Proibida, descreveu um arco com o braço na direção do pungente vidro azul.

— Akeli ki odeia avida vai silembrah diçu, eh uki tah iscritu nu Livu, naum eh?

Houve um murmúrio de concordância entre os ouvintes.

— Bein, eu naum amu maizavida sein Am, intaum axu ki devu odiah ela.

Outro murmúrio a título de resposta.

— Tudu ki fiz foi pur Am, tudu ki sempri kis pragentch foi trazê confortu.

O murmúrio se transformou em um gemido.

— Deiv nuzdeu u novu Livu — 6 sabim ki içu eh a vedadi! Kuandu eu tiveh idu... a essa altura, a maior parte do táxi — pois era nisso que haviam inadvertidamente se tornado, chilmen inclusos — chorava abertamente, voceis vaum intendê içu, i vaum intendê comu az koizas vaum fikah cada veiz pioris, purkê uverdaderu Coincimentu siperdeu, ikuandu uverdaderu Coincimentu siperdi, içu eh u fim di Am...

Não era assim de forma alguma que o Fulano pretendia encerrar seu discurso, mas Mister Greaves, captando o poderoso efeito de suas palavras, agarrou Symun pelo ombro e puxou-o consigo através da água rasa. Dois camaradas do advogado içaram-no então para dentro da nau. Os demais vadearam a rebentação e subiram a bordo, e então, com uma agitação de pedais, o pedalinho avançou velozmente na direção do recife. Contudo, não tão rápido que as palavras inflamadas do Fulano não pudessem ser ouvidas por algum tempo flutuando acima da laguna, até finalmente se desmancharem em sons mutilados, um peculiar presságio do destino que aguardava aquele que as havia pronunciado.

~

Durante os três meses de ausência do chofer, os hamsters dividiram-se mais uma vez entre veizdamami e veizdupapi. Era um novo Rompimento e, atônitas como as crianças deviam estar se sentindo com o reerguimento daquela barreira invisível que separava irmão de irmã, marido de esposa e uma criança de sua verdadeira natureza, não tiveram coragem de questioná-la. Embora algumas mamães e alguns papais chorassem ao se recordar das longas tarifas passadas como motos em felicidade conjugal, outros ficavam verdadeiramente jubilosos por ver sua mútua indiferença formalizada uma vez mais.

Além disso, havia trabalho a ser feito, trabalho que fora negligenciado durante o furacão de licenciosidade que fora o período do Fulano. Trabalho duro — tanto mais duro devido à pedalite extemporânea, às bocas extras para alimentar e à imposição do chofer de uma multa substancial. Mais uma vez, as mamães e opares tornavam-se bestas de carga. Os barris de óleo de moto acumulados no outono anterior foram trazidos até o píer, junto com carregamentos de tijolos, rolos de bubbery e sacos de plumas de gaivota. Fred Ridmun e os pais dävinos deixaram claro qual era a única prioridade da comunidade: o arrendamento tinha de ser pago ao chofer.

Longe dos ouvidos do chefiador, e especialmente entre as mocréias, corria o rumor de que, independentemente da gravidade de suas transgressões, uma audiência apropriada fora negada ao Fulano. Ele próprio não tivera permissão de falar perante o chofer, e isso enfraquecia os laços de vassalagem entre os hamsters e seu advogado, tanto quanto qualquer voação em que eventualmente houvessem tomado parte.

Foi Mëshell Brudi, colhendo flores cor de gema perto do túmulo da Mutha, a primeira a avistar o regresso do pedalo. Correndo de volta ao pedaço, ela contou às outras mamães, Eli voltô itrossi 1 otru sujeitu kum eli — nueh chilman. Eu vieli sentadu nupedalinu, 1 sujeitu altu kum ajuba branca! Elitein 1 pedaçu dumakoiza brilianti presa na cara! Foi a primeira vez que se viu o novo motorista, que chegava para dominar as vidas dos hamsters — dominá-los mais do que seu isolamento, dominá-los mais do que sua simbiose peculiar com os motos, dominá-los mais, talvez, até do que o próprio Livro.

Quem era o motorista? Ninguém em Ham jamais o soube. Ele nunca lhes contou seu verdadeiro nome — era sempre o motorista. Surgido, como outros visitantes da ilha, do nada. Eis quanto pode ser dito: ao desembarcar em Ham, o motorista era um homem vigoroso entrado na casa dos cinqüenta, de membros longos e nodosos, barba espessa e semblante grave. Seu nariz era pontudo e proeminente, a fronte, projetada. Não julgou apropriado que o pedalinho fosse amarrado ao píer, mas transpôs a amurada e vadeou as águas até a areia, o espelho dançando. Trajava-se com um manto talar negro, sob o qual se podiam distinguir uns jeans pretos e uma camiseta preta de pano londrino fino. Seus tênis de corrida — uma espécie de calçado até então desconhecido em Ham — eram laranja e amarrados até o alto em seus tornozelos estreitos. Aos olhos dos hamsters, a vestimenta emprestava-lhe uma aparência de corvo gigante e selvagem, impressão forte de tal modo a jamais ter se alterado ao longo do tempo em que permaneceu entre eles. Nem o calor do verão, nem a umidade do arenki pareciam afetar o motorista. Ninguém jamais o viu desvestido, nem mesmo a série de opares que o serviam em seu geminado.

Os profundamente crédulos hamsters, ainda desnorteados com a deposição do Fulano, ficaram poderosamente impressionados com o motorista. Deixando que o pedalinho fosse puxado à praia por seus serviçais, Mister Greaves atravessou o cascalho para ir a seu encontro e, vendo a população toda reunida exatamente como os deixara, três meses antes, preparou-se para apresentar o estranho. O motorista o ignorou e deu as costas ao bando de camponeses, de modo que foi sua própria voz grave e profunda, falando não em dialeto, mas na refinada cadência do bibici, que reverberou sobre as cabeças arqueadas:

— Saudações, bons hamsters! bradou. Sou o motorista e venho a vocês do PCO, em Londres. Ainda antes que a notícia dessa abominável voação chegasse ao Acenossonar do fiscal, ficara decidido enviar um motorista itinerante mais uma vez para cá, a esse lugar remoto, para lembrá-los de que Dave olha por cada um de vocês, papais e mamães igualmente, em seu espelho.

Em dias posteriores, foi dito que, quando o motorista recitou naquela primeira vez, uma quietude extraterrena desceu sobre Ham. As crianças pararam de bulir, os motos, de ruminar. As gaivotas, os corvos, os periquitos e ratos voadores — em suma, toda a ralé aérea que girava no vidro acima da ilha — baixaram em espirais à terra nua no chão da aldeia, onde o estreito agrupamento de pássaros compunha um tapete bizarro e multicor de plumas. As formigas aladas — que enxameavam, naquele dia quente e úmido de verão — desceram tamborilando em arabescos nas costas do manto do motorista, para em seguida tombar a seus pés, agonizando na terra. Até mesmo as pernas do rola-bosta ficaram imóveis, participando do silêncio crescente.

Se algo disso de fato ocorreu, ou se foi apenas um contraponto fabular à história do derradeiro discurso do Fulano, permanece obscuro. O que se sabe ao certo é que o motorista passara pela desconfortável jornada de pedalinho desde Wyc — quatro longos dias em mar aberto, quatro úmidas noites ancorado em rios densamente cerrados — escutando o relato completo da insurreição do Fulano; e chegara à conclusão, muito acertada, de que, para estabelecer uma rápida ascendência sobre os hamsters, era necessário empregar toda a teatralidade de seu adversário.

Aninhado em sua baía verde, o pequeno pedaço de Ham constituía um anfiteatro natural. O motorista continuava sua arenga:

— Ouvi tudo a respeito das práticas revoltantes nas quais vocês incorreram nesses últimos meses — papais e mamães unindo-se em grotesca afinidade —, contudo, não vou censurá-los mais do que seu advogado já o fez. Ouvi dizer de como abandonaram o Conhecimento e deram ouvidos a um vil voador — contudo, não os punirei por isso. Vim para lhes trazer o Livro! Puxou um exemplar imenso, encadernado em couro, de sob o manto. Vejam a Roda! Leiam o taxímetro! Tenham ciência de que a derradeira tarifa é iminente! Deixem este lugar agora mesmo, mamães pérfidas e miseráveis! Conspurcadas por regras e chicos — criaturas libertinas, licenciosas! Prole de Chelle!

Aguardou enquanto as mamães, opares e crianças arrastavam os pés de volta aos após das mamães, depois recaiu sobre os hamsters remanescentes:

— Não se deixem enganar, pois eu sei o que acontece com a cabeça dos pais quando não honram o Rompimento nem observam a Troca. Compreendo como começam a duvidar que Dave sacrificou seu Menino Perdido por seus próprios passageiros miseráveis. Os compartimentos separados em que Dave verteu toda a bondade e toda a maldade se misturaram uma vez mais. O patife mais desafortunado começa a julgar-se a si mesmo dävino, possuidor de liberdade para agir independente dos preceitos de nossa fé. Ele não mais ouve Dave lhe falar através do interfone — em vez disso, a maternalidade penetra em cada pensamento seu, como a urina de uma bexiga rompida se infiltrando no puro leite do burguekin! O motorista cuspiu, como que enojado com a própria pessoa, então continuou: Cabe aos motoristas, bichas e aqueles imaculados de todo contato vil — isfregapeitu e lambebuça —, decidir quais passageiros saudarão o táxi em vão por todo o sempre e quais seguirão com Dave para Nova Londres!

O motorista caiu de joelhos.

— Dave seja louvado! entoou.

— Purnuzapanhah! responderam os hamsters.

— Que todos os pais donos do Conhecimento se ajoelhem e recitem a primeira corrida. Pegar a esquerda em Green Lanes!

— Iskeda grin layns! murmuraram os pais em uníssono.

— Direita Brownswood Road!

— Direita brahnswúd röd.

Quando terminou, e os pais haviam recitado os pontos, o motorista — para considerável espanto geral — prosseguiu:

— No princípio, havia a palavra de Dave, e tão-somente a palavra de Dave. Tudo que temos vem do Livro. Tudo que existe, tudo que já existiu, tudo que existirá outra vez. Vocês não são os únicos passageiros a dar chapéu, não são os únicos a respirar o táxi fumacento da apostasia, não são os únicos sabichões miseráveis a buscar um atalho para Nova Londres! Por três séculos o Livro tem sido a pedra na qual a própria Ing foi erguida. Oh, sim, uma nova Londres foi construída, com amplas avenidas e enormes edifícios, com lojas e mercados, até — contudo, não é essa a cidade profetizada por Dave! Não é essa a Nova Londres! Pois essa cidade tem também saunas e casas de jogo, arenas e rinhas, teatros lascivos e jardins de prazer. Somente o PCO pode construir Nova Londres, seja aqui, na terra, seja — se Dave assim ordená-lo — no vidro, mais além!

O motorista ergueu o Livro para o vidro e bradou:

— Eu vi Nova Londres! Então avançou entre os ouvintes aterrorizados, brandindo o pesado volume no rosto de cada pai, ao mesmo tempo que prosseguia no palavrório: Eu a vi, e sei que será restaurada somente com o restabelecimento da dävinanidade pura e original. Que os três táxis sejam mais uma vez saudados aqui em Ham! Que os doze pais promulguem as doutrinas do Rompimento e da Troca! Que nenhuma mamãe seja admitida em seu Conselho, caso contrário, vocês serão conspurcados por elas!

— Pois que não haja qualquer confusão relativa a essa questão, ele disse, voltando com largas passadas ao lugar onde estava Mister Greaves com os chilmen intimidados e admoestando-os com o dedo em riste, um grave crime contra Dave aqui foi perpetrado, crime que só pode ser expiado com a mais perfeita recitação! O motorista tombou ao chão e, erguendo punhados de terra, deixou que caíssem sobre sua cabeça, gemendo:

— Graças sejam dadas a Dave por nos apanhar!

— Purnuzapanhah, entoaram respeitosamente os pais que se lembravam da resposta correta.

— E por não nos largar.

— Ipurnaum nuzlargah.

~

Prepararam palha fresca para o catre e aprontaram as ervas medicinais. Esfagno foi colhido e seco, pois as fibras desse musgo útil tanto retinham a umidade como impediam as feridas de infeccionar. As mamães usavam-no como fraldas para seus bebês e como absorventes para seus fluxos. Muitas acreditavam que a ditosa ocorrência do substrato turfoso junto à nascente do filete que cruzava a aldeia era um sinal indubitável da providência dävina. De modo que o leito de esfagno foi preparado e agrinaldado com deiviuorks especiais. Para pedir por sua intercessão em um parto bem-sucedido, as hamsters escolheram um tipo de fragmento fino, longo e característico de plástico, com uma fenda estreita numa das pontas, que lhe emprestava uma aparência de frágil furador de ilhoses. Elas os penduraram em longas meadas de fio, que fixaram nos beirais do apê onde Caff ficaria confinada, de modo que os objetos rodopiavam com a brisa.

Esse nascimento seria especial, o primeiro desde a deposição do Fulano. Conforme Caff Ridmun sentia a nova vida revolvendo dentro de si, uma agitação nas laterais de seu útero esticado, o motorista pressentia uma nova ameaça. Ele examinara tanto Caff quanto o chefiador, e não havia dúvida de que aquele era o filho do voador. Se Caff tivesse a criança, poderia ser outro Antidävi, prestes a disseminar mais veneno pelo mundo. O motorista viu-se confrontado com um paradoxo: a celebração, a cerimônia em que hamsters recém-nascidos eram ungidos com óleo de moto, era algo profundamente antitético aos olhos do rígido dävista, e contudo, se ele compreendera corretamente a questão, as chances eram de que o bebê de Caff não sobrevivesse. O futuro da dävinanidade em Ham dependia assim de uma superstição dibinkedu.

Caff nada temia, cercada pelas mamães. Aceitava o que viesse, Dave dava e Dave tirava. Exultava em seu corpo avantajado, sua tanque marmórea e seios intumescidos. As mamães chamavam os últimos três meses de fase de moto, e reverenciavam a semelhança que uma hamster prestes a dar à luz guardava com o amado armentio. Devido à perna esquerda atrofiada, Caff já não conseguia dar mais que uns poucos passos. Assim, ao longo de todos os agitados dias de outono, permaneceu no gramado do apê Dévúsh, as costas arqueadas apoiadas nos tijolos forrados de musgo, fitando a laguna cintilante. O bebê chutando lá dentro, nunca havia sentido com tamanha intensidade sua própria ligação com a terra. O formato fetal de Ham a envolvia — assim como ela, por sua vez, envolvia aquela vida informe.

Foi na metade da terceira tarifa que as dores do parto finalmente começaram. Houvera apenas uma lanterna quebrada — e havia muito já desligada. Nuvens pesadas cobriam a ilha e atrás de seu manto um matiz avermelhado inundava o vidro. Caminhando pelo leito do regato desde o apê Bulluk, Effi Dévúsh topou com o motorista, uma figura envolta em negro, ameaçadora. Ele murmurava a meia-voz, mas Effi, que tinha trabalho a fazer, não o saudou — sabia no que se concentrava, recitando, combatendo a conduta indecisa de Ham com a convicção de seu Conhecimento.

O motorista continuou ali até o farol ser ligado. No total, ele recitara uma centena de corridas. Esse rigor expunha com eloqüência o profundo conflito dentro dele — acaso Dave não glorificava toda vida nova? Quando enfim ouviu os arquejos da mamãe grávida dar lugar ao choro esganiçado do bebê, girou nos calcanhares e caminhou titubeante pela praia até o geminado do antigo motorista. Ali caiu em um sono agitado e sonhou que voava com Dave sobre a imensidão prateada de Nova Londres.

177

Nos dias que se seguiram ao nascimento de seu filho, o fatalismo de Caff soçobrou nos rochedos do amor. Um amor feroz pelo bonequinho que ela embalou, cujos cintilantes olhos azuis e cujo penacho indomável de cabelo castanho fino lembravam a todo mundo Symun Dévúsh. As outras mamães compreendiam essa emoção, ainda que não concordassem. Nenhum bebê nascido em Ham sequer ganhava um nome se não sobrevivesse à celebração. Era como se aqueles primeiros onze dias de vida nada mais fossem que um estágio final da incubação, e a espessa camada de óleo de moto com que seria lambuzado, a membrana final pela qual teria de passar para ingressar na vida independente. Pois assim como um hamster nascia de mulher, de igual modo também nascia da própria ilha.

No décimo primeiro dia, quando Effi Dévúsh chegou com o óleo de moto e parou na soleira do apê Dévúsh, Caff, incapaz de se conter, começou primeiro a se lamuriar e depois a chorar alto. Presa entre a zoolatria e o amor, ela deixou ir o bebê e, puxando a perna atrofiada atrás de si, se arrastou para um canto distante, onde ficou soluçando sobre as lajes de yok. Effi, que era atendida por duas outras mocréias, ignorou-a. Deram início ao ritual com inflexível eficiência. Suas assistentes removeram os cueiros e seguraram os membros agitados, enquanto Effi espalhava a graxa viscosa, prestando particular atenção à ferida exposta do umbigo. O bebê, que no início uivou em protesto, reagiu à misteriosa embrocação do óleo de moto, debatendo-se cada vez menos, até que, ao ser finalmente liberado, permaneceu silencioso e tranqüilo sob o facho que filtrava através da porta, mais um fruto miraculoso e reluzente de Ham.

Do lado de fora, os hamsters permaneciam em silêncio, as cabeludas cabeças dos pais curvadas, as mamães bulindo com seus tropanos. Começava agora um tempo de espera. Se o recém-nascido sobrevivesse ao chico seguinte, ele ganharia um nome. Mais provavelmente, no terceiro ou quarto dia após a celebração, passaria a recusar a sucção do mamilo materno e, no quinto ou sexto dia, suas minúsculas gengivas rosadas se fechariam. Então os acessos começariam — convulsões, que supliciariam o minúsculo corpo cada vez mais severamente — até que no sétimo ou oitavo dia viesse a expirar. A essa altura, tal seria o tormento da pequena criatura que a morte pareceria uma libertação, até para a própria mamãe. O motorista continuava inconspícuo entre os insulanos. Mais uma vez, recitava as corridas e os pontos, pois fosse lá qual fosse o desfecho — tormento ou alívio —, sua fé exigia acima de tudo que prestasse testemunho à antiga e à futura Londres.

∽

Chamar aquilo de celas teria sido faltar com a verdade — estava mais para um estábulo, grosseiramente dividido por pesadas vigas de madeira. Prisioneiros mais abastados, ou aqueles donos de particular influência, conseguiam assegurar as minúsculas câmaras na galeria superior, mas àqueles como ele restava apenas a rusga de toda noite para conseguir entrar em uma das baias e depois se entocar na palha fétida a fim de obter um pouco de calor. As rusgas eram constantes e havia ainda as brigas para valer. Os demais prisioneiros tinham lâminas e porretes, eles cuspiam, chutavam e unhavam. Symun nunca experimentara violência real: as bofetadas dos papais de Ham eram meras carícias comparadas às pancadas selvagens desferidas ali como moeda de troca. Na primeira vez em que Symun foi atacado, ficou em tal choque que mergulhou em um estupor vazio, fitando fixamente a lívida marca rosada deixada pelo chute em sua perna. Sem as palavras de apoio do prisioneiro que se tornaria seu amigo, teria morrido ali mesmo, pois para sobreviver naquele lugar um pai tinha de brigar.

A Torre era um mundo em si mesmo, com sua própria economia e política, leis e religião. Para Symun, era o único país que jamais conhecera afora sua ilha natal. Quando deixou Wyc, na balsa, foi posto a ferros. Nas raras ocasiões em que o bós lhe permitiu exercitar-se no deque, avistou conjuntos distantes e pedaços ao longo da costa. Quando atracaram em Londres, foi removido e transportado pelas ruas em uma sauna. Se espiasse entre as lâminas de ferrim, conseguia relancear enormes construções, embora fosse incapaz de compreender o que era aquilo que via; nada comparável às descrições que ouvira, e o tumulto era tão grande — de carros, pessoas e animais — que se encolhia de medo e confusão.

Na Torre, sob a tutela de Terri, um ladrão cockney condenado, Symun Dévúsh lentamente voltou à vida. Ao trauma de seu nascimento naquele mundo assustador, onde compartilhava um imenso pátio com dez vezes mais homens do que jamais vira antes, seguiu-se um período de infância. Symun fazia perguntas; Terri dava respostas. O pátio era apenas um de três, na cadeia. Havia um menor, para mamães, e um terceiro, para estrangeiros, que haviam sido feitos prisioneiros nas constantes escaramuças entre o exército do rei e as tribos selvagens de escoceses e galeses, a norte e a leste do arquipélago.

No pátio dos pais, todos os prisioneiros — independente de seu delito e de sua sentença, ou mesmo de terem sido julgados ou meramente estarem sob custódia — eram atirados no mesmo lugar: voadores, traidores e assassinos junto com ladrões ordinários, devedores e vagabundos. Terri achava que podia haver até cerca de mil passageiros confinados na Torre e todos os dias esse número era acrescido dos londrinenses, que vinham do outro lado dos muros para exercer seu mister ou até mesmo permutar o uso de prisioneiros habilidosos para suas próprias oficinas. De modo que era grande o comércio na Torre, dotada de lojas próprias, uma padaria, até serviços de um notário. Por um preço, um pai podia casar na cadeia e ficar com a esposa. Podia empreender o próprio negócio e colher os proventos. Se encarcerado por dívida, podia até incorrer em nova dívida e desse modo ver-se confinado à própria cadeia dos devedores na Torre, uma prisão dentro da prisão. Podia beber e ter prostitutas, freqüentar rinhas e jogos. Durante as tarifas de farol, o pátio era uma arena frenética e, em seu chão de terra batida, pais em todo tipo de estranhos trajes — ternos listrados e xadrez, jeans apertados ou boca-de-sino, troçopanos puídos e mantos formais — andavam empertigados e pavoneavam-se como pássaros engaiolados.

Assim que começou a observar mais detidamente os colegas de prisão, Symun ficou espantado de constatar quão pouca era a religiosidade entre eles. Seus rogos espontâneos pela orientação de Dave eram acompanhados de escárnio e risadas. Um pai, na frente dos guardas, agachou e soltou gases, proclamando: Eu peidu in seu istofamentu, oh, motorista! Não só não tomaram qualquer atitude contra ele, como tampouco o pai foi detido sob acusação de voação. Os guardas, Symun logo descobriu, interfeririam pouco nas vidas dos prisioneiros, a não ser para receber propinas por favores concedidos e distribuir privilégios pelos recebidos. Os próprios detentos administravam o cárcere, enquanto seus carcereiros meramente observavam — apenas em matéria de voação eram verdadeiramente vigilantes. Os voadores — em número reduzido — distinguiam-se pela grande roda de madeira de dois raios, que se viam obrigados, sob pena de espancamento, a carregar no pescoço. Symun Dévúsh nunca vira uma roda de verdade antes de conhecer Londres — para ele, era um símbolo sagrado. Agora, havia uma pendendo de seu pescoço, afligindo-o independente do cuidado com que se movesse.

Os guardas providenciavam para que sempre houvesse alguém escutando o que os voadores falavam, fosse eles próprios, fosse seus guardcams. Caso pronunciassem qualquer outra palavra contra os decretos do PCO, ou a dävinanidade por este disseminada, eram sumariamente punidos. A grande Roda era trazida para o pátio e presa na coluna. O voador era amarrado e atado a seus raios. Então a Roda era posta a girar e a girar, até o infeliz pai começar a sangrar pela boca e o nariz, e suas entranhas ficarem destruídas. Em um chico desde sua chegada à Torre, Symun vira dois voadores morrerem na Roda. Então, seus próprios comparecimentos começaram.

Os comparecimentos dos voadores tomavam a forma de um interrogatório sobre o Conhecimento. Nenhum voador podia conquistar a liberdade da prisão passando pelos comparecimentos — pois, uma vez acusada de voação, a pessoa era banida do táxi para sempre. Contudo, ao recitar as corridas e os pontos exigidos, era possível ao menos assegurar a absolvição. Não haveria outro comparecimento senão após cinqüenta e seis dias, período no qual a pessoa podia se esforçar por melhorar seu Conhecimento. Se um voador fracassasse em um comparecimento, as conseqüências eram graves — o próximo seria marcado para dali a vinte e oito dias. Uma segunda reprovação reduzia o prazo para vinte e um, uma terceira, para catorze. Após um quarto fracasso, o voador era levado a julgamento diante do próprio PCO, quando então uma sentença seria proferida.

A punição menos severa envolvia estigma e exílio, depois, amputação da língua e exílio. A pena mais grave — freqüentemente aplicada — era a morte. Os pais eram girados na Roda até sofrer hemorragia cerebral e, então, estripados. Em seguida, enquanto o pobre infeliz permanecia semiconsciente, fitando com o olhar esgazeado as próprias tripas jogadas a seus pés, tinha os genitais cortados e enfiados na boca. A morte não tardava mais que poucas unidades. A cabeça do pai morto era depois decepada e espetada em uma estaca na comporta; sob ela, uma placa dizia: UKI ELI FALA EH ISCROTU. Mamães — consideradas indignas da Roda até mesmo na morte — eram queimadas no espeto. Se condenadas por evadir-se à Troca, empregavam-se as exalações moribundas para asfixiar seus próprios filhos.

Todas as execuções dos papais eram realizadas em praça pública, na Leicester Square; das mamães, no Marble Arch. Uma multidão enorme e entusiástica reunia-se para assistir e observar avidamente o comportamento dos condenados; apostas eram feitas sobre o tempo que cada um levaria para expirar. Um criminoso comum talvez pudesse ganhar a multidão com seu comportamento corajoso, e os fiscais lhe concederiam o perdão aos pés da Roda, mas um voador, independente de sua conduta, estava condenado.

Isso tudo logo chegou ao conhecimento de Symun — contudo, ele pouco podia fazer a fim de se preparar para a própria provação. Mal tivera oportunidade de ler o Livro desde que passara a dominar os fonics. Embora, como todos os demais hamsters, estivesse acostumado desde a infância a recitar as corridas e os pontos, essa forma oral de enunciação era casual e imprecisa. No mokni fortemente dialetal de Ham, as corridas eram seqüências inarticuladas e sem sentido — e ainda que Symun soubesse o bastante para diferenciar uma da outra em sua própria cabeça, não achava de jeito nenhum que seria capaz de convencer um examinador preconceituoso de que a sua era a versão correta. O mesmo se dava com qualquer cockney ou provinciano — com a conseqüência de que, enquanto voadores bem-nascidos em geral sobreviviam na Torre por anos, os iletrados eram executados com a maior diligência.

O primeiro comparecimento de Symun teve lugar alguns chicos após sua chegada a Londres. Foi arrastado do pátio por dois guardas, puxado pela escadaria externa para a Torre Branca, depois conduzido ao longo de corredores cujas paredes úmidas estavam verdes de musgo. Finalmente, empurraram-no para dentro de uma câmara onde a uma mesa sentava-se o examinador. Estava virado, as costas cobertas pelo manto negro, o cabelo cortado rente atrás da cabeça. Seus olhos pairavam no espelho, inchados e injetados. Falou em bibici, num tom monótono e enfastiado:

— Symun Dévúsh de Ham, você está detido na Torre sob a acusação de conduta voadora e ofensiva. O testemunho de Mister Greaves, meu chofer do advogado de Chil, é considerado válido nessa matéria e, conseqüentemente, será apreciado. Este é seu primeiro comparecimento... — baixou o olhar para as aquatros na mesa diante de si e leu — Lista dezoito, corrida onze.

Symun desviou o olhar do espelho. Havia aquatro nas paredes, coberta não com fonics, mas com um curioso padrão de folhas. Em alguns lugares ele descascara do reboco, reboco que caíra em pedaços poeirentos para revelar o antigo tijolo londrino debaixo. Através de uma elevada seteira, Symun podia ver outra torre, um edifício torto arrematado por um campanário inseguro. Falcões a circundavam, ascendendo nas exalações fumegantes oriundas das fogueiras na cidade mais abaixo. Apenas os falcões e o padrão de folhas eram reconhecíveis para Symun: o restante daquilo era uma charada que não sabia interpretar. O guarda que o trouxera para a câmara postara-se na parede oposta, seu longo balaústre inclinado em suas mãos enormes. Fitava Symun com ar inexpressivo.

O examinador repetiu o pedido:

— Lista dezoito, corrida onze.

Symun respirou profundamente e começou:

— Semprirretu kenzintán mól, direita kenzingtán chãrch istrih, iskeda nó'ingill, direita pemrij röd, retu pemrij viwwers...

— Viwwers? interrompeu o examinador, viwwers, que oração é essa?

Symun engoliu em seco:

— 1000 perdoens, Retruvsor, eh ezatamêtch assim kiagenthc diz in Am.

— Bem, você não está em Ham agora, meu bom rapaz, estamos em Londres e em Londres falamos bibici, e trate de recitar as corridas como um londrino. Vou lhe dar mais cinqüenta e seis dias para melhorar sua dicção antes do próximo comparecimento. Pode levá-lo.

— M-maiz, Retruvsor, içu num tah certu.

— Você o quê? O examinador ficou tão incrédulo diante daquela impertinência vinda de um voador que uma expressão divertida se insinuou nos cantos de sua boca severa. Não está certo, você diz? Como assim?

— Num tah certu isperah ki 1 pai saiba eçaskoizas, naum eh? Considerassi kieu seja 1 vuadô, naum 1 motorista, entaum comu 1 vuadô podi sê consideradu comu tenu u Conhecimentu? Naum faiz sintidu.

O examinador riu disso e marcou a aquatro diante de si. Não discuta a doutrina comigo, meu rapaz. Por seu desaforo reduzirei o próximo comparecimento para vinte e oito dias. E guarda...

— Retrovsor?

— Aplique a esse rábula de pátio de cadeia umas vinte voltas na Roda para que contenha seus modos no futuro.

Terri deu a Symun a casca de uma fruta que lhe era desconhecida enquanto esperavam sob o lúgubre vidro. Mordiçu bein, véio, disse o cockney. Kuandu arroda comessah agirah, C priciza fikah kuus dentis bein fexadus, ointaum você vaingulih sualingua i sufokah... eh içu... eh içu. Symun mal teve tempo de enfiar a coisa amarga entre os dentes antes que os guardas o levassem para o meio do pátio. Deitaramno quase com delicadeza na protuberância quadrada central da Roda e Symun sentiu as fonics "Lti" em relevo pressionando-o entre as duas escápulas. Seus braços foram amarrados aos dois raios almofadados e suas pernas esticadas e atadas ao aro do volante. Ólrai! bradou o chefiador da Torre para seus subordinados. Vamulaah!

No início, a grande Roda girou devagar. Symun sentiu primeiro um par de mãos, depois o seguinte, impelindo-a cada vez mais rápido, embora, deitado como estava, não pudesse ver nada além do vidro acima dele. A comprida nuvem imediatamente sobre sua cabeça começou a rodopiar como se houvesse um eixo preso em seu meio. Ele tentou se concentrar em seus fiapos e véus para barrar a vertigem nauseante. Era impossível — os olhos de Symun incharam, o sangue latejou em suas têmporas e toda a vítrea superfície se distendeu. Tentou imaginar Dave atrás do vidro, olhando-o com grave benevolência, mas as figuras perfiladas ao longo da balaustrada da galeria superior continuavam aparecendo na frente. Escarneciam da tortura que era executada ali embaixo, suas bocas individuais fundindo-se para se tornar um único *O* alongado de uivos derrisórios. Os prisioneiros ululavam e gritavam: Girah ufiliudaputa! Girah! A náusea cresceu dentro de Symun numa onda e estourou em seus dentes cerrados.

Oh, Deiv! Nein começô ijah v'mitô! gritou um dos guardas enquanto Symun viu-se ascendendo em sua roda de tortura, suspenso acima do pátio como uma semente de sicomo colhida pelo vento, girando sobre Londres, sobre as ilhas e sons de Ing, através do oceano até Ham, um macio leito musgoso de florestas e faixas planas de verdes campos. Nos cantos borrados de sua visão fraturada surgiam os rostos dos entes queridos: Caff e Fred, Effi, sua mamãe, Fukka Funch, as irmãs Brudi e Ozzi Bulluk. Symun pôde sentir a língua áspera de um moto lambendo o vômito e o sangue seco de seu rosto em fogo. Palidamente, começou a acalentar a idéia — pois a consciência lhe fugia velozmente — de que a Roda o levara de verdade para casa e que, quando parasse de girar, tudo seria como antes, antes da Zona Proibida, antes do Fulano, antes do Segundo Livro. Então, tudo foi escuridão e dor.

∾

O motorista se dirigia a todos os hamsters postado atrás de uma cerca erguida ao redor do Abrigo.

— Vejam isto, dizia-lhes, é uma barreira cujo propósito é impedir a besta dibinkedu do campo de profanar a santidade do Abrigo de Dave. Chamou minha atenção — esquadrinhou os rostos dos ouvintes, observando seus semblantes sem malícia, seus olhos crédulos — que antes de minha vinda entre sua gente... seus motos... estacionavam aqui e até mesmo entravam no Abrigo. Isso agora está proibido. Ainda que não possa apartá-los inteiramente de sua relação repulsiva com tais criaturas, devo todavia proscrever a unção de suas crianças com o óleo deles. A única celebração verdadeira é a Roda e seja qual for a interpretação que costumavam fazer do Livro, afirmo-lhes agora que o moto está excluído do táxi de Dave para Nova Londres, não sendo diverdadi essas bestas e, na opinião do PCO, dibinkedu!

Houve um gemido sufocado entre os hamsters.

As proibições do motorista não se limitaram a isso. O rap e as brincadeiras ficaram proibidos e a contagem de deiviuorks também. O resguardo absoluto de todo trabalho na ilha tornou-se obrigatório da primeira tarifa na SEX até o encerramento da segunda no SAB: afinal, o fim de chico não é uma tarifa prolongada, com hora extra para recitar as corridas e os pontos? As imposições do motorista eram tão pesadas quanto suas proibições: recitar diário para os pais, enquanto os rapazes deviam ainda comparecer ao Abrigo e permanecer em silêncio. Até o Conselho foi afetado — pelo menos dez corridas tinham agora de ser recitadas antes que qualquer matéria fosse deliberada.

Fred Ridmun, que havia sido o responsável por fazer com que aquele corvo negro se empoleirasse em Ham, empalidecia ao ouvir isso, porém sua própria dävinanidade ainda estava por ser testada. O motorista guardava sua exprobação mais severa para o fim:

— Vocês fofocam, tagarelam, flertam e cochicham — não pensem que não ouvi! Papais com mamães, rapazes com moças. Uma associação das mais revoltantes, que tem de cessar imediatamente! Dave ordenou o Rompimento, e o Rompimento deve ser completo! Só na Troca pode haver alguma comunicação entre o nobre Dave e a pérfida Chelle! Oh, hamsters! Não falem de pensão senão com suas mamães, como ordenado pelo Livro!

Como reação a esse decreto tirânico, a assembléia ficou imensamente perturbada e houve dissensão aberta entre as mamães mais velhas. Contudo, a vontade do motorista não podia ser contrariada; erguendo-se o mais alto que pôde, fuzilou-os com o olhar. Caíram todos em silêncio e retiraram-se servilmente para os próprios apês.

Tudo isso ocorreu no fim da estação do arenki, quando o lavar-rapidu castigava a terra e o mar estava encrespado demais para alguém nele se aventurar. Ao longo desse período, os hamsters ocuparam-se de tarefas mais amenas, ainda que essenciais — tecer o bubbery, cuidar dos motos e calafetar o pedalinho. Interpretando erroneamente esse interlúdio como pura preguiça, o motorista ordenou aos papais que trabalhassem na reconstrução do geminado de seu predecessor e lançassem as fundações para um novo Abrigo. O antigo, construído pelo motorista anterior com o uso de seções pré-fabricadas trazidas de Chil, havia muito caíra em um estado de deterioração, uma nau empenada e avariada para o Conhecimento.

Os hamsters não dominavam a técnica de preservar estruturas de madeira, e tampouco usavam argamassa para construir com o tijolo londrino. Seus próprios apês eram de uma linhagem tão antiga que a conservação da estrutura era antes um fato orgânico que obra de engenho. A argamassa para o geminado do último motorista fora imperfeitamente misturada e a construção já desmoronava conforme as grossas hastes de borboleteira forçavam a tijolaria. O motorista arrepanhou o manto e liderou as escavações para os novos alicerces. Os pais mais jovens, impressionados com sua energia e querendo aprender coisas novas capazes de beneficiá-los, juntaram-se à empreitada.

Caff Ridmun apenas observava enquanto as outras mamães arrastavam padiolas de tijolo londrino da Zona Proibida. Suas preocupações eram de teor mais íntimo: o pequeno Carl estava com três meses de idade e, após muita deliberação do Conselho, ganhara o nome de seu verdadeiro pai, Dévúsh, pois assim rezava o Livro. Logo começaria a engatinhar, depois seria chegada a hora de arranjar-lhe um moto como par.

~

Levou vários dias antes que Symun Dévúsh pudesse ao menos destravar os dentes e Terri tinha de pingar água de um pequeno pedaço de esponja entre seus maxilares cerrados. Sobretudo à noite, o corpo enfraquecido de Symun era acometido de convulsões e a tontura persistia a tal ponto que não conseguia pôr-se de pé nem andar, e evacuava nas roupas.

Quando se recuperou, Symun aprendeu rápido. Tinha de fazê-lo; sem negociar nem obter algum mânei para si mesmo não havia como aumentar a lavagem miserável distribuída aos prisioneiros. Até mesmo ela era motivo de contenda, homens arranhando e mordendo por uma tigela de cupasoup temperada com meio bulbo-de-choro cru. Desde o castigo na Roda, a força de Symun declinava cada vez mais rápido e ele sabia que, se fracassasse no próximo comparecimento, haveria pouca chance de sobreviver mais do que um outro mês ali na Torre. Então, algo curioso — e miraculoso — aconteceu. Terri, que, segundo presumia Symun, ajudava-o exclusivamente com vistas a algum benefício ainda desconhecido — e provavelmente escuso —, revelou que seus motivos eram bem outros: Gostu divocê, pai, contou a Symun. Pra dizê avedadi, gostu ditodus vuadoris — você eh diferenti. Acriditu ki si você fikah puraki bastantitempu, vai micontah 1 koiza incrívul. Eh, 'criditu sim. Terri coçou o cabelo ralo cor de cenoura. Tinha aquele semblante de roedor bexiguento de todo londrino pobre, os olhos duas pedras negras, brilhando com o polimento da desconfiança, porém, quando os dirigia a Symun, eles tremeluziam de curiosidade e admiração.

Terri obteve uma cópia cheia de orelhas do Livro. Era impressa em uma aquatro finíssima e seções inteiras soltavam-se da encadernação, mas todas as corridas e os pontos estavam lá. Todos os dias, Symun e Terri os recitavam juntos. Para Terri, um pirralho urbano criado nos cortiços fervilhantes de Londres, que dificilmente chegou a ver o farol sem o *fog* ou os burbs além da Emevint5, isso era como uma educação. Terri conhecia bibici suficiente para corrigir o mokni de Symun. Em troca, Symun o ilustrava nos fonics.

Quando os guardas levaram Symun para seu comparecimento seguinte, ele ficou consternado ao se deparar com um examinador diferente a sua espera, na câmara, folheando suas aquatros. Aquele era um tipo mais agressivo, a voz estridente e a careta bicha — parte rosnado, parte sorriso — destoando da cachola reluzente e do corpo gorducho. Estava tão reclinado na cadeira que a parte de trás de sua cabeça repousava sobre a mesa. Seu espelho estava torto, seus dedos remexiam nervosamente um berloque preso a uma corrente. Contudo, suas perguntas foram bastante diretas e depois de Symun ter recitado duas corridas completas com seus pontos, deu-se por satisfeito:

— Próximo comparecimento em vinte e oito dias! exclamou. Levem o prisioneiro de volta para o pátio.

Terri conseguiu um trabalho para Symun. Aconteceu por acidente. Notando que o hamster mantinha a portatudo sempre junto de si — até mesmo amarrando-a à cintura ao ser torturado na Roda —, o cockney lhe perguntou se havia alguma coisa de valor ali. Symun puxou uma lata curiosa de dentro do saco. Era bem achatada e muito larga. Então disse, um tanto relutante:

— Eutiv 1 koiza muituboa aki dentru, maiz agora naum tenhumais. Tudu ki sobrô aki dentru saum pedaçus di plastiku. Abriu a lata para revelar um punhado de deiviuorks.

Terri ficou olhando o tesouro por algumas unidades, e então disse:

— Içu eh proibidu aki, C sabi, u Pesseoh diz ki saum amuletus, ki eh magia. Maiz içu nunka impidiu ninguein. Todumundu compra insegredu i uza purbaxu dus panus, principamenti usadevogadus iasbenzinus. Sei diunsujeitu ki kontrabandeia elis du matu. Eli priciza diajuda pra iscoliê i separah elis.

E assim foi que Symun Dévúsh, o voador, encontrou um modo de sobreviver no duro ambiente da Torre. Um modo de sobreviver — e motivação para sobreviver, também. Contanto que conseguisse aumentar seu Conhecimento e mantê-lo, podia impedir a redução entre seus comparecimentos. Podia continuar vivo.

~

Carl cresceu para se tornar uma criança alegre e cheia de vida. Assim que deixou os cueiros e passou a engatinhar pelas rachas e os terraços, Caff entregou-o aos cuidados de Gorj. Por dois outros anos mais, o moto criou a criança humana, permitindo-lhe mamar nas pesadas tetas junto com os próprios mobiletes. Era Gorj quem apanhava Carl e o levava pela ilha. Ela acompanhou suas primeiras caminhadas ao longo do Layn, dos chafurdeiros até o Gayt. Depois disso, desceram de Winnies para Turnas Wúd, de Bish para as curryeiras e até mesmo por Norfend para visitar o Perg. Carl permanecia em seu pescoço largo, ao sabor de seu andar gingado, as mãozinhas enroscadas em suas cerdas, na mais completa paz, pegando no sono e despertando com o movimento vagaroso da enorme besta.

O costume sempre fora esse. As crianças de Ham se faziam acompanhar a toda parte de suas amas peculiares e, por intermédio do ciclo anual dos próprios motos, aprendiam os costumes de Ham, suas estações e clima, sua floia c fauna. Falavam com o ceceado meloso dos motos e sua nutrição advinha de uma espécie livre de quaisquer tabus. As crianças pequenas e os motos chafurdavam juntos, dormiam juntos nos estábulos e até mesmo compartilhavam da forragem, quando a estação propiciava frutos adequados às duas espécies. No arenki, os motos ruminavam junto aos troncos e toros das cascas-lisas, descascando e sugando os talos. Os hamsters diziam: Taum útchiu kuantum motu. Na germinagem, os motos descobriam ninhos de abelhas na mata e traziam-nos à aldeia, para que a colônia se desenvolvesse em uma colmeia. Os hamsters diziam: Taum ispertu kuantum motu. No verão, os motos desentocavam os ratos e desencavavam os polígonos. Os hamsters diziam: Taum proveitozu kuantum motu. Finalmente, no outono, os motos deitavam-se docilmente para ter a garganta cortada, e então cantavam lindamente conforme o sangue vital escoava para fora de seus corpos. Os hamsters diziam: Taum dävinu kuantum motu.

～

Um a um, os voadores que haviam sido aprisionados na Torre quando Symun chegou fracassavam em seus comparecimentos e iam minguando cada vez mais até finalmente serem exilados ou executados. Apenas um desafiava o processo — e, ao fazê-lo, desafiava o PCO: Symun Dévúsh, o roceiro, o caipira do mato, que, ao aterrissar na prisão, fazia tanta idéia da cidade onde se encontrava quanto um verme faz do fruto que está carcomendo.

Por três longos anos Symun vinha efetuando seus comparecimentos. A pesada roda que usava em torno do pescoço provocara-lhe dois espessos calos na ponta dos ombros. Por vinte e sete dias a tensão gradualmente aumentava, até que na manhã do vigésimo oitavo dia não se aproximava de comida alguma, tampouco da fumaça de estorapeitus. Então os guardas o arrastavam perante o examinador, ele recitava as corridas e os pontos designados, e o alívio vinha por um ou dois dias, até que o inexorável circunlóquio principiasse novamente.

Ao inquirir todo voador que sofria uma redução, Symun descobrira o que evitar. Nunca responder ao examinador; nunca reagir ao que quer que fizesse — por mais absurdo que fosse; nunca comparecer diante do examinador negligentemente trajado, cheirando a comida ou estorapeitus. Os fracassos alheios foram revertidos em vantagem própria, as mutilações deles mantiveram-no inteiro, as mortes de outros garantiram sua vida.

Symun aprendeu outras coisas com os colegas voadores condenados — havia a voação antiga e a nova. Havia voadores que alegavam que Dave continuava vivo e caminhava entre os papais e mamães de Ing sem ser reconhecido, à espera de um tempo em que derrubaria o PCO.

Havia outros — como os plaquistas — que afirmavam que o Livro não poderia ser compreendido sem o uso de outras relíquias antigas desenterradas do solo ou colhidas do mar. Havia aqueles que ingressaram nos domínios crepusculares da idolatria e adoravam pedaços retorcidos de metal velho, sinais quase ilegíveis — até mesmo os próprios tijolos londrinos. Além disso — e esses sectários estavam fortemente representados entre os voadores aprisionados —, alegavam que Dave não passava de um sujeito comum em outro Livro, escrito pelo Deus verdadeiro e único. Esses hereges fracassavam de livre e espontânea vontade em seus comparecimentos para serem mortos na Roda.

Os mais numerosos dentre os voadores, contudo, eram de longe aqueles que alegavam ser capazes de conversar com Dave diretamente por meio de seu próprio interfone, sem qualquer intercessão dos motoristas do PCO. Ao conversar com esses voadores, Symun identificou que, assim como ele próprio, também eles guardavam uma maternalidade secreta alojada dentro do peito — que no entanto era acessível.

Os voadores vinham de toda a Ing e de todas as camadas da sociedade. Havia advogados nobres, que com doação do próprio rei outrora haviam possuído grandes conjuntos nas ilhas do oeste. Estes eram arrastados sob protesto através dos imensos portões e jogados no pátio lamacento, seus vestuários finos sujos e rasgados. Havia agricultores heréticos, pequenos fazendeiros robustos dos burbs em torno de Londres que eram puxados à força para ter os tênis arrancados às gargalhadas pelos prisioneiros. E havia camponeses de pés descalços, sem dinheiro, vantagens ou ligações, roubados e maltratados por todos.

Pois na Torre o mundo fora virado do avesso e os patifes da cidade tornavam-se os senhores. Symun, que contava com a proteção de um desses advogados criminosos, ficou livre de ser molestado e conseguiu até mesmo juntar um pouco de mânei, pesadas moedas de cobre e prata que podiam ser trocadas por todo tipo de bens e serviços — e, de sobeja importância, uma câmara própria. Quando Terri viu que o amigo estava bem acomodado, encorajou Symun a falar de Ham e dos eventos que o haviam conduzido a Londres. E foi assim que o Fulano apareceu mais uma vez entre os pais.

A notícia do profeta se espalhou por toda a Torre. Como presumira Symun, acertadamente, não era contra o Conhecimento que os londrinos mostravam resistência, mas sim contra as exigências do tirânico PCO. A nova mensagem recitada pelo Fulano era simples e ele agora a adaptava para que fosse compreendida por todos os papais e mamães, de qualquer estrato. O segundo testamento de Dave estava livre da linguagem bombástica e da algaravia mistificadora que caracterizava o próprio Livro. Era uma fé cotidiana para todos, que não demandava autoridade alguma — motorista, examinador ou fiscal — como interfone entre pai e Dave. Era também um credo que exigia de seus adeptos que soubessem ler, a fim de poder distinguir entre a verdade e a falsidade — entre o aranzel do antigo Livro e a clareza do novo.

Assim, o Fulano arrebanhava passageiros entre os prisioneiros e estes, por sua vez, misturavam-se entre os londrinos e levavam a doutrina adiante, escrita em pedacinhos de aquatro ou então retida na memória. Os agentes do PCO, que contavam com guardcams por toda parte, e que procuravam por voação e cisma com olhos fanáticos, foram entretanto pegos de surpresa pelo Fulano. Esperavam que tais doutrinas fossem promulgadas pelos seus próprios motoristas e examinadores, homens de Conhecimento que porventura houvessem se desviado de seu caminho. Ou então imaginavam-nos chegando pelo mar, vindos das *highlands* dos suíços e francos, onde residiam os inimigos do rei. Que um simples campônio dos rincões mais remotos do arquipélago houvesse disseminado a peste da dúvida bem no coração de Londres, dentro da própria cidadela, não lhes ocorreu senão quando já era tarde demais.

O arquimotorista do PCO, em mantos formais esquartelados em vermelho e branco, e brasonados com o emblema da Roda, compareceu diante do rei durante os atavios da manhã. Depois que os cortesãos se dispersaram, os dois deram uma volta por Westminster Hall. Campônios escrofulosos e ciganos eram mantidos por um destacamento de acompanhantes do rei atrás de uma corda de veludo. Uma mamãe de mediana extração estendeu uma criança, e o rei concedeu-lhe a graça de seu toque, então um fone presenteou-a com um amuleto do Menino Perdido. O bobo da corte dava cabriolas, batendo em um tambor e marcando o ritmo:

Un peh nu saku
Un peh, eh u kieh
Un peh nu saku eh kieh.

O rei estava em pleno vigor da meia-idade, o arquimotorista era um avô encanecido que tinha de trotar para acompanhá-lo.

— Temo, vossa majestade, ofegou ele, que esse Fulano esteja juntando forças com outros inconformistas, no Instituto, nos Foros da

Garagem — talvez até mesmo nos Abrigos. É um cisma dos mais perigosos. Felizmente, temos um agente no próprio Instituto que é próximo dos sectários. Vamos enviá-lo à Torre para agir involuntariamente como nosso informante. Outros, estou certo, também virarão a casaca. Estou confiante de que podemos eliminar esses papais ímpios e mamães chellish, como fizemos no passado.

— Não queremos mártires, disse o rei, com essa voação tão disseminada, mártires seriam demasiado perigosos. Devemos oferecer a vida em troca da confissão, aos que o fizerem. Suas posses devem ser confiscadas, e igualmente perdidas suas posições. Exílio e estigma serão seu destino.

— E quanto a ele, o próprio Fulano?

— Bem, deve voltar ao lugar de onde veio, ou perto. Qualquer lugar convenientemente remoto. Deixemos que meu advogado de Chil decida exatamente onde, pois a ele cabe a responsabilidade nesse assunto, bem como contribuir para sua solução.

— Uma solução assaz simétrica, vossa majestade, disse o arquimotorista, pressionando a bola de fragrâncias no velho nariz bexiguento. Assaz simétrica.

～

O motorista e Mister Greaves observavam os enfermos de Chil sendo escoltados regato acima para o travelodge. O vidro que envolvia Ham estava dramaticamente fendido, um canal azul estendia-se acima da praia e, ao sul dele, nuvens brancas achatadas flutuavam, fileira após fileira, enquanto ao norte uma massa socada, cor de magenta, amontoava-se acima das árvores. Haveria lavarrapidu antes do cair da noite. O abate do moto talvez precisasse ser adiado.

— Como tem passado, Retrovsor? perguntou Mister Greaves, esticando as pernas endurecidas.

— Bem, obrigado, grunhiu o motorista.

— E seus passageiros, como vão?

— Incultos como sempre, escarneceu o motorista, perdigotos salpicando o espelho. Ignorantes, venais, idólatras. Eles profanam este lugar, que deveria ser uma ilha de gente abençoada.

— O que gostaria que eu fizesse, como representante de meu advogado de Chil, para corrigir isso?

— Minha direção, Mister Greaves, restringe-se a ter educado os rapazes em alguma medida, desse modo afastando-os de sua associação afrontosa com os motos imundos. Preciso de um professor, Mister Greaves, é disso que preciso para dar um basta a suas superstições. Preciso também de um cirurgião, é impossível para mim observar sua saúde espiritual e seu bem-estar físico ao mesmo tempo, algo que está muito além de minhas forças.

— Um professor e um cirurgião, hein? Não é pedir muito! Ninguém senão os mais elevados — o chofer fez uma leve mesura — iria de bom grado se exilar nestas plagas remotas. Mesmo que eu fosse capaz de lhe encontrar tais pais, muito provavelmente estariam comprometidos.

— Comprometido, bêbado, bicha, voador — pouco me importa, Greaves, pouco me importa. Envie-me alguém, e por mais rebelde que seja, tenho confiança de que serei capaz de confinar suas aspirações a estes poucos cliques. Resta-lhe alguma dúvida, chefia — o corvo velho curvou-se sobre o chofer e fixou nele os olhos amarelos —, sobre a vontade de quem vai prevalecer?

Hesitou entre uma rua e outra e o examinador o reduziu para catorze dias. Parou em um cruzamento durante o próximo comparecimento e foi mandado para ser julgado. O julgamento era inteiramente *pro forma*. O velho testemunho de Mister Greaves era tudo de que necessitavam para estabelecer a culpa de Symun Dévúsh. Nenhuma referência se fez a suas atividades presentes, nenhuma defesa foi permitida. O examinador-chefe sentenciou-o em mokni arcaico: Ki seja kebradu na Roda. Ki tenha uzdedus kebradus, afronti marcada, alingua kortada, iki seja eziladu.

Na longa terceira tarifa transcorrida antes de sua sentença ter sido proferida, o Fulano acomodou em sua câmara o máximo de discípulos que foi possível e admoestou-os: Mutícimu kuidadu, todusvoceis — u Pesseoh istah atraiz di voceis todus. Fikein nassurdina, dibiku fexadu, ikuandu mi kebrarim, fikim foradiçu. Contudo, eram incapazes de lhe obedecer — amavam-no demais. Quando os guardas carregavam a Roda para o pátio, os pais comovidos com o Fulano ficaram sob o espesso lavarrapidu e os provocaram. Outros guardas trouxeram Symun arrastado, seus pés abrindo sulcos na terra batida. A exemplo de sua partida de Ham, o chefiador se recusou a deixar que ficasse de pé ou se dirigisse aos prisioneiros, por temor de suas palavras inflamadas. No silêncio pesado que se abateu enquanto o voador era amarrado à Roda, os gritos penetrantes dos falcoeiros além das muralhas da Torre podiam ser claramente ouvidos: Ivers! Marmi! Ockings! Vai, Eterkins cuss-taaard!

Dessa vez, a grande Roda continuou em movimento, cada vez mais rápida. A cabeça do Fulano girava e girava, até as veias de seu cérebro explodirem e o sangue inundar suas lembranças todas. Os prisioneiros comuns apontavam os detalhes dessa tortura deliciados, como o público de uma rinha: Ólia, elinguliu alingua! Os passageiros do Fulano caíam de joelhos e choravam.

Foi uma longa noite de arenki em Londres. Os guardcams do PCO iam de porta em porta pela cidade, furtivos e eficientes. Eruditos, comerciantes, artesãos, trabalhadores comuns e um punhado de advogados. Ao todo, cerca de duzentos papais e mais um tanto de mamães foram considerados conspurcados pela voação do Fulano. Sob tortura, todos confessaram.

Puxaram a língua de Symun Dévúsh afundada em sua garganta e socaram seu peito para fazê-lo respirar. Em seguida, esticaram o órgão da fala até a raiz e o cortaram. Enquanto gorgolejava com o próprio sangue, quebraram as juntas e nós de seus dedos com uma clava punitiva. Depois, estigmatizaram-no com um V de voador na testa. Finalmente, quando desfalecia, próximo da morte, foi levado de táxi para a Ilha dos Cães e jogado a bordo de uma balsa. A embarcação aguardou junto às ruas londrinas naquela noite e nas primeiras unidades da primeira tarifa um segundo exilado foi transportado até ela no pedalinho do prático.

Esse bicha não tinha ferimentos nem correntes. Carregava consigo uma volumosa portatudo e como proteção contra o arenki gelado usava um pesado troçopano de bubbery com uma capa de oleado sobre os ombros. Assim que subiu a bordo, o bós levou-o a sua cabine para uma conversa: Minhazordens saum soh dilevah você assalvu pra Wyc, ondi devu disimbarkalu. Naum fassu idéia di kem você eh o dukifeiz, véio, intaum siga az regras diminha balsa itudu vai ficah bein. Maiz tentialguma koiza ivai siavê kumigu, ólrai? Antonë Böm balançou a cabeça vagarosamente, ao mesmo tempo que cofiava a barba prematuramente branca. Presumia que outros haviam sofrido destino muito pior naquela longa noite e — embora sem compreender os motivos daquilo — não achou nada ruim sua fácil fuga.

Pelo restante daquele arenki, Böm permaneceu no Castelo Pulapula de Wyc. Servindo de tutor para algumas crianças do chofer ali domiciliadas, tratava as enfermidades tanto de pivetes como de servos, na medida em que estivessem dentro de suas capacidades. Nada sabia sobre o prisioneiro que apodrecia nas masmorras sob seus pés. Quando chegou a germinagem, um pedalinho partiu de Wyc. Era uma embarcação leve e rápida, pedalada pelos servidores mais próximos e confiáveis do advogado. Carregava um único passageiro, e fixou o curso rumo ao último dedo de terra que apontava da ilha desabitada de Barn na direção de Ham.

Três meses mais tarde, quando os dias ficavam mais longos para ir de encontro ao solstício de verão, um outro pedalinho, muito maior, rumou na direção sul. Essa embarcação pertencia a Mister Greaves, o chofer de Ham, e era tripulada por seus pais. O curso foi fixado primeiro para o geminado do chofer, em Stanmaw, onde seriam carregadas mercadorias, juntamente com os passageiros doentes do Abrigo. Pois Ham era a última parada e, no estreito banco de pedaleiros da proa, ia encolhida uma figura roliça, os óculos refletindo o farol alto. O novo professor e cirurgião dos hamsters que o motorista havia solicitado enfim estava a caminho.

8
O *shmeiss ponce*

Setembro de 1992

O passageiro se recostava no Bank of England. O prédio encardido, com suas paredes de ranhuras e balaustrada serrilhada, era uma enorme moeda de cobre jogada na City. Ele acenou preguiçosamente com o dedo erguido, chamando o garçom, e Dave girou o volante do táxi para parar atrás de uma van que regurgitava papel higiênico. O passageiro — alto, *upper class*, cabelo cor de areia, de terno — moveu-se lentamente em direção à rua. Enquanto se acomodava no banco traseiro, Dave esticava os ouvidos para os sons da City. Daria para ouvir as conseqüências da terrível carnificina do dia anterior? O gorgolejo final dos resíduos de quinze bilhões de libras que haviam sido sugados em suas salas de negócios? O suor e o queixume dos concertistas de pianos plásticos, em mangas curtas, teclando o blues da ruína? Não, havia somente o murmúrio da vacuidade urbana cotidiana.

"Pra onde, chefia?"

"City of London School, sabe onde é?" No espelho retrovisor, o rosto úmido do homem cor de areia contradizia seus modos secos.

"Sem problema."

"Não que... humm, eu não... Vou pegar meus filhos lá, depois a gente volta pra Liverpool Street, ólrai?"

"Sem problema." O homem-areia sumiu atrás do *Standard*... *Eu tava achando que era um perfeito yuppie, mas vai ver que desceu um pouco na vida...* Dave quase ficou com vontade de dizer como as coisas andavam mal para os negócios. *Não dou conta da porra das contas, velho, não venço. A hipoteca é o pior de tudo... o-custo-de-vida... e o táxi também custa mais do que só o aluguel, tem a manutenção, o diesel, peças, tô falando, tem dia que é melhor ficar em casa, pelo menos eu ficava sabendo o tamanho do preju. A gente é o próximo na porra da cadeia alimentar, velho, pode crer — sua turma aperta o botão errado, vende a descoberto em vez de vender a coberto, ou sei lá que merda, e a gente é que paga o pato.* Quando chegaram na Queen Victoria Street, o homem-areia largou a pasta estufada no banco de trás — um repositório de confiança. Ele empatou o tempo de Dave — percorreu vagarosamente o caminho que levava à escola, que estava atracada ao Embankment como um cruzador de tijolos vermelhos. DOMINE DIRIGE NOS... Havia tempo suficiente para Dave ler a placa em seu casco imobilizado. Tempo suficiente para Dave polir seus ressentimentos e vê-los brilhar.

O Fairway já não brilhava mais. Quando Dave comprou o táxi, prodigalizava-lhe atenção, lavando, encerando, esfregando pessoalmente a flanela num frenesi auto-sexual. O carro era — pensava — um reflexo frio, escuro, do homem que ele era. Agora, constituía uma agonia esfregar e limpar as laterais negras daquela coisa que passara a odiar, então levou-o para a garagem, onde um dos rapazes de Ali Babá deu-lhe um trato sem amor.

No começo do ano, o taxista andara tirando no mínimo setecentas libras por semana. *Setecentas pilas, velho, caralho, sem piada, tarifa dobrada no domingo...* Daí o BCCI[*] quebrou. *A turma trincada de pó, pra mim nunca pareceu um banco, de qualquer jeito, lembro de transportar aqueles yuppies velhacos pros apês deles na Cromwell Road, só sorrisinho — gorjeta, porra nenhuma...* E a curva do desemprego saltou pros três milhões. *Tanto faz, os tóris ainda iam estar de volta em abril seguinte, bando de vagabundos, metade comendo as secretárias, a outra metade levando por fora...* Então, em junho, o Lloyd's perdeu dois bilhões. *Até concordo que eram um bando de mauricinhos retardados — felizes da vida em assumir toda a responsabilidade até a merda voar no ventilador, mas não eram só uns nomes no jornal pra mim, velho — eram passageiros...* Daí, no mês passado, a bolsa *vai pra casa do caralho.* Cinco bilhões em ações liquidadas numa manhã e do que o touro precisava era de *um belo isqueiro no lombo — tarde demais, o bicho já virou urso... Daí, irlandeses de bosta por toda a loja, com seus caminhões basculantes de merda cheios de adubo. Bomba na NatWest Tower, bomba na merda da Victoria Street — eu jogo a culpa... na minha esposa...*

---

[*] Bank of Credit and Commerce International, banco de prestígio fundado em Londres, que faliu após denúncias de corrupção, lavagem de dinheiro e outras fraudes. (N. do E.)

Tudo isso é só fanfarronada, confissões atrás do pára-brisa de um táxi, como se ainda tivesse um passageiro sentado no banco traseiro, ouvidos esticados para a portinhola do motorista. Quando a coisa sossega, Dave fica a sós com seu eu diminuto: um homenzinho enorme e semicalvo com medo de encarar a própria fachada rala no retrovisor... RECRIE SEUS CABELOS... DESENVOLVIDO NO JAPÃO — *mas pra quê? Nunca vi um japa careca*... TRANSPLANTE FIO A FIO DE ÚLTIMA GERAÇÃO, COM TECNO-IMPLANTAÇÃO CAPAZ DE RECRIAR SEUS CABELOS E PROMOVER UMA APARÊNCIA INTEIRAMENTE SAUDÁVEL E NATURAL NO ALTO DE SUA CABEÇA. A TECNO-IMPLANTAÇÃO SE INTEGRA PERFEITAMENTE A SEU COURO CABELUDO E O PROCEDIMENTO PODE SER REALIZADO AO LONGO DO TEMPO, SEM QUALQUER CIRURGIA, E NINGUÉM PRECISA SABER... LIGUE PARA A WIGMORE TRICHOLOGICAL CLINIC AGORA MESMO. AGORA MESMO!

O medicalês da redação tornou-se os pensamentos privados de Rudman, um pábulo a ruminar: boas-novas sobre a queda de cabelos. *Quem sabe, s'eu tivesse, o tesão dela por mim voltava...* Porque tem tudo a ver com ele, o jeito como Michelle vira para o outro lado na cama em que ainda, misteriosamente, dormem juntos, e se afasta para a beirada mais distante do colchão, onde se enrola no cinto de castidade de plumas de ganso.

O taxímetro seguia tiquetaqueando. *Cristo, como tô cansado...* *O pequeno* tinha quatro anos, agora, mas estava levando muito tempo para Dave se recuperar de ser acordado altas horas da madrugada. Na época em que trabalhava até tarde da noite, ele chegava e já ia logo desmaiando, para em seguida pular da cama no tranco, com o choro vindo da floresta da sonolência. Dave abria uma picada em meio ao vergaste dos galhos da fadiga para chegar ao berço onde Carl se debatia e fungava. E mergulhava num estupor conforme, repetidamente, sua noite era quebrada em dois ou três pedaços. *É assim*, ele se dera conta, *que um soldado se sente em combate...* Foi então que a face egoísta de Dave levou um forte tapa do heroísmo prosaico da paternidade. E o tapa ainda doía: *A gente devia ganhar uma merda de medalha... Carrinhos de bebê perfilados diante do Cenotáfio, empurrados por mamães exaustas de gozar, as bundas arrebitadas pra serem comidas outra vez.* O primeiro-ministro dá um passo adiante — um corretor de seguros marcial, o cabelo um capacete de aço — e espeta condecorações em forma de mamadeira, biquinho no biquinho.

Os meninos do Homem-Areia eram duas versões dele mesmo: um, espichado, um varapau desengonçado tensionado pela adolescência, pontilhado de espinhas ditosas no queixo desproporcional; o outro, compacto, gorducho até, a franja loira luxuriante caída sobre os olhos atoleimados. O Homem-Areia disse, "Então prá Liverpool Street, motorista", e Dave respondeu, "Sem problema", porque QUERIA desesperadamente que NÃO tivesse PROBLEMA. *Na City, se tiver uma rua fechada por causa de obra, você fica contornando um puta tempão... Sair à direita na Queen Victoria Street, sempre reto, Threadneedle Street, esquerda, Bishopgate...* Dave tinha certeza de que aquele era um pai de meia-semana: o Homem-Areia estava ansioso demais em perguntar sobre professores e rotinas, acompanhar os ritmos acelerados de vidas irremediavelmente perdidas para ele, os *paradiddles* de jovens corações. *Como é*, Dave quis perguntar, *ser tipo um pedófilo, arrastando esses moleques pro seu barraco de pervertido no mato pra um programa de Uma Noite Só?*

A Liverpool Street estava *uma puta zona* de tanta reforma e construção. A fachada vitoriana era demolida, uma nova, de granito lustroso, subia no lugar. Lá dentro, um transepto de baias estreitas e estandes de calcinhas era montado ao final das plataformas. *Na velha Victoria Station, rodopiavam bandos inteiros de pombos sarnentos, tudo era fumaça e fuligem, pilares de ferro espigavam rumo ao teto de vidro encardido... Papai costumava me levar para o Cartoon Cinema... Me deixava lá, enquanto ia até o hotel do lado por algum tempo...*

Para chegar ao ponto de desembarque, Dave teve de lutar com o volante, manobrando através dos corredores temporários de andaimes e lonas, sacolejando sobre obstáculos emborrachados. O Homem-Areia sacou o vintão muito antes de Dave parar. Ele dobrou a nota em uma tira que torceu entre os dedos hábeis, depois esticou o origami monetário para Dave. *É gozado o jeito das pessoas mexerem no dinheiro, brincando, tocando... não é assim com nenhum outro negócio...* "Não tem mais trocado, chefia?"

"Não — desculpe." O Homem-Areia apanhou o troco e os três desapareceram sob o alarido da estação. *Veado de merda — punheteiros mirins...* O sujeito esquecera de dar gorjeta. Assim que encostou na fila, Dave teve de esperar um bocado por outro passageiro, mergulhado na escuridão fedendo a diesel. Ele reconheceu uns poucos rostos indistintos nas janelas próximas, da freqüência esporádica a abrigos para taxistas, ou de algum almoço engolido às pressas no Café Europa, na King's Cross — mas ninguém com quem quisesse conversar. *Só iam reclamar... Choradeira de merda...* Odorizadores de ar Magic Tree pendiam dos retrovisores. *Todos esses sujeitos crescidos, perdidos numa bosta de minipinheiral...* Dave pensou em Benny, seu avô. *Bem que eu gostaria de vê-lo.*

⌇

CLARINS NA HARVEY NICHOLS fez Michelle parar. CLÍNICA DE TRATAMENTO DE PELE. ROSTO, SEIOS, CORPO E SOL. TERAPEUTAS TREINADAS. *É, sei...* Cinco turbulentos anos de casamento haviam lhe rendido um monólogo interno pirático; ela fica de pé no convés inclinado de sua consciência, brandindo a língua como um florete. *Tá muito mais pra teraputas treinadas. Garotas vindas de Bromley e Selhurst, Traceys e Sharons sem a menor idéia do que passa em seus cérebros de ostra, a não ser o pau do Darren e aí-ela-disse-ele-disse...* TRATAMENTO FACIAL DESINTOXICANTE E MANICURE. *Mesmo assim, preciso admitir que parece bom.*

Michelle parou de esquadrinhar o *Standard* para observar o cruzamento nebuloso da Kentish Town Road com a Leighton Road: o horror neogótico do pub Assembly Rooms e um pavilhão maluco com teto de vidro e pilares de ferro fundido sob o qual se esparramavam mendigos como paxás da imundície. Carl afundado a seu lado, fitando um damasco. "Vamo', querido", disse Michelle, "é gostoso, tipo um doce." O menino de quatro anos deu uma mordida duvidando abertamente, seus — dela, na verdade — traços bonitos e sardentos retorcidos de nojo. "É ruim", ele disse e cuspiu. REVIGORANTE XÍCARA DE CHÁ DE ERVAS. *Se eu não sair desta merda...* Apanhou o pedaço amarelo melado na camiseta de Carl e enfiou na boca... *Vou acabar fazendo besteira.* DELICIOSO COQUETEL DE FRUTAS.

Nos dois dias e meio por semana que Michelle cuidava do filho ela tentava assegurar que Carl tivesse uma dieta balanceada — bastante fruta, nada de refrigerante, verdura, pão integral. Havia acompanhado debates sobre vacinação. Lutara pela necessidade de uma creche adequada. A ironia era que, agora que as coisas já não estavam mais tão ruins assim entre ela e Dave, sentia mais do que nunca que o deixava.

Logo que a gente se casou, tava tudo bem. Ele... mexeu comigo... Compraram a casa na Kingsford Street em Gospel Oak. Nas aulas da National Childbirth Trust,* dadas por uma mulher chamada Sarona

---

* NCT, grupo de assistência que auxilia casais durante a gravidez e nos primeiros dias após o nascimento da criança. (N. do E.)

em sua sala de estar infinita nas colinas de Hampstead, Michelle não só aprendeu a respirar, como também aprendeu a ser uma mulher diferente. *Dave não podia me acompanhar, trabalhava o tempo todo... Mas Sarona, sim. O estilo dela era perfeito... uma postura linda... calças pretas, jóias de prata martelada... nada vulgar... os xales delicados... o nariz persa, aquilino mesmo... eu nem sabia o que aquilino queria dizer, antes disso... Quando voltei a trabalhar, tinha um negócio diferente... uma seriedade... um equilíbrio... ter um filho ajudou... fiquei grata a Dave pelo... pela postura toda. Não quer dizer que deixem de desprezar você ou de olhar pros seus peitos, mas quando você vira mãe a atitude deles fica mais... mais vagarosa, mais óbvia, mais triste.*

O ônibus 214 parou com um chiado pneumático e num sobressalto de surpresa ela puxou Carl para entrar e pagou a passagem, agarrou a criança e afundou no banco sob o rumor monótono do veículo pela Highgate Road. O movimento de parque de diversões fez o garoto rir e ela deu um chupão em sua bochecha. "Lindo", disse Michelle. "Meu lindo — meu Lindão." Mas aí, olhando para baixo, Michelle viu que a saia de motivos florais estava erguida acima do deprimente espetáculo de cortes de gilete e pêlos depilados em uma perna. MAQUIAGEM DESLUMBRANTE PARA A NOITE.

Não me parecia... achei que tinha sofrido o bastante... Não dava pra agüentar o toque desajeitado de Dave a menos que eu estivesse bêbada... e quando... Eu... O pau... Ele... Ele sempre disse que tinha... cortado... dúvida razoável, não é assim que os advogados chamam isso? Eu devia ter contado pra ele... Dave... contado pros dois... mas eu tinha jurado, não é? Além do mais, era ele *quem tava pirado naquela época, bebida, pó, sabedeusmaisoquê... Que que ia adiantar? Quatro puta infelizes, em vez de dois?* CREME DE BELEZA PARA SAIR À NOITE.

～

Ela confunde o cu com as calças... Não sabe a diferença entre Hackney e Ealing... Morou na porra de Londres a vida toda e se o metrô tiver entupido, os ônibus pararem de rodar e não tiver um motorista de táxi pra levar ela, não consegue voltar do trabalho pra casa... sem noção. Sem Conhecimento nenhum... Entrou no hospital de manhã... em plena luz do dia... O que já era clínico ficou ainda mais frio... Quem sabe teria sido... mais... aproximado mais a gente... se fosse de noite. Esmagado na cabina enfumaçada, Dave acendeu outra bituca de puro filtro. Fez uma careta, lembrando do rastapé espasmódico com sua esposa, gemendo através do linóleo rodopiante da sala de parto.

O que se esperava de um pai ansioso era ouvidos a postos para o Recém-Chegado. No evento, não havia espaço para Dave entre o emaranhado de tubos e o suingue de mãos treinadas. O rosto de Michelle estava lívido de fadiga, prostrado pela agonia, toda a fisionomia contorcida para um lado só, *como uma raia ou um linguado.* Tão distante dele, pensou Dave, nas profundezas do mar feminil. Quando, no momento crucial, curvou a cabeça para onde rudes toalhas de papel marrom haviam sido espalhadas, à espera, topou com o rasgo e o jorro — então, aquela outra fisionomia contorcida para confrontá-lo. Fucker Finch dissera: "É gozado, saca, maiz cê vai reconhecê ele logo de cara. Porque cum uz meus foi tudo assim. Eu pensei, puta, *é você...*". Mas Dave não reconheceu o fruto reluzente e miraculoso, de jeito nenhum; aquilo caíra de uma árvore estranha.

Para ser justo, Dave Rudman não tinha qualquer paradigma para o nascimento de uma criança. Tentou conversar com seu pai nos fétidos dias finais, quando a protuberância de Michelle o pôs para fora de casa. "Eu tava em Tadcaster no dia em que você nasceu", lembrou Paul, pincelando transcriptase no copo de cerveja com o lábio inferior úmido.

"Por quê?" Dave estava perdido. "Você tinha máquina lá?"

"Não, não seja burro, tinha um páreo bom naquele dia, sua mãe não ia me querer no raio de um quilômetro do hospital — com Sam e Noel foi a mesma coisa. Telefonei, vi se tava tudo arrumadinho, daí pus quinhentos paus nos dois últimos. Aposta dupla — você foi um sujeitinho pé-quente pra uma fezinha."

Pais — sempre ausentes; já as casas — elas duram. Sobrecarregadas de reboco, MDF e emulsão; castigadas por lixadeiras e brocas; cutucadas por encanadores e eletricistas — saem de toda essa provação muito mais fortalecidas. Como tantos outros, Dave e Michelle haviam depositado suas esperanças em uma casa: seria seu repositório de fé e confiança. Dave fazia sua parte e como recompensa tinha fettuccine e salmão ao forno, um ocasional copo de vinho branco, uma descascada meia-bomba no sábado de manhã.

Porém, o estranho era que, quanto mais Dave pintava, martelava e parafusava, mais a coisa finalizada era dela — só dela. Michelle tinha o dom de se apossar fisicamente das superfícies laminadas, dos azulejos e até das minúsculas buchas usadas para prender os porta-toalhas nos armários de cozinha. Quando estava em casa, estava na casa, em cada canto dela, ao passo que ele era sempre um hóspede.

Indo a pé à loja de ferragens em Southend Green, para comprar alguns spots, Dave notou um delivery indiano. A placa acima da porta aberta dizia: MUNDO DA PIZZA E MUNDO DO CURRY — O MELHOR DE DOIS MUNDOS. Espiando lá dentro, seu queixo caiu — viu Faisal, o colega de escola em Woodside Park, ocupado atrás do balcão. O nerd fadado a virar médico, com cabelo na altura do ombro, espessas costeletas e bata psicodélica. Espalhando pimentão vermelho picado sobre a massa crua, assobiando.

Não tinham sido amigos, arisco Faisal. Dave ficou surpreso em vê-lo tocando o estabelecimento *ghee* — e o disse, para o outro. Ser médico, não era esse o sonho dele? O homem murmurou alguma coisa sobre família. Morte. Obrigações. A partir daí, sempre que as coisas ficavam muito tensas em casa, ou a premência cloacal do ambiente o excretava de lá — mãe, sogra, bebê, três grandes mãos competindo pra ver quem apertava um minúsculo botão —, Dave fugia para o Two Worlds, onde, numa mesa redonda capenga coberta de tablóides amarelecidos, comia tudo que Faisal depositava a sua frente. Lentamente, os dois relaxaram e a amizade surgiu — uma proximidade desfocada, como se estivessem sentados lado a lado na margem do rio, a pesca um pretexto para a intimidade.

Dave presumiu que o novo amigo fosse tão irreligioso quanto ele, contudo, poucos dias após começar a freqüentar o Two Worlds, topou com Faisal de joelhos entre as duas prateleiras de refrigeração, fazendo reverência na direção da Holloway Road. Dado o ritmo glacial da confiança masculina, levou mais dois anos para Dave descobrir que a relação de Faisal com o Alcorão não se resumia a curvar o corpo, mas que era um crente altamente avançado na verdade literal do antigo texto. Enquanto Dave mastigava sonoramente em plena Tempestade no Deserto, o proprietário do Two Worlds iluminava-o acerca da completude da própria submissão: estava tudo no Alcorão, nos mínimos diagramas dos microcircuitos de cada ogiva. "Você não acredita de verdade nisso, acredita?", censurou Dave.

"Pode crer que acredito, porra. É... é tipo uma planta, Dave, esse livro, é... tá tudo ali dentro, tudo que foi, tudo que vai ser. Uma estrutura lógica: 'Não existe Deus senão o Deus', é a primeira proposição — tudo mais vem depois, na lógica, na perfeição, inclusive bomba inteligente, engenharia genética, toda essa merda."

"Dá um tempo, velho! Cê não pode, quer dizer — era pr'ocê ser um médico, um cientista, tem que entender que um sujeito, há milhares de anos, não podia, de jeito maneira..."

"Um sujeito não, Dave. Deus."

Quando Michelle terminou a licença, Dave passou a trabalhar como radiotáxi. Achava que o dinheiro seria mais regular. Era, mas ele não agüentava dirigir com o ouvido exposto à sordidez melíflua do aparelho. Não agüentava ouvir os outros motoristas negociando corridas entre si, alegando no rádio estar onde claramente não estavam, *como se dirigissem uma merda de táxi invisível*. Chegava em casa mais irritado do que nunca, estourando por qualquer bobagem. Passou a trabalhar à noite — mais tempo com o menino, menos com ela. Logo passou a ser difícil Dave encontrar Michelle — os dois pares de pés co-existiam na cama por um par de horas, depois *ela dava linha* para o West End, onde comparecia a reuniões em *aquários de vidro fumê... a vagabunda. Abandonando nós dois.*

À noite, Dave fazia as estações principais — Victoria e Paddington, quase sempre. O oeste de Londres era um pouco mais quente no inverno, mais bem iluminado, menos suscetível ao frio dos éons. Os passageiros mofavam sob as lâmpadas de sódio. Na traseira do táxi, apoiavam-se em sua bagagem, e Dave os levava de volta a Wembley, Twickenham e Muswell Hill. Ou então eram turistas com destino ao Bonnington, ao Inn on the Park ou ao Lancaster — lúgubres celeiros humanos, onde camareiras adejavam pelos saguões, caixões acartonados de flores fenecidas aninhados em seus braços. Na hora de tirar água do joelho, estacionava em algum café vinte e quatro horas de Bayswater e ficava lendo as notícias do dia seguinte, enquanto cidadãos mais sólidos permaneciam na cama, à espera de que elas acontecessem. Os colegas noctâmbulos eram parcos — exibindo o rosto de comediantes esquecidos, sem graça e sem amor.

Dave levava drogados atrás de pico à All Saints Road, putas atrás de trepada ao Mayfair, viciados atrás de aposta à Gloucester Road, médicos atrás de incisão a Bloomsbury, subchefs atrás de carne ao Soho. Não notava nada, não guardava nada — ficava feliz só por dirigir, percorrer as ruas sussurrantes, sentindo a superfície sob os pneus mudar de macia para irregular, de irregular para esburacada. Nos amanheceres vazios, em que o Hyde Park fermentava de bruma, pegava-se rodando por Belgravia, um estoura-peito ósseo cravado na caixa craniana, e, vendo as pessoas à espera de visto — já a essa hora enfileiradas diante dos consulados —, ocorria-lhe que *são esses que levei faz umas horas... Num güentam ficar nesta porra, tanto quanto eu... Querem sair fora o quanto antes...*

∽

Michelle caminhou ressoando *clique-claque* pela Wigmore Street desde o metrô em Oxford Circus. Lançava olhares frios aos instrumentos de aço nas vitrines das lojas de equipamentos médicos. Pinças, fórceps, próteses — tudo arrumado com muito bom gosto diante de esqueletos de plástico. *Turma de Anatomia, 92...* sua cabeça já estava no trabalho. Michelle era a nova diretora de exposições. Licença maternidade ou não, a gerência gostava de seu novo estilo NCT, pois ela afiara seu ar natural de autoridade. No primeiro dia após voltar, estava no banheiro feminino aplicando uma segunda camada completa de maquiagem — os dias de sardenta haviam acabado. Dava para ouvir alguém estrepitosamente nauseado numa das baias. Uma mulher saiu. Estava pegajosamente macilenta, seu terno de lã era uma pele parcialmente trocada, embora o semblante exibisse incongruentes frescor e compostura. "Você deve ser Michelle Brodie", ela disse, ficando ao lado de Michelle diante do espelho. "Sou Gail Farber, vou fazer o *job sharing* com você. Como tem filho-da-puta aqui, hein?"

Carl — Michelle não gostou do nome, fora escolha de Dave. Quando ele sugeriu, ela deixou cair uma caneca cheia de Nescafé em um tapete branco. Depois, concordou, acolhendo sobre si mesma o fardo desse quase homônimo, devido apenas a um sentimento de culpa opressiva.

Olhar o bebê era o caos. Cath ficava uns dias, Dave, outros. Discutiam tanto sobre possessividade como abandono da criança. No trabalho, examinando previsões de orçamento, silhuetas dançavam ante os olhos de Michelle, para então ganhar nitidez e revelar Carl chorando no chão, com frio, sem roupa e esquecido. Ela arquejava de remorso pelas horas amenas de contar dedinhos do pé e acariciar pele sedosa.

Michelle não queria sua mãe chegando perto demais do bebê — Cath podia suspeitar do segredo. Assim, ela acabou sucumbindo a uma *au pair*, na esperança de que isso trouxesse ordem à casa. E trouxe, um pouco. A moça era uma frísia rechonchuda e imperturbável chamada Gertrude. Conscienciosa, adorava Carl, não saía à noite — preferia ficar em seu sótão convertido. Gertrude também passava um bocado de tempo na frente do espelho, aplicando o corretivo de Michelle, que, lamentavelmente, a castelã exigia para uso próprio.

Nas duas tardes em que Dave cuidava de Carl, levava o bebê para Heath. O pai o prendia no baby-bag sob a jaqueta aviador, de modo que tudo que dava para ver de Carl eram dentes metálicos rilhando feições alienígenas. Sempre que trocava o menino, Dave se espantava com as perninhas finas... *Eu era um bebê gordinho, mamãe dizia, Noel e Sam também... Essas pernas... não acho legal.* Mesmo assim, ainda gostava do bebê — sabia que sim. Imaginava que, com o tempo, reconheceriam um ao outro.

As pernas penduradas e o baby-bag deram lugar ao carrinho; assim, Dave andava e andava, recitando para o filho irreconhecível... *Pegar a direita em Parliament Hill, seguir descendo para Highgate Ponds, esquerda, Highgate Ponds, sempre em frente...* Na crista verde do maciço de Hampstead, onde o painel de carvalhos e faias mantinha a cidade circundante à distância, Dave podia relaxar, e escutar o acorde expansivo que o ligava à criança. Era o suficiente. Em noites como essas, conversava civilizadamente com a sogra, deixava uma bebida pronta para a esposa quando ela voltava do trabalho. Dava banho no bebê e empurrava a cadeirinha de balanço com o pé até que adormecesse.

Vendo Dave ternamente pegar o filho e carregá-lo para o berço, Michelle sentia que, embora fosse capaz de nunca vir a amar o marido, ao menos podia tolerá-lo... *e isso já tá bom, não tá?*

∼

Finalmente Dave apanhou um passageiro e, melhor ainda, que tomava o rumo nordeste, da Liverpool Street para Hackney. Dave o desembarcou na Mare Street, depois foi ver o avô. Estacionou o carro e subiu pelo interior ruidoso do Homerton Hospital. Ferrugem comendo as esquadrias das janelas, papéis de bala jogados nas escadas, fumantes furtivos de roupão soprando o ar podre dos pulmões junto às saídas de incêndio. *Mister Loverman, Shabba! Sempre me faz pensar em sexo, este lugar, me livra da porra da morbidez, não podia ser de outro jeito, podia?* Uma madrepérola de algodão sujo grudara no azulejo nacarado.

Junto ao leito de Benny Cohen havia uma tigela de bananas curvas, penianas. *Mister Loverman...* E a tia-avó de Dave, que era simplesmente Rachel, mas agora *Gladys*. *Mudar de nome já é esquisito, mas mudar pra Gladys, esquisito pra caralho.* Vestia um capote grosso e meias-calças frouxas. Os pés metidos em tênis de basquete eram gigantes, o nariz carnudo se contraiu na penumbra da enfermaria, uma rabdomancia do sofrimento. "Ai, David, David!" Ela afundou em sua jaqueta de couro. Dave sentiu o contato de ossos e cheiro de naftalina. *Quase uma mendiga.* Lembrou da casinha arrumada com inépcia em Leytonstone, as gavetinhas deprimentes dos armários de cozinha vagabundos, cada uma transbordando de sacos de papel cuidadosamente dobrados. Tinha oito gatos. "Seu avô vai fazer a travessia logo, David, vai cruzar o Jordão."... *Que Jordão?* Ele olhava para os calçados dela. *Miguel? Com que droga de crentes andou se metendo?*

Pensou em quando se casou. Tia Gladys trouxera Benny em um minicab do East End. Na recepção, dada em um restaurante metido na zona oeste de que ninguém tinha gostado, tia Gladys alugara os ouvidos dos convidados, empurrando-lhes folhetos de "Judeus por Jesus". Dave escutou quando dizia a Dave Quinn: "Tudo bem ser seguidor do Redentor, mesmo se você for do Povo Eleito, mesmo se tiver feito o *bar mitzvah*. Não acredite no libelo de sangue, meu filho, porque todos nós podemos expiar Seu sacrifício, podemos todos ser ungidos em Sua crisma e em Seu amor". Dave ficou comovido quando Quinn — que sempre vira como alguém basicamente mais para amoral — deu um tapinha na mão trêmula de Gladys e disse: "Obrigado, querida, pode deixar que vou dar uma boa lida." E então enfiou o folheto no bolso do terno.

Uma enfermeira apressada entrou e avançou para o fio de vida sobre o leito. Primeiro, checou o relógio prateado em seu pulso, depois ajustou os tubos presos a Benny. Ele se mexeu — a cabeça marrom cor de noz, enrugada como noz. Parecia que tinha sido escaldada, coberta de alcatrão, depois empalada num cigarro. "*Shmeiss ponce*", gemeu Benny.

"Você o quê, vô?" Mas foi tudo — os olhos do velho se fecharam outra vez.

Dave virou e se afastou. Através da janela embaçada dava para ver um pedaço do Hackney Marsh, gaivotas se engalfinhando em uma disputa de rúgbi. Gladys foi até ele. "Eu tenho conversado com ele, lido um pouco." Sacou um livro encadernado em roxo do casaco; havia um anjo dourado soprando um trompete estilizado dourado em baixo-relevo na capa.

"A senhora continua com... com..." Dave não suportava dizer. "...aquela gente?"

"Tou com 55 anos de idade", mentiu Gladys, "e depois de muito tempo minha busca, finalmente, me levou para o coração da verdadeira Igreja. Hoje eu sei que aqueles Judeus por Jesus, bom, foi só parte do caminho, por assim dizer. Agora fiz minha escolha, sou uma Santa, aceitei as Doutrinas e Convênios."

"Santa?", perguntou Dave.

"Da Igreja dos Santos dos Últimos Dias, que vocês gentios chamam de mórmons."

"Putaquepariu!", protestou Dave, e depois outra vez, "Putaquepariu!"

"Não precisa blasfemar, David, não mesmo. Quem sabe se você tivesse aceitado Cristo na sua vida, as coisas não tinham chegado nesse pé."

"Que que cê quer dizer com isso?" Dave fitou de olhos esbugalhados os olhos azuis malucos de Gladys. "Que é que minha mãe andou falando?"

"Só que... bom... não é meu papel." Gladys cruzou as mãos piamente sobre o livro e segurou-o diante da barriga.

"Não, pode dizer, é seu papel sim, claro."

"Bom, é só que você e sua querida 'chelle não estão muito bem — e eu sei que sempre fica muito ruim pros táxis, inda mais com essa recessão e tudumais..."

Dave cruzou a cidade de volta até Gospel Oak. Atravessou Dalston aos solavancos, passou pela carcaça calcinada do Four Aces. *Como era o nome daquele preto? Entrou lá bem na hora com um berro — mandou os miolos pelos ares... Pelo menos Benny tá morrendo num cubículo particular. Com cortinas... cortinas, cubículos...* shmeiss *ponce... é isso! O banho turco — era disso que o Benny tava falando... o Porchester, lá na zona oeste, era onde ele e os colegas costumavam ir... jogar cartas, se encher de sanduíche de queijo e geléia e pudim... Uns montes de banha... todos cobertos de ouro... anéis... bracelete de identificação médica... todo mundo fumava, também... charutos King Edward... cachimbo, cigarro... eu lembro do* shmeiss *ponce... um tipinho... Lewis Levy, que quando chegava sua vez de retribuir o* shmeiss *e escovar alguém com a ráfia, pulava fora. Tô morrendo de calor — choramingava, acho que vou passar mal... Os outros ficavam só filmando ele se mandar do banho a vapor, e depois que tinha ido caíam de pau... meia-foda de merda,* shmok de merda, salafrário de merda, anão babaca trapaceiro, shmeiss ponce — veadinho do *shmeiss!*

Os taxistas usavam sua raiva para agüentar a queimação do vapor, enquanto esfregavam a imundície do trabalho, o pigmento da cidade perfurado em suas peles como um tatu do guia de ruas. *E falavam, putaquepariu, como falavam... Tinha um colega do Benny, Roy Voss — o cara conhecia tudo, quantas charretes e fiacres costumavam ser, quando se livraram deles... venderam pra servir de lenha... conhecia todos os tipos de carro de praça que já tinham rodado nas ruas... nunca cansava de falar sobre a tradição dos taxistas, era como... sei lá... como se o negócio do táxi fosse uma espécie de sigilo do governo ou alguma coisa controlando a porra do país todo... Benny e os outros tiravam o maior sarro.*

Quando Dave Rudman foi para casa nessa noite, à espera de um prato de comida e alguma compaixão, Michelle anunciou que ia sair, e a *au pair* também. "Vou encontrar a Sandra, a gente vai ver o Pavarotti."

"Qualé, ela tem ingresso?"

"Não, claro que não. A gente vai tomar uma bebida e ver ele naquela tela sei lá o que do Covent Garden. Cê não liga, liga? Ultimamente não anda tirando grande coisa, então eu..."

"Então você o quê? O quê?!" Dave mexeu no cabelo do filho com a mão enraivecida, depois subiu a pequena escada. Durante a hora seguinte, conforme Michelle se aprontava, a discussão pegava fogo e arrefecia.

Brigavam um bocado, Dave e Michelle. Quando estava grávida de Carl, ele bateu nela, certa vez. O corpo da mulher o acometia de um sentimento ambivalente — queria possuí-la e, contudo, também sentia nojo. A barriga marmórea, os seios intumescidos — envergonhava-o o modo como o deixavam repugnado. Após desferido o tapa, Michelle esperou pacientemente até que a pieguice e a autopiedade o invadissem, então esbofeteou de volta, com muito mais força. "Nunca", gritou, "nunca mais encoste um dedo em mim, ou eu..." — o cabelo vermelho crepitava em torno do rosto sardento — "...ou eu acabo com a sua raça!"

Nessa noite, em particular, discutiram sobre quem fazia o que na casa. "Você nunca troca uma lâmpada." "E daí, você nunca enche a máquina de louça." Era na verdade uma discussão sobre dinheiro, então passaram a "Você nunca paga uma conta". "Não dá, não dá! E daí que você tira mais que eu — não faz porra nenhuma pra ganhar dinheiro, eu ralo pra caralho!" Ainda assim, as discussões sobre dinheiro — por mais prementes que fossem, com o saldo lá embaixo no vermelho e as despesas da casa aumentando sem parar — eram na verdade discussões sobre sexo, então discutiam sobre isso. As discussões sobre sexo deixavam praticamente no osso sua já descarnada auto-estima, não dava nem para tê-las em voz alta — eram ameaçadoras demais para o mundo auto-ordenado de Dave e Michelle. Assim, as discussões sobre sexo resumiam-se a uivos inaudíveis. *Odeio seu pau deformado e sua boca babona... Esta sua barriga mole patética me dá nojo... Por que não consegue ser nem um pouco carinhoso comigo...? Tive tanta mulher melhor e menos triste que você... A porra da au pair ficava comigo agora mesmo! Acho que assim ia ser melhor — eu, a Gertie e o menino. Ela cuida dele e me dá uma merda de chupada de vez em quando — o que é bem mais do que você já fez alguma vez... Você! Cê não entende porra nenhuma de mulher... porra nenhuma... Gemendo e grunhindo... Você é um porco — não um homem...*

Depois de Michelle ter saído, Dave deu um banho em Carl e mergulhou a criança em seu próprio furor. "Tô nadan'o", disse o filho.

"Ãnh, quê?", retrucou Dave.

"Eu tô nadan'o... nadan'o, nadan'o... nadan'o..." Carl girava na água ensaboada e as costas curvadas emborcavam barquinhos azuis e patinhos amarelos. "Tô nadan'o — nadan'o!" Uma onda venceu a beirada da banheira, molhando os tênis de Dave e encharcando o chão. "Pára!", ele berrou, mas o menininho continuou a entoar, "Olha eu, tô nadan'o, tô nadan'o!" Até que Dave soltou a mão e deixou três marcas lívidas na espádua de Carl. *Um... Dois... Três...* Houve silêncio por três segundos, a criança aterrorizada com o cataclismo da fúria adulta, e então, "Uááá!". A primeira vez que Dave bateu no menino — não a última.

"Desculpe, filhinho, desculpe", choramingou, apertando o rosto bestial contra o odor agradável de pele e sabão.

De manhã, Dave mal conseguiu se levantar, tal a vergonha em que chafurdava. Ele tremia ao preparar ovos cozidos para Carl e ver a criança investir com as baionetas de torrada contra seu rosto. Carl não demonstrava ressentimento algum — mas não era de seu perdão que Dave necessitava. "Cê telefona lá pra mim, amor?", disse roucamente Michelle quando Dave lhe trouxe uma xícara de chá. "Diz que eu tô me sentindo mal. Tô com uma dor horrível no pescoço."

"Sentindo mal", declarou Dave, sem emoção — então perguntou, "E aí, ele cantou aquela?"

"Como, amor?"

"O Pavarotti, ele cantou aquela, do Nessun sei-lá-o-quê, você sabe, a da Copa do Mundo?"

"Ah... ah é, é, cantou, no bis."

Que ninguém durma... Dave levou Carl para a creche e foi tomar um café inglês completo, soltar um barro e dar uma lida no jornal, depois apanhou o menino outra vez. Decidira levar a vítima para nadar em Elephant and Castle, numa piscina com escorregador e ondas artificiais. Era o tipo perfeito de penitência. Dave odiava piscinas públicas, odiava aquela atmosfera de podridão institucional e exercício terapêutico, trescalando a produtos químicos, os ralos e furos entupidos com os pentelhos e cabelos da multidão. O táxi disparou através de Euston e ao longo da larga trincheira da Gower Street. *É gozado...* Olhou no retrovisor para seu passageiro, cuja cadeira estava presa no banco traseiro do táxi. *Mas quando ele tá comigo, é como se eu simplesmente rodasse por aí outra vez... É como eu achava que o trabalho seria... só dirigir, dando um rolê pela cidade... sem neura...*

Carl chapinhava com as mãos entre bóias verdes em formato de sapo, suas bóias de braço laranja suspendendo-o na superfície. O pai o cercava como um tubarão, remordido mas brincalhão, fechando o cerco com o braço estendido para levar a criança à hilaridade. "Tô nadan'o, pai... tô nadan'o... Olha eu!" Dave convenceu o rabugento salva-vidas a ligar a máquina de ondas. Calombos clorados se formaram no lado fundo e vieram sibilando em sua direção. Carl subiu e desceu, guinchando, deliciado. As ondas estouravam na costa de azulejos sob um sol de néon prismático. Seu pai projetava-se e afundava, incomodado com uma desconfortável intimidade. A vasilha de águas agitadas contida em um afloramento rochoso da cidade duas vezes milenar: Londres, uma laje de pedra porosa sob a qual filtrava um milhão de cursos d'água — esgotos, canais, rios sepultados. Lá no alto, nos alcantis de tijolos e pináculos de alvenaria, pias, chuveiros e privadas transbordavam. As piscinas profundas rodeadas de samambaias dos spas, as hidromassagens dos ricos borbulhando ao lado de Millionaire's Row, os reservatórios no Lea Valley, o próprio anel de vedação — uma poderosa motorway orbital de fluidos seguindo seu curso sob a planície pavimentada. A cada vaga automatizada, Dave pressentia o futuro se agitando, o presente em ebulição, a efervescência do passado.

Quando voltou para o táxi e prendeu Carl ao banco, Dave viu uma mensagem de Gary Finch em seu bipe... *mané otário, só se meteu nessa porque 'chelle tava grávida...* e quando ligou, o gordinho parecia um pouco aflito. "Dá um pulo aqui na zona leste por favor, Tufty, preciso trocar uma idéia. Tô batendo o ponto com o Big End aqui no Globe."

A menstruação de Michelle viera nessa manhã, e atirando o aplicador usado no lixo, e o embrulho do tampão na privada, ela imaginava se toda sua sensação ruim gerara aquele torvelinho de papel. "Vai sair para trabalhar, amor?" Ele continuava sendo amor — mas um amor que se dissolveria com o próximo Alka-Seltzer.

"É, é, mas antes vou dar uma passada na zona leste pra comer um negócio com o Gary e o Big End."

"O quê?"

"Você ouviu."

"Não é isso... é só que... só que..."

"Mã! Mã! MãMãMãMãMã..." Carl puxava a manga de sua mãe e sua carência era incansável — agora e sempre, uma carência sem fim. Dave saiu. *Sei o que ela quis dizer... Eu quase não vejo mais os dois... meus velhos... meus amigos... É nisso que dá... ser... ser... Infeliz no casamento.* O que eles podiam fazer? Confiar em quem quer que fosse seria um convite a uma perigosa solidariedade: "Ah, isso mesmo, ele/ela não é horrível?, sempre achei isso, você tinha que largar ele/ela...", e assim os miseravelmente unidos permanecem amarrados um ao outro em sua ilha de abandono enquanto as amizades passam ao largo. Contudo, até mesmo a infelicidade pode ser um tipo de intimidade.

∾

Quando Dave chegou ao pub, encontrou Fucker e Big End com uma bela quantidade de copos de cerveja sobre a mesa. Big End ficou de pé sem perguntar o que Dave queria e foi até o balcão, onde uma loira atenciosa e pastosa havia muito substituía a sra. Hedges. Big End parecia um mutante — com os braços vazios e enrugados de seu macacão pendurados às costas. Dave espiou o cabo de sua ferramenta e o prumo de madeira encostados em um canto do balcão e invejou-o pela simpli cidade honesta de suas ferramentas. *Fucker parece horrível...* E estava, com a permanente natural arruinada pelo suor, a cara empapuçada de palhaço contraída de dor. O ventre pronunciado forçado contra a mesa, a camiseta Fred Perry verde erguida, exibindo a pança peluda. "E aê?", perguntou Dave, puxando um banquinho.

"É a Debbie, ela me largou e se mandou com as crianças."

"O quê, ela descobriu sobre a sei lá quem, aquela outra mulher que cê tinha por aí?"

"Nah, ela sabe sobre a Karen faz séculos, as duas ficaram grávidas junto do Jason e da Kylie. Nah, foi essa outra que ela descobriu."

"Outra?" Dave pegou o copo que Big End lhe estendia e engoliu um terço de um só trago. "Qual o problema com você, Fucker?"

"Sei lá, acho que é só meu jeito, saca." Sorriu tristemente e deu um gole na bebida. Ninguém fazia piada nessa hora.

"E então, cê me chamou aqui pra quê, Fucker, sentir pena ou o quê?"

"Nah, não seja mala — sei onde eles tão, quero ir lá buscar."

"Não tô gostando dessa história, velho", disse Dave. "Você tem que se acertar com a Debbie, não faz nada apressado."

"É isso que eu tava dizendo", interveio Big End. "Ele tem que se acertar, se pinta sujeira com as minhas mulheres eu me acerto."

"Ah, sei", Dave meio que investiu contra Big End, "quanta mulher cê tem por aí carregando um filho seu?"

"Depende", sorriu Big End, "de quem tá contando."

"Mas você não vive com nenhuma delas, não é?"

"Bom… não, não exatamente, mas elas concordam que é diferente na comunidade negra."

"É, tá certo." Dave virou para Fucker outra vez. "E por que eu?"

"Você disfarça bem, Tufty, e também tem o táxi."

"Cadê seu táxi, meu?"

"Tive que devolver, velho, não deu pra segurar as prestações. Tô trampando de peão com o Big End, do jeito que as coisas vão no trabalho, posso acabar perdendo a licença e ficar de vez nesse trampo. Tô dizendo procê, tô fodido — cê precisa me ajudar. Sem aquelas crianças na minha vida eu não sou porra nenhuma. Porra nenhuma."

Continuaram sentados no Globe bebendo por mais uma hora ou algo assim. Depois de entornar mais dois copos, Dave ficou preparado para acompanhar Fucker ao lugar onde Debbie estava com as duas crianças, contanto que não armasse nenhum barraco. Então, com os dois improváveis passageiros no banco de trás do táxi, Dave se sentiu bêbado ao volante e se arrependeu da coisa toda. *Posso perder a carteira se alguém me parar. Que é que eu tô fazendo?*

O apartamento onde Debbie se refugiara com o pequeno Jason e a pequena Amber ficava em um conjunto popular no alto da Brick Lane. Era um antigo prédio da LCC, tijolos vermelhos com balcões e escadas de azulejos. Deixaram o táxi em um parquímetro diante de uma loja anunciando uma liquidação de sapatinhos de cristal, cachoeiras de contas plásticas e braseiros falsos com imitação de fogo em papel de seda. Bengalis furtivos voavam nos carrinhos da sexta à tarde, empurrando-lhes folhetos: "Almoço Especial, Tudo que Conseguir Comer, £2,95." "Com curry eu como até um cavalo", disse Big End.

O plano era Dave bater na porta enquanto os outros dois ficavam fora de vista. Quando a amiga de Debbie, Berenice, atendesse, ele explicaria que era amigo de Gary e que precisava falar com Debbie. Assim que a mulher aparecesse, seu marido faria o mesmo, e com alguma sorte o assunto estaria resolvido. Não funcionou desse jeito. Berenice suspeitou desde o início — só abriu uma fresta da porta. A garota gorda de raça indefinida em calças de agasalho marrons esticadíssimas na barriga enorme arregalou um olho desse tamanho para Dave, captando através do pequeno palmo de abertura toda a falta de respeitabilidade de sua pessoa — ou assim ele presumiu. Atrás dela, o fulgor da tevê diurna lançava clarões na sala escura e fumacenta. "Olha, mocinho, ela não tá aqui, então não tem como falar com ela."

"Eu tenho certeza que tá", insistiu Dave, educadamente. "Gary — o marido dela — me disse que tava. Olha, cê não acha que seria melhor se os dois resolvessem isto? Não é nada bom pras crianças."

"Que que cê sabe de criança? Que que cê sabe? É você que põe elas no mundo?" Bateu no ventre e as banhas balançaram. "Elas vêm pro mundo pelo seu pau?"

"N..."

Ele pensou em tentar responder a pergunta, mas Debbie se antecipou, escancarando a porta — devia ter estado atrás de Berenice o tempo todo — e disparando: "Quem te mandou aqui, Tufty, foi aquele veado? Foi?" Então Fucker saiu à toda do vão atrás da tubulação de lixo e arremeteu contra a porta como um elefante africano miniatura, uivando, "Jase! Amber! É o papai! É o papai! Vim pegar vocês!".

O conflito rapidamente enveredou para um impasse tenebroso: todos os cinco adultos espremidos dentro da sala do apartamento. No quarto à direita, Dave viu um bando de crianças assustadas atrás de um beliche. Fucker agarrou um bebê magro que estava em uma cadeirinha de balanço e segurou-o contra o peito, os pequenos calcanhares batendo no ventre protuberante. Berenice começou a berrar, "Dá ele aqui! Dá ele aqui! Dá ele aqui!", sem parar, e Fucker gritava "Sai! Sai!". Debbie tombara no chão e tudo em que Dave conseguiu pensar foi em *raízes muito escuras saindo pela terra*, do jeito perverso como os eventos dramáticos forçam banalidades sobre os envolvidos.

Coube a Big End fazer alguma coisa de efetiva. Aproximando-se a passos largos de Fucker, tirou a criança de seus braços, estendeu-a para a mãe, depois puxou o gorducho para o corredor. "Vou chamá a polícia agora mesmo, vai vê se não vou!", gritava Berenice enquanto Debbie chorava. Dave tentava apaziguar a situação, os braços esticados, dando tapinhas nas mulheres, mas Big End voltou e arrastou-o também. Quando estavam reagrupados perto do táxi, Big End passou os braços no ombro dos dois outros e disse, "Beleza, então! Que tal aquele rango agora?".

Dez minutos mais tarde, viram-se sentados no Lahore Kebab House, na Henriques Street, em uma mesa decorada com arroz, lambuzada de molho. Fucker apanhara meia garrafa de uísque e, sem grande consideração pelas suscetibilidades religiosas, os três a passavam de um para o outro, dando generosos goles. Massas carnosas trespassadas por talheres aéreos foram ao encontro de lábios adormecidos. Dave fitou atordoado o trânsito que se avolumava: Transits brutais sacolejando vindas da A13, de Canvey Island e de todos os pontos da zona leste; caminhões basculantes estrondosos, pedaços retorcidos de metal vertendo de suas laterais sulcadas; landaus empresariais com *traseiros do financeiro assentados no forro ensebado... Isto... isto é o verdadeiro East End*, onde as elevadas torres de concreto da City, protendidas de adrenalina, desabavam no entulho espalhado e nas barracas de legumes de Brick Lane e Petticoat Lane. Aqui, nesses cânions causticados, os minaretes alienígenas da nova mesquita aguilhoavam os céus cinzentos. Pela Commercial Road, os *showrooms* das confecções eram como estufas estourando com flores multicoloridas de brocado, renda e algodão.

∿

Uma tarifa de táxi inteira mais tarde, o coração de Dave reduziu a marcha e lutou para focar a consciência exaurida sob a luz turva da jogatina. Notou que Big End se mandara — e se deu conta de que já fazia um bom tempo.

"Heh-heh", disse um dos rostos enrugados jogando vinte-e-um com Fucker, "ki c' deu pra ele, aiz o u ke?"

"Aiz", disse Fucker. Estava à vontade com aqueles homens, cuja argila mortal fora cozida na venalidade.

"Heh-heh, pode mandá, veado." O que dava as cartas — um arame de homem aterrorizante, com uma jaqueta de zíper de náilon — jogou uma carta para o rosto enrugado. "Bummm! Ólrai, tô fora." Ficou de pé, um homenzinho de pernas tortas, que, a despeito disso, exsudava ameaça palpável. "Praonde tá indo, Freddie?", perguntou o das cartas, equilibrando-se para trás, na cadeira.

"Gants Hill", soltou Freddie. "Tô c'uma grana e eu e o Basset vamos pôr quinhentas pilas no Tony Thornton pra acabar c'aquele negro metido do Eubank."

"Faiziçumesmu", interveio Fucker, mas Freddie não ligou a mínima, apenas deu de ombros em seu blazer e ajeitou o lenço no bolso, alisando os dois caninos alvos de linho. Ele sumiu através das cortinas de belbute vermelho com uma baforada de pó.

Por uma ou duas horas mais, Dave permaneceu afundado no estreito banquinho de vinil, enquanto Fucker jogava cartas e descrevia suas conquistas sexuais para o homem-arame com precisão ginecológica. *They call me Mister Loverman. They call me Mister Loverman...* Outro sujeito apareceu por entre as cortinas e sentou-se para uma ou duas rodadas. Eram todos farinha do mesmo saco — indolentes e perigosos —, sua arenga reduzida ao *staccato* do machismo. Falava-se muito em "vagabundos nojentos", "ir lá fora" e "fazer uns servicinhos". "O cara'í é firmeza?" Sacudiram os dedões de adaga para Dave, e Fucker deu garantia. "Ess'aí é taxista, a gente foi *butter boys* juntos."

Gary — Fucker — Finch. O sujeito chegou na sala de espera do Public Carriage Office na Penton Street no dia em que Dave foi fazer seu requerimento. Estendeu a mão para apertar e, quando Dave esticou a sua, o outro a puxou com um gesto brusco e foi alisar o punhado de cabelos ondulados. Esse era Fucker, um tipinho atarracado que ria das próprias tiradas e piadas de mau gosto. A camisinha cheia, o pneu esvaziado, o trote telefônico — novo, a coisa encantava, depois, conforme envelhecia, ia ficando cada vez mais sem graça. Que brincadeiras, Dave se perguntava, estaria ele fazendo quando chegasse à meia-idade?

Com seu velho balcão de armários de cozinha, teto de nicotina e iluminação de sinuca, o salão de jogatina ficava fora do tempo e até mesmo do espaço. Dave achou que podiam estar em um porão — mas não tinha certeza. Quando foi pôr pra fora a refeição de curry semidigerida em uma privada destruída, cambaleou por um corredor bafiento. De um lado havia o tijolo exposto, de outro, pilhas de papel higiênico em pacotes de plástico. Mas nem sinal de papel no banheiro, a menos que rasgasse outro pedaço do pôster de Sam Fox usando fio-dental. Alguém já arrancara o seio esquerdo.

Dave se sentiu bêbado, enjoado e ligado ao mesmo tempo. O coração seguia batucando em sua consciência. *Não sou pai nenhum... não sou nada... Se eu sumisse amanhã, ele nunca ia saber... Nunca ia lembrar as horas passadas na Playzone, nós dois espremidos no meio das bolas de plástico... Aquela febre que ele teve... O cheiro... Água de ovo cozido... Empurrando ele no carrinho de Falloden Way até a casa da minha mãe, arrastando a trepadeira de uma cerca... Rindo... Em Brighton ele disse "Jóias" e tentou pegar a luz do sol no mar com a mão em concha... Atravessando o Serpentine num pedalinho... Seus pés mal alcançavam os pedais... Esse é o mar, pai, o mar de verdade? Não tem nem por que ir pra casa agora... Tarde demais.*

Mais tarde ainda, estavam em um clube de strip e uma magrela metia o colante verde na cara de Dave. Pra ele, dava para checar a virilha depilada — ela, sua cara hirsuta. Boy George se vangloriava: "*I know all there is to know about the crying game.*" Fucker escolheu aquele momento para ser coerente: "Cê ouviu sobre o Phil Eddings?"

"Você o quê? Você... como é?"

"O Phil, cê soube o que aconteceu?"

"Não."

"Ah, qu'é isso, cê tá de sacanagem comigo, Tufty."

"Tô dizendo, Fucker, NÃO SOUBE NÃO!" A *stripper* se afastou.

"Não precisa gritar, fi'o", Fucker conduziu Dave gentilmente pela nuca quando um armário metido numa jaqueta Harrington preta descruzou as duas toras dos braços e veio na direção deles. "Fica frio, velho", disse Fucker, evitando o sujeito. "A gente já tava mesmo de saída."

Na rua — a sorumbática trombada da Hackney Road com a Old Street — recostaram um no outro como engradados de leite jogados fora. Um vagabundo se aproximou a passos largos, o andar determinado e a mochila moderna contradizendo as botas, que davam *sopa pras bostas...* canos e solados sem calcanhar ou dedão. "E aê?", arrotou Dave. "Que tem o Phil?"

"Ele... ele...", ofegou Fucker: "Ele foi e se matou."

No minicab, Fucker explicou melhor. "Igual eu, Phil não conseguiu güentar as prestações. Ele deu um chapéu nos sujeitos, largou a chave na fechadura e sumiu. Mas ouve só." As mãos enormes de Fucker seguraram o ombro de Dave. "Pegaram ele. *Skip tracers*, é como chamam os caras, você sobe na superfície — eles acham. Trabalho sujo do caralho. Sujo. A financeira ia tirar o táxi dele, então ele foi atrás dum agiota. O tubarão subiu os juros, mandou os capangas da coleta, não achou Phil — achou a garota dele, Lottie."

"Não conheço." *Como poderia? Não vejo Phil faz cinco anos... E não vou ver mais, agora...*

"Encheram ela de porrada, a garota é do tipo certinha, enfermeira ou algo assim. Aí o Phil se sentiu culpado — pensô em matá o tubarão, até comprou a arma... mas no fim, matou foi ele mesmo."

"Com a arma?" *Por algum motivo, isso faz diferença...*

"Não, se enforcou." Fucker olhou através das jóias de chuva para o rio e mais além, para a península de Greenwich. "Oi, velho", ele disse, dirigindo-se à cabeça em forma de bala do motorista, "cê devia tê pego o primeiro desvio lá em Westferry, tá dando uma puta volta."

"Com'é?" Os lábios grossos se abriram no retrovisor.

"Ah, deixa pra lá... tanto faz, tanto faz... Sabe d'uma coisa, Tufty, é do cachorro que sinto pena, o coitado do bicho ficou do lado do corpo por três dias, saca, a garota tinha pulado fora... ficou traumatizado... Quando encontraram o Phil, o cachorro tinha comido um pedaço da perna pra sobreviver."

O táxi encostou no meio-fio e Fucker içou o próprio volume do corpo. "Cachorro", murmurava, "gozado, porque a gente tá na porra da Ilha dos Cães e tá indo encontrar umas cadelas". Dave pagou o minicab, enquanto seu amigo continuou, "Não que eu ache isso mesmo. Sério, minha Carol é uma gracinha..."

"Mas puta assim mesmo, certo? Não leve a mal..."

"Não levo. É, é puta, mas comigo não é assim, e ela tá mais pra uma amiga, a gente quase nem trepa, só troca uns carinhos."

"Carinho?" Dave não conseguiu deixar de rir.

"Nah, nah, cê entendeu errado, Tufty, essa não é pra você, tem três trabalhando aqui, só coisa fina, vamulá." Com hábeis cutucões, Fucker orientou Dave na direção da casa, que era um muquifo geminado padrão Millwall. Mais ao sul ficavam os arremedos de armazéns apinhados de apartamentos, enquanto na direção de Limehouse, o One Canada Square dominava as docas, agora puramente ornamentais. E contudo, aqui, Millwall seguia firme, um retalho quadriculado de baixa elevação e aspirações ordinárias.

As três garotas estavam sentadas em torno da tevê sem som enrolando baseados e bebendo Diet Coke. Com seus penhoares de catálogo e calças de harém pedidas pelo correio, pareciam adolescentes brincando de putas. Porém, não havia nada de divertido na aparência de Carol — uma morena alta como Dave, com cabelo duro e traços indistintos, que se levantou do sofá e levou Fucker para o outro quarto. Em pouco tempo Dave começou a ouvi-la *trampando, o que me deixa com* Yasmin, a quem fora apresentado e que agora também se levantava. *Jesus! A menina é grande, ainda bem que num é por quilo...* O menino de escola fazia piadas porque o homem feito sentia nojo de si mesmo — e nojo dela. *A Goods Way nos anos 80... putas da recessão... Os outros comiam na traseira do carro... davam uma geral no banco e levavam de volta pros cafetões... Mas eu, nunca...* Parecia ainda pior porque ela era asiática. O cabelo negro como corvo, as olheiras marrom-arroxeadas, *o tipo de costeleta que essas paquistanesas costumam ter.* De um modo perverso, sentiu preocupação pela desgraça dela. *É impossível descer mais baixo... não depois disso...* Faisal apareceu num balãozinho, admoestando ambos com um dedo rígido. *Allah Akbar...*

Toda essa montanha de carne marrom... Não dá pra pôr a mão... Já Yasmin não parecia ter esses pudores. Conduziu Dave ao andar de cima, para um quarto onde pequenos tapetes mofentos cercavam uma hidromassagem cor de abacate. "Vai tirando a roupa, gato, e cai aí dentro, vou dá uma boa ensaboada aí no seu equipamento", cantarolou, tirando as calças de harém para revelar a triste trama de uma cinta-liga.

"Isso... isso não era... o que eu..."

"Vamo, gato, não seja tímido desse jeito." Yasmin jogou o imenso pernil sobre a borda da hidromassagem e sentiu o *blu-blu-blu* da água com as garras de esmalte azul elétrico. "O que foi, cê não gostou de mim?" Dave se encolheu... *Não gosto nem um pouco... Não consigo fazer isso... Esfregado por ela... Esfregado por alguém que você não quer esfregar de volta... como um... como um shmeiss ponce de merda!*

Só conseguiu achar um táxi quando estava na altura da Westferry Road. "Cê teve sorte, meu filho." O motorista usava uma camisa havaiana decorada com a paisagem urbana de Miami. "Aquele pedaço lá, aquilo é terra de bandido. Cê não ia querer tá por lá antes do sol aparecer." Seu salvador era *uma porra de coelho acelerado de Watership Down* e não parava de tagarelar sobre futebol: Platt, Juventus, as chances dos Spurs na próxima temporada. Dave foi para a outra ponta do banco e ficou olhando a camisa do motorista, de modo que uma cidade substituía a outra. A onda de bebida e speed começava a ceder; em sua esteira restaram as poças da mente pegajosamente alerta.

Em Gospel Oak, ele girou a chave e se viu cara a cara com Michelle.

"É o seu avô... o Benny..." Ela não precisou dizer mais nada — Dave soluçou, arquejou, então se dobrou. Ela o amparou no esterno com o pequeno ombro pontudo. Ele cambaleou escada acima até o banheiro, com ela logo atrás. Abriu o próprio rosto enlouquecido e vasculhou a patologia em potes dos medicamentos familiares — Calpol, Leite de Magnésia, Rennies, Band-Aids — atrás do antigo Valium que sabia que estava lá. Então se refugiou no vácuo da droga e finalmente, com os sons analgésicos de Carl acordando em seus ouvidos, e um gosto de cabo de guarda-chuva, Dave Rudman adormeceu.

～

O enterro foi em Edmonton. Lembrando sua infância e a colorida fauna que cercava Benny Cohen, Dave ficou horrorizado com os pouquíssimos espécimes decrépitos que deram um jeito de comparecer ao cemitério. Dois táxis excêntricos encostaram no portão e desovaram oito ou nove homenzinhos curvados, o resíduo dessecado e salino que restou após todas aquelas tardes de sábado suando no banho turco. Um ou dois deles mal conseguia andar e abriu caminho até a ferida anatômica do túmulo de Benny tateando com bengalas de ponta de borracha, como que sondando o cascalho à procura de bombas por explodir.

Dave trouxe a mãe e o pai de East Finchley. Sua irmã, Samantha, deu as caras de Golders Green em um Jaguar XJS verde. Michelle ficou em casa em Gospel Oak com Carl. Noel ficou em Aberystwyth recusando sua medicação. Annette Rudman recusou-se terminantemente ao luto. Dave se perguntou se seu ódio ao táxi seria a única causa — ou se havia alguma outra falha mais vital que percebia tanto no pai como no filho mais velho?

Um rabino picareta fornecido pelo cemitério zurrou o *kadish* na gelada sala de orações. Quando desceu do palanque, tia Gladys aproximou-se numa ruidosa massa negra de náilon. Dave ficou agradecido a ela — ainda que semeasse uma sensação de desconforto entre a lamentável congregação com seu livro de encadernação roxa, ao menos havia paixão em sua leitura: "Oh, comu é grande a bondade de Nossu Senhor, que arrumou um jeitu di'scaparmos desse horrível monstro;

sim, esse monstro, a mort' i u infernu, qu'eu chamo de morte do corpu, e também di morte du espíritu." Mais tarde, quando sentavam em torno de um fígado picado, que comiam em pratos de papel na sala de entrada da casa em Heath View, ele disse obrigado a ela. Os antigos colegas de Benny jogavam conversa fora, molho de salada em seus bigodes, mas falavam mais a respeito das obras viárias na North Circular do que sobre o morto.

A morte de Benny mudou Dave assim como a de um pai o faria, pois, como tantas outras famílias, os Rudman eram mal engrenados, o vagaroso amadurecimento dessa geração e o veloz envelhecimento da última mantendo-os fora de sincronia. Em seu luto, Dave enxergou com clareza a beleza de seu filho e a enorme paciência de sua esposa. Pediu desculpas, refreou seu ressentimento — fez tudo que era necessário para salvar o casamento por mais alguns anos, de modo que, quando fracassasse, ele o fizesse de um modo espetacular. Mandaram embora a *au pair* bovina. Dave a deixou em Euston e lá se foi ela, *clop-clop* com os cascos pontudos, carne fresca para um namorado insípido em Droitwich.

Carl se tornou o principal passageiro de Dave. Tinha a ver: Michelle tirava quatro vezes mais que ele. *Pegar a esquerda na Fitzjohn's Avenue... seguir pela Finchley Road... seguir pela Avenue Road... Esquerda, Adelaide Road...* Dave levava Carl para nadar em piscinas e os dois se contorciam nas águas urinárias. *Pegar a esquerda em Kensington Gore... Direita, Queen's Gate...Esquerda, Cromwell Road.* Ele levava o menino a museus, onde observavam admirados os dinossauros animatrônicos. Levava-o de parquinho em parquinho e em mais parquinho, ao balanço, ao escorregador, à gangorra. Na beirada do gira-gira, Dave empurrava-o de um só pé contra o pano de fundo elastificado — *iik-iik, iik-iik, iik-iik* —, ganhando velocidade até o garotinho gritar de embriaguez. Sentindo o sangue pulsar-lhe nas têmporas, Dave jogava o tronco para trás e observava as nuvens no alto girando em torno do eixo que era ele.

Sim, ele estava no centro daquilo tudo, e o Conhecimento era o *kadish* de Dave por seu avô, assim como o direito de primogenitura de seu filho. Ele nomeava o Deus da cidade e pregava o estabelecimento de Seu Reino, uma Nova Londres, corrida por corrida, ponto por ponto. "Meus pêsames por sua perda", as pessoas diziam, mas como seria possível que Benny Cohen, logo ele, se perdesse? Era inconcebível para Dave que mesmo depois de morto seu avô pudesse ficar desorientado.

Na escuridão do inverno, Dave sucumbiu à depressão, à modorra, à indiferença entorpecida da mente incapaz de claudicar... rumo... ao... próximo... pensamento. A cada manhã, o pente voltava cheio de cabelos, enquanto aquele *pouca-telha estúpido* no espelho devolvia-lhe o olhar. "Sai de casa", implorava Michelle. "Vai fazer alguma coisa — sei lá o quê. Vai ver os amigos, vai encher a cara — tanto faz." Mas Dave não conseguia; em vez disso, ficava na tevê, ou se arrastava até o Two Worlds na Fleet Road, onde lia o *Daily Express* enquanto Faisal preparava alguma coisa carregada de curry. Toda semana, quase, tia Gladys ligava: "Vem no Tabernác'lo cumigo", insistia. "Cê vai se sentir melhor." No fim, para tirá-la do pé, foi.

Apanhou-a em Leystonstone de manhã bem cedo em um domingo hibernal e atravessaram a cidade até South Kensington com os limpadores do Fairway chupando pedaços de estrada da cidade aquosa. Gladys sentava ereta como uma tábua no meio do banco traseiro — por duas vezes quis voltar para ver se os gatos estavam bem, mas Dave não deixou. Devia ter passado pelo Tabernáculo mórmon um milhão de vezes ou mais desde que obtivera seu distintivo — a Exhibition Road ficava no circuito dos turistas —, mas ele nunca havia notado antes o elegante pináculo dourado ou a fachada de pedra lisa.

Estavam atrasados e o serviço já começara, de modo que aguardaram em um saguão de entrada decorado com um panorama da vida mórmon. Um bebê nórdico nascia e era criado. Ele estudava, casava-se, ganhava o próprio bebê. A família crescia à medida que os mórmons trabalhavam em construção, depois, trabalhavam mais — agora de colarinho branco. Na velhice, o Santo de cabelos encanecidos, realizado, instruía uma neta, antes de morrer em paz em meio a travesseiros brancos. As mãos delicadas de um deus celeste esticavam-se para alcançá-lo. O idílio mórmon era vivido em uma cidade de amplos bulevares e casas modernas e espaçosas. O Conhecimento mórmon resumia-se a um simples padrão quadriculado, enquanto além dos subúrbios colinas verdejantes erguiam-se em montanhas azuladas. O Céu era um *resort* de esqui nas Rochosas.

Um jovem mórmon de maçãs rosadas foi ao encontro de Dave e Gladys e ofereceu a ambos uma bandeja com pedaços de pão e um recipiente com água. Se aquele era o sacramento dos Santos, o corpo de seu Salvador era sem graça, seu sangue, sem gosto. Quando as portas duplas da igreja enfim se abriram e os recém-chegados foram admitidos, encontraram lugar para sentar entre famílias mórmons insípidas. Os ternos dos homens eram uma tonalidade antiquados demais, os vestidos das mulheres, quatro dedos longos demais. As crianças, assaz bem escovadas.

Perante o pedestal de madeira clara, sob o mecanismo exposto de tubos de órgão, um homem de compleição robusta, cabelo loiro à escovinha e mãos vagarosas de engenheiro, pregava um sermão sobre casamento e valores familiares. "Assim como o espírito da mulher e do homem são eternos", nasalava, "igualmente o espírito da família deve se tornar eterno, mediante a obediência às leis e aos princípios". Janelas compridas fatiadas por venezianas verticais iluminavam os Anciãos de sorriso beatífico. O pregador continuava: "Um dos mais belos princípios do casamento é 'agora e para sempre', por meio deste sagrado convênio e princípio, casais honrados podem se unir não só até a morte, como também por too-da a e-ter-ni-daa-de." Coisas estranhas começavam a ocorrer nas vielas ocultas da consciência de Dave Rudman. Ele olhou em torno para os mórmons desintoxicados e engoliu seu próprio fumo ruminado de asfalto. *Sem mé, sem estoura-peito, sem café ou chá... Parecem bons nessa coisa...* Observou que as crianças não eram nem sinistramente atentas, nem desrespeitosamente agitadas. *Estão ouvindo...* Olhou de soslaio para Gladys: a mulher estava inteiramente absorta no serviço, os olhos límpidos, a expressão brilhante — entre os Santos, a maltrapilha não ficava deslocada. *Ela encontrou mesmo alguma coisa, não tá brincando...*

O pregador ergueu um D de metal. "Isto aqui é um mos-que-tãão", falou. "Um dos meus passatempos é o montanhismo e uso essas coisinhas o tempo todo para me prender a uma cor-daa. Pelo poder do sacerdócio, famílias podem se unir e permanecer firmemente ligadas. Os únicos que podem separá-las são vocês e eu. Se não honramos nossos compromissos, nós as separamos; se não levamos nossos problemas ao bispo, nós as separamos; se não contribuímos com o dízimo nem comparecemos às reuniões da igreja, nós as separamos." Jogou sua metáfora metálica para o lado e a peça caiu sobre uma mesa com um claque. "Observem a oração familiar", disse o montanhista devoto, "observem a Noite Familiar e o estudo das escrituras em família e nossos elos permanecerão ligados".

Cantaram um hino sem o acompanhamento de órgão e as mulheres mantiveram o ritmo subindo e descendo os antebraços... *puxando os caça-níqueis.* Dave lembrou de um ou dois serviços da igreja a que comparecera com seu pai. Paul Rudman arrastara os três filhos para igrejas suburbanas com congregações esparsas devido a uma necessidade perversa de instruí-los numa fé que lhe faltava, mas na qual era nascido. *Uns sujeitos de vestido branco meio que cantando... e andando pra cá e pra lá...* Tédio sufocante, uma inquietação tão intensa que, com nove anos, Dave achara que sua mão inteira fosse desaparecer dentro do nariz. Nas raras ocasiões em que Benny o levara para a sinagoga, fora diferente, ainda que a mesma coisa. *Um esquisitão barbudo de manto preto tagarelando em hebraico,* enquanto os judeus discutiam o preço do peixe. Ele não ficava tão entediado quanto — mas a religião era um zumbido sem sentido, muzak da fé.

O pregador apresentou os missionários, rapazes e moças engomadinhos que sorriam e balançavam a cabeça. "Estes são apenas alguns dentre os sessenta mil irmãos e irmãs que levam adiante as boas-novas da revelação de Joseph Smith..." *Joseph Smith foi aquele fulano que encontrou o livro. Só que não era um livro, era...* Dave puxou da memória. *Não, eram umas placas de ouro que ele desenterrou. Uma porra de pilha de tabuletas de metal que ele copiou antes que o anjo levasse de volta. Pois era de se esperar que ninguém mais além do bom e velho Smith pusesse os olhos naquelas coisas. Quanta merda — mesmo assim, você precisa dar um crédito a esse pessoal por ter se dado tão bem.*

Mas com Dave Rudman é que não iam se dar. Após a cerimônia e os anúncios, a congregação se dividiu em grupos para estudar as escrituras. Dave já tivera o bastante. Combinou de apanhar Gladys em uma hora e foi até South Kensington. Deixou o táxi estacionado e entrou no Dino's. Ali comeu pizza e bebeu uma Coca. *Religião... seja a merda de religião que for... não é pra mim.*

9
O advogado de Chil

Arenki de 523-524 AD

Içando o corpo acima do feroz empuxo da vaga espumosa, ondulando ao sabor da água gelada e curryada, os motos forcejavam rumo à pedra lisa usando as membranas entre suas falanges, e seus dedos das mãos e dos pés tatearam por um ponto firme. Nesse momento, equilibrados entre um elemento e outro, pareciam mais à vontade na turbulenta onda. Em seguida vadearam a água rasa, escalando a massa confusa de creto esmigalhado e ferrim retorcido que era Nimar.

As duas primeiras bestas portavam presos nos grossos pescoços portatudos, barris de óleo de moto e odres de evian. Quando sacudiram a água de seus couros cerdosos, a carga bateu com estrépito em seus jonkiris. O segundo par de motos estava ainda mais sobrecarregado, pois, agarrado a suas dobras de pele com mãos alvas ia o encharcado rebotalho de humanidade, os fugitivos, os voadores. Antonë Böm e seu pupilo Carl Dévúsh. Os dois deslizaram e tombaram ao solo. O vento nordeste amolou o fio de sua lâmina na carne exposta. A espessa camada de óleo de moto com que ambos haviam se besuntado antes de partir de Ham poupara-os do pior do frio — sem isso, teriam perecido. O estreito setentrional era muito mais frio do que as águas plácidas da laguna e a meia tarifa flutuada em mar aberto gelara-os até a medula. Homem e rapaz estavam demasiado atordoados com sua travessia para falar e foram os motos que, juntando-se em torno, lamberam-nos com suas línguas coriáceas e desse modo despertaram-nos para a autopreservação. 'T-t-tira tudu, Carl insistiu com Antöne, t-tira!

Pelados, um era um broto talhado, o outro, uma bufa-de-lobo verrugosa — os genitais diminutos como de motos. Homem e rapaz estapearam-se mutuamente, trazendo o sangue à superfície da pele em ruborizadas inflorescências. Depois se deitaram em um creto achatado e foram envolvidos por Sweetë e Hunnë. As tetas caídas e as tanques flácidas dos motos cingiram os dois humanos e uma onda de calor os invadiu.

Depois de secos, Carl e Böm embrulharam-se em troçopanos tirados de suas trouxas, felizmente ainda secos. Antonë pegou seu isqueiro e com alguns gravetos colhidos na vegetação baixa que havia além do afloramento Carl acendeu um fogo entre as rochas. Estenderam seus jeans e casacos para secar ao calor. Naum tah preocupadu ki uzoutrus vaum vê afumaça? perguntou Carl. Não, replicou seu mentor, sabe tão bem quanto eu que vai levar um longo tempo até que os pais decidam seguir qualquer curso de ação e que, com o motorista ferido, não terão sua direção para conduzi-los.

Embora a perseguição preocupasse Carl, o Homerruim o deixava ainda mais inquieto. Antonë tinha uma garrafa de jack e alguns estorapeitus — Carl ficou boquiaberto de ver tais luxos, e contudo, mesmo entre goles e baforadas, lançava olhares receosos na direção das oscilantes pilhas de tijolo e nos retorcidos membros de ferrim, esperando que a cabeça do Homerruim aparecesse, a boca escancarada, o toco de língua remexendo-se, soltando seus aterrorizantes gritos glóticos. Mas não havia som algum, exceto o marulhar das ondas, e movimento algum, exceto as gaivotas planando no alto e observando os intrusos com seus olhos amarelos.

Os motos não demonstravam grande emoção com sua transição para além de Ham. Imperturbáveis em seu confortável mundo infantilizado, tinham pouca lembrança do passado traumático e nenhuma concernência quanto ao futuro incerto. Quando Carl se convenceu da ausência do Homerruim, disse-lhes que fossem atrás da forragem que melhor lhes aprouvesse. Eles seguiram caminho entre as rochas até a vegetação baixa, onde procuraram por natalícias espinhentas e rodis cerosos. Animado pelo estorapeitu e aquecido pelo meh, Carl confessou a Antonë suas ansiedades. Como seriam capazes de avançar a partir dali? Para onde iriam — e, o mais importante, quem afirmariam ser? Por mais ignorante que fosse, até Carl sabia que nenhum pai sem bós podia viajar em liberdade por Ing.

Ao que parecia, Böm reservara a todas essas questões considerável reflexão:

— Devemos nos mover à noite, evitando toda habitação humana — pois os motos ficariam aterrorizados e espantados com qualquer chilmen que encontrássemos, e acabariam alertando os camaradas do advogado. Temos de nos disfarçar — eu serei um perseguidor, de regresso das ilhas meridionais, onde levei a Roda ao povo ignorante. Você será meu butterboy, a caminho de Londres para seus comparecimentos finais. Aqui — puxou os mantos, espelhos e tênis apropriados de sua portatudo —, estou com os apetrechos certos.

Carl apalpou os trajes com relutância — a pilha de algodão macio parecia de outro mundo, comparada ao bubbery de Ham. Com um tremor involuntário, deixou o espelho cair no chão. Eu — eu achu kinaum...

— Carl, Carl! disse Böm, agarrando sua mão, temos que cometer esse ato chellish, temos que fazer isso! Se não for assim, não poderemos viajar sem ser molestados — o clima daqui é muito mais inclemente do que em Ham! Sua mamãe e sua avó arriscaram tudo costurando essas coisas pra nós — quando estivermos no conjunto de Chil, temos de usá-las. E Carl, de agora em diante, use apenas o bibici para falar, mesmo quando estivermos a sós. Assim nossa impostura — Dave o permita — virá mais naturalmente.

Antonë mostrou a Carl o guia e o traficmaster que dera um jeito de conseguir. Tracei esta rota, ele disse, contudo, tem ainda mais dois trechos de mar aberto antes de chegarmos à ilha principal de Chil. Assim que os atravessarmos, por mais arriscados que pareçam, é então que os perigos de verdade começam. Sentaram-se, considerando o caminho à frente enquanto olhavam através do estreito na direção de Ham. Dave ligou seu limpador — 1, 2, 3 — e as nuvens foram varridas no vidro, que se tingiu primeiro de cinza, depois malva, depois violeta, antes que a noite caísse como um manto negro sobre o mundo. Mantiveram o fogo aceso para se proteger do frio ar noturno e fizeram os motos se deitar de maneira que seus corpos bloqueassem as fendas nas rochas circundantes. Mastigaram um pouco de carne de moto curryada, ajudando a empurrar com jack e evian. Finalmente, exaustos tanto de pensar no futuro como devido à travessia, Carl e Antonë pegaram num sono agitado.

Carl despertou na primeira tarifa — o farol começava a se mover através do vidro matizado. Sombras alongadas listravam o pedregulho e as ubíquas gaivotas empoleiravam-se nos tijolos e no creto — até mesmo nos motos adormecidos. Carl ergueu-se e a geada em seu edredom trincou. O ruído sobressaltou o Homerruim, cuja cabeça cabeluda despontou acima das rochas. Graaarghlraarr, gorgolejou. Carl ergueu-se de um pulo. Tonë! gritou, eh eli! Böm ficou de pé na mesma hora e, juntos, confrontaram a terrível aparição. O Homerruim era ainda mais selvagem do que Carl se lembrava, conchas e ossinhos enroscados em seus novelos ensebados, por troçopano nada mais que um farrapo, o corpo macilento coberto de vergões e hematomas. P-Praondi, ch'fia, gaguejou Carl. O Homerruim gorgolejou outra vez — Hurrarghrerh —, então trepou nas rochas e caiu sobre o pescoço de Sweetë. Suas mãos buscaram as dobras carnudas e seu rosto castigado e curtido colou-se contra o focinho rosado do moto. Instintivamente, Carl deu um pulo e afastou o mobilete de suas garras raquíticas. O Homerruim prostrou-se diante do rapaz, o braço de graveto protegendo os olhos fanáticos. Vaimbora! gritou Carl. Vaimbora, Homirrui! A famélica criatura disparou por entre os arbustos. Quando as aves em comoção sossegaram, o ceceio de Sweetë pôde ser ouvido: Eçi nu eh homirrui, eh homi amigu, eh çim.

Fizeram as portatudos, encheram a bexiga de moto com evian fresca e, carregando os motos, aprestaram-se para deixar Nimar. Quando estavam a ponto de partir, o Homerruim voltou e tentou chamar a atenção arremetendo em sua direção, depois se afastando rumo a um monte de pedregulhos que Carl percebeu ser seu apê. Os fugitivos ignoraram-no até que no fim o Homerruim veio direto sobre Carl e, agarrando seu braço, tentou puxá-lo para seu abrigo. Eu não iria com ele, disse Antonë, não se sabe o que pode ter por lá.

Carl, instigado pela curiosidade, estava prestes a ignorar a recomendação quando o Homerruim soltou seu braço e disparou para o ponto onde se encontrava Antonë, rabiscando fonics. O Homerruim tentou se apossar tanto do caderno como da bic. Já chega! gritou Böm, empurrando-o. A gente precisa ir agora mesmo, Carl. Precisamos partir, como convém, e você tem que falar em bibici. Se não formos agora mesmo estamos perdidos! Com isso, deu um tapa no cangote de Hunnë e o moto estremeceu, depois se pôs em marcha com dificuldade pelas rochas. Suspirando fundo, Carl deu ouvidos a seu evidente bom senso. Atou as portatudos em torno do pescoço de Tyga, agarrou suas dobras de pele e seguiu atrás. E assim foi que a jornada para Londres começou, com pressa e tristeza: o Homerruim caído no solo em Nimar, gaivotas mergulhando para bicá-lo, sua boca negra aberta, seu toco de língua lutando para formar as palavras mais significativas.

A vegetação baixa de Barn era muitíssimo mais cerrada que os trechos mais impenetráveis do Perg e de Norfend. Os fugitivos viram-se repelidos por um denso matagal de aguilhoal, talo-de-chicote e rodis. Escutavam ratos fugindo ante sua aproximação e as gaivotas os seguiam desde Nimar, pilhando os motos. Abrir uma picada era impossível sem ferramentas afiadas, coisa que não tinham. Os motos, sobretudo Sweetë e Hunnë, podiam ser instados a permanecer à testa, mas, após algumas centenas de passos, seus focinhos ficaram arranhados e começaram a sangrar. De modo que o grupo seguiu ao longo da beira-mar, tropicando rumo oeste nas estreitas praias de cascalho rochoso. Quando estas desapareciam, eram forçados a seguir pela água, os humanos mais uma vez montados nos amplos dorsos dos motos.

Tiveram sorte com o clima — o dia estava frio mas límpido. Conseguiam enxergar Ham atrás de si e, ao final de uma tarifa, tanto Böm como Carl admitiram — consideravelmente aliviados — que não havia quaisquer perseguidores. Podia muito bem acontecer de os hamsters terem zarpado no pedalinho para alcançar os fugitivos em Nimar; contudo, eles temiam os ermos de Barn e não se aventurariam muito além do território de caça às aves.

Carl, por dentro, dividia-se entre o medo do desconhecido e o assombro. Árvores e arbustos de espécies estranhas enroscavam-se pela costa. Cascas-lisas, cascas-de-prata e crepitáceas anãs, familiares em Ham, entremeavam-se a árvores maiores de troncos cinzentos e sulcos profundos e a outras que eram como versões mais verdes e brilhantes dos pinhos em Wallötop. Havia ainda pássaros ariscos que Carl nunca vira antes, menores que corvos ou ratos voadores, menos chamativos que os periquitos. Eram castanhos, mosqueados, de peito vermelho — seus pios e gorjeios enchiam o vidro. Pediu a Antonë que identificasse as exóticas criaturas, mas o londrino não estava à altura da tarefa.

A linha costeira descrevia uma curva desde Nimar, de modo que, olhando para trás após uns poucos cliques, Carl vislumbrou um amplo panorama: o território selvagem que transpunham e, à distância, mais além ainda do mar aberto, as colinas da própria Chil, onde faixas de áreas verdes resplandeciam sob o farol. Nas duas últimas tarifas, ele se locomovera em seco, na água e montado, incontáveis vezes, a extensão de sua terra natal, e contudo, para Carl, parecia que não se movera nem um pouco. Sem dúvida, pensou, o mundo era um lugar vasto.

Na manhã seguinte, atravessaram de Barn para uma ilhota a meio caminho no canal agitado. Foi uma travessia árdua: o vento soprava forte e os motos eram jogados pelas ondas. Dessa feita os humanos se despiram, aplicaram uma camada de óleo de moto, vestiram-se e então se lambuzaram com uma segunda aplicação. Chegaram menos incomodados que suas montarias. Sem as regulares chafurdas na lama, a pele dos motos ressecou e rachou, ao passo que as imersões na água curryada aceleravam o processo. Hunnë em particular começava a sofrer. Os arranhões em seu focinho infeccionaram e supuraram, as membranas de suas mãos e pés rasgaram-se e começaram a sangrar. Ela perdeu o apetite. Hunnë era a mais tímida dos quatro, necessitando constantemente de afagos e palavras de conforto. Carl chorava por ela, e chorava também por si mesmo, pois três dias fora de Ham era o dia da Troca.

Antonë, observando como os motos nadavam bem e as pequenas abas de carne que vedavam suas narinas, enquanto uma membrana transparente protegia seus olhos profundamente afundados, deixava-se levar, como sempre, pela especulação: seria possível, ruminava enquanto Carl cuidava de Hunnë, que Dave, em sua infinita sabedoria, houvesse designado àquelas bestas passar por tais inundações? Poderiam elas ser criaturas antediluvianas, sobreviventes de uma época anterior ao MadeinChina?

Descansaram uma única noite na ilhota e passaram por terrível provação com os ratos que infestavam o lugar. Os três motos mais fortes eram capazes de caçá-los em número considerável, embora os carnosos petiscos fossem recusados por Hunnë. No dia seguinte, assim que o farol ligou, o comboio abriu uma passagem através do verdejante morro dançante até Chil.

Ali abandonaram os troçopanos, camisetas e jeans de Ham e trajaram os mantos e tênis. Böm mostrou a Carl como amarrá-los, e como atar o braço do espelho à testa, de modo que o rapaz pudesse ver atrás de si num relance. A partir de agora, disse, conversamos apenas em bibici, recitamos as corridas e os pontos, falamos o tempo todo em Dave, repudiamos toda e qualquer mamãe. Faça isso, agora, e se toparmos com chilmen não seremos pegos de surpresa.

Com uma faca, Böm cortou a barba fora — e para Carl seu rosto bexiguento e exangue era estranho, perturbador, até. Nenhum motorista dessa ordem elevada usa barba, explicou Böm. Abriu o guia sobre o tronco achatado de uma casca-lisa caída. Esta é nossa rota — bateu no pergaminho —, estamos a nordeste de Wyc, entre os pedaços de Hemel e Ban, a apenas alguns cliques — segundo minhas contas — do início da Emel, a grande rota do comércio. Podemos percorrer essa trilha à noite e então permanecer na floresta durante o dia. Quando chegarmos lá, na costa setentrional, teremos de conseguir um espaço em uma balsa com destino a Cot, pois será uma distância grande demais para os motos nadarem. Tenho um pouco de mânei — o suficiente para nós dois pagarmos nossas passagens e desestimular quaisquer perguntas.

Carl inferiu disso que Antonë não esperava que os motos deixassem Chil junto com eles. Em seu pavor órfão de mami, ele se atirou no pescoço hirsuto da pobre Hunnë. Rapaz e moto choraram copiosamente. Chega! gritou Böm. O facho está aceso, não estamos na parte habitada de Chil, mas essa mata não está vazia, tem churrasqueiros, caçadores e alguns vilarejos por aí. A gente precisa ter um cuidado danado, se recolher durante o dia, esconder os motos, depois partir quando estiver escuro.

As três primeiras noites seguiram conforme o planejado. O tempo fechara e o lavarrapidu era insistente. Embora não tivessem lanterna ou painel para guiá-los, a Emel era pavimentada por uma cobertura de creto pulverizado que brilhava até no breu. Böm tomava a dianteira, a atenção máxima a qualquer problema, depois vinham os motos, e por último Carl, que seguia os demais vagarosamente, dando tapas de leve em seus cangotes para impeli-los adiante. Muito antes que o farol ligasse, tocavam os motos para fora da trilha e os ocultavam na vegetação baixa. Então comiam parte do estoque cada vez menor de marmitex e davam alguns goles na evian antes de se ajeitar para o agitado sono do dia pálido. Acender o fogo, nem pensar.

Na terceira manhã, enquanto faziam a parca refeição, Böm ergueu o odre de evian e o sacudiu. Está ouvindo isso, Carl? ele disse. Vamos ficar sem. Não tem evian perto da Emel; precisamos fazer um reconhecimento hoje e ver se encontramos em algum lugar. Temos de nos revezar. Você fica aqui com os motos e eu procuro do lado norte, então a gente troca e você percorre o oeste da Emel. Se continuarmos assim, bem silenciosos e tomando todo o cuidado, pode ser que achemos.

Antonë saiu por umas dez unidades, para voltar de mãos abanando, então foi a vez de Carl. Era a primeira vez que se via na mata de Chil. Assim que deixou a trilha para trás, Carl se deu conta de que a imensa área verde consistia quase que exclusivamente de cascas-lisas — fileiras e mais fileiras, sendo que nem uma única árvore ou arbusto tocados por mão humana. Também não havia vegetação rasteira, e as imponentes colunas de troncos perfilavam-se ao infinito, subindo aclives e descendo declives, as raízes mergulhadas no úmido leito de folhas mortas. Carl via aléias cuja extensão correspondia a meia Ham e, morrendo de medo de se perder, contornava árvores em seu caminho, derrubando gumelos aquosos que sujavam seu manto com uma seiva esbranquiçada.

Depois de algum tempo, Carl topou com uma clareira, no meio da qual havia um brejo — nada de evian límpida, apenas o lodo profundo choco-azulado que seria perfeito para o chafurdar dos motos. De repente, houve um movimento perto de uma moita inerte de mambaias e Carl se deu conta de que uma criatura estivera ali o tempo todo. A um gesto brusco seu, o ser disparou, dando a entrever apenas o curto rabo branco quando abria caminho através do leito de folhas. Carl voltou correndo para o ponto onde Antonë aguardava, procurando-o nervosamente. O que foi! ele disse, e Carl lhe contou sobre a fera. Mundjack, suspirou Böm, danado de bom de comer, só que não é para nosso bico. Agora podemos ter certeza — esta é a floresta do advogado. Se seus camaradas nos encontram por aqui, muito provavelmente acabam com a gente.

Carl contou-lhe sobre o chafurdeiro e, ainda que estivesse preocupado, Böm permitiu a Carl levar os motos até lá, um de cada vez, de modo que pudessem se umedecer. A última a ir foi Sweetë, sempre calma e confiante. Carl guiou-a até a clareira e deixou que afundasse no chafurdeiro, onde se esbaldou. Ele se posicionou de pé, as costas apoiadas contra uma árvore, e perdeu-se no vidro azul visível através do quebra-cabeça de ramos finos e grossos. Um pássaro gordo saiu voando em disparada de um galho, o ar vibrando em torno, e pequenas bombas de excremento choveram de seu traseiro. Ao se aprumar num pulo, Carl deu com os olhos azuis de bebê de Sweetë encarando a ponta de ferrim de uma seta retesada. Aquela criatura não era um mundjack, mas um rapaz da mesma idade que Carl. Estava vestido com um casaco ricamente bordado, e usava uma saqueira, tênis de cano alto e boné de beisebol. A comprida juba do rapaz caía-lhe nos ombros em cachos exuberantes. Carl nunca vira aquele tipo de vestuário antes — só ouvira falar. Jamais tinha visto um arco e flecha, tampouco, mas sabia que era isso que o rapaz mirava diretamente para o moto. O pavor do jovem era tamanho que nem sequer notou a presença de Carl e de tal maneira ficou aterrorizado que, quando o moto ceceou, Ól-ai, felio? girou nos calcanhares, deixou cair a arma e saiu correndo aos berros pela floresta.

Não demorou muito para que aos ouvidos de Carl chegassem o clangor de cornetas, o tropel de cascos e o som de muitos homens gritando. Ele exclamou para Sweetë: Abaxa, kirida! Abaxa nuxafurde-ru, afundabein i soh fika kum unariz difora pra respirah! Então trepou como um raio em uma árvore. Nem bem se ajeitou em seu esconderijo, a clareira formigou de pais sobre párius, rapazes a pé e cães ganindo num furor de pêlos e músculos. A caçada se espalhou em torno do chafurdeiro, os pais brandindo balaústres, os rapazes com flechas tensionadas, os cães farejando. Todo o grupo de busca esquadrinhava a água turva. Carl, horrorizado, assistiu a uma bolha lânguida se inflar, depois estourar. Apesar da medonha provação, estava hipnotizado pela caçada. Os pais usavam casacos de couro escarlate brilhante e jeans de couro negro. Seus trajes e párius traziam pendurados uma incrível variedade de objetos de ferrim, enquanto a maioria tinha um mundjack morto estirado na sela. Suas jubas eram untadas e penteadas, tinham a face glabra e olhar de motoragem. Os rapazes estavam esbaforidos, com os calções enlameados, as saqueiras tortas, o hálito deles se condensava em nuvens sob o facho oblíquo da segunda tarifa. Apoiavam-se pesadamente em seus longos arcos.

Quanto aos párius e cachorros — Carl jamais teria concebido que aquelas feras dibinkedu pudessem ser donas de beleza tão terrível. A cada movimento brusco das ventas espumosas dos párius, ele imaginava que iriam quebrar o encanto que os mantinha subservientes aos caçadores, empinando, atirando os pais ao solo e fugindo a galope. Carl achou que também os cães deviam estar sob encantamento, pois, a despeito dos dentes afiados, olhos selvagens e pródigas mandíbulas, corriam de um lado para outro evitando a presa mais óbvia — os apalermados jovens, que, com armas ou sem elas, não seriam páreo para a matilha.

— Onde está o monstro, então, Fred? disse o maior dos pais no mais alto dos párius.

Fred, o rapaz, examinava o chão atrás do arco e flecha que abandonara. Então aprumou-se e se curvou profundamente ao mesmo tempo.

— Meu lod, disse, eu vi bein aki, era orrívu, comu 1 bebê giganti juntadu kum 1 baikon. Ieli falô kumigu. Eu juru, eli dissi Ólrai, véio.

O advogado refletiu por algum tempo, depois se dirigiu ao grupo como um todo:

— Sim, é um moto, sem dúvida, o monstro vil e dibinkedu. Não sei como saiu de Ham, mas precisamos encontrá-lo e dar cabo dele.

Os cães agora farejavam em furiosa agitação a beirada pantanosa do chafurdeiro. Então a matilha começou a cantar, Au-uau-uau-uau! e fundiu-se em uma ondulação homogênea de pêlos e músculos. Eles farejaram o rastro, gritou um dos pais, e o grupo inteiro agarrou as rédeas e fez meia-volta nos párius para seguir atrás dos cães. Cornetas soaram, os pais gritaram, Iaah! Iaah! E, tão rápido quando chegou, todo o ricamente ajaezado grupo de caça desabalou clareira afora, voltando na direção da Emel.

Mais uma reluzente bolha negra inflou no espelho escuro do chafurdeiro. Era Sweetë — ainda respirando, ainda viva. O vento começou a soprar e folhas deslizaram no chão da floresta. Presa a um galho diante do rosto de Carl, uma teia de aranha cintilou com jóias de umidade.

Carl aguardou até o farol baixar antes de descer da árvore, e toda vez que Sweetë se agitava no chafurdeiro ele ralhava para que permanecesse submersa. Finalmente, rumaram de volta à Emel, o garoto com a mão mergulhada nas dobras frias do moto, tentando com seu estímulo confortá-la e aquecê-la. Carl esperava pelo pior — e foi o que Dave reservou aos seus olhos. Os arbustos estavam revolvidos e partidos, havia sangue espalhado pelos galhos e folhas. As vísceras de Champ jaziam esparramadas pelo chão e via-se um rastro de mais sangue e pedaços de carne ao longo da trilha. Keru miamãe, choramingou Carl vendo a gélida carnagem. Sweetë derramou grossas lágrimas sobre os olhos sem vida de Champ, cutucou com o focinho seu cangote inerte, e depois, com indiferença — ainda que reverente — começou a lamber a cavidade que os camaradas do advogado de Chil haviam talhado com seus balaústres.

Böm deixou o oco de casca-lisa onde se refugiara e abraçou o pupilo.

— Cê tah vivu! exclamou Carl.

— Sem dúvida, disse Böm, sombriamente. Mas não vamos continuar vivos por muito mais tempo, a menos que sigamos em frente. Sacudiu o polegar para o moto morto. Levaram o corpo de Hunnë com eles — eles tinham cordas. Calculo que irão levá-lo até Luton; o advogado tem um travelodge, lá. Sem dúvida vão voltar para buscar Champ ao raiar do farol, então pode ir dando adeus.

— E quanto a Tyga?

— Não sei, disse Böm, balançando a cabeça, fugiu no meio da confusão, mas é provável que não tenha ido muito longe. Melhor aceitar sua morte — esses cães de caça o farejaram, com certeza.

— 'ntaum akeli era u adevogadu di Chil, eh?

— Sem dúvida. Böm franziu os lábios gorduchos. Eu o reconheceria em qualquer lugar. É um tipo ávido, rude — como foi o pai dele. Na verdade, Ham só se mantém a salvo de suas terríveis pilhagens pelas boas graças de Mister Greaves.

Coletaram o óleo de Champ da melhor forma que puderam e cortaram fatias de carne de seus flancos e do traseiro. Antonë encontrara um regato que corria para noroeste, e assim, com Sweetë carregada de odres de evian e barris de óleo, seguiram caminho pisando dentro d'água. Continuaram dessa forma a noite toda e ao longo da primeira tarifa do dia seguinte. Finalmente, confiantes de que os cães do advogado de Chil haviam perdido o rastro, descansaram por uma tarifa antes de se afastar do regato e penetrar na floresta. Uma lanterna plena acendeu no vidro límpido, filtrando alguma radiância no chão da floresta. A despeito disso, era um progresso desajeitado para o reduzido grupo. As espaçadas cascas-lisas deram lugar a mirradas crepitáceas e, mesmo tocando Sweetë com insistência, tudo que conseguiam era um passo arrastado. Carl fazia todo o possível para ocultar sua angústia, mas os motos mortos o deixaram se remoendo. Nein puderu ih pra Deiv, disse a seu companheiro. Böm gritou: Bibici, Carl! Bibici! E prosseguiu na árdua caminhada, a cabeça baixa. Magoado, Carl fitou com olhos desdenhosos as costas que se afastavam. Böm era, pensou, um sujeitu pikenu pirdidu numa floresta grandi.

No terceiro dia após o fatídico encontro com o grupo de caçadores do advogado de Chil, os viajantes chegaram a um declive de mambaia morta. De tão felizes que estavam por se ver em terreno mais desimpedido, nem sequer notaram a mata rala, a não ser quando emergiram em campo aberto. Era uma área exposta, os torrões úmidos recém-sulcados, e no meio de tudo estava o grupo de chilmen responsável por aquelas marcas, reunido junto a um velho pangaré cheio de cordas atrelado a um rastelo de pontas de ferrim. Havia cinco desses pais e, embora com um aspecto um tanto quanto exausto, aproximaram-se de Carl e Antonë como um raio. Kikaraliu! disse um, olhos arregalados para Sweetë. Um deles estivera em Ham muitos anos antes e reconheceu o moto. Esse pai tomou a frente: 6 ahi, levim essis 2 pro pedaço, rápidu, eu guiu umotu. Agarrou as dobras do pescoço de Sweetë e ela gritou, fanha: Pufafô, pufafô.

Atravessando campos de arenki melancólicos e encharcados, o grupo caminhou, arrebanhando em sua esteira uma multidão de cachorros e pirralhos. Passaram por um lixão, onde gaivotas e corvos pululavam sobre uma pilha de restos. Embora Carl houvesse visto os passageiros enfermos de Chil aparecerem todos os anos em Ham, ficou chocado em descobrir que aqueles pais eram tão malcheirosos quanto. Suas vestimentas eram farrapos imundos, seus membros, pele e osso, suas tanques, inchadas. Inúmeras crianças tinham pernas Dfsientchs e vários pais, bócios deprimentes. Antonë caminhava junto a Carl, sussurrando instruções: Deixe a conversa comigo. Então, não conseguiu resistir a um pouco de pedagogia: Está vendo ali, aquelas aves ciscando no chão, aquelas são sobricoxas e aqueles, pataçadus, e, mais adiante, através do painel de cascas-de-prata, lá está o pedaço deles.

Passaram por um pequeno cercado. Dentro, no chão esburacado de terra batida, havia uma criatura do tamanho de um pequeno mobilete, com um focinho cônico e olhos minúsculos. Carl encolheu-se ao passar por aquilo, enquanto Antonë murmurou: Isso aí é um bacon. Sweetë enfiou a cabeça acima das estacas e se dirigiu ao ser, ceceando: Ól-ai, felio? E Böm não pôde deixar de rir, pois o bacon dibinkedu apenas bufou.

O pedaço dos chilmen, embora muito maior que o de Ham, era disposto segundo o mesmo desenho, com duas fileiras de geminados em cada lado de um regato. Em vez de um travelodge no extremo mais elevado, havia um geminado amplo, de dois andares, e atrás dele um pequeno Abrigo verde esmeradamente construído com belas 2por4s. Havia dez geminados de pais e dez de mamães, todos construídos no estilo betano, com pesadas 2por4s pintadas de preto e argamassa rústica caiada. Havia janelas em forma de losango, de vidro autêntico, e portas de madeira. Sem dúvida outrora aquele fora um pedaço próspero, mas agora as cercas dos terrenos na frente estavam destruídas e as janelas, quebradas. Conforme o grupo caminhou para o lado dos pais do regato, eles saíram com suas opares para olhar admirados o moto e cutucar seu cangote sangrando. Pufafô, ceceou Sweetë, pufafô, num faiziçu.

O chefiador esperava por eles do lado de fora do grande geminado. Seu casaco estava aberto, revelando um peito desnudo fortemente tatuado com rodas e fonics. Usava um boné de beisebol e pesadas argolas douradas nas orelhas e a barba grisalha por fazer cobria seu rosto bochechudo. A despeito da postura arrogante, tinha a aparência de um pai cujos músculos e gordura haviam sido consumidos. Seus olhos eram famintos e opacos, suas mãos tremiam. Com ele estava um motorista, um homenzinho tímido, a cabeça de avelã sumida entre as dobras de seu manto negro. Foi o primeiro a falar, em um bibici irrepreensível:

— Ora, ora, um moto, se não me engano. Presumivelmente, é o que faltava no grupo que nosso advogado descobriu ao sul da Emel, há quatro dias. Precisamos mandar buscar alguns camaradas em Hemel, de modo que esses — lançou um olhar cético para os mantos rasgados e imundos de Antonë e Carl — äh, perseguidores e seu moto podem ser mantidos sob custódia.

O chefiador era de opinião diferente:

— Tô poko mifudenu pru adevogadu purinkuantu, disse. Eh uma pitsapraviagim di Deiv, ateh ondi eu sei. 6 2 — balançou o polegar para Böm e Carl — podim abatê umonstru i derretê abanha. Meu pai aki diz ki eh bom dikomê, iagentch naum tein olio puraki faiz anuz. Depois agentch intrega voceis 2 prazotoridadis. Nah! cuspiu, peguim askoizas delis, uguia, utraficmasta, urrangu iukifô. Elis naum vaum im lugar ninhum.

Nessa noite, Carl foi trancafiado em um dos geminados dos pais, enquanto Antonë foi confinado ao Abrigo. Algumas opares alimentavam as crianças e punham-nas para dormir. As crianças eram verdadeiros bichos — cuspiam, praguejavam, guinchavam, até. Porém, os pais não prestavam a menor atenção a elas: haviam se apossado do suprimento de jack e estorapeitus de Böm e embriagavam-se no chão. No dia seguinte, era Troca em Risbro — o nome do pedaço —, então Carl foi removido para os geminados das mamães. Qualquer alegria que pudesse advir do novo arranjo teve vida curta. Nada de agrados pegajosos ou de mimos maternais para Carl. Aquelas marafonas eram esquisitas — todas maltrapilhas e esqueléticas. Pegaram-no e usaram-no rudemente, tirando os troçopanos e empurrando o rosto dele contra seus mamilos do jeito mais rude. Nóis naum temuz nium amor i naum temuz pikininus suficientis dinoçu própriu sangui pra amá, disseram-lhe. 'taum vamus fazê cum você.

Era verdade — havia pouquíssimas crianças, para um pedaço do tamanho de Risbro. Carl contou umas trinta e poucas mamães, no total, mas havia apenas cinco opares e um punhado de crianças. Depoiz dimbarrigá 1 veiz, explicou uma velha mocréia para Carl, agentch vira intokáveu! Intokáveu! Naum faiz difrença siagentch tevi 1 filio o naum — intokáveu! Chellish! Noçus paiz saum uz pioris diIng.

À noite, obrigaram-no a ir de um geminado das mamães para o outro. Mal se acomodava em uma cama-caixote, uma mocréia velha de pele ensebada caía a seu lado, enfiava a mão sob sua camiseta e punha seu membro ereto, de modo que pudesse montar em cima dele, *slop-slop*. Tudo que Carl sentia após esses coitos — sua primeira vez — era vergonha, e se tentasse tirar o corpo fora o geminado todo caía em cima dele.

De dia deixaram-no sair para executar o miserável trampo de sacrificar Sweetë. Com Carl servindo de bós, os rapazes mais velhos ergueram uma trave grosseira, ajuntaram lascas secas de crepitácea para a defumação e incursionaram pela floresta para procurar um tronco oco adequado.

O motorista de Risbro, 76534, ficou impressionado com a extensão do Conhecimento de Antonë Böm, mesmo não acreditando na alegação do outro bicha de ser um perseguidor. O motorista estava longe de ser um sujeito instruído; era quase tão ignorante quanto seus passageiros, e contudo, naquelas remotas paragens de Chil, qualquer força de caráter que possuísse era incitada em condenação ao advogado.

Os dois passaram o meio-chico até a Troca seguinte discutindo os pontos mais sutis do Conhecimento no que concerniam às perigosas condições do pedaço. Na verdade, 76534 contou a Böm, é compreensível que o chefiador se aproprie dos motos. Aqui estamos nós, nossos campos inteiramente cercados pela floresta do advogado, mas proibidos de colher qualquer fruto, a não ser pela mirrada concessão de madeira. O mundjack e o bambi comem nossas colheitas quando brotam no campo, mas se um risbroman apenas encostar a mão em um desses animais, o chefiador tem de enviá-lo para Wyc, onde será vendido como pivete. O mesmo com o órnis e a narcega, o galim e o tetraz — todos encontrados em abundância nas redondezas, enquanto meus passageiros têm que se virar com escassos torresmos de bacon e pedaços de sobricoxa — até com carne de rato. Mas em que lugar do Livro há qualquer menção a isso? Onde está escrito que mães e pais devem viver em tal sujeição? Sim — ele suspirou e deu um trago num dos estorapeitus de Böm —, dificilmente há alguma consideração pelos pontos mais sutis do Conhecimento aqui em Risbro, ou em qualquer parte de Chil.

Carl abriu a garganta de Sweetë sob o vidro encoberto. A fumaça dos geminados de Risbro fundia-se aos fiapos de névoa que se agarravam às árvores agourentas. Os cães não deixavam em paz o moto moribundo e avançavam para abocanhar Sweetë mesmo enquanto seu sangue ainda corria. Os cães aterrorizavam Carl. Com seus dentes e garras, eram como ratos gigantes e, assim como ratos, viviam famintos. Mas mesmo assim os agressivos rapazes de Risbro chutavam-nos e socavam-nos sem piedade. Em um canto do território doméstico havia uma trave da qual pendiam quatro ou cinco carcaças de cachorros. Os corvos ali pousavam e bicavam à vontade até serem alvo das pedras atiradas pelas crianças. Quando estavam bem pendurados, os cães eram retalhados e sua carne magra usada como gordura, na medida do possível.

Kenkeh binkah, kenkeh binkah, kenkeh binkah 'gora vein. Binkah ku Runti, binkah ku Champ, binkah ku Hunnë i Tyga tamen... O sangue vital fluiu do mobilete em uma rima cantarolada que pegava: Binkah ku Am, Am kirida, binkah ku Am, Am bunita. Çiau, Caul, çiau, Tonë... Com risadinhas e assobios, os rapazes de Risbro puxaram as cordas e Sweetë foi içada. Ela gemia, seus jonkiris estremeceram, as papadas caíram sobre os olhos arregalados, e então expirou, subindo contra o céu torturado daquela clareira esquecida por Dave. Carl chorava e recitava a corrida do abate.

Levou um chico para defumar toda a carne de Sweetë, derreter sua banha e separar sua gordura. Carl não tinha pressa, pois compreendia que quando o último barril de óleo de moto estivesse selado, seu destino e o de Antonë também estariam.

Nessa noite, os risbromen voltaram do trabalho de repavimentar a Emel. Chegaram em um carro, embora somente o chefiador tivesse permissão de ir em cima dele, chicoteando os párius esparavonados. Era o primeiro veículo com rodas que Carl jamais vira e ficou fascinado com seu movimento curiosamente fluido. Movia-se como se aquilo fosse um pedalinho subindo e descendo em um mar de lodo.

Após a Troca de Carl, disseram-lhe que se juntasse aos rapazes e pais reunidos no Abrigo. Böm estava lá — embora de 76534, nem sinal. O Abrigo era bem equipado, para os padrões de Ham, com uma chaleira de ferrim, um grande micro, um quadro-negro e pedaços de tecido londrino estampado pendurados nas minúsculas janelas. Carl já distribuíra as tripas e outros restos de carne entre as opares e elas haviam preparado lingüiças para os pais. Estas fritavam em uma enorme panela junto com bulbo-de-choro picado. O cheiro do óleo de moto chiando e a fumaça de estorapeitus enchiam o ar e os rostos encovados dos risbromen eram como crânios sob a luz bruxuleante de letric. Carl encolheu-se em um canto, tentando se fazer notar o menos possível, mas o chefiador o chamou.

— Eh, disse, C feiz 1 bom trabaliu kuakeli motu, rapaiz, i veiu akaliah, purkê nóis temu ki trampah komu unzirlandesis di merda nakela EmiUm si agentch kiseh sobrevivê au arenki. Uchofeh du advogadu leva 1 bokadu da colieita antis dufriu chegah, iagentch naum tein permiçaum di vendê urrestu ateh agerminagem.

Os outros pais assentiam com a cabeça, as bocas cheias de carne.

— Num eh mesmu? disse um sujeito alto com cabelo negro ensebado. Elis vivim atraiz dukumprimentu dalei i dexam tudu kieh pretu assassinu iscapah.

— Agentch tevi sorti diarrumah 2 pehdiboi komu voceis, disse o chefiador. Naultima ondadifriu, apareceru 4 sujeitus açoitadus, 4 pivetis dimerda, numfoi?

Os outros pais grunhiam e mastigavam.

— E o que imagina você que o advogado vai lhe dar quando nos entregar? perguntou Böm.

— Podissê kinhentus mangus, o cein — seilah. O chefiador cuspiu no fogo sob a chaleira. Uimportanti eh ki entri algum. Num eh nada pessual — acriditem, eh soh ki tudupuraki eh sempri mâney, i nunka eh suficientch.

Carl ficou se perguntando por que Böm não oferecia ao chefiador parte do mânei que trazia consigo; pesadas moedas marrons, que levava embrulhadas em um pedaço de pele de moto, enfiado na cinta. Böm, contudo, nada mais disse, apenas pestanejou miopemente na direção dos risbromen, que davam baforadas em seus estorapeitus surrupiados.

— E se dissermos aos camaradas do advogado que foi você que roubou o moto? Carl ouviu sua própria voz dizer. Então, o que acontece?

— Motu ukaraliu! O chefiador esticou o braço por sobre a mesa e esbofeteou Carl. Agentch num sabi porraniuma dimotu, ondi elitah? Jah era, acarni foi curryada iiskondida, u ólio tah istokadu, ateh uzossus forum ismigaliadus. Num tenta fudê kumigu, seu viadinu, logulogu sou eu ki vai fudê kum você!

Nos últimos dias, as opares haviam engordado Carl, estufando-o com o melhor da carne de Sweetë, as partes nobres da barriga, e permitindo-lhe tomar quanto grude agüentasse. C tah 1 sobrcoxa bein rexonxuda, dissera um dos risbromen na noite anterior à partida para a Emel. Agentch vai tiingordah 1 pokinhu mais antis di tipô pra açah! Recordando isso, Carl encolheu todo no banco, o rosto queimando, o estômago fluido. Antonë arregalou os olhos para ele do outro lado da mesa. Ao passo que de muito longe sussurros dos risbromen resmungando entre dentes chegavam a suas orelhas quentes: Agentch poim uzkebramolas naistrada i kein sincomoda? Nóis. Naum inkomoda usciganus nein uspretus — elis naum tein carrus, soh ficaum purahi, maiz içu fodi kum uz nossus eixus. Carl mergulhou em um sono agitado, depois acordou com o grunhido pavoroso de uma corrida recitada por inúmeros pais bêbados: Iskeda antis dabróduay, pegah adireita incrauch il, direita ornsey layn, iskeda eizevil röd, direita saynjonzwey. Ele se recompôs e saiu cambaleando do Abrigo, com os pais gritando para ele: Boassorti, filiu!

~

A frente fria chegou com tanta força que Risbro ficou coberta por uma geada fina. Uma crosta gelada reluzia nos galhos desfolhados da floresta e partículas de gelo pendiam dos beirais dos geminados. Os cães se refugiaram no lixão, cavando para obter o máximo de calor possível. A comunidade retirou-se para seus geminados betanus e ali, tanto pais como mães entregaram-se sem freios a seu próprio meh aguado. Carl se deu conta de que os pais pretendiam comê-lo na noite anterior à próxima Troca e acostumou-se como pôde à idéia. Uma noite antes dessa, quando estava deitado insone na cama-caixote com dois dos belicosos rapazes, Böm apareceu com um toco de letric que lançou distintas sombras nas paredes caiadas. Os pais deitavam-se confusamente pelo chão e junto à lareira, fungando como bacon e abraçados uns aos outros para se aquecer. Não se preocupe, disse Antonë, encheram a cara, estão completamente de fogo. Acham que não iremos dar um chapéu neles sem marmitex ou evian — mas separei tudo.

Lá fora, o vidro estava claro, o painel cintilava e a lanterna brilhava forte. Eles deslizaram através da linha reluzente do riacho congelado, depois passaram sorrateiramente entre os geminados das mamães e ganharam a floresta. Um cachorro furtivo rosnou mas não latiu. Duzentos passos mais à frente, Böm parou e começou a procurar algo junto às raízes de uma velha crepitácea atarracada, então puxou uma portatudo. Está tudo aqui, sussurrou para Carl. Guia, traficmaster, um marmitex e um troçopano quente pra cada um. Agora vamos.

Por toda a noite, avançaram a custo em meio ao crique-craque da mata. As cascas-lisas da floresta do advogado marchavam à frente para ir a seu encontro e eles desceram correndo as longas aléias onde os pássaros noturnos chilreavam e o vento murmurava. Na metade da terceira tarifa a lanterna mergulhou atrás das árvores; passaram-se mais quatro outros hesitantes cliques antes que o farol ligasse, enviando raios amarelo-limão direto nos olhos dos fugitivos. Então uma visão maravilhosa surgiu: as cascas-lisas cediam e davam lugar a um grande emaranhado de raízes e galhos retorcidos. Além dessa barreira inextrincável o oceano se descortinava, a superfície verde e branca encrespada à luz do dia incipiente. Gaivotas em vôo arremetiam em estocadas contra o manto espumoso das ondas. Fizeram uma pausa para o marmitex, depois, examinando o guia, Böm conduziu-os ao longo da costa até finalmente chegarem a uma baía de creto, onde havia um pedalinho puxado sobre a praia de cascalho.

— Como pode ser, Töne? perguntou Carl, incrédulo com tamanha sorte. O rango, os troçopanos — agora este pedalinho, diondi C tirô?

— Foi o motorista, replicou Böm, enfiando suas tralhas na pequena nau. 76534. Eu já conhecia ele. Freqüentou a escola comigo na Capital da Fumaça, é um bom sujeito — não queria que entregassem a gente para o advogado.

— O que vai acontecer com ele quando os risbromen descobrirem?

— O que eles podem fazer? Ele é seu motorista. A pena por encostar a mão nele ou em qualquer outro pai dävino é extremamente severa — fato que nossa presente circunstância não pode deixar de lembrá-lo. De modo que devemos nos apressar — está vendo ali? Apontou para um borrão pardacento de terra no horizonte. Ali é Cot, e mais para lá, a nordeste, é a Junção 14, onde as balsas saem com suas cargas para Londres. Se conseguirmos chegar às rotas marítimas, poderemos, talvez, convencer um bós a nos recolher a bordo. Chil é um conjunto rude, o advogado não deve mais que obediência formal ao rei. Mas em Cot a coisa é diferente! O lugar é densamente povoado, com inúmeros conjuntos grandes e pedaços populosos. Nossos disfarces não atrairiam um exame detido ali por muito tempo.

Aprontaram a pequena embarcação o melhor que puderam.

— Tonë, disse Carl quando estavam prestes a zarpar, não fica imaginando o que aconteceu com Tyga? Os risbromen não falaram nada sobrieli e devem ter ouvidu algumakoiza quando estavam patrulhando a EmeUm.

— É, sei. Böm parou o que fazia e refletiu muito concentrado na questão. É estranho, mas receio que o destino de Tyga tenha sido muito provavelmente o mesmo dos demais, sacrificado por causa do óleo — se não por outro pedaço, então por algum dos churrasqueiros que perambulam pela floresta. É duro, Carl — segurou o rapaz pela nuca e fitou-o direto no rosto —, tudo que podemos esperar é que o passageiro dele esteja com Dave.

Empurraram o pedalinho e empunharam os pedais. Uma corrente litorânea apanhou a frágil embarcação e conduziu-a rapidamente rumo sul. Redobraram o esforço e Carl, inclinando-se para trás com o exercício braçal, perdeu-se na contemplação do vidro, das aves marinhas em círculos, do rugido do vento que ressoava com seus gritos — e um chamado indistinto sob tudo aquilo, o chamado de um moto em sofrimento. Parou de pedalar e ofegou, boquiaberto mas em êxtase, pois ali, farejando através do emaranhado de árvores caídas ao longo da costa, ele viu, bufando adoravelmente, a fuça do moto perdido.

Assim que se aproximaram da praia, Carl desceu aos trambolhões do pedalinho, chapinhou através da água gelada e atirou-se no pescoço de Tyga. Rapaz e moto arrulharam e balbuciaram um para o outro, enquanto Böm apenas olhava, coçando o queixo de perplexidade. O moto estava terrivelmente magro, o couro lacerado e sangrando. Havia duas flechas cravadas em sua axila esquerda e as membranas de sua mão estavam rasgadas. Tyga não sabia contar nada do que lhe acontecera, apenas ceceava frases desconexas: Paiss mauss, paiss mauss, tah friu — çein forrachim, achuda, Caul, achuda! Carl, com as mãos enterradas nas pregas do pescoço do moto, puxou-o para perto do emaranhado de árvores tombadas. Ali, deu uma busca por qualquer forragem que pudesse encontrar — frutinhas vermelhas, algum gumelo —, enfiando-a entre os lábios lassos de Tyga. Ondi tavaum uz pais maus, Tyga? perguntou. Ondi C siperdeu dagentch? Tyga apenas grunhia. Ou não entendia a pergunta, ou estava traumatizado demais para respondê-la.

Böm deu um basta ao interrogatório. A gente precisa ir embora. Precisa ir. Olhe, aqui está a corda, amarre no pescoço de Tyga e ele pode nadar atrás do pedalinho. Carl fez conforme ordenado. A estranha flotilha partiu, mas dessa vez Böm pedalava sozinho, enquanto Carl ia sentado à popa, dirigindo doces palavras de incentivo ao moto. Quando ganharam mar aberto, a linha costeira surgiu diante de seus olhos, e Carl pôde enxergar vinte cliques em cada direção. Aqui e ali, o verde fechado dava lugar a baías profundas onde a fumaça subia espiralando de chaminés invisíveis, e uns poucos pedalinhos iguais ao deles balançavam sobre as ondas. Não se preocupe, disse Böm lá da proa, estão lançando redes para pegar ratos do mar e coisas assim. Se seguirmos direto para o norte, não vão nos incomodar. Deu uma conferida no traficmaster, depois no ângulo do farol, e curvou-se mais uma vez sobre os pedais.

Expostos no canal, mais uma vez a corrente os apanhou e arrastou sua minúscula embarcação. As gaivotas desciam girando e se abatiam sobre eles, numa chuva de excremento, os bicos golpeando o focinho vulnerável do pobre Tyga. Carl, aos berros, golpeava em sua direção, mas elas simplesmente se afastavam para em seguida arremeter uma vez mais. Böm seguia puxando os pedais sem parar conforme as ondas estouravam contra a proa. Finalmente, exausto, recolheu-os e chamou Carl.

— Não adianta, a corrente é forte demais, não estamos avançando. Temos que deixar que nos leve.

— P-praondi, ch'fia?

— Se continuar assim, direto pro litoral de Cot, mas vamos cruzar rotas marítimas antes disso. Não sei, se Dave quiser, vamos topar com alguma balsa por aí.

Puxaram Tyga de través e ataram-no à amurada. Antonë tentou usar um pedal como leme, enquanto Tyga agitava-se como podia — mesmo assim, a embarcação rodopiava ao sabor do balanço inclemente e do apuro úmido do mar aberto. Unidade após unidade as gaivotas os atacavam, enquanto Carl pingava evian nos lábios secos de Tyga, temendo que o moto fosse expirar a qualquer momento, tão mal parecia, os olhos vermelhos e lacrimosos e a respiração ofegante e tremida, espumando. O farol sumia atrás das vagas ao passo que a leste nuvens de tempestade se juntavam. O vento recrudesceu e as gaivotas fugiram em busca de abrigo. A coisa parece bem feia, gritou Antonë acima do fragor. Estamos fazendo água, se não chegarmos à terra firme bem rápido, será nosso fim. Melhor você recitar uma corrida ou duas e entregar sua vida às mãos de Dave!

Com o farol afundando rápido, o vento uivando, o moto gemendo, o pedalinho desabando no precipício líquido, Carl avistou um pedaço negro de terra separado do oceano pelos raios baixos e derradeiros. Lutaram contra a água inflexível com seus pedais, enquanto os membros de Tyga debatiam-se sob a superfície, a nau guinando e jogando, até que finalmente adentraram os limites interiores de um molhe. Então, em águas calmas, atingiram a praia de cascalho, onde um pai alto os aguardava, os braços erguidos contra o vidro cor de bile. Trajava uma túnica bizarra feita de placas de metal. Estas portavam inscrições de fonics aleatórias: W 821 TBL, X911 VCF, R404 BNB.

— Bem-vindos a Bril, cantarolou o pai em uma voz que se projetou acima do rugido do vento. Fez uma mesura, enquanto atrás dele o alto relvado sibilava sob a noite iminente. Bem-vindos pai e rapaz — bem-vindo moto. Para espanto de Carl, traje tilintando, o pai curvou-se sobre eles e, desamarrando as cordas, colocou a mão destra nas dobras do pescoço de Tyga, desse modo conduzindo-o para fora d'água. Atrás do pai, Carl viu nítidos quadrados de luz. Havia um geminado — estavam salvos. Envolveu-se estreitamente com o troçopano encharcado, estremeceu, deu um passo na praia, cambaleou e caiu de bruços. O lusco-fusco arroxeado fundiu-se à noite mais retinta.

Carl acordou para dar consigo mesmo deitado em um sofá-cama alvíssimo de maciez e luxo sublimes. Muito acima dele cintilava o firmamento nebuloso do painel. Virando a cabeça, Carl viu uma mesa comprida, além da qual, em uma lareira do tamanho de um apê de hamster, um poderoso fogo rugia — troncos inteiros apoiados em cãos elaboradamente forjados. Capturadas no bruxuleante padrão de luz, as cabeças perucalvas curvadas de inúmeros papais e mamães podiam ser vistas perto do aturdido rapaz. Sentavam-se em mesas compridas e pareciam fazer uma curry. Opares deslizavam pelas passagens, tigelas aninhadas em seus braços. Então ele se deu conta de que o que tomara por vidro era na verdade o teto de um geminado gigante, de cujas vigas pendiam inúmeras letrics. Admirado, tentou se erguer, e, talvez escutando o movimento, um dos papais veio em sua direção. Era Antonë.

— Quieto, agora, ele disse. Não tente se levantar, ainda. Aqui, coma um pouco disto. Estendeu um prato transbordando de papinha quente.

— M-mas onde estamos?

— No Abrigo dos plaquistas de Bril. Não se assuste, não vão nos machucar, são bichas dävinos — não motoristas, nem mesmo mamães e pais.

— Onde está Tyga, ele está bem?

— Estão cuidando bem dele. Puseram-no em seu loft com outros do próprio burguekin deles. Têm tanta intenção de feri-lo quanto você e eu. Agora coma isto e tome um gole de jack — estendeu uma garrafa —, está precisando.

Böm voltou a seu lugar na mesa. A bebida queimou a garganta de Carl e agitou suas entranhas. Devorou a papinha. Haviam tirado suas roupas molhadas e estava nu sob o fino tecido da coberta. O grande Abrigo era mais quente que os geminados de Risbro — contudo, não tanto que Carl não pudesse sentir as correntes de ar. Cobriu-se mais e esticou os ouvidos para escutar a conversa que chegava da longa mesa; porém, não compreendia grande coisa do que lhe chegava, exceto por um ocasional nome de lugar — Farin, Chip, Swïn —, que reconheceu das inquirições feitas por Mister Greaves com os hamsters.

Os bichas dävinos usavam todos uma túnica igual à do homem que os encontrara na praia. Sob a lectric, as pesadas placas de ferrim brilharam de um modo sobrenatural, como que gerando luz própria, e quando os que os vestiam se moviam, as túnicas tilintavam alegremente. Tanto homens como mulheres ostentavam as perucalvas de fiscais e seus rostos macilentos tinham uma intensidade que Carl achou inquietante, a despeito das palavras de tranqüilização de Antonë.

Após rasparem sua curry, o bicha na ponta da mesa junto ao grande fogo ficou de pé. O silêncio se fez e, erguendo os braços, ele se dirigiu ao Motorista Supremo:

— Muitubrigado, Dave, pelo grude!

— Muitubrigado! fizeram coro os demais bichas.

— Muitubrigado pelas placas!

— Muitubrigado!

— Muitubrigado por Antonë e Carl, que vieram a nós fugindo do PCO!

— Muitubrigado!

— Muitubrigado por nosso Abrigo aqui em Bril!

— Muitubrigado! E assim prosseguiu pelo que pareceu a Carl pelo menos meia tarifa, o sujeito grande cantarolando obrigados e os demais assentindo em coro. Carl começou a cochilar e quando Antonë foi até o sofá-cama, encontrou o rapaz enrolado na posição fetal de sua adorada Ham. A tensão que vincara e empalidecera o rosto naturalmente corado de Carl fora atenuada pela primeira vez em chicos. Foi com considerável relutância que Böm suavemente o sacudiu para que acordasse.

— O que são os plaquistas? sussurrou Carl, pois, embora a maioria dos bichas houvesse a essa altura deixado o lugar, uns poucos ainda retiniam por ali, limpando as tigelas.

— Boa pergunta, respondeu Antonë. Ajustou os óculos — que de algum modo conseguira manter consigo ao longo da tormentosa travessia de Chil — e encarou o pupilo. Os plaquistas, como você vê, são bichas que usam o éfode plaquista, quanto mais placas usam, mais perto de Dave estão.

— As placas são deiviuorks?

— De um tipo muito especial, recolhidas há muito tempo nos antigos caminhos, a EmeUm, EmeKuatru, EmeKuarenta, EmeSinku e EmeSeis. Eis por que você encontra esses pedaços plaquistas tal como continuam a existir perto dessas rotas. Aqui em Bril não devemos estar a mais que uns poucos cliques da EmeKuarenta.

— Você sempre soube da existência desses bichas, então?

— Ah, claro, riu Böm. Quando eu era jovem, sonhava em fugir para me tornar plaquista. Sabe, como eu — ou os motoristas —, os plaquistas são todos bichas, homens e mulheres sem nenhuma intenção de ser mamães ou papais. Vivem juntos em perfeita harmonia, ainda que sem qualquer intercurso entre si. Na verdade, não concordam absolutamente com essa interpretação do Livro — não são devotados ao rei Dave ou ao PCO, não vivem entre veizdamami ou veizdupapi, apenas em sua própria vez. Afirmam amar uns aos outros do modo como todos o faziam antes do Rompimento.

— Então o que os plaquistas acham que o Livro significa? Eles recitam as corridas e os pontos? Crêem que uma Nova Londres será erguida? Acham que Dave voltará?

— Voltar! Böm riu ainda mais alto. No que lhes diz respeito, Dave já se encontra entre nós, aqui mesmo, cada um de nós está no táxi de Dave e Dave, no nosso. Não, não, sua interpretação do Livro é muito antiga, talvez a mais antiga que há. Vê suas placas? Bom, cada plaquista pega essas letras e números e os usa para alcançar a palavra de Dave a partir de uma série de cálculos, os números referindo-se às páginas do Livro, as letras, a linhas e versos particulares. Cada plaquista escreve seu próprio comentário segundo essas regras de interpretação e isso é acrescentado ao grande *scriptorium* da ordem. Em tempos antigos, antes que Ing crescesse até sua presente forma, os plaquistas tinham poderosos Abrigos em Stok e Nott, Lank e Mank, amplos conjuntos cresceram em torno, com talvez quinhentos ou mil bichas, cada um rabiscando e rabiscando com suas bics, e decorando seus escritos com garatujas elaboradas.

— Mas o que aconteceu?

— Quando a dinastia do rei Dave subiu ao trono e o PCO foi estabelecido em Londres, imediatamente enxergaram uma ameaça nos plaquistas. Os conjuntos dos plaquistas foram pilhados, seus Abrigos, derrubados, suas terras, confiscadas, e muitos dos pacíficos bichas, trucidados. Incontáveis aquatros plaquistas foram queimadas e os passageiros remanescentes banidos para os rincões mais distantes dos domínios reais. Hoje, restam apenas uns poucos pedaços plaquistas, aqui em Bril, em Barf, em Bäzin e uns tantos mais bem a oeste, dos quais não sei o nome...

Böm interrompeu o que dizia, pois um dos plaquistas remanescentes viera tilintando em direção a eles.

— O Abrigo foi arrumado para a noite, disse. Podem pernoitar aqui, se assim desejarem; contudo, seria mais conveniente se vocês se retirassem para o dormitório dos homens.

— Tudo bem, velho, disse Böm, erguendo-se da beirada do sofá-cama, onde estivera sentado. Vamos indo então, Carl.

— E tenham a bondade de não esquecer, continuou o plaquista conforme os guiava através da noite fria em direção a uma construção baixa a poucos passos dali, será exigido de vocês que cheguem a uma decisão durante a primeira tarifa. Tal foi a determinação das placas.

— Decisão? perguntou Carl após o plaquista tê-los deixado a sós no dormitório. Como assim?

— Hum. Böm ajeitou-se no catre que lhe fora designado. Ele quer dizer se iremos para Nova Londres ou se ficaremos aqui com eles.

— Ficar? Você quer dizer virar um plaquista?

— Há destinos piores reservados a uma dupla como nós. O pedaço aqui em Bril pode não ser mais que uma sombra do antigo, entretanto, a comunidade perdurou. A ordem tem neste lugar um baluarte e conta com conjuntos mais além, em Farin. Há inclusive algumas terras plaquistas deixadas na própria Cot que o advogado, até o momento, foi incapaz de confiscar.

Böm falava da perspectiva sem fazer muito caso, como se fosse algo de somenos importância.

— M-Mas, gaguejou Carl, e quanto a meu pai, Tonë, e quanto a eli? Diki adjantô tudu içu siagentch não chegar a Londres? Você só pode estar brincando!

— Claro, claro. Böm estendeu a mão, um apêndice macio e branco que flutuou na penumbra. Bateu no ombro de Carl. Não se preocupe, rapaz, estamos a caminho de Nova Londres. Por mais bicha que eu seja, não tenho mais tanque para o rito de iniciação plaquista do que tinha quando dele ouvi falar pela primeira vez — e tenho certeza de que você, tampouco.

— Rito de iniciação?

— Mais um passe do que um rito, na verdade, até onde diz respeito a essa gente. Böm ajeitou-se em seu catre e bocejou, despreocupado. Os plaquistas vêem todos os pais como uns burguekin espumosos, todas as mamães como umas vacas leiteiras concupiscentes, de modo que, se você aspira a se juntar a sua ordem, tem de ser castrado.

10
O Enigma

Agosto de 2002

Um cormorão veio voando sobre o rio entre os dois píeres centrais da Thames Flood Barrier.* Dave Rudman observou seu corpo negro de caneta hidrográfica conforme traçava uma linha através das pilhas de contêineres e depósitos revestidos de metal na margem distante. Cinza-ferrugem, laranja-pérola, rosa-céu — a mixórdia de quadrados e retângulos de um pantone multifragmentado. O pássaro ziguezagueou para evitar um molhe, depois se fundiu ao veludo amarronzado do Tâmisa onde o rio era encilhado pelo Woolwich Ferry, antes de desfraldar-se dentro de Gallions Reach. *Um aviãozinho desprezível cheio de yuppizinhos desprezíveis* alçou vôo do City Airport. Inclinando, captou a plena potência do sol da tarde e fulgiu ouro-pálido no céu. Dave sugou o bico sarapintado de um filtro. A garganta arranhou, e um doloroso sedimento mucoso deslizou por sua língua, descendo em seguida pela goela. Sentia o rosto inchado, seus dedos, quando puxou a *rolha* de seu *cu*, eram umas *lingüiças malpassadas rachando nos nós e escorrendo graxa*.

Fazia um dia opressivo, o céu tão baixo que ameaçava rastejar sob o solo. Gaivotas *pentelhavam*, com seus gritos de *cooee chew-chew-chew* evocando sedução depois consumo. Na direção do centro de visitas da barragem — uma rotunda de vidro encabeçada por concreto cinza — o babado de gramado da paisagem abrigava um piquenique, um punhado de crianças, de todos os formatos e tamanhos, mas na maioria *crioulinhos* de camiseta, jeans e inúteis balaclavas. *Rishawn, Shinequa e Shemar, trazidos de Peckham até lá para uma orgia de açúcar...* Duas jovens davam-lhes picolés e Cocas em lata. Enquanto Dave

---

* Estrutura móvel contra-enchentes do Tâmisa, usada pela primeira vez no início dos anos 1980. (N. do E.)

olhava, uma delas parou para apanhar o papel do sorvete na grama e ele viu uma tatuagem do sol *nascendo de seu rabo*. Com nojo — não excitado, só com nojo —, Dave virou para o outro lado. No fim da passagem, junto ao parapeito, estava seu passageiro, as coxas esqueléticas perdidas na larga bermuda cáqui. Conversava com um sujeito ornamentado de tecnobling: câmera digital, cinta para os celulares, fotômetro — um colar reluzente de microcircuitos como a própria barragem, encolhida e embrulhada.

Dave apanhara o passageiro na Wardour Street. "Sou bói", explicara o rapaz, enquanto percorriam o Embankment rumo à City. "Tem duas unidades filmando hoje." *Palmas pra você.* "Uma na Thames Barrier e outra lá em Shepperton. Eu apanho o filme numa delas na zona leste e levo pra oeste, porque é onde tá o diretor..." E seguiu tagarelando, entusiasmado com sua missão, enquanto Dave mergulhava o táxi nas ancestrais mandíbulas da City, passando Billingsgate, subindo e transpondo Tower Hill, descendo através de Shadwell e Wapping, sílabas anglo-saxãs tão sólidas e desajeitadas quanto a própria suspensão do Fairway.

"É tipo um filme de autor sobre o Tâmisa. Tem esse cara, saca, ele acha que o rio vai inundar, essas coisas" — os lábios penugentos do passageiro torciam-se no retrovisor — "ãh, tipo vai dar merda, subir, entende... vir borbulhando pra superfície". Ele parecia não notar que Dave em nenhum momento disse coisa alguma, apenas grunhia no padrão de intervalos apropriados. Tampouco notou o estado do táxi: o olho oblongo do pára-brisa coberto com a fuligem das ruas e moscas esmagadas, teias de aranha penduradas nos espelhos laterais, o painel forrado com os triângulos plásticos das embalagens de sanduíches descartadas, o chão da frente com lixo na altura do joelho. E Dave — Dave fedia.

∼

Pela manhã, agora, ele enfiava qualquer trapo sujo que lhe caísse nas mãos, saído do novelo confuso no canto do quarto. Bebia suplementos dietéticos espessos e adocicados e cagava água. Já não era mais capaz de dizer o que o levava a ter aquele pressentimento medonho, enxergar um serrilhado de néon na periferia de seu campo de visão, sentir os maxilares travados e a garganta arranhando, sofrer com o rosto inchado e os dedos de salsichão. Seria o Seroxat, a Carbamazepina ou o Zopiclone?

Antes que a derradeira clava do dia martelasse Dave, mergulhando-o na lacrimosa inconsciência, ele desamassava as bulas dos remédios, atiradas como bolas sobre o tapete, e as lia. Conforme seus olhos cansados claudicavam pelo incerto impresso, Dave achava impossível adivinhar se sua *boca seca, estômago agitado, diarréia, constipação, vômito, sudorese, sonolência, fraqueza, insônia, perda de apetite, erupções cutâneas, coceira, inchaço, tontura, perda de consciência, espasmos musculares e mudanças súbitas de humor* eram sintomas de sua depressão, efeitos do medicamento ou reações adversas. Os remédios tornaram-se parceiros da doença e, juntos, haviam cinzelado a mente do taxista em zonas de influência delusória.

Tudo caminhava para uma crise — Dave sabia disso. A inspeção anual dos veículos era iminente, o táxi precisava parar na oficina, até seu distintivo tinha de ser renovado e o taxímetro, recalibrado segundo as novas tarifas. Tudo isso significava papelada para tirar, burocracia a enfrentar, encontrar-se com aqueles *idiotas étnicos raivosos...* seus colegas motoristas. O PCO ia confiscar seu distintivo, foder com ele de uma vez por todas, iam *quebrá-lo na roda e arrancar a porra da sua língua.*

Um puta gigante grande pra caralho tecendo uma cota de malha a milhão... transmudou-se no *vrrr* de uma bicicleta motorizada que passava, enquanto Dave Rudman acordava de seu devaneio pelo tempo suficiente para cronometrar a miragem oscilante de Canary Wharf, antes que o rato preto corresse para dentro do Limehouse Tunnel. *Onde está Carl? Onde está você, velho? Com quem?* Dave imaginou-o à mercê de papa-anjos diabólicos, se picando com heroína no meio de junkies podres, levando um monte de porrada *de um bando de manos de merda sem rosto, os capuzes puxados sobre os olhos amarelos dementes...* Ou talvez Carl houvesse saído de Londres de vez, indo para o norte pela M1, *como um vagabundo ou um cigano, todos seus cacarecos juntados em uma... uma... bolsa porta-tudo de bebê...* E se Dave encontrasse seu filho, visse seu rosto resplandecente surgir em meio à confusão de pedestres das ruas londrinas — como seria, então? *Eu dava nele um puta de um cascudo — é isso que eu fazia, o sofrimento que me fez passar... o sofrimento...*

Em sua angústia, o taxista achava difícil acostumar-se a celulares. Ele os jogava pela janela do Fairway se estivesse dirigindo e a conversa com um advogado, um mediador ou um assistente social se tornasse desagradável demais. Se estava na rua, deixava-os cair na calçada e esmigalhava as bitucas da conversa. Uns três ou quatro conheceram este fim: pré-pisados. Mas agora que era cliente do Skip Tracer,

Dave não saía do celular — porque o detetive, embora descartando um encontro, ligava o tempo todo, como se ele e Dave fossem dois adolescentes tagarelas.

No aparelho, que Dave espremia no ouvido conforme o táxi estremecia sob as luzes em Chiswick, Cheam ou Chorleywood, o papo esquisito do Skip Tracer soava ainda mais estranho: "Pode ser farinha."

"Ãh?"

"Esse cara seu — eu disse que pode ser farinha. Ele cheirava antes, não é, tá acostumado. Isso talvez explique o mânei pingando grosso nas contas dele."

"Pensei que você fosse investigar alguma coisa, descobrir se foi ele que especulou com o preço das ações antes que a empresa fosse vendida…"

"Vai na manha, jovem, na manha. Não leva a mal — eu tô no caso. Mas ele vendeu o negócio, agora, então num adianta o leite sei-lá-o-quê desmamado."

"Derramado."

"Com'é?"

"Chorar o leite derramado."

"É, é, tô sacando uqu'cêquédizê. De-rra-mado. A-rrom-bado. Fechar. Porta. Depois. Arrombada. Só que eu vou fuçar numas latas — ver o que aparece. Mas farinha — aí é outra história. O cara não pode ficar por aí se metendo com seu guri se tiver amarrado numa farinha. Saca?"

As ligações vinham em horas incomuns e lugares inusitados — quando Dave estava comendo no Two Worlds ou sentado dentro do carro no lava-rápido, as coníferas de náilon rodopiando em torno das janelas do Fairway: "Freddy fez o serviço da lata." O Skip Tracer sempre começava sem qualquer preâmbulo ou formalidade.

"Como é que é?"

"Freddy, o ás da lata, o cara é uma raposa — uma puta raposa. Se mandou pra Hampstead, revirou o lixo do seu cara. Se mandou pra Charlotte Street, revirou o Channel Devenish e tudo mais. Ninguém viu o cara, ninguém conhece ele, o cara não existe. Juntei tudo, juntei os picados."

"Picados?"

"Papel que passou pelo picador — aquilo é coisa de primeira. Coisa de primeira. Farinha, pra nós."

"Mas o q… o que dá pra fazer com papel picado?"

"Betty. Betty Bodum. A garota do picador, é a Betty. Tanto faz o jeito como picam — na vertical, na horizontal, porra de ziguezague —, dá tudo na mesma, pra ela. Ela é tarada! Fica no negócio como se fosse um quebra-cabeça fodido. É lindo de olhar, é mesmo — cê tinha que ver. Não que ela ligue — ela não. Ela é magra como uma porra de parquímetro — tem sei lá, anoczia..."

"Anorexia."

"Tanto faz. Mesmo assim, queima os neurônios — a mulher sua que nem uma porca, quando tá concentrada. E aí o apelido."

Lidando com o Skip Tracer, Dave Rudman ficava com a impressão de ser apenas uma pecinha ínfima em um quebra-cabeça urbano gigante terrivelmente complicado. Sentado sob as Antilhas Holandesas em seu escritório em Belgravia, o Skip Tracer passava as manhãs enfiando as páginas do guia de ruas no picador e vendo o espaguete de papel se retorcer e cair. Então trocava de camisa e passava a tarde remontando Londres, parando apenas para dar aqueles telefonemas absurdos: "Pus uma sombra no calcanhar do seu cara. Só uma equipe pequena, porque o sujeito é um desavisado. Um pra seguir, outro pra vasculhar, umas belezinhas eletrônicas, sem problema, pra descobrir o que ele tá tramando — a melhor coisa."

"Tá falando sério?"

"Não podia ser mais sério, qual o problema, tá congelado, jovem? Os dedos do pé tão caindo? Cê num anda cheirando, anda — avisei sobre isso."

"M-mas o dinheiro, seus honorários — da equipe, da porra da Betty Bodum —, não posso pagar tudo isto." Houve um som como de um caminhão de lixo sendo ativado no vazio — tão alto e súbito que Dave afastou o celular alguns centímetros de seu ouvido. Quando aquilo cessou, ele se deu conta de que fora o Skip Tracer rindo. "Honorários? Tô pouco me lixando pros honorários a essa altura, jovem, eu disse lá atrás que quando tem pai e filho na parada... seilá... me chama de coração de manteiga... me chama de coração de manteiga... VAMOLÁ — FALA!"

"Você é coração de manteiga."

"Pode ser, pode ser, coração de manteiga, como no fim da porra da carreira, jovem. Carreira acabada, fim da corrida, o cavalo sem o fungador de aveia, trotando pelo padoque, na maior deprê porque acabou o barato. O suor espumando no meu lombo. Sei lá... Sei lá... só não vem emprestar dinheiro comigo, jovem, não faz isso. O juro te mata."

"Como o Phil Eddings fez."

"Disse alguma coisa, brou?" O rapazinho na traseira do táxi curvou-se para a frente e enfiou a fuça penugenta através da portinhola. Dave segurou a vontade de gritar, "Brou? Brou! Brouaputaquetepariu!". Porque faltava ainda muito até chegar em Shepperton e o taxímetro já marcava trinta e tantos paus. O devaneio de Dave o lançara rio abaixo e agora o trazia de volta. Estavam parados por causa das obras em Greenwich, presos exatamente no ponto onde o tempo começa — o Maritime Museum de um lado, o Royal Naval College do outro. No centro da cidade os mastros do *Cutty Sark* hasteavam um ornato emaranhado de cordames em meio à bruma de escapamento, e na pista ficava *um irlandês idiota de merda com um pirulito verde gigante na mão* vociferando "SIGA", enquanto quarenta metros mais adiante, passando a incisão malfeita que os trabalhadores tinham aberto no asfalto, um segundo homem segurava uma placa de "PARE". *É bico presses meninos... e o meu — ele tem um trampo pro verão?*

Fossem quais fossem as angústias de seu pai, o verão de Carl estava sendo chato. Michelle o levara para passar uma semana em um condomínio de azulejo branco na costa do Mediterrâneo. Ali, o menino matava o tempo à beira da piscina, ou montava em um bojudo animal inflável, flutuando no cloro diluído. Foi no verão em que deixou de lado seus nomes de bebê — ou melhor, em que Michelle parou de chamá-lo de Sweety, Honey, Bunny ou Gorgeous. Dirigia-se a ele apenas como Carl, curto e grosso, e quando os garçons não estavam olhando deixava que bebericasse seus coquetéis transbordando de frutas.

Quando regressaram a Londres e sua mãe voltou a ficar com os dias tomados, Carl andava até Heath ou perambulava para o West End, onde se enfiava nos saguões de hotéis classudos, passando tardes inteiras sentado sem ser incomodado em divãs, surrupiando sanduíches de salmão defumado de bandejas com sobras.

Afogado em sua própria exsudação sebácea, crescendo como uma erva daninha humana, a cabeça girando quando ficava de pé rápido demais — Carl não mostrava nenhuma preocupação consciente por mamães ou papais, de qualquer estirpe. Com desalentada passividade, aceitara que não mais poderia ver Dave. *E aquele veado ajuda em quê, afinal?* E contudo, não conseguia deixar de seguir cada black-cab que passava, checando para ver se enquadrava na janela do motorista aquela cabeça estropiada e as orelhas de morcego.

A única emoção veio certa noite, quando Michelle estava fora, no concerto ao ar livre de Kenwood — Chablis na garrafinha de plástico, sanduíches de frios, música na concha acústica. O telefone tocou em Beech House e Carl atendeu na extensão do andar de cima. Era Saskia, a ex de Cal. Quase sempre era. Cal entrou na linha e, mesmo depois de pôr o fone no gancho, Carl pôde ouvi-lo lá de cima, porque Cal gritava: "Putaqueop...! Será que você...? Onde ela tá...? Agora...?" Ganidos abocanhados de angústia. Sem entender absolutamente por que fazia isso, o rapaz retrocedeu na ponta dos pés pelos degraus acarpetados a fim de se debruçar sobre a balaustrada. Quando Cal largou o telefone, levou um susto, sentindo um olhar às suas costas.

Fazendo meia-volta, ele viu o filho *dela* com uma expressão no rosto semi-Rudman que pareceu, a Cal, estranhamente familiar — como a encarnação de um *déjà-vu*. Impulsivamente, disse, "É minha filha, Daisy, presa outra vez. Ela tá numa delegacia em South London, preciso ir lá pagar a fiança — quer vir junto?".

Foram no bê-eme-vê de Cal, atravessando a cidade noturna. Homens postavam-se em cada esquina usando camisas de futebol da Inglaterra estampadas com o número 10: Beckhams gordos, Beckhams magros, Beckhams jovens, Beckhams negros. Uma infinidade de reservas imprestáveis para um jogo infinito. Não foi o bate-papo futebolístico, a cumplicidade do trajeto no carro ou mesmo o negócio de adulto na delegacia que levou àquilo. Seguiram para o apartamento da mãe dela com Daisy no banco da frente sofrendo bruxismo de droga, enquanto Carl mantinha a cabeça baixa atrás. Foi um curto diálogo enquanto voltavam para casa, à uma da manhã, subindo Haverstock Hill. "Deve ser duro", disse Cal, "ter um pai... sei lá... tão perturbado". E Carl disse: "Deve ser duro pra você também — com Daisy." Foi isso, um vínculo forjado na fornalha de loucura do verão londrino.

∿

Onde estava Carl? Onde Dave estava: dirigir o táxi era um enrosco — a própria cidade tornara-se maleável na fornalha, dobrando-se e retorcendo-se, borbulhando de agitação. Seu Acenossonar desnorteado com os estilhaços humanos, Dave pegou-se burlando regras, indo para o sul, desembarcando *algum garoto malcriado de merda* em Railton Road. Depois, dando ré numa vaga apertada nos fundos do Brixton Market, o pára-choque cromado do Fairway beijou o pára-choque emborrachado de um Vauxhall Carlton mostarda. Dave saiu meio trôpego do carro e, mais por reflexo do que por responsabilidade, foi examinar a traseira. Nenhum amassado — nem marca, sequer. Quando se endireitou, foi cercado pelos *mano com seus agasalhos folgados e jaquetas LA Raiders, ouro amarelo nos dedos e nos dentes. Cabelo de nega-maluca...* Ao longo da Electric Avenue, diante dos açougues, viam-se balcões com pilhas de pés de porco. Um dos homens deu um passo adiante, o cabelo cortado na máquina um, a fuça restolhada de um fantoche de meia. "Grana, maluco", disse, enfiando a pata porca curta e dura no peito de Dave.

"Como é?" Dave olhava incrédulo. O homenzinho apontou o pára-choque do Carlton. "Cê estragô mia caranga, maluco, amassô ela na maior. Olhaê." Houve uma sucção coletiva de bochechas, "*tchuk*", e um murmúrio de concordância. "Vinte paus", disse o homenzinho. O celular de Dave tocou.

"Podia ser farinha", começou o Skip Tracer, "mas tem uma mina na jogada".

"Como é?"

"Seu cara, pus aquela equipe no calcanhar dele e acharam um negócio, parece que o sujeito não pára em casa, o tempo todo, oeste, sul, entrando e saindo das porras das casas de crack, pubs, clubes, puteiros, cortiços — não tem subforma de vida que ele não cai matando em cima, mas é sempre o mesmo passarinho que agarra. Uma coisinha linda — idade suficiente pra ser filha dele."

"Vinte mango", reiterava a vítima do acidente. Havia parado bem na frente de Dave, agora, o rosto quase tocando o esterno do grandalhão. Seus colegas de cobrança também se aproximaram — uma barreira de olhos injetados que bloqueava a entrada do Reliance Arcade. Por sobre os ombros aveludados de um, Dave via mulheres sentadas em mesinhas no salão de beleza, as garras estendidas para as manicures. Tirou o celular do ouvido e fez com a boca, "Eu tô no telefone", e tal foi sua autoridade nisso que os cobradores deram um passo para trás, resmungando "seu baitola" e "qualé, maluco".

"Talvez seja a filha dele", disse Dave para o Skip Tracer. "Ele tem uma, cê sabe."

"Ah, não, não, não, acho que não. Minha equipe viu os dois num agarro muito comprometedor, a língua dela entrando na porra da garganta dele. Ah, não, não, não. Isso muda tudo, certo, acho que sua ex não vai ficar muito feliz de ver isso — quecêacha? Pode ser meio que uma bomba no estado de espírito do velho lar-doce-lar. Preciso desligar, jovem — tô suando pra caralho." Assim como Dave. *Dá pra sentir as gotas geladas nas costelas, que merda tô fazendo aqui? Isso aqui é terra de bandido.* E era, porque, a despeito das sólidas senhoras batistas puxando maletas do tamanho de um caminhão-baú, e dos consumidores de sábado à tarde, ninguém nem sequer notou o taxista sendo extorquido. "Vinte paus." O jamaicaninho persistia — e Dave deu, ponto final. Mas assim que voltou ao táxi e tomou o rumo seguro da Brixton Road, a humilhação subiu e transbordou.

～

Na minúscula locação onde seu programa de sucesso, *Blackie*, estava sendo filmado, Cal Devenish aceitou um copo de água mineral com gás trazido por um dos assistentes e ficou bebericando à sombra do caminhão-refeitório. *Tô paranóico... se você passa tempo demais perto de câmeras em miniatura começa a pensar que está sendo observado... e mesmo assim... e mesmo assim... e se alguém estivesse olhando* naquela vez em que Daisy, acometida de uma fuga vertiginosa de euforia e subindo, subindo, subindo acima dos telhados de Shoreditch, agarrara a cabeça de seu pai com as duas mãos e enfiara a boca enlouquecida dentro da dele. *Eu a empurrei — afastei-a de mim... Nojento... repugnante... ela sentiu meu gosto...* Mas ela continuou pendurada nele, balançaram, trombaram contra um latão de lixo com um surdo *bum*. Cal estava tão desesperado de tirá-la do beco sórdido, entrar no carro e fugir em segurança, que por um minuto de boquiaberta perdição... *Eu reagi, eu lhe devolvi o beijo... Senti aquele ferrolho de sua língua com a minha... suas mãos em mim... as minhas nela...* Quando o aperto finalmente afrouxou, estava calma, e ele pôde levá-la para o carro. Então, partindo sob o sódio flambado da Great Eastern Street, Carl vislumbrou umas costas se afastando... *muito rápido.* Foi tudo, aquelas costas prosaicas não haviam feito nada, meramente *se aceleraram rápido demais, sumiram rápido demais... se safaram com aquilo.*

～

Mesmo dormindo, Dave Rudman não tinha escapatória. Seu celular vibrou no criado-mudo, *garras de rato famintas tamborilando na casca da madeira*. Ele tateou e puxou o aparelho para a escuridão debaixo das cobertas, tresandando a homem. "Me encontra no Wagamama, em Canary Wharf", disse o Skip Tracer.

"M-mas por quê?", gaguejou Dave.

"Por que não?", retrucou o Skip Tracer.

"É... é domingo."

"Domingo? Domingo! E eu tô cagando e andando pra merda do domingo, se um cara não consegue levantar da caminha no domingo é porque anda cheirando farinha no sábado à noite — cê cheirou?"

"Não, claro que não."

"Tá, te vejo lá daquiumahora."

Foi um flashback dos anos 80 ver o empreendimento gigantesco deserto, ruínas recém-construídas. O Canada Square inteiro não tinha mais que umas trinta pessoas andando de lá pra cá. Dave estacionou ao pé da One e saracoteou pelo lugar. O Au Bon Pain estava fechado — o Starbucks também. No minúsculo jardim ornamental, um somali indolente arrancava folhas do gramado com uma pinça, enquanto uma fonte de aço escovado jorrava para si mesma. As aberturas de ventilação do metrô abaixo faziam páginas jogadas flutuar como gaivotas pelas laterais envidraçadas do edifício do HSBC.

Dave atravessou até o centro comercial no lado mais distante, desceu, depois subiu por uma escadaria ostentosa até o Wagamama, um convés de porta-aviões a título de restaurante. A cozinha aberta, cheia de chiados, vapor e clangor de metal, dava lugar a longas mesas e bancos de madeira dispostos com a simplicidade das linhas retas. Dave ignorou a garota de túnica Mao que lhe perguntou, "É só o senhor?", pois o lugar estava completamente vazio, e ele pôde ver o Skip Tracer sentado em um canto distante junto à janela com vista para a galeria de compras, uma enorme tigela fumegante diante do rosto rosado e juvenil. "Olha só essa comida japonesa", ele disse, quando Dave sentou do outro lado da mesa, "macarrão, massinha, verdura picada". Apontou o caldo com os pauzinhos. "É um pequeno mundo nesta tigela, não é?" O Skip Tracer usava um terno pesado, de três peças, em padrão de ziguezague, com uma camisa lilás de seda. Sob a mesa, sapatos reluzentes como espelhos tamborilavam no piso. Seus traços esquisitos — o nariz de rampa de ski, as sobrancelhas engroladas — eram distintamente definidos pela franja cortada na gilete. Estava com barba por fazer e suava em bicas, gotejando através do vapor sobre a tigela como chuva caindo de uma nuvem baixa.

"Vi uma anã a caminho daqui", disse o Skip Tracer. "Só lembro disso porque tinha um peitão, cara. Puta peitão." Dave pediu uma cerveja. "Não vai comer, jovem?", ralhou o Skip Tracer. "Precisa comer, senão as pessoas vão achar que você tá..."

"Não ligo pro que as pessoas pensam."

"Como quiser." O Skip Tracer não estava normal; ficava lançando pequenos olhares de soslaio para um lado e para outro. Bicava o macarrão com seu bico de madeira, mas não levou nenhum até a boca. Seus comentários entrecortados prescindiam da ênfase usual — não era mais o sujeito franco, paternalista e sincero.

Finalmente, deu um profundo suspiro e, enxugando a testa com um lenço branco de algodão, disse, "Deu merda, velho. Deu merda. Achei que podia ajudar — mas não posso. Devenish... Devenish... bom, acontece que era a filha dele. Puta susto — cê podia ter me fodido. Ela tem um negócio, um probleminha, uma doença..."

"É doente da cabeça? Isso eu podia ter dito."

"Bem, você entende, então. Me chame de coração de manteiga, mas não sei lidar com isso. Não dá pra acuar o homem — não seria ético."

"Ainda tem o lado da grana — a empresa. A gente sabe que ele fraudou a venda do Channel Devenish, não lembra? O sujeito no meu táxi. E quanto a todo o trabalho de ir atrás que você fez, as latas de lixo, o papel picado, as ligações — tudo isso?" Dave beirava as lágrimas.

"Trabalho bom, bem-feito, não tem o que criticar — meu pessoal é pro. Arestas aparadas, sem enganação, *zum-zum*." O Skip Tracer fez um traçado com a mão debaixo do nariz de Dave. "Mesmo assim, no fim, tem que ter uma hora em que... quando..."

"Quando o quê? O quê?"

"Quando você — bom, quando você joga a toalha."

Finalmente, Dave desviou o olhar do rosto do Skip Tracer para ver aonde ele estava dirigindo seus olhos faiscantes. Duas mesas para o lado havia uma garota de uns doze ou treze anos. Usava um agasalho esportivo rosa-choque com um coração vermelho brilhante bordado nas costas. O cabelo loiro e cheio estava preso atrás com um elástico cor-de-rosa. A menina pintava um livro colorido com uma caneta comprida, na ponta da qual piscava um coração cor-de-rosa luminoso. Ergueu o rosto quando Dave a fitou e sorriu, o aparelho como um zíper na bolsa macia e oval de seu rosto. Era a garota da foto sobre o arquivo em Belgravia. O olhar de Dave desviou de volta para o Skip Tracer. "Sua, é?"

"É, é, claro, só peguei ela pra passar a tarde. Problemas — dificuldades, coisa de tribunal — você ia gostar. A mãe é advogada, por acaso — me pegou pelas bolas. Tudo bem, querida?", disse para a garota. "Não vai demorar muito mais, depois a gente vai fazer compras." Virou para Dave. "Pintando", disse, balançando o polegar na direção da menina e falando num tom baixo pouco característico. "Meio infantil, mas faz ela se sentir, sei lá, segura."

"Os caras tão pressionando você?" Dave fixou os olhos nos do Skip Tracer. "É isso? Os caras acharam alguma coisa pra usar com você?"

"Nah, nah, cê tá paranóico, meu jovem. Se eu não soubesse que não é o caso, diria que cê anda…"

"Tanto faz. Tô por aqui desse negócio, tô por aqui de você." Dave se levantou e começou a andar por entre as mesas na direção da saída. O Skip Tracer o chamou: "Só um segundo, Rudman!" Era a primeira vez que se dirigia a Dave pelo nome.

Dave voltou para a mesa. "O quê? O que é?"

"A conta, meu jovem." O Skip Tracer passou-lhe um envelope. "Tudo aí, explicadinho, tintim por tintim."

"Você o q… voc… Você disse pra não me preocupar com dinheiro."

"Preocupar com dinheiro é uma coisa, pagar é outra, meu jovem, duas coisas completamente diferentes. E não esqueça o que eu disse", falou, conforme Dave ia saindo, já lhe dando as costas. "Não vai atrás daqueles tubarões, véio, os juros te matam."

~

Na terça seguinte, como sempre, Dave Rudman foi para a reunião dos Fathers First na Sala de Troféus do Swiss Cottage Sports Centre. Foi, mesmo tendo passado as duas últimas horas na cama, zopiclonado em inanição. Era um erro — não podia cruzar o olhar com quem quer que fosse. O lugar não parecia normal — parecia o interior de um abrigo de taxista, o reluzente armário de troféus uma chaleira metalizada, uma mesa fantasmática erguendo-se entre os joelhos dos homens, sobre ela uma toalha plástica decorada com frutas de plástico. "Aqueles pretos filhos-da-puta", disse Daniel Brooke; "os caras não pagam um puto de imposto viário, nenhum seguro, como pode ser, hein?"

"E aqueles quebra-molas", interveio Keith Greaves. "Tô dizendo, minha vontade era dar um tiro naquela merda."

"Um tiro naquela merda", fizeram coro alguns dos outros pais.

"O que tá acontecendo?", Dave perguntou a Fucker Finch. "Esses sujeitos são pais ou motoristas?"

"Sai dessa, Tufty", disse Fucker, sacudindo Dave pelo ombro. "Cê tá horrível, velho. Por onde andou o fim de semana todo? Eu tentei ligar."

"Andei dormindo", murmurou Dave. "Eu tava bein laden — sonhando, chapado, bein laden."

Daniel Brooke ficou de pé para se dirigir ao grupo. Usava uma camiseta preta tamanho gigante que descia quase até a altura dos joelhos. Na frente havia um enorme punho branco. "Esta aqui é a nova camisa, rapaziada — quentinha, saiu do forno agora mesmo. Espero que gostem, tem seis tamanhos, esta aqui que estou usando é o XXXL, meio que grande demais prum sujeito magro como eu." Fez meia-volta e nas costas havia escrito em branco, FIGHTING FATHERS. "Peraí, peraí, Dan." Keith Greaves ficou de pé. "Não foi isso que a gente combinou, não foi esse o logo que a gente votou — e você sabe disso. É agressivo demais."

"Este não é o único grupo Fathers First que existe, Keith — cê sabe disso."

"De uma coisa eu sei", disse Greaves, tremendo de raiva. "Sei que você anda tentando tomar conta deste grupo aqui faz uma década. Você, você, você é um puta de um radical, é isso que é, vingativo, e ressentido…"

"Quem tá parecendo bastante ressentido é você, Keith", disse Daniel Brooke, um sorriso suave brincando em seus lábios úmidos.

"O objetivo da gente é reconciliar os pais, a gente quer criar um vínculo — você quer detonar essa porra toda! Tá pouco se fodendo pros seus próprios filhos — só se preocupa com você e seus amiguinhos. Por que não cai fora e começa uma porra de grupo seu? Daí pode partir pra essa ação direta que você vive falando."

"Talvez eu saia", disse Daniel. "Talvez eu faça isso mesmo."

"Quer saber duma coisa, Fucker", Dave sussurrou para Finch.

"Que é, Tufty? O quê?"

"Eu escrevi um livro."

264

~

Dave desceu a toda a Adelaide Road e depois pegou a England's Lane para Gospel Oak. *Direita, Haverstock Hill, esquerda, Prince of Wales Road, esquerda, Queen's Crescent...* Ele dava baforadas dentro do próprio crânio conforme corria, parando cambaleante a cada cinqüenta metros, porque uma sutura fora costurada em seu diafragma e Fanning, o clínico geral, aplicava uns puxões para dar mais ênfase às palavras: *Na sua IDADE, senhor Rudman... um FUMANTE... com uma OCUPAÇÃO SEDENTÁRIA... deveria pensar em fazer um pouco de EXERCÍCIO... o que iria ajudar com sua DEPRESSÃO. Assumir um pouco de RESPON-SABILIDADE por sua VIDA.* Dave não estava correndo por sua saúde, estava correndo porque não confiava mais em si mesmo para dirigir o táxi. Não conseguia mais controlar seu veículo-monstro, com chassi feito de vigas de aço reforçado, estrutura de concreto protendido, tapetes de pedra de York e carroceria de tijolos londrinos em ziguezague. Quando olhou no retrovisor, viu que havia mais passageiros do que estava autorizado a transportar. Muito mais — cerca de sete milhões, na verdade. *Tá todo mundo ali atrás, a população inteira dessa merda de cidade... prestes a explodir...*

De volta ao apartamento, não foi melhor. Sentou na beirada da cama, usando a cueca repugnante, todos os remédios nas mãos em concha. *Por favor, senhor, posso tomar mais um pouquinho, senhor?* Uma idéia não muito boa. Depois, apoiado nas mãos de salsicha e nos joelhos de hambúrguer, o nariz no tapete pegajoso, Dave Rudman chifrou o aquecedor sob a janela com um *clang* lamentoso. *Se pelo menos eu pudesse vê-lo alguns minutos, meia hora, fazer um carinho nele, ler uma história...* Contudo, não era Carl que ele queria de verdade; seu desejo era de braços competentes para ampará-lo, pele macia para besuntar com amor oleoso, isolamento contra a elevação da onda verde aterrorizante da loucura. No chão havia pedaços de um cartão rasgado, o sangue de sua cabeça ferida respingado sobre eles. Pensando outra vez *naquele arrombado*, o Skip Tracer, e por necessidade de qualquer outra coisa para fazer *até morrer*, Dave começou a resolver o quebra-cabeça com a tranqüila calma de um homem com um cérebro que era *cientificamente comprovado maior do que o normal... tão cheio de Conhecimento...* O nome foi aparecendo dos fragmentos — d-r-a-j-a-n-e-b-e-r-n-a-l-p-s-i-q-u — até que matou a charada. Então pensou: *Melhor procurar onde isso se encaixa e ver se a imagem corresponde.*

Foi somente às três da manhã que Dave Rudman... *seguir pela Pond Street, à direita na via de acesso...* entrou finalmente na recepção do pronto-socorro do Heath Hospital. Mostrou o quebra-cabeça dolorosamente remontado com fita adesiva no balcão. "A doutora Bernal?", a mulher perguntou. "O senhor não vai encontrá-la aqui a essa hora da noite."

"Eu espero", respondeu o homem, que por algum motivo tinha uma toalha suja em torno da cabeça.

"Mas não sei nem que dias ela vem", explicou a recepcionista. "Ela tem seus turnos."

"Eu espero", reiterou ele, sentando-se ao lado de uma prostituta de Camden Town que fora espancada pelo cafetão. "Cai fora", ela disse através dos lábios inchados e doloridos, e ele foi se ajeitar um pouco mais para lá em outro assento. "Não pod..." — começou a recepcionista — para então ficar quieta. Ele não estava causando nenhum problema... *por que não deixar o pobre coitado em paz?*

Dave Rudman esperou uma eternidade. Saía do banco só para pegar chá e fazer xixi. Preencheu o tempo vago examinando incontáveis vezes o mesmo exemplar de *Take a Break*: "Sharon encontra um caroço", "Não cutuque, Dave", "O último texto do papai solitário — Sem eles nada sou". Era o assunto de bilhetes rabiscados passados de recepcionista para recepcionista, secretária para secretária. Sentava-se entre vítimas de brigas de rua e baixas da guerra doméstica. Pacientes trajados com esquisito descuido aguardando pelo transporte para outros hospitais estavam mais para refugiados, com seus sapatos e roupões, seus impermeáveis e camisolas.

Mais tarde, no dia seguinte, quando já esperava por quase catorze horas, Dave Rudman foi convocado ao oitavo andar e, acompanhado por um assistente, tomou o elevador. A insanidade empesteava o espaço confinado como um peido de ovo. Havia uma mulher com bico de pássaro segurando um vaso de planta; um funcionário coxo carregando uma bandeja sobre a qual conversavam silenciosamente moldes plásticos de dentição; uma garota de rosto amarelo usando um vestido amarelo comendo um doce cremoso amarelo em um recipiente de plástico amarelo — mas o mau cheiro vinha do taxista.

Mesmo assim, Dave não teria sido admitido se não houvesse atacado o assistente e desajeitadamente tentado estrangulá-lo diante do escritório de Jane Bernal. Ela saiu para presenciar o horror pedestre da cena: um homem branco e grande tentando bater a cabeça de um pequeno asiático contra a parede da instituição. "Seu terrorista de merda!", gritava Rudman. "Está querendo cortar minha cabeça fora ou o quê?" Uma idílica aquarela de Betws-y-Coed, doada por um comitê distante, chacoalhou na parede, depois caiu e se espatifou a seus pés.

Estivesse Dave Rudman em condições de apreciar a situação, ele o teria feito. Teria, talvez, gostado da agitação frenética provocada por seu colapso nervoso. Após trinta miligramas de Chlorpromazine, ficou lúcido o bastante para fornecer suas chaves, seu endereço, os telefones de Gary Finch e dos pais. Uma assistente social psiquiátrica foi encarregada, ligações foram feitas, vidros de comprimidos foram recolhidos no apartamento da Agincourt Road. Uma patética bagagem leve foi trazida para onde o taxista 47304 ficou internado pelas setenta e duas horas seguintes. Jane Bernal o entrevistou, uma verificação de risco padrão: teste de realidade, função cognitiva, um rápido exame físico que teve a funcionalidade de uma revisão de carro. Uma enfermeira limpou e fez um curativo no talho em sua cabeça. Mas Rudman não estava interessado em nada disso; só queria contar a ela sobre...

"Um livro, diz que escreveu um livro."

"Hmm." O dr. Zack Busner estava diante da janela em seu escritório, que dava para Heath. Gaivotas ascendiam nas correntes termais sobre Whitestone Pond. *O que está acontecendo com essas aves?*, ele se perguntava. *Será que vieram pra terra porque estão prevendo um dilúvio? Será que é melhor pedir à manutenção que comecem a construir uma arca?* "Que tipo de livro, um romance?" Não estava muito concentrado na conversa, tentava antes pendurar um clipe de papel no nariz pequeno de uma cabeça de índio arawak esculpida em pedra-pomes, presente de um agradecido aluno antiguano. Por uma fração de segundo, conseguiu, então o clipe caiu, tilintando, no duto de ventilação. "Droga!" Busner deu as costas para a janela.

"Não." Bernal mantinha a paciência; seu colega começava a acusar os sinais da idade. O fim do segundo casamento, o suicídio do dr. Mukti, seu jovem protegido na St. Mungo's — tudo isso cobrara seu tributo. Olhando a cobertura branca de cabelos indóceis de Busner e suas feições anfíbias, cada vez mais enrugadas, Jane Bernal sentiu que seu caiaque descia velozmente as corredeiras da senescência. "É um texto de revelação."

"As palavras foram ditadas por Deus — ou deuses?"

"Não, só um deus — mas não é assim que se chama."

"Como se chama, então?" Busner afastou-se da janela e sorriu para Jane. Ela percebeu que conseguira ganhar sua atenção; como sempre, seu jeito oblíquo de apresentar um caso o deixara cativado. "Dave."

"Não", riu Zack. "Não o paciente — o deus."

"Dave; é Dave, também. Dave — o paciente, quer dizer — é taxista e Dave — o deus — revelou seu texto para ele. Você sabe o que é o Conhecimento?"

"Conhecimento?"

"O conhecimento enciclopédico das ruas de Londres que um motorista de praça licenciado precisa ter."

"Então é isso?" Busner caminhou vagarosamente até sua escrivaninha e ficou atrás de um muro de pastas de couro. "A revelação é isso?"

"Em parte. Meu paciente, Dave Rudman, diz que as 320 rotas que compõem o Conhecimento são um plano da futura Londres. Entre elas e os pontos de interesse em cada ponto de início e destino constituem um abrangente mapa verbal da cidade."

"Uma cidade de deus... ou Dave."

"Isso mesmo, a cidade de Dave, Nova Londres."

"Onde está esse texto?", perguntou Busner. "Posso dar uma olhada?"

"Bem." Jane Bernal puxou uma cadeira para junto da escrivaninha e sentou. "Acho que este homem não transcreveu literalmente seu delírio, acho que o reteve na memória. Como você deve saber, escaneamentos do cérebro confirmaram que o hipocampo posterior dos taxistas londrinos pode ser consideravelmente aumentado — é ali que o livro está sepultado, e tem mais coisa nele do que só o Conhecimento, há uma série de doutrinas e os assim chamados convênios, também."

"Isso soa familiar."

"É porque é o título de um livro sagrado dos mórmons."

"Então ele é mórmon?"

"Não, não acho que chegue a tanto", suspirou Jane, "não passa de um homem muito doente."

"Então quais são as doutrinas e convênios de Dave?" Conforme Bernal sucumbia à melancolia, Busner ficava cada vez mais bem-humorado — nada o divertia mais que um quadro delirante complexo.

"Ah, você sabe, o de sempre, como a comunidade deve viver corretamente, regras para o casamento, nascimento, morte, procriação.

É uma coleção de prescrições e exigências ao que parece derivadas do mundo do trabalho dos taxistas londrinos, uma compreensão tortuosa numa mixórdia de fundamentalismo, mas na maior parte a própria misoginia vingativa de Rudman."

"Vingativa?"

"Ele se separou da esposa, há uma ordem judicial que o impede de ver o filho de catorze anos. Ele se meteu com um desses grupos de pais militantes. É tudo um grande... sofrimento."

"Hmm, entendo, e a família — ele tem alguém?"

"Os pais de idade que moram em East Finchley. Entrevistei a mãe: já faz um bom tempo que se afastou dele emocionalmente, parece traumatizada. Tem um irmão entrando e saindo do hospital em Wales, psicose de droga."

"E o pai?"

"Alcoólatra."

"Entendo." Busner apanhou a cabeça arawak e começou a jogá-la no ar e apanhá-la, como se fosse uma bola de tênis étnica. "Claro, nos bons e velhos tempos podíamos ter culpado os pais, mas hoje em dia procuramos pílulas que se encaixam na patologia, ou que patologia que se encaixe nas pílulas — tem pílulas, presumo?" Bernal consultou seu arquivo. "Ah, claro, um clínico geral, Fanning. O de sempre, começou com Seroxat, Rudman teve um surto de psicose, Fanning deu Carbamazepina pra amortecer e Zopiclone para a insônia. Então Rudman surtou outra vez e Fanning tirou o Seroxat e passou pra Dutonin."

"Há! Alguém andou se esbaldando numas viagenzinhas com tudo pago pra Barcelona; cortesia: Indústria Farmacêutica. Bom, vamos tirar tudo isso dele e ver o que acontece. E o que acontece, na sua opinião, Jane? Esquizóide? Borderline? Os dois?"

"É bem provável, mas a coisa mais engraçada — bom, as duas coisas mais engraçadas — é que tomei o táxi dele no ano passado, no Heathrow. Eu estava voltando do Canadá, depois de visitar uma... pessoa. Achei que estivesse doente, na época, embora não conseguisse imaginar como podia dirigir um táxi se era esquizóide. E também tinha o delírio, é complexo, é duradouro, mas, se você deixa isso de lado, Rudman é inteiramente lúcido. Só mandei interná-lo porque tentou agredir Raj. Diz que o livro é para seu filho, que Dave — o deus — lhe disse para escrever aquilo para o filho. Acho que lhe faria bem — se você se dispuser a isso — bater um papo com você."

"Ah, claro, claro, acho que vou gostar disso — me passe suas anotações. Ei, Jane" — ela se virou na porta para vê-lo remexendo entre os papéis de sua mesa — "será que não teria aí um clipe com você?"

∼

E Busner gostou mesmo dos bate-papos com Dave Rudman. Gostou tanto do primeiro que, quando a internação de setenta e duas horas de Dave chegou ao fim, Busner o persuadiu a permanecer de vontade própria no Heath Hospital. "É um arranjo dos mais irregulares", confidenciou ao paciente — que desde o início achara um sujeito bastante agradável. "Em geral, não temos leito aqui para alguém que na verdade simplesmente queira um, mas meus, âh, anos avançados garantem que a direção me conceda uma certa, âh... margem de manobra." Isso era verdade: a margem de manobra de Busner incluía inúmeros pacientes intrigantes enfiados pelos cantos no oitavo andar, como a mulher que imaginava serpentes crescendo em seu couro cabeludo, para quem Busner arranjava uma permanente mensal às próprias custas.

"Como a família deve ser organizada, segundo o Livro?", Busner perguntou a Dave, quando estavam os dois sentados em seu escritório bagunçado com os baixo-relevos de Beuys e a vasta coleção — na maior parte imitações — de antiguidades: sinetes cuneiformes e estelas em miniatura, bifaces auchelianas e facas sacrificiais toltecas de jade.

"Ãâh, bom, é assim." Rudman buscou lá dentro de si pelo Livro: continuava lá, retivera tudo. "Homens e mulheres devem viver inteiramente separados. Não se misturar. Metade da semana as crianças ficam com os pais, na outra metade, com as mães."

"Então não existe família, do jeito que é?"

"Não, não, acho que não."

"O que acontece quando os pais estão trabalhando — eles trabalham, não trabalham? Quem cuida das crianças, então?"

"Âh... garotas, garotas mais velhas. Garotas que não têm filhos próprios ainda, são, tipo, você sabe, *au pairs*."

"E os meninos mais velhos?"

"Eles, eles estão ralando no Conhecimento, estudando as corridas e os pontos."

"Isso é trabalho dos homens, não é?"

270

"Ah, é, não dá pra aturar essas mulheres motoristas por aí, dá?"
Dave riu, e Busner fez uma anotação. Esquizofrênicos raramente riem
quando contam seus delírios.

Durante os dois meses que permaneceu no Heath Hospital, Dave Rudman ocupou uma posição não muito clara. Era-lhe permitido ir e vir
pela ala, e também ficar uma noite ou duas em seu apartamento, apenas a um quilômetro dali. Mostrava — até Jane Bernal tinha de admiti-
lo — grande sensibilidade em relação aos demais pacientes, cujas manias contraditórias, depressões abismais e atitudes extravagantes eram
completamente diferentes de sua própria loucura, que parecia quase
ponderada, em comparação. A prolongada limpeza dos antidepressivos
deixou o taxista insone e descoordenado. Conduzindo o corpo debili-
tado, buscava os passageiros da ala. *Sair à direita, no meu leito, direita,*
corredor, sempre reto, porta para o corredor principal, esquerda, refeitório
dos pacientes.

Rudman fez do refeitório dos pacientes seu abrigo e ia lá a qualquer hora, para tomar um chá doce e quente com bulímicas de pulsos
enfaixados e delinqüentes de crack que haviam invadido a residência da
própria psique, roubado tudo que valia a pena possuir e deixado apenas
espirais de merda no tapete de sua consciência. Dave guiava esses infelizes de volta a seus leitos; ajudava seus dedos nervosos com os grandes
pincéis e os potinhos de tinta durante as sessões semanais de arte-terapia.
Auxiliava os velhos pacientes com Alzheimer a ir ao banheiro e ficava no
saguão malcheiroso enquanto faziam seu negócio solitário.

E então havia Phyllis. Phyllis, com a cabeleira tumultuada
crespa e preta, tão alta e larga que ameaçava cair de sua cabeça. Phyllis,
com seu esquisito pancake branco e seus vestidos esvoaçantes, que ela
mesma costurava com tecidos africanos exóticos. Phyllis, que, por acidente e propensão, caíra da rede de segurança da classe média em uma
série de relações infelizes e até abusivas. Phyllis, que se reerguera, estu-
dara para chef e, agora, sustentava tanto ela mesma como o filho sem
pai. Phyllis, que entrou pesadamente na ala psiquiátrica com os pulsos
rechonchudos quase cortados por segurar inúmeras sacolas plásticas.
Sacolas cheias de bananas, jornais, sucos em caixinha e livros, que depositava junto ao leito do filho, Steve, homem feito agora, e suicida.
Phyllis e Dave encetaram uma...

"Amizade — está dando a entender que tem mais coisa aí do que isso?" Zack Busner, Jane Bernal, duas funcionárias da triagem e a assistente social faziam uma reunião sobre os pacientes da ala psiquiátrica.

"Não sei", continuou Jane. "Não diria que há algo sexual entre eles — como poderia? Ele me contou que está impotente — e acredito nele. Mas definitivamente há intimidade — e ele é muito atencioso com o filho."

"Steve?", interveio a assistente social.

"É", disse uma das funcionárias. "Ele passa horas e horas sentado junto, conversando sobre" — enrugou o nariz, sem acreditar, mas achando graça — "táxis".

"Táxis?" Busner não viu nada engraçado nisso. "Bem, por que não o faria, é um taxista, afinal de contas — além de profeta."

Jane Bernal voltou a falar. "Phyllis Vance também está ajudando ele a resolver os problemas com sua vida — dívidas, trabalho e assim por diante. Ela me pediu para escrever ao Public Carriage Office em seu nome. Ele está tentando descobrir se pode voltar ao trabalho."

"Tem mais alguém intercedendo por ele?", perguntou Busner. "Família, amigos?"

A assistente social consultou suas anotações. "Tem esse Gary Finch que veio visitá-lo umas duas ou três vezes", ela disse. "Está cuidando do táxi de Rudman. A irmã veio uma vez, uma mulher muito nervosa, nada simpática — além disso, mais ninguém. A mãe não voltou nenhuma vez depois da entrevista inicial."

"Então Phyllis...", ruminava Busner. "Ao que parece é..."

Uma coisa ótima. A melhor que me aconteceu em anos... Não que me sinta atraído... nada disso... Até Steve, o filho de Phyllis, parecia *uma coisa ótima.* Dave não entendia, mas quando viu o rapaz pela primeira vez, prostrado em seu leito na ala masculina, os *dreadlocks bizarros* roçando seus joelhos, um palmo das cuecas boxer aparecendo acima da cintura da calça *como uma merda de fralda,* sentiu uma estranha onda de culpa e compaixão. Jane Bernal estivera conversando com Dave sobre *padrões de pensamento estereotipados... medo... racismo... odiar mulher...* Ela achava que não seria má idéia se ele *melhorasse suas idéias...* Terapia Comportamental Cognitiva, era como chamava.

Dave experimentou melhorar suas idéias. "Eaê, velho?", disse, avançando para a figura deitada. "Meu nome é Dave — sou tipo o sujeito bonzinho da ala. Eu trabalho de taxista, certo, então eu tenho o conhecimento do pedaço, se você quiser chá ou algo assim, posso mostrar onde é a parada..." O cockney assomava a seus lábios junto com o nervosismo — porque o rapaz o fitava com *olhar de zumbi*. Dave papeou mais um pouco sobre coisa nenhuma, então sentou ao lado da cama. "Qual o problema, jovem?", perguntou.

O problema com Steve era uma depressão tão fundamental e completa que derretia seus músculos e cobria sua mente com um asfalto de desespero. Steve se atirava de janelas e sob as rodas de carros. Cortava-se com estiletes, entornava garrafas de paracetamol. Seu estômago conhecera mais lavagens do que refeições. Se a porta giratória em que Steve entrava no Heath Hospital estivesse ligada a um gerador, ele poderia ter fornecido energia para sua própria terapia de choque.

Quando Phyllis viu que aquele homem, sério candidato — não estivesse confinado, em seu agasalho esportivo, à esteira ergométrica da ala — *ao típico racista*, fazia um esforço com seu filho mestiço, interessou-se por ele. Comendo bolo nas salas de chá do Hampstead sua história veio à tona: o trabalho no táxi, Carl, Michelle, Cal, a advogada Cohen, a CSA, o CAFCASS,* o PCO, o trabalho no táxi — sempre o táxi. "Bem, se é isso que está incomodando tanto", ela disse, "o táxi, bom, melhor dar um jeito". E sorriu com o minúsculo arco vermelho da boca.

Fucker estacionara o Fairway na Agincourt Road um mês antes — e depois não fizera mais nada. Quando Dave viu como estava imundo, os pneus quase vazios, um limpador torto como um *braço quebrado*, chorou. Mas Phyllis simplesmente arregaçou as mangas de seu *vestido bizarro* e ajudou-o a lavar o automóvel até ficar brilhando sob a cítrica luz outonal, como qualquer objeto negro o faria. No apartamento, uma selva viciada de cheiros bafientos e pilhas de ultimatos de cobrança, Phyllis manteve as mangas arregaçadas e as luvas de borracha. Dave saiu para comprar sacos de lixo e água sanitária na mercearia da esquina. Ao fim de uma dura tarde de trabalho, um revestimento aterrorizador de cartas timbradas cobria ordenadamente a mesa: Mendel & Partners, Transform Services, Transport for London, Halifax Building Society etc. etc. Dave Rudman sentou na cama — arrumada pela primeira vez desde o dia em que se mudara para lá, quase três anos antes — e chorou. Phyllis não fez gesto algum para confortá-lo, a não

---

* Children and Family Court Advisory Support Service: organização ligada ao governo britânico criada, entre outros propósitos, para garantir a segurança e o apoio a crianças durante processos de separação. (N. do E.)

ser dizer, muito calmamente: "Acho melhor a gente dar um jeito nisso tudo, David — tá na hora de você mudar daqui."

~

Não se ouviu falar de Dave Rudman por seis meses. Nenhuma ligação no meio da noite deixando mensagens de ameaça no celular de Michelle. Nenhum seqüestro de brincadeira — Carl apanhado depois desembarcado nos limites da zona proibida de Dave. Nenhum contato. Se Michelle nutrira esperanças de que com Dave fora de cena ela e Cal cairiam nos braços um do outro como num dueto apaixonado, estava tristemente equivocada. Cal vivia atrás da filha louca e drogada, correndo em torno de seus programas de tevê malucos e apelativos. Não tinha tempo para ela. Quando estava em Beech House, ficava na maior parte do tempo jogando jogos de computador com Carl.

O único consolo de Michelle foi a mão casual que viu Cal pôr no ombro do suposto enteado quando Carl realizara um torneamento particularmente hábil de polegares. *Quem saiu perdendo nisso tudo*, foi forçada a concluir, *fui eu*. Olhava do homem para o rapaz e atinou com a terrível consciência de que, para solucionar aquela álgebra emocional, teria de designar um valor a X, o segredo que a confortara ao longo de anos de *brutalidade de merda... de maus-tratos, até*.

Na Vigo Street, Mitchell Blair vestia-se elegantemente com listras, em mangas de camisa, assim como fora naquele mês de abril, na estica. Batia nos dentes inaturalmente pequenos com a caneta de ouro. "Este, bem... negócio... bem..." Michelle ficou feliz que o anão de fala macia ficasse sem palavras. "Não consigo entender... olhe..." Finalmente, montou uma frase inteira. "Se quiser prosseguir nessa nova direção, vamos precisar fazer um teste de DNA."

"DNA de quem?", ela disse, confusa.

"De quem... claro", ele riu outra vez, "boa pergunta. Bem, seu filho, é claro, e um dos dois serve, um ou outro".

Quando regressou a Beech House, o remorso tomou conta de Michelle, e ela ligou para a ex-sogra. A voz de Annette Rudman chegou arrastada a seus ouvidos, através de irritados corredores de desprezo institucional. "Como está Carl?", perguntou ela sem delicadeza. "Faz um ano que não o vemos... isso não está certo."

"Eu... eu sei, senhora... Annette... Não é o que eu quero, mas a senhora sabe... Dave..."

"Dave está hospitalizado, Michelle."

"Hospital?"

"Em uma ala psiquiátrica."

Quando tentou pôr o fone no gancho após a ligação, o auscultador bateu no canto do aparelho e caiu, balançando no fio espiral, chocando-se contra a mesinha marchetada. Michelle pensou em como a vida cotidiana era feita de uma série de pequenas ações malfeitas que, embora instantaneamente esquecidas, só traziam ruína, de um jeito ou de outro, tornando tudo grosseiro, torpe e indigno.

～

Um dia antes de quando Dave deveria voltar em definitivo para seu apartamento, Zack Busner chamou-o em seu escritório. Dave chegou e o velho psiquiatra mexia em algo parecido com um brinquedo de criança, uma série de pastilhas de plástico brilhantes e coloridas que ele ordenava e reordenava em um pequeno tabuleiro. "Já viu um desses antes?", perguntou Busner.

"Não sei dizer." Distraidamente, Dave apalpou o bolso da camisa atrás de cigarro e isqueiro.

"Pode fumar, se quiser", disse Busner; "tem meu consentimento. Aqui — um cinzeiro". Empurrou uma coisa de argila sem verniz através da escrivaninha, presente que lhe fora impingido por um paciente de obsessão agradecido. "É um negocinho chamado Enigma, que eu costumava montar no início dos anos setenta, parece absurdo, na verdade" — Busner mexeu nas pastilhas um pouco — "mas, na época, foram vendidos milhares, as pessoas usavam isto aqui pra tentar enxergar o próprio processo mental obscuro. Você reordena as peças em um padrão que acha agradável ou vibrante — daí consulta isto aqui" — pegou um livrinho na gaveta — "para descobrir o que está acontecendo no seu inconsciente. Toma — toma" — depois da coisa, o Enigma chegou às mãos de Dave — "fica com você, pode achar útil — tenho um depósito lotado disso, lá em Acton. Faço questão que aceite", disse Busner, reclinando para trás na cadeira e observando Dave por cima dos óculos, "você me parece alguém que poderia tirar muito mais proveito de olhar para dentro de si mesmo".

"Quem sabe", concordou Dave.

"A gente nunca chegou completamente ao fundo do que estava por trás de seu... colapso, não é?"

"Não, acho que não."

"O Livro, ainda está aí, não está?" Busner bateu na própria testa eminente.

"Ah, está", disse Dave, parecendo sem graça, "mas acho que não é bem o que eu pensava que fosse, se é que você me entende." Curvou-se para a frente. "Acho que é só, bom, só o Conhecimento, mais nada. Acho que toda aquela babaquice era só eu... só eu entrando em parafuso."

"Hmm, bom. Ótimo. Diga, a dra. Bernal arranjou um psiquiatra para acompanhá-lo?"

"Ah, claro... claro, arranjou." Dave esmagou a bituca na coisa e pegou um caderninho de anotações em seu bolso. "Um cara chamado Boom, não é?"

"Há", sorriu Busner. "Boom, não, *Bohm*, Tony Bohm. Isso, acho que vocês dois vão se dar muito bem."

~

Gary Finch ligou para Dave no apartamento da Agincourt Road. "Cê teve alta, 'ntaum, te soltaram?"

"É, me deixaram sair."

"Ninguém merece, nunca — sabe."

"Do que cê tá falando?"

"O istigma... istigmatismo."

"Estigmatizado, cê quer dizer?"

"Içaí — não eu, veja bem, mas os outros podem achar que cê é louco. Só que de mim não vão tirar nada — eu tomava porrada na escola, diziam que eu era meio mongol. Ouça, é terça, cê vem na reunião hoje à noite?"

"Ah, não sei não..."

"Não, vem — tô falando, vale a pena."

~

Na Sala de Troféus, tudo mudara. Dave percebeu assim que passou pela porta. Nada mais de cadeiras de plástico agrupadas em um círculo igualitário; em vez disso, as fileiras inteiramente ocupadas davam todas para um tablado improvisado. Sobre ele estava Daniel Brooke, em sua camisa extra-grande. Fez um ligeiro cumprimento para os recém-chegados, mas sua atenção estava mais na faixa que prendia acima do armário dos troféus, junto com um membro do Fathers First que Dave não reconheceu. Nenhum sinal de Keith Greaves, e os poucos rostos conhecidos de Dave eram superados por pelo menos vinte novos homens. A faixa foi bem esticada: FIGHTING FATHERS, apregoava. "Certo!", bradou Daniel Brooke. "Silêncio, todo mundo, a gente tem muita coisa pra discutir esta noite e preciso de atenção máxima e total positividade... Gary." Brooke lançou um olhar duro para Fucker, que continuava a papear com o sujeito ao lado. Fucker ficou quieto.

"Felicito o pessoal do primeiro grupo Fathers First que teve a coragem de continuar com a gente nesta nova jornada de autodescoberta e evolução pessoal, acreditem em mim, não vão ficar decepcionados. Keith apontava para umas questões interessantes, mas eram meio fracas." Os olhos de Brooke percorriam as fileiras de rostos masculinos conforme falava, como que sondando atrás de algum sinal de fraqueza. "Aquele negócio de terapia do abraço pode parecer ótimo para os pais que querem continuar mergulhados em toda a merda que virou a vida deles, mas não é isso que nós somos. O que nós somos?" Fez uma pausa e ergueu o punho de unhas esmeradamente cuidadas em um ligeiro direto.

"Nós somos os Fighting Fathers!", gritaram todos os homens.

"E o que a gente quer?", gritou Brooke de volta.

"Justiça já!", berraram os homens.

A atmosfera de agressão ressentida da sala lembrou a Dave os velhos taxistas de cara azeda resmungando em seus abrigos. Os Fighting Fathers tinham bocas retorcidas e olhos estreitados, como de *uns fanáticos muçulmanos de merda queimando a bandeira americana...*

"Motivação é a chave", retomou Brooke, andando pelo pequeno palco. "Sem motivação, não podemos alimentar qualquer esperança de sucesso com a ação direta, e é por isso que fico feliz em dar as boas-vindas aqui esta noite a um palestrante motivacional que vai falar a vocês diretamente sobre as forças judaico-feministas organizadas contra nós." *Judaico-feministas?* "Ele tem um negócio próprio imensamente bem-sucedido de busca de dados, a Transform Services." *Transform Services?* "Ele é uma luz que orienta nossa organização fraternal, a Stormfront Nationalist Community. Vamos por favor dar as boas-vindas de grandes pais que somos a Barry Higginbottom!"

Um homem abriu as portas de vaivém com um soco teatral e apareceu sob a luz insípida da Sala de Troféus. Era o Skip Tracer — suando pra caralho.

"Um livro, você disse?" Anthony Bohm fitou o taxista através das lentes grossas e redondas de seus óculos antiquados de aro fino. Na juventude, Bohm usara os óculos para afetar um ar de maturidade — as lentes eram de vidro comum. Porém, com uma ironia que não lhe escapou, à medida que a carreira de Bohm progredira, sua vista se deteriorara de modo satisfatório, até alcançar a almejada gravidade de um genuíno míope.

"Isso mesmo, um livro." Dave olhou em torno pela sala à meia-luz, que era atravessada por um enorme duto que corria pelo teto, feito de uma chapa escamosa de zinco. Um folheto com pelo menos uma década de idade estava preso a um compensado surrado com uma fita amarelecida, proclamando NÃO MORRA DE IGNORÂNCIA. A sala ficava em alguma parte nas profundezas do porão de St. Mungo's, um hospital decrépito em uma travessa da Tottenham Court Road.

Não era a primeira sessão sua com Bohm — haviam tido uma no Halliwick, em Friern Barnet, outra no King's, em Denmark Hill. Bohm disse a Dave que o via "em bases informais, é muito mais uma coisa pessoal entre mim e Zack Busner", e como o psiquiatra substituía uma série de colegas pela cidade afora, seu paciente tinha de segui-lo. Isso não representava dificuldade para Dave, que voltara a trabalhar do modo mais suave possível, saindo apenas umas duas horas diárias nos horários fora do pico. Ele se valia dessas sessões semanais como um canal de moderação da ansiedade, apanhando passageiros pelo caminho quando se dirigia ao próximo encontro com o terapeuta itinerante.

"Quando eu tava... bom, você sabe, Tone, quando fiquei desnorteado", disse Dave, "achei que tinha esse livro dentro de mim, esse livro que eu tinha escrito... mas agora, sei lá — sei lá".

"A gente conversou sobre sua infância", continuou Bohm, "seus relacionamentos, seu trabalho. Gosto de imaginar que existe alguma confiança entre nós." Sorriu, e seu cavanhaque branco se mexeu como um dedo de cabelo. Dave também sorriu — ninguém com um pêlo facial tão ridículo como aquele podia mostrar qualquer maldade. "Quando o doutor, ãh, Fanning, prescreveu o Seroxat para você, em 2001, tenho certeza de que fez o que julgou mais correto. Mas o fato é que uma pequena parcela de pacientes reage mal ao medicamento — tem até psicose. Seu livro data desse período. Se pudermos de algum modo desenterrá-lo de seu inconsciente e, por assim dizer, lê-lo juntos, acho que isso resolveria um bocado de seus problemas."

Cada uma dessas calculadas observações fora enumerada por Bohm, um dedo rechonchudo puxando os outros. Ele agora brandia a mão anotada no ar. "Até a semana que vem", disse, "quando a gente se vê" — consultou uma pequena agenda gorda aberta sobre a coxa robusta — "no Bethesda, em Bermondsey".

Desenterrar o livro. Desencavá-lo — buscar por ele no deserto arruinado de sua própria mente. Na *desprezível televisãozinha colorida* no canto de sua sala, Dave Rudman assistia seqüência após seqüência, todas apresentando os mesmos personagens de sempre: inspetores da ONU com camisas de manga curta e paletós encharcados de suor; *apparatchiks* do Baath com suas fardas marrons; em um canto, um velho beduíno curtido vestindo um *troço de pano branco imundo*. Atrás deles, em uma planície de cascalho que sumia no horizonte tremido, avistavam-se barracões de ferro corrugado e pilhas de equipamento industrial — caminhões de carga, esteiras de transporte, dutos — tudo permeado de ferrugem e pó. Uma escavadeira puxava areia, o vento árido beliscava os cantos das pranchetas dos inspetores, folheando as prints de computador. *É difícil pensar neles fabricando o que quer que seja ali... Não parece que conseguem produzir nem uma porra de geringonça qualquer, quanto mais uma merda de arma nuclear...* Contudo, Dave via, no tenso confronto, uma evocação sinistra de sua própria vida conturbada. *Enterrado dentro de mim... todo aquele palavrório doente... pensamentos envenenados... preciso desencavar...*

O que ele estava fazendo com Phyllis? Não que tivessem *feito de verdade* alguma coisa. Uma ou duas carícias no sofá velho do apartamento de Dave, um beijo casto ao se despedir — nada de língua. Phyllis nem sequer o convidara para conhecer sua casa, que ficava *no mato, perto de Ongar... no cu do mundo...* Em vez disso, ia vê-lo em Gospel Oak, depois de visitar Steve no hospital. Ou então Dave dava um pulo no centro e ia até a Bow Street. Phyllis trabalhava no Choufler, um restaurante vegetariano na Russell Street, e, a despeito do fato de que parecia *ainda mais esquisita* com aquele uniforme gigante por cima da roupa e com o avental azul listrado, e o chapéu de nuvem de cogumelo enterrado na carapinha, Dave não pôde deixar de reconhecer o sentimento que invadiu seu peito quando ela apareceu na entrada dos fundos para dividir um B&H com ele ao lado das lixeiras como sendo de *afeto, é isso... afeto...*

Lenta e metodicamente, Phyllis investiu todo afeto de reserva que possuía em forçar o taxista de volta à corrente da vida. Ela o persuadiu a contatar Cohen, sua ex-advogada, e a começar a sondar a situação com Carl. Ela o ajudou a amalgamar suas dívidas, e contrair uma nova hipoteca sobre o pequeno apartamento proporcionou-lhe dinheiro suficiente para começar a saldá-las. Juntos escreveram cartas ao Tribunal do Condado, solicitando relatórios recentes, sugerindo que seu colapso mental fosse levado em consideração. Quitaram as pensões em atraso e então apelaram à Child Support Agency uma redução nos pagamentos. Depois foram atrás de papelada esquecida, encontrando coisas anômalas, como a nota de uma gráfica em Colindale de £9.750. Era datada de dezembro do ano anterior e fora paga. Na parte de baixo estava carimbado: SERVIÇO URGENTE.

O ano deplorável aproximava-se do fim. Um dia, Dave Rudman parou no semáforo no alto da Lower Regent Street. Limusines estendiam-se a um lado do Fairway, enquanto ônibus acuavam-no de outro. Primeiro, Dave viu um homem segurando uma placa anunciando tacos de golfe gigantes. Depois, ele olhou para uma barraca de suvenires oferecendo táxis miniaturas com decalques da bandeira, estatuetas de policiais com capacete de mamilo e minúsculas cabines telefônicas vermelhas... *tralha dibinkedu*. Finalmente, espiou pelo pára-brisa do Fairway os imensos painéis eletrônicos cobrindo os prédios de Piccadilly Circus. Um mostrava o próprio Circus — a multidão fervilhando, o tráfego emaranhado. Então, sem aviso, a água começava a correr por entre os prédios, uma onda gigante que vinha crescendo ao longo dos rios de luz. Dave ficou chocado — o que uma visão apocalíptica daquelas poderia estar vendendo? Daí a imagem da inundação tremulou, fragmentou-se e foi substituída por um slogan: ÁGUA MINERAL DASANI, UMA NOVA ONDA A CAMINHO.

"Com licença? Com licença?" O passageiro era um padre ancião e queria ir para Mill Hill. "St. Joseph's College, conhece?" Dave conhecia. Quem deixaria de saber onde era, com o esquisito busto pintado de Thomas More na frente, tons de carne realistas como de um *manequim de vitrine*? O passageiro não estava muito disposto a conversar — o que para Dave pareceu ótimo. Ele dirigiu pela longa e reta avenida desde Marble Arch. Então, conforme o táxi passava por Kilburn e Cricklewood, depois sobre a North Circular para Colindale, começou a lhe voltar à mente. Deixando o passageiro no prédio da faculdade, deu o troco automaticamente, sem atinar para a gorjeta irrisória. Dave guiou ao longo da Ridgeway até o instituto e, estacionando, refez seus passos do ano anterior.

Eu costumava vir aqui o tempo todo... o tempo todo... estranho esquecer... Olhou através do vale escuro na direção de Hampstead. *É... vinha aqui para olhar para lá... lá onde ele estava... onde ele está...* Dave se viu de joelhos, a terra úmida respingando em seus jeans. Então lhe voltou.

Phyllis atendeu a ligação no telefone público instalado entre a cozinha e os sanitários. Nunca se acostumara a celulares. "Phyl", ele disse, parecendo sem fôlego, em choque, "é o Dave".

"Tudo bem, Dave, tá com a voz de que alguma coisa ruim aconteceu."

"É que... é que, bom... mas agora há pouco... Phyllis, Phyl, eu, eu encontrei... encontrei o livro... N-não em mim, Phyl — na terra, a porra dum livro de verdade, enterrado. O filho-da-puta tava enterrado."

11
A Zona Proibida

Arenki de 522 AD

Levou quase um ano para que pudesse quando muito contemplar a forma perturbadora dos motos. Mesmo desviando os olhos míopes para o chão, não podia deixar de ver suas mãos e pés repulsivos, que, embora humanóides, eram circundados por grandes discos cartilaginosos. Seus mobiletes eram de um bege-rosado pálido — à medida que cresciam, a cor escurecia, tornando-se amarronzados e cerdosos. O couro dos motos plenamente desenvolvidos recendia a óleo. Para criaturas tão grandes, eram horrivelmente afeitos a se esconder e não era incomum que, em suas peregrinações, o professor desse um passo e apoiasse o tênis em uma pedra musguenta para então descobrir que a pedra se movia sob seu pé. Com um sobressalto, ele recuava — o moto, despertado, erguia-se nas patas traseiras, e Böm via-se cara a cara com uma criança enorme e obesa, os pálidos olhos azuis afundados nas pregas carnudas.

Quando notou um deles balouçando pesadamente através da mata em sua direção, tirou os óculos e caminhou rápido, contornando a silhueta vultosa. Tocar uma das grotescas anomalias teria lhe causado uma repulsa tão intensa que temia vomitar sua curry, caso os motos, sem perceber seu desconforto, se juntassem em torno para uma esfregação coletiva; alimento, provavelmente, não só cozido, como temperado, naquele óleo.

Com o tempo, Antonë Böm se acostumou aos motos — e se acostumou também às estranhezas da remota comunidade na qual se via exilado. Afeiçoando-se a Ham e aos hamsters, Böm reconciliava-se, em parte, com aquela parte dele que se vira isolada durante as Trocas de sua própria infância.

Quando criança, Tonë Böm corria, pulava e brincava como qualquer outra. Seu pai era mecânico na garagem de ônibus de Stockwell, encarregado dos párius que puxavam os pesados veículos pelas ruas londrinas. Em torno do bloco dos pais onde Böm sênior morava ficavam os jardins do mercado de Clapham, que forneciam a Londres sua provisão de frutas e legumes. A mãe de Böm, San, morava em um bloco de mamães em Brixton Hill, e no dia da Troca ele se juntava às filas de crianças serpenteando através dos pomares até os apês dos pais. Os mais velhos carregavam os menores quando se cansavam e confortavam-nos quando choravam — pois em Londres a Troca vinha cedo. Quando pequeno, Tonë, como os demais, logo esquecia aquele negócio de mamãe e sua maternalidade após a Troca. Contudo, à medida que crescia, a consciência do rapaz diferente que era, com o outro progenitor, não o abandonava, obnubilando sua mente como um sonho desperto.

Böm comentava isso para os companheiros — mas eles o fitavam com expressões esquisitas ou sugeriam, em termos indecisos, que conversasse com um motorista. Embora ainda na pré-adolescência, esses rapazes já tinham olhos para as opares, e inclinavam-se por se tornar pais pelos próprios méritos. A perspectiva não entusiasmava Böm nem um pouco. Ele percebia que estava fadado a ser bicha.

Antonë Böm deixou de ser um menino para se tornar um jovem rechonchudo, desajeitado, de olhar esperto mas falar vagaroso. Suas feições pastosas e bonachonas davam a impressão de bexiga — o que não era nem um pouco incomum para um londrino moderno. Guardava para si mesmo, com unhas e dentes, o senso crítico irônico, pois sempre viu o mundo das mamães em termos do mundo dos papais, e vice-versa. Sabia que muitos outros também eram assim; conseguia percebê-lo, por trás de seus rostos fechados. Porém, não se podia falar sobre tais coisas, pois estavam todos — pais, mães e bichas, inclusive — presos à imemorial Roda de Dävinanidade, que, com seus rituais e prescrições, restringia sua conduta e governava os pensamentos mais íntimos do momento em que se levantavam, na primeira tarifa, até quando iam se deitar, depois que o farol baixara.

Desde quando era muito jovem, Böm manifestava a memória e a firmeza de mente necessárias para se tornar um motorista. Sua mãe queria que se tornasse um — assim com seu pai. Aos dezenove anos, prestou exame para o PCO e foi aceito. Grande parte do aprendizado para motorista consistia em recitar nas escolas de táxi, sob os espelhos atentos dos examinadores ferozmente disciplinadores. Esses Meninos do Conhecimento também patrulhavam as ruas em seus mantos escarlates à prova d'água. Saíam sob o tempo que fosse para memorizar as partes da cidade que já estavam construídas e para deliberar com os fiscais, que anotavam o plano dävino para o novo distrito de Nova Londres a ser erguido.

Era uma época empolgante para ser um Menino do Conhecimento pela cidade. As estruturas consideradas pelo PCO como as mais essenciais à Nova Londres — e que foram inauguradas na ascensão ao trono do pai do rei, Dave II, quase quarenta anos antes — estavam agora perto de ser completadas. As grandes estações de King's Cross, Charing Cross, Victoria e Waterloo. O Hilton Hotel e as Casas do Parlamento. Os Abrigos de St. Paul e da Abadia de Westminster. A NatWest Tower, o Lloyd's Building, o Gherkin e a própria Roda — poderosas construções que juntas expressavam em plenitude o alcance temporal da revelação dävina.

Contudo, no segundo ano em que cursava o Conhecimento, quando seus comparecimentos estavam marcados, Böm entrou em crise. Não de fé — ainda ouvia Dave pelo interfone, embora indistintamente. Era antes o PCO e o dogma por eles promulgado que o afastava. Olhava para seus colegas Meninos do Conhecimento e neles via apenas vaidade chellish e o desejo de exercer poder. Sentia sua maternalidade encolher diante das brutais desigualdades da vida em Londres; o que significava que, enquanto os advogados, os membros das Guildas e os fiscais conheciam uma vida de opulência e conforto, havia mendigos morrendo de fome nas ruas de Covent Garden.

Böm largou o PCO e por algum tempo entregou-se ao aprendizado com um cirurgião na Old Street, que praticava sob o signo da Espinha Torcida. Providencialmente, deu-se conta de que sua inabilidade o abandonava quando chegava a hora do negócio brutal e sangrento das operações. Quanto mais agitados ficavam os pacientes — os membros amarrados com pedaços de tecido e o colega do cirurgião afiando facas e serras —, mais calmo Tonë se mostrava. Seu bós disse que era dotado das qualidades essenciais de um grande cirurgião pelos próprios méritos, mas Böm sentiu-se desencorajado com a palpável falta de eficácia de suas intervenções. A mais simples operação — como a remoção de uma pedra ou a amputação de um dedo infeccionado — levava três pacientes, de cada quatro, à morte em questão de tarifas.

Böm largou a cirurgia e juntou-se à City of London School como professor assistente. Encontrou algum alívio em seu contato com rapazes cuja natureza não era, ainda, pelo menos, inteiramente moldada na ortodoxia dävista. Por todo esse tempo continuou a viver no dormitório de jovens bichas, mantendo-se distanciado da libidinagem, jogatina e bebedeira. Tentava também ignorar a brutal perseguição impingida a escoceses, galeses e irlandeses — quaisquer minorias, em suma, que pudessem atacar na certeza de contar com o respaldo do PCO. Era um ambiente inamistoso e rude para um jovem de mente inquisitiva; contudo, sem um patrono, Böm não tinha como fugir a ele. O melhor que poderia esperar seria usar sua posição como um meio de procurar trabalho em uma nobre casa advocatícia.

Foi na escola que Böm entrou em contato com os ensinamentos do Fulano. Outro assistente, bicha assim como ele, tinha um irmão aprisionado na Torre, e dessa fonte improvável veio a mensagem que Antonë estivera, sem o saber, esperando desde sua última Troca: a confirmação de que não estava só.

Os voadores encontravam-se em uma sala minúscula no andar de cima do Whyte Bair, uma casa de meh em uma travessa da Broadwick Street. O estalajadeiro achava que eram um grupo chegado à literatura, engajado na compilação de um volume de raps dävinos exaltando a beleza extraterrena e o *pathos* inefável do Menino Perdido. Na verdade, estudavam com afinco as palavras do Fulano, contrabandeadas da prisão em tiras de aquatro, ao mesmo tempo que se empenhavam em contatar mamães que pudessem se mostrar suscetíveis à nova fé, que pregava a dissolução do Rompimento e a comunicação direta com o próprio Dave.

Por dois anos, o pequeno táxi se encontrou para recitar os fragmentos tantalizantes do novo Livro, a fim de falar de seus problemas, contar seus sucessos e lamentar os fracassos em encontrar outros possíveis inconformistas. Nenhum deles chegou a crer que aquilo iria durar, pois o PCO tinha informantes em cada local de trabalho, cada apê, cada delivery e casa de meh. Era só questão de tempo. Quando os guardcams apareceram em seu dormitório na calada da noite, Antonë Böm sabia que estavam atrás dele. A única surpresa foi a leveza de sua punição. Ficou mantido em confinamento solitário na Torre por alguns chicos. Depois, foi estigmatizado na coxa, não na testa, com o V de voador. Finalmente, puseram-no para fora da cidade mais como viajante do que como exilado.

Temos um posto peculiar para você, Antonë Böm, disse o fiscal que o examinou. Há uma parte remota do reino onde suas habilidades particulares são exigidas. Achamos que não conseguirá criar problemas por lá. Imprimiu a cera quente da ordem de exílio com a roda de seu anel-sinete e chamou os guardas: Levem-no para Canary

Wharf; à primeira luz ele embarca para o Castelo Pulapula de meu advogado de Chil, em Wyc.

~

Durante os primeiros cinco anos de seu exílio Antonë Böm não deu mais atenção a Carl Dévúsh do que a qualquer outro hamster. Não era problema seu. A Troca chegava tarde em Ham e as crianças menores mudavam-se sem alarde entre os apês de mamães e papais — quase vivenciando uma criação compartilhada. Mesmo após a Troca, as mais velhas continuavam ligadas de forma vital aos dois progenitores, devido à intermediação dos motos. Por mais que tentasse banir essa promiscuidade, o motorista era incapaz. Enxergando superstição chellish e práticas dibinkedu onde quer que olhasse, o motorista vivia em medo constante de seu ambiente estranho, condição que tentava ocultar de seus passageiros, permanecendo a maior parte do tempo confinado ao Abrigo e a seu próprio geminado. Longe de suas vistas, e dos pais dävinos, os antigos costumes continuavam, em Ham.

Entretanto, no momento em que a quilha do pedalinho do chofer tocou o solo da ilha e o adiposo bicha pôs o pé no cascalho, o motorista ficou a postos para assegurar a própria supremacia. Böm era responsável pelo ensinamento dos rapazes mais velhos e pelos cuidados com hamsters doentes ou feridos. O motorista não nutria ilusões acerca de seu professor-cirurgião — mas sim um desprezo cordial. A antipatia era recíproca e, a despeito de tanta coisa em comum, os dois estrangeiros não tratavam um com outro senão do mais estritamente necessário. O motorista passava-lhe a forte impressão de que, contanto que Böm fizesse os comparecimentos necessários ao Abrigo para recitar as corridas e os pontos, e na medida em que não conspurcasse seu ensinamento com voação, seria deixado em paz.

Em paz em seu minúsculo geminado, que fora construído pelos camaradas do chofer com o uso de tijolo extraído ali mesmo, no mesmo padrão de tantas moradas pobres encontradas por toda parte nos domínios do rei Dave. Os cantos agudos eram difíceis de calafetar contra a maresia curry que cobria a costa meridional da ilha durante a germinagem e o outono. As vigas do telhado eram de madeira pouco envelhecida e vergavam. Os azulejos de ardósia rachavam e caíam; e, tendo sido trazidos de algum lugar fora da ilha por Mister Greaves, eram impossíveis de repor. Assim, embora as antigas residências dos hamsters permanecessem sólidas e à prova da intempérie, erguidas rente ao verde relvado, os que ali chegavam sofriam com a umidade e as correntes de ar no arenki e as infestações de insetos e besouros no verão.

O geminado de Böm ficava enfiado na ponta de Sid's Slick. A baía situava-se além do promontório onde o geminado do motorista e o Abrigo estavam localizados e imediatamente ao pé das encostas cobertas de arbustos do Gayt. Quem exatamente fora Sid era difícil descobrir. Alguns hamsters alegavam que vivera apenas algumas gerações antes, e que o nome se referia ao fato de que caíra no lodoso leito do riacho e quebrara a perna. Outros, contudo, diziam ao professor que Sid era filho de um gigante com um moto; e que fora uma curiosa quimera que outrora chafurdara ali mesmo, nos lamacentos baixios da laguna. Fosse como fosse, o caso era que a lenda de Sid's Slick era apenas mais uma dentre inúmeras. Cada rocha, matagal e creto aflorando em Ham tinha sua própria narrativa por ser contada. A ilha era uma tapeçaria de nomeações, trabalhadas infinitas vezes por milhares de gerações que haviam percorrido suas trilhas arborizadas e caminhos relvados. Antonë Böm, com sua mente inquiridora, determinou-se a mapear a ilha em forma de feto, desde os compridos molhes que se projetavam das costas setentrionais do Gayt até as angras ocultas e praias habitadas por gaivotas além da Zona Proibida, ao sul.

Böm tinha pouca experiência da Ing rural além dos burbs de Londres. Entretanto, como qualquer visitante de Ham, sentia o caráter singular da ilha. Não havia outros mamíferos além dos motos e da ocasional infestação de ratos. Nada de bambis, pernalongas ou ratos de árvore — nem mesmo camundongos. Aves terrestres eram pouco freqüentes, visitantes migratórias, e as gaivotas atinham-se a seus ninhos nos extremos mais remotos da ilha, apenas ocasionalmente descendo para o território doméstico. Com as matas freqüentadas assiduamente pelos motos, as rachas dos campos assiduamente cuidadas pelos próprios hamsters, e até com os arbustos forçados a retroceder em barreiras ordenadas, a paisagem suavemente ondulada tinha o aspecto de um palco num teatro. Aparecendo aqui e ali no tapete macio e aparado e na terra musgosa da floresta, os humanos e seu gado cecante tornavam-se figuras hieráticas em um *tableau vivant* de uma era mais simples e delicada, anterior à dinastia do rei David e à inexorável ascensão do PCO.

Nesses primeiros anos de exílio, Böm se pôs a compilar uma descrição de Ham; nela incluía sua flora, fauna e topografia, bem como costumes, língua e crenças dos habitantes. Para isso fazia anotações nos cadernos que trouxera consigo de Londres. Toda noite, escrevia até tarde na terceira tarifa à letric fraca, sua bic lançando uma sombra trêmula nas paredes rusticamente rebocadas do pequeno geminado. Era, assim, para começar, uma vida isolada — embora ele não o achasse. Pois já estava acostumado a ficar a sós com sua maternalidade secreta.

Sendo reconhecidamente bicha, Böm era livre para fazer suas refeições fosse com as mamães, fosse com os papais, e não se exigia dele que observasse um Rompimento estrito. Entretanto, por algum tempo ele manteve a circunspecção ao se relacionar com as hamsters, até que um incidente ocorrido na germinagem de seu terceiro ano em Ham deixou claro para ele que a precaução excessiva era desnecessária.

Ele caminhava com a velha Effi Dévúsh. Juntos, passeavam entre os galhos agitados pelo vento de Kenwúd e ao longo do istmo que conduzia ao lugar conhecido como túmulo da Mutha. Ali permaneceram, olhando através dos capítulos inertes de pustulária, na direção da ilhota, um perfeito monumento fúnebre coberto pela mata de pinheiros. Suas achatadas massas de agulhas apontavam contra a maresia, em uma série de ângulos tortuosos, os troncos retorcidos em nós estrangulados. Já nesse começo de estação a vegetação rasteira era densa. Elavein descenu amontanha elavein, Effie cantava. Elavein descenu amontanha elavein. Elavein descenu amontanha, vein descenu amontanha, descenu amontanha elavein. Böm, disfarçadamente, anotava a velha melodia da Mutha. A emaciada cantora e seu atarracado amanuense abandonaram-se de tal forma ao ar assombrado, ao uivo da brisa e à vista das ondas elevadas estourando na distância que nem escutaram o motorista aproximando-se por trás. Ele falou — palavras ásperas e intimidadoras — e, quando Effi se virou para ficar frente a frente, um cacho de seus cabelos lisos e grisalhos golpeou o motorista no rosto.

Ele gritou e fincou as garras na própria carne. Negligenciando a pustulária, investiu para a laguna e mergulhou a cabeça na água. Você tocar você — tocar eu jamais! berrou. Effi também gritou e cobriu o rosto com o troçopano, mas Böm ficou dividido entre o horror e a hilaridade; pois se deu conta de que o motorista não estava sendo meramente cuidadoso — como qualquer motorista deveria ser — em evitar contato com qualquer mamãe, mas aterrorizado ao ponto da repulsa. O corvo negro enxaguava freneticamente a cabeça, a água do mar fluindo como cordas esbranquiçadas de sua barba e cabelo.

Finalmente, conforme Effi sumia mata adentro, Böm cuidadosamente atravessou a pustulária, vadeou o raso e ajudou o motorista a voltar à terra. O incidente nunca mais foi mencionado e tornou-se parte de um pacto silencioso entre os dois: o motorista restringindo-se cada vez mais ao Abrigo, à condução dos pais e dos rapazes na recitação, às suas intervenções no Conselho; ao passo que Böm estava livre para vagar pela ilha e conversar com as hamsters.

Effi Dévúsh suscitara violento desagrado entre a comunidade após a deposição do Fulano. Seu filho, Carl, foi o último bebê a quem lhe fora permitido ungir. Embora continuasse a desempenhar o papel de ajoelhadeira, à medida que envelheceu suas habilidades — que não haviam sido mais que rudimentares — mostraram-se não mais à altura da tarefa. Cirurgião praticante ou não, por sua própria iniciativa as hamsters jamais teriam permitido a Böm presenciar um nascimento. Foi ele que ouviu os gritos de Bella Funch quando sua criança nasceu virada. Entrando como um raio no apê das mamães onde ela estava, gritou: Poçu ajudah! Acriditim, purfavô, sei uki fazê! E sabia — afagou, massageou, manipulou e finalmente puxou o nenê ensangüentado para o mundo. Depois, deu pontos em Bella com pedaços lisos de tendão de moto, antes de aplicar-lhe uma cataplasma de esfagno curryado. Ela sobreviveu — assim como o bebê.

Levou ainda vários anos até Böm ganhar a confiança das mamães e, quando o fez, arrependeu-se bastante, pois transformou em um jardim de tortura seu imaginado refúgio idílico. Ao chegar, Böm pensara na ilha como uma Arcádia, pois, a despeito do motorista ameaçador, Ham ficava longe o bastante de Londres para que se visse quase livre das garras do PCO. Ele compreendia agora que a paliçada de pustulária que protegia a ilhota cingia também as mentes dos hamsters. Böm vira os arranhões e vergões nas mamães, seus rostos e pulsos feridos torcidos, em lassa incapacitação. Nenhum pai ou rapaz jamais falava sobre tais coisas — era como se nem mesmo reconhecessem que haviam sido eles que as haviam feito.

Mesmo assim, quando toda a verdade começou a aflorar aos poucos — pequenos transbordamentos de dolorosas recordações —, foi bem como tristemente suspeitara. Os espancamentos e estupros, os pais fazendo fila para pegar jovens opares recém-trocadas, os tapas e socos casuais — a negra vulnerabilidade mamisógina de dävinanidade que Antonë Böm agora recordava nos queixumes de sua própria mamãe, deitada em seu sofá-cama, mirrecuperanu — como dizia — após outra visita do pai de Antonë.

~

O Conhecimento secreto das hamsters, que arrostara o reinado sombrio do motorista, permanecendo submerso nas correntes subterrâneas de suas vidas, fluía caudaloso dentro de Caff Ridmun. Ela se recordava do tempo do Fulano e, caso esquecesse, tudo que tinha a fazer era olhar nos olhos inquietos de Carl para se lembrar daquele dia nas curryeiras, da mão insinuante, dos dedos progredindo de nevo em nevo.

Assim, Caff depositava todo amor que tinha em Carl. Ela se enfiava pela mata e o encontrava junto com Gorj. Erguendo o pequeno do pescoço do moto, passava assim tarifas inteiras com ele, andando e conversando, lembrando-o de quem eram as mamães — de que não eram meras pivetes, arrendadas para eles por Dave a fim de se curvar à vontade dos pais, mas passageiros que sentiam, sofriam. Caff disse a Carl que não deveria jamais esquecer a própria mamãe quando a motoragem o possuísse, e os papais o incitassem, e as jovens opares se refugiassem acovardadas nos estábulos.

Quando Carl estava com sete anos de idade, no verão em que a Troca passou a ser irrevogável, e em que todo chico ele teria de ficar com os papais, Caff contou-lhe a verdade sobre seu verdadeiro pai. Eli foi 1 grandi pai, disse ao menino, eli falava ku Deiv i Deiv dissi praeli parah kum eça bobagim diveizdamami iveizdupapi, di Troka. Naum sisquessa diçu nunca, nunca. Aki, toma içu. Ela lhe deu um colar de deiviuorks para pendurar sob a camisa, talismãs especiais para lembrá-lo da unidade de mamães e papais antes da dolorosa divisão pelo PCO.

~

Antonë Böm recebeu do motorista permissão de ensinar apenas a verdadeira fonic do Livro para os rapazes de Ham. Havia cinco deles na escola no ano em que Carl passou pela Troca e tinha idade suficiente para sc reunir a eles. As aulas eram dadas no Abrigo durante a primeira tarifa. Depois disso, os rapazes deviam desocupar u pequeno barraco de madeira para que os pais pudessem fazer sua própria recitação. A instrução era mecânica: Böm recitava as corridas e os pontos do Livro, depois os rapazes repetiam em uníssono. Böm anunciava uma corrida selecionada ao acaso: Lista Quatro, Corrida Cinqüenta e Quatro. Sair, em frente, Kenton Road, esquerda, Cassland Road, direita, Wick Road, direita, viela East Cross Route, em frente, East Cross Route. Então os pequenos hamsters trituravam aquilo em mokni: Saih infenti kentãn röd, iskeda, kasslan röd, direita, uyc röd... e assim por diante, até completar a corrida. Depois era vez dos pontos: Burberry Factory, 29 Chatham Place, WE9... Bubbery faktri, vintinovi chá-ãm playce, dablu e novi....

Ao longo dos dois primeiros anos em que Carl ficou ali sentado aos pés de Böm, houve apenas essa repetição monótona. Depois, quando os meios-irmãos mais novos de Carl se juntaram à classe, Böm dividiu-os todos em dois grupos. A partir de então, os menores eram sabatinados no Conhecimento, enquanto Carl e seus colegas aprendiam sobre a aplicação. Böm tinha guias desenhados pelo PCO que mostravam Nova Londres em toda sua crescente magnificência.

A cidade descrita pelo Livro era um círculo perfeito com dezenove cliques de fora a fora. Todas as ruas e a maioria das edificações significativas haviam sido abençoadas por Dave. Desde a descoberta do Livro pelo pai fundador da Casa de Dave, no burb londrino conhecido como Hampstead, os motoristas da corte haviam trabalhado para interpretar seu plano dävino para a cidade. À medida que cada corrida era decifrada pelos fonicistas, ia sendo projetada. Depois de avaliados, os principais pontos foram construídos e ocupados, muitos pelos próprios motoristas. Nessas escolas do Conhecimento recém-fundadas, os instruídos bichas debatiam e aperfeiçoavam seu entendimento do Livro, desse modo certificando-se de que ainda mais edifícios pudessem ser erguidos.

Havia os céticos, que alegavam que Nova Londres não só estava incompleta, como também inteiramente errada. Que suas ruas tortuosas e enlameadas, seus becos estreitos e agitados não guardavam mais relação com a cidade de Dave do que um desenho de criança com seu tema. Pior ainda, que os próprios prédios eram vis imitações, indignos de ostentar os nomes dos poderosos edifícios que Dave inscrevera nas placas de ferrim de seu Livro. Vozes ainda mais críticas observaram como foi que, enquanto o PCO crescia cada vez mais ao longo dos séculos, Londres — e Ing, mais além — tornava-se progressivamente sobrecarregada por uma burocracia religiosa cuja única diligência consistia em se autoperpetuar. Contudo, essas vozes eram abafadas pelas doutrinas e convênios do Livro: as prescrições do Rompimento e da

Troca, que mantinham os habitantes de Ing divididos por dentro, tão incapazes de conceber qualquer propósito que não o cumprimento das profecias de Dave.

Além do mais, quem poderia contradizer o fenomenal crescimento e a florescente prosperidade de Londres e, mais além, de toda Ing? Nos séculos que se seguiram à descoberta do Livro, a visão por ele apresentada de um mundo celestial de maravilhas que poderiam ser construídas aqui, na terra, agira como um estímulo frutífero para os ingueses, permitindo-lhes ressuscitar as glórias de civilizações passadas com aparente facilidade, desse modo sobrepujando os avanços casuais de outras nações. Os escoceses, os galeses, até mesmo a confederação suíça, do outro lado do oceano — todos permaneciam atolados na barbárie, enquanto em Ing o povo era sujeito ao domínio da lei. Agora, quando os corsários ingueses encontravam os longopedalinhos dos nords ou as balsas dos francos em alto-mar, os estrangeiros paravam e prestavam tributo. Poderia haver alguma dúvida de que a linhagem dävídica estava dävinamente predestinada a governar Ing — e, além dela, o mundo conhecido?

O motorista de Ham e muitos outros achavam que não. Esses fanáticos tendiam a fazer uma leitura muito mais estrita e literal do Livro; para eles, sua descrição da Nova Londres era de uma cidade situada além do tempo e que nunca deveria ser construída por meros papais chellish. Eles apontavam para a dissimilaridade topográfica entre a Londres do rei Dave e a Nova Londres do Conhecimento. Murmuravam ainda sobre os excessos da corte, onde Troca e Rompimento mal eram observados — mamães e papais relacionando-se abertamente uns com outros nos jardins de diversões de Green Park e St. James. Eles falavam por meio do interfone e pediam a Dave que uma nova onda de dävinanidade varresse o mundo. Até agora, esses dävistas fundamentalistas não haviam mantido qualquer relação amigável com o PCO; em vez disso, buscavam atingir as regiões mais remotas dos domínios do rei para realizar seu trabalho missionário, lugares onde seu fanatismo e rigor tinham muito dibinkedismo a combater.

Nada disso incomodava Carl Dévúsh, um jovem isolado na periferia mais longínqua desses domínios; ou melhor, até que Antonë Böm começou sua instrução mais especulativa. Os rapazes haviam retido na memória o Conhecimento, a Carta do Menino Perdido e as doutrinas e convênios. Entretanto, a Aquisição do Conhecimento completo exigia do passageiro que, mais do que apenas familiarizado com todos os elementos do Livro, ele fosse capaz de inter-relacioná-los. Isso criava a necessidade dos assim chamados Hipotéticos — respostas retóricas para questões que exigiam dos passageiros que concebessem o que o próprio Dave faria em uma dada situação.

Antonë Böm se sobressaía na proposição de Hipotéticos. Ele se postava junto à urna cerimonial no fundo do Abrigo e as dirigia aos rapazes sentados à mesa do motorista: Você está dirigindo pela Park Lane e vê um possível passageiro pulando o guard-rail. O que faz? O que você pensa? Nomeia os pontos, me diz a corrida? Seguia-se um silêncio nervoso, interrompido apenas pelo ruído irritante de mãos esqueléticas coçando cabeças desgrenhadas. Depois, invariavelmente, era Carl Dévúsh que respondia: Reduzu utáxi pradireita i veju sieli vai consigui, ch'fia.

Böm, os olhos úmidos aumentados pelos óculos, piscava para Carl. Suas mãos rechonchudas davam um tapa em sua tanque. Balançava nos calcanhares, um zumbido saindo dos lábios grossos. Quem, se perguntava ele, era aquele rapaz de olhos azuis alegres e por que sua mente camponesa era tão aguçada? Quando o motorista chegava para enxotar professor e alunos do Abrigo, parecia a coisa mais natural que Böm e Carl de repente se afastassem em dupla dos demais. Natural também para Carl ir até os pais e sugerir tarefas que o levassem junto com o mestre a vagar pela ilha. Lentamente, no transcorrer dessas perambulações, bicha e pupilo descobriram-se mutuamente — percebendo que compartilhavam o mesmo pendor inquisitivo, a mesma maternalidade encerrada em seus peitos masculinos.

∽

Era o início do outono e o grupo do chofer partira de Ham havia dois meses. O meh e os estorapeitus que haviam trazido se acabaram. Os papais e mamães trabalhavam duro, preparando-se para o arenki. Esse ano havia quatro motos para serem abatidos e o chofer trouxera muitos fardos de lanijru para serem tecidos pelas mamães. Em breve o lavarrapidu e o demister viriam, as folhas cairiam das árvores e os hamsters, confinados a seus apês, se recolheriam. Era então, nos meses de escuridão, quando o tempo sobrava pesadamente em suas mãos ociosas e devassas, que as piores depredações dos papais ocorriam, as surras e humilhações, as violações e estupros coletivos.

Böm preferia fazer sua curry na velha casa de Bulluck, onde as mocréias se reuniam. Certa noite, ele ergueu os olhos de sua tigela para dar com Caff Ridmun e Effi Dévúsh sentadas a seu lado. Ele piscou para limpar as lágrimas que sempre se acumulavam em seus olhos quando estava no apê dos hamsters, observando-os.

— K-ki foi, mamaens? gaguejou, sentindo que tinham algo importante a dizer.

— Faiz 1 bon tempu jah kistah aki, nueh, Tonë? começou Effi.

— Bastanti — novi anuz in JUN.

— I sabi 1 bukadu sobri nóis, ein?

Böm mudou para o bibici:

— Gosto de pensar que estudei seus costumes a fundo, Effi, se é disso que está falando.

— Tein 1 negociu ki você num sabi, 1 negociu importanti.

— Ah, e o que seria? Böm não usava de nenhum subterfúgio — não passava por sua cabeça tentar levar qualquer vantagem sobre Effi. Aprendera a respeitar essas hamsters, que, a despeito de serem tratadas como bestas de carga por seus companheiros, mantinham a comunidade viva e funcionando.

Effi Dévúsh curvou-se para se aproximar, os olhos sumidos nas rugas profundas, o nariz como uma lâmina de faca, os dedos de garra investindo contra a coxa gorda de Böm e puxando seus jeans. Ele não se encolheu quando os vergões de sua velha cicatriz de estigma foram revelados.

— Ahi'stah, sussurrou Effi — e Caff suspirou também. C nunca falô sobri içu, num foi?

— Não, não, não achava necessário.

— Iu motorista tamen — naum dissi nada, ein?

— Não, não, acredito que acha que isso não ajudará em nada seu trabalho entre vocês.

— C jah ouviu falah sobri uFulanu?

Effi e Caff se recostaram enquanto Böm ajeitava seu traje. Nisso, suas expressões pareciam dizer — foi revelado, agora. O Fulano! Böm ficou consternado. Estão se referindo ao pai que disse ter encontrado um segundo Livro, o voador?

— Essi mesmu.

— Sim, bem... disse Böm, erguendo a cabeça, pode-se dizer que seja o motivo de eu estar aqui. Foi sua recitação em Londres que me rendeu o estigma.

Essa informação não tinha o menor interesse para as mamães; a Londres da qual o professor falava era um lugar remoto — quase mítico. Quando Symun Dévúsh fora tirado delas, havia partido para sempre.

— C sabia, continuou Effi, ki eli era filiu di Am, C sabia diçu?

— O Fulano, daqui, dessa mesma Ham? Böm estava incrédulo. Não pode ser.

— Nah, suspirou Effi, eh avedadi...

— I meu Carl, interrompeu Caff, meu Carl... elieh... elieh filiu deli.

O Fulano. Para Antonë Böm, a eras, e meio mundo, distante. Ele carregara o ensinamento do Fulano em segredo dentro de si, junto com sua maternalidade, por todos os desagradáveis dias de seu exílio. As doutrinas da nova fé estavam tão próximas de seu coração quanto da primeira vez em que as ouvira ser pronunciadas pelos lábios de seu colega professor na City of London School: Nenhum Rompimento ou Troca, mamães e papais podendo ficar uns com outros, tocar um ao outro, conversar um com o outro, gostar um do outro, com toda a delicadeza de uma jovem opare cuidando de seu encargo infantil. Nenhum PCO, nenhum Conhecimento, nenhuma dävinanidade — o próprio Dave repudiava tudo isso, e parecera adequado dizer àquele jovem camponês semi-analfabeto que o primeiro Livro nada significava além dos desvarios de uma mente dävina deturpada pela raiva e o ódio.

Dave não nutria ódio algum contra mamães — nem mesmo Chelle. Queria verdadeiramente que Seus passageiros ficassem satisfeitos com o modo de vida que procurassem, qualquer um. Não desejava que erguessem a Nova Londres; apenas que vivessem nas cidades e vilarejos que eles próprios haviam fundado. E se queriam falar com Ele, atravessar o vidro e tocá-Lo, sentar na traseira, fornecer-Lhe um endereço e deixá-Lo dirigir a seu destino — então isso era o desejo de Dave, também. Ele estava ali para todos os papais e mamães — fossem de que conjunto fossem. Podia ser alcançado mediante o interfone — ou até um chamado em voz alta. Nenhum motorista ou fiscal era exigido para interceder — nenhuma laboriosa recitação de Conhecimento arcano se fazia necessária.

Era para esse Dave que Antonë Böm recitava toda noite em seu modesto geminado. Sentado em um pequeno banco, os braços esticados diante do corpo, sustentando a Roda conforme abria o coração. Expressando seus pensamentos mais íntimos e desejos secretos para um Motorista Supremo perfeito e caridoso. Muitas vezes, prestes a fazer silêncio, vinha-lhe à consciência o motorista mundano, a pouca distância, que recitava para um Dave muito diferente, um Dave selvagem, cheio de ódio, que nada desejava para seus passageiros além de labuta e dissensão, o Rompimento e a Troca.

Ninguém em Londres soubera precisamente de onde o Fulano viera — o nome Ham era sussurrado, embora nada significasse, pois havia milhares de Hams espalhadas pelo arquipélago de Ing. Na época anterior ao estabelecimento da linhagem dävídica na cidade que viria a se chamar Londres, muitos desses lugares reivindicavam o status de verdadeiro berço da fé. Antonë jamais concebera o Livro do Fulano como tendo realidade material, assim como não o imaginara sendo encontrado no mesmo lugar do primeiro. Agora, dois tipos de Conhecimento juntavam-se na mente de Böm, dois mundos invadindo-se mutuamente. Se... se o que o Fulano dizia era a verdade... Böm mal conseguia formular os pensamentos... Então — então, aqui... aqui é Ham-Hampstead... e ali... depois do recife... sob a laguna... fica... fica Londres. Pois Dave não falou de um dilúvio poderoso, uma grande onda transformando as ruas da cidade em rios furiosos?

Böm detinha o Conhecimento de Ham tão inteiramente quanto qualquer pai ou avó nativos; era seu Conhecimento do Livro que sumia. Suas corridas e seus pontos haviam sido cantarolados pelos rapazes no Abrigo até virar meros sons. Tarifa após tarifa, depois chico após chico, e finalmente ano após ano. Enquanto Böm apoiava a cabeça cansada no batente da porta e olhava para o mar, para os *stacks* salpicados pela maresia das ondas, o que fora aquilo cantado pelos jovens? Direita uaidwúd röd. Iskeda norfend uei. Segui pela ispanyads layn, infrenti forrud eef istri... A área de floresta densa ao longo do litoral norte era conhecida como Wyldwúd. O caminho que corria dos chafurdeiros dos motos entre Wess Wúd e Sandi Wúd era chamado Norf para ser diferenciado do Layn que corria ao longo da espinha da ilha. Que essas antigas trilhas, gastas pelos pés de hamsters e motos, fossem conformes às corridas, conformes ao Conhecimento — teria isso algum significado?

O que viera primeiro: o Conhecimento ou Ham? Acaso não seria mais provável que os antigos hamsters houvessem nomeado seus caminhos rústicos a partir das majestosas vias descritas no livro? E contudo... e contudo... Sempre reto, Heath Street... depois, entrar na Zona, depois esquerda, Beech Row... e onde é que o Livro fora desenterrado uns quinhentos anos antes? Se havia alguma resposta para aquele enigma, ela estava sufocada pelos densos arbustos da Zona Proibida. Ali mesmo, em Ham.

Antonë Böm não pegou no sono nessa noite. Quando veio a primeira tarifa e o farol foi aceso, no leste, ele caminhava pela praia, de um lado para outro. Uma frota de motos vindo do Layn o avistou. Sabendo que era melhor não se aproximar do professor, retrocederam, mergulhando na bruma, suas palavras melosas abafadas pelo ar úmido. Ól-ai, Tonë, ól-ai, choramingaram, na esperança de que houvesse vencido a antiga repulsa e viesse afagá-los. Mas Böm continuou a caminhar pela praia, passando pela caixa escura do geminado do motorista, que parecia extrair solidez da atmosfera nebulosa, e então percorreu a baía até o pedaço. Tudo era silêncio e imobilidade, o ocasional *cuuii tchiu-tchiu-tchiu* de uma gaivota sobrevoando a praia parecendo o choro lamentoso de uma criança abandonada.

Antonë Böm parou junto a uma touceira de pustulária e ficou observando as formas corcundas e musguentas dos apês dos hamsters. Não tardaria muito até que as primeiras mamães e opares se levantassem, reavivando o fogo com madeira nova, esquentando farelo de cereal e grude de moto para os pais e crianças. O trabalho das hamsters começava cedo e jamais terminava. As mocréias e mamães contaram a Böm que antes da chegada do motorista havia pouca ou nenhuma violência em Ham. Agora ele compreendia — era culpa do Fulano, os papais puniam as mamães pelo que acontecera durante o tempo do Fulano, instigados pelo motorista.

— Praondi, ch'fia! Era Caff Ridmun, chamando-o, arrancando-o de seus pensamentos. Ela vinha do apê Bulluk e dirigia-se ao riacho para pegar evian. Pra Novalondris! respondeu Böm — e foi nessa unidade que a idéia se formou em sua mente. Iria penetrar na Zona Proibida e descobrir seus segredos — fossem quais fossem as conseqüências.

O lavarrapidu veio tarde nesse outono — não foi senão quando NOV quase chegara ao fim. O clima de Ham era sempre temperado, mas nesse ano parecia como se o arenki jamais chegaria. Os motos ainda dormiam na mata, enquanto moscas gordas entravam e saíam da choupana que os hamsters usavam como lixo para seus produtos naturais. A comunidade estava inquieta. Os mais velhos dos avôs e avós contavam histórias de tempos antigos, quando, durante períodos como esse, ondas esquisitas avolumaram-se na Grande Laguna, encharcando o território doméstico com curry e destruindo a fertilidade do solo por toda uma geração. Em certa ocasião, Ham ficara praticamente despovoada. Quando o chofer chegou de Chil, topou com apenas algumas mamães e crianças acomodadas nos estábulos vazios — quase todos os hamsters haviam morrido, alguns de inanição, outros durante uma desesperada jornada de caça nos *stacks*. Os motos também viram seu número severamente reduzido. Os papais tiveram de ser trazidos à força de Chil para se estabelecer na ilha. Dizia-se que foi aí que o declínio começou e os hamsters encolheram até não ser mais que uns pigmeus, comparados aos poderosos ancestrais.

Contra um pano de fundo de folhas outonais em fogo, o motorista recitava o Livro — enquanto isso, Antonë Böm afastava-se apressado do Abrigo, o mais rápido que suas pernas gorduchas lhe permitiam. Ispera purmin! exclamou Carl Dévúsh, atrás dele. Ispera purmin, Tonë! O rapaz correu, os pés descalços firmes sobre a grama escorregadia, e ficou lado a lado com seu mentor. Oi! Kifoi? Ondi C tah inu? A mão de Carl pousou no braço de Antonë e nessa pressão o homem mais velho pôde sentir todo o peso da responsabilidade que buscava evitar, a paternância, a veizdupapi, a necessidade de trabalhar e construir, de fazer um mundo melhor. Afastou a mão com um estremecimento, desviou o olhar daqueles olhos ansiosos, caminhou apressado na direção do Layn e desceu rumo à mata. Carl não se deixou descartar assim tão fácil. Seguiu atrás, gritando: Uki azmamáis tidisserum, Tonë? Ei, uki elas disserum? Elas falarum dumeu pai, foi içu? Foi içu?

Böm afundava as pernas no brejo sem se preocupar com o estado de seus jeans. À medida que o rapaz o perseguia, ficava cada vez mais histérico — o turbilhão de especulação sobre Ham e a agitação em seus sentimentos que isso provocava sugaram-no em um vórtice de desamparo. Por quê? implorou em voz alta. Por que, oh, Dave, por que me desembarcaste? Jamais quisera aquilo: ser bicha já era ruim o bastante, um exilado por voação, pior ainda, agora aquelas mamães chellish conspiravam para enxotá-lo do Abrigo para sempre. Talos-de-chicote açoitavam sua barba e seu cabelo, o vento se erguia e as folhas amarelas brilhavam contra o vidro azul profundo — todo o espaço esférico de Ham se movia, bruxuleando entre a fé e a descrença. Sweetë, levando um susto ao ver Böm trombar contra as moitas, saiu correndo de onde estava e embrenhou se no mato. A visão dos flancos enormes e cerdosos do moto conduziram Böm por outro curso de pensamento: Motos... mutações grotescas... bebês gigantes e babões... não somos todos bebês, mergulhados em nossa própria imundície, balbuciando coisas sem sentido? Böm encalhou em um trecho alagadiço e suas mãos afundaram no brejo salobro. Ele gemia e levava punhados de turfa lamacenta ao rosto, espremendo o lodo entre os dedos. Suas vacas desgraçadas! choramingou. Suas vacas malditas... Vocês me tiraram... vocês me tiraram tudo!

Carl permaneceu ligeiramente afastado, a silhueta magra camuflada pelo troçopano de bubbery. Olhava para Böm com expressão curiosa, preocupado, mas à beira do desdém. Um ponto fulcral fora fixado sob a ligação dos dois — e a balança pendia em favor do rapaz. Finalmente, moveu-se na direção do mestre, curvou-se e fitou o rosto enlameado.

— Elas ticontarum, num foi?

Böm fez que sim; havia uma mancha de sangue no canto de sua boca.

— C sabi ukiaconteci agora... Carl segurou seus ombros, sacudiu-o. C sabi, Tonë, agentch priciza incontrah. Priciza intrah nazona... Ondi meu pai foi... Agentch priciza discubrih avedadi.

— Não, disse Böm, fracamente. Não, não está certo... a gente não pode.

～

Dois dias depois, na metade da segunda tarifa, Antonë Böm e Carl Dévúsh estavam no cume do Wollötop, onde o Layn mergulhava até sumir entre a densa vegetação baixa da Zona Proibida. Ali, no ponto mais elevado de Ham, a vista em todas as direções era de ondas espumantes contra o recife, como se fosse a ilha que perturbasse o mar. Mais para o sul, a capa esbranquiçada rodopiava através da Grande Laguna até o Sentrul Stac; enquanto ao norte o braço mais profundo entre Ham e Nimar era como pratos de ferrim amassados sob as velozes nuvens esfiapadas.

Um vento frio uivava entre os pinheiros que resguardavam os chafurdeiros dos motos e mais além pelo Layn, a nordeste, os ramos torcidos de crepitáceas rasgavam um vidro tingido e pontilhado de luzes brilhantes. Por três tarifas inteiras a tempestade varrera Ham, soprando cada folha de árvore, a enxurrada de lavarrapidu tornando os caminhos em tobogãs lamacentos. Agora o vidro estava clareando e o vento soprava no rosto de Antonë e Carl. Ambos carregavam os pesados enxadões dos hamsters nos ombros. Böm tinha ainda um feixe aceso de juncos embebidos em óleo, mas o braseiro lançava pouca luz — estavam contando com a lanterna, que não ligaria senão quando a terceira tarifa já fosse bem avançada.

— Pronto, então? ele disse.

— Toprontu, respondeu Carl.

Böm ergueu seu enxadão. Vamos lá, então, disse, franzindo os lábios. Em frente.

Após alguns passos, a quietude da Zona os engolfou. A colina se inclinava abruptamente e primeiro escorregaram, depois caíram. A custo, a dupla atravessou uma barreira de aguilhoal morta e viu-se dentro de um rego entre paredões elevados no alto dos quais se apinhavam raízes espinhentas de rodis. Erguendo os olhos, Carl avistou a fenda azul-escura do vidro emoldurada pelas folhas brilhantes de verde perene. Piamente, Böm recitava, sem parar: Sempre reto, Heath Street... Sempre reto, Heath Street... Sempre reto, Heath Street, conforme abria caminho através das profundezas da Zona. Vendo uma abertura no paredão a sua esquerda e atravessando por baixo da cobertura de arbustos, chamou seu companheiro: Hampstead Square, deveria ser o último desvio antes de chegarmos a Beech Row.

Carl veio escorregando pela lama para chegar do lado onde Böm estava e apoiando-se um no outro seguiram adiante. C acridita? sussurrou o rapaz, pasmo de admiração com o mistério do lugar. C acridita kiaki eh Londris? Böm lançava olhares angustiados dele para os paredões escuros. Aqui e ali a terra cedera com a chuva e mesmo com a pouca luz eles conseguiam distinguir as fiadas expostas de tijolo. Depois de derraparem por mais uma centena de passos apareceu uma segunda abertura no paredão à esquerda. É aqui, suspirou Böm. Se estamos mesmo em Hampstead, então aqui fica Beech Row. Me segue.

Curvados sob a abertura na densa vegetação rasteira, espremeram-se dentro da vala. Após vários passos subiram com dificuldade o paredão do lado direito. No topo, as rodis eram baixas e, ao chegar no alto, viram-se com cabeça e ombros acima do dossel. A lanterna estava em plena potência, sua letric prateada iluminando a cena sobrenatural. Esparramando-se abaixo deles via-se uma dobra de terra na encosta; no alto, brilhavam as massas cintilantes negro-arroxeadas de rodis, enquanto aqui e ali pináculos de tijolo projetavam-se, formas rígidas recortadas contra o vidro noturno.

Essa elevação — Böm indicou a mamoa imediatamente a sua esquerda — deve ser o apê. Há Conhecimento disso no Livro, Carl. Uma gaivota passou num rasante, deslizando em sua rampa etérea.

Böm sobressaltou-se e deslocou umas pedras, que caíram fazendo ruído na vala atrás deles. Carl, lembrando-se das histórias dos avôs sobre colônias de ratos na Zona Proibida, apertou o ombro de Böm. Calma, rapaz, tranqüilizou-o o mestre. Fique firme.

Desceram aos trancos e barrancos a encosta e caminharam para a área plana ao pé da elevação. Então Böm começou sua peculiar busca, de gatinhas, procurando primeiro as ruínas havia muito sepultadas da antiga parede, depois se erguendo a fim de verificar a orientação dela com a elevação, para então voltar a ficar de quatro. Era uma visão surreal, o bicha tateando freneticamente em torno pela touça escura, as gaivotas voando velozes, no alto, a plenilanterna apontando obliquamente para eles, do sul, a nuvem esfumaçada turvando sua superfície mosqueada. De repente, a agitação de Böm cessou e ele deixou escapar um gemido grave e solitário. Carl trombou contra os arbustos para ficar a seu lado. Böm ajoelhava-se diante de um poço aberto. A vegetação o invadira, a chuva descera por ele — mesmo assim, os veios de lama e respingos de areia nas bordas faziam o buraco parecer recém-escavado. Olh... olhe, gaguejou Böm. O-olhe aqui... e aqui... Onde o conteúdo do poço se esparramara entre as rodis, havia pilhas ordenadas de deiviuorks, pedaços retorcidos de ferrim, tijolos e punhados de creto. F-foi... foi aqui... Böm enfim desembuchou. F-foi aqui que o F-fulano, seu p-pai, cavou. Foi aqui que ele encontrou o segundo Livro!

— Kein sabi indatahi, disse Carl, e como de início Böm não deu sinal de ouvi-lo, disse outra vez: Kein sabi indatahi — u Livu.

— C-como assim?

— Meu pai, eli dissi ki Deiv pegô u Livu divolta, nunfoi? Kein sabi eli kis dizê ki pois divolta nuburaku.

— Ah, não, não, claro que não — não pode ser, não tem nada aí, olha... olha...

Olharam dentro do buraco e a poça de lama no fundo mostrou o reflexo das duas cabeças recortadas contra o vidro acima — como se fossem duas criaturas que estivessem ali para beber água e agora estavam paralisadas contemplando a própria imagem incompreensível.

— Agentch priciza dah umoliada, disse Carl, depois de algum tempo. Vamu cavah, foi praiçu ki agentch trossi içu... Ergueu seu enxadão. Vamulah, Tonë, vamudessê.

Quando Böm tentava baixar o rapaz cuidadosamente pelo poço, as paredes cederam, e ambos se precipitaram pela superfície fria e escorregadia. Ali chafurdaram, no começo enterrando com vigor os enxadões no fundo barrento do poço; depois, não encontrando nada, prostraram-se de joelhos, enterrando os braços até os ombros e agarrando punhados de lama. Finalmente, exaustos, abandonaram a busca e içaram o corpo de volta pelas paredes do poço, deitando molhados e com frio sob o painel. Não tem nada aí, arquejou Böm. Mas já teve — deve ter tido. Aquilo, o poço vazio, por si só, foi quanto lhe bastou, enquanto revelação; e assim, junto com suas paredes erodidas, os últimos vestígios de sua lealdade ao rei Dave e ao PCO se desintegraram.

~

Atravessaram de volta o território doméstico rumo à área sob o duro facho da primeira tarifa. Ao chegarem aos apês em forma de vagem, a atmosfera era de quietude e preocupação, pois as hamsters e as crianças estavam caladas, enquanto os hamsters aguardavam-nos junto ao muro do Conselho. Através do aglomerado de figuras claras e mudas, Carl divisou a silhueta negra do motorista, alto e imóvel como uma estátua entre os pais agachados, encarando-os com seus olhos amarelos.

Não precisou chamá-los: com frio, encharcados, cobertos de barro, como se fossem homens primordiais, renascidos do próprio solo de Ham, os dois inconformistas coxearam rumo a seu destino. Em um silêncio mortal, os pais observaram-nos se aproximar e em silêncio mortal ouviram o motorista pronunciar seu anátema:

— Voadores! Eis o que são vocês — os dois. Voadores! Cavando e fuçando onde não é da sua conta! Um voador estigmatizado e o cãozinho do voador! As mamães chellish estão por trás disso — não tenho a menor dúvida!

Como se aquilo fosse apenas mais uma das arengas do motorista, não mais aplicável a sua vida do que à de qualquer outro hamster, Carl Dévúsh sentiu sua atenção inicialmente dispersar, depois se entocar dentro dele próprio, naquela mamiplaga aconchegante onde todas as preocupações eram esquecidas. Seu pai — o Fulano —, ele também conhecera essa fuga da veizdupapi, Carl tinha certeza disso, agora; e fosse lá o que o futuro viesse a trazer, também ele sempre teria csse refúgio.

12
O Livro de Dave

Outubro de 2000

Aquiles descia de seu pedestal; com um rangido torturado, um pé gigante, depois o outro separaram-se da base. Ele cortou os fiapos de névoa com sua espada curta e brandiu o escudo na direção do Hilton Hotel. Um casal de pássaros madrugadores turísticos que posava para uma foto diante da estátua — o macho bicando com a câmera, a fêmea de asas cuidadosamente dobradas — foi derrubado ao chão por uma das arrasadoras grevas de Aquiles, quando ribombou por eles com destino a Apsley House. Ele não se deteve — não tinha qualquer rixa com os dois. Tampouco desentendimento algum com os carros que chutava conforme marchava através da rua, rumo ao canteiro central. Sete metros de bronze contra aço de dois milímetros de espessura — sem chance; em seu rastro, a estátua deixava veículos amassados e tombados de lado, os motores funcionando e roncando.

Iluminadas pelo sol nascente, unhas de nuvem opalescente arranhavam esteiras de fumaça no céu. Aquiles parou sob o Constitution Arch e bateu a espada no escudo. Com um estouro, depois uma chuva de fragmentos de pedra, os quatro cavalos no topo do arco ganharam vida, arremetendo com as cabeças de chumbo. O menino que segurava os arreios lutou para controlá-los. Paz, ereta em sua biga, o manto descendo pelo ombro em rígidas dobras, sacudiu as rédeas e toda a poderosa quadriga empinou, inclinou-se violentamente e desceu com força esmagadora. Paz atirou a coroa de louros como um frisbee e Aquiles o aparou em sua espada.

As outras estátuas no canteiro ganharam vida: o Duque de Ferro esporeou seu cavalo Copenhagen; as figuras de bronze que o serviam — Guarda, Dragão, Fusilier e Highlander — libertaram-se com um arranco do granito polido e foram atrás de seu comandante-em-chefe. No memorial do Real Regimento da Artilharia, o atirador morto sacudiu o casacão petrificado que o cobria e uniu-se aos companheiros. Juntos, desengataram o canhão de pedra. David, alto, esbelto e nu, soltou-se do memorial do Machine Gun Corps — espada em uma mão, metralhadora Bren na outra. As temíveis figuras permaneceram lado a lado, olhando em torno para Piccadilly, Knightsbridge, Grosvenor Place e Park Lane, indecisas quanto ao que fazer, agora que haviam sido agraciadas com o dom do movimento. Os poucos pedestres na rua àquela hora espalharam-se como coelhos, fugindo por entre as árvores de Green Park, deixando cair pastas e guarda-chuvas na correria, enquanto os motoristas não afetados pela violência permaneciam distraídos, as cabeças aparafusadas em seu próprio tumulto metálico. A companhia de estátuas entrou em formação, com Aquiles na vanguarda e Paz na retaguarda. Desceram em marcha a Constitution Hill, os pés lançando fagulhas conforme chocavam-se contra o meio-fio.

Por toda Londres, conforme as estátuas ganhavam vida, mostravam-se, de início, confusas — só depois, com relutância, determinadas. Clive da Índia saltou de seu pedestal e desceu pulando a escadaria para Horse Guards. Lincoln, no começo, ficou sentado, surpreso, depois, erguendo-se com esforço de sua cadeira na Parliament Square, atravessou a praça até o maciço menir que era Churchill, ofereceu-lhe o braço e ajudou-o a caminhar. O conde Haig emparelhou sua montaria com Montgomery, ridículo em suas enrugadas calças elefantinas. Em Knightsbridge, Shackleton e Livingstone desceram dos nichos na Royal Geographical Society. Príncipe Albert espremeu-se entre os pilares dourados de seu memorial e as rubicundas madames Europa, África, Ásia e América formaram um crocodilo de pedra em seu rastro. Na Waterloo Place, Scott ia e vinha pela calçada, afetando poses, exibindo seu conjunto Burberry.

Em Chelsea, Thomas More ergueu-se abruptamente, o nariz dourado rebrilhando; enquanto do outro lado do rio os Budas de orelhas alongadas agitavam-se em seus pagodes. No Highgate Cemetery, a colossal cabeça de Marx balançou, depois desceu rolando a colina sobre os montículos das covas recém-escavadas. Dirigiam-se todos para Trafalgar Square, onde o Nelson de cinco metros vagarosamente descia de sua própria coluna, enquanto Edith Cavell passeava por St. Martin-in-the-Fields, a saia de mármore batendo nas barreiras dos pedestres.

Não só figuras humanas se moviam, como também animais: matilhas de cães de pedra e rebanhos de gado de bronze. Guy, o Gorila, saiu andando sobre os nós dos dedos pelo zôo de Londres e o Outer Circle; os golfinhos escorregaram dos postes de iluminação ao longo do Tâmisa e debateram-se cidade adentro. Criaturas míticas reuniram-se à turba que se ajuntava na Trafalgar Square: esfinges enigmáticas, grifos alados e até os mal concebidos dinossauros vitorianos deram as caras vindos de Crystal Palace. Todo o demencial bestiário ornamentado furioso e feroz. Os leões de Landseer ergueram-se para ir a seu encontro, esticaram o corpo e lançaram mudos urros.

Uma multiplicidade de monarcas: Williams valorosos, Georges alemães, Vitórias atarracadas. Pelotões de primeiros-ministros, turbas de generais e administradores coloniais, formações em vê de vice-reis, magotes de escritores e artistas, coortes de Cristos — de fachadas e nichos, pedestais e frontões, crucifixos e cruzes, as estátuas londrinas se soltavam, até o centro inteiro da cidade virar um pandemônio crescente de bronzes marchando, ferros fundidos retinindo, mármores e granitos rangendo. Aqueles ídolos, aqueles deuses de latão! Tinham tanta uniformidade de propósito quanto de estilo, substância ou escala — guerreiros gigantes e deidades diminutas, eram encarnações distorcidas das prioridades confusas e inconstantes de seus criadores. Não pretendiam causar danos ou sofrimentos — mas foi exatamente o que fizeram. Deixaram pedestais vazios e cornijas desabando, domos implodidos, pórticos e pontes pendentes, colunatas em ruínas. Não pretendiam ferir as pessoinhas macias, mas eram tão grandes e duros que deixaram peles dilaceradas e crânios esmagados por onde passaram.

Nos degraus da Coluna de Nelson, Aquiles bateu a espada no escudo, tentando ganhar a atenção das estátuas. Em vão: aqueles monstros não eram capazes de um propósito comum, nada sabiam, nada sentiam — apenas a ira de adormecidos eternos privados de seu repouso. Deuses e deusas gregos circulavam de perfil; Saint Thomas à Becket contorcia-se em agonia; Baden-Powell explorava o território. O mármore retiniu contra o ferro, o granito contra o bronze, quando as efígies ensandecidas se bateram com a incompreensibilidade de suas próprias mentes sencientes. O que eram eles? Nada. Tão cegamente fitando o infinito por tanto tempo que não portavam mais significado que uma lata de lixo ou uma caixa de correio — talvez menos.

Então algo os distraiu — um taxista estúpido conseguiu libertar seu veículo do congestionamento na Charing Cross Road e tentava agora fazer a volta sob a National Gallery. Recuando e investindo, derrubou faunos, querubins e cariátides como se fossem pinos de boliche. Aquiles pulou de seu ponto de vantagem e foi até lá. Ao se abaixar, seu pinto desproporcionalmente minúsculo raspou no teto do táxi, estilhaçando o sinal de "Livre"...

Tum! Tum! Tum! Alguém tungava a janela do motorista do Fairway. Dave Rudman voltou a si num alvoroço angustiado para descobrir que estacionara na Goods Way, atrás da King's Cross Station. Um policial enorme batia no vidro da janela com tanta força que a cabeça de Dave balançou de um lado para outro. Quando se curvou para alcançar o botão, viu uma garrafa de uísque três quartos vazia caída no chão, entre seus tênis. Cutucou-a para fora da vista, sob o banco. "Bom dia", disse o tira. Estava à paisana; atrás dele, dois outros apoiavam-se em uma comprida perua, sem qualquer marca a não ser a luz azul girando no teto. Um sol de aço golpeava os gasômetros ao longo da Battle Bridge Road. "Lugar gozado pra tirar um ronco." O rosto do tira era cor-de-rosa, e sem marcas, também. Seu sorriso era lupino — a cabeça cheia de cabelos prateados, retos como a tesoura que os cortara.

"E... eu, eu tive um cliente tarde e... eu..." Dave não conseguiu fazer com que coisa alguma funcionasse: a frase, os pensamentos para construí-la e a força de vontade para proferi-la. À medida que ficava mais consciente, mais se dava conta assustado das cinzas de estoura-peito e do fedor de mé, das roupas amarfanhadas e da barba por fazer.

O tira riu. "Qual seu nome, filho?"

"Ãh, Dave... Dave —"

"Certo, então, David, vamo fazê o seguinte. Sai do táxi, tranca, vai pralgum lugar e dorme um pouco. Intendeu? Hoje é teu dia de sorte, David — 'tendeu?"

"Certo-certo... claro..." Dave se aprumou, fechou a janela, procurou a bolsinha de trocados. Trancou o carro, sob o olhar divertido dos policiais. *Por que os caras não me levam em cana? Devem ser da Narcóticos, largando o turno, não querem encheção com a papelada...* Na contraluz do sol que se erguia por trás de Barnsbury, os três tiras haviam adotado posturas estilizadas: de pé, inclinados, mãos no quadril. O sonho ainda se agitava na cabeça de Dave conforme se afastou cambaleando sob os olhares atentos, na direção da York Way. Os tiras voltaram ao carro e acenaram jovialmente ao passar acelerando por ele. Na mesma hora, Dave girou nos calcanhares, na direção do táxi. *Não posso deixar ali, numa faixa amarela... tenhoquetirar...* Como que antecipando isso, os policiais fizeram meia-volta no fim da rua. "Fica longe da porra do táxi, ou juro que cê vai em cana!", gritou o grandalhão de rosto liso quando o carro passou, e Dave Rudman recuou, ferroado pela vara elétrica de gado da autoridade. Passou as horas seguintes nervosamente em um café na Pentonville Road, esperando ficar sóbrio o suficiente para dirigir, bebendo chá e observando a escória de viciados girar pelo ralo da estação.

Na noite anterior, estava legal. *Certo, não cem por cento, mas legal...* Estivera dirigindo, fazendo o que fazia, só mais um taxista transportando as tumultuosas multidões infinitas de Londres. Agora, o que era ele? Uma cenoura esmagada largada na sarjeta, uma boneca sem cabeça, a sombra coberta de mijo de um homem. Dave saíra para trabalhar lá pelas seis da noite, pretendendo pegar a última hora dos baldeadores. Achou que trabalharia provavelmente até duas ou três da manhã, quando as hordas baladeiras teriam todas voltado para casa — e, mais importante, Michelle estaria dormindo. Era melhor chegar em casa quando não havia qualquer possibilidade de interação, pois até o modo como ela virava a cabeça no travesseiro podia despertar a ira de Dave.

Já fazia anos que seu casamento estava arruinado. Não, não apenas arruinado... *levado por ladrões de carro, dirigido até arriar, depois incendiado à beira da estrada.* Era a carcaça calcinada de um relacionamento. A espuma de borracha do conforto derretida pelo fogo furioso até virar uma carroceria retorcida de família, lar e criança. *Quando foi a última vez que trocamos uma palavra de amor entre a gente? Quando foi o último momento de carinho?* Agora que Carl deixara de subir na cama de manhã para os afagos matutinos, nem mesmo esse toque por procuração tinham mais. *Montar nela seria como subir em uma bicicleta de osso... Ou minha irmã... Ou minha mãe... Seu rosto — tão familiar, estranho pra caralho...*

Alguns anos antes haviam tentado estratagemas para fazer o casamento funcionar. Saíam para passar o fim de semana em um hotel, deixando o menino com a mãe de Michelle. Mas depois de Michelle voltar do spa e de comerem a gororoba insossa no restaurante cafona, ficavam ainda mais profundamente sozinhos em seu quarto, dois cadáveres na insinuação artificial da cama de quatro colunas. Michelle lia anúncios de imóveis na *Country Life.* Dave fumava junto à janela, soprando a fumaça escura nas cortinas de musselina branca. Voltavam para casa cedo e em silêncio. Apanhavam Carl no apartamento em Streatham Hill e ficavam gratos por seu incessante trinado de oito anos, um canto de pássaro em seu jardim putrefato.

Dave levava flores para a esposa, *porque é isso que você faz... não é...* quando queria falar mas não achava palavras? Comprava-as em bancas de beira de estrada, grandes jorros de lírios e crisântemos espinhentos encarnados, Michelles substitutas que depositava ternamente no banco de trás do táxi. Quando as presenteava, porém, não diziam muito mais coisas, só "Flores" — uma afirmação trivial e peremptória de estames, pétalas e caules. Na maioria das vezes, ela nem sequer se dava o trabalho de arrumá-las, simplesmente enfiava todo o caro buquê no primeiro vaso que lhe caía na mão, em um balde ou no cesto de papéis.

Fora fácil não tirar férias juntos: ela queria viajar para fora, ele era desesperado por permanecer na órbita de Londres. Carl cresceu com seus pais sobrepostos, não unidos. Um estava sempre chegando quando o outro saía. Passavam algumas horas — ou no máximo dias — juntos, antes de se afastar. Já que, como qualquer criança, Carl não possuía nenhuma informação acurada sobre o modo como outras famílias levavam esses assuntos, achava em grande parte que aquele estilo de vida estava correto. Vivia embotado, de todo modo — por um medo profundo, entorpecedor. Não fazia perguntas.

Nada de férias comuns, nada de amigos comuns. Sua mãe levava Carl para conhecer suas amigas, os maridos delas e as crianças. Era um acessório, mais do que parte da família. Pressentia isso, enquanto juntava bolotas de carvalho em jardins suburbanos, ou se encolhia dentro de casa nos dias chuvosos assistindo a vídeos, brincando com um brinquedo querido, enquanto a embriagada hilaridade dos adultos sentados em torno de uma mesa desarrumada chovia sobre ele.

Seu pai, por outro lado, fazia de Carl um pequeno boneco seu. No táxi, lá fora, havia garrafas de Coca, enquanto Dave bebia com Gary Finch e outros tipos. Havia os passeios para os tristes avós corujas de Carl em East Finchley — ou para o futebol. Mas Carl intuía que seu pai não estava ligado nos jogos a que assistiam. Ganhava os ingressos de colegas taxistas que tinham carnês para a temporada, então ficava na arquibancada enquanto Carl gritava, fitando as cintilantes cortinas de chuva iluminadas pelos refletores. Espiando o rosto do pai, Carl achava que era como os anúncios pintados à beira do gramado — apenas para serem vistos obliquamente e de grande distância. De perto, os traços de Dave eram distorcidos, tornando-se cada vez menos familiares.

Em Gospel Oak, Carl foi criando seu próprio território: primeiro, os terrenos no fundo da casa deles, depois o campo de aventuras em Parliament Hill, e finalmente a própria Heath. Também aprendeu a ser o amigo que sempre era convidado de volta para o lanche, educado, reservado, a criança que esses outros pais pensavam que gostariam de ter, sem se dar conta de que ele estava perdido, evadido, vivendo em uma ilha de fantasia distante do resto do mundo.

A casa — que parecera espaçosa para uma jovem família — era pequena demais para o rancor. A mais leve irritação era capaz de ocupar todo um andar. Do quarto do casal — em cima da cozinha — Dave podia escutar se Michelle abria a geladeira com raiva, ou até mesmo se o queijo era frigidamente desembrulhado. Quando brigavam, usavam a casa inteira. Gritos inundavam o sótão, berros entupiam a sala de estar. Carl, no começo, encolhia-se de medo — depois passou a fugir. Quando saía, diziam coisas horríveis. A fúria de Dave era um programa nuclear secreto. Por anos, naquele lugar escuro onde sua mãe o mimou e seu pai o ignorou, técnicos pervertidos mourejaram para condensar seu desamor vaporoso, desse modo comprimindo-o em um cintilante núcleo de ódio. Michelle tinha seu próprio segredo radioativo — a fusão de ambos implicava um poder de destruição quase ilimitado.

Nos primeiros anos, depois que as brigas começaram, Dave armazenava imensas reservas de ódio, para então, horas ou dias depois, despejá-las sobre Carl. Dave batia em segredo no menino — um beliscão furtivo, um tapa traiçoeiro desferido com *timing* perfeito e insano, precisamente abaixo do campo de visão de sua mãe. A raiva faiscava elétrica, em seu corpo, e mão ou pé movia-se num espasmo. A criança uivava de incompreensão, e o remorso — ah! este era poderoso, como uma droga, uma droga moral que fazia Dave se comportar melhor por semanas. Talvez fosse por isso que Dave batia no filho que amava — a fim de disciplinar a si mesmo.

Então, um dia, a professora primária de Carl acuou Dave no parquinho e chamou sua atenção para um vergão grosso no fino pescoço do menino. "Não estou afirmando nada", disse, depois de ouvir a explicação furada do pai — mas, na verdade, estava afirmando tudo.

As brigas ficaram mais feias — bem mais feias. Eram alucinógenas, deixavam os dois descorporificados, vendo padrões rodopiantes de ódio louco, vermelho e negro. As acusações clichês de autoprivação não eram mais suficientes. O rosto pálido e carnudo, exceto quando estava suado e lívido — Michelle disse o indizível: "Ele não é seu filho, mesmo! Não é." E o silêncio que se seguiu zumbia — percebiam o tique-tique do relógio de luz, uma moto roncando ao descer a Southampton Road. "Como é?", disse Dave, muito calmo. "Repete." Mas Michelle, absolutamente incapaz de acreditar no que dissera, cruzava os braços magros, sua postura característica: deixar tudo em suspenso. Ela seguia acreditando que não o dissera, assim, quando Dave passava brutalmente por ela, seu quadril jogando-a contra o armário de cozinha — ela achava fácil acreditar que não acontecera, também.

A longa madrugada o pegou no Goods Way, Dave apanhara um político com uma gravata fotogênica na South Lambeth Road e o deixara em St. Stephen's Gate. Vendo-se em Pimlico, estacionou o Fairway na Page Street e ficou plantado, como um peão negro, entre as fachadas xadrez do terreno do Regency Cafe. O Regency não era um reduto de taxistas — mas entravam assim mesmo. Havia um ponto ótimo ali perto, na esquina da Horseferry Road. Nessa noite em particular, o Gimp estava ali — um sujeito mais velho, de quem Dave se lembrava do tempo em que Benny ainda era vivo. Não da turma do banho turco, mas Dave o vira algumas vezes no abrigo da Warwick Avenue. Benny sempre dissera que o Gimp era "Um desvirtuado, um filho-da-puta fingido, me disseram que tira por fora como cambista". O Gimp devia estar com setenta e cinco... *por baixo*... mas parecia bem. Os jeans apertados na barriga volumosa; usava uma jaqueta de couro e óculos sob medida, de lente colorida.

Chamou do outro lado do café, "Ólrai, Tufty, é você, filho, não é, o rapazinho do Benny?".

Dave admitiu que era.

"Vem 'té aqui", disse o Gimp. "Vamulá, sentabundaê."

Ele bebericava seu chá, levando colherinhas de líquido aos lábios moles de velho... *no-jen-to*... "O gozado", disse o Gimp, apontando a colherinha para Dave, "é qui levei tua patroa no táxi, hoj'à tarde — pelo menos ach'q'era".

"Comu cê ia sabê qu'era ela?" Dave fez um gesto de desprezo com a mão enfumaçada, mas o Gimp não se deu por vencido: "Eu so' bomdi fis'onomia, sab', e teu vô uma vez mi mostrô uma foto do teu casamento. Inchado d'orgulho, el'tava. Iela é u'aviaun, hein — difícil di num vê, cum aquele cabelu di cenoura." *Cambista até é... bom de fisionomia seu cu...* "Apanhei ela na Southampton Road, em Gospel Oak — teu pedaço, nenaun?"

"É, é, parece qu'é." Dave soava despreocupado — indiferente, até. "Onde cê deixô ela, 'ntão?"

"'ampstead. Deve ter ido lá encontrar uma amiga num daqueles *wine bars*. Tava toda emperiquitada, tava mesmo — linda. C'é um cara de sorte... Nah, minha Vera..."

Dave não estava mais ouvindo. Sentado ali, chupando sua teta amarga e olhando o horrendo Gimp sorver colherinha por colherinha, ele observava em vez disso o retrovisor lateral de sua mente, onde todo o trânsito à traseira parecia muito, muito maior. *Ela teve toda oportunidade, trabalhei de noite pela metade do tempo que estivemos juntos... Por que ela não faria? Sei que tem nojo de mim... Depois do menino não conseguia... Não conseguia fazê-la gozar... Tava... tudo mole lá dentro...* Isso era uma alegação grotesca, pois ele sabia a verdade: não era ela que era grande demais para ele — ele era pequeno demais para ela. Não fora intenção de Michelle; era uma habilidade que absorvera da fórmula de sua mãe — diminuir um homem até que ficasse do tamanho de um soldadinho de brinquedo, depois deixá-lo de lado em uma caixa.

Ele dragou na memória o verdadeiro nome do Gimp. "Onde exatamente em Hampstead você a deixou então... Ted? Só tô perguntando porque eu disse que ia encontrar ela mais tarde e..." Parou, percebendo que se entregava demais, e o Gimp olhava de um jeito esquisito para ele, embora tudo que dissesse fosse "Beech Row, na parte alta da Heath Street, na frente de um puta casão fodido..."

Didduluuduu-didduluuduu. Pelo menos uma vez o celular de Dave tocou na hora certa. Não era ninguém que conhecesse — muito menos com quem quisesse falar. Fingiu ter importância, porém, e, pedindo licença, saiu, pensando, *Esse veado logo logo já vai ter morrido.*

∾

Ao pé da colina, em Gospel Oak, onde cigarros eram vendidos soltos nas lojinhas de esquina e as crianças cheiravam cola em úmidos poços de escadas, Michelle Brodie convivia com o segredo de que Carl Rudman não era o filho de seu marido. Contudo, toda vez que Michelle ia a Hampstead para visitar o amante rico, pensava, *Por que contar pro Cal agora — por que ele merece saber isso que estou vivendo há anos?* Por dez anos, a vida de Michelle fora um filme de horror rodado em câmera extremamente lenta. Quando nasceu, foi universalmente admitido que o bebê era "o pai cuspido e escarrado". A mãe de Michelle, Cath, disse isso, Gary Finch disse isso, a irmã de Dave, Samantha, disse isso — até Annette Rudman, quando pressionada na questão, concedeu que seu neto tinha os traços do pai. Michelle não estava tão certa: viu o rosto do amante projetado como uma sombra na carne rosada do bebê. Furtivamente, juntou os dedos, *tic-tic*, do jeito como fazem pessoas do campo para afastar o mau-olhado. *Tic-tic*, do jeito que Cal Devenish fizera quando ela serpenteou para se afastar dele, na cama amarrotada do Ramada Inn, em Sheffield, e perguntou — um pouco sem fôlego — "Trouxe camisinha?" Sua blusa estava aberta, expondo o seio ansioso — algum dia estivera mais atraente?

"Não, não", gargalhou ele. "Não trouxe camisinha — não vim aqui pensando em ir pra cama com ninguém. Mas também", riu outra vez e seus olhos se dissolveram em poças embriagadas de desejo, vinho e coca, "não imaginava que fosse conhecer uma mulher tão linda". Tomou-a em seus braços e a beijou, e ainda que o hálito masculino estivesse, bem... *rançoso*... ela não se importou, pois supunha que o seu estivesse igual. Então ele interrompeu o abraço e fez dedos de tesoura. "*Tic-tic*. Sabe, passei ele na faca. Sei, sei..." Respirou profundamente, estremecendo. "Meio novo pra isso. Minha mulher teve dois abortos péssimos antes do bebê e, bom, a gente achava que n..." Michelle colou os lábios nos dele para silenciá-lo. Não queria saber — estava muito bêbada. Dormir com um homem casado já era ruim o bastante — mas discutir sentimentos, pior ainda: melhor obrigá-lo a ficar quieto, depois satisfazer o membro flexível e aveludado dentro de seu corpo.

Tic-tic. Isso virou o jingle onomatopéico deles, acompanhado pela pequena gesticulação que os extirpava de toda responsabilidade. Cinco, dez, vinte? Quantas vezes haviam se encontrado em motéis na motorway ou transado nos colchões frios dos flats vazios de que Cal deveria estar cuidando para seu pater familias especulador imobiliário? *Tic-tic*. Então veio aquela noite no Hilton — Cal fez um punho com a fralda de sua filhinha, socando um buraco nas espumantes emoções de Michelle, e sete horas mais tarde Dave Rudman, a seiva, rastejou ali dentro.

Ao longo de todo o outono o novo ser erigiu seu pequeno estande dentro dela: Feto '87; embora Michelle, relutando em admitir o que estava acontecendo, seguisse supervisionando a construção de muitos outros, maiores. Casa Ideal. Feira Náutica. Feira do Automóvel. Um pulo até Birmingham para o Equipamento de Escritório '87, no National Exhibition Centre — depois voltar. Mas nada de Cal ligar. *Tic-tic*. Ela o cortou de sua vida. Foi só quando Manning, o executivo de exposições balofo, parou de olhar para ela e começou a torcer o nariz que Michelle se viu forçada a admitir a presença de um luminoso cor de laranja com letras de um metro dizendo ESTOU GRÁVIDA.

Era a primeira vez que se via atolada, impedida em sua determinação de viver só para si e para mais ninguém. A sensação de inchaço quente mas tenso, a identificação lacrimosa com tudo que fosse pequeno e vulnerável, era parte de uma dupla incubação: Michelle dava à luz um segredo — e aborto estava fora de questão. Sua infância fora, assim achava, banal, a juventude, exposta e óbvia — agora a mulher adulta seria misteriosa.

Assim Michelle sentiu o gosto da brutal incompreensão de amigos e colegas. As amigas, exasperadas com sua recusa de contar o que quer que fosse — quanto mais tudo —, excluíram-na. Michelle não ligou — até mesmo se comprazia na raiva de sua mãe. Nos domingos à noite ia se enterrar em Brixton pelo metrô imundo, depois era içada de volta a Streatham por um ônibus ainda mais imundo. Passando o *rinque de gelo, onde aquelas garotas negras me bateram na cabeça com seus anéis... Irlandesa de merda... Chorei no banheiro... Meu tutu virado pra cima... Sangue em meu cabelo...* Michelle achava conforto até mesmo no silêncio pétreo de uma bandeja de minissanduíches de frango. Ron na *lager*, Cath esfiapando os punhos de seu cardigã com unhas lascadas, pressionando um lencinho úmido contra o olho com o canto da munheca... *Pra ela ver o que é bom...* A desgraça, tão temida, provou-se... um alívio. Nada mais de ruim poderia acontecer a Michelle. O cavalo escoiceara no estábulo. Ali, na escuridão parestésica, os pequenos cascos tamborilavam nas paredes retesadas de sua baia. Onde estava aquele Deus ciumento — aquele Deus vingador? Quem poderia ser? Um taxista entendido em estátuas que gozou rápido demais? Um homem de cujo rosto Michelle nem sequer se lembrava.

Cheryl McArdle, a diretora do departamento pessoal da LM & Q Associates, organizadores de exposições, massageou o nevo proeminente em seu queixo largo; os cachos amarronzados de lingüiça bateram em seus ombros acolchoados. "Vou te pagar seis meses a três quartos de salário, isso dá?" Michelle disse, "Obrigada". Cheryl apontou para o velho anel de primeira comunhão que Michelle mandara alargar e agora usava no dedo apropriado. "Combina", disse.

Michelle não gostava daquela mentira. Vendo em retrospecto, anos mais tarde, conforme os traços de Cal Devenish — a testa baixa e as orelhas estreitas de lontra — subiam à superfície do rosto em desenvolvimento de seu filho, percebeu que era bíblico — uma mentira gerara a seguinte. Mas na época pensou, *Não gosto de enganar meus empregadores... Ele tem o direito de saber... É filho dele, também.* Pegou-se ligando para o número rabiscado no recibo do táxi. Dave não estava, mas o homem que atendeu não se importou de lhe fornecer o endereço.

Palmers Green — absurdamente longe, uma viagem tão demorada que, ao fazê-la, Michelle sentiu a cidade calcinando em deserto. Quando o taxista abriu a porta, seminu, ela quase riu — quase vomitou. Seu cabelo ralo estava desfeito e, através, dava para enxergar o exato padrão da calvície iminente. "Acho que não", disse. "Eu não queria..." Por hesitações como essa, vidas inteiras às vezes param no meio do caminho. "Você tem o direito..." Ela alisou o contorno do outeiro sob o casaco de ovelha e um sorriso pegajoso se insinuou nos lábios dele. O que imaginou? *Que tirou a passageira premiada, a cereja de seu bolo?* "Melhor entrar", disse Dave.

"Melhor entrar", disse Cal Devenish. "É, melhor", respondeu Michelle. Pesadas abotoaduras de ouro pendiam dos punhos de sua grossa camisa de linho branco. Cal comprara Beech House porque o dinheiro vinha chovendo em sua conta corrente. Dindim do papai morto — e lucros de *Blackie*, o programa infantil da tevê sobre um cachorrinho deprimido, vendido para mais de trezentas emissoras do mundo todo. Cal não sabia o que fazer com a casa que comprara com o dinheiro com o qual não sabia o que fazer. Nos ambientes de pé-direito alto, os forros do acabamento haviam sido raspados com escovas de aço, o papel de parede fora arrancado. Era um palimpsesto, a casa, o passado apagado da superfície do presente. Havia uns poucos objetos aqui e ali espalhados pelo piso de madeira original: listas telefônicas, um telefone, uma luminária de pé. Fingiram que ela era uma agente imobiliária e ele um sexy comprador em potencial, então fizeram amor, no hall de entrada, sobre os tacos respingados de tinta.

Quando Carl tinha seis anos, passava manhãs inteiras diligentemente amarrando coisas, puxando linhas dos corrimãos para uma perna de cadeira, para uma maçaneta de porta, depois fazendo descer soldadinhos de brinquedo nessas frágeis polias. Naquele barraco enervante, o pai de Carl começou a ligar eventos em sua mente febril, unindo todos os momentos semi-recordados em que a esposa evitara seus olhos mais do que de costume, tirava a roupa no banheiro e se metia rápido na cama, com a roupa de dormir. Dave apertava ainda mais os nós cegos que atavam as mudanças de plano — "Sandra ligou e resolvi sair com ela, minha mãe disse que tudo bem ficar com Cal" — a uma roupa nova que usara apenas uma semana antes — "Tava em liquidação..."

"Que porra de liquidação é essa?", ele dizia em voz alta. "Que merda de liquidação tão fazendo em outubro?"

Dave Rudman girou o volante do táxi ao passar pela National Gallery, rumou para o norte subindo a Charing Cross Road. Cavalos plásticos projetavam-se da fachada do Hipódromo, ciclo-riquixás atravancavam-se na entrada para Cambridge Circus. *Riquixás... riquixás! Onde estamos, caralho, em Delhi!? Daqui a pouco vão começar a queimar cadáver na porra do Albert Embankment.* Dave já não estava mais em débito com a culpa — ele refinanciara seu penhor de miserabilidade por um pouco mais de raiva. Todos aqueles odiosos cutucões e repelões malévolos, os tapas, os beliscões, as bofetadas no rosto, como se ela fosse uma bola de rúgbi sardenta — estava absolvido de toda responsabilidade por tudo isso, porque *ela tá me traindo... trepando com outro... nojo... Dá pra ver sua cara quente e suada... Enfiando o pau do outro dentro da boca...* Precisou parar o táxi na Harrington Square e vomitar pela porta entreaberta.

Sempre reto, Southampton Road... Direita, Fleet Road... Sempre reto, South End Road... Fora um dia de outono de rachar a cabeça, o sol martelando seus raios em latas de *lager* amassadas, cravando os fragmentos cintilantes na laje da cidade. Agora, com Heath escancarada à direita do táxi e Dave vendo nuvens em ebulição sobre Highgate Hill, ele teve um momento de clareza: *Não preciso fazer isso... o casamento acabou já faz muitos anos...* Apenas o infantilismo o fazia seguir adiante, um garotinho furioso cujas pernas não eram compridas o bastante para alcançar o freio. *Esquerda, Heath Street... esquerda, Beech Row... pontos no fim: a Friends' Meeting House, New End School, o Horse and Groom, minha esposa trepando com outro cara...* Esse era o *puta casão fodido*, fachada dupla, duas escadas curvando-se sobre si mesmas para dar em uma porta de entrada imensa. Subiu os degraus de seis em seis. Ergueu os olhos para o céu — Michelles de nuvem contorciam-se ali, fileiras e fileiras e fileiras. Quem era ele? Quem era esse homem? Ao longo da última década, toda vez que olhava para o filho, Dave Rudman sentia um choque misterioso — o impacto de um objeto invisível em um nervo cubital. Quem era esse homem? Ergueu o ponto de interrogação de metal sólido e o baixou. *Tum! Tum! Tum!* No Tribunal da Família, o juiz esmaga o elo frágil do sentimentalismo sangüíneo com seu martelinho.

Estavam dormindo. Ela deitada sobre ele. As pernas dele erguidas, suas mãos segurando tranqüilamente as nádegas dela. A cada *tum!* ele saía de dentro — *schlop* —, acordaram, separaram-se com um impacto de bacias, rolaram se afastando. "Deus do Céu!", gemeu Michelle. "Quem pode ser, merda?" Mas ela já sabia.

Quando Cal abriu a porta, Dave Rudman parecia um homem-macaco, os braços pendentes, o cenho projetado. Olharam um para o outro com compreensão crescente. Dave reconheceu o rosto, amassado de sono; era muito parecido com o de um conhecido seu. Sobre o ombro nu de Cal Devenish, Dave viu Michelle fazendo algo que em um casamento era tão prosaico — apanhando a calcinha.

Dirigiu até o Old Globe, embebedou-se. Dirigiu bêbado de volta a King's Cross e comprou uma garrafa. Uma puta tentou dar uma rapidinha na traseira do táxi. Ele matou a garrafa, pegou no sono. Acordou — e por toda a cidade, os pedestais, frontões, colunas e nichos estavam completamente vazios; a Família do Homem fugira. Quando Dave voltou para casa, era a metade da manhã. Carl estava na escola e a única evidência de Michelle era uma escova de cabelo cheia de longos fios ruivos e um par de botas de couro de cano alto. Estavam vazias, dobradas no tornozelo.

∽

Big End se casara com uma garota de Sidcup e juntos haviam comprado uma casa em Petts Wood. Big End não ficara à toa, tinha sua própria marcenaria, agora. A garota trabalhava em um salão de beleza. Petts Wood, na arborizada periferia sudoeste de Londres, era verde e silenciosa como um cemitério. Big End importou para lá alguns de seus filhos e dava ruidosos churrascos que levavam os vizinhos à loucura.

Dave Rudman dormia em uma cama extra acomodada junto a caixas cheias de melancólicos produtos de beleza: cremes para limpar a pele, para disfarçar imperfeições, para base. Chorava e atribuía o fim do casamento à calvície. Lembrava-se da semana mais estranha de sua vida, enfurnado em um hotel próximo à Gare Saint-Lazare. Fizera os arranjos necessários e tinha de tomar o metrô para La Défense toda manhã para o tratamento. Naquela cidade futurística, passou pelo Tricofuso Revolucionário. Abriram pequenos furos em seu couro e plantaram tufinhos de cabelo cultivados de sua virilha. O hotel era uma pocilga malcheirosa e as putas entravam e saíam com os clientes a toda hora — a maioria japoneses. Toda noite, Dave sentava diante do espelho do tamanho de um maço de cigarros, horas a fio, examinando a cachola recém-rastelada. Suplicava que aquilo fizesse diferença; afinal, dificilmente podia culpar Michelle por não passar os dedos através de seus cabelos, já que não tinha nenhum.

Por algumas semanas depois que voltou a Londres o transplante pareceu crível. Michelle não o condenou nem pelo tempo, nem pelo dinheiro — ela compreendia o ímpeto cego da vaidade, uma ambição localizada exclusivamente no corpo, a urgência frenética de uma pele para vestir, de cabelo para encimar o topo. Então, do dia para a noite, aconteceu: Dave foi se deitar convencido do sucesso do transplante e acordou para dar com um capacete de virilha — pêlos pubianos resvalavam em suas sobrancelhas. Teve de pagar cinco vezes mais para arrancar as cerdas crespas do que pagara para enxertá-las. Encheram as depressões o melhor possível. Passou a usar um boné de beisebol.

Agora Dave dirigia o ódio contra si mesmo, aprendendo no abafado quartinho a silenciosamente golpear a cabeça com o punho. *Tum! Tum! Tum!* O Fairway permanecia negligenciado lá fora, na rua, um pedestal vazio abandonado por sua estátua. Dave continuava a guiar todo dia porque precisava, mas agora não se limitava a meramente negligenciar o Fairway, ele o maltratava, aplicando-lhe os repelões furtivos e chutes casuais antes reservados a sua família, até a lataria do táxi ficar amassada de animosidade.

Só uma vez, durante toda a prolongada estripação de seu casamento, Dave conversou com Michelle sobre o que acontecera em Hampstead. Foi em abril de 2001. Estavam sentados em um corredor iluminado pelo sol do Tribunal Distrital da Família, em Somerset House. Havia mais poeira acumulada que justiça, sobre os tacos do assoalho. Dave estava com Rebecca Cohen e o advogado de argumentação. Cohen tinha o cabelo caramelo tingido e usava um terno Jaeger preto. A camisa listrada do advogado aparecia sobre a cintura de suas calças, suas cuecas amarelas apareciam sob as listras lilases. Tinha o rosto corado, jovem-velho, de um homem que presenciara demasiadas coisas ruins — nenhuma das quais acontecida com ele. Três nichos mais além, Michelle, arrumada como sempre, sentava com sua dupla de luta livre: Fischbein, um réptil assassino, e uma advogada de argumentação cujo rosto meigo brilhava. Os advogados iam e vinham de um banco para outro; o objetivo era fazer um acordo que pudessem apresentar à juíza no tribunal. "Vai poupar um bocado de dinheiro", disse Cohen, "acredite". A casa fatiada, o sustento garantido, a criança de malas prontas — tudo corria a favor de Michelle. Ela não conseguia entender — por que, quando ele a pegara no ato, Dave acatava passivamente aquele divórcio apressado, com base em seu mau comportamento?

Os advogados dançavam pelo ringue, negociando bocados da vida dos Rudman, quando Dave passou rápido por eles e sentou ao lado dela. "Você, ele..." A investida relâmpago o deixara sem fôlego; Cohen veio para seu lado. Fischbein disse, "Não pode se aproximar diretamente de minha cliente", mas Michelle o afastou com um gesto. Quando ficaram a sós, Dave disse, "Só uma coisa, me diz uma coisa — sem mentir, caralho. Cê ama ele? Cê vai pegar o Carl e se mudar pra casa dele? Só quero saber isso". Michelle disse, "Sei lá... Como vou saber... Desculpa, David — sério, desculpa". Mas o que Dave a ouviu dizer foi *Isso não foi nada, não significou nada... Acabou.* Sua culpa fez a dublagem.

～

Ele se mudou para o apartamento da Agincourt Road. Achou que algo, sabe-se lá o que, devia ter ocorrido com o inquilino anterior, pois o lugar fedia a óleo de bebê e o cheiro de talco subia de cada polegada quadrada do tapete áspero de lã. Fim de semana sim, fim de semana não Dave pedia o aspirador emprestado com a velha sra. Prentice, que morava no andar de baixo e nunca tirava o casaco de náilon. Feliz com o contato humano, ela lhe oferecia também uma caixa cheia de graxa para sapato e latas de spray. Quando chegou a hora de apanhar Carl na escola, o pequeno apartamento melancólico estava novo em folha, a colcha do Arsenal esticada sobre a cama do menino, os videocassetes alinhados como um pequeno bloco de escritórios.

Era o primeiro ano de Carl no segundo grau e ele implorava ao pai que não se aproximasse do lugar. Dave não conseguia ficar longe. Os fundos da escola davam para a linha secundária que passava ao lado de Parliament Hill. Sob a esquisita biruta e o campanário de merda os alunos mais velhos se aglomeravam ao portão. Usavam bonés de beisebol Burberry e casacos brancos de náilon forrados de pêlos. As bocas desses inuits urbanos cuspiam consoantes duras e ásperas como dentes, enquanto as peles cor de adobe das meninas sugeriam que andavam pegando um bronze mexicano artificial por algumas libras a cada meia hora. Contudo, pareciam perfeitamente seguros de si, ao passo que Dave se esquivava, e quando Carl, relutante, separou-se de seu grupo, esquivaram-se juntos.

Runty... Boysie... Champ... Tiger... Esses apelidos de bebê já não eram mais aplicáveis ao adolescente desenraizado que caminhava pesadamente ao lado de Dave. Depois das duas primeiras semanas passadas juntos, Dave desiludiu-se da esperança de que saberia intuitivamente o que fazer com o rapaz. Se não estabelecia uma programação exaustiva, viam-se entregues à companhia um do outro — e Dave não fazia a menor idéia do que dizer a Carl. Ele já identificava o horrível enfado adolescente no filho — palavras isoladas passavam sem rumo pela boca virada para baixo do rapaz. Seria isso um troco por aquelas marcas lívidas? Qualquer coisa dita por Dave soava ínfima e insincera; ele se viu reduzido ao papel do chofer cockney chistoso. Tinham de conversar sobre a *porra do futebol*. E assim numa mesa-redonda sem fim. Tardiamente Dave compreendia por que o abismo entre ele e seu próprio pai fora intransponível.

As noites de domingo eram as piores — a troca. Dave não suportava acompanhar Carl até a porta da frente, então o deixava na entrada da ruazinha privativa; depois, esmurrado no ventre pela solidão, cambaleava de volta ao apartamento para um *dhansak* de cordeiro e uma descabelada no palhaço. Sua vida, daí para a frente, seria dividida entre recipientes de marmitex e lenços de papel encrostados. Não havia ninguém para quem ligar — não fizera qualquer investimento na vida além da mulher e do filho; nenhum relacionamento de confiança ou intimidade. Interações como essas ele vivenciara apenas no enquadramento oblongo de seu retrovisor — a confiança sincera, a confissão balbuciada. Coisas ditas entre passageiros, e a intimidade era um ato misterioso ao qual passageiros se entregavam assim que os desembarcava.

Só Gary Finch se recusava a deixá-lo em paz. Fucker Finch — cuja tão sofrida Debbie finalmente lhe dera um pé na bunda, e cujos dedos mágicos falharam em invocar outra assistente amorosa. Fucker voltara ao trabalho — seu velho entrara com parte do dinheiro para bancar o seguro e alguns meses de aluguel de um carro. Dave topou com ele no quiosque da Chelsea Bridge, onde motoristas de limusines extralongas bebiam chá no meio da noite e observavam trens espectrais emergindo da massa cavernosa da Battersea Power Station, para então conduzir seus veículos vazios e iluminados de amarelo rumo à Victoria Station.

"Nah, o negócio é o seguinte, Tufty", disse Fucker, ao ouvir Dave contar as novidades. "Elas são lisas, num saum, lisas pracaralho, esfregando suas bucetas escorregadias puraí..."

"Não quero ouvir isso, Gary", disse Dave — mas ouviu.

"Nah, nah, unegossiu eh u siguinti. Aposto que a tua Chelle anda ti fudenu, num eh? Tizorando uma hora aqui, outra ali, fazendo ficah cada vez mais difíçu prucê conseguir um tempo de qualidade com o guri — tô certo ou erradu? Claro que tô certo. É deprimente — iss'é que é. Uz caras na nossa situação são deprimentes — agentch tá fodido pra caralho. O que sobrou depois de trampah a vida toda, ein? Porraniuma. Andei vendo, Tufty — tem um caralhão de pai separado igual nóis por aí, e a gente tá se organizando."

Para fazer com que se calasse, Dave concordou em comparecer a uma das reuniões. Fathers First — soava bastante inofensivo. O local era a Sala de Troféus no Swiss Cottage Sports Centre. Poderia ter sido qualquer outro grupo de auto-ajuda — Vigilantes do Peso ou Alcóolicos Anônimos; os homens que se reuniam ali não tinham nenhuma semelhança óbvia uns com os outros, Dave não era capaz de identificar a marca de pai solteiro em suas testas. Gary o apresentou a Keith Greaves, um sujeito irrequieto cuja robusta cabeça glabra e pesados brincos de ouro destoavam de seus modos pusilânimes. "Esse aí tev' a idéia", sussurrou Gary. "Ele i akeli outro sujeito, Daniel Brooke, akelilá. Trouxeram dos States — mas os caras não se bicam." Os homens se aproximaram do linóleo, segurando copos de plástico com chá, e se acomodaram nas cadeiras de plástico. Alguém pediu ordem na reunião.

Enquanto Keith Greaves tentava guiar aqueles homens perturbados na direção de "um pouco de positividade — não somos vítimas, mas também não queremos transformar em vítimas nossas ex-parceiras", Dave Rudman pensava se não deveria arranjar licença para uma arma, ou mesmo comprar apenas *uma merda de facão... A gente vê isso no jornal o tempo todo, no rádio — pais se livrando dos filhos que não podem ter. E se papai tivesse tentado fazer isso comigo, Noel e Sam? Levado a gente na sua Rover pralgum estacionamento abandonado em Chilterns ou um campo de futebol em Enfield. Metido uma mangueira no escapamento e enfiado ela pela janela de trás. Ligado o motor. Um puta cheiro pestilento ali dentro daí a um segundo. Você nunca sabe como essa fumaça pode ser venenosa até ficar mergulhado nela pra sempre. E depois? A gente nunca ia aceitar uma coisa dessas — ia chutar, brigar pra sair, tossindo, vomitando e socando. Ele nunca ia conseguir controlar nós três sozinho — nunca tava por perto. O único jeito de fazer a gente ficar quieto era levando no Five Bells, com garrafas de refri, sacos de salgadinho, moedas infinitas pra jogar na porra dos caça-níqueis. Não, ele nunca ia conseguir sem um celular...* O celular aparece, uma Excalibur arrancada da pedra do futuro, a tela brilhante e os botões nodulares cintilando com uma intensidade de mininéon. As três crianças — os meninos com calções cinza, sandálias Start-rite, camisas Aertex, a garota com saia plissada e cardigã de esqui — estão paralisadas de admiração. Paul Rudman passa o aparelho para Samantha. *"Isso aqui é um telefone, querida, a mamãe quer falar com você... Quero que dê tchau pra ela... Quero que diga pra ela que estou levando você, David e Noel embora... pra sempre..."* Não, *ele nunca ia ter conseguido sem um celular, ninguém conseguia, matar as crianças e ele mesmo — é um crime oportunista, não é?, e a tecnologia é a porta aberta...*

Aquele gambé que espalhou pedaços das duas filhinhas loiras por toda a casinha geminada de merda em Maidstone... O milionário que trancou a ex numa porra de guarda-roupa na mansão dos dois em Surrey enquanto matava os pequenos... Aquele doutor paquistanês que pulou da porra da ponte com o bebê de três meses no colo... Chacinas em churrascos de família, no mato... Tudo que eles queriam era só um tête-à-tête, não é?, um papo ou acerto com a patroa... dá tudo na mesma.

~

Ele acordou à tarde para ouvir o canto dos passarinhos e das sirenes lá fora. Abrindo a cortina, viu um pombo alçar vôo da antena da tevê. *Quanto rato voador tem por aí... mas a gente nunca vê os filhotes.* Durante o verão todo, trabalhou à noite, com medo do rali monster truck do tráfego diário e do empurra-empurra espasmódico da multidão galinácea. A raiva fundida empoçou em depressão. Esperara alguma explosão de licenciosidade sexual — em vez disso, seu pau ficou mole e flácido como uma lesma. Acabou procurando o médico — porque foi isso que você fez, *não foi, engolir merda?* Afinal, doze milhões de receitas repetidas não podem estar erradas... *podem?*

O consultório de Fanning, o clínico geral, parecia um quarto de adolescente num catálogo de reembolso postal: amebas de MDF para montar, cadernos brilhantes de espiral, um medidor de pressão arterial com esfigmógrafo. Pequenos pôsteres mostravam gente feliz com doenças tratáveis. Havia uma caixa de papelão amassada cheia de brinquedos quebrados no chão — o logo da Fisher-Price já foi logo fazendo Dave chorar: lágrimas amargas, ácidas, ruins. Era a única coisa que não era dibinkedu — e eram justo os brinquedos.

Fanning, que usava uma pulseira trançada no pulso gorducho e calças marrons amarradas com um cordão, não era nem antipático, nem antiprofissional. Tinha uma postura boa, apresentável. Ouviu Dave gaguejar os sintomas: "N-não durmo. S-sem fome. P-pânico." Então mudou a posição das pernas antes de fazer as perguntas apropriadas. "Sexo? C-cê só pode t-tá brincando, velho. F-falar sobre o q-quê? C-com quem?" Finalmente, apanhou o bloquinho e prescreveu Prozac com a consciência limpa. Pois enquanto inúmeros pacientes que apareciam em seu consultório eram uns malandros sentimentais — sem vontade de encarar qualquer emoção de verdade —, aquele sujeito grandalhão e ossudo estava zureta. *Ele não tem nem sacação nem imaginação pra saber o que tá rolando.*

O primeiro sinal de que as pílulas estavam funcionando foi que o óleo de bebê desapareceu — Dave conseguia sentir a gordura do bacon no fogão e o odor pungente da cândida no banheiro. Quando abria a janela, o ar doce e carregado de relva do Heath soprava dentro do quarto. Minúsculas bolhas corriam pela superfície de sua mente acinzentada em uma efervescência ascendente; havia um crepitar neuropático nas pontas de seus dedos dos pés e das mãos. Com leveza despreocupada, Dave pulava por cima de barreiras para pedestres e permanecia observando as espirais iridescentes de óleo no asfalto molhado.

Quando Carl foi passar uma semana com o pai em agosto, Dave ainda estava ganhando impulso. Ele punha o rapaz no táxi e dirigia para cima e para baixo pela cidade: leste, oeste, os abrigos onde escutavam velhos de pescoço branco e verruguento vomitar desprezo na "macacada" e na taxa de congestionamento proposta por Ken Livingstone. Dave levou Carl para ver os avós — e até à casa de sua tia, onde Carl jogou jogos de computador com seu primo Daniel. Quando foram embora, ele ficou espantado de ver seu pai dando um beijo na tia. Nas noites quentes Carl dormia pesado, embora suando. De todo modo, não fazia idéia de que Dave mal se deitava, mas andava de um lado para outro pelo apartamento, batendo ora em uma parede, ora na outra com a testa, de modo que depressões gêmeas surgiram no reboco.

Carl achou seu pai tão melhor, tão mais feliz e confiante, que quando chegou a hora de arrumar a reduzida mochila e fazer a curta caminhada de volta até sua mãe, não viu qualquer motivo para não contar a verdade: "Sab', pai, ela tá vendo aquele cara outra vez e…" Ele observou, consternado, o rosto de Dave se franzir, mas não conseguiu parar. "…ielapoizacazapravender."

Ela jurou... Ela prometeu... Prometeu, caralho... E mais uma vez: *Ela jurou... Ela prometeu... Prometeu, caralho...* Eis o que Rudman recitava, arremetendo com o Fairway pela M4 para o País de Gales. Enfim, após todos aqueles anos, ia visitar seu irmão, Noel, no hospital. O táxi, uivando em sobremarcha, transportou seu motorista sobrecarregado além de Swindon e Bristol, depois pela Severn Bridge, uma lira encordoada com cabos de alta tensão na qual Éolo tocava suas árias grandiosas.

Dave chegou a Aberystwyth e encontrou uma pensão. Seguiu de carro para o hospital psiquiátrico, só para descobrir que o irmão tivera alta três meses antes. Foi aí que seus olhos se abriram para o precipício do desamor. *Meu irmão caçula... Nunca cuidei dele.* Fez o caminho de volta e encontrou a quitinete de Noel em um labirinto de medidores de gás e portas de incêndio, duas casas abaixo de onde estava hospedado. O irmão — acima do peso, inchado de medicação — era uma caricatura dele mesmo: Dave Rudman coberto por um traje de gordo da cabeça aos pés. Noel tinha grandes planos. Ia arrumar um trabalho, escalar os degraus da carreira, construir uma casa com esposa. O único problema era que não conseguia fechar o zíper. Dave chorou — enquanto Noel o fitou com olhos consoladores. Estivera na plantação de fungos por tanto tempo que os encontros que tinha com pessoas conhecidas eram não-seqüenciais. Os dois continuavam a atirar frutinhas de sorveira e a guerrear pelos bosques de North End Woods. "Você, você se machucou", ele disse. "Não foi, Dave?"

O vento, não soprando do oeste, mas vindo de dentro dos próprios prédios. O sol batendo em uma chaminé de modo que seus tijolos brilhavam como ouro contra o sombrio céu londrino. O táxi roncando ruidosamente pela rua, uma mulher com um lenço na cabeça se virando, temerosa de ser atacada por um gato-do-mato gigante. A certidão de divórcio, presa no capacho como um selo de papel manilha. "Bem-vindo", ela dizia.

Dois dias depois Dave Rudman acordou com uma ereção tão enorme e rígida que parecia um mastro de barraca. Por longos minutos, ele se debateu sob a lona, então se levantou e marchou para o banheiro. Era o meio da manhã e como de hábito não percebera que dormira diante da tevê. Na tela borrada uma atrocidade dibinkedu tinha lugar — irmãos mais novos chutando a torre de bloquinhos empilhados que seus maninhos mais velhos haviam feito. Ela balançou e desabou. Nuvens turvas de poeira engolfaram a câmera. Dave Rudman ficou olhando para aquilo por algum tempo, tentando descobrir do que se tratava, depois voltou para o quarto.

Deitado ali, o sol entrando pelas cortinas e incidindo sobre um único ornamento da parede — losangos de madeira em torno de um espelho oval —, sentiu sua audição cada vez mais nítida, cada vez mais sensível, então pôde detectar até mesmo os ácaros de pó abrindo caminho através da trama do tapete; o *iic* de um vendedor de rodinhos com esponja em Camden, a um quilômetro de distância; o *shisshhh* de batatas mergulhando no óleo numa lanchonete de Dalston. E então escutou Aquilo — a voz calma, baixa, polvorosa de SmithKline Beecham... *Não existe deus senão você, Dave, Ela sussurrou, e você pode ser seu próprio profeta...*

Nada de deus cristão sufocando-o em doce e cálido amor; nada de deus judaico humorista, repelente mas astuto em sua defesa; nada de deus muçulmano, geométrico, elegante, cruel para ser bondoso; nada de profuso deus hindu com rostos de multidão na feira e braços múltiplos serpenteantes — aquela era uma deidade puramente local e contingente, um deus do dia-a-dia, compartilhando profecia pay-per-view: *Gentch...* o deus olhou em seu retrovisor e os viu... *pivetes, pretos, ciganos de merda, irlandeses, histéricas de merda... Gentch... alguém precisa manter essa gente na linha... não pode faltar otoridade... Parece a coisa lógica, nénaum... Precisa ter um Livro de Regras... Uma série de instruções pra seguir ao pé da letra... Como o Conhecimento... Sem palhaçada... vinte listas de dezesseis corridas — e os 'burbs. Sem discussão. Paddington Green a Askew Road, Albert Bridge a Streatham Common... onde elas erguem as saias pros homens... nada além de... piranha pelo correio. Se você não sabe o caminho mais curto... um atalho... então não pega seu distintivo, não descola sua grana... Simples assim... quem duvida o rabo espicha. Já que não posso criar eu mesmo o meu filho, então pelo menos vou poder dizer pra ele o que é o quê... dar uns conselhos de pai... É isso que eu vou fazer. Ezatamêtch.*

Veio-lhe plenamente formado — um plano e como executá-lo. Os pais de Dave ficaram surpresos de voltar a vê-lo tão rápido — e sem Carl. Ele parecia distraído, batucando um ritmo nervoso com seu biscoito no prato. Mais tarde, foi até a garagem e começou a vasculhar por lá. "Você não vai perguntar por que ele tá levando aquela coisa embora?", intimou Annette Rudman para o marido, e Paul grunhiu, "Não".

Veio-lhe em sólidos nacos — escreveu-se sozinho, na verdade. Ele digitou com os indicadores, socando sentido no teclado do velho

Apricot. Nunca mais chegara perto de um PC desde a época da faculdade — mas isso não tinha importância, porque aquela máquina datava desse tempo. Veio-lhe quando acordou, à descomplicada luz do dia — e por esse motivo não era para duvidar. Veio-lhe quando estava sentado metido em seu roupão, um manto negro atoalhado, impelindo o motor da criação adiante com cilindradas nos teclados. Sim — ele era o Motorista, um pescador de passageiros.

Ele começou pelo Conhecimento. Antes, o retivera — agora, o punha para fora, o emaranhado de vísceras do asfalto fluía dele: Turnpike Lane Station a Malvern Road, Bishopswood Road a Westbury Avenue, Harold Wood a Stratford (via Newbury Park, Gants Hill, Redbridge, Wanstead, a Green Man Roundabout e Leytonstone). E despejou os pontos meia-boca, também: Chapel Market, Angel Station, St. Mark's Church, Craft Council, o Institute of Child Health, o Value Added Tax Tribunal. À medida que escrevia, sentia-se ascender, tagarelando acima do amplo vale do rio. Ele era o Flying Eu — viu todos os engarrafamentos na Westway, o tráfego pesado pelo sistema de rotatória da Hanger Lane, as obras na Northumberland Avenue, a carga derrubada de caminhão em Kingston Vale. Captou a metrópole em sua totalidade, segurou em seus dedos trêmulos de nicotina cada uma das bilhões de infinitesimais tarefas às quais se entregavam seus habitantes, que, somadas, resultavam em caos.

Mas isso não foi tudo. Transcrevendo seu Conhecimento, Dave Rudman o adornou. Aquele não era um reles planisfério de palavras no pano, mas um rico brocado de parábolas, quiasmos e homilias. *Pra onde, chefia?*, ele começava cada corrida, e quando ela cruzava com uma narrativa propícia que lhe vinha à mente, era registrada. Ele continuou dirigindo, pois ali fora, nas ruas noturnas, o mapa, o território e a profecia tornaram-se uma coisa só. Chispando sob a fachada austera do Royal Court Theatre, na Sloane Square, ele tocou no botão e começou o sermão... *Esse cabaço me acertou quando eu tava dobrando em Clivedon Place. Eu encosto na guia e digo na lata: cê vai pagar ou eu chamo os gambé. Ele mete a mão no fundo do bolso, puxa cinqüenta paus. Resultado — gasto só vinte pilas pra arrumar o táxi. Nesse ramo C tenque tá ligado, saca? O mundo tá lá fora, do outro lado do vidro, tatududoutrolado do vidro. Não tá lá atrás, não tá na porra do espelho. As pessoas tão no espelho...* E o passageiro — algum decorador de bolo provinciano que acabara de sair daquele mesmíssimo teatro — grasnava concordando através do interfone, entediado e ligeiramente enojado, mas sem em nenhum momento suspeitar que aquilo era apenas a ponta de um enorme e imundo iceberg doutrinário que naquela mesma manhã o taxista viera batucando em um computador obsoleto.

Descendo no pátio de pedras da Charing Cross Station — o próprio epicentro do Conhecimento —, um passageiro o destratou, ousando questionar o taxímetro. "Puta que pariu, dez paus! Dez libras pra vir de Camden Town! Cê tá louco!" Mas suas lamúrias passaram batido pelo Motorista, porque Charing Cross, assim ficou sabendo, era falsa, os leões na praça eram falsos, os carros, vans e caminhões... *brinquedos — a cidade inteira era dibinkedu...* O Inn on the Park, um tambor de lata, a Catedral de Westminster, um vidrinho de tempero... *Pimenta-do-reino, senhor? Tudo Made in China... Tudo lixo de plástico...* e só o Motorista ainda sabia o que era real, só o Motorista voltaria mais uma vez.

Um messias do manejo através da cidade duas vezes milenar. Um pregador de ouvidos esticados para seu Acenossonar e, uma vez captado o passageiro no painel, não só submetendo-o a sua Revelação, mas também a sua Doxologia única. Pois o Conhecimento, uma vez completado, naturalmente conduzia a uma série de Cartas para o Menino Perdido escritas pelo Motorista. Epístolas, cuja finalidade era REGISTRAR A HISTÓRIA DIREITO e contar a Carl DE HOMEM PRA HOMEM o que de fato aconteceu entre sua mãe VACA e seu POBRE E VELHO PAI. *Sua mãe... 'chelle... Quando teve você ela mudou, ela ficou mais — há-há — chellish. Nem olhava na porra da minha cara — me deixava a seco, a filha-da-puta. Vou falar uma coisa, velho, melhor nem chegar perto de mulher se elas não tiverem na merda do chico... Naqueles dias do caralho... De qualquer jeito, depois que puseram seu pacotinho pra fora, nem vale mais a pena molhar o biscoito ali... Bem melhor comer uma* au pair *— si C tiveh uma... Ou qualquer puta véia... Quando viram mães elas perdem todo o bom senso... Quando ficam velhas, pior ainda... Mocréias de merda. Pensan'o bem, as bichas é que tão com a razão — nenhum Ricardão filhodaputa — e nada de criança ensangüentada, também.*

O Conhecimento podia ter lá sua glossolalia, mas esses cacos monocórdios de misoginia fluíam junto com um poderoso Jordão, nada mais, nada menos que UMA REAVALIAÇÃO COMPLETA DO JEITO QUE HOMENS E MULHERES devem conduzir suas vidas juntos. Que, na visão do Motorista, era na maior parte separados, um *purdah*, com as mulheres atravessando o rio para a outra margem.

O DJ saindo do Crash, que acenou para o Fairway na altura da Vauxhall Station bem depois de amanhecer e afundou na medonha atmosfera fechada e bafienta, jamais imaginou por um segundo que, quando os olhos vermelhos do taxista se fixavam nos seus pelo retrovisor, e sua boca retorcida cuspia a observação de que "Melhor coisa é naun juntar uz panus, pra começar — concorda? Mete e cai fora!", não era um comentário aleatório, o opróbrio matinal desencadeado pelas lembranças frescas da rejeição sexual, mas na verdade uma proposição dentre centenas, que compunham um projeto abrangente para uma sociedade em que, assim que o antigo mundo houvesse sido varrido por UMA ONDA ARRASADORA, TUDO SE PARTIRIA AO MEIO.

"Veja minha situação", insistia com o porteiro bêbado, o padre refratário, o caixa de banco libertado, a puta relutante. "Só vejo meu filho fim de semana sim, fim de semana não — issu num tá certo. Tinha que ser meio a meio, igual. Igualzinhu, caralho. Si foss' du meu jeito..." Deixavam que fosse do seu jeito, olhando para o lado e se concentrando em sacos de areia caídos sobre placas de homens trabalhando. "...tudo trocava na quarta, na porra do país todo. As criança in'o dus pais pras mães. Purqui eu num so'um monstro..."

"Vo dizê uma coisa, ch'fia", regalou o parlamentar que trazia de Kennington após uma sessão de votação tardia. "Eu mesmo não sou muito chegado nesse trabalho — a maioria dos motoristas é ignorante, treteira e racista pra caralho." O deputado, mamado de clarete, soltou um suspiro ambíguo. "E esse Public Carriage Office é um puta de um monopólio, vê só isso de ser o único fornecedor dos veículos — não vai me dizer que os caras não levam por fora." O homem não disse nada, só suspirou outra vez, então o Profeta continuou. "Mas pelo menos mantiveram a frota toda na rua. Os táxis licenciados estão em Londres faz quatrocentos anos. Carruagem, cupê, fiacre, charrete, tem tanta tradição na porra desse ramo quanto nas Casas do Parlamento — até mais. Os motoristas antigos — eles é que sabiam das coisas, os caras tinham o Conhecimento, como meu vô, Benny —, pode escrever o que eu tô falando."

"Vou dizer uma coisa", continuava a falar com o homem, que se inclinava através da janela para pagar a corrida, a luz da lâmpada suavizando a textura de seu colarinho de veludo, "quem sabe o PCO não devia governar a porra do país e sua turma podia ficar atrás do volante". O político deu gorjeta de culpa enfastiada — odiou o taxista ameaçador. E quando se mandou o taxista repousou a testa no detalhe da direção. Repousou por tanto tempo que, quando finalmente se recostou no banco, viu as letras "Lti" impressas em sua testa.

"DEUS DISSE: ME ENCONTRE EM MINHA CASA NO DOMINGO, ANTES DO ALMOÇO." Dave arregalou os olhos para a placa, o sangue fervendo com um chiado mortífero. No retrovisor havia uma trindade de rostos negros embrulhados em musselina branca. *Membros de alguma porra de seita de pretos...* a quem no entanto se sentiu compelido a ameaçar, conforme os desembarcava naquele celeiro de tijolos vermelhos a título de igreja, em uma área depauperada no norte de Londres. "Como posso fazer isso, caralho?" Balançou o polegar para o cartaz. "Eu não tenho nem onde cair morto. Pra essa turma aí de vocês tá ótimo, vocês não pagam merda nenhuma de imposto, pagam?, não pagam nem a merda do imposto viário, mas caras como eu, a gente precisa andar na linha, ficar em dia, a gente baixa as calças..." — e aqui fez uma paródia de voz oficial — "...pra CSA e eles cortam nosso saco com a porra da pensão." Os religiosos coptas se afastaram do Fairway o mais rápido que puderam e deram uma gorjeta de medo, depositando moedas atrapalhadamente na mão suada do branco furioso.

O taxista foi embora espumando tagarelice raivosa. *Nem sequer uma porra de obrigado por pegá-los — muito menos por levar... Puta castigo do caralho. Odeio essa vida...* E isso também foi parar no computador.

Dave não fazia mais o menor esforço para ver Carl. Seu filho atravessava Heath e ia apertar a campainha do pai — mas Dave não abria a porta. Estava lá dentro, nas semitrevas de um fedor completo, em seu roupão preto puído, parolando. Encontrara o "diário de contato" que Rebecca Cohen o levara a manter nos primeiros meses depois da separação. Ali havia detalhes de todo o tempo passado com Carl. O menino arrastado com relutância para passeios de barco no Serpentine. *Aquele pilantra de merda com seus pedalinhos de bosta a vinte paus a hora... a mesma coisa que qualquer dono de frota filho-da-puta... tentando limpar a gente... achou que a gente fosse uns panacas otários, uns turistas de merda.* Na reescrita, os adendos de Dave adquiriam status mítico: o homem na cabine de ingressos tornava-se emblemático de todo capitalista avarento, sua flotilha de embarcações em fibra de vidro aspirava à liberdade, pai e filho *pedalavam para longe rindo* entre bandos ondulantes de aves intrigadas.

Retrocedendo cada vez mais fundo, ele experimentava com os 26 e muitos quadradinhos linguais as cavidades apodrecidas de horas em piscinas e jogos de futebol, festinhas de criança e matinês de domingo. Nas deturpadas lembranças de Dave, o castelinho pula-pula alugado pelos pais classe média alta do coleguinha de escola de Carl aos cinco anos tornava-se uma poderosa fortaleza, inflada de prestígio, poder *e grana. Se exibir por aí, é isso que esse tipo de gente filhadaputa faz.* Ele parado com uma salsicha de coquetel espetada no palito, se sentindo como *um aluno de fora, por causa daqueles metidos de merda,* enquanto os carrilhões de risadas flutuavam pelos jardins impecavelmente mantidos da Holly Lodge Estate.

Michelle ligou e o convenceu a se encontrarem. O lugar era um restaurante de massas e saladas em Belsize Park. Ela passou duas horas inteiras em frente do espelho e deu duro na base e na sombra para se encontrar com o homem que lhe dera dois olhos roxos. No começo correu tudo bem, de verdade. *Ele tá horrível pra caralho... Barba por fazer... cabelo grudando... calça manchada...* Mesmo assim, ele não falou alto demais nem gesticulou. Mas também não comia e lançava um olhar tão feroz para seu decote que Michelle, involuntariamente, não parou de mexer na blusa. *Turbilhões de arco-íris tingidos na seda.* "As aulas de Carl começam na sexta", disse, então acrescentou, "Ele precisa de você, quer ver você... mas não" — isso foi um erro — "desse jeito". Dave estava de volta à porta de entrada em Beech House, vendo-a apanhar os tênis. Estava de volta à porta de entrada, vendo o rosto do filho, inchado e fora de proporção.

"Sua vagabunda!" Dave derrubou os pratos da mesa, um cálice comprido de vinho se partiu como um osso de vidro. Ele agarrou seu decote e rasgou sua blusa. Botões pularam. Deu um tapa em seu rosto — uma vez, duas, e ia dar um terceiro quando o garçom, cuja cara de tofu sugeria que era incapaz de espantar uma mosca, agarrou-o por trás. A polícia o liberou naquela noite — Michelle se recusara a apresentar queixa. Dois dias depois uma ordem de restrição apareceu no capacho de seu apartamento na Agincourt Road. Ele estava livre para impugná-la — mas não o fez. Em vez disso, Dave foi para o Prontaprint e ampliou a página 45 do guia de ruas na máquina. Depois, fez um círculo de um quilômetro de diâmetro em torno de Beech House com uma hidrocor grossa. Então consignou esse novo Conhecimento em suas memórias loucas — cada rua, cada ponto, girando e girando *como aquela merda de hamster que o menino tinha, escravizado a sua roda. A vaca idiota deu comida demais... O estômago do bicho explodiu e ele morreu.* Então ele incorporou essa nova evidência de seu MAR-

TÍRIO no documento que tomava forma sob seus dedos, e ao qual se referia — inconsciente de qualquer precedente, destituído de toda ironia — como O LIVRO.

Digitava, dirigia, tomava as pílulas religiosamente. Derradeiro ato antes de apagar, uísque entornado, pulmões asfaltados, crucificava a cabeça no travesseiro imundo.

～

Havia apenas duas estações na cidade hiperbórea: o breve verão, quando gorduroso filtro solar e comida caída fritavam na tundra pavimentada, depois o longo inverno de garoa brotando do permafrost de concreto. Era dezembro, e estava pronto. Dave foi até Colindale para conversar com um antigo conhecido de seu pai que trabalhava na ABC Print, no fim da Annesley Avenue, junto à faixa de polietileno da Silk Stream, onde gaivotas chorosas circulavam acima do campo de Montrose e um velho na rua misturava argamassa sobre um pedaço de madeirite.

"Metal, você disse?" Dick Winterbottom olhou perplexo para Dave Rudman. "É, é, a gente consegue, dá pra fazer." O impressor usava um avental pardo como papel de embrulho, as bolsas de pele sob seus olhos escamando de velhice, um cigarro enrolado espetado entre os lábios como um chifre de narval. "Não é garantido que vai durar pra sempre — pra isso cê tem que gravar com tinta." O som do maquinário era reconfortante: *clank... slap...* Sobre os feixes de papelão, medas de papel, pairava o cheiro fertilizante de nanquim. "Cê é o filho do Paul Rudman — tô errado?" Dave olhava para o velho impressor beatífico — o halo de um farol alto brilhando por trás de sua cabeça.

Dave foi e voltou para Colindale várias vezes. Winterbottom, muito acertadamente, achou que fosse louco — assim Dave precisou adiantar três paus. Teve de escolher o metal para as placas que serviriam de páginas, teve de selecionar os anéis para prendê-las. Teve de corrigir as provas ele mesmo — e supervisionar a impressão —, porque ninguém, repetindo, NINGUÉM podia pôr os olhos no livro. "Um único exemplar como esse", observou Winterbottom, "o custo é ás-trô-nô-micu. Astronômico. Tem certeza que não quer que a gente faça mais umas dez ou vinte cópias? — sai a mesma coisa." Mas Dave Rudman queria uma — tinha que ser SÓ UMA. Depois, quando terminou e apanhou sua encomenda, entregou o cheque com o restante e pegou o filme da impressora, os discos de computador da máquina de composição e qualquer outra evidência de produção do Livro. Encontrou uma lixeira conveniente, jogou gasolina em tudo, acendeu um fósforo, entrou no táxi e se mandou.

~

Tinha de ser à noite. Ia precisar de equipamento: uma lanterna de prender na cabeça, um enxadão para cavar, roupas escuras e algum negócio para pretejar o rosto. Tinha de ser numa noite escura como breu, *noite sem lua, é tip'um comando na Zona Proibida*. Dave estava longe, agora. Não conseguia ver nada que não lhe aparecesse diante do vidro do párabrisa; de dia, advertia os passageiros potenciais de que estava chegando *mantendo os faróis de milha acesos a porra do tempo todo*. À noite, paralisava-os com o clarão de suas lanternas a plena potência. Uma mulher podia ser estuprada e espancada até a morte a poucos metros dele — e nunca teria notado. Tocaiava os putos dos *voadores de merda* na zona oeste e os levava para o Heathrow, passando pelos Moto Services em Heston, resmungando o tempo todo, "Sempre reto", *sempre reto, sempre reto... sem* saber mais se estava falando em voz alta ou em sua cabeça perturbada.

~

Michelle considerava nada menos que um milagre que os três conseguissem se dar bem daquele jeito. Claro, a situação peculiar *deixa todo mundo no maior estresse e a gente precisa fazer concessões pro Carl*. Mesmo assim, Beech House seguia tiquetaqueando e para ela era uma delícia se manter na batida endinheirada. A redecoração estava a caminho e Michelle tirara licença do trabalho. No fundo, no fundo, lá onde a ambição era destilada, sabia que não iria voltar. De pé na janela, diante da escura vidraça, observando os jardins laqueados de chuva no regaço de terra que acalentava Hampstead, Michelle não conseguia ver muito mais, além dos dedos inquiridores das antenas de tevê arranhando o agitado céu noturno.

Atrás dela, nos cômodos de pé-direito alto, uma nova realidade tomava feição. Carl estava lá em cima, em sua *crack house* computadorizada, cafetão da virtualidade; Cal tomava banho. Um pinheiro imponente dominava a sala de estar, uma pilha de caixas elaboradas pelo serviço especial de pacotes para presente da Harrods espalhava-se sob seus galhos curvos e felpudos. *É uma mentira... outra merda de mentira...*

Até saberem qual deles é o pai do menino, é só outra mentira de merda... A cabeça de Michelle refletia no vidro — uma plumagem informe. *No apartamento de Fulham... eu tinha aquelas portas com espelhos nos armários embutidos... costumava ver os caras fazendo amor comigo neles... Depois com Dave espremido ali do meu lado fiquei vendo minha barriga crescer. Acordei no meio da noite... a noite antes da gente casar... Comecei a tremer... Dava pra ver uma silhueta no escuro... uma coisa ruim vinha dali. Virei para o Dave e ele já tava acordado — também tinha visto. Ele acendeu a luz — era só uma pilha bagunçada de roupa numa cadeira. A gente se acalmou, os dois, daí eu disse, "A gente tá fazendo uma puta cagada, cê sabe, né?". E ele disse, "Sei". Foi louco, mas a gente ficou mais próximo — mais próximo do que se sentiu no dia seguinte inteiro. O que é isso, então — saber que você vai fazer uma puta cagada mas faz assim mesmo... conspiração?*

～

O buraco dava na coxa. Fundo o bastante, sem dúvida, para sobreviver às explorações de pernósticos paisagistas *public school*. Fundo o bastante para permanecer intocado até que — mediante que misterioso sinal, Dave ainda não conseguia adivinhar — Carl fosse informado e o escavasse. Dave apanhou o estranho fichário de placas de metal, embrulhou em um saco plástico e o enfiou ali dentro. Jogou um pedaço de pedra de York em cima, depois empurrou a terra e o barro com o enxadão comprado numa loja de excedentes militares. Pisoteou o lugar com os tênis podres até deixar a superfície lisa. Já ia virando para ir embora — pois terminara — quando ela o viu.

"Cal!", gritou Michelle. "Tem alguém no jardim!" Já sabia quem era esse alguém. Cal saiu correndo do chuveiro, espalhando bolhas de bergamota e deslizando no mármore recém-instalado de seu hall pomposo. No jardim, Dave se voltou na direção do grito. Um pedaço de cortina foi aberto e a luz amanteigada se esparramou através do entulho da obra — barras retorcidas de aço reforçado banhadas em caramelo entre tijolos londrinos e argamassa chocolate. *Tiras de salmão defumado da Greenspan... Rosca doce dinamarquesa e o Quem come Quem... Papai cagando a ressaca na privada... Domingo de manhã nos burbs...* Fugiu.

Foi visto, uma barata tonta em Beech Row. Foi visto, Cal e Michelle o viram, parado no degrau de entrada de seu estilo de vida de sete dígitos, e Michelle balançou a cabeça e disse, "Coitado do Dave, o que que ele tá fazendo? Onde é que ele tá indo?" Cal pousou o braço nu e molhado em seus ombros.

Ele tava indo para o dia, porque já não podia mais se esconder na noite. A escuridão estava onde ele a fizera — a escuridão era onde podiam encontrá-lo. Então fugiu dia adentro, através da cortina de garoa e da chicana na parte baixa da Park Lane, onde Aquiles voltara ao seu pedestal, partindo o modelador de cabelos do Hilton com seu escudo negro.

13
Nova Londres

MAR 524 AD

A vela mestra, que por toda a tarifa se enfunara no alto como a asa de uma poderosa ave marinha, agora era açoitada, enroscava-se, depois enrugava. A balsa mudava de rumo. Vamuláá, seus putus! gritava o bós do convés dianteiro. Obediente ao comando, agitava-se um maltrapilho grupo de pais, onze ao todo: dois pretos, três ciganos, um irlandês e cinco pivetes do próprio bós. Com o bós mirando chutes em seus traseiros, a tripulação atirava-se aos cordames e movia-se por todos os lados. O vento soprava de boreste e as velas tinham de ser corrigidas. A Catford Light fora erguida — estariam em Londres antes do cair da noite.

De onde estava, junto à roda do leme, Carl conseguia divisar todo o *Sala de Troféus*, aquela ilha de madeira flutuante que fora seu lar nos últimos três chicos. Tyga estava em sua jaula na coberta de proa, o imediato na roda do leme. Antonë Böm permanecia de pé na proa, as mãos gorduchas enganchadas no cordão dos jeans, o manto puído açoitado pela brisa constante. Seu espelho captava o facho dançando acima das ondas, enquanto enfiado sob seu braço via-se a cópia encadernada em couro do Livro.

O bós do *Sala de Troféus* aceitara a história de Böm sem questionar. Perseguidores e seus butterboys eram bastante comuns nos domínios mais remotos do rei David. Além do mais, o bicha pronunciara os nomes de importantes conexões em Londres, e, quanto à monstruosa besta cerdosa que traziam consigo, o bós consentira em levá-la a bordo — tais aberrações alcançavam um preço bastante bom na Capital da Fumaça. Ela pagaria a passagem dos humildes motoristas para lá.

Os plaquistas de Brill não haviam objetado à decisão de Antonë e Carl — sua sociedade era baseada não na coerção, mas na liberdade de consciência. Os viajantes descansaram e esperaram que as feridas de Tyga cicatrizassem; então, abastecidos de provisões frescas, foram levados pelas rotas marinhas a um dos pedalinhos dos plaquistas. Embora essa embarcação fosse muito maior do que a do chofer de Ham, ainda assim pareceu uma mera casca de noz balançando ao sabor das ondas quando o *Sala de Troféus* surgiu singrando no alto-mar de Cot de vento em popa.

O *Sala de Troféus*, pensou Carl, era uma nau tal como a que as gigantas deviam ter usado. Ele rangia e gemia com vida constante, cheirava a alcatrão, corda de cânhamo e sua carga aromática de estorapeitus e meh do sul distante, cera de abelha de Ex e até alguns barris de óleo de moto recém-embarcados em Wyc. Sob os conveses corriam ratos e os pivetes estrangeiros gritavam com suas línguas abruptas. Só no cordame do *Sala de Troféus* havia mais ferrim preso do que Carl já vira em sua vida inteira. O bós usava um boné dourado bordado com as armas de seu yuppie e mantinha o curso da balsa de olho e memória, recorrendo pouco a seu traficmaster.

A costa de Cot era uma paisagem que se descortinava ao longo da balsa. Geminados betanos espalhavam-se pelos campos com sebes, seu reboco branco e suas vigas negras recortados nitidamente contra o solo fulvo. Depois que o *Sala de Troféus* ultrapassou o cabo sententrional de Cot, essas edificações isoladas foram sucedidas por pedaços menores, que se aglutinavam em povoamentos cada vez maiores. Aqui os geminados eram de tijolo e creto — alguns com dois andares de altura. Os Abrigos eram magníficos; enormes salões verdes capazes de abrigar uma centena de passageiros no interfone. Em seus telhados viam-se cataventos de roda e os altos repiques que ressoavam de seus porta-vozes ocultos sob venezianas eram trazidos por sobre as águas.

Tendo cruzado o estreito entre Cot e Durbi, o *Sala de Troféus* lançou âncora ao largo de Nott para comerciar. Carl ficou admirado com o Castelo Pulapula de Nott — e se recusou por algum tempo a acreditar que aquilo pudesse ser uma construção humana, em vez de um *stack* de formas curiosas. Quando a multidão imensa atravessou os portões do Castelo Pulapula, depois embarcou agitada nos pedalinhos aportados com destino à balsa, Carl refugiou-se com Tyga, aninhando-se em suas pregas de carne em busca de conforto. O bós jogou um linóleo sobre eles. Enquanto o povo de Nott barganhava com o bós, Antonë Böm permaneceu sob o convés, rabiscando em seu livro de notas na minúscula cabine.

O *Sala de Troféus* permaneceu ao largo de Blackheath sob uma lanterna quebrada. O pedalinho da Port of London Authority veio até a balsa com um piloto. Era para prosseguirem rio acima à primeira tarifa e atracar na doca de St. Katharine. O pedalinho regressou à cidade carregado de línias do bós para seu yuppie na Lombard Street e de Antonë Böm para o advogado de Blunt em Somerset House, seu putacazaumfudido no Strand.

Nem Antonë, nem Carl conseguiram dormir à noite. Ficaram arrumando seus parcos e miseráveis pertences seguidamente, fazendo e desfazendo as portatudos.

— Você sabe, Carl, disse Antonë, falando suavemente, o bós aceitará apenas um pagamento nosso pela passagem, e nenhuma outra coisa. Ele deixou claro que se não entregarmos a ele — isso que pede —, vai nos denunciar ao mestre do porto assim que a balsa atracar.

— E-eu sei, respondeu Carl, lágrimas correndo pelo rosto. Subiu para o convés. A lanterna era de prata prateada, o painel um borrifo de iluminação.

— Pobri Tyga. Carl afagou a papada cheia de curry do moto e buscou conforto no mokni: Soh purun tempinhu, eh, ieu sei ki uchofeh vai cuidah divocê.

Tyga o fitava com olhos cheios de confiança. Maiçeu tô preukupatu kum foçê, Caul, ceceou. Tô preukupatu kum foçê.

O farol veio no vidro límpido e revelou a grande plataforma de terra da Emevint5. Um grande pedalinho achatado encostou junto ao *Sala de Troféus*, a tripulação de pivetes galeses pedalando furiosamente. O piloto continuava em sua cabine, então Carl convenceu Tyga a se deixar prender à linga de carga, e ele foi içado por sobre a amurada da balsa, e baixado no fundo da embarcação menor. Carl mal suportava olhar para o pobre Tyga. Pensava em todos os perigos que haviam passado na jornada desde Ham e como em toda oportunidade o moto pusera a própria vida a serviço de seu jovem bós. Agora estava sendo abandonado, quase certamente para um destino ainda pior do que os demais.

Na primeira tarifa, o *Sala de Troféus* içou âncora e, apenas com a vela da mezena, costeou suavemente sobre a maré ao adentrar a foz do Tâmisa. Da imensa abertura entre os píeres da barragem, um reluzente emaranhado negro surgiu, movendo-se lentamente acima das águas rápidas. O piloto assumiu a roda do leme, a tripulação pendurou-se nos cordames e, embora o bós e seus companheiros estivessem ocupados no convés inferior, Antonë e Carl foram para a proa e observaram a silhueta da poderosa cidade assomar diante de seus olhos.

Passando a barragem, o Tâmisa estreitava-se de tal forma que Böm foi capaz de identificar os principais distritos, ruas e até prédios individuais da metrópole para seu jovem amigo: os pedaços no topo da colina de Millwall e Deptford, as ravinas enfumaçadas de Greenwich e Hackney. Coches puxados por grupos de dez e até doze burguekin rodavam ao longo da Silvertown Way em meio a nuvens de poeira. O Millenium Dome projetava-se no litoral sul, os longos braços de guindastes acenando acima de suas laterais abauladas. Mesmo numa tarifa tão cedo grupos de pivetes enxameavam nas ladeiras, carregando cochos de tijolos e padiolas de argamassa, engrossando os fluxos que se torciam como uma poderosa corda.

Carl não conseguia achar um ponto de referência naquele tumulto; pois ali as árvores se resumiam a hastes de borboleteira enroscadas nos vãos entre os prédios e os bandos de ratos voadores que circundavam os telhados dos Abrigos altíssimos eram como moscas no estrume de burguekin. Os grupos flutuantes de aves aquáticas sendo separados pelas proas das balsas; as colunas de fumaça sopradas da multiplicidade de chaminés na margem do rio; os propulsores das turbinas refletindo o ultrawatt; as centenas de pequenos pedalinhos singrando de praia em praia; então, quando a brisa amainou, um fedor — pungente, acre, inatural — subiu e fez arder os olhos de Carl.

Antonë recitou as corridas correspondentes ao panorama diante deles — mas isso consternou Carl ainda mais, pois embora em algumas ruas se avistasse um geminado depois do outro, outras não passavam de um brejo lamacento, margeadas por meios-fios de pedra de yok, com umas poucas estacas de madeira no lugar de apês ainda por erguer. Outras, ainda, nada mais eram que um sulco escavado na terra pela passagem da multidão. Então, quando o *Sala de Troféus* penetrou em Wapping Reach e as Bermondsey Hills ficaram mais próximas na costa meridional, a cidade começou a coagular, seus caminhos emaranhando-se, suas ruas estreitando-se, os apês — pintados de cores brilhantes, vermelho, azul, verde e amarelo, as empenas enfeitadas com rodas douradas — empilhados uns sobre os outros, com quatro, às vezes cinco andares de altura.

Carl não via pessoas — tantas eram elas — e, quando a balsa passou no final de uma rua, foi como se um tronco tivesse sido rolado para revelar uma multiplicidade de besouros correndo em seus afazeres:

lods e beinzinus recostados em seus táxis, uma parelha de párius entre os varais; yuppies em riquixás; os menos distintos em minicabs; caipiras no alto de carroças carregadas com sacos de cereal, legumes e outros alimentos. Pedintes, coladores de folders e vendedores de rodinho moviam-se apressados pela rua; e por toda parte havia gangues de moleques magrelos que, tocados de suas atividades ignóbeis por algum guardcam brandindo um porrete, pareciam dançar como mosquitos sobre uma poça, antes de pousar mais uma vez.

Quando o *Sala de Troféus* passou pela Tower Bridge e adentrou a Pool of London, Carl avistou acima dos telhados o aro vertiginoso de uma poderosa Roda que girava acima de tudo. As janelas de vidro dos carros presos ao intimidador mecanismo rebrilhavam como se cada um deles fosse um farol em miniatura. Ela gira uma vez a cada tarifa, observou Antonë, impulsionada pelo Tâmisa. Tem o formato do Conhecimento e pode ser vista de qualquer rua em Londres — na verdade, é o próprio moinho da cidade, seu planetário, seu motor.

A massa de balsas aumentou até que os gurupés passassem a um palmo de distância dos cascos. O piloto permanecia inabalável à roda do leme, gritando ordens, às quais a tripulação respondia com feroz diligência, recolhendo as velas até que não restassem mais que uns ínfimos panos de lona esticados na mezena. O piloto conduziu a balsa em perfeita segurança até que, numa rajada final de comandos, a nau deslizou através da doca úmida de St. Katharine.

Espias foram lançadas da praia e chocaram-se no convés. A prancha de desembarque foi baixada e um grupo de estivadores pretos subiu por ela.

— Está na hora de nos despedirmos do bós, disse Böm; o chefe do porto vai subir a bordo logo, logo.

— Pra onde, chefia? perguntou Carl. Aonde estamos indo?

— Uma casa de meh em Stepney chamada Öl Glöb. Pelas línias que recebi nessa tarifa, quando o barqueiro levou Tyga, parece que o advogado de Blunt está disposto a nos ajudar. Vamos ficar por lá pelo menos um chico — depois ele vai nos contatar. Ele ou seus amigos.

A dupla seguiu caminho pelas fétidas vielas laterais da Clink e entrou na árca do Borough Market. Ao pisar na Southwark Street, Böm foi tomado de surpresa pelo congestionamento do tráfego. Perguntou-se se sempre fora aquele aperto confuso de carros, vans, ônibus, jamantas e táxis. Pois, nos dez anos em que estivera fora, o número de veículos na rua parecia ter dobrado. Um verdadeiro rio de merda e urina corria bueiros adentro e os gritos obscenos dos pivetes rasgavam o ar. Vendedores de standard e coladores de folders andavam por toda parte — e a nevasca de aquatro igualmente chamou a atenção de Böm. Até mesmo na longínqua Ham ele ouvira falar da explosão imprimidora — a multiplicação de prensas por todas as cidades de Ing, até que houvesse uma prontaprint em cada rua principal da cidade. Mesmo assim, era um choque descobrir que os cockneys, quando não estavam ocupados em passar por cima uns dos outros, podiam ser vistos com a cara de rato enterrada nos fonics.

Praondi, ch'fia? disse o pai do riquixá. Usava uma camiseta imunda e calções justos. A carne de suas costas estava esfolada e ostentava um bócio prodigioso. Toda sua musculatura ficava em seus braços rígidos, que seguravam os varais, e em suas pernas afastadas, que pareciam pertencer a alguma criatura mais bem nutrida e cuidada. Os olhos esfaimados que cruzaram os de Carl não comunicavam nenhum favor recebido ou oferecido, uma tarifa dupla diária, forcejando às cotoveladas e chicotadas para arrancar sua subsistência das ruas londrinas. O Öl Glöb, Stepney, ordenou Böm conforme subiam, e o pai recuou um pouco antes de lançar todo o parco peso à frente, fincando um dos calcanhares. O riquixá jogou, balançou e partiu rodando com estrépito.

A despeito de seus medos crescentes da cidade e do destino que conheceriam dentro de seus muros, o jovem hamster ficou cativado pelo movimento suave do primeiro veículo dotado de rodas em que jamais subira, e sua imaginação ganhou asas, vendo-se em um futuro não muito distante como um poderoso lod, sendo puxado através das ruas em sua elegante limu; um galês no teto, quatro pares de párius atrelados e fones com magníficas librés empoleirados no estribo.

Embora o riquixá tenha levado um bom tempo para cruzar a London Bridge e atravessar a City, ao menos não sofriam com os milhares de estapeamentos dos que iam a pé. Os janotas não temiam o bulício, já que eram precedidos pelos fones, os bastões erguidos para rechaçar a gentalha, seus gritos de didduluuduu advertindo-os de que um yuppie, um motorista ou um lod se aproximava. Que visão aquelas figuras augustas! Os yuppies trajavam mantos listrados de risca-de-giz, a cauda rastejando um metro às suas costas, e seus lobbs brilhavam como espelhos.

Se isso não fosse o suficiente para deslumbrar o pequeno hamster, havia ainda um sem-número de imagens do próprio Motorista Supremo. Dave estava em toda parte. De um extremo a outro da ponte, em nichos, e ocupando pedestais e colunas na City, onde se viam inúmeras estátuas de pedra e ferrim: Dave de pé, Dave sentado, Dave dirigindo, os braços maciços estendidos diante de si. Era retratado em seu humilde vestuário de jaqueta de couro, jeans e tênis. Seu boné girado ao contrário na fronte esburacada. Em Ham, nunca se viram tais representações, a não ser pela gravura de Dave no frontispício esfacelado da única cópia do Livro; contudo, aquelas efígies mostravam os mesmos olhos saltados que tudo viam, os mesmos lábios grossos e sentenciosos, o nariz proeminente como a proa de um pedalinho emborcado.

Por toda Leadenhall, os beirais de empenas dos apês eram placas de madeira esculpidas à semelhança das feições dävinas, enquanto sob elas penduravam-se os símbolos dourados: a espinha torcida dos quiropráticos, a tocha flamejante dos isqueiros letrics, o modelador de cabelo dos barbeiros — lembranças vívidas de que até mesmo ali, na própria cidadela do PCO, o dibinkedu ainda exercia seu domínio. Conforme o riquixá sacudia através de Aldgate, Carl encolhia em seu banco, pois acima do maciço lintel do portão, empalados numa paliçada de estacas, estavam as cabeças apodrecidas dos traidores. Ele se virou e viu um milhafre descrevendo um círculo majestoso acima dos prédios mais elevados da City. O pássaro ficou gravado por um momento como uma água-forte contra o pináculo tetraédrico da NatWest Tower antes de ascender ainda mais até desaparecer em uma magnética nesga de brilho cravada no firmamento brumoso pardacento.

No Öl Glöb, as tábuas do assoalho estavam cheias de manchas de meh e letrics queimavam com sua chama gotejante. Ao passar pela porta, Carl parou e cheirou o interior enfumaçado. Óleo de moto, murmurou, e Antonë disse, É, é, você vai ver que é usado em toda parte, aqui.

— Oi, 6 ahi! a mocréia atrás do balcão chamou. Taum aki pruma bibida o ukê?

Os viajantes avançaram pelo ambiente baixo e ficaram frente a frente com a mocréia, que tinha os corpulentos traços de bebê de um velho moto.

— Um... ãhn... Sou Tonë Böm, disse o professor, e meu colega é...

— Sei, sei, jah uvi tudu arrespetu divoceis. Sou Missus Edjez, uinviadu du lod falô kumigu, dissi ki 6 viriam. Dois sujeitus ki pricizam ficah namoita puruntempu, assalvu duispeliu.

Incomodados com a conversa franca, Carl e Antonë lançavam olhares desconfiados aos fregueses da casa de meh — um desleixado bando de mamães em troçopanos e agasalhos esportivos imundos. Seus rostos eram encovados de carência e privação — tossiam e tagarelavam incoerências, por causa do cancro. Havia crianças brincando no chão a seus pés — a cabeça de uma garotinha estava inchada como uma bexiga, de alguma enfermidade repugnante. Missus Edjez riu, uma enorme gargalhada que sacudiu seu busto e fez balançar suas barbelas. Eçazahi? Eçazahi! 6 num pricizam si preucupah kum elas — taum cumpletamenti di fogu! Vamu agora, continuou, Vô mostrah ondi voceis vaum durmi, naum tein kumkê sipreucupah aki nu Glöb, nium fiodaputa sorrateru du Pesseoh, nium guardcam, nadadiçu!

Os dois viajantes seguiram a velha mocréia tagarela por uma escada caracol escura e ao longo de um corredor tortuoso, no fim do qual ela lhes mostrou um sótão apertado sob os beirais do velho apê. Missus Edjez os deixou e eles puseram suas portatudos em um hidrópico sofá-cama. Enfim a jornada, que começara quatro meses antes no distante litoral de Mutt Bä, chegava ao fim.

O Öl Glöb era uma pilha rangente de vigas de madeira, ripas curvadas e reboco esburacado erguido — cada periclitante andar parecendo mais amplo que o seguinte — sobre uma base de tijolo londrino esfarelento disposto em esquisitas fiadas oblíquas. As empenas eram altas como os mastros do *Sala de Troféus* e intrincadamente entalhadas com táxis, pedalinhos, cães e gatos. As amalucadas alas da casa de meh tinham ângulos tão acentuados que através das barras em losango de sua água-furtada Carl podia ver os sólidos tijolos de sua maciça chaminé brilhando cor de ouro contra o cinza matizado do vidro londrino.

O Öl Glöb ficava isolado na estranha vastidão de Stepney Green, entre estradas profundamente sulcadas ladeadas por tapumes de dois andares de altura nos quais haviam sido pintados murais toscos das casas descritas no Livro. Havia também alguns pontos — o Royal London Hospital, Queen Mary College — cujas imagens haviam sido garatujadas em tapumes ainda maiores. O objetivo dos Meninos do Conhecimento do PCO fora antecipar a emergente Nova Londres: reluzente, tridimensional, cada fachada comercialmente engenhosa. Os tapumes e seus murais, contudo, haviam sido completados no reinado do primeiro rei David e, desde essa época, poucas tentativas tinham sido feitas de trazer o Conhecimento a essa área dilapidada do East End. Atrás das paredes de madeira, espraiavam-se vastos terrenos abertos onde o matagal crescia espesso e alto.

Assim que se acomodaram no Öl Glöb e Böm cuidou para que Carl tivesse o necessário, ele passou a se ausentar. Deixava a casa de meh cedo na primeira tarifa e não voltava senão após o farol desligado. Carl não saía do sótão durante a veizdupapi, pois caso se aventurasse pelo andar de baixo, Terri, o velho camareiro, tinha um jeito de acossá-lo e fazer-lhe as perguntas mais incômodas e importunas: Kein eh você? Diondi veiu? Purkê tahki? Terri tinha cara de raposa e cabelo de ferrugem, braços retorcidos e pernas tortas. Olhava de esguelha — contudo, Missus Edjez não fez caso das preocupações de Carl. Eli? Num priciza sipreucupah kum eli, eh 1 antigu condenadu, kebradu na Roda.

Na Troca, as mamães e crianças que ficavam pelo balcão do Öl Glöb partiam e em seu lugar chegava uma turba ruidosa. Pais que trabalhavam nas docas, taxistas e pudladores da balança perto da Torre. Traziam suas opares consigo — garotas libertinas, pouco além de prostitutas comuns, que os pais embriagados acariciavam abertamente.

Sentindo-se abandonado e preocupado, Carl enfim confrontou Böm. Por que saía todos os dias? Ele se esquecera das revelações que tiveram em Ham? Pois aquilo não era um negócio arriscado? Que notícias tinha do advogado de Blunt? Por quanto tempo mais teriam de ficar confinados ali? E o que mais atormentava o rapaz — e quanto a Symon Dévúsh, e quanto a sua missão de descobrir o destino do Fulano? Antonë foi ao mesmo tempo suave e apaziguador. Tranqüilizou Carl e afagou seu cabelo. Não se preocupe, não tenho posição nem status, e a cidade é grande. Não pago taxa de moto, tampouco possuo algum pivete, ao passo que este manto puído me protege de olhos curiosos. Andei percorrendo minhas antigas moradas e descobri que os ventos da mudança estão soprando em Londres. Isso me lembra os meses anteriores a meu exílio, quando os seguidores de seu pai estavam no controle. Dessa vez, a revolta contra o rei e o PCO é uma questão racional e refletida, conduzida por lods e até beinzinus. Não nos cabe impor nossa presença ao meu advogado de Blunt — só podemos esperar que ele nos contate.

Nessa noite, Carl sonhou com Ham. Ele perambulava pelos bosques e pomares além dos chafurdeiros dos motos. A brisa suave enchia o ar com o alvoroço de flores e Runti estava ressuscitado a seu lado. O moto suavemente afagava a tanque de Carl com seu focinho úmido e expressões melosas de ternura. No sono, Carl gemia enquanto esfregava e acariciava os flancos cerdosos do ente amado.

O fone do advogado de Blunt chegou à procura deles precisamente no dia seguinte, não muito após a primeira tarifa. Depois de devorar seu starbuck, Carl saiu da casa de meh para topar com uma parelha de párius, seus arreios retinindo conforme curvavam as cabeças para pastar a relva escassa. Um chuvisco leve enchia o ar e o pêlo dos párius era um manto resplandecente de umidade. Ainda zonzo com os sonhos nostálgicos do lar, Carl dirigiu-se ao páriu dianteiro ternamente e fez menção de pôr a mão onde seus jonkiris supostamente estariam. O páriu tentou mordê-lo e Carl recuou. O grande fone e Antonë soltaram uma gargalhada. Não é um moto, Carl, disse Böm, só uma besta dibinkedu! Carl ajeitou-se em seu banco na limu, enquanto Böm foi buscar suas portatudos no sótão. Quando subia a bordo, Missus Edjez e Terri, o dissimulado camareiro, apareceram na porta dos fundos. O taxista galês estalou o chicote e a limu deixou o pátio e virou à direita, rodando com estrépito pela Whitechapel Road na direção das torres da City.

Logo, porém, a limu diminuiu para o ritmo de uma caminhada e juntou-se à fila de pesadas jamantas dirigindo-se das zonas proibidas para o leste da cidade. Estas eram puxadas por enormes grupos de burguekin, e estavam carregadas com tijolo, yok e ferrim para os sempre ávidos construtores que trabalhavam de dia — e quando a lanterna estava plena, também à noite — a fim de erguer a Nova Londres. D'scup, ch'fia! gritou o galês. Tein 1 ingarrafamentu na UésUey — pelumenus foi ukidisseram. Utranzitu tah paradu nacidaditoda. Então, vendo uma abertura no tráfego que rumava para Houndsditch, estalou o chicote e a limu pôs-se a rodar outra vez.

Cioso de sua instrução, Antonë apontou para Carl a multidão aglomerada ao lado da porta da Royal Exchange à espera do início dos negócios do dia. O mânei corre pela City, ele disse, a compra e venda dos cartões de crédito reais no limite passa descarada de mão em mão. Fez um gesto na direção de um grupo de pais vestindo mantos azuis peculiares. Está vendo aqueles reunidos ali, os sujeitos com mantos esquisitos? A Liga Suíça. Toda a terra daqui até o rio é concessão deles, dada pelo rei. Eles vivem separados, comem sua própria curry, cultuam no próprio Abrigo. Têm o direito de comerciar livres da taxa de moto a que as Guildas estão sujeitas — a presença deles aqui em Londres é uma dolorosa afronta aos papais locais. Veja quanto dinheiro estão tirando dos yuppies de Ing. Ouvi dizer que nem um dia se passa sem que haja uma briga dentro da Exchange.

Conforme a limu rodava por Cheapside, as enormes paredes verdes do Abrigo de St. Paul avultaram diante deles, dominando os apês circundantes. Antonë não conseguia deixar de lado a pedagogia: Pense só nisso, Carl, meu querido, sua urna de chá é a maior de todo o mundo conhecido, as cortinas de algodão quadriculado foram costuradas por centenas de mamães, o prédio pode abrigar cinco mil papais de uma vez, ele pegou fogo no reinado do primeiro rei David e foi reconstruído. O taxímetro no teto é o maior de Ing... Mas Carl não estava escutando: sua atenção fora desviada pela multidão de motoristas que saía pelas portas de entalhes intrincados. Motoristas altos e baixos, magros e gordos. Todos ricamente paramentados, as palas de seus bonés com bordados prateados, os tênis brancos brilhantes listrados com as cores de suas ordens. Todos ostentavam na altura do peito o sinal da Roda tecido com fio de ouro e todos recitavam. A declamação coletiva ia de encontro às paredes frontais dos apês em onda após onda de encantamento dävino, carregada com o Conhecimento transcendente da cidade passada e futura. Quando passaram a se mover pelas ruas apinhadas, os motoristas começaram a andar cada vez mais rápido, até estarem quase correndo. Guiados pela pura radiância de seu Acenossonar, seus olhos pousavam sobre opares culpadas, papais apóstatas e mamães soberbas. Em seus retrovisores, surgiam passageiros apavorados, fazendo freneticamente o sinal da Roda.

O taxista deu um forte toque na buzina e a limu do advogado de Blunt dividiu a aglomeração do Strand e acelerou no pátio de Somerset House. Mecânicos atiraram-se sobre os arreios dos párius. No alto de uma ampla escadaria, à espera de saudá-los quando subissem, havia uma figura ao mesmo tempo exótica e familiar para Antonë e Carl. Era muito alta para uma mamãe. Sua juba era um capacete justo e reluzente emoldurando o rosto coberto de espessa palidez. A boca era de um formato oval perfeito, escarlate, e seus olhos eram duas órbitas negras. Argolas de estanho balançavam junto aos tendões tensos das laterais de seu pescoço, tinha unhas negras longas como garras e quando abriu os lábios exibiu dentes manchados de sangue. Uma malha de lanijru vestia suas pernas e um xale diáfano cobria-lhe os ombros.

— P-praondi, bein? cumprimentou-a Carl, nervoso.

— Para Nova Londres, respondeu ela, e prosseguiu: Então, Carl Dévúsh, está entre nós, enfim, um hamster na Roda. Minha irmã, beinzinu Joolee, enviou-me línias referindo-se a você e seu colega — virou-se para Böm, que fez uma mesura. Ela assim os acolheu, dizendo, Sou beinzinu Sarona e são bem-vindos em Somerset House. Agora me acompanhem, pois há mamães e papais a quem muito alegrará conhecê-los.

— P-por quê? sussurrou Carl para Antonë conforme seguiam o claque-claque dos calcanhares da beinzinu através de salas, corredores e entre colunas de elegantes colunatas, ela está usando uma máscara?

— Máscara? Máscara? Ah, sei, quer dizer o pancake — são só ungüentos e cremes que as beinzinus londrinas costumam usar para se enfeitar. É normal — um sinal de refinamento.

Carl achou que não era refinamento nenhum, apenas uma esquisitice ridícula, fazendo da mamãe uma estranha diante de si mesma. Porém, não teve tempo de pensar muito nisso, pois o lugar era tão maravilhoso e inesperado que a custo absorvia seus estonteantes detalhes. Os arcos sob os quais passavam, os painéis das paredes, os tetos abobadados, as próprias pedras do piso sobre o qual caminhavam — em resumo, cada superfície era adornada com a pintura de cenas extraídas do Livro. Os olhos de Carl, afeitos às sutis nuanças de verde e marrom que dominavam sua Ham nativa, doíam com o bombardeio de azuis letric, anis intensos, laranjas crepusculares e com os arabescos prateados que uniam os desenhos em um mural dävocional contínuo. Queria passar a mão e cutucar as figuras minúsculas e os pequenos black-cabs. Desejou poder subir naquela Londres brilhante e, junto com Dave e o Menino Perdido, escapar do chellish PCO. A cabeça de Carl começou a girar — e teria desmaiado, não fosse a beinzinu Sarona ter empurrado uma série final de portas e o conduzido até uma poltrona, onde, agradecido, se deixou afundar. O chão do vasto recinto no qual Carl se encontrava parecia forrado por um dossel verdejante, como se o vidro e o solo houvessem se invertido. Aqui e ali pelo espaço mosqueado viam-se pequenos grupos de mamães e papais. De início, tão imóveis estavam as figuras que Carl presumiu se tratar não de passageiros vivos, mas de algum vivaz truque do olho. Os pais mantinham os braços em ângulo para trás, as mãos nos quadris, os peitos estufados para enfatizar a alvura ampla de suas camisetas. Suas jaquetas de couro curvavam-se em grandes caudas rígidas, como asas dobradas de pássaros. Seus jeans brancos eram grudados na pele, as saqueiras eretas, os tênis de cadarço passado até o joelho. As longas palas de seus bonés estavam puxadas muito baixo e a fumaça de seus estorapeitus pairava no recinto.

As mamães — embora em muito menor número — nada ficavam a dever em esplendor. Suas longas pernas estavam envoltas em malhas, suas saias eram curtas e justas como cintos, seus decotes acentuados exibiam adereços habilmente trabalhados, gargantilhas e gorjais de deiviuorks. Seus rostos tinham a aparência uniforme de máscaras e espiavam com ar divertido os recém-chegados através das lentes em formato de coração de seus *lorgnettes*. Um odor curioso — lembrando frutas, mas também especiarias — emanava daquelas mamães e daqueles papais. Sobre o consolo, um taxímetro batia as unidades com assustadora determinação.

Então, de repente, como que a um sinal precombinado, beinzinu Sarona fechou as portas duplas com um "claque" e os janotas ganharam vida. Estreitaram o círculo em torno de Antonë e Carl, os estorapeitus ardendo, os brincos tilintando, os lábios pintados disparando perguntas. O que achavam de Londres? Como haviam conseguido chegar até lá? Era verdade que Carl era o filho do Fulano? E Antonë Böm, um bicha instruído, como resistira ao exílio nos limites mais extremos do reino? Aqueles motos sobre os quais beinzinu Joolee escrevera — falavam de fato como crianças de língua presa? E, o mais importante, quanto ao segundo Livro — o que o Fulano alegava ter encontrado em sua ilha nativa —, sabiam de seu paradeiro?

Carl fez o melhor que pôde, embora, mal começasse a responder ao interrogatório de um, fosse interrompido por outro. A conferência rapidamente degringolava em altercação. As palas dos bonés dos papais cutucavam o rosto de Carl e ele estava prestes a desfalecer quando beinzinu Sarona invocou a ordem no recinto. Papais! Mamães! gritou. Estes dois estão exaustos e viajaram de muito longe, passando pelas provações mais terríveis, creio que haverá tempo de sobra para comparecerem diante de todos aqui. Agora precisam descansar e no devido tempo convém que este jovem tenha a oportunidade de andar pela cidade e aprender algo de nossos costumes. Ele está entre nós na figura do Menino Perdido! Prestemo-lhe nossa reverência — pois minha irmã diz que também carrega mais revelações do Fulano!

À menção do Fulano, houve uma grande comoção. Todos os janotas prostraram-se de joelhos e uma babel confusa surgiu entre eles, parte recitação, parte rogos dirigidos diretamente a Dave, exortando-o a tirar seus olhos do espelho e confrontá-los. Dois dentre o grupo — uma mamãe desajeitada em saia púrpura e um papai com tapa-olho — foram empurrados para o centro do círculo, em êxtase. Os outros batiam palmas e começaram a cantar: Rompimento não! Rompimento não! Rompimento não! Carl olhava de um rosto enlevado para uma saqueira, de um deiviuork floreado para bocas respingando saliva. Seus olhos deslizaram para as janelas em arcos do ambiente e, através do vidro distorcido, ele viu um arco-íris brilhando fracamente contra as nuvens turvas. Rompimento não! Rompimento não! Rompimento não! continuavam as mamães e os papais, abandonando-se ao frenesi. Aquilo tudo foi demais para o jovem camponês e então ele finalmente desmaiou.

∿

Carl recobrou a consciência em um aposento suntuoso, deitado em um sofá-cama alto e robusto, sobre um material branco estranhamente frio. Uma coberta informe fora jogada em cima dele, na qual se via o sinal da Roda. No halo de luz lançado por uma letric alta sentava Antonë Böm, rabiscando em seu caderninho. Carl continuou deitado por algum tempo, fitando o teto pintado que retratava Dave em seus mantos esvoaçantes, escrevendo o Livro em letras douradas. Carl ficou ao mesmo tempo opressivamente consciente do ambiente opulento e curiosamente distanciado. Sentia um desconforto aflitivo — desejava o pinicar da palha e as picadas dos insetos. Queria estar onde era apenas um rapaz perante cada pai, onde não era um estranho nem uma esquisitice.

— U k-ki — uki foi tuduakilu, ein? Rompimentu naum itudu maiz?

Ao som da voz de Carl, Antonë ergueu os olhos. Bibici, Carl, bibici sempre, lembrou-o Antonë, então continuou, E aquele, ã-hãm, pequeno cerimonial foi conduzido porque Danëel e Karen Brooke haviam sido pegos coabitando no Lord Chancellor's Department, sim, isso mesmo. Naturalmente, a seita dos Blunt estivera sob a vigilância de mediadores treinados por muitos anos — desde o exílio de beinzinu Blunt pelo mesmo crime. Böm suspirou pesadamente. Esses esnobes, Carl, falavam do Fulano como se fosse sua recitação que os levasse a tais práticas, quando a verdade é que mamães e papais bem-apanhados sempre se atracaram uns com outros, os papais até mesmo ao deixar o Abrigo, indo direto para as mamães de suas crianças, crianças que eles livremente acolhiam como suas. Não, não, foi somente quando a linhagem dävídica assumiu o controle do PCO que a ordem do Estado e do Abrigo se tornaram uma só e que os aliados políticos do rei buscaram exaltar suas repressões com doutrina dävina.

— Contudo, sobre quem esse fardo pesou mais fortemente? Böm se levantou e começou a andar de um lado para outro, pontificando de um modo que para Carl recordava com tal vivacidade os dias de sua infância, no distante Abrigo de Ham, que não pôde deixar de sorrir. Vou lhe dizer sobre quem: o pobre, o cockney e o camponês, o galês e o escocês — até mesmo o pivete, mera propriedade a ser comprada e vendida, ficou sujeito aos rigores do Rompimento e da Troca. Não é minha intenção destratar meu lod ou minha beinzinu — foram nossos protetores —, mesmo assim, quando vejo essas criaturas afetadas afligindo os cenhos perfumados e gemendo que estão subjugados pela visão trágica do Menino Perdido, expostos no Heath e à mercê da selvageria da Natureza... bem, confesso, meu rapaz — não sei o que pensar. Não sei, não sei, não mesmo.

Carl voltou a pegar no sono e quando acordou outra vez na tarifa seguinte o aposento estava inundado pelo facho ultrawatt. Böm já se pusera de pé e vestia os jeans apertados, camiseta engalanada e o largo casaco de couro de um chofer. Vamos, vamos, chamou, acorde, rapaz. O taxista já trouxe a limu das garagens, mal temos tempo de engolir o starbuck antes de sair para um giro pela cidade. Seus panos estão ali, acrescentou após um instante de hesitação, indicando uma pilha montada sobre um par de tênis de cano alto dobrados no tornozelo.

Com o lábio superior raspado por um prestobarba e os cabelos untados para trás sob o boné, Carl se sentia como um veadinho fresco. Antonë, contudo, lhe assegurou que o personagem estava perfeito. Que personagem? perguntou Carl, e seu mentor explicou: De agora em diante, sou um chofer que detém uma hipoteca em um dos conjuntos de Blunt, meu nome é Barrë Iggynbumme, você é meu filho e seu apelido é Sam.

O galês estava às rédeas da limu; estalou o chicote para as juntas de párius e, quando deixavam o pátio, dois fones pularam no pára-choque traseiro. Pelo diz-que-me-diz-que da janela traseira, Carl presumiu que fossem pivetes, não servos. Quis perguntar a Antonë sobre eles, mas as visões maravilhosas fora da limu logo prenderam sua atenção.

A limu rodou alegremente por Whitehall e chacoalhou pelos arredores do Royal Palace. Amplos pátios se abriam de ambos os lados da rua. Em um deles, Carl viu equilibristas da corda bamba e engolidores de fogo se apresentando para o entretenimento de um grupo de jovens pais em mantos azul-vidro. Os IBêEmes do rei, Böm informou-o. Esses jovens são mantidos a seu serviço para cuidar das contas do Tesouro e controlar a cunhagem. Então, entre duas alas do palácio, Carl viu um lindo jardim, explodindo de flores incomuns arranjadas em padrões engenhosos e aléias baixas sombreadas por arcos de vegetação podada. Ao longo de uma dessas alamedas, ele avistou beinzinus rindo, equilibrando-se em saltos altíssimos, acompanhadas por bobos dando cabriolas e opares empurrando carrinhos.

O palácio era tão grande que desafiava a compreensão — ele se esparramava ao longo da margem do rio em uma densa morena de yok, creto e tijolo londrino. O gigantesco edifício exibia uma miríade de janelas e periclitantes escadarias de madeira. Os telhados imensos eram pontuados por uma floresta de chaminés soltando fumaça e postes de guardcam, e para onde quer que Carl olhasse, tremulando em mastros elevados, havia o estandarte do rei, a Roda dourada, dobrando-se e esticando-se para proclamar a divisa da linhagem dävídica: DAYV NUZ GUIA.

E seguiram em frente, penetrando as várzeas além de Westminster e atráves dos encantadores pequenos pedaços à beira do rio de Millbank e Pimlico. Não foi senão quando a limu diminuiu a marcha, quase se arrastando, e o taxista pediu a todos que descessem e caminhassem, pois a King's Road era íngreme e lamacenta demais para conseguirem subi-la, que Carl voltou de seus devaneios. Havia outros carros sendo puxados pela rua esburacada, enquanto seus elegantes passageiros caminhavam ao lado, erguendo cuidadosamente os tênis para evitar os montes de esterco de páriu e outras imundícies.

Quando se juntava à prosaica procissão, Carl perguntou a Antonë:

— O que é isso, exatamente, que estamos indo ver?

Böm estava distraído. Ora, a gente veio até aqui para ver isso, é claro.

Haviam atingido o ponto mais alto de Chelsea e, olhando para trás, Carl pôde abarcar pela primeira vez todo o indolente serpentear do Tâmisa atravessando a cidade. No fundo distante havia os pedaços no alto das colinas de Kennington e Battersea, enquanto sob eles e ao leste de Londres esparramava-se um tapete de telhados vermelhos, pontuado por densas colunas de chaminés fumacentas e torres de tijolos vermelhos. Aqui e ali avistavam-se cúpulas douradas — que, aos olhos do rapaz, tinham o aspecto de gumelos gigantes. Com os besouros negros dos motos arrastando-se pelas ruas e os bandos de ratos voadores, corvos e periquitos planando em círculos, Londres pareceu uma espécie de Ham para Carl, uma ilha de urbanidade nos burbs varridos pelo vento.

No dia seguinte, Carl Dévúsh acordou para descobrir que a bruma invadira os burbs durante a terceira tarifa e se misturara à fumaça sulfurosa dos milhares de fogos da cidade para engendrar uma massa densa peculiar. Ela pairava pesadamente como creto sobre o rio malcheiroso. Os mastros dos lugres, barcaças e escaleres desapareciam dentro dela, ao passo que os armazéns alinhados na margem sul se materializaram de forma bruxuleante e insubstancial — como se fossem uma solidificação temporária do smog e aquilo, seu elemento mais perene. A exalação salobra da água do rio e a fetidez do eflúvio londrino infiltraram-se pelo putacazaumfudido do advogado de Blunt e, a despeito de todos os esforços dos pivetes e empregados — que corriam por todos os lados atirando incenso nos fogos —, os elegantes cômodos fediam como a choupana mais vil.

Ocioso, oprimido com o tempo de sobra, e sem tanque para a curry rica ou o estranho marmitex que beinzinu Sarona lhe empurrava, Carl vagava pelas salas e corredores. Tentou imaginar os hamsters ali em Londres — o cordial e atarracado Fukka Funch, com seu rosto largo e pernas arqueadas abrindo caminho entre a multidão no Strand; ou seu padrasto Fred Ridmun, alto e desengonçado, atravessando num pedalinho as águas coloidais do Tâmisa. Mas era impossível: como os edifícios na margem distante, a imagem dos hamsters tremulava e se dissolvia no smog. Não havia lugar para eles naquele formigueiro; jamais conseguiriam se ajustar à rígida hierarquia de pivetes, servos e plebeus — que seguia até chegar ao fiscariado e ao próprio rei. Os hamsters teriam pretendido sentar e discutir tudo aquilo por longo tempo em meio a meh e estorapeitus — e não havia tempo para isso. Tempo nenhum.

Na primeira tarifa, no dia seguinte, o farol estava outra vez ultrawatt no vidro claro. A beinzinu Sarona encontrava-se na sala de entrada quando Carl chegou, a portatudo feita, suas opares ocupadas em arrumá-la. É Troca, explicou ela ao rapaz, e vou sair com a limu para o conjunto de meu cunhado, no mato, enquanto ele vai voltar para cá antes da terceira tarifa. Dave esteja convosco, rapaz, pelo que sei seu mestre planejou um dia de distrações para você!

E foi de fato um dia de distrações — embora não em um sentido agradável. Assim que atravessaram os portões ornamentados de Somerset House, com seus brasões advocatícios e pontas de ferrim forjado, viram-se em meio a uma compacta multidão histérica. O Strand estava apinhado de crianças, opares e mamães, todas vergadas sob o peso de portatudos, todas tentando conseguir o transporte disponível. Taxistas, pais em riquixás, os fones encarregados de ônibus e jamantas — todos barganhavam com as mamães desesperadas do modo mais selvagem. Carl viu um cigano imenso arrancar o dinheiro da mão de uma mamãe, depois atirar com sua enorme força física tanto ela como suas crianças no topo do carro, onde uma dezena ou mais de infelizes já se acomodavam como podiam.

Os gemidos das mamães e crianças conforme eram empurradas e apertadas contrastava grotescamente com os rostos resolutos dos poucos pais na rua, cuidando diligentemente de seus afazeres, e dos guardcams que observavam de suas torres. Os pequenos precisam todos ser trocados e suas mamães estar fora das ruas antes do início da segunda tarifa, Antonë explicou; passando disso, o PCO começa a fazer detenções. Milhares de apés são revistados todo dia de Troca. Nenhum pai ou mãe escapa deles.

Chegaram à Trafalgar Square e ali a comoção era ainda maior, pois a multidão de mamães e crianças estava sendo forçada a subir os degraus da Coluna de Dave — forçada por uma cunha compacta de pais em fuga que era cuspida pela boca de Whitehall. E se o PCO não os pegar, disse Antonë, com tristeza, então a multidão pega. Os papais usavam todos camisetas pretas compridas, seus rostos estavam retorcidos de malevolência, as bocas abertas, pisoteando com os tênis, golpeavam com os punhos à esquerda e à direita, acertando mamães e crianças também. Abaxu a CêEssiAh! Abaxu a CêEssiAh! cantavam.

Böm apressou Carl na direção da Northumberland Avenue, para longe do tumulto. Esses grupos de pais, suspirou, estão sempre furiosos. Suas queixas contra a Child Support Agency e o Departamento de Justiça do Lod são completamente irracionais — doentias, até. Não têm qualquer apreço por crianças, pais ou Dave — e contudo, o rei e o PCO, em vez de suprimi-los, preferem usá-los como testas-de-ferro, para infundir terror entre o populacho. Vamos, filho, vamos — levou Carl pelo braço —, veja se sua saqueira está bem proeminente, sem ela seu aspecto continua a ser de um menino, e se alguém o tomar por criança... Ele não completou o pensamento aterrorizante e, embora Carl lhe desse ouvidos, conforme escapavam através da Golden Jubilee Bridge em direção à Southbank, não era ansiedade o que enchia seu peito, mas um sentimento indefinível, uma sensação preocupante, ainda que não desagradável — que fora acionada por uma simples palavra dita pelos lábios gordos de seu mentor: filho.

A dupla caminhou ao longo da Southbank e, contornando a área dävina da própria Roda, rumou para Victory Gardens e passou pela Waterloo Station. Quando chegaram a Bedlam, que era o destino de seu passeio, a multidão já sumira completamente e, a não ser por uma ou outra mamãe apressada arrastando uma criança aos berros, as ruas esburacadas e os bulevares pedregosos estavam quase vazios. Contudo, nos degraus do prédio monumental — cujo domo alongado projetava-se acima dos geminados pobres e casas de meh dilapidadas —, um grupo de lods e beinzinus aguardava.

— Eles adoram ver esses infelizes, explicou Antonë, como se fosse uma espécie de diversão. Aqui estão confinados lunáticos, prodígios e até aberrações — todos misturados, e nas condições mais insalubres. Embora teoricamente seja uma instituição com fins caridosos, fundada por dävinos honrados, um forte instinto yuppie também se faz presente, pois o diretor do asilo tem permissão de administrar Bedlam com fins lucrativos. Isso posto, Böm depositou uma moeda na palma de um fone servil que se curvou, deu um passo de lado e os admitiu no edifício.

Antonë e Carl logo se afastaram dos janotas, que eram conduzidos mais à frente pelo diretor; em vez disso, entraram por uma ala cavernosa, sob um teto de abóbada cilíndrica. De ambos os lados, barras de ferrim formavam uma densa paliçada, e além dela os pais lesados balançavam e vociferavam. Estavam imundos, fedendo a merda e urina. Ao ver os rostos curiosos do outro lado das grades, as figuras miseráveis vieram se arrastando pela palha apodrecida e se dirigiram a Carl com um balbucio inarticulado de mokni imperfeito: Praondi, ch'fia, praondi! Levei akelikara natrazera dumeutacsi. Nah, nah, sein problema... Muitos deles pensam que são Dave, observou Antonë, e recitam à maneira de um motorista. Quando eu era novo, havia apenas um manicômio em toda Londres, mas agora ouvi dizer que existem vários, e mais alguns ainda sendo construídos nos burbs.

Haviam chegado à ala reservada às mamães — e, se é que possível, aqueles passageiros estavam em condição ainda pior. Veja como se ataviam, sussurrou Antonë, passando a própria merda como se fosse pancake. A pobres coitadas acreditam ser Chelle e batem a cabeça contra as paredes de tijolo para extirpar a própria maldade.

Uma das mamães estava afundada junto às barras. Tinha a saia erguida e se masturbava com uma expressão de completo vazio no rosto borrado. Carl virou o rosto, mas Böm reagiu como o fazia diante de qualquer fenômeno notavelmente incomum, e seguiu perorando: Há quem diga que o tamanho dos mosqueados no farol está crescendo e que isso é a causa do aumento no número de insanos. Outros argumentam que a plenilanterna é o motivo. Outros, ainda, culpam a água ruim, ou o monstruoso tamanho da cidade, que, sob o controle do PCO, cresce ao ritmo de um pai caminhando. Mas, eu... eu — aqui ele hesitou e baixou a voz — eu culpo o própria Troca, que ultimamente se tornou tão rígida que racha no meio as mentes ainda não formadas. Assim, me pergunto se esses passageiros desesperados não são apenas aqueles que, como nós mesmos, conservam essa rachadura após o fim da Troca. Quando eu era novo, achava que fosse enlouquecer; até, quer dizer, ouvir a recitação de seu pai.

Voltaram a se reunir com o diretor e seu grupo. Aquele fone recurvado, que evitava o contato olho no olho com todos e não cansava de se aviltar, dizia aos janotas: Não se deixai corroer nem atemorizar, vossas ecselensias, as koizas que estais prestes a ver são todas kriaturas dävinas, ezatamêtch komunóis. Puxou um prodigioso molho de chaves de sob a bainha de seu casaco de couro e, destrancando uma porta de ferrim, instou-os a entrar com grande cerimônia. De um suporte na parede o diretor puxou uma tocha gotejante e então os guiou através da escuridão.

Na primeira câmara, encontraram um pai preto esparramado sobre a palha. Estava completamente nu e seu tamanho era imenso. Essipai eh 1 seuvagi itchiopi, milods, explicou o diretor, trazido até aqui de balsa diterras longinkuas. Eli eh taum seuvagi ki tah prezu pur grilioens, purkê sitivessi achanci partia vossaskabessas almeio! As beinzinus ofegaram e recuaram, como fora claramente a intenção do diretor. Antonë, contudo, apenas sussurrou no ouvido de Carl: Quanto disparate. É só um pivete preto comprado no mercado, como outro qualquer. Sem dúvida, seu tamanho é prodigioso, mas esse nosso, ahãm, guia procura exagerar. Observe com atenção, todos os objetos nesta cela foram feitos pequenos — a cadeira, a mesa, até a lata —, para enfatizar sua estatura.

E desse modo foi com todas as assim chamadas aberrações: o Pai-Juba, o Pai-Macaco, a Mamãe-Monco, os Gêmeos Pirineus — em cada um dos casos, Antonë buscava enquadrar as estranhezas nos limites da compreensibilidade. Iagora, exclamou o diretor, Umilior tah guardadu prufinal. Eça... eçakoiza — ficou sem palavras — istah

cuagentch faiz soh poku tempu, maiz eh akriatura maizorrenda i mai-
zistranha kisipodimaginah. Nium dinóis consiguiu intendê ukiela eh
— pai o besta, divedadi o — estremeceu — dibinkedu. Seuaspektu
eh di 1 baicun giganti, maiz, komu ussioris vaum vê, meus nobrilods i
beinzinus, elafala kum a vóis diuma...

Carl não estava mais escutando. Abriu caminho às ombradas
entre os janotas, que seguravam suas bolas de fragrâncias junto aos
narizes, e ali, atrás das barras, os flancos, a tanque, os ombros com
profundas escoriações e vergões ensangüentados, os jonkiris rasgados
por frieiras de algum pavoroso fungo, um olho encrostado de sangue, e
uma perturbadora fralda enrolada em torno da anca, estava Tyga.

Carl pressionou o rosto entre as barras e, choramingando, gritou:
— Tyga, oh, pobri Tyga!

O moto se arrastou em sua direção, ceceando:
— Eh focê, Cawl? Eh focê? Keru ih pra Am, agora. Keru ih
pra Am.

❧

Na terceira tarifa, após uma curry deprimente e solitária na suntuosa
sala de jantar de Somerset House, Antonë e Carl estavam de volta a
seus aposentos quando ouviram o som de uma limu chegando, no pátio
abaixo. Pouco depois, e sem ser precedido por fone, bós ou séquito de
nenhum tipo, o advogado de Blunt veio ter com eles, passando acanha-
damente pela porta. Era um pai de pouca estatura, a pele esticada no
crânio aparado rente. Tinha ossos malares pontudos, os olhos verdes ferozes e penetrantes afundados nas órbitas. Suas mãozinhas buliam com
um amontoado de anéis de sinete e selos pendurados a uma corrente
presa em seu pescoço. Seus panos eram feitos sob medida — mas nada
suntuosos. Ao recebê-lo, Antonë e Carl caíram de joelhos, gemendo,
Praondi, chefia? mas, com um gesto, ele lhes ordenou que se erguessem, gaguejando: P-por f-favor, meus c-caros, a deferência é dispensá-
vel, asseguro-lhes — suplico.

Enquanto Carl ficou sentado, entregue aos próprios pensamentos tristes de Tyga e seu miscrável confinamento, o advogado e o professor conversaram aos sussurros sobre assuntos graves. De seu caderno
de anotações, Antonë puxou um texto no qual estivera trabalhando,
que, em essência, constituía uma rábula requerendo informação sobre o
destino de Symun Dévúsh. Compreendo e aprecio sua estratégia, disse

o advogado; a CSA não pode impedir jovem algum de conhecer seu próprio pai, assim como nenhum pai pode ser impedido de ver seu filho. Isso é sacrossanto. Um tal curso de ação alertará tanto o rei como o PCO de nossas intenções, mas pode muito bem acontecer de preferirem chegar a um acordo em particular — porque se começarmos a pôr a boca no mundo aí fora por meio de standards e folders isso pode deflagrar a revolta. Tratar com esses lods e esse povo que se opõem ao Rompimento e à Troca não seria nada menos do que eles têm feito até agora, e um tal pragmatismo pode ser recomendável para nossos propósitos, se isso permitir — e aqui suspirou profundamente — a volta de minha pobre esposa do exílio, e seu perdão, Antonë Böm, e de seu jovem amigo.

A efusão levou o advogado, um tanto naturalmente, a perguntar por beinzinu Joolee e a pedir notícias de sua estada em Ham. E foi assim que passaram as unidades remanescentes daquela tarifa até o farol ser ligado, com Antonë e Carl contando histórias da remota ilha feudatária.

Ainda que nenhum deles houvesse tido qualquer repouso, o advogado propôs mesmo assim que saíssem uma vez mais antes da segunda tarifa. Gostaria de conversar a respeito de sua filosofia especulativa, declarou a Böm. As dúvidas que expressou no tocante às origens do Livro cativaram-me poderosamente e garanto que o trajeto a Hampstead será um cenário dos mais satisfatórios para nossa interlocução. Além do mais — e nisso, pela primeira vez, Carl captou uma sombra de ansiedade atravessando as feições ossudas do advogado —, não passaremos de um alvo fácil permanecendo aqui dentro à espera de que o PCO venha bater à porta.

Tudo foi como antes: o galês empoleirado no teto, os reluzentes párius tensionando os varais, a comprida limu negra espremendo o povão na sarjeta. Seguiram pela Finchley Road e assim que passaram o Chalé Suíço viram-se no mato. Carl ficou empolgado de ver faixas de terra livres e bosques pela primeira vez em chicos, enquanto lá na frente a forma dos burbs se projetava, onda após onda de magriças riscadas de roxo, alfazema e azul, emitindo vapores suaves sob o farol ultrawatt da germinagem. Periquitos mergulhavam e ascendiam através dos fiapos de névoa, enquanto gaivotas circulavam no alto. O fedor característico de Londres — que invadira as narinas do rapaz ininterruptamente desde que dele tomara conhecimento — se fora.

Como podemos conceber esta cena na época de Dave? ruminava o advogado. Ora, contradizendo o próprio Conhecimento, vemos que esses caminhos que saem de Londres não são retos, mas sinuosos, transpondo colinas íngremes e mergulhando por desfiladeiros profundos. E onde está a grande massa de tijolo e creto que o Livro descreve? Como pode ser que aqui na própria Londres tenha desaparecido inteiramente, enquanto em tantos outros lugares do reino há vestígios de inúmeros antigos apês? Os motoristas encarregados da interpretação do Livro mencionam o MadeinChina — porém, enrolam-se todos em ambigüidades quando a questão é estabelecer se o dilúvio precedeu ou se seguiu à Era de Dave.

O advogado de Blunt teria prosseguido com essas especulações voadoras não fosse a limu ter chegado a um trecho dos burbs e começado a percorrer uma estrada pavimentada na direção da própria Beech House. Quando se aproximavam, Carl avistou uma elevada fachada encimada por um frontão triangular, com doze janelas quadriculadas, cerca de ferrim e duas escadas curvas que conduziam a uma enorme porta no andar inferior. Uma multidão se aglomerava na terra batida diante do geminado dävino: motoristas e fiscais, perseguidores mendicantes, peregrinos que haviam chegado lá a pé desde a cidade e até mesmo um punhado de guiadores histriônicos vagando em meio à magriça e gemendo deprecações ao Menino Perdido. Bem no olho dessa tormenta de gente havia uma fileira de cabines de madeira e, após o galês ter retesado as rédeas dos párius, saltado e os viajantes descido, Carl notou que eram ocupadas por ainda mais motoristas e que os peregrinos que se juntavam em volta — lods, beinzinus, plebeus, até mesmo alguns pivetes — sofriam de terríveis aflições físicas.

Um após outro se apresentava diante dos motoristas nas cabines, oferecendo diante dos espelhos uma perna aleijada, um pescoço escrufuloso, um braço purulento infeccionado por carbúnculo. O motorista recitava uma corrida e alguns pontos, benzia o membro doente ou ferido com umas gotas de evian dävina, punha o distintivo de estanho na palma do suplicante e depois estendia a mão para receber algum mânei. Assistindo à cena com olhos críticos, o advogado de Blunt murmurou: Esse peculato macula nossa fé mais do que as maiores exações do PCO ou mesmo do rei. Então, conforme se dirigiam a Beech House, sabiamente permaneceu em silêncio, exceto para saudar os vendedores de indulgência: Pra onde, chefia? Pra onde, chefia? Pra onde...

Embora os peregrinos comuns tivessem de esperar na fila para adentrar o templo, o advogado e seus companheiros foram conduzidos direto para o interior por um fone obsequioso. Beech House era vazia e sem atrativos, seus cômodos, austeros e sem qualquer adorno. No duro facho que vertia pelas janelas sem cortinas, cada marca que as dezenas de milhares de tênis haviam deixado nas tábuas do assoalho podia ser vista. No centro de cada recinto havia uma estranha representação de figuras em tamanho real. Uma mostrava Dave em seu táxi; uma segunda, Dave, Chelle e o Menino Perdido no Rompimento; uma terceira, Dave enterrando o Livro. As efígies eram de cera e sem dúvida consideravelmente antigas, pois estavam trajadas com vestes puídas e farrapos e seus traços haviam se desfigurado com o calor do verão e o frio do arenki. Em um desses *tableaux vivants* faltava o nariz do Menino Perdido e a imagem de Chelle fora tão atacada com pedras e tijoleiras que uma perna se soltara do corpo e ficara pendurada na malha frouxa.

Inicialmente, o fone, como sua contrapartida de Bedlam, dispôs-se a fazer comentários; contudo, o advogado de Blunt logo o desobrigou desse dever e, assim, foi em silêncio que eles finalmente desceram ao santuário interior do templo, percorrendo uma escadaria em caracol que penetrava terra adentro. O fone acendeu uma letric e a débil wattagem lhes permitiu divisar uma tijolaria pingando e as gavinhas esbranquiçadas das raízes profundas e anelantes. O fone não pôde evitar o tom afetado de grande reverência ao informá-los do que era aquilo.

— Içu, vossus Retrovsoris, eh onditudu começô, 2 milenius atraiz, kuandu Deiv interrô uLivu. Aki elifikô ateh ki u trisavô du rei — nadalein diuma umildi lanijru duz burbs — udizinterrô.

Carl olhou e tudo que viu foi um poço pavimentado de yok. Nada de eco, nenhuma atmosfera de santidade. A revelação jazia apenas em sua vacuidade — um vazio ao qual qualquer idéia ou crença podia ser sobreposta.

Quando se viram outra vez do lado de fora, o advogado aproveitou a oportunidade para apontar ao jovem colega os pontos mais visíveis da cidade distante: a NatWest Tower, o prédio do Lloyd's, o One Canada Square; o Gherkin e o vasto complexo do próprio PCO — a famigerada Torre. Uma massa sólida junto ao rio, as paredes elevadas formando um retângulo grosseiro com uma torre de sentinela em cada canto. No centro elevava-se a prisão branca e, no telhado, tremulava a bandeira do PCO. Mesmo de vinte cliques de distância a Torre emanava poder opressor, suas paredes maciças cintilando com os cacos de vidro incrustados e as espirais de arame laminado. Carl ergueu os olhos para o vidro, na esperança de enxergar um arauto do dävino, mas tudo que viu foi uma gaivota solitária, as asas flexionando-se nas correntes de ar, balançando para a frente e para trás como que suspensa por um arame.

Voltaram a Londres em silêncio contemplativo e o advogado de Blunt deixou-os no Marble Arch; enquanto tivesse de ficar na cidade angariando assinaturas para a rábula de Böm e fazendo os arranjos para apresentá-la no Lord Chancellor's Department, ficou decidido que os outros dois dariam uma volta pelo campo de caça do rei. Dave n-não o p-permita, gaguejou o advogado, mas c-caso nossos planos malogrem, ambos podem se ver logo em rigoroso confinamento.

Quando o taxista galês estalou o chicote para os párius e a limu se afastou na direção de Selfridges, Böm se deu conta de que haviam cometido um terrível erro. O barulho na praça era cada vez mais alto, enquanto da Edgware Road vinha o som de cantoria. Ele olhou para cima e viu que os telhados dos prédios estavam cheios de guardcams. A cantoria chegou mais perto. Era a mesma horda que aterrorizara mamães e opares em Westminster no dia anterior e agora havia muitos mais deles — talvez duzentos ou trezentos pais. Como antes, marchavam rápido, em formação compacta. O uniforme de camisetas pretas, os tênis brancos de cano alto, os dentes cerrados — tudo contribuía para lhes emprestar o aspecto de uma besta milípede de mil cabeças determinada a um ato monstruoso e predatório.

Eram precedidos por vinte e poucos motoristas montados e um batalhão de rapazes com berrantes a postos. Quando adentraram a praça, alguns acenaram para deter o tráfego, enquanto outro grupo escoltava uma sauna rumo ao próprio arco. Oh, meu Dave! exclamou Antonë. É uma execução, não vamos querer estar no meio disso. Mas era tarde demais para fugir, pois junto com os pais e motoristas vinha a ralé londrina em toda sua perversidade: lods, servos, comerciantes e pivetes. Carl viu dândis empetecados saltitando lado a lado com os mais imundos pandilheiros. Do Bairro dos Bichas vinham sujeitos parecidos com Antonë, gorduchos, barbichas finas como um dedo, as mãos macias nos cintos. Opares e mamães misturavam-se à escumalha, com os ubíquos moleques disparando como raios de um lado para outro, roubando saqueiras, batendo bolsas. Grande parte da multidão estava emborrachada, pois os estalajadeiros das inúmeras casas de meh da cidade, não satisfeitos em regalar seus artigos para a procissão conforme esta se dirigia da Torre para o Marble Arch, julgaram por bem se juntar ao populacho. Havia inúmeras pequenas carroças sacolejando, carregadas de barris de cerveja vendida a um centavo. O fedor de jack era opressivo.

Abaxu a CêEssiAh! Abaxu a CêEssiAh! entoavam os pais furiosos. Alguns seguravam no alto bonecas de mamães amarradas a longas estacas. Seus troçopanos inflavam de um modo peculiar e obsceno conforme eram jogadas para cima e para baixo. A multidão arrastava tudo que havia diante dela — e Carl e Antonë se viram na primeira fila de espectadores, que, presa entre bandos de pais e motoristas, parou perto do arco. A sauna fora empurrada até a pedra rosa pálida e dois guardas arrancaram rudemente a mamãe dali de dentro. Ela gritava e tentava abrir caminho arranhando de volta à caixa de tortura, onde três crianças podiam ser vistas, chorando e implorando. Os guardas ignoraram tudo aquilo e arrastaram-na por uma rampa até o topo do arco, depois sobre o lugar onde um espeto foi erguido no meio de uma pilha de madeira.

Abaxu a CêEssiAh! Abaxu a CêEssiAh! Os pais jogaram as estacas com as bonecas no chão sujo e deram os braços. Dois robustos pivetes em uniforme do PCO avançaram pela praça. Um deles carregava um imenso tambor nas costas, que o outro tocava. O ensurdecedor ribombar do tambor reverberou na frontaria de creto do Odeon e a turba começou a ficar em silêncio, exceto por alguns moleques que trepavam nos andaimes. Um motorista deu um passo adiante, enquanto atrás dele um fone desenrolava um aquatro, e, assim que o teve em seu espelho, o motorista começou a ler numa voz profunda e estentórea claramente audível para todos os presentes.

— Que você, Sharún Lees, em três distintas ocasiões, de livre e espontânea vontade reteve seus três filhos e os manteve escondidos do legítimo pai; por esse execrável delito, uma profanação contra o Livro e a Roda e o Próprio Dave, foi sentenciada pela Garagem da Children and Families Advisory and Support Services à fogueira e a que o pestilento vapor de seu corpo chellish seja bombeado sobre suas crianças. Que fique registrado, nenhuma Troca...

— Niuma vida! ladrou a multidão.

— Nenhum Rompimento.

— Nium Cunhecimentu!

— Nenhum Conhecimento.

— Niuma Novalondris! Niuma Novalondris! Niuma Novalondris!

Misericordiosamente, a mamãe perdera os sentidos quando a sentença foi lida. Na sauna, as crianças se atiravam contra as barras. Outro motorista deu um passo à frente e começou a despejar um reluzente óleo de moto sobre a mamãe, o espeto e a madeira. Um terceiro se aproximou com um isqueiro. Houve uma quietude momentânea

— daí, *Fumf!* A mamãe se transformou numa pirotecnia retorcida, pulsante, frigidora. Fones empurraram em sua direção um dispositivo em forma de funil preso a um fole e posicionaram-no de modo a sugar a exalação pestilenta. Os vapores foram conduzidos através de um tubo para o interior da sauna, cujos postigos de ferrim foram batidos nas caras leitosas das crianças e trancados por motoristas assistentes.

Fumf! Fumf! Fumf! Por toda parte pais haviam tocado fogo em suas bonecas sinistras. Os troçopanos arderam num clarão, revelando que sob as vestes havia punhados de gatos vivos, amarrados pelos pescoços às estacas. Seus pêlos chiaram e arderam; eles gritavam de tormento. Os pais iniciaram a cantoria uma vez mais: Abaxu a CêEssiAh! Abaxu a CêEssiAh! Abaxu a CêEssiAh! Abaxu a CêEssiAh! Carl não podia conceber cena mais horrível, conforme o manto de fumo da carne queimada amortalhava a praça em ondas envenenadas e a multidão circulava e gemia de êxtase maligno. Um espesso almíscar de excitação emanava da massa compacta de corpos em torno dele. A mamãe ainda se contorcia — embora línguas de labaredas brancas vertessem de suas órbitas e sua boca. Carl fechou os olhos e decidiu mantê-los fechados até conseguir escapar daquele inferno na terra.

Então, involuntariamente os abriu — pois levara um forte cutucão na nuca. Pairando em seu campo visual havia outro par de olhos — injetados, indiferentes, exauridos e emoldurados pelo espelho que ia pendurado diante de seu rosto. Carl virou-se para seu amigo. Antonë também tinha um espelho posicionado diante de seu rosto e atrás dele estava um motorista com uma lâmina desembainhada. A multidão retrocedera de todos os lados e um terceiro motorista com um distintivo que mostrava a Roda sobreposta à Torre deu um passo adiante e desenrolou um aquatro. E começou a ler com voz enfastiada.

— Carl Dévúsh e Antonë Böm, considerem-se detidos em nome do PCO sob acusação de fraude, voação e traição. Acompanhem-nos até a Torre.

A multidão, sua histeria anárquica instantaneamente transformada em conformidade amedrontada, abriu caminho formando um amplo corredor, pelo qual Carl e Antonë foram conduzidos na direção de Park Lane.

14
Saindo de trás do volante

Fevereiro de 2003

Sob a luz frisante, fitas amarelas de polícia engrinaldavam os semáforos e guard-rails — os atavios de uma festa criminalmente colossal. Uma viatura, a luz azul girando, a sirene emitindo gritinhos reprimidos, pastoreava as pessoas ao longo da via como um pequeno cão de caça. Uma voluta de nuvens se retorcia no céu e o frio espicaçava o pescoço de Dave. Ele viu os cartazes já descartados que se empilhavam na beira da rua e as dezenas, depois centenas de manifestantes. Individualmente, não tinham rumo, e contudo a multidão toda movia-se com determinação coletiva sobre a areia pisoteada de Rotten Row e na direção da Speakers' Corner.

Phyllis tinha o aspecto excêntrico de sempre, embrulhada em um casaco de lã de crochê feito com retalhos escarlates, verdes e amarelos. Seus cachos malucos fugiam por sob as abas de seu gorro lapão, as mãos de boneca protegidas por luvas combinando. Ela enfiou a mão fria em seu acolchoado de lã e apertou. "A participação", disse, animada, "foi enorme. Eu sabia — nunca pensei — tanta gente assim". Dave via velhos palhaços melancólicos em malhas de arlequim, clones de trabalhadores socialistas em jaquetas grossas de operários e botinas Doc Martens, filas de garotinhas britânico-asiáticas sorridentes saídas de seus redutos no norte, suas placas da Muslim Association of Great Britain* carregadas em ângulos gozados. Entre essas facções, caminhando impassíveis, com seus anoraques pastéis e casacos de couro de búfalo, havia uma grande massa de manifestantes comuns, que, mesmo aos olhos biliosos de Dave, pareciam seguros em seu conhecimento de

---

* Associação Muçulmana da Grã-Bretanha. (N. do E.)

que pelo *mero peso da quantidade* podiam impedir as bombas de voar e Parar a Guerra!

Através de uma eriçada barreira de árvores e sobre o gramado cheio de falhas — a cada metro avançado, a compressão de corpos ficava maior. "Pales-tina! Pales-tina! Pales-tina!" *Não sou racista*, Dave advertia a si próprio — e contudo o fanatismo deles cheirava a estrangeiro, uma especiaria perigosa, açafrão e suicídio. Uma cabeça mais alto que a multidão, foi arrastado para a frente em um tapete ondulante de couros cabeludos, acres inteiros escovados pelos dentes da brisa. Mais acima a cena era babilônica: bandeiras e faixas tremulavam, obeliscos de alto-falantes projetavam-se em cima do palco, apenas o gemido agudo do retorno impedia a presente era de se precipitar na anterior.

Toda massa — por mais pacífica que seja — contém em seu reservatório de milhares e milhares de litros de adrenalina o óleo automotivo da raiva. Dave Rudman sentia essa potencial conflagração transbordando em torno à medida que ele e Phyl eram pressionados adiante para a batida regular e quaternária de um gigantesco bombo. Então se viram aprisionados contra uma grade de proteção. Através do amplo alambrado, fotógrafos da polícia com bonés de beisebol xadrez azul esquadrinhavam tudo com suas lentes de telefotos. Uma fileira de seguranças trajando tabardos fluorescentes com a inscrição EM NOME DE ALÁ, O MAIS COMPASSIVO, O MAIS MISERICORDIOSO esforçava-se por conter os manifestantes, que latiam, *"Who let the dogs out?!"*, antes de rosnar a resposta, "Bush! Bush!".

Dave sentiu que se distanciava, erguendo-se rumo ao céu agora baço onde helicópteros de vigilância arremetiam ruidosamente. Buscou a luva de Phyllis — uma âncora macia — para se apoiar, mas a luva se fora. A mulher se fora. Começou a escanear frenético os milhares de rostos. *Elatali? Tali? Tali?* A arenga despertou dentro do rosto bexiguento. *Esquerda de merda... cabaços retardados... classe média punheteira...* "Who let the dogs out?! Bush! Bush!" *Não fazem idéia nem de onde estão... Paquistaneses de Bradford... Esses seguranças de merda não iam conseguir encontrar o caminho nem para a Tottenham Court Road...* Começou a abrir caminho às ombradas entre os membros elásticos daquela touceira humana, ainda procurando Phyl, mas sabendo que em vão. Quando chegou a uma clareira onde três crianças branquelas bebiam Mecca-Colas em lata em uma choupana de caixas de leite, teve um lampejo. Não estavam fazendo sexo ainda, *mas eram como um casal...* à vontade de modos ao mesmo tempo profundamente irritantes e tranqüilizadores; *não estamos fazendo sexo*, embora fosse incapaz de dizer qual dos dois estava resistindo a escorregar nesse poço úmido de obscurecimento gutural; *não estamos fazendo sexo* — entretanto, concordara em participar da passeata idiota porque... *eu amo ela.*

~

O ar encrespara como celofane com a fumaça dos escapamentos. Fedia; Dave fedia. Ele sentiu a impregnação lubrificante de milhares e milhares de abastecimentos deslizar pelas pontas de seus dedos e a borda trepidante do volante. Seu passado era uma miragem, vislumbrado através do estacionamento manchado do tempo. Pela fenda desprezível do pára-brisa do Fairway, pôde ver a pele resplandecente do Swiss Re Building, como um pênis monstruoso o prédio se projetava ereto sobre a City. Já tinham um apelido para ele — Gherkin, o picles de pepino —, mas um cockney que se preze não pede *gherkin* com suas fritas, *ele diz wally... me dá wally.*

Conforme o uóli cockney subia, forçava insensível novas paralaxes nos mouros presos à terra. Dave Rudman jamais se sentira tão aprisionado nas placas trêmulas da carroceria do táxi, tão enrolado em arame laminado, tão obrigado a MANTER A ESQUERDA, DAR PASSAGEM e PARAR. As câmeras de segurança apontavam em ângulo através da área de conflito; os guardas de trânsito como tútsis urbanos com palmtops no lugar de lanças; os tiras em seus carros; o PCO em seu bunker de concreto — cada metro quadrado de Londres era considerado, taxado, cobrado. Ele olhou em torno para os outros carros do engarrafamento. Os motoristas sentados, mãos celulares coladas nas cabeças doloridas, sofrendo com a nevralgia da comunicação incessante. O rádio no painel do Fairway murmurava: "Caminhão perde carga na A3 Kingston Bypass... trânsito lento... Faixa bloqueada no elevado de Marylebone...". Dave se tornara taxista para não precisar se submeter aos olhares fiscalizadores que fazem da vida de adultos no trabalho só mais uma nervosa classe escolar, porém, ali estava ele "...chegando aos entroncamentos da quinze e da dezesseis na Emevint5, que são a Emikuatru e a Emikuarenta, restrições de faixa e velocidade em vigor..." com o pior chefiador de todos — insegurança. Insegurança e o Flying Eye, sua pálpebra rotativa piscando lá no céu.

Dave encostou em uma rua lateral e desligou o motor. Pegou seus remédios e começou a tirar os antidepressivos de suas bolhas plásticas. Só parou quando as ravinas de suas calças ficaram cobertas de pequenos seixos brancos. Então abriu a porta, apanhou a bolsa de trocados, desceu do carro e saiu fazendo som de granizo, espalhando confetes insensíveis em seu rasto. Não verificou se havia parado em alguma faixa amarela; nem se deu o trabalho de trancar o táxi. Não dava a mínima. Estava terminado — agarrava a proveitosa oportunidade. Livre, enfim.

Conforme caminhava, Dave Rudman olhava não para o céu, não em volta, para os edifícios brutais, mas para o chão, para a pavimentação sobre a qual sua vida se desenrolara. Asfalto preto-azulado e asfalto enrugado; asfalto com ondas e corcovas como um cobertor cinza-amarronzado; asfalto com crateras, golpes, talhos. Aquela era a pele petrificada que sentira ao longo de toda sua vida prostituída, a textura transmitida através de borracha de pneu e amortecedores. Dave sentiu um ímpeto de se ajoelhar no meio-fio e baixar a cabeça à sarjeta — de lamber a superfície abrasiva com sua língua velha e áspera.

~

Dave deu uma lambida entre as espáduas de Phyllis e desceu com a língua por suas costas estriadas. Ela estremeceu e, agarrando a coxa dele, puxou-a sobre a sua, fazendo-o quase montá-la. Na confusão de seus corpos — as canelas peludas do homem, as coxas suadas da mulher, o pinto duro curvo, a sôfrega cestaria de capelo e beiço dela — havia clara determinação; assim, quando a penetrou, moveram-se para dentro e para fora um do outro com naturalidade fluida, acelerando e guinchando, antes de gozar um tanto quanto abruptamente.

Dave e Phyl estavam fazendo sexo no chalé dela perto de Chipping Ongar. Haviam feito sexo na noite anterior, após um salutar jantar de couve-flor gratinada. Haviam acordado duas vezes — talvez três — à noite para fazer novamente, e agora, com as cotovias cantando no campo lá fora, faziam sexo mais uma vez. Não havia carícias ou arrulhos entre eles — uma boca topava com a outra infreqüentemente. Ela o puxava para dentro espasmodicamente, seus tornozelos calcando os quadris dele. Ele sentia sua solidez — ela não era gelatinosa, mas rija de gordura. Ele arremetia e ricocheteava. Nenhuma palavra era dita — e contudo não havia dúvida de que faziam amor, uma abundância melíflua de amor estocado para o futuro dentro de suas células, caso viesse outro tempo de escassez, quando precisassem se reabastecer.

No fim da manhã, Dave caminhou até o centrinho para comprar o jornal dominical. Mesmo no frescor de março, com os galhos ainda desfolhados, e pancadas de chuva movendo-se através da paisagem de Essex como o sombreado de um desenho, o calor concentrado do verão repercutia pela terra. Parou um pouco junto ao antigo fosso do castelo havia muito derrubado e se deixou perder nas florescências submersas da lentilha-d'água. Esse seria um dia especial — nada de preocupação ou aborrecimento. No fim da tarde, poderiam atravessar os campos na direção de Good Easter, vendo os bandos de andorinhões em regresso compactar-se, depois relaxar contra o céu ferruginoso. As cartas haviam sido enviadas, as ligações haviam sido feitas, os relatórios haviam sido escritos. Com o incentivo de Phyllis, Dave cuidara ele mesmo do assunto. Advogados — ambos concordavam — só serviriam para sugar dinheiro e piorar as coisas, como sempre faziam. Melhor tentar a abordagem mais direta possível e declarar — com clareza e humildade — que, se Carl estivesse disposto, e sua mãe permitisse, Dave gostaria de voltar a ver o filho.

~

Dave parou no ponto junto à loja de artigos policiais na Old Burlington Street e caminhou até o escritório de Undercroft Mendel. Desde que largara os antidepressivos ainda sofria as cotoveladas de pensamentos estouvados — mas no geral se sentia melhor. Muito melhor. Mesmo assim, não sabia dizer se as mãos úmidas eram síndrome de abstinência ou uma expectativa apavorante. O farfalhar jornalístico dos pombos alçando vôo sobressaltou-o — e subiu os degraus se sentindo tonto, punhos cerrados nos bolsos do velho paletó de *tweed*.

Não houve nada de bolinhos polvilhados com açúcar, nem xícaras de café de borda dourada. Nada de caneta retrátil ou modos pegajosos. Em vez de se equilibrar na cadeira jogando o peso para trás, Mitchell Blair curvou-se para a frente, rabiscando nervosamente em um bloquinho amarelo de advogado com uma bic prosaica. "A questão, senhor Rudman, é que... no fim das contas" — pinçava as frases demóticas de um arquivo mental que mantinha para essas ocasiões — "não depende de supremo, CAFCASS ou mesmo tribunal de apelações" — lançou um olhar à tranqüilizadora porta aberta — "o senhor retomar ou não contato com, ãh, Carl".

"Com meu filho, o senhor quer dizer." Apesar dos ensaios com Phyl e de todas as restrições íntimas que se impusera, Dave começava a se irritar.

"Bom, a questão é essa, precisamente." Nisso, Blair, deixando de lado todo o distanciamento profissional, escondeu-se atrás de uma pilha de pesados volumes. "A senhora Brodie trouxe à tona o problema da paternidade de Carl. Para ser direto, ela não acredita que o senhor seja o pai biológico."

Dave balançou lentamente a cabeça — um animalão alto abatido por um golpe baixo. Sentiu-se mal compreendido e mal-arrumado. Apalpou o corpo automaticamente atrás de um cigarro, embora, mesmo enquanto o fizesse, ficasse horrorizado de ouvir a própria voz sair de dentro dele: "Com'assim?"

"Quer dizer — isso significa, posso afirmar com certo grau de segurança" — Blair começava a recobrar o sangue-frio, as feições desagradáveis ressurgiam por trás da couraça couriácea — "que ficou provado que o pai biológico de Carl é, na verdade, o senhor Devenish".

"Cal Devenish?" Dave não parava de balançar a cabeça. "Mas é impossível — como? Quando?"

"Senhor Rudman." Blair se recompusera inteiramente, agora. Reclinava na cadeira, o solado de seu mocassim mais limpo que a camisa de Dave. A caneta de ouro foi sacada, o solo dentário começou. "A senhora Brodie não teve a menor intenção de enganá-lo — tanto ela como o senhor Devenish imaginavam que... bom, ele fez vasectomia. Mas, ãh, essas coisas acontecem. É raro — mas acontece. Sua ex-esposa achou que o senhor ficaria nervoso, na opinião dela o senhor merece uma boa explicação. Não fosse pelo, ãh" — fez uma pausa, sorriu fracamente — "seu comportamento no passado, ela teria comparecido em pessoa a esta reunião. Mas me deu essa carta para passar para o senhor" — pousou-a sobre o mata-borrão — "e caso — coberto de razão — o senhor exija uma comprovação, um médico de sua escolha pode tanto tirar seu sangue como o do rapaz. Podemos providenciar para que essas amostras de DNA sejam independentemente testadas..."

Na altura em que Blair terminara seu discurso, Dave já descia a escada. A carta de Michelle não o incomodara. A frase que não saía de sua cabeça — ainda que editada — era *tirar... seu... sangue*, pois seu próprio sangue lhe fora tirado. Ou não? Olhando a si próprio em toda superfície reflexiva que passava — placas de metal, vidraças, retrovisores —, Dave via-se forçado a concordar que aquele boné hereditário não servia de jeito nenhum. *Você sempre desconfiou... As datas nunca se encaixaram... nunca fez sentido... Ela ficava cada vez mais esquisita sobre isso quanto mais ele crescia... E Carl, ele, bom, ele... ele simplesmente NÃO TEM NADA A VER COM VOCÊ.*

⌇

O passageiro, um punhado de chips de silicone soldados no ouvido, ia ver David Blaine. O ilusionista americano estava lacrado em uma caixa de acrílico, que pendia do braço de um guindaste no lado sul da Tower Bridge. A nova London Assembly[*] surgira por ali — transportada do futuro tão subitamente que as paredes de concreto e vidro se deformaram com o impacto — e tudo que restou no parque que costumava ocupar o lugar foi um pouco de sujeira exposta. Todo dia a multidão se juntava para gritar, assobiar, tirar fotos, catapultar hambúrgueres, erguer bebês, mostrar os peitos e a bunda, gracejar, conversar, caçoar — e geralmente confirmar o fato de que, à medida que a barba de Blaine crescia e sua gordura secava, nada nunca mudava nessa cidade: o mais grotesco teatro de rua sempre tivera — e sempre teria — lugar bem à sombra do governo.

O Fairway ronronava na Tooley Street. Na frente havia uma van branca da Securicor com janelas de plexiglas. *Sauna, é como chamam.* Um delinqüente que costumava beber no Old Globe contou a Dave sobre elas — as minúsculas solitárias no veículo sacolejante, sem espaço para os prisioneiros esticarem as pernas, nenhum lugar onde se agarrar, tudo feito de plástico. No inverno era como... *a porra da geladeira...* mas no verão os detidos ficavam afogados no próprio suor. Mas, afinal, Londres toda não era *uma sauna infinita de bosta? Nenhum lugar onde se segurar, todo mundo indo a algum lugar para não fazer coisa alguma.* O táxi passou lentamente pela London Dungeon,[**] onde um boneco de criminoso pendia de uma *trave medieval dibinkedu de merda.* O passageiro ficou sem amigos para ligar... *por que será?...* e estava coçando o saco.

---

[*] Órgão do governo, composto por 25 membros, que questiona e investiga as medidas e estratégias adotadas pelo prefeito de Londres. (N. do E.)
[**] Atração turística que recria diferentes torturas da Idade Média com bonecos de cera. (N. do E.)

Cansado de não chegar a lugar algum, Dave viu uma vaga para estacionar e enfiou o carro ali. "Qu'foi, velho?", disse o passageiro, um jovem com uma covinha vulnerável no queixo. "Vou andar com você até lá", explicou Dave. "Quero dar uma espiada nesse maluco." Saíram, e Dave trancou a porta. Pediu cinco, ainda que o taxímetro marcasse o dobro disso. Ao passarem pela Hay's Galleria, rumo ao HMS *Belfast*, Dave sentiu vontade de pôr um braço sobre os ombros do rapaz, porque ele era mais um *novo o bastante para ser meu filho*. Mas não.

Era dia de semana e o movimento não estava assim tão grande. Havia *desocupados, zonzos de tomar sua aguarrás... Lolitas de escolas de línguas...* e, como era hora do almoço, *a porra da multidão Prêt-à-Manger* perfilada ao longo do parapeito da Tower Bridge, tomando água mineral e mastigando sanduíches na baguete. Em um cercado imediatamente sob a caixa de Blaine, as lentes dos amadores e das equipes de fotógrafos oscilavam para achar o melhor ângulo. Todos os olhos apontavam para o moderno Diógenes, afundado no estupor da fome, um cobertor prateado espacial servindo-lhe de manto. Todos gritavam para chamar sua atenção, enquanto ele olhava para dentro de si mesmo, concentrado com férrea determinação na *porra dos contratos de patrocínio hipermega*.

Dave se perdera do ex-passageiro e estava sentado em um banco quando notou uma agitação difusa na multidão. Os olhares mudavam do artista da fome para o topo da torre norte da ponte, onde um grupo trajado de forma esquisita subia pelo parapeito. Dave ficou na ponta dos pés — mesmo à distância, e recortados contra curvas enganosas e babados de nuvens, dava para ver que os três usavam roupas de época: chapéus bicornes enfeitados, mantôs e gibões. Um deles era um sujeito atarracado lutando com a ponta de um longo embrulho em forma de salsicha. "Caraio!", exclamou um desocupado ao lado de Dave. "Upau datorri tah vivu!" A multidão, pressentindo que alguma coisa — ou alguém — seria atirado por sobre a beirada, soltava *uuhs* e *aahs* de gozo sádico. O London Show — em seu bimilenar ano no mesmo local — esquentava.

Uma equipe de filmagem montava apressada seus tripés para capturar a ação. De Wapping chegava o zurro demencial de uma sirene de polícia. Dois encarregados da Port of London Authority, chapéus brancos na cabeça, podiam ser vistos tentando arrombar a porta dos fundos da torre, um helicóptero da polícia subia o rio — *tutututu* — e ocorreu a Dave que aquilo podia ser *a hora, código preto...* o embrulho podia ser *uma porra de lançador de mísseis*. Porque a Tower Bridge era um ponto privilegiado para um atentado suicida de terroristas contra os saguões de pregões e cofres eletrônicos da City.

Havia um sujeito perto de Dave na multidão segurando um binóculo. "Empresta um pouquinho, velho?", pediu Dave, e então ajustou-o nos olhos bem quando os três atores no teto da torre passavam o embrulho por cima da amurada. Uma longa faixa desenrolou-se com um sonoro *thwack*! Dave Rudman compreendeu o que estava escrito na mesma hora em que reconheceu os lábios grosseiros e o cabelo cacheado do homem gorducho usando o mantô vermelho. Era Gary Finch, mostrando o dedo para o helicóptero que circulava. A faixa dizia: NÃO SOMOS FIGURAS HISTÓRICAS — SOMOS PAIS LUTADORES, LUTANDO PARA VER AS CRIANÇAS QUE AMAMOS. Havia o logo do punho cerrado, que Dave vira pela última vez na Sala de Troféus do Swiss Cottage Sports Centre.

Os Fighting Fathers conseguiram ficar em cima da Tower Bridge por um longo tempo. Quando a polícia invadiu a torre, Fucker e um dos outros escalaram o cantiléver do topo e se acorrentaram à viga. O grupo foi preso imediatamente — mas isso provavelmente era intencional, pois Barry Higginbottom assumira o papel de porta-voz dos Fighting Fathers e foi ele que apareceu nos boletins de notícias transmitidos pelo resto do dia.

Vendo-o na tevê nessa noite na Agincourt Road, Dave teve de admitir que o Skip Tracer fizera um bom trabalho. Ele foi entrevistado em uma sala de recreação bem suprida, contra um fundo de pôsteres de filmes da Disney, com livros coloridos e brinquedos fofinhos largados sob sua cadeira de balanço. O Skip Tracer falou com lucidez sobre as desigualdades da lei familiar: a suposição de que mães divorciadas e separadas deveriam cuidar e controlar seus filhos; o ônus financeiro lançado sobre pais separados; as dificuldades que esses pais tinham em fazer com que as ex-parceiras cumprissem as determinações de visitas. A costumeira metralhadora verbal do Skip Tracer estava regulada para modo enfático, as vogais fluíam para sustentar as consoantes redescobertas. Não havia obscenidades, nenhum papo de farinha, e o jorro de suor era pouco mais que um brilho zeloso.

Contudo, a fachada do Skip Tracer foi logo demolida assim que sua franjinha de escolar e suas narinas dilatadas deram lugar a tomadas externas de sua vila em Redbridge. A mansão — conforme se contou aos telespectadores — era equipada com sistema de vigilância de última geração, incluindo câmeras de segurança, arame laminado e alarmes com detector de movimento. E por que um homem tão sensível e amoroso tinha motivos para ficar tão paranóico foi então explicado pelo repórter devidamente agitado na cena: "Sua fortuna considerável foi conquistada com a quebra do mercado imobiliário no início dos anos 90, quando sua agência — empregando inúmeros detetives — rastreava devedores de hipoteca desesperados..."

A ironia de uma casa tão grande sendo paga com a perda de tantas outras menores não ocupou o espaço por muito tempo — pois havia ainda outras interrogações, pairando como a própria madeixa loira sobre a cabeça do Skip Tracer. Sua ex-esposa foi entrevistada e seu depoimento condenou as atividades financeiras obscuras do Skip Tracer, bem como seu flerte com a extrema direita. A antiga senhora Higginbottom largara a farinha, embora insinuando que "Barry tem... problemas que prefere não encarar de frente. Problemas de dependência". Entretanto, a despeito de sua volubilidade no que dizia respeito à natureza prática da pensão, ela apoiava seu direito de ver a filha, embora alegando que "seu... comportamento no passado me leva a não ter muita confiança... nos motivos dele".

"Por que casou com o sujeito, então?", observou Phyllis, duramente. Estava sentada na poltrona corcunda que se tornara "dela" e bordando uma faixa com nome em uma das cuecas boxeador de Steve. Dave grunhiu — e Phyllis lançou-lhe um olhar penetrante. "Você conhece ele, não conhece? Não é só seu colega, Gary, quem tá metido nessa embrulhada, é?" Dave admitiu que conhecera Higginbottom na reunião do Fathers First, embora deixando de mencionar que também o consultara na qualidade de profissional — sobretudo que ainda devia dinheiro ao homem.

Dave finalmente tomara uma decisão — para ele, estava acabado. Fim. Ele queimara a largada uma ou duas vezes — o Fairway deixado na beira da rua, temporariamente abandonado —, mas sempre voltara de joelhos. Conseguira fazer com que ignorassem as duas advertências policiais em sua ficha quando precisou renovar o distintivo e deixara de declarar seu histórico médico — assim, permaneceu tão obstinadamente ligado ao trabalho quanto este era a ele. O táxi o segurava com seu punho de metal — e além dele estendia-se o braço musculoso de seu Conhecimento, tendões flexionados pelas ruas da cidade. Como seria se se afastasse dele para sempre? *Na minha idade, sem nenhum treinamento... nenhuma qualificação.* Imaginou-se a si mesmo certa manhã em uma tranqüila calçada residencial, *um pobre careca fodido entregando folhetos para um delivery indiano a um e cinqüenta a hora...* O guincho de um portão precisando de óleo fundiu-se ao guincho dos freios e Dave se viu entrando na Roman Road. *Eu vou... vou mesmo, putamerda.*

Na pista cheia de calombos junto à garagem de Ali Babá ele encontrou um punhado de taxistas aguardando a vez de pegar ou deixar seus veículos. Descendo para se juntar a eles, Dave, pela primeira vez em anos, examinou o Fairway, comparando-o aos TXs mais novos estacionados de ambos os lados da rua. *Pobre carango*, com seus detalhes cromados e cintura estreita, parecendo *ultrapassado, tipo um fiacre ou algo assim.* Um sujeito com cara de raposa que Dave reconheceu vagamente veio em sua direção sacudindo um exemplar do *Sun* numa mão e um kebab na outra. "Ólrai, Tufty?", disse ele. "Este cara aqui é amigo seu, nénão?" Mostrou a folha aberta para Dave: de um lado, havia "Nikki, safadinha, de Norwich", enquanto do outro via-se uma foto p&b estourada de Gary Finch vestido como Henrique VIII. "É o Fucker, nénão?", reiterou o cara de raposa, e Dave concedeu que sim. "O que ele tá fazendo aí em cima, então?" Mais digitais borraram a balaustrada onde Fucker se empoleirava. "Era a Royal Courts, não era?", intrometeu-se um segundo taxista com um nariz carnudo fendido como *um rabo.*

"É um protesto", disse Dave, cansado. "Eles se vestiram como personagens históricos para protestar pelos direitos dos pais."

"Maizenrrikoitavu! Ele num era lá muito chegado nos filhos, hein!"

"Acho que a idéia" — Dave retrocedera à tipificação, falando o inglês didático, adquirido às duras penas, de sua mãe — "é que Henrique queria muito ter um filho — estava preparado para fazer qualquer coisa para ter um. Vejam esses outros sujeitos com ele, estão todos vestidos como homens famosos. Este é o príncipe Albert, aquele ali é o Churchill. Acho que o tipo de pais que esses homens eram é... bum, não tem nada a ver. Os caras põem essas fantasias e escalam edifícios públicos, guindastes, qualquer coisa alta que chame a atenção, e funciona, não funciona?"

"Acho qu'elis taum com um pezinho no asilo de Dagenham, véliu", disse o cara de raposa, e seu parceiro caçoou: "Eh, batenu us pinu."

Dave não estava muito inclinado a defender Fucker — mas foi salvo pelo *d{dduluuduu* do celular. Era a dra. Bernal, do Heath Hospital. "Os resultados estão prontos", disse ela, sem preâmbulos — os dois sabiam do que estava falando. "Quer dar um pulo aqui pra conversar sobre isso?"

"Não, tudo bem, agradeço a discrição, dra. Bernal — mas pode me dizer na lata, estou pronto."

Ela suspirou. "Bom, eles confirmam o que sua ex-mulher e o, ãh, companheiro dela já tinham dito. Dave — Carl... ele não é seu filho — não biologicamente, quer dizer — é... é do Devenish."

Dave afastou o aparelho da orelha e ficou olhando para ele. O celular na palma da sua mão enorme e suada era como uma pérola artificial. A voz miniatura de Jane Bernal gritava, "Dave — Dave? Tá tudo bem?".

Ele colou o aparelho no ouvido outra vez. "Tá, tá, tudo bem — pra falar a verdade, eu já esperava. Olha, não dá pra conversar agora, tô atrapalhado, ligo mais tarde." Espremeu a espinha espúria.

Ali Babá, propriamente dito, se mandara havia tempos — regressara a Famagusta, para viver seus dias diante de uma mesa de carteado de plástico, entornando raki e apostando seu cacife londrino. O filho mais velho de Ali, Mohammed, assumira o negócio. Era uma figura volátil, fases de *esteróides, vagabas, baladas* entremeadas com visitas regulares à Mesquita de Finsbury Park, e uma grave resolução de disseminar a *umma* pelo mundo inteiro. Ao longo do ano anterior ou algo assim parecia ter sossegado: abandonara o -hammed e foi apenas Mo quem se adiantou para ir ao encontro de Dave, esfregando Swarfega entre os nós dos dedos oleosos. Atrás dele, no interior infernal do arco, a metade inferior encolhida de Kemal apontava entre os chassis de um TX2 novinho em folha. Um rádio espalhava r&b distorcido pela caverna de tijolo.

Com a idade e a responsabilidade, Mo começava a parecer seu pai: o mesmo cabelo de limalha de ferro e andar gingado. "Eaê, Tufty?", perguntou. "Cê num pode tá precisando de outra revisão, trouxe o carro aqui faz uns dois meses, e mesmo daquela vez não tinha mais que umas centenas de milhas marcando no aparelho do que da vez anterior."

"Não." Dave falava daquele seu novo jeito, franco e ponderado. "Quero vender o táxi." Estendeu as chaves. "Fico com o que você pagar, se você quiser para a frota" — os olhos de Mo se abriram mais

— "ou, caso você consiga encontrar um comprador particular, cobre a porcentagem que quiser". Deixou cair a chave na palma da mão ensebada de verde de Mo e sem esperar resposta girou nos calcanhares. De sob o TX2 veio uma risadinha sonora — mas Mo exclamou: "Não tô surpreso, Tufty — cê precisando de grana e coisa e tal. Pra falar a verdade, vieram uns caras por aqui perguntando por você. Não disse porraniuma, mas os caras eram turcos, Tufty. Turcos, e pareciam mafiosos." Dave não estava ouvindo — já fora, passando pelos outros taxistas, deixando o fim da viela e atravessando o tráfego da Vallance Road, que coagulava em uma escabrosa hora do rush.

~

Andou sem rumo, até se afastar da cidade, cruzando Hackney e London Fields. No entroncamento da Mare Street com a Dalston Lane, um grupo maltrapilho movia-se entre o tráfego paralisado: mulheres romani em saias rodadas enfeitadas com minúsculos pedacinhos de espelhos brandiam rodinhos de pára-brisa, enquanto seus bebês narcotizados ficavam junto a uma cabine telefônica vandalizada; um vendedor de *Big Issue*, apregoando sua mercadoria, tinha as faces encovadas e o cabelo escasso de um profeta — de seu próprio juízo final; e, absurdamente, havia até um pedinte de caridade engomadinho tentando conseguir algum das caixinhas de esmola dos pensionistas por incapacidade que enchiam as calçadas. Dave sacou tudo isso — ele conhecia tudo isso, seguiu em frente, por Clapton.

Sexta-feira, o êxodo metálico era furioso, medonho. Braços flácidos largavam embalagens de hambúrguer amassadas pelo vidro abaixado dos carros; um miasma de fumaça de escapamento pairava acima dos telhados. As únicas coisas com algum frescor que Dave conseguia ver à medida que se lançava de laje em laje eram os cocôs dos cachorros. Andara por cerca de uma hora quando aconteceu. Viu-se diante de um laguinho de patos abrindo uma cratera num fiapo de parque, a superfície coberta de algas espessas e verdes como emulsão. De um lado, erguiam-se maciças mansões do século XIX e uma escola primária e, de outro, um enfeamento de apartamentos da década de 80. Não estivera fazendo nenhum esforço consciente de se perder — a idéia era ridícula — e contudo foi o que se deu. Não sabia onde estava.

Uma moça veio mancando em sua direção. Usava uma jaqueta acolchoada azul brilhante e seus cachos castanhos caíam em desespero sobre as faces escoriadas. Tinha as unhas partidas e os tênis rotos da pobreza. "Com licença, bem", começou Dave, "mas será que pode me diz...", então cortou a frase, pois a jovem o fitava com os olhos fraturados do mais completo desnorteamento. Seus lábios secos se abriram e disse, "Pliz? Pliz?" *Não sabe onde está... Não faz a menor idéia... Parece que foi trazida pra cá da porra da Macedônia socada numa van... Depois ficou presa num apê aqui perto por meses obrigada a meter... Levando na boceta — levando no rabo... Não sabe nem onde está — não sabe nem em que cidade tá...* "Deixa pra lá, bem", ele disse, "deixa pra lá."

Passou por ela e topou com um novo empreendimento: uma série de casas geminadas altas e estreitas estendendo-se diante de pátios redondos entupidos de carros. Havia uma lojinha kosher aberta e na frente dela um bando de judeuzinhos dando lambidas em picolés. Quando Dave passou puxando a perna, olharam para ele, os pálidos olhos azuis, quipás de veludo e cachinhos de saca-rolha emprestando-lhes a aparência de spaniels zelosos. Em seguida, viu-se percorrendo um caminho de sirgagem junto a um preguiçoso braço de água pardacenta.

Ele a estava perdendo — nacos inteiros da cidade saindo dele. Kenton e Kingsbury, Kingston e Knightsbridge. Não sabia o nome daquele canal, ou de qualquer outro, apenas que corria rumo sul, assim tomou a direção oposta e caminhou para o norte. Norte, passando pelos bastiões gramados de reservatórios protegidos pelas paliçadas verdes de Giant Hogweed, norte, passando pelas choupanas dilapidadas de shedonistas, que se equilibravam naquele Limpopo tóxico em suas chatas surradas e dragas inativas. Passou orlando instalações industriais onde o metal torturava a si mesmo e se evadia sob as plataformas reverberantes de estradas elevadas. Atravessou parques achatados como panquecas onde adolescentes deambulavam em mountain bikes, os rostos delgados sumidos nas sombras de seus capuzes. Moviam-se lentamente, muito lentamente, seus pés quase perdendo o contato com a beirada mais extrema dos pedais.

Perto do anoitecer Dave viu-se subindo uma colina. E para cima ele foi, através de trechos serrifolhados de urtigas e talos fustigantes de sarças, enquanto Stanmore e Streatham caíam de trás de sua cabeça fervente para pousar fumegantes na relva pisada em seu rastro. Ele foi desentranhado — ele a estava perdendo; e, conforme a perdia, a garrafa plástica amassada de sua alma se expandia com súbitos *cracks* e *pops*.

Na crista da colina os arbustos deram lugar a frescos bosques sombreados de bétulas prateadas e amieiros. No meio de uma clareira, havia um vértice geodésico de concreto. Dave se virou para ver a cidade que perdera espraiando-se até as longínquas colinas do sul, picos de tijolo seguindo-se a depressões pavimentadas, laranja-sangue sob sol crepuscular. Ao fundo, torres elevadas projetavam-se no céu ocre, enquanto a sudeste blocos estreitamente empilhados eram já incorporados por um clarão elétrico. A meia distância, um rio corria cor de prata e ao lado dele uma poderosa roda girava muito lentamente.

Dave não reconheceu nada daquilo — seu Conhecimento se fora. A cidade era uma conurbação sem nome, seus sinais de ruas e de comércio, suas placas e cartazes arrancados e depois varridos por um tsunami de águas de degelo que estrondaram sobre o estuário. Viu isso tão claramente quanto vira tudo mais na vida. O vidro do pára-brisa fora removido de seus olhos, o retrovisor, destruído, e foi agraciado com uma clarividência das profundezas do tempo. A grande onda avolumou, empurrando diante de si uma esfoliação de provetas, mexedores, torneiras, tubos, soldadinhos, prestobarbas, caixas de disquetes, frascos de pílulas, misturadores de coquetel, palitos de empurrar a língua, seringas hipodérmicas, invólucros de latas, fitas de encaixotar, clipes, prendedores, arandelas, plugues, tampas, rolhas, escovas de dentes, dentaduras, garrafas de Evian, latas de filmes, gadgets, detergentes, isqueiros, bonequinhos de super-herói, talheres, cubos de rodas, bugigangas, suportes, grampos de cabelo, pentes, fones de ouvido, Tupperwares, protetores de iluminação pública — e uma miríade de outros cacarecos de plástico modelado, que minutos depois estouraram contra as encostas de Hampstead, Highgate, Harrow e Epping, formando recifes alvos de sal, que ali permaneceriam por séculos, a atração lunar da nova laguna liberando fragmentos pontiagudos que flutuariam para as mãos cataconchas de *caipiras tacanhos* que os examinariam e se encheriam de enorme admiração com a idéia de que tudo que um dia já existira era — ou voltaria a ser — Made in China.

Dave fez meia-volta e penetrou a esmo pela mata, afundando em buracos úmidos onde turbilhonavam mosquitos, depois escalando fortalezas escarpadas de raízes cobertas por arcos retorcidos de ramos de carvalhos que recortavam a noite cada vez mais espessa.

Quando o ex-motorista atravessou a M25 e desceu por Epping, as trevas haviam baixado. Clarões brancos dos trilhos expostos da estação de metrô imprimiram pós-imagens dos caminhos forrados de alfenas pelos quais caminhara. Um sistema de alto-falantes bradou "Este é o serviço da Central Line para todas as estações até West Ruislip", mas isso não significava nada para Dave. Adiante ele seguiu, sobre campos corcoveantes de milho alienígena, escalando outra mata de bétulas de casca lisa, onde pipistrelos roçaram em seus cabelos remanescentes. Algumas árvores estavam desgalhadas e recortadas, e contra o castigado céu noturno pareciam clavas de gigantes afundadas na terra batida.

O mato se agitou, então farfalhou, quando Dave subiu por uma passarela sobre a M11. Ali no meio ele parou e observou o tráfego fluindo embaixo, carro depois van depois caminhão, faróis perfurando o breu. Os pára-brisas ficavam opacos até o momento de passarem sob o parapeito, então, momentaneamente, os rostos dos motoristas eram revelados: maxilares travados, olheiras esbranquiçadas de exaustão. Dave compreendia agora que eles permaneceriam por todo o sempre paralisados naquele momento, enquanto ele era livre para nadar por onde quisesse na corrente do tempo fluvial.

A lua subiu acima de um arvoredo em forma de crista-de-galo, e suas crateras pareciam uma lanterna mosqueada de insetos esmagados. Chegou ao chalé de Phyllis perto de Chipping Ongar depois da meia-noite. Era ignorante como um bebê e, desse modo, ela o abraçou junto ao seio.

∽

Dave Rudman se encontrou com Anthony Bohm na sala de diretores do Chelsea and Westminster Hospital. Uma caixa branca informe, enterrada no piso subterrâneo. Janelas com esquadrias de metal davam para o fundo de um pátio, onde pedras estriadas sustentavam *cactos consolos*. Bohm sentou, o cavanhaque rabdomântico apontando para os regulamentares sapatos de empanada de psicoterapeuta. Dave viera caminhando da Sloane Square — Bohm ficara preso na Albert Bridge por horas. Um Fighting Father se pendurara numa das torres de ferro fundido. "Vestido de Thomas More", riu Bohm — um relincho desagradável. "Mas por que, já que o homem foi pouco mais que um tirano doméstico?"

"Localização", explicou Dave. "A casa dele — sua estátua no Embankment."

"Humm, é mesmo — você disse que veio andando até aqui?" Bohm estava pasmo.

"É, pra mim chega, Tone — de dirigir táxi, quer dizer. Eu achava que era tudo, sabe — era desse jeito, antes, mas agora..."

"Suponho que você associe isso com a perda — no seu entender — de Carl?"

"É mais ou menos por aí, meu velho. O Conhecimento era o que eu precisava passar adiante. Eu acreditava nisso até antes de escrever aquele palavrório maluco e enterrar no jardim — agora parece uma puta babaquice, um monte de merda."

À medida que ficava agitado, consoantes se descamavam como caspa do couro de sua dicção: "Ant, eu preciso — tenhuqui, tenhu qu' volta' lá. Tenhu qui disinterra'. I si ele acha'? Ia fude' co'a cabecinha dele. Que' dize' — sei qu'é difícil — mas e se ele acha'?" Bohm se recusava a entrar naquela. Se Rudman estava buscando consentimento para esse escapismo peculiar, não se sentia inclinado a dá-lo. Foi por outro caminho: "Você conhece um deles, não, os Fighting Fathers?"

"É, Fucker — Gary Finch. 'quele bosta pirado — ele dança na palma da mão deles. E nem saca nada — faz o que mandam ele fazer. É sempre ele o cara em cima do pedestal, da coluna ou do edifício, com os gambé tentando tira' ele de cima."

Bohm considerou isso — junto com seu sapato — por um bom tempo. Dave olhava os quadros de moldura dourada na parede; açougueiros festejados e presunçosos lhe devolviam o olhar. "Estou correto ao pensar", disse Bohm, finalmente, "que você enxerga no destino de Gary Finch o que poderia ter acontecido — caso as coisas houvessem se dado de outra forma — com você?"

Halos brumosos circundavam os postes de iluminação e os carros estacionados estavam cobertos de gotas de chuva. A noite era calma, exceto pelo zunido ocasional de algum veículo descendo a Heath Street e o estrondo preternatural de jatos aguardando para pousar acima de Londres. A enorme casa térrea ao lado de Beech House estava totalmente às escuras; suas janelas redondas observavam sob pestanas de glicínias a figura que vinha caminhando pela calçada. Hastes de metal pontuavam o elevado muro do jardim, estacas prendiam-se ao arame laminado, uma luz de alarme azul pulsava, uma criança estilizada era obliterada por uma barra preta. NÃO BRINQUE NESSA PLATAFORMA, dizia a placa. Dave Rudman decidiu fazer meia-volta e entrar pelos jardins.

Levou uma hora inteira. Cada vez que um gato espirrava ou uma raposa gania, ele paralisava por longos minutos. Estava em plena posse das faculdades quando rastejou como um maluco entre os exóticos pés de gúnnera e bambu preto e sobre as lascas de córtex importadas que deslizavam sob as solas de seus tênis. Levava pendurada no ombro uma mochila verde de náilon e, dentro dela, o enxadão que comprara no dia anterior em uma loja de excedentes do exército na Euston Road. Ia equipado — contudo, não suficientemente, e percebeu o que o aguardava antes de galgar o último muro. E lá estava: lajes de York no piso, cintilando sob a luz difusa, o deque de madeira de lei, sólido o bastante para uma belonave. Debaixo dele — bem debaixo — estava o Livro. *Putaquepariu*, pensou Dave. *Como vou tirar essa porra daí?*

Cal Devenish estava diante das enormes janelas da sala de visitas examinando o próprio reflexo recortado pela esquadria quadriculada, buscando algum sinal de culpa. *Falta pouco agora... Os papéis todos assinados — negociação encerrada... O preço da cota lá em cima — levei minha bola. Já passei o negócio pra frente — mais bola no meu bolso...* contudo, não via nem satisfação, nem vergonha em seu rosto — apenas um cansaço intratável, junto com outras coisas: um banco grande o bastante para um cardeal acomodar o traseiro gordo; uma lareira a gás imitando lenha, desligada; investimento em arte sobre o papel de parede lustroso; e espremidas nos cantos da sala as pequenas caixas beges do sistema de alarme instalado para proteger tudo aquilo. Cal imaginava onde estaria seu filho; era melhor — admitia, meio a contragosto — do que imaginar onde estaria sua filha.

Agora que a verdade era livre para percorrer os tapetes cor de vinho de Beech House, seus cômodos elegantes ressoavam com as risadinhas de um *freak* a quem fora contada uma piada doentia. A portinhola de empatia aberta entre Cal e Carl na noite em que tiraram Daisy da delegacia fora decididamente fechada. Carl dera para usar jaquetas River Island e bonés de beisebol Burberry, conforme a criação dava uma surra na natureza. Cal chegou até a achar que o rapaz parecia fisicamente o pai que trocara suas fraldas e limpara seu nariz. Uma alongada tripa de quinze anos de idade, orelhas de abano como as de Rudman, e, como Dave, preferia a laguna londrina às ondas de Hampstead. Carl mantinha distância de Beech House e ficava no imóvel de Gospel Oak — quanto a isso, Cal se sentia culpadamente grato, porque quando seu novo filho estava em casa, Carl passava adiante aqueles cutucões dissimulados e porradas traiçoeiras que ele próprio recebera, anos antes, de Dave.

Dave Rudman e Cal Devenish — dois homens compartilhando o mesmo táxi. Cal sentava em um dos bancos de passageiros e sacolejavam pela estrada da vida separados por apenas uns poucos centímetros de espuma de borracha, vinil e metal. Eram gêmeos idióticos, reunidos na ignorância um do outro. *Tic-tic.* Cal cortara fora sua consciência enquanto o cirurgião cortava seus canais deferentes — e enquanto Dave Rudman esquecia suas datas. Contudo, suas negações nada mais eram que tributárias de um rio muito mais poderoso de desconhecimento masculino.

Onde estava Carl? No andar de cima, em seu odiado dormitório e sala de estudos modular. Ele sabia que seus pais achavam que estava fora — e adorava permitir que sua ignorância fosse ganhando os contornos da angústia. Tirando o fato de que não pensava em Michelle e Cal como seus pais — apenas como "aquela vaca" e "aquele veado", palavras lubrificadas pelo ódio. Carl estava no andar de cima, com um Benson & Hedges enfiado sob o lábio superior penugento e um isqueiro Dunhill folheado a ouro — furtado da escrivaninha de Cal — na mão delicada. Acendeu o cigarro enquanto ensaiava uma pose desafiadora diante do espelho, depois abriu as cortinas e saiu pela janela de guilhotina.

Pego sob o holofote, pego como se fosse um *fugido da polícia,* um braço jogado sobre os olhos, o outro brandindo a ferramenta escavatória. Pego: *teje preso.* Dave ergueu os olhos e viu uma cabeça neotênica e um cigarro caindo em sua direção, a brasa girando. Ao passo que Carl viu um *pivete ou algum cigano de merda...* uma figura bisonha, um tiozão... *tentando entrar na porra do quintal!* Um ladrão patético de boca aberta mas sem conseguir gritar. Na caverna vermelha Carl viu a raiz úmida da língua gorgolejar inutilmente. Não reconheceu o homem — mas sabia quem ele era. Carl gritou, "Pai! Pai! Tem um homem ruim no jardim dos fundos!". No instante mesmo em que insultava um dos homens e conferia um título ao outro, pensou, *Homem ruim — homem ruim? De onde tirei essa porra?*

∽

Mantiveram Dave Rudman a noite toda na delegacia de polícia em Rosslyn Hill. A cela onde o enfiaram ficava a poucas centenas de metros do Heath Hospital, mas Dave não estava com disposição para meditar sobre essa circularidade narrativa, a luta centrífuga do indivíduo contra o vórtice mais amplo da história. A juíza, contudo, compreendeu Dave e a história, embora, tendo sua ficha aberta no banco diante de si, ela a visse sob uma luz diferente. Ainda que as ordens de não-molestamento impostas sobre o ex-marido de Michelle Brodie pudessem ter prescrito, ali estava a fonte original dos problemas: a violência no casamento, a violação de ordens anteriores, o ataque no restaurante, o tratamento psiquiátrico. Então, era no mínimo razoável a juíza presumir que as vítimas daquele *óbvio vagabundo* iriam querer entrar com uma queixa de invasão domiciliar, talvez até — já que fora equipado com um enxadão — *destruição dolosa de propriedade e intenção de lesão corporal*?

Quando Dave enfim saiu sob fiança, havia alguém por perto com a mesma intenção. "Pra que isso, caralho?!", exclamou ele, esfregando o rosto esbofeteado.

"Pra quê?!", guinchou Phyllis. "Pra que isso? Isso é porque você foi um puta babaca irresponsável do caralho!" Seus cachos de arame chispavam de fúria conforme cutucava Dave ao descerem pela rampa de acesso para cadeiras de rodas da Highgate Magistrates Court. *Com que será que a gente tá parecendo?*, ele pensou. *Uma mocréia gorda estapeando um bebum velho e careca...* Ela o confrontou na calçada, seu sotaque modulando no de Essex conforme lutava para se fazer ouvir em meio às jamantas que passavam rugindo a centímetros deles. "Cê acha que não tem mais nenhuma responsabilidade — eh issu? Eh?" Ele balançou a cabeça. "Porque se é isso que tá pensando, pode se mandar — e tô falando sério. Tem o Carl, tem o Steve, tem... umh", ela hesitou, "bom... tem eu".

"Carl?" Não estava tentando provocá-la — era incredulidade genuína. "Carl? Ele nem faz idéia de quem eu sou — faz anos que não o vejo do jeito certo."

Phyllis suspirou, tão profunda era sua exasperação — mais pesada que a própria colina sobre a qual se encontravam. Então ficou calma outra vez. Puxou uma bola de tecido do bolso da saia jeans e esfregou nos olhos, primeiro um, depois o outro. "Vambora, vam' tomá um chá", disse, pegando no braço dele, "daí cê pode me contar que caralho cê tava querendo fazer. Alguém vai ter que fazer alguma coisa pra arrumar essa merda federal, David, e esse alguém não é você".

Fucker Finch vestia um camisão cinza sujo que lhe chegava até os pés e havia algemas em seus dois pulsos gorduchos, de onde pendiam tilintantes pedaços de corrente. Quando Dave entrou no bar vazio, ele estava sentado numa das mesas redondas com tampo de vidro, mexendo em um dispensador de analgésicos no formato de um telefone celular. Era o fim da manhã e todo o piso térreo do Charing Cross Hotel — a metade de um castelo francês enterrada na fachada da estação — tresandava a lustra-móveis. Empregados de uma empresa de faxina em coletes de náilon limpavam os tapetes com o tubo de seus aspiradores de pó.

"Que porra é essa?", perguntou Dave sem qualquer preâmbulo.

"Isso?" Fucker ergueu o celular de pílulas. "É pro Nuro-sei-lá-o-quê, Nurofen."

"Não, isso não, esse troço de pano." Pegou uma ponta do camisão de Fucker entre o polegar e o indicador. "Belo trapo, diga-se de passagem."

Fucker deu de ombros, mordaz. "São os burgueses, hoje, é pra ser os burgueses hoje."

"Burgueses? Como assim?"

"Burgueses, Tufty, os Burgueses de Calais, tem uma estátua deles naquele parque perto do Parlamento. O plano é a gente se vestir igual e se acorrentar naquilo."

"Não é meio que fraco pros seus caras? Quer dizer, os gambé vão acabar com tudo em dois palitos."

"É, tô ligado nisso, velho" — Fucker mandou pra dentro dois Nurofen com uma talagada de *lager* — "mas a gente precisa aproveitar qualquer oportunidade que aparecer — foi o que o Barry disse. Tem um debate na Comuns hoje que afeta todos os pais solteiros, e vão pôr qualquer coisa mais alta sob vigilância. Pra mim é o maior tesão subir no alto. Na minha opinião, quanto mais alto, melhor. Quando tô lá em cima, é um puta tesão — melhor que sexo, melhor que pó. Me sinto, sabe como é, vivo."

Dave consultou o relógio. "'taum, quando é que você tá indo? São mais de onze e meia."

"Nah, cê não sacou." Fucker balançou a cara balofa. "Eu sô dispensávnl. Eu dou as caras com meu roupão e as algemas e num é que já tem mais meia dúzia de burgueses filhas-da-puta à disposição? Daí ele me dispensou."

"Sabe, Fucker — Gary", Dave falou do jeito mais suave e razoável que pôde, "cê precisa ser cuidadoso com aquela turma, particularmente Higginbottom. A coisa pode desandar — você sabe como ele é."

Fucker zombou, "É, é, sei como ele é, caralho. Tô dizendo, Tufty, é como poesia ver ele fazendo aquele negócio na tevê — o cara tem muito peito. Juro, às vezes acho que ele tá só tirando uma onda, porque comigo ele não é assim, é só um fulano qualquer."

"Ele tá usando você, Gary..."

"Ah, é? Talvez eu queira isso mesmo, tá tudo acabado pra mim, Tufty, só me restou isso, e é uma questão de prin-cipu — issuehquieh, questão de prin-cipu. Mesmo se não volta' a ver as crianças de vez em quando, pelo menos mostrei pra todo mundo."

Dave tentou outro caminho. "O que cê tá fazendo pra conseguir dinheiro, Gary?"

"Grana? Tô na merda, velho — tive que me livra' da caixinha d'esmola. Num tinha mais sentido em ficar com ele, de qualquer jeito — fui em cana tantas vezes esse ano que iam tirar meu distintivo."

"Cê vendeu?", perguntou Dave, pensando em seu velho Fairway sob os arcos da oficina, na travessa da Vallance Road.

"Vender?!" Engasgou Fucker. "Nah, vendi porra nenhuma, meu velho tava rachando o aluguel comigo, num lembra? O negócio é que" — curvou-se para a frente, conspiratório — "antes disso eu emprestei uns dois paus dando ele de garantia, então agora preciso dá linha do meu pedaço". Fucker deu uma guinada com as algemas sobre a mesa.

Das profundezas interiores da estação veio o toque da porta gigantesca que precede um anúncio; ali, bem no epicentro do Conhecimento, uma ponderosa percepção tentava aflorar à superfície. "Tão atrás de você, Gary", confidenciou Dave, "uns turcos, mafiosos, apareceram no Ali Babá — Mo achou que tavam atrás de mim, mas é você que eles querem, nénão?"

"Sei lá, velho — tô cagando, como sempre. Como vão me achar, de qualquer jeito? Tô enfiado numa merda de *bail-hostel* lá pros lados de Vauxhall. Barry me empresta uns trocados, e toda mão qu'eu saio" — sacudiu as algemas — "tô sempre disfarçado!"

~

Michelle imaginava se a mulher parada na entrada de Beech House estava usando um disfarce, porque se trajava do jeito mais estranho que já vira. Fosse quem fosse, parecia ter selecionado as roupas com o fim de maximizar a silhueta atarracada. Usava uma jaqueta de denim branca e curta e uma saia de denim branca e comprida que descia até o chão em uma série de camadas distintas, cada uma marcada por um rufo de algodão em tufos. O conjunto era completado por um chapéu cloche de denim branco, que esmagava seus abundantes cachos pretos sobre o rosto de kabuki, e uma bolsa de alça de denim branco, tão sem forma quanto uma nuvem.

Sob os protuberantes olhos azuis daquela sólida aparição, Michelle sentiu plena consciência de suas pernas torneadas na Tunturi, embrulhadas em seda e camurça na altura do joelho; seu próprio rosto atraente, apetecido de cremes suaves e esfoliantes aromáticos. Estava prestes a mentir "Posso ajudar?" quando a mulherzinha esquisita foi direto ao ponto. "Você deve ser Michelle." Sua voz era comum, porém clara e confiante. "Sou Phyllis Vance — namorada do Dave." Michelle estava profundamente chocada. Não fazia a menor idéia de que Phyllis, ou pessoas tipo Phyllis, existissem. Perspicácia social nunca fora seu negócio: passara toda a vida adulta com o olhar virado para um ângulo superior; atrás e sob ela havia Cath, Ron, Dave e o que percebia agora como a escória urbana de seu casamento, becos com pavimento de pedra cheios de crianças raquíticas descalças, mocréias gordas como Phyllis estendendo a roupa lavada para sujá-la no ar de fuligem.

Phyllis não se sentia nem remotamente intimidada com Beech House ou sua dona. Conhecia mulheres como Michelle bem demais — se tivesse desejado, também podia ter seguido por esse caminho. Todo dia em Choufleur ela os empanturrava de quiabo e berinjela macerados. De sua cozinha vaporosa conseguia ouvir as línguas ligeiras retalhando suas alfaces enquanto conversavam uns com os outros sobre como estavam escravizados ao dr. Atkins. O único mistério, até onde dizia respeito a Phyllis, era que razão concebível — exceto pela torpeza moral pura e vil — Michelle podia ter tido para ficar com Dave Rudman. Estavam a sós na casa — a insolação da sala de visitas recortada por cortinados cinza-amarronzados e rufos eau-de-Nil. Para surpresa de Phyllis, Michelle contou tudo. Quando o penitente está pronto, o confessor aparece, e Phyllis, em sua alva sobrepeliz, com seu volume inofensivo e maquiagem risível, fazia Michelle se sentir muito superior. Ela começou admitindo que "A carta que escrevi para Dave, bom, não era... não era sobre muita coisa além de mim mesma, na verdade. Eu não pude — eu não..." Então, tic-tic, deu um jeito de cortar um furo no saco de mentiras e dele espirrou a sórdida verdade: tinha sido fraca, tinha sido vã, tinha se auto-iludido para começar — mas, na época, uma ilusionista muito melhor. "No momento em que pude admitir para mim mesma a verdade de que Carl não era de Dave de jeito nenhum, bom..." A corrida armamentista começara, a odiosa escalada de cotoveladas maliciosas e golpes baixos. Agora Phyllis compreendia não só quão baixo seu companheiro descera — mas também a extensão em que se erguera. "Ele mudou, meu bem", ela explicou a Michelle, "acredite, mudou".

Fizeram uma refeição leve e amarga de queijo cottage e folhas de chicória na cozinha e Michelle abriu uma garrafa de Chablis. A visão do jardim inclinado com seu deque maciço alavancou uma notícia incrível. "Ele escreveu um livro? Não acredito." Melhor acreditar, pois, conforme explicou Phyllis, a despeito de toda loucura que envolvia o texto, aquilo continuava a ser uma genuína expressão do amor de Dave por Carl — um amor que ainda sentia. "Era isso que o idiota fazia no seu jardim", disse Phyllis, meneando um pedaço de Ryvita. "Achou que ia desenterrar, se livrar daquilo. Está preocupado que alguém ache. Não agora — talvez por séculos, mas quando acontecer vai arrasar com Carl. Ao que parece" — balançou a cabeça de admiração — "é um monte de maluquice de merda".

Quando Phyllis saiu para seu turno da noite em Covent Garden haviam chegado a um entendimento. "Sei que isso deve ser muito duro para Dave", disse Michelle, "mas Carl continua a não querer vê-lo. Para ser — para ser honesta..." *E por que não, caralho?* "...também não quer me ver, nem Cal. Tem um bocado de coisa pra ele elaborar e acho que não tem jeito da gente ajudar. Acho que ele nem pensa em nenhum de nós como... mães ou pais."

Cal Devenish chegou em casa a tempo de escutar o fim de uma conversa telefônica. Na outra ponta estava um tenente investigador da delegacia em Rosslyn Hill. "Não", Michelle dizia com ênfase regada a vinho, "não, não queremos apresentar nenhuma queixa — pode retirar todas, todas". Cal deixou cair a pasta no piso do hall de entrada e caminhou na direção da esposa. "Não", continuava ela, "nenhum de nós está preparado para depor como testemunha ou aparecer no tribunal caso o promotor decida entrar com uma ação. Acho que não estou sendo bem clara — queremos que as acusações sejam retiradas, ele não tava tentando roubar nada, TAVA TENTANDO PEGAR DE VOLTA!"

Levou séculos para chegarem a Basildon vindo de Chipping Ongar, o ônibus passando por propriedades rurais e cidadezinhas conforme avançavam através da paisagem árida de Essex. Steve não pareceu ligar — mas, também, parecia desligado. Passara por outra sessão de eletroterapia no hospital. O psiquiatra dissera, "O choque pode devolvê-lo à vida", como se o jovem deprimido fosse um dos autômatos com defeito do dr. Frankenstein. Em vez disso, lançara-o numa catatonia ainda mais profunda.

Agora o filho de Phyllis estava prostrado no banco de plástico, os fundilhos de algodão de seus jeans puídos empapados com a água do piso. Lá de fora vinham os gritinhos reverberantes de banhistas mirins. "Vamolá", disse Dave, "eu ajudo com o calção". Escolhera uma cabine-família por esse motivo. Baixou o tampo de trocar fraldas embutido na parede, para guardar as roupas de Steve na depressão plástica. Steve não estava inteiramente catatônico — suspirava sins e tossia nãos, os bocados da conversação que não eram palavras. Em qualquer posição que Dave o pusesse, aí permanecia. O rapaz definhara — a clavícula tão pronunciada que dava para puxá-la como uma alça — e os atrevidos dreadlocks que exibia no Heath Hospital haviam sumido, dando lugar ao couro cabeludo cheio de calombos e marcas.

Dave ergueu e até esfregou as deprimentes coxas de Steve, conforme enfiava um pé depois o outro nos largos calções de surfista. Então conduziu o jovem enfermo através do pedilúvio até a área da piscina, levando-o para mergulhar no caldo de cloro. Além das janelas onduladas que cobriam a extensão da piscina, Dave via uma galeria comercial onde a vida comum se desenrolava: atendentes empurrando carrinhos de compras, gaivotas bicando cascas amareladas de pão branco, uma jovem mãe lutando com as correias de um carrinho de bebê. Steve afundou de frente nas águas cefalálgicas e Dave ficou em pânico, mergulhou atrás dele e ergueu-o puxando pela cintura. Os pés de Steve acertaram a virilha de náilon de Dave e as primeiras palavras ditas em toda aquela manhã vieram à tona: "Tô nadando!", gaguejou, "tô nadando!" Dave Rudman começou a chorar e pela primeira vez em uma década as lágrimas não eram por ele mesmo.

~

Levou uma semana e meia até que Mo finalmente aparecesse para Dave com uma oferta: cinco paus. Embora fosse quase a metade do que

Dave teria conseguido se tivesse se dado o trabalho de arrumar uma venda particular, ele aceitou. Queria se livrar daquilo e precisava da grana. Depois que as contas da advogada foram quitadas, não sobrou *porra nenhuma* da venda de seu apartamento. Quando Dave foi até Bethnal Green para pegar o dinheiro, lá estava o Fairway — uma criatura estúpida e bulbosa com sorriso de radiador. Seu motor ronronou, o párachoque roçou sua perna, ele queria afeição — exigia mais vinte e tantos anos de carícias rastejantes e interespecíficas. Dave sentiu repulsa.

Mo tinha outras más notícias: "Aqueles sujeitos apareceram aqui de novo. Falei pros caras o que cê disse sobre Finchy, mas não quiseram nem saber. Disseram que não emprestaram dinheiro pra ele. Tem certeza que não tinha que dar um pouco disso aqui pra eles?" Dave balançou a cabeça e pegou o bolo de notas. Aquilo ia aliviar seu lado por alguns meses e servir para os três tirarem umas férias curtas, isso se, claro, Steve tivesse condições.

Os turcos apareceram também no velho apartamento de Dave na Agincourt Road. A sra. Prentice ofereceu-lhes uma xícara de chá, pois eram homens polidos e ela, uma alma crédula. Aceitaram, pois a dissimulação era parte integrante do desempenho de sua função e apreciavam aquilo, de um modo doentio. Mas a mulher não tinha nada a dizer — o antigo vizinho não deixara nenhum endereço para correspondência.

As noites eram longas no chalé de Phyllis, não havia tevê e Dave achava difícil parar para ler alguma coisa. O lugar era um caixote de tábuas encravado no canto de um campo de trigo de dez acres, escondido do mundo pelos declives e promontórios de um antigo vale. Ao nascer do dia, a baixa inclinação do sol revelava alongadas depressões em forma de vagem deixadas para trás por algum vilarejo perdido no restolhal úmido de orvalho. Rosas trepavam no vidro fundo-de-garrafa das janelas, estorninhos aninhados na chaminé arranhavam e chilreavam.

Nos fins de semana em que Steve voltava para casa, ele ficava sentado na mesa da cozinha desenhando com as futuras em papel de forrar prateleiras. Seus desenhos eram sempre de demônios elaborados — múltiplas cabeças, múltiplos braços, o pêlo verde e espinhudo, os olhos como redemoinhos púrpura. "Melhor fora do que dentro", disse sua mãe, "e isso vale pra você também, David".

"Você o quê?" O chalé estava em silêncio, a não ser pelos ruídos de caneta de Steve e o *pop-pop* de uma mariposa presa na luminária. Não tinha como não tê-la escutado.

"Tá na hora de você escrever para o Carl", continuou. "Você precisa fazer isso, precisa contar a ele a verdade sobre as pirações de merda que enterrou naquele jardim."

"Pra quê?", ele fez pouco caso. "Quer dizer, o que vou fazer com essa... sei lá... essa carta, se escrever? Mandar pra ele, ou enterrar também?"

"Faizuqu'cêquisé", retrucou ela. "Não é essa a questão, o importante é que você não pode deixar que todo aquele negócio que você escreveu quando tava fora de" — censurou-se — "quando tava doente fique como sua palavra final. Já é bastante ruim que esteja lá enterrado naquela colina, gravado na porra de um ferro, berrando" — fez uma incursão pelo território não mapeado da metáfora — "berrando pro futuro".

Não faziam amor quando Steve estava no chalé; ele dormia do outro lado de uma parede de madeira pré-fabricada fina como tapume. Dave, sem conseguir pegar no sono, lembrava de quando Carl era pequenininho e ele, voltando de uma noite ao volante, deitava ao lusco-fusco fulvo pré-alvorecer, desesperado por descanso, mas com as ruas ainda se desenrolando diante de seus olhos. Soava um rangido, o *tum-tum* estólido de pezinhos no patamar, a cabeça se insinuando. Dave não sentia amor nessas ocasiões, apenas uma irritação colossal com a perspectiva de pequenas unhas dos pés raspando suas coxas. Agora, anos mais tarde, uma sensação de perda ia crescendo dentro dele, doce e enjoativa como mel. A criança não fora parte sua, de jeito nenhum — ele era de outra espécie, parte humano, parte alguma outra coisa. Fora engendrado apenas para ser amado e então sacrificado, um corpo provedor de gordura balsâmica, derretida com algum obscuro propósito curativo psíquico. Finalmente, Dave adormecia, para acordar no lusco-fusco do presente, Steve esparramado a seu lado no colchão.

Foi até a banca do centrinho e comprou três cadernos formato A4 pautados. Eram do tipo que o lembravam sua infância, as capas divididas em matizes oblíquos de azul, as tramas das faixas parecendo melecas bacteriológicas ampliadas muitas vezes. Dave olhou fixamente para a capa — outra coisa familiar que era, assim se revelou, completamente estranha. Além das prateleiras de artigos de papelaria havia jornais expostos. Na capa do *Sport*, um pedaço da calcinha aparecendo de uma estrela de tevê estava circulado e ampliado; na capa do *Daily Mail*, Gary Finch era descido da Clifton Suspension Bridge, um pigmeu longínquo vestindo cartola, plastrom e sobrecasaca. A escolta policial em torno dava a entender que conseguira apenas engendrar mais um fracasso. Atrás dele uma faixa pendurada no parapeito dizia: FIGHTING FATHERS — CONSTRUINDO RELACIONAMENTOS.

Dave e Phyl sentaram na mesa da cozinha, os cadernos diante deles sobre a toalha de plástico. "É como o Conhecimento", disse ela. "É como o que você me contou de quando era um Menino do Conhecimento — você sabe que está tudo aí na sua cabeça, então precisa recitar, não é?" Foi o que fez: saiu pela direita, na contramão, depois passou ao tortuoso padrão de loucas DOUTRINAS e CONVÊNIOS mais loucos ainda. Invocou o infernal ESQUEMA PARA A VIDA que tentara impingir ao seu MENINO PERDIDO. Cada lunática corrida pela metrópole mental afora era extirpada de dentro dele e enrolada sobre a mesa para ser examinada pelos dois, entre canecas de chá abastecidas sem cessar. Phyllis, nessas manhãs, antes de sair para a cidade, a máscara branca ainda em um pote no banheiro, as feições coradas gravemente marcadas com vasos estourados, ajudava Dave a abjurar. "Não", insistia, "não tá certo — você sabe que não acredita nisso, sabe que tá errado. Não interessa o que aconteceu entre você e Michelle — você não me trata desse jeito, e agora precisa fazer o que é certo. Não interessa o que ela fez na época — é o que você faz agora que conta".

Um novo Livro tomou forma. Conforme ia calcando penosamente os laboriosos sulcos de bic, redigiu uma nova EPÍSTOLA PARA O FILHO, que dizia ao rapaz para RESPEITAR TANTO HOMENS COMO MULHERES, para esforçar-se sempre por mostrar RESPONSABILIDADE, para compreender que FAZEMOS NOSSAS PRÓPRIAS ESCOLHAS NA VIDA e que PÔR A CULPA NOS OUTROS não está certo. As crianças PRECISAM TANTO DAS MÃES COMO DOS PAIS e contudo, se a união não durar, não é motivo para CONFLITO, nenhum cabo-de-guerra do ÓDIO. O texto do novo Livro era uma evidência dessa harmonia, pois seu verdadeiro autor era tanto Phyllis quanto Dave. E, quanto ao CONHECIMENTO propriamente dito — a louca intolerância do taxista londrino, sua agressiva solidão, sua arrogância envenenada, seu pavoroso racismo — também isso tinha de ir. De que vale o homem ser capaz de recitar todos os pontos e corridas se ainda assim permanece em ignorância de onde verdadeiramente se encontra? O extraordinário documento tomou forma no pequeno chalé de madeira pré-fabricada, enquanto lá fora mamangabas valetudinárias cambavam através do campo sob o pesado bombardeio de raios ultravioleta. Ainda que seus pensamentos repousassem em um futuro próximo, o Livro ficou perpassado de um ESTOICISMO digno de cidadãos romanos ouvindo bárbaros aos portões, ou de escribas sumérios compondo sua monumental ataraxia. Entre a meticulosa evasiva o novo Livro sussurrava: a calota polar pode derreter, as florestas definhar, os prados desmedrar, a família da humanidade talvez conte, na melhor das hipóteses, com ainda três ou quatro outras gerações antes do ROMPIMENTO, antes de se ver apartada da MAMÃE TERRA e compelida a deitar num sofá-cama crocante de um bilhão de esqueletos animais, ainda assim não pode haver DESCULPA por não tentar FAZER SEU MELHOR e viver corretamente. Ponha um TIJOLO NA CAIXA DA DESCARGA, limpe a mancha horrorosa de óleo de motor da sola de seus TÊNIS e caia fora da cidade. Abandone-a, suma dela, apague-a de sua mente, pois não pode existir — nem agora nem nunca — uma nova Londres.

Quando terminaram, dois cadernos ficaram cheios e era outono, para ser exato. As grades dos tratores vieram tagarelando através do enorme campo, rasgando a terra com sua altercação de aço.

15
O abate do moto

JUN 524 AD

A área de recepção era um longo corredor ensolarado no terceiro andar das Garagens de Justiça. De tantos em tantos passos havia profundos nichos, por cujas janelas Carl podia ver o tráfego diário do Strand, uma funda ravina cheia de gente atarefada e párius trotando. Mais além, os telhados de empenas elevadas dos antigos apês de madeira despencavam em direção à massa de píeres e aléias na margem alagadiça do Tâmisa.

O facho vertia pela vidraça dessas janelas, destacando cada marca bexiguenta e lentigem no rosto taciturno e riscado do rábula. Carl ficou a sós com aquele tipo peculiar em um dos nichos, enquanto, a três nichos dali, Antonë e seu rábula — um sujeito magrelo com um bócio pronunciado — conversavam muito absortos. Ambos os rábulas trajavam-se com imponência em agasalhos esportivos de lanijru grosso e tênis na altura dos joelhos. As saqueiras tinham borlas e suas perucalvas formais emprestavam-lhes o feitio — aos olhos de Carl — de avôs no Conselho de Ham. Isso era reconfortante para ele — embora tudo mais não o fosse.

O corredor fervilhava de guardas, guardcams, motoristas e fiscais. De tempos em tempos um fone vinha didduluudar e um rábula apressava seu cliente na direção de uma das garagens. O rábula do próprio Carl não tivera a graça de se apresentar, resmungando meramente um Praondi, ch'fia, antes de folhear suas aquatros e prosseguir:

— Fui designado pelo advogado de Blunt a representá-lo... como parte de sua defesa ele me deu uma petição de investigação com referência a seu pai — olhou uma folha — Symun Dévúsh, está correto? Deixe-me lhe dizer antes de mais nada, disse o rábula, enfim fitando seu cliente, com olhar enfastiado, que assim como qualquer protelação de comparecimento foi negada em seu caso pelo examinador-chefe, creio igualmente que ele vai rejeitar essa petição. Como, tenho certeza, você é capaz de entender, objetos no espelho...

— ...podem parecer maiores do que são, Böm forneceu apressado o arremate da batida citação retórica. Contudo, que necessidade temos de precaução, agora? Suspeito que o examinador terá pilhas de provas quanto a nossa culpa e nenhuma necessidade de exagerá-las. Se mostrarmos cautela, isso irá apenas beneficiar o advogado de Blunt e seu séquito, e nesse perigoso entroncamento receio que tenhamos nos desviado da pista que eles percorrem.

O rábula de Carl cuspiu seu chiclé no piso de creto, mas foi sua única reação.

Um fone vindo diretamente para eles didduluudou, e ergueram-se e foram conduzidos até a garagem. Levou um tempo para os olhos de Carl se ajustarem à penumbra, e então ele ficou tomado de admiração. A garagem era uma imensa câmara, com muitos metros de altura e iluminada apenas por algumas letrics pendendo de pedaços de correntes. Uma série de janelas bem acima da bancada dos examinadores admitia um único facho de farol que mergulhava direto no poço de inspeção. Ali, em disposição formal, ficavam os fiscais, com seus mantos formais de cores brilhantes, alguns esquartelados em escarlate e branco, outros listrados de amarelo e verde, e mais uns tantos com padrões xadrez, como tapeçarias de Abrigo. Acima de suas cabeças com perucalvas destacava-se a própria bancada, fileira após fileira de madeira escura elaboradamente trabalhada com plataformas dispostas a intervalos regulares, de modo que as perucas dos examinadores que as ocupavam eram como inflorescências brancas de uma cintilante nogueira piramidal.

Bem no ápice dela ficava a cadeira do examinador-chefe, sobre a qual estava pendurado o escudo da linhagem dävídica. O poderoso brasão era partido em cruz em prata e goles, brasonado no primeiro quarto com o Táxi de Dave, embaixo disso, o Uóli Rampante, no quarto superior direito, com o Táxi Dibinkedu do Menino Perdido e, sob ele, a Chelle Empoada da Perfídia. Sob o escudo, em um pergaminho esculpido, lia-se o lema real: DAYV NUZ GUIA.

Foi somente quando os conduziram ao banco dos réus que Carl começou a olhar pela garagem. Ela era cercada de todos os lados por três séries de galerias e dentro de cada uma havia talvez quatro ou cinco fileiras de bancos, todos cheios de espectadores. A galeria mais elevada à direita do poço de inspeção era como um compartimento separado por uma comprida grade de fendas retas, atrás da qual se notava considerável agitação e olhares ocasionais. Gaiolas, sussurrou Antonë, gaiolas de mamães. Todas as beinzinus vão estar ali, a justiça em Nova Londres é considerada um grande espetáculo. Carl ficou espantado de notar que o bicha passava uma mão pelo cabelo branco e alisava a camiseta imunda. Se a justiça era um espetáculo, então Böm estava determinado a desempenhar seu papel até o fim.

À medida que seus olhos se acostumaram à escuridão, Carl começou a discernir rostos individuais em meio à massa de bocas-abertas. Estavam todos ali — cada passageiro que ele apanhara em Londres lhe dera um chapéu. O bós do *Sala de Troféus*; o advogado de Blunt e seu fone, Tom; Terri, o repelente camareiro do Öld Glöb; e até o diretor ignóbil de Bedlam. Alguns mauricinhos de Somerset House estavam lá — e, embora não pudesse vê-las, Carl não duvidava que Missus Edjez e a beinzinu Sarona estariam na gaiola; tampouco imaginava que difeririam em alguma coisa dos demais espectadores, todos sem exceção mascando chiclé ruidosamente, dando goles em garrafas de evian e esticando o pescoço para a frente a fim de observar isso ou aquilo para o vizinho.

— Levantem! De pé! gritou o fone encarregado. O burburinho cessou e toda a assembléia se ergueu quando o examinador-chefe entrou por uma porta no fundo da garagem. Carl ficou chocado de ver como era novo — uma franja espessa de cabelo loiro escapava de sob sua perucalva. Usava um manto longo de três camadas distintas — o peitilho vermelho, a cintura laranja, a barra, roçando o chão, verde; cada seção separada por rufos de algodão. Quando o fone o ajudava a subir a íngreme escada para o alto da bancada, Carl observou a pele suave e o nariz arrebitado do examinador-chefe. A garagem era fria em comparação com as ruas quentes e poeirentas lá fora; contudo, a despeito disso, serpentes de suor escorriam de sob a perucalva do examinador-chefe, formando manchas brilhantes em seu pescoço exposto.

Finalmente, aboletado em seu posto, o examinador-chefe conclamou a garagem à ordem:

— Praondi, chefia? Sua voz era grave e ressonante — atingiu cada canto do recinto, mesmo ele estando de costas.

— Para Nova Londres! exclamaram de volta os examinadores, fiscais, rábulas, fones e o público — até os acusados.

Com isso começou o julgamento de Antonë Böm e Carl Dévúsh sobre a mais atroz das voações.

Durante a primeira tarifa Carl fez o melhor que pôde para se concentrar no que estava acontecendo; mas, ao fim da segunda, a despeito da mortal importância do processo, sua mente começou a divagar — divagar de volta a Ham. Antonë disse que aquele seria um julgamento dibinkedu, que ambos nada mais eram que bonequinhos de plástico nas mãos da Lei. Na verdade, Carl achava difícil imaginar como qualquer julgamento conduzido em Londres podia ser alguma outra coisa senão dibinkedu, dado os rituais vazios praticados pelos rábulas, fiscais e examinadores. Alguns discursos tinham de ser feitos em bibici, outros em mokni; alguns depoimentos podiam ser lidos apenas nos retrovisores dos examinadores, outros, diretamente. Muitas vezes os fiscais e rábulas eram obrigados a subir na bancada e checar com os examinadores questões de procedimento. O examinador-chefe tinha a sua disposição um fone cuja função expressa era enxugar o suor de seu coco com um klinecs; apesar disso, era necessário que a garagem se levantasse pelo menos três vezes durante cada tarifa, a fim de que pudessem se retirar e trocar as camisetas. Ele deve estar suando pra caralho, sussurrou Antonë.

O primeiro dia de julgamento foi de uma atmosfera carnavalesca; o público não parava de tagarelar e fazer barulho. Se Carl cometesse o erro de cruzar o olhar com alguém que reconhecesse nas galerias, a pessoa não hesitava em chamá-lo aos gritos. A cada dia a multidão diminuía, ao passo que a fumaça das letrics ficava mais escura e densa, pois segundo o costume seu óleo de moto não era trocado. Partículas fuliginosas desciam flutuando no poço de inspeção, e um silêncio profundo e ominoso ascendia dali, conforme, à medida que os espectadores partiam, os magistrados da garagem começavam a sibilar em sua obscura algaravia legal.

Ao final de cada dia, os acusados eram levados da garagem, acorrentados e enfiados em uma sauna, que então era arrastada com descaso e estrépito ao longo de Cheapside para a Torre. Através das barras da abertura Carl viu os becos estreitos e serpenteantes que davam nos cortiços. Crianças Dfsientchs de pernas tortas brincavam no pavimento imundo, enquanto gordas mocréias penduravam sua roupa lavada sob a atmosfera fuliginosa. Por mais sórdida que pudesse parecer a cena, Carl ainda assim desejou poder fazer parte daquele grupo — e que jamais houvesse passado da idade da Troca. Amargamente, lembrou da emoção de sua primeira viagem de carro em Londres, de como o tranqüilo progresso da limu do advogado de Blunt teve o efeito, por algum tempo, de tranqüilizar o acidentado curso de sua vida.

À noite, na Torre, Carl e Antonë aconchegavam-se um ao outro na palha fétida de uma baia compartilhada com vinte e tantos outros prisioneiros. Apesar do pavoroso rebotalho humano esparramado em torno deles, Antonë continuava a exibir a disposição mais fleumática, e se empenhava em instruir Carl a respeito dos pontos mais sutis dos procedimentos diários:

— Não dê ouvidos ao que dizem os rábulas ou os fiscais, frisou, mas observe o modo como se movem pela garagem. A Lei é o próprio motor do táxi de Dave. Aqui os aspectos seculares e sagrados do Conhecimento engatam uns nos outros, cada funcionário é parte desse motor, o padrão do manto concebido para se assemelhar a correia dentada, volante e alternador. Em seu giro do poço de inspeção até a bancada, o que deve ser visto é o eixo motor do Conhecimento, que se estende das Garagens de Justiça à cidade, aos burbs e até ao mato, mais além.

A Torre não era um lugar em que Antonë ou Carl sobreviveriam por muito tempo. Sua população inchara incrivelmente desde a época em que Symun fora mantido ali e as contínuas escaramuças nas fronteiras mais distantes de Ing acrescentaram galeses e escoceses ao florescente número de criminosos cockney. Independente de serem cativos ou delinqüentes, a maioria daqueles pais recebia apenas o mais superficial exame processual antes de serem sentenciados, acorrentados e mandados aos bandos para se tornar pivetes de conjuntos advocatícios no mato.

Ao chegarem à Torre, Antonë tivera esperança de que alguma providência fosse tomada pelo advogado de Blunt — contudo, nada aconteceu. Em vez disso, seus vistosos trajes londrinos foram-lhes arrancados na frente dos guardas, às gargalhadas. Na manhã seguinte, tiveram de comparecer à garagem com as camisetas imundas e jeans rasgados oferecidos pelos mais humildes dos detentos. Ao voltarem no fim da terceira tarifa, estavam próximos do desespero, tendo fracassado até em arrancar um caneco de papinha em meio ao tumulto, quando um novo protetor se apresentou. Tinha cara de raposa e cabelo de ferrugem; seus dentes eram pretos e quebrados. Terri, o camareiro do Öl Glöb, estendeu a mão escamosa para eles.

Carl não sabia o que era mais chocante: que aquele tipo, a quem avistara na galeria da garagem na primeira tarifa, estivesse agora dentro da Torre, ou que os demais detentos que os vinham molestando retrocedessem ao ver Terri e se curvassem diante dele, quase tocando o rosto no pó do pátio. Vendo o estado em que se achavam, Terri foi primeiro a uma das pequenas baias onde os prisioneiros mais saudáveis comiam e comprou deles algum marmitex. Enquanto engoliam os bocados, Antonë e Carl bombardearam o camareiro com perguntas: Como chegara ali? Quem era ele? Por que estava disposto a ajudá-los? Ele se recusava a responder, apenas apertou um dedo furfuráceo na ponta do nariz e disse, Tudunudividutempu. Tudunudividutempu.

O julgamento durou um chico inteiro e, toda primeira tarifa, quando a lanterna quebrada ainda pairava no vidro e o painel cintilava a leste, pelos lados da Emevint5, Carl, sem ter recipiente para urinar, escalava as ameias, onde os prisioneiros faziam suas necessidades. Lá estava Londres, espraiando-se diante dele: os telhados pontiagudos dos Abrigos magníficos, os imponentes mastros das balsas atracadas em suas docas e enseadas; as chaminés fumacentas e os cataventos imóveis; os ratos voadores mergulhando junto às longas arestas agudas dos falsos terraços. Carl não tinha olhos para nada daquilo. Em vez disso, ficou aterrorizado com as jaulas penduradas perto do Portão dos Traidores; nelas iam os pais condenados por traição — alguns, outrora nobres advogados, agora não passavam de letárgicas pilhas de osso, a pele amarela esticada como couro de tambor sobre as costelas e tendo por manto apenas farrapos.

Carl ergueu o rosto para o vidro e recitou, pois, a despeito de toda evidência de sofrimento, não podia abandonar a crença de que Dave estava acima daquilo tudo, sábio e benevolente. Continuava a alimentar a esperança de que quando seu próprio tormento tivesse fim, e se visse sem norte após a tortura na Roda, o estigma e a excisão de sua língua, ascenderia para lá, acima dos nuviosos limpadores, outro Menino Perdido partindo por toda a eternidade para ficar à direita de seu verdadeiro pai.

No quinto dia, à segunda tarifa, quando o examinador-chefe voltava de seu sexto recesso, veio a considerar a admissibilidade da petição do advogado de Blunt. Até então, argumentos e contra-argumentos haviam concernido unicamente a estabelecer se ela poderia quando muito ser apresentada perante a garagem. O rábula de Carl, avançando através do poço de inspeção, dirigiu-se ao examinador-chefe em bibici formal:

— Retrovsor, meu cliente tem sido mantido em completa ignorância sobre o destino do próprio pai. Sustento perante a garagem que ele não deve ser responsabilizado por quaisquer crimes que possa ter cometido em busca desse Conhecimento.

Seguiram-se duas tarifas inteiras de cochichos, os rábulas, fiscais e examinadores todos deliberando precipitadamente, em grupos, da bancada superior. Então o examinador-chefe se ergueu e bradou:

— Chega! Silêncio! Como se espera que eu pese os argumentos sob essas circunstâncias? Vou me retirar para minha sala, você, você, você e você, me acompanhem!

Demoraram ainda mais uma tarifa e quando voltaram em fila Antonë adivinhou a resposta antes mesmo que o examinador-chefe retomasse seu elevado poleiro:

— A nenhum jovem pode ser negado o conhecimento de seu pai, vociferou, e o mesmo se aplica a você, Carl Dévúsh. Contudo, seus crimes são de tal extensão e tão singulares, sua voação tão alta e veloz, que nenhum lenitivo pode ser-lhes admitido. Petição negada!

Uma grande aclamação ascendeu pelas galerias, onde os espectadores obstinados eram na maioria os que desejavam ver todo o peso da Lei desabando sobre os criminosos. Acima do clamor, Carl ouviu o advogado de Blunt exclamar: Oh, meu Dave! Está tudo perdido, agora! Falou cedo demais — para ele, ainda havia muito a perder. Fiscal após fiscal agora arrepanhava o manto para subir do poço à bancada e registrar seus testemunhos. Depoimentos foram tomados de testemunhas de cada estágio da jornada de Antonë e Carl — janotas do próprio círculo do advogado revelaram-se vira-casacas, Missus Edjez fora dobrada pela tortura, o bós do *Sala de Troféus* dera sua declaração — e aconteceu de nenhuma incursão pelo mato ter sido longa demais para que os fiscais dela não se ocupassem. Os plaquistas de Bril haviam sido inquiridos e guardcams enviados a Chil e até à própria Ham, pois as palavras de Mister Greaves e do motorista foram lidas em voz alta na garagem.

A evidência de voação era esmagadora, não meramente contra os acusados, mas também contra o advogado de Blunt. Se ele alimentara esperança de furtar-se à censura do Public Carriage Office em razão de seu status ou ligações, então estava redondamente enganado. Sob o acompanhamento de altos diddluuduus, portas duplas foram abertas no poço de inspeção e um táxi puxado para dentro. Carl ficou pasmo, pois através das barras das janelas pôde distinguir a silhueta nítida e imponente, o brinco de argola, as mãos feridas e um talho sanguinolento onde um olho deveria estar. Era a Exilada — a beinzinu Joolee Blunt em pessoa. Vendo a esposa assim condenada, o advogado apressou-se em deixar a galeria. Camaradas robustos o detiveram, bem como os poucos membros remanescentes de seu círculo. A voz do examinador-chefe reverberou pela garagem:

— Nenhum papai ou mamãe deve desafiar a Troca! Fez um gesto para o táxi: A evidência dessa infeliz desprezível foi extraída sob tortura. Por toda Londres — ergueu-se e seu espelho reluziu — os membros de sua conspiração chellish estão neste exato momento sendo presos! Levem estes voadores para a Torre!

Assim que o casal Blunt e seus seguidores foram retirados, o examinador-chefe voltou sua atenção para Carl e Antonë. Empurrou o espelho para longe do rosto e confrontou-os com uma máscara suada e distorcida de desprezo. O julgamento estava próximo:

— I kuantu avoceis — as ásperas consoantes do mokni eram cortantes como faca na atmosfera espessa da garagem —, voceis mintirum, tapiarum, saum traidoris, saum vuadoris. Saum instigadoris dudibinkedu i distruidoris dudäyvinu! Puxou uma tira de pano negro de uma dobra em seu manto e bateu com ela em sua perucalva. Abriu o manto de forma que o sinal de volante ficou claramente visível no peito suado de sua camiseta. Ergueu-se o mais alto que pôde nos calcanhares e pronunciou o terrível anátema dos dois:

— 6 seraum levadus pra Torri i kebradus na Roda. Suazlinguas seraum cortadas. Seraum markadus i pinduradus in umacaxa ateh amorti! Levim elis! Praondi, ch'fia? bradou.

— Pra Novalondris, respondeu a garagem, submissa.

Quando a porta da sauna foi aberta, o fedor de meh exalou em seu tórrido interior. Era apenas o meio da segunda tarifa, mas os guardas da Torre já estavam de porre. Deixaram Böm acorrentado na sauna, depois açoitaram e chutaram Carl por estreitos corredores e por escadas caracóis de pedra, até chegarem a uma cela muito elevada na torre branca. Ali o insultaram, entre goladas de jack. Eh soh maizuma mamãizinhia, gemeu o líder, um tipo corpulento com uma barba por fazer espessa e escura, intaum vo comê usseu kuzinhu. Agarrou um punhado de cabelo de Carl e bateu sua cabeça na parede.

C ama kein, mamãi?! gritou. C ama kein?!

Carl, em meio a sangue e lágrimas, gritou de volta, Deiv, eu amu Deiv!

Felizmente, no momento em que o terceiro guarda se adiantou e abriu a pesada fivela em forma de volante de seu cinto, Carl Dévúsh perdeu a consciência.

Voltou a si com um peculiar som relinchado. Erguendo os olhos de onde estava, sobre a palha imunda, deu com o queixo glabro e bulboso de Antonë tremendo na penumbra. O mestre chorava. Vendo Carl acordado, arrastou-se até ele, os grilhões tilintando, e, tomando a cabeça ensangüentada do rapaz, aninhou-a em sua tanque. Ficaram assim por longo tempo, a mente de Carl vagando ora para perto, ora para longe do odioso presente. Era um menininho uma vez mais, sob ele estava o dorso cerdoso e amplo da velha Gorj subindo e descendo conforme bamboleavam através da mata de sua adorada Ham.

No meio da terceira tarifa a pesada tranca soou e a porta da cela foi aberta. Erguendo o rosto, Carl e Antonë viram familiares traços de raposa entrando na cela — Terri. Meupai, exclamou, vendo-os abraçados no chão, desgrenhados e imundos, 6 2 taum todu fudidus! Tinha consigo uma garrafa de jack e, ainda que os vapores provocassem ânsia em Carl, Terri forçou-o a dar um gole. Aí sim vomitou. Oh, Deiv! choramingou Terri, eli jah v'mitô, vai ficah tudu fididu aki! Böm lançava olhares nervosos na direção da porta aberta. Notando isso, Terri riu amargamente:

— Akelizlah? Jah encheru akara iagora taum durminu.

— Mas e se a gente tentasse...

— Iscapah? Terri riu outra vez. Poku provávu — praondi 6 iaum? 6 num tein apê, 6 num tein lod nein motorista, nium conjuntu o pedassu o abrigu. Kualkeh istanda ifold nacidadi toda tein a kara divoceis — praondi 6 iaum fugih?

Ficando de pé com esforço e esfregando a palha suja de sua roupa, Antonë confrontou o sinistro paizinho:

— Quem é você? quis saber. Só diga isso, quem é você?

— Kein so eu? Terri cacarejou outra risada. Kein so eu? Ess' boa. Vo dizê kein eu so — soh pra você. Fixou os olhos em Carl. Tah venu içu? Puxou uma tira de couro de sob a camisa. Nela estava preso um deiviuork idêntico ao dibinkedu que Salli Brudi achara perto da casa do gigante em Ham. O objeto girou sob a luz fraca que entrava pela porta da cela. Eu so passageru du seu véliu, içu eh ki so. Os olhos de Terri brilhavam. Eu so 100% siguidô du Fulanu. Eu 'stivi kueli aki, eu salvei eli da Roda kuantu deu, ikuandu... kuandu..., disse, hesitando, kuandu levarum eli eu guardei afeh.

— Mas por quê? objetou Böm. Por quê, pai? Por que não nos contou nada disso senão agora? Deu um passo adiante, ameaçador, mas a voz rouca de Carl o deteve:

— C, C diz ki levarum eli, Terri — levarum praondi, praondi, ch'fia?

— Ora, pra Am, eh claru, pra Am, o pedaço deli. Para Terri, parecia a coisa mais natural do mundo. Divolta pra Am, foi pralah ki levarum.

Carl e Antonë se entreolharam, primeiro em choque, depois admirados, e finalmente, com desespero e vergonha. A figura patética de cabelos embaraçados escalando os rochedos de Nimar para conseguir um carinho dos motos. A caverna vermelha da boca, o toco de língua lutando para formar a mais significativa das palavras.

— U Homirrui! ofegou Carl. Eru Homirrui utempu todu, itava lah, bein ali... ielis, uzpais, elissabiaum, elissempri souberum!

— Claru kielis sabiaum! caçoou Terri. Claru kissabiaum, elis tinham upoder, filiu, ipoder eh cunhecimentu.

Agora Böm avançou de fato e agarrou o braço do camareiro:

— O Livro, Terri, o Livro dado a Symun Dévúsh por Dave, o Livro que ele recitava — o Livro que ele disse que Dave tomou de volta. Sabe dele? Acha que existiu mesmo, você o viu? Fale, pai, fale!

Terri se libertou com um repelão e disse:

— Vô dizê prucê, eli tinha 1 portatudu, seu pai, eli sempri levava kueli — anum sê nuz comparecimentus, 'taum eu guardava praeli.

— Você viu o que tem dentro?

— Nah, nah, nunca fiziçu, purkê num tinhanadavê ku Livu, tinhavê soh kum eli. Eli era 1 grandi sujetu, seu pai, tinha culiaum. Nunca traiu ninguein, nein kuandu elis... kuandu elis puzeru eli na Roda... O velho e rijo cockney não pôde prosseguir; tomou um gole de jack para disfarçar a emoção intensa, pois estava chorando.

Carl também chorava. Eununca tivi uculiaum kieli tevi — ieu sei kieu tô kum medu, kum medu da Roda — ela vai mikebrah...

Terri adiantou-se através da palha e pousou um braço no ombro do rapaz:

— Num sipreukupa kum içu, filio, ele disse. C num vai subi nakela Roda dimerda. Jah tah tudu arranjadu — 6 vaum pra casa.

～

Conforme se revelou, Terri seguira os fugitivos por cada passo a caminho da capital. Não era nenhum camareiro: era um pilantra ardiloso, dirigia uma gangue de contrabandistas e fizera uma pequena fortuna em barataria. Era um dentre o seleto grupo de pais que, oriundos dos devastados ermos do East End, desafiava a autoridade do Public Carriage Office. Terri não via qualquer anomalia entre sua ilegalidade e o ensinamento do Fulano — pois não servia nem advogado, nem motorista, apenas Dave-além-do-vidro. Assim, quando Carl e Antonë o bombardearam com perguntas — Como iriam fugir da Torre e evadir-se aos guardcams? Como conseguiriam sair de Londres, quanto mais empreender a jornada de volta a Ham? — rapidamente mandou que fizessem silêncio:

— Susseguim! disse, erguendo as mãos. Eu subornei uzcarcererus, subornei uz guardcams, subornei ubós dum flibusteru itudumais. Eli tah atrakadu in Tilbury essanoite i vai partih pras terras suíças nuprimeru faxu, ku'ucorsu dupróprui rei, pratacah uzpedalinus mercantes. Eli vai levah uns passageruzestras abordu, uns fiscais kum uma kriatura muitu istranha...

— Tyga! gemeu Carl. Serah pussívul?

Era. Terri fora atrás do guarda em Bedlam e pagara generosamente pela besta extraordinária.

— Seu pai, explicou ele a Carl, eli micontô dus motus, idissi ki elizerum axavi. Dissi ki erum kriaturas dävinas, filizis i assalvu comu crianças siriaum sein a Troca iu Rompimentu. Eli dissi ki fossi lah u ki acontecessi, inkuantu tivessi motus in Am 'inda havria isperansa prumundu.

Enquanto penava para tirar o troçopano imundo e se enfiar nas vestes dos fiscais que Terri lhe trouxera, Carl começou a soluçar outra vez. Amaldiçoava-se como um tolo, pensando que viajara toda aquela distância para encontrar um pai que estivera lá o tempo todo. O tempo todo lá, no lado mais distante do estreito, olhando na direção de Ham. Talvez mesmo em sua mente destruída Symun Dévúsh houvesse estado à procura de um filho que jamais soubera ter tido, ao passo que Carl, mesmo ao se ver frente a frente com o pai, fracassara em reconhecê-lo.

Os pensamentos de Böm iam por outros caminhos, pois mesmo em plena fuga sua mente especulativa extraía dele seu melhor e ele se abandonava à deriva dentro de si mesmo para onde pudesse ouvir o segundo Livro gritando nas rochas de Nimar. Se continua lá... pensava Böm... se continua lá, talvez tenha ainda o poder de sacudir o PCO bem no âmago. Pode explicar o que somos para nós mesmos... Ingland — até o mundo inteiro... Pois nesses tempos turbulentos, acaso não há uma curiosidade fanática por tais coisas, e mesmo os dävistas mais dävinos não seriam por meio disso forçados a uma nova apercepção da história? Um segundo Livro poderia provar sem sombra de dúvida que Ham foi o berço de nossa fé... Solapar as prentensas reivindicações de linhagem dävídica... Restringir até o círculo movente do próprio PCO...

∿

Havia halos de névoa em torno das poucas letrics ao longo da Ratcliffe Highway. Atrás das cercas, os carros estacionados estavam salpicados de garoa. A fuga de Carl e Antonë da Torre fora empreendida sem estorvos. Conforme andavam por corredores e desciam escadas, os guardas viravam o rosto para a parede. Quando cruzaram a ala central, rumo ao portão lateral para a Tower Bridge Approach, os capangas de Terri se juntaram a eles — a pesada multidão, seus tênis pisando ruidosamente nas lajes de yok como mãos duras sobre carne rija.

Em South Dock, sob a face inexpressiva do One Canada Square, havia um pedalinho à espera deles. O grupo formou um círculo de proteção em torno dos fugitivos, que trocaram abraços apertados com seu salvador.

— Uki vai acontecê kum você? perguntou Carl, mas o cockney astuto apenas riu:

— Naum sipreucupi, durei essi tempu todu in Londris, axu ki vo dah uma sumida.

— 'brigadu purtudu! gritou Carl por sobre as águas do golfo cada vez mais amplas — mas não saberia dizer se Terri o ouvira, pois a maré vazante já arrastava a frágil nau e eram conduzidos pela península de Greenwich sob as paredes curvas maciças do Millennium Dome. Em unidades a Barrier podia ser vista e o pedalinho, como o cormorão voando junto ao vaivém da maré que Carl vira ao chegar em Londres, avançou entre os dois pontões centrais para ganhar o estuário do Tâmisa. À frente, o farol começava a acender, seu facho pincelando as águas velozes com manchas cor de sangue, enquanto atrás Nova Londres — em toda sua loucura e crueldade — afundava em sua esteira.

O *Fairway* era uma balsa de três mastros construída para ser rápida, com linhas despojadas e longilíneas. Estava armada com vinte berrantes para as escaramuças de alto-mar. A tripulação era formada pelo bando usual de patifes — pivetes, ciganos, pretos e pais sem bós. Felizmente, muitos deles tinham a língua amputada, assim, mesmo que conseguindo se fazer entender entre si, não podiam fazer perguntas incômodas à estranha dupla de fiscais. O bós, um pai carrancudo com uma perna de pau e longos cabelos negros, tomava parte na impostura de Carl e Antonë. É um pirata, explicou Böm quando se viram a sós na cabine, não deve mais vassalagem ao rei do que você ou eu.

O *Fairway* permaneceu em Tilbury mais um dia, até que o vento estivesse na direção correta e a maré mudasse. Então, içou âncora e deslizou pela corrente. Essa foi uma viagem mais ligeira e objetiva do que a penosa travessia do *Sala de Troféus* desde Bril. Com forte vento nordeste enfunando as velas do corsário, as predominantes correntes de oeste pouco podiam fazer para detê-lo; e com cada viga rangendo e corda estalando, o *Fairway* esculpiu uma profunda vereda branca através do oceano escuro. A balsa singrou velozmente ao largo de Durbi; o Castelo Pulapula de Nott foi avistado na primeira tarifa do terceiro dia após partirem de Londres e a ilha comprida e achatada de Chil apontou no horizonte antes do farol baixo ao fim da segunda.

Antonë Böm passou a curta viagem sob os conveses, ainda mergulhado em especulações, cobrindo página após página de seu caderno com sulcos de nanquim. Seus dedos estavam dormentes, suas capacidades mentais, exauridas. A fuga não constituía um alívio para ele, não era uma vida após a vida, mas uma antecâmara que desembocava numa expectativa de tensão ainda maior. Carl, por outro lado, regressara à integralidade do presente, de carícias e aconchegos. Pois na coberta de proa estava uma enorme jaula e, ali dentro, ferido e alerta, Tyga. No começo, as coisas transcorreram mal entre os dois. Assim que se encontraram, Tyga rejeitara Carl — algo que o rapaz nunca vira um moto fazer. Tyga torceu o grosso lábio superior e dilatou as abas das narinas. Suas pálpebras se fecharam, rolou sobre a palha e, ao fazê-lo, revelou os jogos-da-velha das cicatrizes com os maus-tratos recebidos no *freak show* de Bedlam.

Levou inúmeras tarifas de palavras ternas e lisonjas, Carl vagarosamente aproximando-se mais e mais, até poder acariciar os jonkiris de Tyga, e então a história veio à tona em frases sibilantes: Çemideçô... Eutchiodeiu... Elissmisspankarum... Unegoçiu deli... Fikeissangandu... A narrativa entrecortada da vil brutalidade. Os chutes e cutucões furtivos que os pivetes encarregados de cuidar do moto lhe aplicaram foram ganhando em freqüência e intensidade, até a horrível noite em que o diretor entrou na cela e enfiou meia garrafa de jack pela goela de Tyga. Então, quando o moto estava de fogo, braços e pernas prostrados, o diretor o usou de formas abomináveis.

Carl segurava a imensa cabeça do moto dentro da jaula, impregnada com o odor adocicado do excremento da besta. Envolvia-os o rangido dos cordames do *Fairway*, o estalar das velas, o gemido de vigas calafetadas com óleo de moto. À medida que ternamente balançavam em reconciliação, Carl percebia o enrijecimento dos músculos de seus braços. Levou a mão até o lábio superior, onde o buço transparente do ano anterior dava lugar à superfície cerdosa. Olhou para baixo e pela abertura de seu manto de fiscal viu os pêlos enrolados que subiam de seu uóli para o umbigo. Sete meses desde que partiram de Ham — os outros três motos estavam mortos e Carl, ele agora descobria, mudara irrevogavelmente. Segurou a cabeça de Tyga com amor feroz enquanto o mundo girava em torno do ponto fixo da balsa. Carl em breve seria pai — não havia como impedir isso.

~

As luzes do painel cintilavam serenamente em um vidro livre do smog londrino ou do fulgor alaranjado de suas incontáveis letrics. A noite de JUN era quente, embora o mar continuasse gelado — e quando as mãos e os pés de Tyga chapinharam na água, ele refugou, contorcendo na linga de carga. Carl estava ao lado, no pedalinho do *Fairway*. Ele acariciou os jonkiris de Tyga e o acalmou, sussurrando: Vamu, Tyga, faltapoku, agora, C tah inu pra Am, vainkontrah seus amigus dixafurderu, vai tah in Am.

Chegaram à praia atravessando uma estreita baía e a tripulação do pedalinho arremessou os odres de evian e as portatudos em sua direção, antes de empurrar o pedalinho sem maiores cerimônias e rumar de volta ao *Fairway*. O corsário fez a volta com um rangido de lonas e sob uma lanterna tão vasta e ultrawatt que todas as manchas de seu mosqueado estavam claramente visíveis. Então ele ultrapassou o canal, singrando rumo ao mar aberto e aos mistérios de El-ŗó. Os dois ficaram ali de pé junto ao seu moto, tão próximos do fim da jornada e contudo tão irremediavelmente abandonados.

Passaram a noite na orla rochosa e acordaram após a primeira tarifa com o farol queimando em cima deles. Carl piscou os olhos ressecados e ardidos e viu a poucos cliques de distância, através das ondas, a verde crista da ilha dos guiados-por-Dave. A despeito de todas suas atribulações, seu coração pareceu acelerar, até que, numa sobrecarga, rasgou seu peito e saiu voando para se reunir a um punhado de nuvens douradas flutuando no vidro rosado da manhã.

Levou duas tarifas para conseguirem atravessar a costa acidentada. As rochas eram ainda maiores ali do que as que haviam encontrado ao fugir de Nimar rumo oeste — grandes pilhas de tijolo e yok, imensos pedaços serrilhados de creto. Havia inúmeros garfos retorcidos de ferrim e espigões de outros metais corroídos jaziam traiçoeiros nos baixios. Tyga, impedido de chafurdar apropriadamente em Bedlam, jamais se recuperara de fato da jornada a Londres. As chagas recentes lancinavam na água do mar e os antigos ferimentos tornavam a abrir conforme avançava a custo. Entretanto, suportava tudo com grande coragem — bastava-lhe que estivesse indo para casa. Carl, de sua parte, tentava confortar o moto, entrando na água seguidamente para acariciá-lo. Mas fosse qual fosse a intimidade que haviam recuperado no *Fairway*, Tyga a repudiara; seguidamente o moto repelia Carl com uma sacudida dos ombros maciços e, virando o pobre focinho escoriado na direção do mar, seguia penosamente.

No início da terceira tarifa, com o farol baixo no vidro, contornaram ainda outro promontório e chegaram, um tanto quanto subitamente, em Nimar. As gaivotas estavam em tumulto. Era a estação do acasalamento e, gritando ferozmente, asas-negras e petróis lutavam para preservar seus locais de nidificação dos crokes que mergulhavam para pilhá-los. Não havia nada de inusual na densa multidão, os polimorfos fractais de asa e bico. Entretanto, à medida que os viajantes se aproximaram do tumulto de penas, Carl avistou o sinistro foco de seu interesse, onde a concentração de aves era tamanha que suas asas afiadas cortavam o ar em fatias cuneiformes brancas, cinza e pretas.

As gaivotas contendiam sobre as tiras de carne amarelecidas que arrancavam de um cadáver — o cadáver do Homerruim, pois outro não podia ser. Carl correu em sua direção, gritando e golpeando em meio às gaivotas e, com uma vibração de ar, um vórtice se abriu. Uma petrol pousou, as patas palmadas sobre as órbitas ensangüentadas, puxando algo pegajoso dos dentes expostos, recalcitrantes, do cadáver. Aquele, aquele era seu pai... aquele boneco em farrapos, manuseado por uma ave com um tendão em seu bico. Naum você! gritou Carl. Naum você, Homerrui! E Tyga ouviu seu chamado, soltando um urro de motoragem conforme arremetia sobre as rochas, espalhando as gaivotas. Ficou ao lado de Carl, olhando para baixo e ceceando: Eçi nu eh homirrui, eh homi amigu, eh çim.

Para disfarçar sua confusão e sua própria dor pelo Fulano que reverenciara, Antonë Böm refugiou-se no distanciamento cirúrgico.

Diria que não pode ter expirado muito mais que uma tarifa antes de nossa chegada, sentenciou, enquanto deslocavam tijolos para prover um túmulo seguro para o pai morto. Então, lembrando como falhara em reconhecer seu Fulano, Antonë disse, hesitante, Desculpe, Carl, sinto muito. O rapaz contudo estava quase sereno ao deixar cair uma laje sobre o rosto de seu pai. Estendeu a mão para Antonë, e assim permaneceram de mãos dadas, enquanto, por algum espasmo de fé moribunda, recitavam a corrida fúnebre:

— Pegar esquerda Homerton High Street, em frente Urswick Road...

E o ponto no início:

— Homerton Hospital.

E o ponto no fim:

— Jewish Federation Cemetery.

— Sabi uki foi ki matô eli? perguntou Carl quando se dirigiam para o apê miserável do Fulano. Foi 1 dakelis viadus, ele disse, com um gesto na direção de Ham.

— Duvido, Carl, respondeu Antonë. Não foi outra coisa senão a mais triste casualidade. Por muitos anos ele permaneceu aqui, sofrendo, com fome, atormentado por lembranças do tratamento atroz, e ainda rotineiramente maltratado por aqueles que outrora o acolheram. Que tenhamos chegado tarde demais para salvá-lo... bem, mesmo assim, talvez haja alguma misericórdia dävina nisso, pois nosso próprio futuro é tão incerto.

Encontraram a portatudo de Symun Dévúsh com toda facilidade. A surrada mochila de couro de moto estava em sua choupana sobre o catre de plumas de gaivota e trapos. Carl ergueu-a e escutou o tamborimarulhar de centenas de pedacinhos plásticos. Enfiou a mão ali dentro e tirou um estranho recipiente discóide de metal, metal pintalgado pelo azinhavre do tempo, ainda que livre de ferrugem. Já vi artefatos como esse antes, disse Antonë, são incrivelmente raros. Veja que círculo perfeito, como foi habilmente fabricado, como se fosse por um taximetrista. Se achar a junção da parte de cima com a de baixo é possível abri-lo. Carl assim o fez. Espiando ali dentro, tudo que pôde ver foram deiviuorks, um amontoado cascalhento que perscrutou com dedos vacilantes. Nada, disse Carl, enfim, nium Livu, nada. Sua voz estava baça como a caixa vinda de antes do MadeinChina e, pela primeira vez, Antonë ouviu o jovem companheiro falar com um quê de desespero.

Era uma estranha flotilha a que arrostava as correntes na direção de Ham. Os humanos agarravam com firmeza seus odres de evian e, com as portatudos atadas ao grosso pescoço de Tyga, posicionavam-se de modo a contribuir com as batidas de seus pés aos movimentos mais eficientes do moto. Engolidos pela escuridão e em mar aberto, tanto Antonë como Carl eram tomados da mesma visão macabra: o motorista, seu rosto uma massa decomposta, erguendo-se redivivo do chão onde permanecera morto pelos últimos sete meses.

O farol desligara quando finalmente alcançaram terra firme, para descobrir que a corrente os arrastara ao longo da costa para as curryeiras em Goff. A lanterna subia acima da mata, iluminando cada árvore majestosa e arbusto retorcido. Apesar disso, ficariam a salvo, por ora — nenhum hamster ou moto apareceria até a primeira tarifa. Podiam até se arriscar a fazer um fogo para secar os mantos úmidos. Enquanto Antonë se ocupava com seu isqueiro, Carl avançou com Tyga e ficou observando com prazer conforme se alimentava de bolotas e frutos de casca-lisa, a refeição predileta dos motos.

Casa — Carl estava em casa. A velha estrada esburacada de Stel serpenteava através da mata em direção ao Layn e ao prado de Gayt, mais além. Uns poucos passos mais e Carl se veria pisando na praia sul, em Sid's Slick, perto do velho apê de Antonë. Casa, apreensível, reconhecível, compreensível casa — cada espora-verde tremulante, serrifolha flectida e folhagem plumosa de mambaia dizia CASA tão claramente quanto se as fonics estivessem inscritas nelas. Por umas poucas unidades, enquanto Carl se abandonava ao abraço verde e fresco da floresta, ele ousou imaginar que os hamsters talvez o recebessem de braços abertos no dia seguinte. Que talvez o abraçassem como se fosse o Menino Perdido chegando entre eles.

Os humanos lambiscaram o gorduroso marmitex que o chefiador do *Fairway* lhes arremessara, enquanto Tyga, empanzinado com sua forragem nativa, adormeceu. Seu imenso corpo enrolado provia uma proteção viva contra o vento para o pequeno acampamento. As línguas de fogo estalavam para o vidro conforme a madeira flutuante recolhida na praia ardia com chamas verdes e azuis. O repouso não veio de pronto para Carl e Antonë — contudo, as palavras fluíram bastante facilmente entre os dois. Assim, o bate-papo oscilou num amplo leque, indo e vindo, de Ham para Chil, para Londres, depois para Ham uma vez mais, recordando as coisas que haviam visto e as aventuras vividas. Naquela hora escura o bicha e o púbere sentiram-se mais do que nunca enraizados, até que finalmente, com apenas umas poucas unidades a transcorrer antes que Dave ligasse o farol, pegaram no sono.

~

Agindo de comum acordo, os dois instaram o moto a se enfiar na vegetação baixa do Gayt. Haviam acordado tarde e atabalhoadamente desmontaram o acampamento e deixaram as curryeiras antes que as hamsters saíssem para colher couve e perrexil. Tinham combinado que Antonë e Tyga ficariam escondidos no Gayt, enquanto Carl — por seu conhecimento mais íntimo da ilha — tentaria descobrir como andavam as coisas na pequena comunidade. À parte isso, não tinham qualquer outro plano, ou pelo menos nenhum que qualquer um dos dois estivesse preparado para confidenciar ao outro, pois Antonë também alimentava fantasias de confrontar as hamsters por sua tapeação e por quão miseravelmente haviam tratado Symun Dévúsh.

Mãos e pés largos e achatados de moto deslocaram torrões de terra e pedaços de tijolo que rolaram pelo revelim. De forma lenta mas imperturbável, Tyga descobriu um vão na barreira de turfa e abriu uma funda picada, fazendo estalar os ramos de rodis. Algumas centenas de passos depois, toparam com uma clareira minúscula na mata e ali Carl pediu a Tyga que se deitasse. O moto não queria — estava agitado, ficava girando num círculo estreito, os amplos flancos jogando os dois humanos contra os arbustos.

— Num keru, num keru, implorava a Carl, Eu tah kum medu, eu tah kum medu.

Carl tentou acalmá-lo:

— Eh soh 1 poukinu, soh ateh eu diskubri uki tah acontecenu.

Contudo, foi só quando Antonë aconchegou-se junto ao moto, tomou sua enorme cabeça nos braços e esfregou suas agitadas barbelas que a besta conseguiu se aquietar:

— Vou acariciá-lo até Carl voltar, vou dar algo para você comer. Vai ver, vai ser ótimo. E, virando para Carl, continuou:

— Não se preocupe com ele, tenho certeza de que vai se acalmar assim que você tiver partido.

Carl decidiu se dirigir ao ponto onde o Layn desembocava nos chafurdeiros dos motos. Marchando através das densas moitas de Turnas Wúd, após as depressões e clareiras de Norfend, uma estranha sensação veio subindo por sua espinha. Depois de Nimar, depois de Londres, depois dos burbs e das florestas que vira em sua jornada através de Chil, aquilo, os campos de brincadeiras de sua infância, estava sobrenaturalmente quieto. Nenhum rato correndo, pernalonga pulando ou rato de árvore fazendo ruído. Nenhum rato voador arrulhando nas crepitáceas. Tirou os tênis elegantes para sentir melhor a terra natal — porém, mesmo sob os pés descalços, as cascas de árvores e folhas caídas pareceram dessecadas e sem vida.

Então lhe ocorreu — àquela hora da tarifa os motos deveriam estar enchendo a floresta com seus mugidos guturais, os gritinhos agudos de seus jovens guiadores e cargas infantes trespassando o frondoso dossel. A pisada estalante dos pés palmados dos motos e o raspar mecânico de seus molares eram de tal modo parte integrante de Ham que, sem isso, era como se a própria força vital da ilha houvesse ficado imobilizada. Carl estremeceu, pois ainda que cada árvore e galho fossem-lhe familiares, aquilo não era Ham, tanto quanto os tabiques pintados de Stepney Green não eram os prédios orgulhosos da Nova Londres prenunciada no Livro.

Perdido em seus devaneios, Carl quase tropeçou em uma figura curvada entre duas cascas-lisas musgosas, rastejando na terra com um enxadão. Ela se assustou e correu — ele não soube dizer se era mamãe ou papai, de tal modo estava embrulhada em um troçopano. Antes que tivesse tempo de considerar o que fazia, Carl se viu correndo numa perseguição frenética, chocando-se com mambaias e serrifolhas. A figura se dirigia ao Layn — logo estariam expostos a qualquer eventual observador que estivesse ali embaixo pelo pedaço. Carl acelerou a carreira e o desabalado espectro tropeçou numa raiz e estatelou-se em um lamaçal. Ao cair, agitou-se e se contorceu de tal forma que o troçopano revelou o rosto sardento:

— Sallı! Salli! gritou Carl, Praondi, bein? Praondi?

Ela não respondeu a saudação — apenas o fitou, os olhos arregalados e pálidos transbordando com o ódio indiferente de uma besta dibinkedu.

Carl encarou Salli. Suas maçãs estavam encovadas, o pescoço, afinado, uma película recobria seus olhos amedrontados. O troçopano envolvia seu corpo macilento como uma mortalha sobre um esqueleto ambulante. O Homerruim aflorou à tona outra vez, na imaginação febril de Carl — seria aquilo uma visão? Estariam ele e Salli já no quintal do rompedor, estaria ela prestes a se erguer e saudar Dave? O troçopano estava muito apertado, Carl não vira alguém se cobrir daquele modo nem entre as mamães londrinas. Ele se curvou para lhe oferecer a mão aberta e ela cuspiu em seu rosto:

— Viadu! gritou, então, Viadu dukaraliu!

Ele se ajoelhou a seu lado para mostrar que não oferecia ameaça e ela se encolheu, então cuspiu outra vez.

— Naum mincosta! disse, encolhendo-se, Sô umamocréia, agora!

— Mocréia? Carl estava incrédulo. Ki C keh dizê? Com'assim?

— Foi uke eu diss' — so umamocréia, ieh tudu culpa sua. C axa ki C eh dävynu, maiz C num eh — forum mamáis ki fizeru você, comu fizeru akeli bixaducaralio — prunossu azar!

Sem compreender sua ira, Carl começou a dar uma explicação hesitante sobre o porquê de ele e Antonë terem deixado a ilha. Contou a Salli das atribulações a caminho de Londres e do que haviam descoberto por lá, então, quando falava sobre seu pai morto nas rochas de Nimar, Carl foi ficando mais e mais agitado — tinha tal necessidade de que compreendesse as areias inconstantes da crença que tremia sob elas, e contudo a única imagem poderosa que foi capaz de evocar jazia no coração da própria dävinanidade.

— Eh-eh... sabi komu eh, Salli, gaguejou. V-viu, eu so komu u Mininu Pirdidu — intendi uki eutô dizenu? U Mininu Pirdidu...

— Você! C num eh nium mininu pirdidu! Cuspiu outra vez. C eh soh un viadu, komu kualkeh otru pai — komu uzpais ki micomerum.

— Kuandu?! Kuanud içu aconteceu!? Um grumo de vergonha maternal e ciúme paternal coagulou entre as marteladas de seu peito.

— Oh, seculuzatrais, riu ela amargamente, Antis di C sahi. Nein sei kein foi, si eh kiessa era sua prossimapergunta — purkê forum tantus kimicomerum — nabusseta, nuku, C sabi komu içu...

— Xega! berrou Carl. Pára! Então, tateando atrás de algum novo fato para dissipar a imagem repugnante, perguntou, Iu bebê, uki aconteceu ku eli?

— Tah mortu, claru, mortu iinterradu — ieu, eu pirdi aporra duuteru, nunca mais. Num tinha niuma ajueliadera, purkê suavoh morreu, ivocê, você levô u Tonë kum você kuandu foimbora, num foi!?

Salli Brudi se lamuriava agora e cravava as garras nas maçãs encovadas. Carl estendeu o braço em sua direção — e mais uma vez foi repelido.

— Uki C tein! rosnou. Tah ku motoragi o kualkeh koiza assim? Keh micomê? Tah, meti, entaum. Rasgou o troçopano, freneticamente, até que ele se abriu para expor um peito flácido sobre a caixa torácica corrugada. Vamu! Mifodi! Mifodi!

Carl — com medo e repulsa — recuou, ficou de pé, deu meiavolta e correu através da mata, mergulhando em densos trechos de aguilhoal e talo-de-chicote. Correu orlando o campo do Gayt, então tropeçou, caindo sobre entulho de creto e pilhas de tijolo, rasgando a carne nos cotovelos e joelhos. Foi somente quando chegou tropeçando à região mais profunda da zona, onde ficava a antiga mamoa aninhada sob sua cobertura vegetal, que desabou no chão. Um corvo, perturbado de seu poleiro em uma velha crepitácea sufocada pela hera, crocitou uma vez e, preguiçosamente açoitando o ar quente com suas asas oleaginosas, ascendeu ao vidro. Carl não notou nem isso, nem qualquer outro fenômeno — estava perdido. Perdido em lágrimas, perdido na dor que sentia por Salli, por si próprio, por Ham.

≈

O manto de Carl estava rasgado e ensangüentado quando finalmente encontrou o caminho de volta até Antonë e Tyga. Deitando no chão, balbuciou coisas ininteligíveis. Antonë lhe deu um gole de jack, então, depois de Tyga ter lambido cuidadosamente as feridas de Carl, o ex-cirurgião aplicou-lhes uma cataplasma de erva-férrea. Não foi senão quando a terceira tarifa ia já bem avançada que o jovem se recuperou o suficiente para contar o que acontecera. Böm esfregou meditativo a ponta do queixo, onde o cavanhaque costumava ficar, até ouvir tudo, então disse:

— O que está acontecendo por aqui? Salli falou do motorista ou dos demais hamsters?

— Nah, replicou Carl, num dissi nada, maiz vo dizê uma koiza, veliu, eh algu muiturrui, sejalahukifô. Dcvim tah todus sofrenu no pedassu... Devi tah.

Passaram uma noite de desassossego na clareira. Tyga erguendo-se muitas vezes e acordando os dois humanos igualmente nervosos. No farol ligado, confabularam. Ambos estavam de acordo — não havia outra saída, tinham de verificar o que se passava em seu pedaço. Após umas miseráveis colheradas de papinha e outro gole de jack, fizeram Tyga se levantar e deram início ao seu laborioso progresso; evitando as trilhas fáceis e mantendo-se no interior da mata, contornaram até onde a barreira de turfa dividindo o Gayt do território doméstico juntava-se ao Layn.

Felizmente, a bruma fora soprada da laguna durante a noite. Mesmo assim, conforme se arrastavam atrás da barreira, estavam dolorosamente conscientes de que apenas aquele volume de terra os separava do pleno escrutínio das vistas de quem quer que fosse. Carl insistia com Tyga para que mantivesse o ventre rente ao chão, enquanto ele e Antonë também andavam de gatinhas. Levou muitas unidades até que chegassem ao ponto de maior proximidade do pedaço. Então, com uma última carícia tranqüilizadora nos jonkiris de Tyga, Carl instruiu o moto a permanecer imóvel em uma vala, enquanto ele e Antonë escalavam a barreira para espiar do outro lado.

A cena abaixo gravou-se de imediato em Carl Dévúsh com a força de um pesadelo. O pedaço dos hamsters sumira. Sumira como se nunca houvesse estado ali antes — cada tijolo, laje, corda e feixe de colmo das antigas estruturas fora removido, deixando atrás de si na grama apenas sete depressões em forma de vagem, que indicavam onde os apês outrora haviam estado. A algumas centenas de passos, alinhado através do pequeno promontório que interrompia a suave curva de Manna Bä, havia um novo pedaço: dez geminados quadrangulares, de quinas agudas, com telhados de empenas. A metade inferior deles era do tijolo mais vermelho, as cumeeiras rebocadas com massa branca entre vigas pretas. Geminadus betanus, ofegou Carl, elis kunstruiraum geminauds betanus. Os geminados betanos estavam dispostos em duas linhas retas de cinco, divididos não pelo alegre murmúrio da evian corrente, mas por uma severa parede de tijolo mais alta que dois pais.

Construir geminados betanos não era a única coisa que os hamsters andavam fazendo — tampouco demolir seus antigos apês. Com um choque, Böm viu que seu próprio pequeno geminado em Sid's Slick se fora — assim como o antigo Abrigo. Em seu lugar havia uma nova construção para recitar, incomensuravelmente grande e imponente para aquelas plagas isoladas. Tinha talvez trinta passos de comprimento e a altura de três andares. Ficava muito perto da praia e ao lado de suas laterais rústicas e sem pintura os pés de pustulária pareciam diminutos como resta-burgue.

Havia a amostra de um novo edifício ainda mais chocante a alguns passos desse: uma enorme paliçada de estacas de crepitácea grosseiramente desbastadas fora fincada na terra. Ali dentro, os dorsos cerdosos de toda a população de motos da ilha se agrupavam. Carl contou vinte e três motos, junto com dezessete mobiletes. Os motos estavam indóceis — bufando e chocando-se contra o cercado —, porém, como era o comportamento das criaturas quando intimidadas, sem emitir qualquer verbalização. Lado a lado com o torpe redil, projetava-se a implacável forma retangular de uma alongada trave de moto — muito maior até do que era o costume para o abate de outono.

Enquanto os dois filhos pródigos observavam, um grupo de hamsters emergiu de um dos geminados do lado paterno do muro e, contornando cuidadosamente o lado das mamães, seguiu caminho até o Abrigo. Carregavam latas respingando tinta verde e estavam sob a orientação de:

— Um motorista! deixou escapar Carl.

Entretanto, não era o motorista em pessoa — esse era baixo e atarracado; o feitio de seus mantos seguia a moda londrina, seus tênis tinham cano alto e seu espelho pendia de uma haste dourada. Assim que o grupo de trabalho chegou ao novo Abrigo, outros motoristas saídos do interior foram a seu encontro, além de um enorme bando de não-insulanos — pivetes estrangeiros, um grupo de chilmen e os camaradas do advogado de Chil. Carl jamais ouvira falar antes de uma tal enxameação de pais em Ham. Não era de surpreender que Salli parecesse faminta — eles deviam estar devorando todas as provisões curryadas dos hamsters.

Então o motorista dos hamsters apareceu. Veio mancando de seu geminado, apoiando-se pesadamente em uma bengala. Visto do lado dos alvoroçados visitantes, era uma figura pequena — recurvado, o cabelo branco ensebado e desarrumado. Fred Ridmun, junto com Mister Greaves, surgiu no vão da porta atrás dele e, seguindo o motorista na direção da trave, gritou: Peet! Bert! Billi! Os jovens se separaram do grupo agitado e se aproximaram. Carl crescera com aqueles três que, assim como ele, haviam subitamente chegado à idade paternal. Caminhavam eretos, num colóquio pontudo de joelhos e cotovelos — entretanto, pelo modo como arrastavam os pés descalços e cuspiam o chiclé mascado no chão, ficava claro que a tarefa a aguardá-los não era das mais bem-vindas.

Carl se deu conta do que ia acontecer mesmo antes que o primeiro moto fosse tocado para fora do cercado e viesse gingando até onde o chefiador, o chofer e o motorista estavam. Toduzelis, gemeu.

Vaum abatê toduzelis! Por um instante sem fala, Antonë deu um ligeiro aperto no ombro de Carl. Billi Brudi, que vinha conduzindo Lyttulmun pelos jonkiris, chutou a besta na parte de trás do braço de apoio, de modo que o moto desabou e rolou no chão. Sem preâmbulo, Fred Ridmun desembainhou sua faca — sem dúvida, aquilo não seria nenhuma morte ritual, nenhum choque entre humanos e motos alegremente aguardado. Billi não se ajoelhou para afagar o moto — o chefiador tampouco recitou a corrida do abate; em vez disso, abaixou-se rápido e enterrou a faca com ímpeto selvagem, como que para proclamar pelo mero ato que aquilo era uma ação criminosa. Lyttulmun, assustado e sofrendo, começou a se debater. Tyga, farejando o sangue do companheiro de chafurdeiro com a brisa, ergueu-se atrás da barreira e Carl teve de tirar os olhos do espetáculo sangrento para acalmá-lo e fazer com que se abaixasse outra vez.

Quando Carl retomou seu lugar no topo da barreira, Lyttulmun fora amarrado e arrastado pelo chão poeirento até a trave. Ali um grupo de pivetes fazia força para içá-lo. A moto seguinte, uma fêmea, já fora selecionada dentro do cercado e, como que intimidada pelos mugidos de Lyttulmun, aguardou submissa a faca do chefiador. Um dos motoristas itinerantes londrinos se aproximou e virou-se de modo a poder assistir à abominação sendo morta em seu espelho. Palavras de execração voaram sobre o campo de cereal agitado pelo vento:

— Besta dibinkedu maldita! gritou um dos pivetes respingado de sangue sob a trave. Kein C pensa ki eh!

Então, muito abruptamente, o foco da ação mudou. O motorista esticou o braço negro e guinchou: Prendam aquele voador! Carl seguiu a direção de seu dedo trêmulo aonde um pai atarracado abrira caminho entre a multidão junto ao novo Abrigo e ziguezagueava rumo à trave. Dois ou três camaradas tentaram sem sucesso segurar o sujeito, mas com seus pesados coletes blindados, segurando as balaústres, eram desajeitados demais para deter Gari Funch antes que chegasse ao primeiro montante e, com a agilidade de um legítimo salta-stacks, trepasse sobre a trave na mesma hora.

Gari Funch subiu na viga mestra e ficou de pé sobre ela, um pé em cada lado da corda de onde pendia o moribundo Lyttulmun. Pivetes, camaradas e chilmen vieram correndo e fizeram um círculo de rostos virados para o alto. Antis ki 6 matein maizum, rugiu Gari, vaum tek' mi matah primeru! Os motoristas e hamsters haviam se juntado ao público, os primeiros virados de costas, os últimos com as cabeças curvadas. Sein uzmotus, continuou Gari, os lábios gordos inchados de emoção, naum izisti maiz Am, intaum podim acabah kumigu! Vamulah filiusdaputa — venhum!

Eli tah certu, disse Carl para Antonë, eh uki umotorista keh, sein uzmotus naum tein Am, iuPesseoh naum keh Am niuma. Carl reuniu forças e ficou de pé no alto da barreira, expondo-se de corpo inteiro. Ele abarcou todo o panorama ensandecido ali embaixo: os motos aprisionados agora bufando e mugindo em seu redil, os desconsolados hamsters reunidos ao pé da trave, os insensíveis agentes do PCO. Sentiu uma portinhola se abrir dentro de sua mente e finalmente ouviu através dos estalos do interfone a voz transcendental de Dave:

— Tudo que você fez, entoou o Motorista Supremo, tudo que seu pai fez, foi acelerar a destruição de sua amada ilha. Que assim seja — não deve se culpar, meu filho, pois essa destruição teria vindo de qualquer jeito, mais cedo ou mais tarde. Você viu Nova Londres! Testemunhou os poderosos ventos da mudança que correm entre seus apês enfumaçados e sua aléias imundas. O Public Carriage Office não tem necessidade de motos — nem da verdade. Tudo de que precisam é o Livro e a Roda, os motoristas e fiscais, o rei e seus advogados servis!

O bibici oracular silenciou — o interfone desligou com um clique. A turba cercando a trave avistara Carl. No início, um ou dois hamsters fizeram gestos e gritaram, depois, cada vez mais gente — motoristas, camaradas, pivetes e chilmen — desviaram a atenção de Funch para confrontar a estranha aparição. Escutando o clamor, saídas dos apês betanos no lado mais próximo do muro, ocultas em seus troçopanos, vieram as mamães de Ham, encolhidas e aterrorizadas. Carl respirou profundamente. Não precisava de interfone para lhe dizer isto: se não fosse Dave a ter arruinado tanto o mundo, teria sido algum outro deus — Jizuz, Juzeh ou Ali —, com suas próprias leis bestiais. A única recriminação que Carl se permitia fazer era prantear a tola busca de um pai que nunca conhecera — quando bem ao alcance sempre estivera aquele sujeito preparado para ser um verdadeiro pai para ele. Estendeu a mão e ajudou Antonë Böm a ficar de pé.

— C... C... tentou dizer.

— Sei, kiridu, sei, respondeu Böm, num mokni tranqüilizador. Eussei.

— C, C sempri foi 1 pai pramim, Tonë, agoravamu, meu veliu.

O forte vento leste arrebanhara as nuvens numa compacta massa branca acima da Zona Proibida, de modo que toda Ham foi revelada, um feto verde flutuando em sua laguna amniótica. Foi em esplendor ultrawatt que as três incompatíveis figuras — o esguio jovem pai, o bicha corpulento e o moto bamboleante — seguiram adiante para o pedaço e para fosse lá que destino os aguardasse.

16
Made in China

Outubro de 2003

Dave Rudman não ia à cidade com muita freqüência — e quando ia, tomava o metrô. Caminhava os dez quilômetros de Chipping Ongar até Epping, depois tomava o trem. Na metade da manhã, em um dia útil, o metrô era o lugar mais vazio do mundo. O ex-taxista sentava sozinho nos bancos modernos; sob seus pés, o piso de borracha cheio de pedacinhos de jornal — a caspa das atualidades.

Com um *slapt-clac* o trem acelerava pela vastidão de conjuntos habitacionais e cidades-satélites aglomerados com construções dibinke-du — centros cívicos secadores de cabelo e enormes estacionamentos bandeja de arquivo. Vagarosamente no início, depois com cada vez mais batidas e solavancos, até atingir um crescendo de aço guinchando contra aço e se lançar sob Mile End. O túnel no começo era descontínuo, de modo que borrifos de luz do dia atingiam as paredes escurecidas de fuligem e os verminosos cabos de alta tensão. Então o trem se enterrava ainda mais fundo na escabrosa crosta da cidade — pelo laranja sangüíneo, marrom de bosta e bile enegrecida, penetrando a argila londrina. Em Bank, Dave tomava o elevador para o térreo e emergia, um rato do campo piscando os olhos no coração de pedra daquilo tudo. Via-se diante do frontão da velha Bolsa de Valores, num vaivém de yuppies e secretárias, lampejos esverdeados nos painéis de vidro cinzento dos prédios. Acima dele uma enérgica estátua do general Smuts arremetia para Holborn...

...Porém, sem nunca chegar a lugar algum: seu chapéu australiano e plastrom não forneciam proteção contra a mancha de poluição em suas costas de bronze. Virando as suas próprias costas para o Bank of England, Dave evadia-se para o rio, depois preguiçosamente pegava uma das pontes. Só retomaria algum senso de onde estava quando, curvando-se sobre o parapeito, via a quilha de um barco turístico desaparecer sob ela, cortando uma esteira de espuma na água cor de cerveja. Aprumando-se, torneando o corpo — o diorama londrino girava em torno dele: as agulhas palitos de dente e domos vidrinhos de tempero das igrejas Wren remanescentes, os grampos de aço e o Karnak de concreto de Broadgate e do Barbican, os gramados de AstroTurf e as paredes de látex infladas da Tower, a maçaneta de latão do Monument. Descendo o rio, um bando de pombos fervilhava nos píeres embelezados da margem sul, onde estivadores universitários em aventais listrados de azul descarregavam *boudin noir* nos porões de carga de engenheiros financeiros alemães.

Dave Rudman andava o dia todo a esmo. Recém-ignorante de Londres, entrava no meio dos rebanhos de turistas e junto com eles seguia o cajado pastoral de um guarda-chuva erguido aonde pudesse escutar uma explicação wallooniana da St. Paul. Ou então vagava rumo a South Kensington e saracoteava pelos museus, absorvendo lentamente a perversa estratigrafia que dispusera aqueles fósseis em faixas horizontais, entremeadas a lojinhas de presentes e cafés. Voltando para a luz do dia após éons, Dave jogava a cabeça para trás e permitia que a vívida sensação de estranhamento — que o assombrara ao longo de todo o quente verão — o golpeasse de novo.

Certa tarde, Dave examinava as bancas de livros sob a Waterloo Bridge — *Shell Touring Guide to Anglesey... The Houseboats of Srinigar... Theatrical Design in the Thirties* — quando o usual turbilhão de cinéfilos, skatistas e turistas formou uma correnteza única que fluiu firmemente rio acima na direção da Millennium Wheel. A massa londrina, tão segura de sua própria teatralidade que dava papéis para pintores de calçada, músicos clássicos aviltados e esmoleiros senatorialmente enrolados nas togas de seus sacos de dormir. Dave se dispôs estoicamente a ignorá-los — quando o cavalete da mesa de livros foi chutado e tudo veio abaixo. Então, mais enfastiado que nunca, lhe ocorreu: *Estão correndo de medo... É uma bomba — um ataque... Todo mundo já estava esperando por isso — o rapaz na papelaria disse, não vai na cidade hoje... Tenho responsabilidades... com Phyl, Steve — até Carl...* Começou a se mover junto com a multidão, tentando se desvencilhar depois de Jubilee Gardens — pois de repente a orientação de Dave voltou completamente.

Passando sob a Hungerford Bridge, ele descobriu como se enganara — aquela era uma agitação por causa de outro perigo, outra espetacular revivescência pela qual Londres estivera à espera havia séculos. A cabeça de Dave se dobrou para trás e ele se tornou parte do círculo de rostos voltados para cima. A Millennium Wheel arqueava-se no alto, um bracelete no fofo punho das nuvens. Em geral ela se movia tão devagar que ao capturar seu enfadonho progresso o sangue pulsava nas têmporas dos espectadores, que cambaleavam, sentindo a vertiginosa revolução do globo sob seus pés. Mas ela havia parado.

A multidão também atingira uma concentração crítica, mugindo — não havia como avançar ou retroceder, uma barreira compacta de placas informativas bloqueava os Jubilee Gardens com uma lengalenga sobre história e renovação. O povaréu já não estava nada atraente... *logo todo mundo vai tá um lixo.* Cheiravam a açúcar e xarope de milho hidrolisado, Marlboro Lights e Calvin Klein pirata. No terraço do County Hall um grupo de alunos de Lille subia e descia em armações de teia elástica. Policiais em coletes de Kevlar armados com submetralhadoras abriram caminho descendo os degraus da Westminster Bridge — a multidão se fendeu com um gemido angustiado, polifônico.

A Wheel parara de se mover. *Como chamam ela agora... London Eye?* Ele se lembrou da vez em que andou com Gary e o pequeno Jason — o menino com fantasia de Homem-Aranha, escarrapachado contra o vidro translúcido da cabine. À medida que subiam numa suave parábola, Londres se materializou sob eles, os ministérios de cartolina e monumentos de papel desdobrando-se em popups tridimensionais de solidez duvidosa. Dave sentiu uma pontada expressa de náusea subindo pelo esôfago. *O único modo de me segurar pra não gritar nem vomitar foi recitar, pegando um táxi na Lambeth Bridge e me enfiando no banco do motorista, dirigindo pra Pickets Lock ou Willesden, Camberwell ou Wanstead Flats... o Days Inn em Hounslow...*

Havia outra minúscula figura fantasiada escarrapachada contra o céu. *Tal filho, tal pai...* Ouvindo o *craac* dos megafones policiais, conforme empurravam os curiosos mórbidos por um vão na cerca e recuavam pela grama ressecada na direção do Shell Centre, Dave Rudman imaginava se *Fucker está fazendo isso bem agora, recitando os pontos e as corridas... tentando arrumar uma... uma identidade pra si mesmo... se convencer de que não é só mais um doente...* Porque era isso que o homem ao lado de Dave dizia para o seu camarada:

"Olia só akele duentiducaralhu!"

"Comu C acha kele cociguiu subi nualto da cáçula?", cuspiu o outro.

Dave também se perguntava isso, porque, em vez de contornar o aro da Wheel — que era equipado com uma escada de segurança —, Fucker já avançara um terço do caminho ao longo de um raio em direção ao cubo da roda, num ângulo de sessenta graus. Avançava *à la* lagarta, arrastando o casulo enrolado atrás de si. Havia um segundo inseto lutando para sair da cápsula em que Finch devia ter subido, mas por algum motivo só a metade de cima emergiu pela portinhola de emergência. *Será que deu pra trás?* Ou havia turistas enraivecidos agarrados a suas pernas fantasiadas? Pastelão nos píncaros. A polícia estava furiosa — embora sem dúvida tenha percebido que aqueles estúpidos são tão terroristas... *quanto eu?* Sem dúvida não iriam atirar com seus canos que oscilavam entre a multidão em fuga e a Wheel, ou iriam? Sem dúvida iam esperar pelos *Seilá... comé que chamam?...* negociadores treinados. Sem fôlego, Dave Rudman estava prestes a dar meia-volta quando o inseto no talo branco bambeou, desprendeu a traseira, por causa do fardo mal distribuído, e caiu.

Gary Finch empreendeu a queda lentamente — quase preguiçosamente. Estaria inconsciente — ou experimentando um barato de vertigem por ter conseguido A Performance? Talvez sua cabeça bufa houvesse sido arrebatada pelo absurdo daquilo tudo — ou talvez sentisse uma libertação final do Lord Chancellor's Department e dos advogados, dos mediadores e da Child Support Agency? Por semanas depois disso, noite após noite suando na cama, afundado no colchão de molas, Dave revisitou cada pancada esmigalhadora dos ossos e cada impacto perfurador da carne. A quantidade de sangue quando Gary atingiu a balaustrada — um spray de lava-rápido cujo arco foi elevado o bastante para que gotas isoladas caíssem entre as folhas de pequenos plátanos e brilhassem ali *como framboesas.* Embora o corpo de Finch estivesse travestido, o estofo estourou para fora, quebrado na Roda.

Phyllis não contou a Dave sobre os dois turcos que apareceram em Choufleur cerca de um mês após a morte de Fucker Finch. De que adiantava — o velho camarada de Dave estava morto, agora, por que prolongar ainda mais o sofrimento e a perplexidade em suas vidas? Além do mais, Dave estava tão afundado dentro de si mesmo; Phyllis tentava encará-lo como um urso com a cabeça cheia, descansando em seu pequeno chalé no limiar da floresta. Na maior parte do tempo isso era um conto de fadas — Dave estava muito deprê, quase igual a quando o conhecera, arrastando os pés da sala para o banheiro em seu roupão preto de modo a espremer algumas gotas de mijo da bexiga entupida de remédios. *Mesmo assim*, esperava, *é pesar genuíno, não é? Melhor não mandá-lo de volta ao psiquiatra.*

De qualquer forma, os turcos foram bastante educados. Não duvidava que eram capangas, mafiosos — mas não iam pegar pesado com ela. O que falava — um sujeito robusto com barba por fazer escurecendo tudo até os círculos de guaxinim sob os olhos ferozes — usava um blazer azul-marinho com botões de metal. Falava com súbitos meneios de mãos, sacudindo o pesado Rolex no pulso cabeludo, exibindo a manicure. "Como?", perguntava após cada resposta dada por Phyllis. "Como?" Estavam de pé na rua, ao lado da vidraça do Theatre Museum. Dentro havia um boneco de Arlequim usando uma máscara dourada e uma *bodystocking* padronizada — diamantes de lilás, malva e citrino. Ela explicava para os turcos que Gary Finch estava morto. "Vocês devem ter visto nos jornais — o cara caiu, caiu da roda, aquela roda enorme?" Descreveu um enorme círculo com os braços estendidos. "Como?", disse o turco principal — e seu comparsa tagarelou em direção ao Royal Opera House, o fone de ouvido de seu celular parecendo um nanobô prestes a rastejar para dentro de sua orelha peluda.

Não havia nada de concreto que Phyllis pudesse despejar ali dentro — não conhecia a ex de Gary, seu pai ou seus outros camaradas, e não ia perguntar a Dave. *Se'u conhecesse'u contava... problema deles — não meu, nem do Dave.* Seu chefe saiu para ver qual o problema e, ainda que fosse um homenzinho inofensivo, efeminado, com cabelo castanho engomado, camisa de seda e calça alta na cintura, os turcos pegaram a deixa e se mandaram. Phyllis notou que estavam dirigindo um velho táxi londrino. Havia manchas escuras sobre a antiga publicidade das laterais e as placas haviam sido removidas. Ela se virou para a entrada do restaurante — depois olhou para trás para ver os dois sujeitos junto a seu estranho carro velho.

$\sim$

O inverno demorou muito a chegar nesse ano. A terra se recusava a liberar seu calor, nenhum vento soprava e as folhas, declinando de cair das árvores, continuavam ali, débeis e encolhidas. Despertando de sonhos constrangedores onde todas suas relações passadas — incluindo seu casamento — assumiam um matiz fantástico, adocicado, Dave Rudman cambaleava pela escada até a cozinha, onde moscas em fim de carreira pousavam nos peitoris mal desbastados. A morte nunca parecera tão próxima, antes — nem mesmo no fibrilante centro de sua loucura. O pó da morte recobria cada superfície e ele sentia uma irritação frenética com tarefas manuais meticulosas — lidar com o bico de cartolina encerada de uma embalagem de leite longa vida —, que, tinha certeza, iria assombrá-lo pelo resto da vida. Dave caminhava pelos campos fastidiosos e observava o fazendeiro local arando a terra, um bando de gaivotas em sua esteira. Tomava o copo de cerveja ocasional no pub local com o fazendeiro — e erguia o braço em costumeiro assentimento.

Enfim o frio chegou e procurou-os com dedos entorpecidos. Phyllis e Dave pararam de fazer o amor que desnudava suas almas — em vez disso, enrolavam os corpos almofadados em roupões antes de dormir e se ajeitavam com bolsas de água quente. Pois, ainda que o inverno demorasse a decolar, o chalé permanecia impossível de aquecer. Steve voltara ao hospital. O dinheiro estava curto.

O pai de Gary quis para o filho uma despedida de taxista. Havia até — e Dave achou isso *meio forte* — uma coroa em forma de volante no alto do caixão preto reluzente. Num dia em que o tempo estava inclementemente quente, Debbie trouxera Jason e Amber em roupas de praia — shorts roxos, camisetas espalhafatosas, tênis puídos. Mesmo com toda a merda que Gary a obrigara a passar, Dave achou isso *um pouco demais*. Ficou surpreso de ver uma multidão decente reunida no crematório — mesmo que dificilmente reconhecesse alguém além de Big End e Dave Quinn.

Deu-se conta, quando um alto-falante oculto tocava uma fuga, de que os homens em idade de praticar maus-tratos infantis, com ternos recém-passados e sapatos brilhantes, não eram taxistas — nem mesmo trabalhadores de construção —, mas Fighting Fathers. Fighting Fathers que buliam como crianças e então, quando o padre oficiante ofereceu a todos uma oportunidade de dizer "umas poucas palavras", vomitaram tantas, e tão pouco apropriadas, sobre como Gary fora "um mártir pela causa". Debbie e as crianças pareciam estar achando graça, enquanto o pai e a mãe de Gary entregavam-se à contemplação lacrimosa do caixão, pousado na esteira rolante para lugar nenhum, à espera de desembarcar seu passageiro.

Virando-se para espiar os presentes, Dave viu um perfil familiar gravado sobre outro — uma justaposição que conferiu a ambos os rostos mais carnalidade. Era um perfil que esperara encontrar — o arrogante meneio de cabelo de surfista, o nariz em rampa de esqui, o reluzir rosado da pele bem irrigada. "Gary era um homem que amava seus filhos mais do que tudo", dizia a voz atrás do atril, "eles vinham antes de tudo, e quando morreu ele estava escalando aquela roda pelos pequenos Jason e Amber". O pequeno Jason estava do tamanho de seu pai *e juro que tá chapado*. O Fighting Father limpou a garganta e consultou o texto que preparara no verso de um envelope. "Desculpe, Dave", sussurrou Phyllis, "mas não agüento mais isso — tô indo".

Dave foi junto. Lá fora, diante da capela do velório, um carro funerário dava ré sobre o cascalho. Era um TX2 novo em folha que fora cortado ao meio para um prolongamento de carroceria. De mãos dadas, Dave e Phyllis quase desceram pela alameda de ciprestes anões — era um pequeno momento de leveza antes que o peso daquilo tudo se abatesse sobre eles. Olhando para trás, Dave viu que o Skip Tracer saíra para o pórtico, enxugando o rosto com um lenço malva brilhante. Dave pensou que talvez fosse falar com eles; em vez disso, tudo que fez foi sorrir — uma pequena careta tensa — e erguer a mão num *tchec-tchec* de adeus.

Dave Rudman nunca mais olhou para outro táxi londrino sem pensar naquele carro funerário obscenamente alongado. Nunca mais olhou para outro taxista sem imaginar seu passageiro como um cadáver e seu motorista como um agente funerário taciturno.

Quando o Natal passou, Dave apanhou os dois cadernos que havia deixado abandonados no alto da estante da aconchegante sala de estar. Enfiou-os em um envelope forrado de plástico-bolha que comprara na banca de Chipping Ongar. Escreveu uma carta para acompanhá-los em sua jornada até o estranho que costumava ser seu filho. *Esquisito pra caralho — eu sei, velho... que você ouça também vindo de mim. No fim do dia — pode jogar isso fora — ou guardar... Depende de você... Não quero impor nada — entendo inteiramente... é difícil explicar...* Então não o fez, só assinou: *Sinto muito — de verdade...* porque enfim sentia mesmo.

Os talos de narcisos despontaram no mato em janeiro — as flores de maçã abriram antes do fim de fevereiro. O inverno, sobrepujado, bateu em retirada ante a firme artilharia da vegetação. Quando as nuvens retrocederam, o sol estava ligado com a intensidade de uma lâmpada ultravioleta, seus raios exaurindo os novos brotos. Na direção de Harlow, os paus duros das chaminés arrotavam fumaça e nas estradas os gases dos escapamentos pairavam em faixas, como esteiras brancas de aviões permanentemente aterrissados.

O dinheiro da venda do táxi acabara e Dave precisava de um ganha-pão. Dirigir um minicab era *simplesmente lógico*. Procurou uma ou duas empresas locais e pela primeira vez em meses ligou o celular. Havia uma mensagem de texto à sua espera que se anunciou por conta própria com um chilreio estéril. Era de Carl: "Valeu pls linhas."

Dave levava macedônios para arrancar batatas e poloneses para extirpar cebolas. Os indesejados imigrantes albergavam-se em número de quinze em chalés para trabalhadores — ou até nos celeiros de ferro corrugado das fazendas. Organizavam-se para usar os serviços de Dave, para que pudesse levá-los ao supermercado, onde compravam uma aguarrás de furar o estômago. Ele não precisava de grande conhecimento para essas corridas de A a B, nenhum dicionário geográfico impresso em seu cerebelo, nenhuma arrogância imemorial. Assim, Dave transportava velhos pilosos para creches de idosos e donas de casa para se depilar. Apanhava crianças na escola porque alguma mãe capotara seu 4x4, depois aturava o tormento no banco de trás. Apanhava yuppies da City no terminal de metrô em Epping para levá-los de volta a suas peculiares comunidades cercadas — crescentes de geminados modernos, vidros duplos, telhados vermelhos, e ilhados em campos de cinqüenta acres de colza, de um amarelo tão brilhante que provocava icterícia no céu acima.

"O subsídio do governo é bom", o fazendeiro, Fred Redmond, explicava; mas aos ouvidos do motorista do minicab suas palavras soavam como "Ossussídiudugovernébonh", pois Redmon falava um rústico dialeto de Essex. "As pessoas estão sempre se queixando da merda da UE, mas tô falando, Dave, num fosse o sussídio, todessaterra s'ria propriedade dalguma maldita corporação qualquer." Não que Redmond fosse nostálgico em relação ao passado; tinha um filho crescido que era programador de computadores em Toronto. "E puta sorte dele." Tampouco se via como um nobre guardião do torrão nativo. "Tudo babaquici, já cansei di arrancá sebi e ispalhei pesticida in tudu qu'é planta."

Mesmo assim, no início claudicando levemente ao voltar do pub — pois Fred tinha uma perna imprestável — e depois em largas coxeadas através do campo e da mata, o fazendeiro — ao que parecia, inadvertidamente — começou a instruir o ex-taxista nos nomes das coisas.

No início havia as plantações — a imensidão ondulada pelo vento do trigo novo, as fileiras plumosas de cevada, as farfalhantes medas de milho alienígena. Depois, conforme avançaram mais, Fred Redmond decifrou os bosques de carvalhos de folhas crepitantes com seus andares inferiores de giesta verde espinhenta, urtigas de folhas serrilhadas e samambaias fetais. Antes de ter se mudado *pro mato*, Dave teria passado apuros para diferenciar uma bétula prateada de um freixo. Agora se pegava esfregando carinhosamente a casca lisa das faias, e agradecido pelos talos fustigantes das sarças espetando-o através dos jeans e pondo-o em alerta.

As lindas flores amarelo-ouro do tojo lembravam a Dave uma prole elegante e superprotegida, guardada por selvagens cercas de espinhos. Quando Dave comentou isso, Fred chamou sua atenção para as ouriçadas barreiras de abrunheiro — "Uma praga maldita — mas bom pra manter o gado longe" — antes de conduzi-lo até Rider Roding, um fino riacho que cindia suas próprias terras, e mostrar-lhe as poderosas umbelas da Giant Hogweed crescendo às margens sombreadas. "É tóchica", explicou o fazendeiro, "veneno esquisito pra danar — num incomoda quando você raspa nos caules — só mais tarde, quando o sol bate em cima". O trabalho de Fred era deportar à força aqueles invasores ecológicos vindos do Cáucaso no último quarto de século, mas, como dizia: "O Ministéru d'Agricultura tá pouco se lixando, contanto que as crianças não se machuquem. 'lémdomais — a menos que'u use uma porra de roupa de astronauta fico co'essa queimadura crônica, quando corto ela." Puxou a perna da calça de fustão para mostrar a Dave as manchas brancas onde a pele couriácea inchara, para depois supurar e estourar.

"Maizumacoisa", continuou Redmond, conforme caminhavam através dos campos, o orvalho do fim da manhã molhando-os na altura da virilha enquanto os tordos chilreavam no pilriteiro, "miajuda bem, a 'ogweed, é com'uma cerca elétrica — mantém o povo longe do meu chiqueiro". Não que houvesse muito povo à vista. Jamais escapou a Dave que, a despeito do guincho dos televisores atrás das sebes de cipreste leylandii e do onipresente rugido dos motores japoneses, assim que pisasse fora da estrada lá estava ela, a terra, ondulante e vasta, com seus álamos tremeluzentes sombreando os leitos dos rios e úmidos amieiros arrastando seus amentos flácidos e fálicos.

Dave habituou-se a passar pelo chiqueiro de Redmond, assim podia comungar com as bestas rosadas que cavoucavam o chão ou cochilavam em suas robustas protuberâncias. Olhando para elas por detrás do estreito emaranhado de volteios espicaçantes ele podia ver... o quê? Alguma humanidade naqueles olhos afundados em focinhos carnosos — alguma delicadeza também em suas pernas arqueadas e patas sem calcanhar. Eles vinham fungando até ele e mesmo sabendo que não deveria — que tais sentimentos eram inadequados para o bacon do futuro imediato —, pegava-se chamando-os pelos nomes infantis que outrora dirigira a Carl: "Little Man" e "Champ", "Runty" e "Tiger". Quando se virava, os porcos se afastavam bamboleando de volta a seu enlameado chafurdeiro.

À medida que os dias de verão ficavam mais longos, Phyllis notou a mudança no estado de espírito de Dave. *Deixar que superasse isso* foi, ela pensou, a coisa certa. Começou a se barbear regularmente, comprava-lhe garrafas do vinho doce alemão de que ela gostava e lhe trazia buquês de flores silvestres quando voltava de suas perambulações. Certa noite, em julho, fizeram amor pela primeira vez em três meses; depois, exaustos, os dois estirados como botos no colchão salgado, ela arriscou murmurar, "Pode ser que tenha sido melhor pra ele, daquele jeito".

"Melhor de que jeito?" Ele se aninhou junto dela, a mão acariciando em círculos os vasos estourados que se acumulavam, como tributários, no vale profundo de sua região lombar. "Melhor" — ela se sentou com o corpo dobrado e enfiou um travesseiro sob o busto — "antes que aqueles turcos o pegassem — os mafiosos que estavam atrás dele por causa da dívida do carro". Ficou com medo de ter falado demais, porque Dave rolou para o lado e esticou o braço para apanhar seus cigarros na mesinha. "Eles?" Cuspiu uma baforada de fumaça fresca e uma rara escarrada de sapiência taxística. "Não teriam feito grande coisa com ele, dado umas porradas, talvez — quebrado o nariz. Como qualquer um, só queriam o dinheiro dele — se o cara tá morto não é um devedor muito bom."

Será que Phyllis estava velha demais para isso? O pensamento ocorrera a Dave quando começaram a dormir juntos e ela fez que não para as camisinhas, com sua ridícula embalagem de um casal sorrindo castamente. *Ela não me disse se tava tomando pílula*, só que não precisava. *Mas a menstruação ainda vem...* irregular, até aí ele notou — agora que voltava a notar as coisas, coisas além de si mesmo. *Melhor não forçar...* Não que houvesse tempo — o tempo para eles se esgotara —, é mais que *eu tenho... que aceitar o que aconteceu... vou virar um desses caras que não têm filhos* — nunca. Não conseguia deixar de ligar essa idéia com seu comportamento em relação a Carl. *É hora do troco...* ainda que não pudesse entender de quem tirara aquilo. Não tinha nenhum *agiota cósmico de merda* em que acreditasse. Não como *tia Gladys guinchando com seus tênis na quadra de basquete mórmon... Devenish e seu dinheiro podre...* Até Michelle, *com seus cremes e maquiagem... Todo mundo acredita em alguma coisa... como aqueles malucos de merda se explodindo em Bagdá... É só que eles querem um céu aqui, na terra.*

Na parte de trás do fosso que circundava parcialmente o morro do velho castelo, um prado se descortinava, dando em um parquinho infantil cravado no canto de um campo de críquete. Sentado em um banco consagrado à memória de um antepassado Redmond, Dave Rudman meditativamente esfregava o solo estéril deixado como herança do transplante malogrado. Espessas moitas de tojo e sarças estendiam-se ao longo das sebes do campo, e dali saíram hesitantes coelhos — primeiro sozinhos e aos pares, depois, como essa guarda avançada não visse perigo, em grupos de três e quatro. Um casal de corvos pousou no chão ali perto, e os coelhos recuaram. Um balão-espantalho a um quilômetro dali estourou com um seco *bang* e os corvos alçaram vôo. Os coelhos vieram cheirando outra vez. Na balançada e furtiva cadência dos animais, com os tremores de suas orelhas e patas raspando, Dave divisou doces respostas para as amargas dúvidas que o corroíam.

Depois de observar os coelhos por uns dez minutos, enquanto o sol atingia seu zênite, Dave notou um sinistro foco na agitação das criaturas — um brilhante volume sobre a grama que também atraíra um redemoinho de moscas. Deixando o banco, ele identificou o colar rebentado de vértebras em sua almofada de vísceras expostas; outras bijuterias — o crânio de olhos semipreciosos, a caixa torácica como uma tiara ensangüentada — estavam a poucos passos dali, cercadas pela descarga seca de restos cuniculares. *Não force... Deixe que ela venha até você... Já tem tristeza demais na vida dela.*

Uma sombra caiu sobre o coelho morto e Dave ergueu o rosto para dar com Fred Redmond ali de pé com uma espingarda dobrada ao meio apoiada no antebraço. "Cê... cê que...?" Dave não queria parecer um piegas urbanóide. "Nah." Fez Redmond, sem cerimônia. "Podi te sidu uma raposa — um gato selvagim, até. Sei qui elis costumam arregaçá desse jeito. Mesmuassim", continuou, conduzindo Dave para o outro lado do campo com o braço livre, "são uma puta ameaça, saum mesmu, olha como essa ribancera tá cheia de toca — o terreno todu pudia disabá si a gente não controlasse a quantidade deles. Cê devia vir cumigu uma noite dessas catá elis — me dá uma mão".

Dave não ficou nem um pouco inclinado a aceitar. Mas Phyllis disse, "Por que não? Ele só quer companhia — desde que a mulher morreu, tem ficado um bocado sozinho. Além do mais, tem sido um bom vizinho pra mim e pro Steve nesses anos — não como os outros por aqui. Ele aparece e arruma umas coisinhas no chalé — seria bom se pudéssemos fazer alguma coisa por ele em troca."

～

Aguardaram uma noite sem lua, encoberta. Na traseira de sua picape, Fred montara um velho farol de carro. "Tudu qui cê pricisa fazê é mirá u fachu qui eu mandu bala." Esgueiraram-se por pistas verdes e trilhas rurais acidentadas. Fred deu uma guinada na picape e, saindo da estrada, ingressou por áreas agrestes, onde o restolhal consumido pelo fogo dos arbustos de tojo se espetava em paliçadas defensivas. Pararam, desceram, deram a volta e subiram. Ofuscado pela luz, Dave virou o rosto para a carne rosa ferida de pós-imagens, piscou algumas vezes, então viu os coelhos, mudos e curiosos, farejando rumo ao cone mortífero.

Deixou-o muito menos incomodado do que pensou que ficaria. Ajudava o fato de Fred manusear a arma com movimentos sensatos, simples: mirar, disparar, abrir, ejetar, recarregar — uma peça a mais na linha de produção de comida para gatos. Os olhos dos coelhos brilhavam com a forte luminosidade, a arma estourava, o pó e a fumaça de cordite se dissipavam para revelar outro montículo pardo. Ensacaram tudo lá pelas três da manhã; a traseira da picape ficou cheia de pequenos corpos. "Vai fazer o que com eles?", perguntou Dave, esperançoso de notícias utilitárias, carne de coelho enlatada e exportada para africanos famintos. "Ulixaum", retrucou Fred. "Lá prus ladus di Arlo."

"Cê divia vê u lugar", retomou meia hora depois quando estavam de volta ao chalé, tragando goladas docemente abrasadoras de Jack Daniels como dois companheiros. "Pareci a superfíci da lua, as pilas imensas di lixu, uz bandus imensus di gaivotas vindu du mar. To dizenu, Dave", disse Fred, acendendo o cigarro enrolado do tamanho de um cocô de rato e soprando um fiapo de fumaça nas borlas da luminária, "Azvezis eu achu que tá tudu di ponta-cabeça, intendiukieukerudizê? U mar veiu pra terra — a terra foi pru mar."

O passado se tornou nosso futuro e no futuro residem todos os nossos ontens... Isso era um aforismo banal recém-engendrado ou alguma antiga canção pop palidamente recordada? Dave não sabia dizer.

Saíram muitas vezes depois disso — o velho fazendeiro, o couro marrom-avermelhado de seu pescoço rachado como lama cozida ao sol; e o ex-taxista, a pança e os braços de caniço derretendo de seu corpo sob o suadouro dessas diligências noturnas. Outra dupla improvável — um pai em busca de um rapaz, um rapaz vagando por campos azuis enevoados de memórias. Fred ganhou sua própria caneca de chá no chalé, sua própria cadeira e gancho porta-chapéu. Permaneciam sentados até bem depois da aurora — não exatamente ficando bêbados, embora certamente também não ficando sóbrios. Phyllis não se incomodava, Dave ia a seu encontro naquele período carregado de orvalho, antes que saísse para a cidade. Ia a seu encontro recurvado e perdido de amor, gentilmente atlético.

Certa noite, em meados de agosto, voltaram da matança e *ficaram totalmente travados*. Dave sentiu alívio por Fred não se tornar meloso, só caladão, ínfimos fiapos de tristeza escapando com a fumaça de seu cigarro. Contudo, ambos expuseram suas maternalidades nessa noite, Fred lastimando a falta de compreensão que mostrara para com o filho: "Bein qui eu quiria eli trabalhanu na terra — tein tidu Ridmun pur aqui faiz séculus", enquanto Dave lastimava tudo — e nada — ao mesmo tempo, pois sem dúvida *só um babaca diz que não lastima nada — quer dizer que não se lembra de nada... p-porque lembrar é lastimar.*

Mamado demais pra dirigir, Fred saiu cambaleando lá pelas seis da manhã. Dave foi atrás para vê-lo ir. As botas do velho fazendeiro deixavam marcas esmagadas na relva alta, cada uma com sua própria disposição de flores pisoteadas — dentes-de-leão, ranúnculos e margaridas —, retorcidas como guirlandas. Fred esqueceu sua espingarda, que ficou recostada contra o reboco inchado da porta da frente — tão ordinária quanto um guarda-chuva. Vendo aquilo quando desceu, às sete, Phyl subiu e delicadamente sacudiu Dave. "Fred deixou a arma na casa", ela disse. "Mande ele vir aqui buscar, não queremos nenhum problema." Dave grunhiu, "É, é, problema nenhum, amor, pode deixar". Ela encostou o rosto no dele — bexiguento como uma rua recém-recapeada. Ela inalou seu desagradável hálito de uísque e acariciou sua tonsura suada. Ele se enrolou de volta na cama — ela fez meia-volta, desceu a escada e bebeu uma xícara de chá de rosehip, de pé diante do escorredor. Apanhou sua bolsa, olhou mais uma vez para a espingarda, depois fechou a porta cuidadosamente, ouvindo o trinco fechar. Então cruzou o campo, a caminho de pegar o ônibus de Chipping Ongar para Epping.

432

∽

Dentro do Fairway que arrancava na direção nordeste pela M11, os dois homens se concentravam em duas conversas diferentes. Rifak, que dirigia, portava um fone de ouvido com microfone, e assim era capaz de seguir brigando com Janice ao celular ao mesmo tempo que mantinha o sacolejante táxi velho firme na faixa estreita. Mustafa, por outro lado, estava quase jogado no banco de trás, um de seus sapatos Gucci — do qual sentia excessivo orgulho — pressionado contra a janela. Mustafa falava em turco, Rifak, em inglês estropiado. Os dois homens fumavam e suas consoantes cortavam como cimitarras através das guirlandas e babados azuis sedosos.

"Cê tava sem rumo na cidade, rebolando!", cuspiu Rifak. Estava amarrado naquela mulher, que não era — na visão de seu colega — nada especial, só mais uma putinha cockney que punha os peitos pra fora num pub da Mile End Road todo domingo na hora do almoço, de modo a obter umas libras dos bebuns dissolutos. Contudo, Rifak, depois de ter enfiado seu pau no cu dela, na boca e finalmente na boceta, antes de lhe dar algumas bofetadas, ficou convencido de que a possuíra mais até do que possuíra a esposa. A esposa era uma garota igualmente maltratada, vinda da Anatólia Central para ficar confinada ao *hejab* e a um apartamento sobre um tapeceiro na Lower Clapton Road. Ali passara por duas gestações mortíferas em rápida sucessão, se empanturrando de pão-de-mel, enquanto recebia sussurradas expressões de solidariedade das outras mamães.

Já a conversa de Mustafa no celular era monocórdia e — ele achava — sutil. O chefe deles, que vivia atrás de paredes de tijolo vermelho em Cobham, gostava de receber relatórios da situação — e Mustafa de bom grado os fornecia. O celular fino como uma gilete aparava seu ouvido peludo e ele contava de modo eloqüente como seguiam no encalço desta conta enquanto a outra fora fechada. Seu Conhecimento era abrangente, toda a conurbação — suas quadras uniformes de jaulas geminadas supervalorizadas e as artérias esclerosadas entupidas de agências de viagens supérfluas — era decomponível em somas devidas e as estonteantes taxas de juros que recaíam sobre elas. Em sua mente, Mustafa via a cidade montada como um diorama, os montantes crescentes ascendendo em plumas fluorescentes de dígitos provenientes de salões de beleza fracassados e dos apart-hotéis onde motoristas de Toyota Lexus se distraíam com putas romenas.

Saíram no entroncamento 7 e tomaram café no Little Chef. Em seus dezessete anos em Londres, Mustafa aprendera a gostar de molhar o pão na gema mole do ovo e no sumo de tomates grelhados. Enquanto operava o destro manuseio, instruía Rafik sobre como estava sendo feito de bobo. Sobre o trabalho em questão, nada havia a ser dito. Era rotina.

No momento em que pagaram a conta e andaram para o estacionamento, o sol brigava por um espaço no céu toldado. Uma ou duas dúzias de vespas enxameavam sobre uma lata transbordando de lixo, pousando no papel lambuzado de ketchup para se alimentar. Os dois turcos voltaram para o táxi, rumaram para a rotatória e tomaram a A414 para Chipping Ongar. Espiando pelo retrovisor, Mustafa ainda achava os campos monocromáticos e os matagais aparados luxuriosos e perturbadores. Lamentou as duas lingüiças, as duas fatias de bacon, os dois ovos fritos, os dois tomates grelhados, os dois machados neolíticos fritos de massa de batata, os dois pedaços de torrada. Sua barriga gorgolejava como um tanque quase vazio.

~

Dave Rudman estava sentado na mesinha dobrável da minúscula sala da frente do chalé, lendo o jornal do dia anterior. Havia um artigo sobre o quarto pedestal vago da Trafalgar Square, desancando as propostas de esculturas artísticas que poderiam ocupar o lugar. O editorial defendia que naquele lugar privilegiado não se poderia permitir outra coisa que não a imagem de um poderoso herói nacional. *Gary — Fucker Finch vestido de Henrique VIII... os pombos cagando no gibão dele... A faixa dos Fighting Fathers na porra das mãos de bronze...* Dave tinha uma bic na mão e escrevia no jornal, rabiscando nos terraços em branco entre rachas de texto e fotos: VAZIO, PRA MIM JÁ DEU. HORA DO MERGULHO.

Então ele ouviu um táxi roncando pela estrada e parando bruscamente. *Não pode ser conhecido — teria avisado... E é longe demais pra um passageiro...* Os pequenos fatos cristalinos que ele ignorara tilintaram e se estilhaçaram. Soube quem eram mesmo antes de ver os rostos afogueados irrigados de sangue. *Era eu que tavam procurando o tempo todo... No Ali Babá... No trabalho da Phyl... foram eles que ligaram pra casa da mamãe e do papai...* Dave foi forçado a concluir que *eu quis que isso acontecesse*, e, mais desafiador, *Eu tava com a razão — por que ia pagar aquele veado? Eu não tava batendo bem...* Contudo, havia também suas próprias palavras, ecoando pela M25, vindo lá do passado muito familiar: *Nunca fique devendo prum turco. Jamé.*

Por sobre as ombreiras de espuma dos turcos o campo de trigo se elevava em ondas, as cinzas reluziam palidamente, os corvos voavam em círculos e as nuvens — com o impacto das incomparavelmente inúmeras bafejadas da causalidade — ordenavam-se em pinceladas dourado-acinzentadas de cirros, em tufos de cúmulos de nariz arrebitado e queixo afundado. No centro disso tudo havia um buraco esfiapado por onde o Skip Tracer entoou, "Só não me venha com dinheiro emprestado — não faça isso. Os juros te matam".

Dave fez menção de fechar a porta e o turco da frente enfiou o pé no vão. Ele sabia que só estavam lá para amedrontá-lo um pouco, *me dar umas porradas... então por que tô tentando pegar a arma de Fred? Por quê? Será que já deu, pra mim?* Através da abertura no lado das dobradiças Mustafa viu Dave pegar a espingarda. Recuou, deixando Rifak exposto enquanto o ex-taxista mirava o cano duplo em suas tripas. "Cai fora filhod...", começou a dizer Dave. Mas não terminou, porque o turco fez carga, afastando a arma de lado com um golpe, e esticou as mãos na direção da sua garganta.

Por um momento, houve uma luta cruelmente ineficiente, nenhum dos dois obtendo a vantagem — assim, quando Rifak enfim conseguiu tomar a espingarda, foi com aquele elemento de surpresa chocada com que um irmão mais novo arranca um brinquedo à força do mais velho. Ainda tomado pela vertigem de seu feito, Rifak puxou os dois gatilhos — na verdade, só para ver o que podia acontecer — e o fogo e a fumaça destroçaram um belo naco no meio de Dave. Um naco tão grande que nos instantes que precederam sua queda um visível talho pôde ser visto em seu corpo, entre o quadril e as costelas. Então ele caiu e, apesar da prodigalidade de poças, riachos e até bolhas escarlates que banharam uma cadeira, o jornal, seu maço de cigarros e isqueiro, e um dos objetos-cogumelos remendados de Phyllis, ao mesmo tempo desafiador e confuso, Dave mesmo assim sentiu que *exalava sangue fresco.*

Mustafa começou a limpar, enquanto a detonação da espingarda ainda ecoava pelos campos como a furiosa batida de porta de um carro gigante. A meio quilômetro dali, o sono de Fred Redmond foi perturbado pela reverberação. Ele se mexeu, pensando, *Juro que aquele sujeitu põe ubalaum dispantaliu cada vez mais cedo todu dia.* O bando de corvos alçou vôo da plantação coberta de cinzas — trapos oleosos adejando sob o sol espesso. Calmamente, Mustafa vestiu luvas de borracha, tirou a espingarda do atônito Rifak, limpou-a com a barra de camisa que puxou de seu cinto de couro de crocodilo, ajoelhou e, pegando as mãos do moribundo cuidadosamente, arrumou tudo de modo que Dave segurasse o gatilho e a coronha, enquanto a boca sanguinolenta apontava contra sua cavidade torácica. Ficando de pé, Mustafa virou para Rifak. "Vô dizê uma koiza", disse, em cockney. "Eu eh ki naum vo mi fudê pur essiaki, seu animal. Si vierim atraiz di mim, eu ti entrego. Agora, entra na porra do táxi."

Quando o Fairway manobrava lá fora com Mustafa ao volante, ele ajustou o retrovisor, para verificar se o ex-taxista estava mesmo morrendo.

Dave estava — e sua vida inteira passava diante de seus olhos. Não as partes profundas ou significativas — o amor de sua mãe, o nascimento de Carl, o recebimento do distintivo, uma metida inesquecível —, mas as prosaicas: o jato trêmulo de um leite longa vida; filas de caixa eletrônico; o display de doces numa videolocadora; um programa de tevê sobre os canais holandeses; mobília empenada empilhada diante da minúscula casinha operária em Erith; a "amostra" de sujeira numa parede de hospital; a correia solta em sua mobilete quando era um Menino do Conhecimento; a plaquinha inscrita com o nome JONCKHEERE na carroceria de um ônibus vibrando diante do semáforo; a rotatória de Hammersmith; uma telemensagem dizendo-lhe que ganhara um prêmio; uma bola amassada de papel-alumínio — mas, mais do que tudo, os passageiros. Os passageiros, a infinita sucessão de passageiros — seus rostos agrupados no espelho: homens, mulheres, velhos, jovens, brancos, pardos, amarelos, negros (embora estes, forçoso era reconhecer, muito menos); olhos exaustos, hesitantes, entediados, furiosos, distorcidos de risadas, fechados num amasso calaboca; as peles esticadas e flácidas, vincadas e marcadas; bocas fazendo bico, fechadas, entreabertas, pieguice amarga em seus dentes teimosos. Os passageiros, cutucando o nariz, esfregando os olhos e lançando-lhe espiadelas condescendentes, confiantes em sua própria pequena parcela de Conhecimento, que ele, resmungando, era forçado a extrair: *Praonde, ch'fia? Praonde, bein? Praonde...? Praonde...? Praonde...?*

Quanto à morte em si, Dave Rudman permanecia na ignorância — era um turista, parado ao lado de um enorme monumento, observando confuso o mapa indicando onde estava. Verdade seja dita, quando um crescente escuro eclipsou sua visão do sol, ele lutou para evitar a inconsciência, retrocedendo de volta ao presente. Seu coração parou, suas pernas chutaram debilmente o batente da porta, suas mãos se convulsionaram e seu quadril estremeceu — contudo, não conseguiu agüentar e expirou sem mais aquela, em perplexa dor.

~

O enterro foi em Willingale, um tranqüilo vilarejo a poucos quilômetros dali, nos recônditos recessos do norte de Essex. Willingale — se alguma coisa de notável ali havia — era conhecida pelas duas igrejas, adjacentes uma à outra, num adro comum a ambas que dava para um teixo de sentinela e inúmeras faias maciças. Uma das igrejas era bastante gótica — tinha paredes rijas e botaréus em série que ascendiam à torre acastelada; a outra, um prédio mais antigo, não passava de um celeiro de pedra, coberta com telhas de madeira e coroada pelo característico campanário vernacular de Essex — uma caixa de ripas culminando em um ponto afilado. Rezava a lenda local que a segunda igreja fora construída por uma rica dama que se desentendera com a irmã sobre quem deveria ter a precedência nos bancos da primeira. Os moradores — crédulos camponeses que eram — entenderam tudo errado; como qualquer um com o mais superfical conhecimento arquitetônico poderia ter lhes contado — e freqüentemente o faziam —, as duas igrejas de Willingale estavam separadas uma da outra por duzentos anos no tempo, ainda que apenas por algumas centenas de metros no espaço.

Ninguém — nem mesmo Phyllis Vance — duvidava seriamente que Dave Rudman houvesse tirado a própria vida: o pesado histórico de depressão, a barafunda tóxica de sua química cerebral, a perda tanto do filho como do trabalho, a oportunidade, as observações rabiscadas na margem do jornal: VAZIO, PRA MIM JÁ DEU. HORA DO MERGULHO. Essas, se não verdades incontroversas, eram, em todo caso, evidências eloqüentes na ausência de quaisquer outras. Não havia outras — os turcos, o táxi, o café-da-manhã em Little Chef —, ninguém notara nada disso, enquanto em Clapton, Fatima sofria as conseqüências do crime: mais hematomas nos braços e nas pernas, Rifak mergulhado no raki e na autopiedade.

Mesmo assim, Phyllis Vance tinha sagacidade suficiente para introduzir dúvidas na mente do legista local, tantas dúvidas que o atestado de óbito laconicamente recordava o fim da caprichosa jornada de Dave pela vida com um adicional "infortúnio".

Se incomodava Phyllis que o namorado fosse sepultado em Willingale — tão perto e ainda assim tão distante de sua cidade natal —, ela não deu sinais disso. Na morte, foi mais proprietária de Dave Rudman do que jamais fora algum dia em sua vida — precisava dele perto dela e de Steve. Não que tentasse repelir Michelle e Carl de alguma forma — queria-os no funeral mais do que qualquer um; presentes para observar com que propriedade tudo fora arranjado, e quão habilidosamente convencera o padre — um vigário itinerante que passava por Willingale uma vez por mês como um lento serviço de ônibus rural — a acolher aquele mais recente e inobservante de seus paroquianos.

Para a fraturada família Devenish — que viera desde Londres respectivamente silenciosa, chapada e taciturna, nos opulentos bancos estofados —, aquela viagem em seu Volkswagen Touareg novinho em folha era pra lá de off-road. Michelle, irremediavelmente perdida em suas lembranças de como *aquilo tudo dera errado*, estava sem disposição até para brigar com Cal quando, torturado pelos nervos, ele pegava uma entrada errada após outra. No banco de trás, imerso em uma paisagem sonora injetada diretamente em seu cérebro por um computador, Carl sorriu, depois estremeceu. Não saberia dizer qual dos dois odiava mais — a mãe vagabunda, o fajuto pai verdadeiro ou o *taxista estúpido de merda que mandara as próprias entranhas pelos ares*. Havia dolorosas pústulas cheias de fluido nicotínico nos magrelos braços de Carl, pois à noite, na janela aberta de seu quarto, observando a laguna iluminada da cidade, encostava a ponta furiosa de um cigarro na própria carne, desesperado por descobrir se ainda era capaz de sentir o que quer que fosse.

Quando enfim apareceram diante das duas igrejas de Willingale, o dia de setembro, que estivera soturno a manhã toda, começou a se arranjar no drapeado arroxeado de um aguaceiro iminente, desfraldando enormes grinaldas de cúmulos-nimbos sobre a terra silenciada. Descendo do alto veículo, Michelle viu-se, bem a calhar, diminuída e pôde, com toda humildade, aproximar-se das figuras similarmente enrugadas de Paul e Annette Rudman, que esperavam no *lychgate* com a filha, Sam, sem saber muito bem o que sentir ou fazer. Michelle afastou o tecido finamente bordado e se mostrou diante deles com seus cabelos cor de gengibre, curtos. *Eles têm que... Têm o direito... Queria que compr...* Intimações entrecortadas de sua própria culpa acompanhavam suas silenciosas condolências. Cal ficou mais atrás, enquanto Carl avançou e encostou os lábios no rosto dos antigos avô e avó.

Dava mostra da fenecida doutrina da Igreja — sua autoridade moral derrubada tão casualmente quanto um bêbado derruba um copo de cerveja — que o funeral de um suicida tivesse lugar no mais novo daqueles edifícios senescentes. Mas, de toda forma, o suicídio e os genuflexórios manchados de fungo, as cortinas mofadas, o parapeito de comunhão deslustroso, o arco-cruzeiro carcomido, as folhas emboloradas dos livros de orações — tudo combinava perfeitamente. Afinal de contas, a Igreja se matara, conforme, a cada década, mais e mais a deprimida incerteza se imiscuía em seus sínodos e assembléias, até que, num transe de glossolalia, batia o próprio crânio nos fundos da sacristia. Divorciados e adoradores do demônio, cismáticos, sodomitas e suicidas — eram todos a mesma coisa para as figuras impotentes que subiam no púlpito e observavam as congregações deploráveis, seu número joeirado pela tevê por satélite e o crédito sem juros. "Meus caros amados", entoavam — e falavam sério, pois se esperavam ver algum cristão ali, tinham de aparecer na casa de seus paroquianos e ajudá-los a vestir a cueca.

Distintamente, através das terras planas de Essex, os pináculos apunhalavam o céu, plataformas de lançamento abandonadas de onde as naus das almas haviam muito antes partido. Dentro delas, trajados em risíveis uniformes obsoletos — guarda-pós franjados, sobrepelizes hierárquicas —, os padres cultivavam hortas com bonequinhas de milho e jarros cheios de água azedada. Eram marionetes e mímicos, impressionistas de quinta categoria na extremidade do píer do mundo, oficiando um culto protocolar para o qual o protocolo estatal já não tinha mais uso algum.

Michelle ficou no fundo, atrás de um maltrapilho bando de pranteadores que caberiam, confortavelmente acomodados, em três táxis londrinos. Não reconheceu ninguém, exceto a família imediata. Nem Anthony Bohm e Jane Bernal, tampouco Mo, da garagem de táxis. Faisal era um estranho para ela — e Fred Redmond uma terrível visão, remoído de culpa quase ao ponto de expirar. Entretanto, em sua ignorância, Michelle se deu conta de que *isso é onde eu me encaixo*. Uma mão involuntária encostou em sua cabeça, e ela sentiu o resíduo empobrecido do cabelo de meia-idade escassear em seu couro cabeludo. Evocou as cavernosas igrejas católicas suburbanas de sua infância, onde Cath Brodie chorava, desfiava suas roupas de British Home Stores e até batia a cabeça nas lajes. Michelle recordou a santidade lasciva e o misticismo duvidoso desses lugares. *Pelo menos... pelo menos era escuro lá*, enquanto aqui era claro e ressequido, as mãos do padre quebradiças como as páginas que virava, a voz sussurrante: "Nada trazemos a este mundo e certamente dele nada levamos. O que o Senhor deu, o Senhor tomou; abençoado seja o nome do Senhor..." Phyllis chorava suavemente — Annette Rudman olhava diretamente através das pernas cinza militar de um cavaleiro medieval aprisionado em uma transparência de vidro. Por força do hábito, seu marido olhava o relógio e apostava consigo mesmo sobre a duração do sermão.

"Quando vós com exprobrações castigais o homem pelo pecado... fazeis com que sua beleza se esvaia, como se ela fosse a traça corroendo um traje: todo homem é assim apenas vaidade." Michelle Brodie alisou a seda negra em sua perna. *Toda minha vida — minha vida adulta — achei que o segredo estivesse no nascimento... mas o tempo todo o segredo era que vamos morrer.* Nesse momento, quando o padre começava a proferir algumas palavras para enaltecer um homem que não conhecera, toda flexibilidade abandonou Michelle, corpo e mente lassos, e ela exalou profundamente. Michelle acusou a idade — e sua aparência também.

~

Junto à cova, Carl olhava para todo lado, exceto para a vala escavada. Observava um grupo de moleques locais que vadiavam na estrada com sua bikes BMX... *pivetes de merda.* Seus jeans folgados subiam nas canelas magrelas enquanto empinavam de um lado para outro, chutando frutos de faias caídos e castanhas verdes com seus tênis. Carl tocou o lábio superior — a penugem transparente do ano anterior engrossava em um restolho de bigode. "O homem nascido de mulher..." *pai nascido de mãe* "...nada tem senão um curto tempo de vida..." *o puto tá morto, é o que cê quer dizer!* Contudo, havia uma sinceridade nessas palavras de que nem mesmo um adolescente podia fazer pouco, independente de quão despropositado fosse o discurso do mercenário: "Pai nosso, que estais no céu, santificado seja o Vosso nome, venha a nós o Vosso reino, seja feita a Vossa vontade, assim na terra como no céu..." Bem ali havia um homem que estava preparado para ser um pai para Carl e, intuindo que aquele era o momento certo, Cal pousou uma mão paternal em seu ombro.

~

Cal Devenish tinha uma pilha enorme de velhas latas de 35 mm guardadas no prédio da garagem de Beech House. Era a lembrança de uma época em sua vida em que imaginava — a despeito de todas as evidências em contrário — que poderia se tornar um autor inspirado, decantando sua miraculosa visão do mundo em celulóide. Cal Fumeta venerava a neófita deusa grega Mídia na faculdade e, custeado pelo papai indulgente, convenceu os amigos a lhe servir de equipe. Juntos, rodaram alguns milhares de metros de atuação insípida e registraram as palavras ocas de Cal. Para lhe conceder algum pequeno crédito, quando Cal assistiu à cópia da primeira semana de filmagem, foi consumido pela vergonha e guardou a película. Depois Cal jogou fora todos os filmes, conservando só as latas para pôr bics, clipes e cacarecos de plástico.

"Sabe", disse Cal para o filho quando estavam sentados lado a lado no banco de ferro forjado do jardim. "Quando você lê esse negócio" — sacudiu os cadernos — "tem que admitir que Dave tinha chegado em alguma coisa." Havia trazido uma das velhas latas de filme da garagem e agora Carl punha os cadernos ali dentro e fechava a tampa. Cal o ajudou a selá-la com um pedaço grande de silver tape.

Michelle concordara em que cavassem um buraco atrás do deque de teca que separava o gramado do enorme canteiro onde, quando viesse a primavera, flores encomendadas pelo correio seriam plantadas. Havia limites — mesmo para honrar os mortos. O filho enfiou a lata de filme na terra úmida e friável — depois o pai a cobriu. Em lugar de cavar o outro livro — o que o taxista morto havia jurado que enterrara ali —, era isso que os dois achavam que ele provavelmente teria desejado. Michelle ficou dentro de casa. Ficou sentada no balcão da cozinha, a xícara de café fria sobre o tampo de mármore, os punhos apertados com tanta força em suas órbitas oculares que a aliança de diamantes presenteada com atraso por Cal tirava sangue.

Carl não sentia a presença de Dave no vento outonal que soprava por entre amieiros, bétulas ou álamos. A Londres que se espraiava abaixo deles talvez fosse impressionante para um estrangeiro — para alguém de lá, era mundana. Mais tarde, pai e filho saíram, os dois com a intenção de fugir *das más vibrações*. Ali na estrada, parado no meio-fio, estava um Menino do Conhecimento em uma scooter; ou, antes, um Homem do Conhecimento, porque quando tirou o capacete fechado da cabeça para falar com eles, Carl viu que era mais velho do que Dave seria — se estivesse vivo — dali a uma década. "Oi, ch'fia", ele disse, dirigindo-se a Cal, "dah paxegah in Uél Ualk puraki?" Cal olhou sem compreender — mas Carl, cujo Conhecimento estava muito mais fresco, pacientemente explicou para o *tiozão patético de merda* que ele tinha de fazer todo o caminho de volta contornando New End e a Christ Church Hill. "Azruas dessi pedassu saum maizinroladas kispagueti", disse o encarquilhado Menino do Conhecimento, antes de sair peidando com sua mobilete.

Caminhavam pela Heath Street quando Cal perguntou, "Alguma vez já pensou nisso — em prestar o Conhecimento, quer dizer?" Carl não respondeu de imediato — não por amuo, só porque muitas vezes levava algum tempo para que as mensagens vindas do mundo exterior conseguissem transpor o muro elevado, onde se encolhia, escondido em sua maternalidade secreta. Finalmente, ele o escalou e passou para o lado paterno, e respondeu, "Nah, pra falar a verdade, eu meio que tô pensando em ser advogado — acho que tem muito mais futuro nisso".

Bibici-Inglês
Com algumas ortografias mokni alternativas

A

Abrigo — tanto o lugar físico de adoração da dävinanidade como o quórum de pais exigidos para uma congregação

Acenossonar — poderes místicos para localizar o crente

advogado (adevogadu) — usado exclusivamente para designar pais donos de grandes propriedades

aguilhoal — tojo

ajoelhadeira (ajueliadera) — parteira e sábia anciã

apê — casa (primitiva)

aquatro (akuatru) — papel

arenki — inverno

asa-negra (azanegra) — ganso-patola (*Morus bassanus*)

B

bacon (bäcon, beicun, baycun) — porco, suíno

balaústre — lança

balsa — embarcação de alto-mar, navio

bambi — veado

beinzinu (bein) — título de nobreza feminino e tratamento honorífico

berrante (berrantch) — arcabuz

bibici — a linguagem da corte e da gente sofisticada (por oposição ao mokni)

bic — pena de ave

bicha (bixa) — homem sem filho

borboleteira — buddléia (*Buddleja*)

borbulhar — mentir

bós — chefe dos serviçais; também capitão de balsa

bubbery — qualquer roupa de *tweed* ou lã rústica

bulbo-de-choro — cebola

burbs — as várzeas ou ermos distantes de uma cidade ou povoado

burguekin — bois e vacas

C

camaradas — servos armados de um advogado, ou qualquer homem armado

camiseta — camisolão simples de pano londrino ou bubbery

carro — coche

casaco — traje característico de Ing, usado por pais, geralmente feito de lã, bubbery ou couro de carneiro

casca-de-prata — bétula prateada

casca-lisa — faia

casca-rugosa — freixo

cereal — tanto o pão como o trigo (plantação)

chefiador (xefiadô) — chefe, líder, qualquer superior imediato

chellish (xélich) — nocivo, mau, enganoso, lascivo, licencioso, venal

chiclé (xicleh, xikleh) — tabaco de mascar

chico (xicu) — semana

chofer (chofeh, xofeh) — membro intermediário de uma casa aristocrática que administra as terras para o advogado, coleta arrendamentos etc.; um *tacksman*

churrasco (xurrascu) — carvão

churrasqueiro (xurraskeru) — carvoeiro

clique — unidade de distância em Ing: um clique corresponde a mil passos paternos

coco — cabeça

colorbico — papagaio-do-mar

conjunto — vilarejo ou povoado

cóptero (coptru) — formação de aves marinhas que resgatam um caçador ao cair do *stack*

crepitácea — carvalho

creto — concreto (em geral, demolido)

crokes — gaivota-rapineira (*Catharacta skua*)

cupasoup — caldo ou sopa

curry (1) — refeição quente
curry (2) — sal
curry de Dave — refeição cerimonial
curryar — salgar (para conservar a comida)
curryeiras — áreas de pastagem de motos sujeitas a inundações marinhas

D

dabliucê — latrina ou cloaca
dävinanidade — a religião estabelecida de Ing
dävino — divino, santo, ou um pai com tais qualidades
dävista — aquele que observa a dävinanidade
dävitude — religiosidade
deiviuorks — fragmentos de plásticos depositados no oceano por Dave no MadeinChina. Usados pelos habitantes de Ing como amuletos e talismãs, periodicamente proscritos pelo PCO
Dfsientch — desnutrido
dibinkedu — falso, artificial ou tabu
2por4s — vigas (madeira)
draivys — violetas

E

edredom — cobertor ou qualquer roupa de cama
embalagem (imbalagi) — pacote de tabaco
Emevint5 — os muros da City londrina
erva-fogo — onagrácea (*Epilobium angustifolium*)
espeto (ispetu) — fogueira, poste para queimar pessoas
espora-verde — cratego
esprímula — prímula
estorapeitus — tabaco (pode ser na forma de rapé, para mascar — ver chiclé — ou solto, para cachimbos, cigarros ou charutos)
evian — fonte ou água de fonte

F

facho (faxu) — raios solares, luz do sol
farol — sol (pode estar alto, baixo etc.)
ferrim — metal

446

Flying I (Flain Ai) — Espírito Santo, avatar imanente e onisciente de Dave

folder (fold) — cartazes ou folhetos

fone — sacristão, coroinha ou lacaio

fonics — letras

frigobar — construção cônica de muro a seco usada para estocar comida

Fulano — um "encoberto"; profeta local

G

galim — galinhola (*Scolopax rusticola*)

geminados — casas modernas (i.e., camadas de tijolos ligadas por argamassa)

geminados betanos — arquitetura vernacular de Chil

germinagem — primavera

grude — panacéia feita com uma decocção de óleo de moto; servida em todas as currys de Ham e usada especificamente contra a pedalite

guardcam — espiões, agentes ou vigilantes a serviço do PCO

guia — mapa ou planta

guiador (1) — homem santo tradicional

guiador (2) — criança de Ham encarregada de cuidar dos motos

I

Ing, Ingland — Inglaterra

interfone — a voz dävina ouvida pelo passageiro, ou sua oração para Dave

isqueiro (iskeru) — mecha, pederneira e metal

J

jack (jak) — aguardente, álcool destilado

jamanta — grande carroça para transporte de mercadorias

JAN, FEV, MAR, ABR etc. — meses do ano

jeans — calças folgadas de bubbery ou linho

jonkiris — barbelas sob o focinho de um moto contendo membranas mucosas altamente sensíveis; possível evidência de fase marinha na evolução do moto

juba — cabelo ou penteado

K

klinecs — lenço
klinikugerau — médico ou cirurgião

L

lanijru (lanjru) — ovelha ou lã
lanterna — lua (pode ser plena, quebrada etc.)
lata — caneca
lava-rápido (lavarrapidu) — chuva
letric — lâmpada a óleo, ou a luz emitida por uma
limpador — vento (em particular o que empurra as nuvens)
limu — cupê, berlinda, landau
línias — carta (correspondência)
lod — tratamento honorífico dirigido a advogados
loft — prédio conjugado com celeiro e estábulo

M

MadeinChina — criação
mamães — mulheres em idade de conceber
mambaia — samambaia (*Pteridium aquilinum*)
marafonas — mulheres (*chulo*)
marmitex — refeição leve para a estrada ou qualquer forma de provisões frias
mato — o campo ou as províncias
meh — álcool (*geral*)
micro — arca sagrada, mantida no Abrigo, na qual o Livro fica guardado
mobilete — filhote de moto
mocréia — avó, ou qualquer mulher que tenha passado da idade de conceber
mokni — dialeto de Ing
moto (1) — enorme criatura mamífera, onívora, vivípara nativa de Ham e não encontrada em nenhum outro lugar. Usada pelos hamsters exclusivamente como fonte de carne e óleo. Motos têm a inteligência funcional de uma criança humana de dois anos de idade

moto (2) — termo coletivo empregado em Nova Londres para descrever o transporte sobre rodas. Eis alguns tipos de motos:

carro — carroça

jamanta — carreta

limu — carruagens, como cupê, berlinda, *brougham* ou landau

ônibus — grande coche (em geral puxado por quatro párius ou mais)

táxi (tacsi) — sege ou fiacre

van — carrinho de mão

motorista — sacerdote

E também:

examinadores — juízes de tribunais consistórios

fiscais — bispos, deões, quaisquer membros da hierarquia do PCO

guiador (1) — homem santo tradicional

Meninos do Conhecimento — motoristas em treinamento que prestaram seus comparecimentos em Londres, mas ainda não nos burbs

motoristas itinerantes — designados pelo PCO para trabalho missionário

multa — taxa ou imposto

mundjack — muntiaco

N

narcega — narceja

natalícia — azevinho

O

opares (opahriz) — mulheres da adolescência até a idade de conceber; são isentas da Troca e cuidam das crianças pequenas para os pais durante a veizdupapi

órnis — faisão

P

pai — homem

painel — a Via Láctea

pano londrino — algodão

449

papinha — mingau de aveia

páriu — cavalo

passageiro — alma, ser humano (também usado para indicar um seguidor de Dave)

pataçadu — pato

PCO (Pesseoh) — hierarquia sacerdotal, o Abrigo estabelecido de Ing

pedaço (pedassu) — vilarejo ou povoado

pedais — remos

pedaleiros (pedalerus) — remadores

pedalinho — barco pequeno ou bote

pedalite — doença trazida pelos visitantes às comunidades distantes

pensão (pensaum) — dote

pernalonga — coelho

perseguidores — frades mendicantes

petrol — fulmar (*Fulmarus glacialis*)

pitsapraviagim — maná

pivete — escravo

portatudo — bolsa ou maleta de couro

pretos (pretus) — qualquer pessoa de tez escura ou estrangeiro

pustulária — Giant Hogweed (*Heracleum mantegazzianum*)

putacazaumfudido — mansão advocatícia

R

rábula — denota tanto um advogado como uma petição legal

rato voador — pombo

recitar — rezar em voz alta ou pregar

resta-burgue — resta-boi (*Ononis spinosa*)

Retrovsor — santidade ou excelência

rodis — rododendro

Rompimento — período no passado distante em que a promulgação da dävinanidade levou à separação entre os sexos

S

saqueira — ornamento usado na altura da virilha, um *codpiece*

serrifolha — urtiga

shish — carneiro

sicomo — sicômoro

sobricoxa (sobrcoxa) — galinha, frango
sofá-cama — cama (por oposição a catre ou enxerga)
standard (istanda) — jornal
starbuck (stabuk, stabbuk) — café-da-manhã

T

talo-de-chicote — sarça (amoreira-preta, *Rubus*)
tanque — barriga ou estômago
tarifa
primeira — 6h-14h
segunda — 14h-22h
terceira — 10h-6h
táxi (1) — cinco passageiros (na dävinanidade, três "táxis", ou quinze
     passageiros, são exigidos para formar um Abrigo, ou congregação)
táxi (2) — sege ou carruagem de duas ou quatro rodas
techo (techu) — teixo
tijolo (tijolu, tijolu londrinu) — material usado para construção
traficmaster (trafikmasta) — bússola
Troca — meio do chico, o dia de QUA em que as crianças vão dos pais
     para as mães, ou o DOM, quando voltam
troçopano — variadamente, o xale *tartan* (usado em áreas remotas) ou
     a *burca* (nas áreas urbanas). Vestimenta característica das mamães
     de Ing e investida de significado como proteção contra imodéstia
     chellish; também usada por papais no tempo frio

U

ultrawatt — luz brilhante ou a luz forte do sol
unidade — minuto

V

van — carrinho de mão
veizdamami — a metade da semana (chico) passada com as mamães
veizdupapi — metade da semana (chico) passada com os papais
vidro — céu
visita — outro nome para veizdupapi (a metade da semana passada
     com os pais)

voação (vuassaum) — heresia
voador (vuadô) — herege

W

wally (uóli) — pinto

Y

yok — pedra de York (ger. em lajes)
yuppie — corretores, comerciantes, homens de negócios

Este livro foi impresso na
LIS GRÁFICA E EDITORA LTDA.
Rua Felício Antônio Alves, 370 – Bonsucesso
CEP 07175-450 – Guarulhos – SP – Fax: (11) 3382-0778
Fone: (11) 3382-0777 – e-mail: lisgrafica@lisgrafica.com.br